Serge

von Konrad und Ute
als Urlaubslektüre 9/24

Kirstin Valdez Quade

DIE FÜNF WUNDEN

Roman

Aus dem Englischen von
Petra Post und Andrea von Struve

Schöffling & Co.

Für meine Familie

Deutsche Erstausgabe

Erste Auflage 2024

Originaltitel: *The Five Wounds*
Originalverlag: W. W. Norton & Company, New York

Covermotiv: © Mercedes deBellard (Folio Art)
Einbandgestaltung: Schöffling & Co.
Satz: Fotosatz Amann, Memmingen
Druck & Bindung: Pustet, Regensburg
ISBN 978-3-89561-198-8
www.kirstinvaldezquade.com
www.schoeffling.de

TEIL I

SEMANA SANTA – KARWOCHE

Dieses Jahr ist Amadeo Padilla Jesus. Die Hermanos, die Mitglieder der Bruderschaft, haben im Hof hinter der Morada alles vorbereitet.

Er ist kein Jesus wie aus der Kinderbibel, mit glänzendem Haar, rosigen Wangen und sanftem Blick. Amadeo ist muskulös, hat einen kahl rasierten, von Teenager-Prügeleien vernarbten Schädel und einen Stiernacken.

Amadeo zimmert das Kreuz aus schwerer grober Eiche, nicht aus Kiefer. Er ist barfuß wie die anderen Hermanos, die ihre Ärmel hochgekrempelt haben und die *alabados*, die Lobpreisungen, singen. Sie haben ihre weißen Hosen gewaschen, ihre Geißeln, wie es die Tradition verlangt, aus dicken Palmwedel-Strängen geflochten; sie haben Risse in den schwarzen Kapuzen geflickt, die sie bei der Prozession tragen werden, um ihre Demut zu demonstrieren. Der Hermano-Älteste – Amadeos spindeldürrer Großonkel, grand-tío Tíve, der sie alle überraschte, indem er den nichtsnutzigen Sohn seiner Nichte auswählte – spielt auf der *pito*, entlockt ihr hohe klare Flötentöne.

Heute Morgen beim Aufwachen hatte Amadeo die Idee, das Kreuz mit Nägeln zu beschlagen, um es noch etwas schwerer zu machen. Er hält den Hammer mit beiden Händen hoch über den Kopf und lässt ihn krachend niedersausen. Die Bretter federn, das Geräusch prallt von den Mauern der Morada ab, trifft auf die Idle Hour Cantina auf der anderen Seite der Gasse.

Amadeo bricht der Schweiß aus, was ungewohnt für ihn ist. Normalerweise schwitzt er beim Essen oder wenn er zu viel trinkt, aber nicht bei körperlicher Arbeit. Amadeo ist dreiunddreißig Jahre alt, genau wie Jesus damals. Leider hat er nicht den geringsten Ehrgeiz. Seine Mutter kann das bestätigen, auch wenn es ihr fast das Herz bricht. Yolanda kocht noch immer für ihn, stellt ihm jeden Tag sein Essen hin.

Heute Nachmittag allerdings legt er sich so ins Zeug, dass sogar seine Tattoos ins Schwitzen kommen. Plötzlich hat er das Gefühl, seinen Körper zu verlassen und sich von außen zu sehen. Ein flammendes Herz Jesu pocht auf seiner linken Brust, Schweiß tropft von der Spitze des blutverschmierten Dolchs auf seinem Bizeps und die Rosen, die sich an seiner linken Seite hochranken, erblühen unter der körperlichen Anstrengung. Auf seinem Rücken glänzt die Jungfrau von Guadalupe, drei vertikale Narben durchschneiden ihr Kleid – die *sellos*, die geheimen Zeichen der Hermandad. Die wulstigen und noch frischen rosa Schnitte, jeder so lang wie eine Männerhand, sind der Beweis für seine Aufnahme in die Bruderschaft.

Obwohl Amadeo sein ganzes Leben in Las Penas verbracht hat, sieht er das Dorf heute mit ganz neuen Augen: Die Konturen sind schärfer, die Farben reiner. Das Unkraut entlang des Zauns, die Latten des Zauns selbst, die wogenden Wipfel der Pappeln sind überdeutlich und strahlen etwas Unwirkliches aus. Die Sonne, die hinter Amadeo untergeht, taucht die Morada in orangerotes Licht, ihre Umrisse zeichnen sich scharf gegen den Himmel ab. Er schlägt mit dem Hammer zu, trifft jeden Nagel exakt auf den Kopf, genießt die fließenden Bewegungen, die allmähliche Ermattung seiner Muskeln. Er ist mit sich im Reinen, jeder Handgriff sitzt. Diese Rolle ist seine Bestimmung.

Dann schlägt er den letzten Nagel ein und er ist wieder zurück in seinem Körper. Die Hermanos packen zusammen und machen sich auf den Heimweg.

—

Als Amadeo in die Kieseinfahrt einbiegt, sieht er seine Tochter Angel auf der Treppe sitzen. Sie wohnt bei ihrer Mutter in Española und er hat sie seit einem Jahr nicht mehr gesehen. Dass sie im achten Monat schwanger ist, weiß er von seiner Mutter, und die weiß es von Angel.

Weißes Tanktop, schwarzer BH, ein goldenes Kreuz, das auf ihre Brüste zeigt, für den Fall, dass man sie nicht bemerkt hat.

Ihr Bauch ist prall und rund wie ein *horno*, ein Backofen. Die obersten Knöpfe ihrer Jeans stehen offen, scheinen zu signalisieren: Schaut her, so leicht kann's passieren. Sie hat diese Woche Geburtstag. Am Karfreitag wird sie sechzehn.

»Mist«, flucht Amadeo, zieht die Handbremse an. Die letzte Woche war die wichtigste Woche im Leben Jesu. Da ist alles Entscheidende passiert. Deshalb sollte er sich mit dem Kreuzestod und der Auferstehung beschäftigen und nicht mit seiner minderjährigen schwangeren Tochter. Er wirft einen nachdenklichen Blick auf den am Rückspiegel baumelnden Rosenkranz.

Offenbar hat Angel seinen Gesichtsausdruck nicht gesehen, denn sie steht lächelnd auf und winkt ihm mit beiden Händen. Mit vorgestrecktem Bauch kommt sie auf seinen Pick-up zu. Dann bleibt sie stehen, dreht sich halb zur Seite, um ihm ihre Kugel vorzuführen.

Sie hat eine große goldene Umhängetasche dabei und eine Reisetasche – Marlboro lässt grüßen. Er steigt aus und Angel umarmt ihn ungestüm, drückt dabei ihren Bauch gegen seinen.

»Ganz schön dick, was? Hab mir gerade erst 'ne neue Hose gekauft und jetzt ist die schon wieder zu eng.«

»Hey.« Er klopft seiner Tochter zögerlich auf den Rücken, zwischen die BH-Träger, dann tritt er einen Schritt zurück. »Was gibt's?«, fragt er. Das klingt nicht gerade begeistert, aber er will nicht, dass sie denkt, sie wäre willkommen, nicht mitten in der Karwoche und schon gar nicht, wenn seine Mutter verreist ist.

»Hatte Zoff mit Mom, also hab ich ihr gesagt, sie soll mich zu dir fahren.« Sie sagt es ganz unbekümmert. »Ich hatte keine Ahnung, wo ihr seid, du und Gramma. Ich sitz seit mindestens zwei Stunden hier und bin schon halb verhungert. Schwangere müssen ordentlich was essen. Ich wär beinah bei euch eingebrochen, bloß um mir ein Sandwich zu machen. Habt ihr nicht eure Handys gecheckt?«

Amadeo hakt die Daumen in seine Hosentaschen, schaut zum Haus, dann wieder auf die Straße. Die Sonne ist verschwunden, der Abendhimmel ist stahlblau.

»Zoff?« Es bereitet ihm eine leise Genugtuung, dass Angel sauer auf ihre Mutter ist. Marissa hat ihm immer das Gefühl gegeben, unzulänglich zu sein.

»Ich will nicht drüber reden«, sagt Angel entschieden. »Was mein Kind und ich jetzt brauchen, ist familiäre Unterstützung. Und das hab ich ihr auch gesagt.«

»Ich bin grad ziemlich beschäftigt«, sagt er mit gespieltem Bedauern und schüttelt den Kopf. »Es passt jetzt wirklich schlecht.«

Angel wirkt nicht gekränkt, nur neugierig. »Wieso denn? Hast du einen Job oder so was?«

Sie nimmt ihre Reisetasche und geht auf die Haustür zu, schwankt unter dem Gewicht ihres Gepäcks. »Meine Mom ist nicht da«, ruft er ihr nach. Es ist ihm peinlich, ihr den wahren Grund zu sagen, weshalb er sie nicht hier haben will, nämlich, dass er sich voll und ganz seinen Pflichten als *penitente*, als Büßer, widmen muss.

»Wo ist denn Gramma?«, fragt sie besorgt. Sie hält die Fliegengittertür mit der Hüfte auf und wartet darauf, dass er die Tür aufschließt.

»Hör mal, ich hab diese Woche 'ne Menge um die Ohren.« Atemlos spricht er weiter: »Ich trag nämlich dieses Jahr das Kreuz. Ich bin Jesus.«

»Ach so, okay. Aber sie ist doch bald wieder zurück, oder?«

Yolanda ist gleich zu Beginn der Parlamentsferien in Urlaub gefahren, kurz vor der Karwoche, als Amadeo sie am meisten gebraucht hätte. »Wer weiß, vielleicht bleib ich ja auch ganz dort«, hatte sie leichthin gesagt, während sie ihre Sachen packte. »Vegas ist toll. Die Shows, die vielen Lichter, der ganze Trubel.«

»Sie hat nicht gesagt, wann sie zurückkommt. Wahrscheinlich Ende nächster Woche.«

Mit einem theatralischen Seufzer lässt Angel ihre Reisetasche und ihre Umhängetasche auf den Küchenboden fallen. Erst da wird Amadeo klar, dass er beim Tragen hätte helfen sollen. Aber ihr scheint es gar nicht aufgefallen zu sein. Sie redet immer noch ohne Punkt und Komma.

»Und dann hab ich zu Mom gesagt: ›Egal, dann geh ich halt zu Gramma. Der bin ich wenigstens wichtig.‹«

—

Während Angel ihnen abends etwas zu essen kocht – eine Dose Chili über einen halb garen Kürbis kippt und dazu Käsebrötchen aufbackt –, erzählt sie ihm von Lebensmittelgruppen und gesunder Ernährung und übernimmt dann das Kommando über den Fernseher. »Siehst du, mein Schatz?«, sagt sie zu ihrem Bauch. »Das Kälbchen geht wieder in den Stall zurück. Und da gehört's ja auch hin.«

Amadeo hat sich in eine Ecke der Couch verzogen und fühlt sich gar nicht wohl in seiner Haut. Er überlegt, wann er das letzte Mal mit seiner Tochter allein war, kann sich aber nicht mehr erinnern. Vielleicht an Weihnachten vor zwei oder drei Jahren; er weiß noch, wie er ziemlich verlegen hier gesessen und Angel nach ihren Lieblingsfächern gefragt hat, während Yolanda im Supermarkt oder bei irgendwelchen Nachbarn war.

Er reibt sich nervös die Oberschenkel, fährt sich mit der Zunge durch den Mund. Die Porzellanpuppen in ihren Rüschenkleidchen, die zwischen Schnapsgläsern und anderen Souvenirs in Yolandas Vitrine sitzen, starren ihn mit gläsernen Augen an. Mit einem mulmigen Gefühl denkt er an Tío Tíve. Was würde er davon halten, dass Angel hier ist? Ein Kind der Sünde, das selbst gesündigt hat.

»Tja«, sagt Amadeo. »Deine Mom will dich doch bestimmt bald wieder zurückhaben, oder?«

»Sie muss kapieren, dass sie nicht der einzige Mensch in meinem Leben ist. Sie muss lernen, mich zu respektieren.«

Amadeo knetet seinen Oberschenkel. Er kann sie unmöglich wegschicken. Yolanda würde ihm die Hölle heiß machen. Er wünschte, seine Mom wäre hier. Yolanda und Angel stehen sich ziemlich nah. Sie schickt ihrer Enkelin Schecks, fünfundzwanzig Dollar hier, fünfzig Dollar da, lädt sie in Española oder Santa Fe zum Essen ein, und ein paarmal im Jahr gehen die beiden in Outlet Stores shoppen.

»Komm doch lieber wieder, wenn deine Grandma zurück ist.« Sein schlechtes Gewissen sticht ihm ins Herz wie ein Dolch.

Angel scheint ihn nicht gehört zu haben. »Ich mein, die Frau erzählt mir die ganze Zeit, dass ich mein Leben versaut hätte und dass ich nichts aus ihren Fehlern gelernt hätte, aber das ist ja wohl nicht mehr zu ändern, oder? Ich mein, okay, hab schon kapiert: Ich hab ihr bescheuertes Leben ruiniert. Okay. Aber wenn sie einen auf oberschlau macht, dann soll sie sich gefälligst auch so verhalten.«

Amadeo sollte seine Schwester anrufen und sie bitten, Angel zu sich und ihren Cousinen nach Albuquerque zu holen. Und ihm mal wieder aus der Patsche helfen. Das wäre genau ihr Ding. Aber zurzeit redet er nicht mit Valerie, schon seit Weihnachten nicht.

Angel sieht ihrer Mutter ziemlich ähnlich, das gleiche glänzende, dichte Haar, der gleiche frische Teint, aber sie hat nicht so feine Gesichtszüge wie Marissa. Da haben sich wohl seine Gene durchgesetzt. Er fragt sich, ob Marissa damals auch so kindlich war wie Angel jetzt. Marissa war sechzehn, er achtzehn, aber sie hatten sich erwachsen gefühlt. Ihre Eltern waren wütend gewesen und beschämt, hatten aber trotzdem für das junge Paar eine Babyparty gegeben. Amadeo hatte es genossen, im Mittelpunkt zu stehen und die Glückwünsche ihrer und seiner Verwandten entgegenzunehmen, sich von den mit Tamales und *biscochitos*, Anis-Zimt-Keksen, beladenen Papptellern zu bedienen, die ihnen die alten Frauen reichten. Sie waren bereit, ihnen alles verzeihen, wenn sie sich nur kirchlich trauen ließen. Er hatte sich hingestellt und Marissa zugenickt: »Dieses Lied ist für meinen Schatz.« *Bendito, bendito, bendito. Los ángeles cantan y daban a Dios*. Alle klatschten, die alten Frauen betupften sich die Augen. Yolanda warf ihm vom anderen Ende des Zimmers Kusshände zu. Amadeo war stolz auf sich, weil er jetzt Verantwortung für seine Freundin und sein ungeborenes Kind trug.

Später hatte es natürlich keine Hochzeit gegeben und keine gemeinsame Wohnung. Angel kam auf die Welt, lernte laufen und sprechen, ohne jede Unterstützung von Amadeo. Die alten Frauen schüttelten resigniert die Köpfe; sie hätten eigentlich wissen müssen, dass auf Amadeo kein Verlass war, genauso wenig wie auf alle anderen Männer. »Selbst die vernünftigsten von ihnen sind keinen Pfifferling wert«, pflegte seine Großmutter zu sagen. »Außer dir natürlich, *hijito*«, fügte sie liebevoll hinzu, immer wenn Amadeo in der Nähe war. »Du bist einen Pfifferling wert.«

Als Angel fünf war, stellte Amadeo erleichtert fest, dass es ganz einfach war, seine Vaterpflichten loszuwerden. Er musste nur Marissas Anrufe – viele waren es sowieso nicht – ignorieren, und schon war er ein freier Mann.

»Ich hab die Schule nicht endgültig geschmissen«, sagt Angel, als hätte er sie danach gefragt. »Ich bin jetzt in so einem Programm, wo man seinen Abschluss nachholen kann. Es heißt Smart Starts!. Du brauchst dir also keine Sorgen zu machen.« Sie sieht Amadeo erwartungsvoll an.

Amadeo wird klar, dass er überhaupt nicht auf die Idee gekommen ist, sich Sorgen um sie zu machen, er hat sich nicht mal gefragt, ob sie noch zur Schule geht. »Gut. Sehr gut.« Er steht auf, reibt sich mit beiden Händen den kahl rasierten Schädel. »Schule ist wichtig.«

Sie sieht ihn immer noch an, als erwarte sie eine Ermutigung oder Anerkennung. »Ernsthaft. Ich mach die Schule fertig.« Dann legt sie richtig los, redet von Studieren, Karriere machen, von Träumen, die man verwirklichen müsse, plappert nach, was sie im Programm für Teenager-Mütter gehört hat. »Brianna, also, meine Lehrerin, sagt, dass ich mich richtig reinknien muss, wenn ich meinem Sohn ein gutes Leben bieten will. Ich werd nicht wie Mom zehn Jahre lang denselben blöden Tippjob machen und hoffen, dass ich mir irgendwann 'nen Architekten angeln kann. Ich such mir 'nen richtig guten Job.« Sie beugt sich zu ihrem Bauch hinunter. »Stimmt's, *hijito*?«

Amadeo findet das alles nur noch deprimierend. Er reißt eine Dose Bier auf und nimmt ein paar gierige Züge, ehe ihm einfällt, dass er diese Woche Jesus ist. »Fuck«, sagt er angewidert und kippt den Rest in die Spüle.

Angel wirft ihm einen strafenden Blick zu. »Hör auf zu fluchen. Er kriegt jedes Wort mit.«

»Fuck«, wiederholt Amadeo, denn schließlich ist er der Herr im Haus, aber er sagt es leise. Er stellt sich vor, wie das Wort durch den Bauch seiner Tochter bis in die Ohren des Kleinen dringt. Dann steht er auf. »Ich muss los.«

—

Während der Fastenzeit haben sich die Hermanos jeden Abend in der Morada versammelt, um unter Tío Tíves wachsamen Augen den Rosenkranz zu beten. Und jeden Freitag halten sie eine Kreuzwegandacht ab. Sie knien nieder und senken die Köpfe. Es sind neun Hermanos und bis auf Amadeo sind alle über siebzig. Tío Tíve ist mit seinen siebenundachtzig der Älteste, aber immer noch sehr rüstig.

»Und Jesus betete«, beginnt Al Martinez. »Abba, mein Vater, alles ist dir möglich. Nimm diesen Kelch von mir!« Amadeo mag Al. Er ist ein kräftiger, redseliger Mann, der feuchte Augen bekommt, wenn er von seinen Enkelkindern erzählt. Er war lange Fernfahrer und ist vor Kurzem in Rente gegangen. Von den vielen Jahren, die er über das Lenkrad gebeugt verbracht hat – den Blick starr auf den Horizont gerichtet –, hat er einen ganz runden Rücken bekommen.

Die Betonwände sind weiß gestrichen. In der Mitte stehen ein paar Bänke. Das einzig Bemerkenswerte ist das Kruzifix. Dieser Jesus hat wenig Ähnlichkeit mit den Christusfiguren in einer normalen Kirche. Dort haben sie immer eine glatte, glänzende Haut, ein paar harmlose Tropfen Blut an den Schläfen, direkt unter der Dornenkrone, einen sanften, edlen Gesichtsausdruck, eine perfekte Mischung aus Barmherzigkeit und Martyrium – und ja, tatsächlich auch – Selbstmitleid. Dagegen ist der Christus an der Morada-Wand archaisch und blutig. Allein die Schnitzarbeit hat etwas Brachiales: grobe, mit dem Stechbeitel gehauene Kerben ziehen sich über Bauch und Schenkel, Finger und Zehen sind nicht mehr als Stummel. Seine Züge sind derb, die Rippen treten spitz hervor. Er hat echtes Haar, das in langen Strähnen herunterhängt.

Jeden Abend spricht ein anderer Hermano die Rosenkranzgeheimnisse und die Brüder intonieren gemeinsam die Erwiderungen. Dieser Teil gefällt Amadeo am besten. Wenn sich alle Stimmen zu einem sonoren Chor vereinen, in stetem, rhythmischem Wechsel. Heute aber ist er wegen Angels Auftauchen nicht ganz bei der Sache. Er überlegt, ob er ihre Mom anrufen soll, damit sie Angel abholt, aber dann müsste er Marissa von der Prozession erzählen, und er verwirft die Idee wieder. »Und warum genau kannst du dich nicht um deine Tochter kümmern?« Er kann den Spott in ihrer Stimme förmlich hören.

Er mustert die betenden Männer: Tío Tíve mit seinen Diabetikerschuhen, die ihm die Veteranen-Krankenkasse bezahlt hat, wie er mit zitternden Lippen murmelt, Frankie Zocal, auf dessen Augenlidern blaue Adern pochen, Shelby Morales mit seinem grauen Pferdeschwanz, den er sich über die Schulter gelegt hat.

»Und die Soldaten flochten eine Krone aus Dornen und setzten sie auf sein Haupt und legten ihm ein Purpurgewand an«, deklamiert Al mit klarer, aber leiser Stimme, als ringe er mit einer mächtigen Gefühlswallung.

Neun Männer sind lächerlich wenig im Vergleich zu früher, hat Al vor einigen Wochen zu Amadeo gesagt, als sie in die schwüle Abendluft hinaustraten. Noch vor wenigen Generationen hatte selbst eine so abgelegene Hermandad einige Hundert Mitglieder. Damals, als ein Priester viele weit verstreute, isolierte Gemeinden betreute, waren die Hermandades nicht nur religiöse, sondern auch gemeinnützige, politische und kulturelle Vereinigungen. Und sie bestatteten ihre Toten selbst.

»Wir sind deinem *tío* wirklich dankbar für die Hermandad. Er hat sie wieder zum Leben erweckt«, sagte Al Martinez. »Selbst als mein Dad ein Kind war, war die Tradition fast ausgestorben. Da war von der alten Morada schon nichts mehr übrig. Aber Tíve hat die alte Tankstelle gekauft und wieder instand gesetzt. Er hat uns zurückgegeben, was wir verloren hatten. Das war das einzig Gute am Tod seines Sohnes.«

Die Morada macht nicht viel her. Vor dem Gebäude stehen zwei kaputte Zapfsäulen und ein Pfosten mit einem rostigen Metallrahmen, an dem einmal ein buntes Plastikschild befestigt war. Das große Fenster wurde mit matter beiger Fassadenfarbe übermalt, die einer der Brüder noch übrig hatte. Manchmal halten Fremde an, um zu tanken, schauen verwirrt auf die geparkten Pick-ups und ziehen unverrichteter Dinge wieder ab.

»Vielleicht ist unsere Morada nicht so schön wie die in Truchas, Abiquiu oder Trampas«, sagte Al Martinez. »Bestimmt kein Motiv für 'ne Ansichtskarte. Unser Las Penas hat nicht das kleinste bisschen Charme, und das ist auch gut so. Sollen die Touristen doch nach Taos fahren, da gibt's jede Menge Künstlerateliers und Bioläden.«

Erst der Rosenkranz, dann das stille Einzelgebet. Das Ganze dauert eigentlich nur eine Stunde, aber es kommt einem viel länger vor; Bittgebet, Bußgebet und Fürbitten ziehen sich schier endlos in die Länge. Schon nach wenigen Minuten zittern einem die Knie, knirschen die Gelenke, und wenn das Rosenkranzgebet vorbei ist, sind einem die Beine eingeschlafen. Und die Zehennägel, die sich in den Betonboden bohren, tun auch weh.

Amadeo denkt an Angel, die jetzt allein zu Hause ist. Wer weiß, was sie alles anstellt; womöglich schnüffelt sie in seinen Sachen herum, lädt Freundinnen ein. Oder gar irgendwelche Jungs.

Beim apostolischen Glaubensbekenntnis gerät Amadeo ins Stocken. Er öffnet die Augen und sieht zu Tíve hinüber, der ihm einen strafenden Blick zuwirft. Schnell schließt Amadeo sie wieder.

»Amen«, sagen die Hermanos, und der Rosenkranz ist zu Ende, ehe Amadeo richtig reingefunden hat.

Das stille Gebet ist am schwierigsten. *Bitte, lieber Gott*, denkt Amadeo, und dann verliert er den Faden. Seine Knie sind ganz wund und er fragt sich, ob das je wieder heilt. Von draußen sind Abendgeräusche zu hören: ein vorbeifahrendes Auto, der heisere Schrei eines Nachtvogels, das leise Plopp der Motten, die gegen die Scheibe fliegen.

—

Amadeos *entrada* – seine Aufnahme in die Bruderschaft – fand vor fünf Wochen statt, am Aschermittwoch.

»Bei Sonnenuntergang klopfst du an«, hatte Tíve ihm eingeschärft, als sie sich zum Mittagessen im Dandy's Burgers in Española trafen. Er sprach betont leise. Amadeo warf der Familie am Nebentisch einen prüfenden Blick zu. Aber die beachtete sie gar nicht. Ein sechs- oder siebenjähriger Junge mit Ketchup-Flecken auf der Hose versuchte wacker einen Hamburger zu essen, während seine Mutter ihm mit einer Serviette im Gesicht herumwischte. Draußen saß Tíves Hündin Honey, ein rotbrauner Dobermann, und beobachtete sie mit hochgezogener Augenbraue durch die Glasscheibe. Ihre unkupierten Ohren verliehen ihr etwas Fledermaushaftes.

»Du klopfst dreimal.« Tíve demonstrierte es ihm auf der Tischplatte. Seine Augen schauten grimmig unter dem Rand seiner Trucker-Kappe hervor.

Amadeos Mutter vergöttert ihren Onkel. Sie malt sich ein ideales Familienleben aus, und Tíve spielt darin die Rolle des einsamen, liebenswerten Griesgrams. Amadeo vermutet, dass Tíve einfach nur seine Ruhe haben will, aber nicht so wie die alten Leute im Fernsehen, die insgeheim hoffen, dass irgendein gescheiterter junger Mensch auftaucht, den sie retten können – und sich selbst auch. Tíve mag zwar alt sein, aber er hat nicht die geringste Lust, Geschichten von früher zu erzählen, in Erinnerungen zu schwelgen oder Lebensweisheiten zum Besten zu geben.

»Ist gut.« Amadeo nickte pflichtschuldig. Er hatte Hunger, wollte aber nicht als Erster seinen Hamburger auspacken. Möglichst unauffällig schob er sich eine Pommes in den Mund.

Sein Großonkel funkelte ihn an. Obwohl er ein verhutzelter alter Mann war, konnte er ziemlich angsteinflößend sein.

»Und vorher musst du fasten und zur Messe gehen, verstanden? Ab jetzt gehst du regelmäßig zur Messe. Und zur Beichte auch.« Tíve reichte ihm eine Anleitung zum Rosenkranzgebet. »Du kennst doch den Text, oder?«

»Wär's nicht besser, wenn ich mir was Eigenes überlege?« Amadeo wedelte mit der Broschüre. »Statt was Auswendiggelerntes runterzuleiern?« Der empörte Blick seines Großonkels ließ ihn rot werden.

Tíve griff in die Brusttasche seines Flanellhemds und gab Amadeo ein zusammengefaltetes Papier. »Präg dir das gut ein«, sagte er. »Und erzähl niemand davon. Das ist streng geheim.«

Amadeo starrte mit zusammengekniffenen Augen auf die mit einem stumpfen Bleistift geschriebenen wackligen Druckbuchstaben. Es sah aus wie ein Gedicht mit vielen Strophen. Und da fiel ihm plötzlich sein Lesebuch aus der fünften Klasse ein – das lange gereimte Gedicht über einen Schmetterling, das er nach der Schule zu Hause in seinem Zimmer immer wieder flüsternd gelesen hatte. Ihn hatte der Rhythmus fasziniert, der Gleichklang der Laute. *Luft … Duft … Wonne … Sonne.* Ganz schön bescheuert.

Weiter unten auf der Seite war ein Fettfleck. Amadeo sah seinen Großonkel vor sich, wie er im trüben Licht der Küchenlampe mit zittriger Hand den Text abschrieb, die kalten Überreste eines einsamen Abendessens aus Rühreiern neben sich.

»Hey, Moment mal. Das ist ja auf Spanisch«, sagte Amadeo.

»Meine Güte«, brummte Tíve und wickelte seinen Hamburger aus. Anscheinend hielt er Amadeo für einen hoffnungslosen Fall.

Selbst Yolanda kann kaum Spanisch, aber es reicht für die Telenovelas, die sie sich abends in ihrem Zimmer im Fernsehen anschaut. »Auf Englisch würde ich's viel besser hinkriegen«, wagte Amadeo sich vor, aber als er die ungläubige Miene seines Großonkels sah, ruderte er zurück: »War nur Spaß. Ich kann das natürlich auswendig lernen. Ich hab in der Highschool Spanisch gehabt.«

Der erste Teil des Rituals bestand in einem Wechselgebet.

Novicio: Dios toca en esta misión, las puertas de cu clemencia. Gott klopft an diese Mission, an die Pforten seiner Barmherzigkeit.

Hermanos: Penitencia, penitencia, si quieres tu salvación. Büße, büße, wenn du errettet werden willst.

»Los. Du musst das üben«, sagte Tíve und Amadeo, plötzlich gehemmt, sprach seinen Text. Zu seiner Überraschung sang sein Großonkel die Erwiderung – mit rauer, klangvoller Stimme. Am Nebentisch hörte der kleine Junge zu kauen auf und sah mit vollen Backen zu ihnen herüber.

Betritt die Morada mit dem rechten Fuß und preise die lieblichen Namen von Jesus, Maria und Josef.

Sobald Amadeo über die Schwelle getreten wäre, würde er vor den alten Männern, die seine Brüder werden sollten, niederknien und um Vergebung bitten.

»Und dann schneidet ihr mich?«

»Erst legst du den Eid ab.«

»Aber danach, oder?«

Tíve nickte unmerklich.

»Tief?« flüsterte Amadeo und unterdrückte das Zittern in seiner Stimme.

Sein Großonkel zuckte mit den Schultern. »Nicht zu sehr. Mach weiter.«

Vergebt mir, meine Brüder, falls ich euch irgendwie erzürnt oder euren Ruf beschmutzt habe.

Und wieder sang Tíve die Erwiderung. *Möge Gott dir vergeben, so wie ich dir vergeben habe.*

Amadeo schossen die Tränen in die Augen, so ergriffen war er. Verlegen wandte er den Blick ab.

Tío Tíve räusperte sich. »Sieh zu, dass du das hinkriegst.«

Es gab auch ganz praktische Gründe für die *sellos* – die drei senkrechten Kerben, die man ihm in den Rücken ritzen würde: Wenn er sich später selbst geißelte, würde das Blut aus diesen Wunden laufen und die Striemen würden sich nicht entzünden.

Anfangs hatte sich Amadeo auf den Moment gefreut, in

dem er sich vor den *sangrador*, den Bluter, knien würde, um von ihm die Male zu empfangen. Aber am Morgen des Aschermittwoch verließ ihn allmählich der Mut. Den ganzen Tag über musste er an die *sellos* denken und er bekam weiche Knie.

Bevor er zur Morada aufbrach, rasierte er sich (duschte aber nicht noch einmal, weil er das Aschekreuz auf seiner Stirn behalten wollte, damit er seinem Großonkel beweisen konnte, dass er zur Messe gegangen war), zog ein neues kariertes Hemd an, das noch ganz steif war, und seine besten Schuhe. Dann spritzte er sich etwas Kölnischwasser auf den Hals. Aber er konnte immer noch einen Hauch von Schweiß an sich riechen.

Kurz bevor er sich auf den Weg zur Morada machte, gewann die Angst schließlich doch die Oberhand: Obwohl er den ganzen Tag gefastet hatte, holte er die Wodka-Flasche aus der Kommodenschublade, schraubte den Deckel ab und nahm ein paar kräftige Schlucke.

An die *entrada* selbst hat er nur noch nebelhafte Erinnerungen: Der Gesang der Hermanos, an- und abschwellend wie Meeresbrandung. Der geheime Eid, der ihn ein Leben lang an die Bruderschaft band. Und der *pedernal*, ein Obsidian mit einer messerscharfen Kante, sichelförmig und bedrohlich. Al Martinez' große, warme Hand, die schwer auf seiner Schulter lag. Dann seine leisen, beruhigenden Worte: »Gleich vorbei, mein Junge. Tief einatmen.« Sein pochendes Herz, ein ohrenbetäubendes Trommeln, kalter Schweiß, der an seinem Körper herabrann. Und dann, als die Klinge die Haut auf seinem Rücken aufritzte, das übermächtige Gefühl der eigenen Unzulänglichkeit.

—

Jetzt endlich bekreuzigt sich Tíve. »Okay«, sagt er unwirsch. »Amen.« Amadeo steht auf, seine Beine kribbeln. Die Hermanos gehen langsam hinaus. Einige werden sich eine Weile auf dem Parkplatz unterhalten, ihre Stimmen noch etwas eingerostet; andere werden sich gleich auf den Heimweg machen, ihre Frauen mit einem Kuss begrüßen und es sich auf der Couch vor dem Fernseher bequem machen.

Amadeo lässt sich Zeit, denn zu Hause wartet nur Angel auf ihn. Tíves Hündin Honey ist ganz aus dem Häuschen, als sie die Männer aus der Morada kommen sieht. Sie jagt über den Parkplatz, kläfft sich die Seele aus dem Leib, die lange, schmale Schnauze in den Himmel gereckt. Wenn man Honey erlebt, ist es kaum zu glauben, dass Dobermänner eigentlich eine ziemlich aggressive Rasse sind; Honey bettelt ständig um Aufmerksamkeit, ist übermütig und ungezogen, hat einen etwas treudoofen Gesichtsausdruck. Ihr rötliches Fell wirkt ausgeblichen, als hätte sie zu lange in der Sonne gelegen. Sie schiebt ihren Kopf unter Tíves Hand und wedelt heftig mit ihrem Stummelschwanz.

»Wart mal kurz«, sagt Al Martinez und klopft Tío Tíve auf die magere Schulter. Tíve zuckt zusammen. »Ich möcht dir gern Elenas Jüngste zeigen. Meine zweite Enkelin!« Schon zieht er sein Handy aus der Tasche und wischt gekonnt über das Display. »Guck mal!«

Tíve betrachtet das Foto und auch Amadeo reckt den Hals, um einen Blick auf das Baby zu werfen: Ein unansehnlicher Säugling mit dunkelrotem Gesicht und einem gerüschten Haarband um den kleinen Kopf. »Ah ja«, sagt Tíve.

»Eine kleine Schönheit. Hat den gleichen hübschen Mund wie ihre Grandma.« Al hält sich das Handy dicht vor die Nase, betrachtet verzückt das Foto und steckt es dann wieder in die Tasche. Er räuspert sich. »Hör mal, Tíve, Isaiah, mein Jüngster, würde gern bei uns mitmachen. Er will auch ein Hermano werden. Und weil wir ja gerade *novicios* aufnehmen …« Er dreht den Kopf in Amadeos Richtung. »Wäre er der ideale Kandidat. Er will zurück zu seinen Wurzeln.«

»Nein«, sagt Tíve. »Keine Novizen mehr.«

»Aber Tío Tíve. Er ist ein guter Junge, leitet eine Abteilung bei Lowe's. Ist gerade vierzig geworden. Wir brauchen doch junge Leute. Hast du selbst gesagt.«

»Nein. Das ist jetzt nicht der richtige Zeitpunkt.«

Zorn flackert in Als Miene auf, weicht schnell bitterer Enttäuschung. Er schaut wieder zu Amadeo hinüber, sagt dann leise zu Tío: »Bitte, Bruder. Das ist ungeheuer wichtig für Isaiah. Um Elena muss ich mir zum Glück keine Sorgen machen, aber Isaiah kommt vom Heroin nicht los, macht eine Entziehungskur nach der andern, hat sogar mal seiner eigenen Schwester die Bude ausgeräumt, hat den Computer, den Fernseher und so weiter mitgehen lassen. Wir wissen nicht, was wir noch machen sollen. Es geht ihm jetzt zwar wieder besser, aber es würde ihm wirklich helfen, wenn er etwas hätte, woran er sich festhalten kann. Das wäre seine Rettung, glaubt er, und das glaub ich auch.«

»Dieses verfluchte Zeug kommt mir nicht in unsere Morada. Niemals.« Leicht gebeugt trottet Tíve zu seinem Pick-up.

»Ganz schön hart«, sagt Amadeo, obwohl es ihn insgeheim freut, dass man *ihn* ausgewählt hat, nicht nur für die Hermandad, sondern auch für die wichtigste Rolle, die es überhaupt gibt. »Sein Sohn Elwin ist an 'ner Überdosis gestorben.«

»Ich weiß.« Mit bekümmertem Gesicht sieht Al Tíve nach. Dann sagt er: »Als mein Grandpa noch gelebt hat, gab's einen Jesus, der hat auf Nägeln bestanden. Das war der beste Jesus, den's je gegeben hat.«

Amadeo schluckt. »Echt? Die haben ihn ans Kreuz genagelt? Mit richtigen Nägeln?«

Al Martinez nickt. »Das nenn ich wahren Opfermut. Stell dir das mal vor.« Er tippt mit dem Zeigefinger auf die Innenfläche seiner Hand.

»Wer war der Typ?« Amadeo hat das Gefühl, einem großen Mysterium auf der Spur zu sein. Noch tappt er im Dunkeln.

Al zuckt die Achseln. »Ich weiß nur, was mein Dad mir erzählt hat, und der hat's von seinem Dad. Ich weiß nur, dass er's getan hat.« Er wirft seinen Schlüsselbund hoch, fängt ihn wieder auf und geht zu seinem Auto.

Amadeo bleibt allein auf dem verlassenen Parkplatz zurück. Nach so einer Erfahrung wäre man sicher nicht mehr derselbe. Er malt sich die Szene aus, in schwarz-weiß, so wie er sich immer vergangene Ereignisse ausmalt: das unbewegte Gesicht des Mannes, als die Nägel in sein Fleisch eindringen, das grelle

Licht, das ihn durchzuckt. Ringsum fallen die Menschen auf die Knie.

—

Am Karmittwoch wird Amadeo morgens um halb sieben vom Gurgeln und Zischen der Wasserrohre in der Wand hinter seinem Kopf geweckt. Er wirft sich im Bett herum und versucht, nicht an Angel zu denken. Das Leiden Christi, ermahnt er sich. Denk dran. Jeden Abend nach dem Duschen übt Amadeo vor dem Badezimmerspiegel die passende Mimik, während das Wasser an seiner Stirn herunterläuft. Er breitet die Arme aus, spannt seine Gesichtsmuskeln an, entspannt sie wieder, probiert verschiedene Arten von Leidensmienen aus. Jetzt, im Bett, versucht er es wieder, aber seine Muskeln sind steif wie alte Autoreifen. Er versucht sich in den Mann hineinzuversetzen, der vor langer Zeit mit ein paar Nägeln Großes vollbracht hat.

Wenn er an Angel denkt, wird ihm ganz flau im Magen, und wenn er sich fragt, wer sie wohl geschwängert hat, wird ihm noch flauer. Seine Mutter hat nichts darüber gesagt, aber er kann sich den Typen auch so vorstellen: Wahrscheinlich irgend so ein Latino-Gangster, der aus dem Fenster seiner Prolo-Karre Drogen vertickt.

Als er wieder wach wird, starrt ihm Angel ins Gesicht und stupst ihn an. »Dad? Fährst du mich zur Schule? Du musst jetzt aufstehn.«

Amadeo brummelt etwas in sein Kissen und sie geht wieder hinaus und schließt die Tür. Später hört er undeutlich, wie sie seinen Namen ruft, aber der Laut dringt nicht durch die Nebelschichten seines Schlafs.

Als er aufwacht, ist es nach zehn. Das Haus ist sonnig und leer. Es sind noch zwei Stunden bis zur Messe. Angel hat ihm einen Zettel hingelegt: *Tío Tíve fährt mich*. Sonst nichts. Kein Name, kein Smiley. Schuldgefühle schnüren ihm die Brust zusammen. Er isst die kalten Spiegeleier mit Bacon, die Angel ihm hingestellt hat. Und dann, weil das beklemmende Gefühl einfach nicht weggehen will, macht er sich ein Bier auf.

Angel hat noch nie Sport gemacht, auch in keiner Mannschaft, sie bringt nicht mal einen ordentlichen Liegestütz zustande. In ihrem letzten Grundschuljahr hat sie Menstruationsbeschwerden vorgetäuscht, um vom Turnen befreit zu werden. Und in der Mittelstufe war ihr dank der Einsparungen im Schulwesen der Sport ganz erspart geblieben. Aber weil wissenschaftliche Studien gezeigt haben, dass Kleinkinder weniger krankheitsanfällig oder übergewichtig sind, wenn sich ihre Mütter während der Schwangerschaft regelmäßig bewegen, geht Angel jetzt jeden Nachmittag spazieren. Brianna, Angels Lehrerin bei Smart Starts!, hat jeder von ihnen einen Tagesplaner und ein Blatt mit Sternen aus Silberfolie gegeben, damit sie ihre sportlichen Aktivitäten festhalten können. Angel liebt diesen Planer mit seinem weinroten geprägten Plastikeinband, der wie echtes Leder aussieht. Und sie liebt es, den Stern ordentlich neben jedes Datum zu kleben.

Bei dem Programm geht es hauptsächlich darum, den eigenen Tagesablauf zu dokumentieren. Neben ihren körperlichen Aktivitäten halten die jungen Mädchen in ihren Tagebüchern und Planern auch ihre tägliche Vitamineinnahme sowie ihre Stimmungen fest. Sie notieren ihre Hochs und Tiefs, worüber sie sich gefreut haben und was sie geärgert oder traurig gemacht hat. Die Mütter unter ihnen protokollieren Stillzeiten, Stuhlgang und Schlafenszeiten ihres Säuglings und die anderen ihre eigene Ernährung, ihren Stuhlgang und ihren Schlaf.

»Es geht um Achtsamkeit«, erklärt Brianna der Klasse. »Es geht darum, dass ihr euch bewusst macht, wie euer Alltag eigentlich aussieht, damit ihr euer Leben selbst gestalten könnt.« Sie sitzt auf ihrem Pult und schlenkert mit den Beinen. Ihre klobigen Trekkingsandalen gehören zu den vielen Dingen, die Angel an Brianna gefallen. Brianna wirkt in ihnen zierlich, tough und irgendwie sehr weiblich.

Brianna. Einer der schönsten Namen, den Angel je gehört

hat. Sie hatte noch nie eine Lehrerin, die von ihren Schülern mit dem Vornamen angesprochen werden wollte. Das macht Brianna so sympathisch, so aufgeschlossen und modern. Sie erzählte ihnen, dass sie in Oregon aufgewachsen sei, das Angel sich als saftiges grünes Paradies vorstellt, mit plätschernden Bächen und ehrlichen, freundlichen Menschen. Im Unterricht zeigt sich Angel von ihrer besten Seite: Sie ist fleißig, brav, fast schon ein Unschuldslamm.

Zu Hause bei ihrer Mom hat Angel versucht, ihren täglichen Spaziergang möglichst abwechslungsreich zu gestalten. Man kriegt eine Menge mit, wenn man durch Española läuft, sieht nicht nur den braunen Rio Grande, der sich träge durch die Stadt windet. Einmal beobachtete sie eine weiß gekleidete Sikh mit blonden Augenbrauen, die ihr Telefongespräch unterbrach, um sich in den Rinnstein zu übergeben. »Da bin ich wieder«, sagte sie anschließend und richtete ihren Turban. Ein anderes Mal torkelte ein Mann über den Parkplatz des Jade Star-Restaurants und brüllte den verblüfften Passanten zu: »Ich will meinen Schnee!« Manchmal kam sie an Junkies vorbei, die zugedröhnt und schicksalsergeben in Hauseingängen hockten, und Angel machte immer einen großen Bogen um sie. Einmal sah einer sie flehentlich an. »Hallo«, sagte er matt. Vor der Stadtbücherei stieß sie eines Nachmittags auf einen Hundezirkus, den eine Tierschutzorganisation auf die Beine gestellt hatte, und sah zu, wie Terrier in Tutus durch Ringe sprangen, Spielzeugautos fuhren und auf dem Rücken ihrer Kameraden balancierten. Sie staunte über ihre Geschicklichkeit, vor allem, weil sie vorher ihr Dasein in einem Zwinger gefristet hatten, nur um irgendwann eingeschläfert zu werden.

Hier draußen gibt es jedoch nichts als trockene Pinyon-Kiefern, Grasbüschel und kleine verdorrte Kakteen. Hin und wieder auch Kaninchen oder Wachteln. Eine einzige Straße schlängelt sich durch die Berge. Schon seltsam, dass trotz der weiten Landschaft ihre Bewegungsfreiheit viel eingeschränkter ist als in Española. Wenn man am Ende der Einfahrt nach rechts abbiegt, geht der rissige Asphalt schon bald in Erde über und hört kurz danach ganz auf. Wenn man nach links geht, landet man nach einer Meile oder so in dem trostlosen kleinen Dorf Las Penas.

Die meisten Familien hier draußen leben schon seit Jahrhunderten auf demselben Stück Land. Zwischen zerfallene Adobe-Häuser wurden Trailer oder Häuser aus Beton gequetscht. Manche Familien wie die Romeros bauen immer noch Mais, Kürbis und Chili auf ihren kleinen Äckern an, die sie mit Hilfe von *acequias,* Kanälen, bewässern – schnurgerade grüne Reihen mit frischem Gemüse, das dem Junkfood der Supermärkte trotzt. Die Familiennamen sind immer dieselben: Padilla, Martinez, Trujillo, Garcia. Man heiratet untereinander, als würde man ständig dieselben Spielkarten mischen.

Manchmal kann Angel nachvollziehen, was weiße Künstler an dieser Landschaft fasziniert. Im Vordergrund winken junge Maispflanzen mit ihren frischen grünen Blättern. Ein Erdhörnchen sitzt aufrecht da, senkt den Kopf und kratzt sich mit seinen Pfötchen an der Brust. Im Hintergrund erheben sich die Berge, wie gemalt – blau und golden.

So viel Schönheit! Aber auch unterfinanzierte öffentliche Schulen, trockene Winter, ein sinkender Grundwasserspiegel, beschissene Jobaussichten. Was es allerdings im Überfluss gibt, ist billiges Heroin. »Das ist der reinste Völkermord und wir tun uns das auch noch selbst an«, sagte Mrs. Lujan, Angels Englischlehrerin letztes Jahr, mit Tränen in den Augen, nachdem noch eine ihrer Schülerinnen – ein Mädchen aus der Elften, das Angel allerdings nur vom Sehen kannte – an einer Überdosis gestorben war. »Ich bitte euch«, flehte sie die Klasse an. »Lasst die Finger davon!«

Angel ist ziemlich sauer auf ihren Dad. Obwohl sie nicht viel von ihm erwartet, schafft er es trotzdem noch, sie zu enttäuschen. Er steht nicht mal auf, um sie zur Schule zu fahren. Was hat ein Arbeitsloser eigentlich groß zu tun? Hat sie wirklich geglaubt, dass er sich für was anderes als sich selbst interessiert? Es ist verrückt, wie wichtig er diesen Büßerkram nimmt. Jeden Abend muss er in der Morada den Rosenkranz beten, hat er ihr gestern gesagt.

»Hast du denn überhaupt einen Rosenkranz? Seit wann gehst du in die Kirche?«

»Man fragt einen Mann nicht nach seinen Gebeten«, sagte er.

Sie hob die Hände. »Okay, okay.« Also verbrachte sie den Abend damit, durch ihr Handy zu scrollen und fernzusehen. Sie versuchte noch einmal, ihre Großmutter zu erreichen, aber umsonst. Schließlich ging sie ins Zimmer ihrer Großmutter und legte sich auf das Himmelbett, drückte das Gesicht ins Kissen, um den samtigen Parfümduft einzuatmen.

Heute ist es ungewöhnlich warm für April und Angel bricht der Schweiß aus. Sie denkt an ihren Sternensticker und läuft schneller. Die Wolken am Himmel sind flauschig und harmlos – wie in einem Bilderbuch.

Die Straße steigt sanft an und fällt wieder ab. Wenn man mit dem Auto hier entlangrast, spürt man ein Kribbeln im Magen. Angel weiß noch, dass sie als kleines Mädchen ihren Dad immer angefeuert hat, schneller zu fahren. Und er hat ihr den Gefallen getan und sich über ihr Jauchzen amüsiert. Zu Fuß ist der Weg nur anstrengend.

Sie schaut wieder auf ihr Handy: Keine verpassten Anrufe. Sie hat es in den letzten Tagen mindestens tausendmal bei ihrer Großmutter versucht, aber immer ist die Mailbox angegangen.

Sie scrollt zur Nummer ihrer Mutter, tippt aber nicht drauf. Seit einem Jahr oder so herrscht zwischen ihnen Funkstille. Das Schweigen ging von Angel aus. Sie wollte ihre Mutter bestrafen und hoffte gleichzeitig, dass sie sich irgendwann versöhnen würden. Aber das scheint nicht zu funktionieren. Angel ist entschlossen, durchzuhalten, *incommunicado* zu sein, bis ihre Mutter weich wird und als Erste anruft. Aber ihre Mutter sitzt am längeren Hebel, weil Angel noch ein Kind ist und ihre Mom dringender braucht als die sie.

Marissa hat kein Recht, sauer auf Angel zu sein – nicht, nachdem ihr Freund, der blöde Wichser, Angel beinah umgebracht hätte. Man hört ja immer wieder, dass Mädchen, die missbraucht wurden, ihren Müttern, Lehrerinnen oder Großmüttern nichts davon erzählen. Angel hat das nie verstanden. *Ihre* Mutter, da war sie sich sicher, würde jeden, der ihre Tochter auch nur anrührt, umbringen. *Natürlich* erzählte Angel es ihrer Mutter. Genüsslich malte sie sich aus, was dann passieren würde: Marissa würde Mikes Sachen zum Fenster hinauswerfen – seine in Plastik eingeschlagenen und alphabetisch geordneten Bücher über amerikanische Geschichte, seinen Zeichentisch, der das halbe Wohnzimmer einnimmt, seine teuren Druckbleistifte. Ihre Mutter würde auf ihn losgehen – vielleicht mit einem Messer –, ihr ganzer Körper würde beben vor Wut.

Aber als Angel ihr sagte, dass Mike versucht hatte, sie zu erwürgen, schüttelte Marissa bloß den Kopf. »Er hat nur Spaß gemacht, Mike albert doch gern mal rum.«

»Nie im Leben«, sagte Angel und hielt die Hand an ihren Hals, um es ihrer Mutter zu demonstrieren. »Er hat versucht, mich umzubringen.« Inzwischen fragt sich Angel selbst, ob es vielleicht doch nur Spaß war.

»Das würde Mike niemals tun.« Marissa nahm Angels Gesicht in beide Hände – nicht besonders zärtlich – und drehte ihren Kopf hin und her, um ihren Hals zu begutachten. »Ich seh keine blauen Flecken.«

»Dann hat er sich dumm angestellt. Außerdem krieg ich nicht so schnell blaue Flecken.« Angels Augen brannten. Sie hasste sich, weil sie nicht wusste, was sie glauben sollte. Es hatte nicht wehgetan, als Mike ihren Hals umfasste, und er hatte nicht mal zugedrückt, aber trotzdem hatte ihr Herz wie wild geschlagen.

Marissa drehte sich um und begann, das saubere Geschirr wegzuräumen. Ihre Schläfe pochte. »Er hat einfach rumgealbert und du verstehst eben keinen Spaß.«

Aber selbst wenn das stimmte – und es *könnte* stimmen –, war der Verrat ihrer Mutter so schockierend, dass Angel zuerst nicht glauben konnte, dass die Diskussion damit beendet war. Sie wartete darauf, dass sich ihre Mutter wieder zu ihr umdrehte, sich entschuldigte und zugab, dass sie sich geirrt hatte. Und dafür sorgen würde, dass Mike ihrer Tochter nie wieder zu nahe kam, aber Marissa öffnete nur den Gefrierschrank und nahm die Riesengarnelen für Mikes geliebtes Kokos-Curry heraus.

Danach hielt es Angel noch eine Woche zu Hause aus, weigerte sich aber, mit ihrer Mutter oder Mike auch nur ein Wort zu wechseln, und hatte immer mehr das Gefühl, dass sie tatsächlich aus einer Mücke einen Elefant gemacht hatte.

Aber gestern wachte sie von einem Albtraum auf, in dem er versucht hatte, sie zu erwürgen, sein Gesicht war ganz dicht vor ihr, und sie war so panisch vor Wut, dass sie bis morgens in ihrem Zimmer auf- und ablief und dann erklärte, dass sie zu ihrem Dad und ihrer Großmutter ziehen würde. Ihre Mutter fuhr sie schweigend hin, ihr Unterkiefer zitterte, während Angels Herz wie wild schlug.

»Keiner da«, stellte Angel enttäuscht fest, als ihre Mutter in die leere Einfahrt einbog.

»Und was jetzt? Willst du hierbleiben oder heimfahren? Ich habe nicht vor, hier zu warten, bis dein Dad auftaucht. Wer weiß, wo der sich wieder rumtreibt.« Marissa umfasste das Lenkrad fester. »Hast du nicht vorher angerufen? Du warst ewig nicht hier und hast nicht mal angerufen?«

Angel hievte sich aus dem Wagen und klopfte an die Haustür. Die Autotür ließ sie weit offen, damit ihre Mutter nicht einfach wegfuhr. Sie textete ihrem Dad und ihrer Großmutter, aber keiner von beiden antwortete. Warum konnte in ihrem Leben nicht mal irgendwas funktionieren?

»Ich bleib hier.« Angel holte ihre Reisetasche von der Rückbank, beugte sich dann über den Beifahrersitz, aber ihre Mutter starrte stur geradeaus. »Tschüs, Mom«, verabschiedete sie sich resigniert und ärgerte sich über ihre zittrige Stimme.

»Tschüs.« Marissa legte den Rückwärtsgang ein und wartete darauf, dass Angel die Tür zuschlug. Sie rief später nicht mal an, um sich zu erkundigen, ob irgendjemand nach Hause gekommen war und Angel reingelassen hatte. Marissa würde es nicht mal wissen, wenn Angel entführt worden wäre. Oder ermordet. Ihr Bauch aufgeschlitzt und ihre Gebärmutter rausgerissen.

Als Angel in der Mittelstufe war, hatten sie und ihre Mutter öfters tränenreiche Auseinandersetzungen darüber, wer staubsaugen musste oder wer für das Chaos auf dem Küchentisch verantwortlich war. Manchmal saßen sie anschließend erschöpft auf der Couch und ihre Mutter kratzte liebevoll Angels Kopf. Meistens jedoch fühlte sich Angel unverstanden und war jedes Mal bestürzt, dass diese Streitigkeiten ihrer Mutter genauso zusetzten wie ihr.

Aber dieses Schweigen ist schlimmer. Sie fragt sich, ob ihre Mutter ihr eine Lektion erteilen will oder ob sie sie wirklich so sehr hasst und sie bereits aus ihrem Leben gestrichen hat.

Jetzt ist Angel hier in Las Penas mit nichts als ihrer Reisetasche. Bis vor Kurzem war sie noch eine leidenschaftliche Sammlerin: Beanie Babies, Plastikschweinchen, kleine Pompoms mit Hüten und Glotzaugen. Es machte ihr Spaß, ihre Sammlungen auf Regalen anzuordnen und in den Prospekten die Artikel abzuhaken, die sie schon besaß, und die anderen zu umkringeln. Sie freute sich immer, wenn eine Serie vollständig war. Aber kurz bevor sie ging, packte sie alles in eine Tüte und stopfte sie in die grüne Mülltonne. Es war besser, keinen unnötigen Ballast mitzuschleppen. Dann war sie frei und unbelastet.

Mit dieser Aktion wollte sie aber auch ihrer Mutter eins auswischen, die ihre Sammelleidenschaft unterstützt hatte. Marissa sammelt Disney-Plüschtiere. Angel stellte sich vor, wie ihre Mutter an Angels Zimmertür stehen blieb und entsetzt auf die nackten Wände und leeren Regale starrte. Angel wusste von Plakaten in der Schule, dass jemand, der seine Schätze verschenkte, möglicherweise ein Selbstmordkandidat war. Und ihr gefiel die Vorstellung, dass ihre Mutter litt. Wahrscheinlich, so denkt sie jetzt grimmig, hat ihre Mutter gar keine Ahnung von solchen Warnhinweisen. Wahrscheinlich konnte ihre Mutter es kaum erwarten, ihre Disney-Figuren in Angels Zimmer zu räumen, die sich mit ihrem gruseligen Grinsen, den Plastikaugen und übergroßen Köpfen auf ihrem Bett und den Regalen breitmachen würden. Oder schlimmer noch, ihre Mutter würde Mike Angels Zimmer als Büro überlassen, wo er seine Analfixierung voll ausleben könnte. Da könnte er sich mit seinen akribischen Bauplänen vergnügen, den hypergenauen Winkelmessern und teuren japanischen Stiften, die man auf keinen Fall anrühren durfte, nicht mal, um eine kurze Telefonnachricht zu schreiben.

Die Straße beschreibt eine sanfte Kurve und dann kommt das Dorf in Sicht. Las Penas besteht hauptsächlich aus verlassenen Häusern, mit schwarzen Löchern, wo früher mal Fenster waren. Vor der Kirche liegen noch ein paar intakte Gehwegplatten aus dem New Deal, was man an dem eingeprägten WPA erkennen kann. Zweifellos hat das Dorf schon bessere Zeiten gesehen. Überall gibt es Hinweise auf gescheiterte Existenzen: vernagelte Fenster, verblasste Buchstaben, kaum lesbar auf dem bröckelnden Putz. *Lebensmittel. Pfandleihe. Hamburger.*

Las Penas könne sie mal, sagt ihre Mutter, aber eigentlich meint sie Amadeo und nicht den Ort. Sogar auf der großen Straßenkarte von New Mexico, die ihre Großmutter vom amerikanischen Automobilklub bekommen hat, kann man Las Penas kaum erkennen. Die meisten hier arbeiten in Española oder Los Alamos oder, wie ihre Großmutter, in Santa Fe. Alles, was zum Leben dazugehört, kann man woanders leichter haben. Es spricht rein gar nichts für dieses Kaff.

Angel war nicht oft hier – wenn sie ihre Großmutter besuchte, gingen sie normalerweise in Española ins Restaurant – und die Ferien verbrachte sie meistens bei den Eltern ihrer Mutter, Ramon und Lola, die absolut kein Verständnis für Angels Situation haben und denen offenbar entfallen ist, dass ihre eigene Tochter mal im selben Boot saß. Eigentlich ist Großpapa Ramon derjenige, der kein Verständnis hat, denn Großmama Lola ist so daneben, dass sie Angel nicht mal mehr erkennt. Angel geht ihnen aus dem Weg, weil sie ehrlich gesagt auf diesen Stress keinen Bock hat.

An der Idle Hour Cantina kehrt sie um. Es ist halb sechs und die Sonne verschwindet bald hinterm Horizont. Angel läuft zügig durchs Dorf zurück. Sie wird was zum Abendessen kochen – sie muss ihrem Dad noch sagen, dass sie kaum noch Gemüse haben – und dann wird sie ihre Hausaufgaben machen. Sie wird einen Stern in ihren Planer kleben.

In diesem Moment vibriert ihr Handy. Sie spürt ein erwartungsvolles Prickeln, wie immer, wenn jemand sie zu erreichen versucht. Das muss ihre Großmutter sein. Aber nein, viel besser: Es ist Lizette aus der Schule.

Was geht ab?

Sie lächelt. Lizette Maes ist ein Jahr älter als sie und viel cooler als ihre ehemaligen Freundinnen von der Española Valley High School, aber aus irgendeinem unerfindlichen Grund interessiert sie sich für Angel. Soweit Angel weiß, ist Lizette Waise und wohnt seit dem Drogentod ihrer Mutter vor drei Jahren bei ihrem Bruder und dessen Freundin. Aber sie beklagt sich nicht, es scheint ihr nicht mal was auszumachen. Angel kommt sich richtig kindisch vor, denn wenn sie an Lizettes Stelle wäre, würde sie wahrscheinlich nur rumjammern. Sie fühlt sich ja schon vernachlässigt und ungeliebt, obwohl ihre Eltern noch leben.

Begierig antwortet Angel auf die Textnachricht, wie eine Verbannte, die sich verzweifelt nach menschlichem Kontakt sehnt. *Geht so. Bei dir?* Letzte Woche hatte Brianna einen Mini-Zusammenbruch, als sie Angels Textanalyse korrigieren musste. Seitdem achtet Angel penibel auf korrekte Rechtschreibung und Zeichensetzung. Allerdings gilt man dann schnell als streberhaft. Und Angel will auf keinen Fall, dass Lizette sie für eine Streberin hält. *Langweilig lol*, fügt sie hinzu.

Angel hält das Handy in der Hand und wartet auf Lizettes Antwort, aber es kommt keine. Sie sollte das nicht persönlich nehmen – Lizette ist nicht gerade zuverlässig. Aber warum hat sie sich dann überhaupt gemeldet? Vielleicht war die Nachricht ja gar nicht für sie bestimmt. Nur weil sie selbst außer bei Smart Starts! keine Freundinnen mehr hat, heißt das ja noch lange nicht, dass es Lizette genauso geht. Wahrscheinlich hat sie Unmengen von Freundinnen. Vielleicht geht sie heute Abend weg. Bei diesem Gedanken fühlt sich Angel noch einsamer.

Im letzten Monat hat sich niemand aus ihrer ehemaligen Clique bei ihr gemeldet, weder angerufen noch geschrieben. Warum auch? Sie hat Pickel und ist aufgebläht. Und die anderen haben immer noch ihren Spaß.

»Sex verkompliziert alles, sowohl in praktischer als auch in emotionaler Hinsicht«, erklärte Brianna gestern der Klasse, und vor allem, was die Praxis betraf, hatte sie so was von recht. Allerdings war Angels Sexleben in den ersten Monaten, zumindest emotional gesehen, überhaupt kein Problem. Ihre Gefühle flammten auf und waren kurz darauf wieder erloschen.

Sogar als Ryan Johnson aus ihrem Geometriekurs sie im letzten Frühjahr und dann noch mal im Herbst fragte, ob sie seine Freundin sein wolle – genauso hat er es formuliert –, und richtig traurig schien, als sie ihm einen Korb gab, fand sie das überhaupt nicht kompliziert.

Angel ist nicht wie die schwangeren Teenies im Film, mit denen das Publikum sympathisiert, die gleich beim ersten Mal schwanger werden und dann auch noch von ihrem besten Freund oder irgendeinem Typen, der die Situation ausgenutzt hat. Angel hat es Spaß gemacht, überall in der Schule herumzuerzählen, dass sie Sex hatte – dass sie sexuell *aktiv* war, wie Brianna sagen würde. Sie hatte sich stark und überlegen gefühlt, sinnlich und geheimnisvoll.

Angel war eigentlich noch nie verrückt nach Jungs. Nicht wie Priscilla, ihre beste Freundin seit der vierten Klasse – frühere beste Freundin –, die sich nichts sehnlicher wünschte als einen festen Freund und letztes Jahr sogar einen Teil ihres Geburtstagsgelds in ein Abonnement für ein Brautmagazin investiert hat.

»Ein *Braut*magazin? Machst du Witze?«, fragte Angel, während sie sich auf Priscillas Bett fläzte und die Hochglanzzeitschrift durchblätterte. »Kriegst du nicht noch die *Highlights*?« Nein, und das wusste Angel auch, denn Priscilla hatte ihr früher immer die ausgelesenen Hefte gegeben, weil Angel süchtig nach den Wimmelbildern war. Ihre Mutter verschwendete nie Geld für irgendwelche Zeitschriften, außer für *People*, das praktisch ein Muss für jeden informierten Bürger ist. »Du redest ja nicht mal mit Kevin Gabaldon, Cilla. Meinst du nicht, du solltest wenigstens mal Hallo sagen, bevor du die Hochzeitstorte bestellst?«

Priscilla kniff ihre ohnehin schon schmalen Lippen zusammen. »Das sagst du nur, weil deine Mutter nichts von der Ehe hält. Schon mal was davon gehört, dass man an die Zukunft denken muss, Angel? ’Ne perfekte Hochzeit zu planen, kann vier Jahre dauern, und wenn ich jetzt schon anfang, die ganzen Kleider und die Deko auszusuchen, geht’s bestimmt schneller.« Sie beugte sich über Angel und tippte auf eine Seite, auf der eine blonde Braut abgebildet war, die mit gerafftem Rock durch einen üppigen Garten lief und dabei einfältig lächelnd über die nackte Schulter blickte, verfolgt von einer ausgelassenen Hochzeitsgesellschaft. »Außerdem gefallen mir die Fotos.«

Angel wollte schon anmerken, dass sich die Mode wahrscheinlich längst geändert hätte, wenn Priscilla irgendwann heiraten würde, aber als sie umblätterte und feststellte, dass die Kleider alle ziemlich ähnlich aussagen, verkniff sie es sich.

Obwohl Angel keinerlei Wert auf eine feste Beziehung legt, macht – oder machte – ihr Sex Spaß. Er stellte eine unsichtbare Verbindung zwischen ihr und dem jeweiligen Jungen her und verriet ihr bestimmte intime Details über ihn. Sie weiß noch, dass sie nach ihrem ersten Mal letzten Sommer, als sie mit einem Jungen geschlafen hatte, um es endlich hinter sich zu bringen, nicht glauben konnte, wie unspektakulär das Ganze war. So viel Trara um Nichts. Und sie war sich überhaupt nicht wie eine Sünderin vorgekommen. Aber als sie den Jungen danach in der Schule sah, erinnerte sie sich daran, welche Laute er beim Sex von sich gab, dass er nachher verlegen lachte. Sie fühlte sich überlegen, wenn sie diese Typen – die vorher so rumgeprotzt hatten – nackt erlebte, mit ihren pickeligen Rücken, ihren bedürftigen, drängenden Penissen. Sie waren so erbärmlich, wenn sie sich grunzend und schnaufend abmühten und anschließend schlapp und wehrlos dalagen.

»*Du* hast Glück«, beschwerte sich Priscilla, während sie durch die nach Schweiß riechenden Gänge der Highschool liefen, die sie seit August besuchten. »Alle wissen jetzt, wer du bist.«

»Sie wissen auch, wer *du* bist«, sagte Angel freundlich, aber Priscilla hatte recht: Sobald man bewiesen hatte, dass man begehrenswert war, wurde man automatisch noch begehrenswerter. Ältere Schüler begrüßten Angel auf dem Parkplatz. Sie luden sie zu Partys ein. Für Priscilla und ihre gemeinsamen Freundinnen wurde Angel zur Expertin in Sachen Sex und bot gleichzeitig jede Menge Gesprächsstoff. Angel bemitleidete die anderen Mädchen wegen ihrer hoffnungslosen Naivität.

Schließlich wurde zumindest die Beziehung zu ihrer besten Freundin »emotional gesehen« kompliziert. Priscilla ist dünn und tough und manchmal nicht sehr nett. Und im Verlauf des Herbstsemesters wurde sie immer fieser.

»Echt krass, dass du so 'ne Schlampe geworden bist«, sagte Priscilla zu ihr, während sie ihr Make-up auf der Toilette auffrischten. »Ich mein das nicht unbedingt negativ, aber du bist nun mal nicht so hübsch wie Kylie oder Sabrina.« Die Toiletten der Española High School hätten gut in ein Gefängnis gepasst. Es gab keine Türen. Die Waschbecken sahen wie Tröge aus und statt Spiegeln, die sich bei einem Aufstand als nützlich erwiesen hätten, waren Metallplatten an die Wand geschraubt. Die ganze Architektur ließ einen an Meuterei und Flucht denken.

Angel blickte prüfend in ihr verschwommenes, verzerrtes Spiegelbild. »Na und? Ich seh doch ganz okay aus.«

»Ich hätt das nie von dir gedacht. Weißt du noch, was für eine Streberin du in der Mittelstufe warst? Außerdem sind dicke Schlampen ziemlich selten.«

»Ich bin nicht dick«, sagte Angel, und das stimmte, sie war eben nur kein dürres Klappergestell.

Nachdem Priscilla sie zum hunderttausendsten Mal als dick bezeichnet hatte, war es Angel eine Genugtuung, betrunken auf einer Party mit dem mürrischen, milchbärtigen Kevin Gabaldon zu flirten, für den Priscilla seit der siebten Klasse schwärmte, ohne irgendwas zu unternehmen. Dabei war es so einfach gewesen, ihm ein Lächeln zu entlocken, dann einen Schritt auf ihn zuzumachen, vom Reden zum Küssen überzugehen und sich schließlich in der dunklen Wäschekammer an ihn zu pressen. Angel liebte dieses Drängen, diese Eile, wenn ein Kleidungsstück nach dem anderen auf den Boden fiel, als wäre es schon immer überflüssig gewesen.

Priscilla war so sauer, als sie das mit Kevin erfuhr, dass sie ein kopfloses Nacktbild in der Schule herumschickte und behauptete, es wäre Angel. Angel wusste dank Ryan Johnson davon, der es ihr nach dem Unterricht in der Bibliothek gezeigt hatte.

»Hey«, sagte Ryan Johnson und trat verlegen von einem Fuß auf den anderen.

Angel sah von ihrem Matheheft auf und verdrehte die Augen. »Was willst du?« Er hatte sie dieses Jahr schon zweimal um ein Date gebeten und sie hatte jedes Mal höflich abgelehnt, aber ihre Geduld war langsam zu Ende. Dieser Typ kriegte es nicht in seinen Schädel, dass Sex absolut nichts bedeutet. Er folgte ihr wie ein verlorenes Rehkitz.

Ryan befingerte seine dünnen blonden Haare und biss sich auf seine aufgesprungene Unterlippe. Hatte er noch nie was von einem Fettstift gehört? Dann hielt er ihr sein Handy unter die Nase.

Das Ganze war lächerlich. *Guck mal, was mir jemand geschickt hat, die arme Angel!!! Die tut mir so leid!!!* Die Person auf dem Foto hatte einen Körper, der zwanzigmal besser aussah als Angels und mindestens einer Halbprofessionellen gehörte, wenn man sich die kugelförmigen Brüste und den blonden Landestreifen zwischen den gespreizten Beinen ansah.

»Das bin ich nicht«, murmelte Angel. Sie fröstelte und bei der Vorstellung, dass sie am Abgrund stand und ihr Leben wahrscheinlich ruiniert war, wurde ihr ganz übel. Die Bibliothek war fast leer, bis auf drei Mädchen, die in einer entfernten Ecke zusammensaßen und über das Jahrbuch diskutierten, aber trotzdem hielt sie die Hand übers Display. »Das bin ich nicht«, wiederholte sie mit heiserer Stimme.

»Weiß ich doch.« Ryan wurde rot.

»Nein, tust du nicht. Lösch es.«

»Natürlich. Ich dachte nur, du solltest es wissen. Siehst du? Ich lösch es.« Und das tat er, direkt vor ihren Augen, was nett von ihm war, nur dass es eigentlich selbstverständlich gewesen wäre.

Falls Priscilla gehofft hatte, dass das Bild im Internet landen würde, wurde sie enttäuscht, denn alle, denen sie eingeschärft hatte, es niemandem zu zeigen, hielten sich daran. Anscheinend war die heutige Jugend besser als ihr Ruf.

Angel schämte sich trotzdem. Jeder von den vielleicht zwanzig Empfängern – Angels Klassenkameraden und Freundinnen – hatten sie sich wahrscheinlich nackt vorgestellt und das Bild in ihrem Kopf mit dem Foto auf ihrem Handy verglichen. Jeder Einzelne hatte sich wahrscheinlich gefragt, ob sich Angel so zur Schau stellen würde. Es wurde ihr ganz anders, wenn sie daran dachte, wie leicht sie sich auf Typen, die sie kaum kannte, eingelassen hatte, dass sie womöglich heimlich fotografiert oder gefilmt worden war. Oder zu benebelt gewesen war, um es mitzukriegen. Sie kannte Mädchen, deren Leben zerstört wurde. Im Bruchteil einer Sekunde.

Wenn sie daran denkt, was alles hätte passieren können, wird sie auch jetzt noch rot vor Scham. Priscilla stritt ab, das Foto verschickt zu haben – »So was würde ich nie machen. Wir sind doch Freundinnen!« –, und Angel tat so, als würde sie ihren Beteuerungen glauben. Wer hätte es denn sonst sein sollen? Als sie erfuhr, dass sie schwanger war, fiel ihr jedenfalls die Entscheidung leicht, die Schule abzubrechen, ihre Kontakte in den sozialen Medien zu deaktivieren und abzutauchen. Sie war sogar dankbar, denn eine Schwangerschaft war auf jeden Fall besser, als im Internet zur Nutte abgestempelt zu werden.

»Übrigens, Cilla«, bemerkte Angel spitz an ihrem letzten Schultag, als sich ihr Bauch unter dem Sweatshirt schon leicht wölbte. »Vielleicht interessiert's dich, dass Kevin der Vater ist.«

Kevin war nicht der Vater – sie hatten nicht mal richtig Sex gehabt, nur ein bisschen rumgefummelt –, aber Angel wollte Priscilla eins auswischen. Nein, der Vater ist Ryan Johnson, der nichts ahnende Ryan Johnson, und nur Angel weiß es.

Noch vor der Episode mit Kevin, sogar noch, bevor sie herausfand, dass sie schwanger war, hatte sich Angel manchmal schmutzig und benutzt gefühlt. Natürlich war es nicht immer leicht zu entscheiden, wer wen benutzte. Möglicherweise ließ sich Angel so sehr von ihrem eigenen Überlegenheitsgefühl mitreißen, dass sie tatsächlich etwas aufgab – nicht ihre Jungfräulichkeit oder ihre Unabhängigkeit (sie berührt ihren Bauch), weil sie beides längst verloren hat –, sondern etwas, was sich schwer ausdrücken lässt, irgendwas zwischen Begierde und Würde und Entscheidungsfreiheit.

Bei einer Party im letzten Sommer nahm ein älteres Mädchen, das wohl über ihren Ruf Bescheid wusste, Angel beiseite und ging mit ihr in das rosa gekachelte Bad, wo sie drei Kondome aus der Handtasche zog. »Du musst es nicht tun, weißt du. Nur wenn du's willst«, sagte sie zu ihr und ihre Anteilnahme rührte Angel so, dass sie rot wurde. Dann wedelte die Ältere mit einem kleinen Päckchen und bot ihr Heroin an. Als Angel ablehnte, zuckte sie lächelnd mit den Schultern und wies mit dem Kinn zur Tür.

Jetzt begreift Angel erst, wie naiv sie war. Sie hatte sich als etwas Besonderes gefühlt, sexy und begehrt, hatte geglaubt, einem exklusiven Klub anzugehören. Und dabei waren ihr der Schulalltag, ihre Freundinnen und die normalen Teenager-Sorgen fremd geworden. Schrittweise und unwiderruflich hatte sie sich von ihrem alten Leben entfernt.

Und jetzt ist sie hier in Las Penas, von Bergen eingeschlossen und ihrem früheren Leben abgeschnitten. Um sie herum gibt es nichts als Kiefern, Wacholder und bröckelige rote Erde. Sie ist hier so weit draußen, dass keine Zukunft sie je finden wird, nicht mal mit Navi. Sie scrollt wieder durch ihre Textnachrichten, vielleicht hat sie ja eine von ihrer Mom übersehen. Keine Menschenseele weiß, wo sie im Moment ist. Sie ist doch noch minderjährig. Sollte nicht *irgendjemand* ein Auge auf sie haben?

Die Wolken hinter dem Haus ihrer Großmutter sind rötlich-rosa, spiegeln den Sonnenuntergang. Der Wacholder wirft dunkelblaue Schatten. Im Dämmerlicht wirkt alles scharf umrissen, aber auch irgendwie traurig. Durch das vergitterte Fenster sieht Angel ihren Vater in der Küche hin- und hergehen. Wenn sie noch eine Sekunde länger allein ist, fängt sie an zu weinen, und so läuft sie rasch zum Haus.

Amadeo sitzt mit einer Cola in der einen Hand und der Fernbedienung in der anderen auf der Couch, als seine Tochter hereinkommt. Sie ist ganz rot im Gesicht und hat Schweiß auf der Stirn.

»Danke, dass du dir keine Sorgen um mich gemacht hast«, sagt sie spitz. »Jemand hat mich heimgefahren.«

»Ich hab diese Woche viel zu tun, Angel. Das hab ich dir doch gesagt.« Amadeo nagt an seiner Unterlippe. »Hat Tío Tíve irgendwas über mich erzählt?«

»Was denn zum Beispiel?«

»Na ja, dass ich …« Er wirft einen Blick auf ihren Bauch.

Angel reißt demonstrativ die Augen auf. »Dass du 'nen Job hast? Konntest du mich deshalb nicht fahren? Was ist das denn für 'nen Job?«

»Ist bis jetzt nur 'ne Idee.«

Angel lässt sich neben ihn fallen, ihr Kugelbauch wölbt sich vor.

»Aha.« Sie klingt genauso herablassend wie Marissa.

»Wir haben 'ne Rezession, Angel. Deshalb bin ich grad dabei, was Eigenes aufzuziehen. So 'ne Art Reparaturservice für Windschutzscheiben. Ich hab sogar schon den Reparatursatz bestellt.« Das hat er allerdings nicht, jedenfalls noch nicht. Er hat die Werbung spätabends in einem Teleshopping-Kanal gesehen. Jetzt wartet er nur noch darauf, dass seine Mutter aus Vegas zurückkommt und das nötige Geld beisteuert. Für 1199,99 Dollar bekommt man genug Material für vierhundert Reparaturen. Amadeo hat es durchgerechnet: Wenn er fünfzig Dollar pro Reparatur verlangt – ein Schnäppchen, wenn man überlegt, was eine neue Scheibe kosten würde –, dann verdient er zwanzigtausend. Zwanzigtausend mit einem nur elfhundert Dollar teuren Reparatursatz!

»Ich war schon immer ein Unternehmertyp«, erklärt er seiner Tochter. Es ist macht ihm wirklich Spaß, neue Geschäftsideen zu entwickeln.

»Ach ja? So wie dein Amway-Business?«

Die meisten Artikel hat er seiner Mutter und ihren Freundinnen angedreht. So kurzlebig Amadeos Karriere als Amway-Vertreter war, so langlebig waren seine Restbestände, allesamt in Industriegröße. Auch jetzt noch findet er manchmal unter der Spüle oder ganz hinten im Schrank eine uralte blaue Flasche Fensterreiniger oder giftgrünes Shampoo. Tatsächlich taugt das Zeug nicht viel. Von der chemisch riechenden Rasiercreme hat er im ganzen Gesicht einen Ausschlag bekommen.

Dann hat er mal zusammen mit seinem Freund Charlie Vigil für die Rennen unten in Albuquerque Autos umgerüstet. Er und Charlie waren ein prima Team und die Arbeit gefiel ihm: Motoren aufbohren, Original-Karosserieteile durch Fiberglas ersetzen, alles Unnötige entfernen und den Rest so leicht wie möglich machen. Yolanda war von Autorennen nicht gerade begeistert, aber sie war froh, dass Amadeo sich »ins Zeug legte«, und erbot sich deshalb, ihnen finanziell unter die Arme zu greifen, damit sie ihr Geschäft aufbauen konnten. Doch schließlich tat sich Charlie mit seinem Cousin zusammen. »Nichts für ungut, Alter, aber wenn wir zusammen ’ne Firma haben, muss ich mich drauf verlassen können, dass du auch auftauchst.«

»Windschutzscheiben reparieren ist ’ne todsichere Sache«, sagt Amadeo zu seiner Tochter. »Ich meine, wo du hinguckst, gibt’s Sand und Steine. Und ich bin mein eigener Boss.« Amadeo kann sich gut vorstellen, dass Jesus seine neue Geschäftsidee gefallen würde. Im Grunde genommen ist es das Schreinerhandwerk des 21. Jahrhunderts. »Mir geht’s darum, den Leuten zu einer klaren Sicht zu verhelfen, damit sie sicher ans Ziel kommen.« Ihm geht’s darum, Menschenleben zu retten. Vielleicht ist das ein bisschen übertrieben, aber irgendwie findet er den Gedanken faszinierend.

»Windschutzscheiben reparieren«, sagt Angel trocken. Dann fragt sie: »Singst du eigentlich noch?«

»Nee.« Schon seit Jahren nicht mehr, obwohl er tatsächlich

mal gedacht hat, er könnte was aus seiner Stimme machen. Er ist Angel dankbar, dass sie sich daran erinnert. Lächelnd hält er ihr seine Cola hin.

Sie schüttelt den Kopf. »Das Zeug löst die Knochen von meinem Baby auf.«

Amadeo muss an die Zeit denken, als Angel noch ein kleines Mädchen war; er freute sich immer, wenn sie aus Española kam, um das Wochenende bei ihm und seiner Mom zu verbringen. Es machte ihm Spaß, mit ihr zusammen etwas zu unternehmen und sie stolz seinen Freunden zu präsentieren. Er fand, dass er ein guter Vater war. Er zeigte ihr, wie man beim Pick-up den Ölstand kontrollierte und wie man Spareribs aß. Er erklärte ihr, warum man sich auf keinen Fall die Boyz II Men anhören sollte. Sie war richtig süß damals, wollte ihm unbedingt gefallen, saß neben ihm im Pick-up, spielte am Radio herum und fragte bei jedem Song: »Ist der gut?« Wenn er nickte, lehnte sie sich zurück, lauschte aufmerksam auf den Text und trällerte mit, hinkte nur ein wenig hinterher. Manchmal fiel Amadeo mit seiner weichen, vollen Stimme ein und Angel strahlte ihn an.

Sie ähnelt immer noch dem kleinen Mädchen mit den runden, rosigen Wangen, aber sie hat auch etwas Einschüchterndes an sich. Sie scheint tatsächlich mit beiden Beinen im Leben zu stehen, scheint stolz darauf zu sein, ihren Platz in der Welt gefunden zu haben. Gerade erzählt sie ihm von irgendwelchem Zeug, das sie in ihrem Mütterkurs gelernt hat, von Körperflüssigkeiten, Stammhirnen und Genitalien. »Wusstest du zum Beispiel, dass er schon Zehen hatte, bevor er seinen winzigen Pimmel bekam?«

Amadeo sieht verdutzt zu ihr herüber. »Warum erzählst du mir so was?«

Angel grinst ihn mit ihren weißen Zähnen an, einen Fuß unter den Oberschenkel geklemmt. »Schräg, was? Ich mein, dass da so ein kleiner Pimmel in mir rumschwimmt. Stell dir das mal vor. Hast du dir schon mal überlegt, dass du mit deinem Pimmel in Gramma warst?«

»Hör auf, das ist ja ekelhaft.«

»Und bei Jesus war's genauso«, sagt sie triumphierend. »Jesus hatte sein Ding in Maria.« Sie kichert. »Von wegen Jungfrau. Das musst du jetzt erst mal verdauen, was?« Zufrieden lehnt sie sich zurück.

»Es ist also 'ne Art Theaterstück?« Angel hat sich bisher kaum für seinen großen Auftritt interessiert, was ihn beruhigt, aber auch irgendwie irritiert hat.

»Nein, kein Theaterstück. Es ist alles echt.« Er weiß nicht, wie er es ihr erklären soll. Es ist so echt wie das Abendmahl, hat Tío Tíve ihm damals im Dandy's Burgers erklärt, als er ihm die Rolle angeboten hat. Tío Tíve hat ihn ernst angesehen und gesagt: »Du bekommst die Chance, ein klein bisschen von dem zu fühlen, was Jesus gefühlt hat. Du solltest ihm dankbar sein, dass du ein klein bisschen von seinem Schmerz empfinden darfst.«

»Wirst du ausgepeitscht oder so was? Ich mein, so richtig heftig?«, fragt Angel.

»Klar«, sagt er stolz und kann sich ein Lächeln nicht verkneifen.

»Meine Freundin Lizette ritzt sich, aber die macht das, um Aufmerksamkeit zu kriegen.«

»Also bei mir ist das was ganz anderes. Es ist 'ne Art Gebet.«

Angel pfeift leise durch die Zähne. »Verrückt.« Nachdenklich knetet sie das rosa Sofakissen.

Amadeo fühlt sich plötzlich schwach und verletzlich.

»Das wird also ganz schön wehtun.«

Er überlegt, wie er ihr erklären kann, dass der Schmerz der Sinn des Ganzen ist, dass es darum geht, die Qualen nachzuempfinden, die Christus für alle Menschen durchlitten hat. Aber er ist gehemmt. Es ist ihm genauso peinlich, als wenn er es seinen alten Highschool-Kumpeln erklären müsste. Und er ist sich nicht mal sicher, ob er die Sache richtig verstanden hat.

Wenn er als Kind auf Familienfeiern etwas vorgesungen hat und Yolanda ihm aufmunternd zulächelte, glaubte er, dass die Zukunft etwas Großartiges für ihn bereithielt – und im Grunde wartet er immer noch darauf. Lange Zeit war ihm nicht klar, dass es nicht nur darum ging, jemand Besonderes zu sein, sondern auch darum, seine Chance zu erkennen und sie zu nutzen. Denn darauf kam es an: sich auf sie zu stürzen, als wäre sie der einzige offene Waggon im letzten Zug, der in ein neues Leben fuhr. Und jetzt ist die Chance da. Jetzt kann er ihnen allen – und auch Gott – beweisen, wozu er fähig ist. »Aber es ist streng geheim, hört du? Du darfst es niemand erzählen.«

»Wem sollte ich's denn schon erzählen?«, sagt sie bitter. »Und überhaupt, warum darf ich's eigentlich nicht?«

»Tío Tíve will, dass wir's für uns behalten. Also sag's ja niemand.«

»Kann ich sie mir mal ansehen? Die Morada?«

Er würde ihr gern den Ort zeigen, an dem er eine so wichtige Rolle spielen wird. »Tío Tíve erlaubt keine Frauen in der Morada. Und zur Messe kannst du ja auch in die Kirche gehen. Aber in der Prozession darfst du natürlich mitlaufen.«

Angel verzieht das Gesicht. »Kann ich nicht wenigstens *einmal* rein? Du bist doch schließlich Jesus, oder?«

»Tío Tíve würde mir den Hals umdrehn.«

Aufgekratzt bettelt sie weiter. »Ach, komm schon, bitte!«

»Frauen dürfen nun mal nicht rein. Und außerdem …« Unwillkürlich blickt er auf ihren Bauch. Ihre Unterlippe fängt an zu zittern und sie dreht sich abrupt zum Fernseher. Dann fängt sie lautlos an zu weinen. Wimperntusche läuft ihr über die Wangen, ihr Gesicht ist fleckig und unansehnlich.

Es ist nicht seine Schuld. Er kann schließlich nichts dafür, dass sie ein Mädchen ist. Er kann nichts dafür, dass sie sich hat schwängern lassen. Gerade ist es richtig gut gelaufen zwischen ihnen, sie hat sich endlich für ihn interessiert und er hat sich so wohlgefühlt. »Es ist doch nur 'ne alte Tankstelle. Und die ist sowieso meistens leer.«

Aber jetzt beben Angels Schultern. Sie presst die Faust auf den Mund, gibt aber immer noch keinen Laut von sich.

»Hey.« Er dreht sich unbeholfen zu ihr um und tätschelt ihre Schulter.

»Ich bin zu schmutzig für eure Morada, stimmt's?«, presst sie hervor.

Ein Bild blitzt in seinem Kopf auf: Angel, nackt und verschwitzt, treibt's stöhnend mit irgendeinem Jungen. »Nein, du bist nicht schmutzig.«

—

In ein paar Stunden werden die Hermanos sich zur Vigil, der nächtlichen Gebetswache, versammeln, aber jetzt ist der Parkplatz vor der Morada noch leer.

Amadeo schließt die Tür auf und lässt Angel vorgehen. Er beobachtet, wie sie alles auf sich wirken lässt. Auf einer Bank liegt eine beige Windjacke, die ein Hermano am Vorabend vergessen haben muss.

Angel wandert durch den Raum und bleibt immer wieder stehen, um den Mann am Kreuz zu betrachten. Im kalten Licht der summenden Neonlampe wirkt sein Martyrium noch grausiger: das Blut läuft an seinem Hals, dem blassen Oberkörper und den Knien hinab, die Wunden sind tief und überdeutlich hervorgehoben. Das Leiden des Gekreuzigten wirkt lebensecht und menschlich. Er strahlt nicht die Würde und Gleichmut aus, die man von Gottes Sohn erwarten würde. Die Gestalt am Kruzifix ist ein lebendiger Mensch, Zeuge seiner Verfehlungen. Amadeo wendet den Blick ab und sieht zu Angel hinüber, dann fixiert er wieder die Statue. Seine Hände zittern.

Der Künstler hat es nicht bei den fünf Wunden belassen, sondern sich mit dem Pinsel über den mageren Körper hergemacht. Und dann sind da noch die Nägel. Drei Stück. Einer steckt in jeder Hand, und einer durchbohrt die schmalen, bleichen Füße. Amadeo kann den pochenden Schmerz in seinen Handflächen spüren.

Angel wirkt völlig unberührt. Es enttäuscht ihn, dass sie nicht beeindruckt ist, dass sie in diesem Ort nichts weiter sieht als eine ehemalige Tankstelle.

Als er ein Knacken hört, glaubt er einen Moment lang, das Geräusch käme von draußen, aber nein, es muss aus der Morada kommen. Amadeo schaut zu der Statue hinüber.

»Hier gibt's nirgendwo ein Jesuskind, oder?«, fragt Angel. Auch keine Jungfrau Maria und keine Heiligen Drei Könige. Hier sind nur er und sie und der Gekreuzigte. »Wahrscheinlich wär's auch keine gute Idee, wenn das Jesuskind sieht, was ihm später mal blüht«, sagt Angel. Sie klingt müde. Geistesabwesend tätschelt sie ihren Bauch, geht ein paar Schritte und bleibt wieder stehen. »Ich würd jedenfalls nicht wollen, dass mein Baby so was sieht.«

Ängstlich wartet Amadeo darauf, dass sich die Figur bewegt. Dass sie den Kopf hebt und ihn direkt ansieht.

Langsam geht Angel auf die Statue zu und betrachtet sie mit schräg gelegtem Kopf. Dann dreht sie sich zu ihm um und fragt zu seiner Verblüffung: »Du willst dich also wirklich auspeitschen lassen? Damit du weißt, wie's sich anfühlt?« Sie zeichnet mit dem Finger die feine Blutspur nach, die bis zu den genagelten hölzernen Füßen führt. »Warum?«

Eine erwartungsvolle Stille breitet sich aus, aber Amadeo weiß nicht, was er antworten soll. Er denkt an die Zeiten zurück, als er mit seinen Freunden, von denen die meisten inzwischen verheiratet sind und Kinder haben, Joints rauchte und an Autos herumbastelte und abends mit seiner Mutter vor dem Fernseher saß. Die Wochen vergingen, ohne dass er nur einen einzigen Gedanken an seine Tochter verschwendete. Jetzt steht sie hier vor ihm, unter den Augen Christi, und er weiß nicht, was er zu ihr sagen soll. Es ist einfach zu viel Zeit vergangen. Er denkt an seinen eigenen Vater, an den er nur noch schemenhafte Erinnerungen hat, und fragt sich, ob sich dieser Mann jemals so sprachlos, so unzulänglich gefühlt hat.

Obwohl ihm die Worte fehlen, um es ihr zu erklären, weiß er genau, was ihn antreibt: Er will herausfinden, ob er den Mumm hat, sich vor dem ganzen Dorf ans Kreuz nageln zu lassen und seine Rolle so überzeugend zu spielen, dass er sich dort oben am Kreuz in einen anderen verwandelt. Er will herausfinden, ob er sich dem Schmerz stellen kann, furchtlos und ohne zu kneifen – ohne sich einen anzutrinken wie am Aschermittwoch. Er sieht die Statue an. Die totale Erlösung durch einen einzigen Akt. Er muss es nur durchziehen.

»Du hast mich gar nicht gefragt, warum ich von zu Hause weg bin«, sagt Angel.

»Aber du hast's mir doch gesagt. Weil du Zoff mit deiner Mom hattest.«

»Aber du hast nie gefragt, warum.«

Plötzlich wird ihm ganz mulmig. »War's wegen mir?«

Sie sieht ihn schweigend an. Dann sagt sie gepresst: »Ich dachte, es wär dir wichtig.«

»Natürlich ist's mir wichtig. Erzähl's mir. Ich hab nur gedacht, es wär irgend so 'ne Mädchensache.«

»Nur 'ne Mädchensache. Alles klar.« Angel wendet sich ab und geht zum Ausgang.

Als die Tür hinter ihr zufällt, überwältigt ihn ein solcher Schmerz, dass er sich einen Moment lang an der Wand abstützen muss. Der Mann am Kreuz hat sich nicht gerührt, er ist ganz in seinen eigenen Schmerz versunken.

Amadeo schaltet das Licht aus und schließt gewissenhaft die Tür ab.

Angel hievt sich auf den Beifahrersitz des Pick-ups. In ihrer viel zu großen Jacke sieht sie wie ein Kind aus. Auf der Heimfahrt starrt sie wortlos aus dem Fenster.

»Ich will wirklich wissen, was los war, Angel«, sagt er.

Sie lächelt ihn traurig an. »Morgen ist dein großer Tag. Danke, dass du mir die Morada gezeigt hast.«

Unglaublich, wie sie es immer wieder schafft, ihn vor den Kopf zu stoßen. Und er ist sich nicht mal sicher, ob sie es mit Absicht tut. Lange nachdem sie sich schlafen gelegt hat und er von der Vigil zurückgekommen ist, klickt er sich wahllos durch Online-Videos, während sich Schuldgefühle und eine quälende Unruhe in ihm breitmachen. Aus einem Bier werden fünf.

—

Sie versammeln sich am Fuß des Calvario, des Kalvarienbergs. Bis ganz oben ist es eine Meile. Amadeo wird barfuß hinaufgehen, mit dem Kreuz auf dem Rücken. Er zittert vor Anspannung und auf seiner Oberlippe steht der Schweiß. Die Hermanos helfen Tío Tíve, das Kreuz von der Ladefläche seines Fords zu heben. Dann folgt der Hahnenschrei, drei hohe Töne auf der *pito*. Tío Tíve – Pontius Pilatus – tritt vor und auf sein Zeichen hin ergreifen die Hermanos Amadeo. Als Tío Tíve ihm die Dornenkrone aufsetzt, schießen ihm Tränen in die Augen. Amadeo dreht sich um und hebt das Kreuz auf seine rechte Schulter, geht unter dem Gewicht leicht in die Knie. Und dann beginnt die Prozession. Die Hermanos in ihrer schwarzen und weißen Kluft folgen Jesus in Zweierreihen und fangen an, sich zu geißeln. Dann schließen sich die farbenfroh gekleideten Frauen und Kinder an. Obwohl Amadeo sie nicht sieht, weiß er, dass Angel da ist.

Er fühlt sich wie ein Rockstar: Er ist jung, er ist stark, er könnte das Kreuz den ganzen Tag tragen. Der Frühlingshimmel ist tiefblau, die Luft ist noch frisch und von würzigem Kieferndu ft erfüllt. Allmählich werden die Flötentöne leiser, werden vom Wind und dem Gesang der Vögel übertönt.

Doch bald wird ihm das Kreuz zu schwer. Er versucht sich auf seine Rolle zu konzentrieren und ruft sich die Bibelstelle in Erinnerung: Jesus war die ganze Nacht im Ölgarten und flehte zu Gott. Amadeo fällt ein, dass er gleich stolpern muss: Sein erster Sturz. Die Dornenkrone sitzt so fest, dass sie ihm die Haut aufritzt, brennender Schweiß rinnt ihm von der Stirn, aber er findet nicht in seine Rolle hinein. Er ist immer noch er selbst, schwerfällig und langsam, sein Hirn ist benebelt, sein Schädel brummt.

Rechts neben ihm taucht mit hochrotem Kopf Angel auf, in Sneakern und Tanktop. »Scheiße, Mann«, sagt sie keuchend. »Dafür müsst ich glatt zwei Sterne kriegen. Ich kann nicht glauben, dass ich im achten Monat noch einen Berg hochrenne. Das ist schon rekordverdächtig.« Sie tätschelt ihren Bauch. »Deine Mama kommt ins Guinness-Buch der Rekorde, mein Schatz.«

»Geh wieder zu den andern«, sagt er zu ihr. »Du darfst nicht neben mir laufen.«

Sie trinkt aus ihrer Wasserflasche und hält sie dann Amadeo hin. »Willst du was?«

Amadeo schüttelt unwirsch den Kopf. Verbissen schleppt er das Kreuz weiter den Berg hinauf. Wenn sie ihn bloß in Ruhe lassen würde, statt ihm mit ihrem dicken Bauch und ihrem albernen Getue seinen großen Auftritt zu versauen. Er muss sich konzentrieren!

Als die Peitschenhiebe auf ihn niedergehen, schlägt Angel die Hände vor den Mund. Sie sieht aus, als müsse sie sich gleich übergeben, stellt Amadeo schadenfroh fest.

Er schürft sich die Schulter am Holz auf, zuckt vor Schmerz zusammen. Heißes Blut sickert heraus, *sein* Blut, *sein* Fleisch. Er muss seinen Körper verlassen, muss sich in einen anderen verwandeln. Hinter ihm singen die Hermanos die *alabados*.

Sein zweiter Sturz ist nicht geplant; der dritte auch nicht. Er hat die Füße nicht richtig gehoben, ist gestolpert und mit dem Kreuz auf dem Rücken zu Boden gestürzt.

»Du musst was trinken.« Angel öffnet den kleinen Plastikverschluss und hält ihm die Flasche hin, aber er beachtet sie nicht.

Im Gestrüpp tschilpen Vögel und kleine Eidechsen flitzen von Stein zu Stein. Er sieht, wie Angel einer hinterherschaut. In ihrem Bauch strampelt das Baby – er kann förmlich spüren, wie es schwitzt. Zum ersten Mal ist er froh, dass Angel da ist, und ihm wird klar, dass er vor allem ihr beweisen will, wozu er fähig ist.

Oben auf dem Calvario nehmen die Hermanos ihm das Kreuz von der Schulter und legen es auf den Boden. Amadeo streckt sich. Was für eine Erlösung! Es fühlt sich gut an, so gut. Die Hermanos helfen ihm, sich auf das Kreuz zu legen, platzieren seine Arme auf den Querbalken, stellen seine Füße auf den Holzblock, der sein Gewicht tragen soll. Amadeo breitet die Arme aus und blickt hinauf in den weiten blauen Himmel; über ihm nichts als Blau. Während sie seine Arme und Beine am Kreuz festbinden, fallen ihm die vertrauten Zeilen wieder ein: *Er drohte dem Wind und den Wellen, und sie legten sich.* Aber der Wind streicht immer noch über seinen Körper und trocknet ihm die Stirn.

Dann richten die Hermanos langsam das Kreuz auf und er

sieht keinen Himmel mehr, sondern die Erde. Jetzt lastet wieder sein ganzes Gewicht auf ihm; seine wundgelaufenen Fersen bohren sich in den Holzblock. Das Kreuz schwankt, als die Hermanos es im vorbereiteten Loch verankern, den Fuß mit Sand und Steinen stabilisieren. Ganz unten, auf der Straße, blitzen ein paar Autos zwischen den Bäumen hervor, fahren ahnungslos vorbei. In der Ferne sieht er die Mesas, rote Erde, Pinyon-Kiefern und Kaninchensträucher. Die Luft schmeckt salzig.

Angel steht vor ihm, hat die Hände unter dem Bauch verschränkt. Die Nägel, die Nägel. Er ist sich nicht sicher, ob er es sagt oder nur denkt. Tío Tíve macht ein überraschtes Gesicht, nickt dann aber und zieht eine Papiertüte aus der Tasche. Die Hermanos gießen Wundbenzin auf das Holz und Amadeos heiße Hände. Der Alkohol brennt auf seiner Haut – kalt und klar.

Sie setzen die Spitze des Nagels auf seine Handfläche – eine sanfte Berührung wie von einer Feder – und dann schlagen sie den Nagel ein.

Der Schmerz trifft ihn mit einer solchen Wucht, ist so jäh und elementar, dass er jeden Gedanken auslöscht. Er ist kein Mensch mehr, nur noch Instinkt, Zorn, Qual.

Er hat gedacht, dass sich der Schmerz wie ein lautloses Feuer in ihm ausbreiten und ihn auf erlösende Art durchglühen würde, wie ein Brennen in den Muskeln, wenn man körperlich an seine Grenzen geht. Er hat gedacht, dass ihn eine heilige, reinigende Kraft durchströmen würde und er dann ein anderer, ein besserer Mensch wäre.

Aber stattdessen ist da nur ein heilloser Lärm, aus dem sich eine Stimme löst, die er vage als seine eigene ausmacht: »Den andern auch! Ich will den andern auch!« Seine Stimme gellt über die Köpfe der Menge hinweg, die Hänge des Calvario hinunter.

Als er Tío Tíves bestürzte Miene sieht, ist er stolz auf sich, denn auch wenn die Schmerzen fast unerträglich sind, ist er bereit, noch mehr zu ertragen.

—

Amadeo sitzt im überfüllten Wartezimmer der Notaufnahme des Española Valley Regional Hospital und betrachtet staunend das hellrote Blut, das durch den Verband an seinen Händen auf die Papiertücher in seinem Schoß sickert. Neben ihm sitzt Angel und blättert mit eisiger Miene in einem zerfledderten Elternmagazin. Es geht einfach nicht voran. Seit fast zwei Stunden sitzt er hier im kalten Neonlicht auf einem am Boden festgeschraubten Plastikstuhl, an den er sich wegen der Striemen auf seinem Rücken nicht anlehnen kann. Hinter den Automatiktüren färbt sich der Himmel schon rosarot.

»Hey«, sagt er zu einer Schwester, die in einem mit Ostereiern bedruckten Krankenhauskittel an ihm vorbeihastet. »Wie lange dauert's denn noch? Ich bin ein echter Notfall.« Er deutet mit dem Kopf auf seine Hände, aber die Schwester verzieht nur kurz den Mund und eilt weiter, den Blick auf ihr Klemmbrett geheftet.

Die meisten Leute hier scheinen gar nicht richtig krank zu sein. Keiner von denen blutet. Wo sind die Schusswunden, die Herzinfarkte, die üblen Kopfverletzungen? Wo sind die Opfer einer Messerstecherei? Könnte ihm jemand bitte einen einzigen Notfall zeigen, der dringender ist als seiner und der diese unzumutbare Warterei rechtfertigt? Er ist *Jesus*, Herrgott noch mal!

»Wow, mir ist richtig schwummrig«, sagt er zu Angel. Aber sie würdigt ihn keines Blickes.

Die Frau, die ihnen gegenüber sitzt, scrollt durch ihr Handy. Ihre sieben- oder achtjährige Tochter baumelt nervös mit den Füßen, bis einer ihrer Glitzer-Flip-Flops auf den petrolfarbenen Linoleumboden fällt. Sie hält eine Tüte mit Hustendrops fest umklammert und starrt mit großen Augen auf seinen blutigen Verband.

Amadeo schluckt seinen Ärger herunter und fragt das Mädchen honigsüß: »Bist du krank?«

Das Mädchen reißt sich vom Anblick seiner verbundenen Hände los. Sie hat fettige Haare und trägt ein fusseliges gelbes Pyjama-Oberteil. »Ich hab vielleicht Maul- und Klauenseuche.«

Die Mutter sieht argwöhnisch von ihrem Handy auf.

»Würden Sie mich vielleicht vorlassen?« Amadeo hält seine

bandagierten Hände hoch und verzieht Mitleid heischend das Gesicht. »Ich bin am Verbluten.«

»Wir warten schon seit drei Stunden«, sagt die Frau genervt und wendet sich wieder ihrem Handy zu.

»Du verblutest schon nicht«, sagt Angel lauter als nötig.

Was versteht sie schon davon? Sie ist schließlich keine Ärztin, hat nicht mal die Highschool fertig gemacht. Ständig sterben Leute an aufgeschnittenen Pulsadern, und durchbohrte Handflächen sind ja auch nicht viel anders.

Er setzt sich auf seinem Stuhl zurecht, stöhnt auf, als der Verband auf seinem Rücken verrutscht. Nachdem sie den zweiten Nagel eingeschlagen hatten, halfen ihm die Hermanos schnell vom Kreuz und gaben ihm Wasser. Alle beglückwünschten ihn zu seinem Mut. Anfangs taten ihm die Hände nicht mal weh – seine Füße schon, weil sie sein ganzes Gewicht getragen hatten. Al Martinez bandagierte ihn behutsam. »Drück da drauf. Und jetzt halt mal fest«, sagte er. »Gut gemacht, mein Junge.« Aber Amadeo spürt jetzt schon, dass der Verband zu locker ist. Na ja, der gute Mann ist schließlich kein Profi.

Merkwürdigerweise war Tío Tíve gar nicht so begeistert von seiner Leistung wie die anderen Hermanos, schien auch nicht besonders stolz auf ihn zu sein. Und er rief auch keinen Krankenwagen für ihn, sondern bat einen Hermano, der in Española wohnt, ihn ins Krankenhaus zu fahren. »Nagelpistole«, raunte Tío Tíve ihm zu. »Du hattest ’nen Unfall mit ’ner Nagelpistole.«

»Außerdem würd’s dir ganz recht geschehen, wenn du verblutest«, sagt Angel, die weiter in ihrer Zeitschrift blättert.

Er traut seinen Ohren nicht. »Na, hör mal!« Wie kann sie so etwas sagen? »Was ist denn los mit dir?«

Plötzlich fällt ihm ein, dass Angel Geburtstag hat. Sie ist jetzt sechzehn. Sie hat heute Morgen kein Wort davon gesagt. Vielleicht hat sie es ja selbst ganz vergessen oder wollte ihm an seinem großen Tag nicht die Show stehlen.

»Hör mal, Angel. Es tut mir leid, dass du an deinem Geburtstag in der Notaufnahme sitzen musst. Tut mir echt leid.

Bist du deshalb schlecht drauf? Weil sich heut alles nur um mich gedreht hat? Ehrlich, ich hätt dich nicht gebeten, mitzukommen, wenn's kein Notfall wär. Ich bin schließlich verletzt.«

Angel erwidert nichts. Gott sei Dank bekommt sie bald ihr Kind, denkt er, denn er weiß nicht, wie lange er ihre Launen noch ertragen kann.

»Hast du denn alles mitgekriegt?«, fragt er leise. Er wünschte, er hätte sie gebeten, Fotos zu machen, aber das wäre wohl ziemlich daneben gewesen. Trotzdem wünschte er, sein Triumph wäre irgendwie festgehalten worden.

Während Angel hektisch die Seiten ihrer Zeitschrift umblättert, ohne auch nur ein Wort zu lesen, versucht Amadeo einen Blick auf die Überschriften zu erhaschen: *Orale Fixierung: Lieblingssnacks für ihre Kleinen! Es geht auch ohne Milch: Ihr Kleinkind und Laktose. Ich verstehe dich: Wie man Kinder zur Empathie erzieht.*

»Hey, der klingt interessant.« Amadeo tippt auf den letzten Artikel. »Schon blöd, dass ich das bei meiner Tochter nicht geschafft hab«, bemerkt er spitz.

Angel wirft ihm einen vernichtenden Blick zu.

Er wendet sich ab und schaut zum Fernseher an der gegenüberliegenden Wand, wo gerade CNN-Nachrichten laufen. Der Ton ist viel zu laut. Auf einem Kreuzfahrtschiff ist die Stromversorgung ausgefallen und jetzt treibt es antriebslos in der Karibik; die Toiletten sind übergelaufen und die Riesengarnelen vergammeln. Na, wenn schon, denkt Amadeo. Dann dauert der Spaß eben länger. Dann essen sie eben Fritos. Es geht ja nicht um Leben und Tod. Keiner ist am Verbluten.

In einer Ecke sitzt ein ausgemergelter, dünnbärtiger Junkie, der die Arme um sich geschlungen hat. Er zittert und stöhnt und hat die Augen zusammengekniffen, als würde er von der Sonne geblendet. »Es tut so weh«, wimmert er. Er stinkt, als hätte er sich in die Hose gemacht. Er streckt die Beine aus, zieht sie wieder an, rutscht auf seinem mageren Hintern hin und her, als könne er keine halbwegs erträgliche Sitzhaltung finden. Das sind die *malias*, die Symptome bei Heroinentzug.

Amadeo wendet sich ab. Gott sei Dank hat er Angst vor Spritzen.

Die Schmerzen sind viel schlimmer als nach den *sellos* am Aschermittwoch, schlimmer als nach den Geißelungen. Vorhin auf dem Calvario kam es ihm so vor, als wäre er in eine höhere Sphäre aufgestiegen, wo der Schmerz ihm nichts anhaben konnte. Ein Akt göttlicher Gnade, denkt er.

Aber jetzt tut es richtig weh und von Angel kommt kein Lob, kein mitfühlendes Wort, obwohl er es weiß Gott verdient hätte. Der Schmerz pocht in seinen Handflächen, flirrt und flackert. Das geronnene Blut hat hässliche braune Flecken auf seiner weißen Hose hinterlassen. Plötzlich hat er das Bedürfnis, seiner Tochter die Meinung zu geigen. »Hast du wenigstens 'nen Freund?«

Angel sieht ihn an, als hätte er sie nicht mehr alle. »Dreimal darfst du raten.«

»Ich dachte, deine Mutter hätte dir beigebracht, dass man nicht in der Gegend rumschläft.«

»Kein einziges Mädchen in meinem Mütterkurs hat jemand, der ihr was bedeutet. Glaubst du etwa, *du* hättest Mom was bedeutet?«

»Warum bist du überhaupt hergekommen? Du nimmst dir das Recht, einfach so bei mir aufzukreuzen und dich häuslich niederzulassen.«

Angels Augen verengen sich zu schmalen Schlitzen. »Bei dir? Das Haus gehört meiner Großmutter. Du hast überhaupt kein Haus.« Abrupt dreht sie sich weg und vertieft sich wieder in ihre Zeitschrift.

Endlich werden das Mädchen und seine Mutter aufgerufen. Amadeo wirft den beiden einen flehenden Blick zu. Das Mädchen mustert ihn neugierig, aber die Mutter packt ihre Sachen zusammen und geht an ihm vorbei, ohne ihn zu beachten.

»Hey«, sagt er in versöhnlichem Ton. »Warum bist du so sauer auf mich? Hat dir meine gute Tat heute nicht imponiert?«

Angel lässt die Zeitschrift sinken und sieht ihn an. »Okay«, sagt sie bedächtig. »Dann erklär mir mal, was das Ganze eigentlich sollte. Du hast nie was von echten Nägeln gesagt. Du hast nie was davon gesagt, dass sie dich richtig kreuzigen würden. Und überhaupt, wem hat deine gute Tat eigentlich genutzt?«

Ihre Worte treffen ihn wie eine Ohrfeige. »Ich dachte, du hättest es kapiert.«

Mit leiser, rauer Stimme sagt sie: »In drei Wochen kommt das Baby. In drei Wochen, verdammt noch mal.« Sie schluckt und starrt mit leerem Blick auf den Fernseher. Einen Moment lang glaubt Amadeo, dass sie gleich zu weinen anfängt. Aber als sie ihn wieder ansieht, sind ihre Augen trocken und ihr Blick ist abweisend. Dann sagt sie ganz leise, so leise, dass er sich vorbeugen muss, um sie zu verstehen: »Wie willst du so das Baby halten? Daran hast du wohl gar nicht gedacht?«

Es ist Ostersonntag, der Tag der Auferstehung des Herrn, und ihm zu Ehren und zur Feier ihrer Heimkehr wird Yolanda ihre Kinder um sich versammeln, ihnen ein perfektes Ostermahl servieren und ihnen eröffnen, dass sie bald an einem bösartigen Gehirntumor sterben wird.

Als sie vor dem Haus vorfährt und den Motor abstellt, denkt sie: So sieht mein Haus also ohne mich aus. Sie wohnt hier schon ein halbes Leben lang und war jetzt nicht mal zwei Wochen weg, aber irgendwie wirkt das Haus, wie es sich da unter dem staubigen Wacholder duckt, niedriger und schäbiger, als sie es in Erinnerung hat. Es ist ein schmutzigrosa Haus im Adobe-Stil, mit Eisenstangen vor den Fenstern. Ihrer Tochter Valerie zufolge würden sie darin elendig umkommen, sollte es mal einen Kabelbrand geben, aber Yolanda fühlt sich trotzdem sicherer so.

Anthony hat es im ersten Jahr ihrer Ehe gebaut, als sie noch gemeinsam bei ihren Eltern wohnten. »Du kriegst eine Waschmaschine und einen Trockner, Schatz«, sagte er. »Eine Spülmaschine, ein Panoramafenster, Teppichboden. Die Farbe kannst du dir aussuchen.«

Sie weiß noch, wie sie sich nach dem Abendessen mit Anthony und ihren Eltern über die Pläne beugte und seine Hand unter dem Tisch festhielt: drei kleine Schlafzimmer, ein Wohnzimmer, ein Essplatz. Wenn er gute Laune hatte, konnte Anthony warmherzig und liebevoll sein, dann lachte er zu laut bei Familienfeiern, umschmeichelte die alten Tanten. Sie waren zusammen aufgewachsen – er war der beste Freund ihres Cousins – und ihr hatte seine klare Vorstellung von einer gemeinsamen Zukunft gefallen. Das Grundstück hatten sie so problemlos gefunden, dass es schicksalhaft schien: anderthalb Hektar, von Bergen umgeben, etwas außerhalb von Las Penas. Der Preis lag fünfhundert Dollar unter dem, was sie eingeplant hatten. Jeden Tag, wenn sie im State Capitol in Santa Fe Telefondienst machte und Akten ablegte – und ganz stolz auf ihre erste Stelle war –, fuhr Anthony zu ihrem Grundstück hinaus, den Pick-up mit Hohlblocksteinen und Zement beladen. Manchmal vergisst Yolanda, wie geschickt und fleißig ihr Mann sein konnte. Als sie die Gehwegplatten betrachtet, die er mit geometrischer Präzision zusammengefügt hat, überkommt sie Traurigkeit, weniger weil er nicht mehr da ist, sondern weil die schönen Erinnerungen von all dem, was danach kam, überschattet werden.

Stopp, denkt sie. Sie darf sich nicht in diese düstere Stimmung hineinsteigern. Aber wer wäre in ihrer Situation nicht deprimiert? Vor drei Tagen war sie noch eine Frau mit einem Freund und einer normalen Lebenserwartung, eine Frau, die in Las Vegas Urlaub machte.

Den ganzen letzten Monat über hat Yolanda ihre Kopfschmerzen mit immer höheren Dosen von Aleve bekämpft. Trotzdem gingen sie nie ganz weg, sondern wurden sogar noch schlimmer.

»Du bist sicher nur gestresst«, meinte Cal einfühlsam vor zwei Wochen während eines zu teuren Abendessens im Steaksmith in Santa Fe. Sie legte die Gabel hin und presste die Hände an den Kopf; ihre Augen drohten vor Schmerz aus den Höhlen zu treten. »Lass uns verreisen.« Und er beschrieb die Lichter, die Fontänen und die Shows. Sie könnte endlich mal abschalten, sagte er. Cal ist dünn, ein Schreiner mit kaputten Knien. Er hat rosige, glatt rasierte Hängebacken und erinnert ein bisschen an einen treuherzigen Bassett. Yolanda war einverstanden.

Wer hätte nicht in einen Urlaub in Las Vegas eingewilligt? Mit einem Mann, der einen auf Händen trägt. Sie hat Cal kennengelernt, als er die neuen Fertigregale im Büro ihrer Chefin anbrachte (eine Arbeit, die ihn unterforderte, wie sie später feststellte, als sie die Regale in seiner Wohnung sah). Seit mehr als einem Jahr lädt er sie nun schon in Restaurants und ins Kino ein und anschließend zu sich nach Hause in seine aufgeräumte Wohnung, wo sie den Film aussuchen darf, den sie sich ansehen. Und danach im Bett ist er ein unglaublich einfühlsamer Liebhaber.

Es tut ihr gut, mit ihm zusammen zu sein. Sie ist ganz erstaunt, wie gelöst, unbekümmert und unbelastet sie dann ist. Anders als die Männer vor ihm hat er nie erwartet, dass sie für ihn kocht, sie nie um irgendwas gebeten, außer einmal, als er sein Bad neu einrichtete und sie nach ihrer Meinung zu einem Whirlpool fragte. »Ich hab keine«, sagte sie, weil sie es nicht fair fand, dass er seine Entscheidung von ihr abhängig machte.

Cal ist so perfekt, dass Yolanda nicht versteht, warum sie ihn nicht liebt. Je mehr Zeit sie miteinander verbringen und je mehr er sie zu lieben scheint, desto bewusster wird ihr, dass sie innerlich auf Distanz bleibt.

Die Notaufnahme in Las Vegas suchte sie nicht wegen der Kopfschmerzen auf, sondern weil ihr Sodbrennen so schlimm war, dass sie nur noch Salzcracker aß. Sie konnte die Meeresfrüchtebüfetts nicht genießen, auch nicht die günstigen Cocktails, konnte nicht mal irgendwo Kaffee trinken – und der Koffeinentzug wirkte sich nicht gerade positiv auf ihren Kopf aus. Zweimal wachte sie nachts auf und musste sich in dem winzigen Bad in Cals Wohnwagen auf dem Mojave-Campingplatz übergeben. Jedes Mal hatte sie Angst, dass Cal aufwachen würde, aber wenn sie zurück zu ihm ins Bett kroch, schlief er immer tief und fest.

Ihr Sodbrennen erwies sich als Magengeschwür. »Warum nehmen Sie so viel Aleve?«, fragte der Arzt sie erschrocken. »Das ist sechsmal so viel wie die empfohlene Dosis.« Als sie ihm von ihren Kopfschmerzen erzählte, schickte er sie, um sicherzugehen, zu einer CT-Untersuchung in ein Nachbargebäude.

Die Röntgenassistentin plapperte munter drauflos, erzählte ihr von der Frankreichreise ihres Sohns. »Ich war ja noch nie da«, sagte sie, während sie die Nadel für die Injektion des Kontrastmittels in Yolandas Hand stach. »Warum auch, wenn wir einen Eiffelturm direkt hier in Las Vegas haben.« Benommen fragte sich Yolanda, ob sie die Nadel oder das Klebeband spürte. »Es wird Ihnen ein bisschen warm werden, wenn wir das Kontrastmittel spritzen. Danach kommen Sie gleich in die Röhre. Befolgen Sie nur die Anweisungen über den Lautsprecher.« Yolanda hörte kaum, wie die Assistentin die Tür hinter sich schloss, weil ihr plötzlich eine seltsame metallene Wärme in die Kehle schoss. Und dann fuhr die Hitze schon durch ihren Körper bis hinunter in die Leiste – wo sie sich wie ein Fremdkörper einnistete.

Nach dem CT ging alles ganz schnell. Türen schwangen auf und hießen sie willkommen, während man sie, Yolanda Padilla, VIP, eilig in einen nobleren Flügel des medizinischen Zentrums brachte, mit grasbewachsenen Innenhöfen und wogenden Palmen, wo sofort ein MRT gemacht wurde. Während sie mit dem Aufzug hoch- und runterfuhr, von einem kühlen Stockwerk zum anderen, von der Radiologie zum Labor zur Neurologie, waren alle ausgesprochen freundlich zu ihr. Rezeptionistinnen lächelten ihr zu, Schwestern beruhigten sie, medizinische Assistentinnen brachten ihr kleine Pappbecher mit kaltem Wasser. Zunächst machte sich Yolanda auch keine Sorgen. Sie saß in Plüschsesseln und las Zeitschriften, aß ein Erdnussbutter-Muffin aus dem Automaten und rieb sich die nackten Arme, wünschte, sie hätte einen Pullover mitgebracht. Wie beeindruckend die medizinische Versorgung in Nevada war! Was für eine Effizienz! Was für ein Service! Las Vegas war schon ein besonderer Ort. Es wimmelte hier ja nur so von Ärzten, deren Terminkalender gähnend leer sein mussten, weil sich die kerngesunde und muntere Bevölkerung Tag und Nacht an den Spielautomaten vergnügte.

Aber während sich ihr übersäuerter Magen langsam bemerkbar machte, regte sich in ihr der Verdacht, dass eine so fürsorgliche Patientenbetreuung nichts Gutes verhieß.

Die Onkologie war im obersten Stock des medizinischen Zentrums untergebracht. Man hatte viel Mühe darauf verwendet, dem Ort seinen Schrecken zu nehmen. An beiden Enden des Flurs befanden sich gemütliche kleine Sitzecken, mit Sofas und gedämpftem Licht und Beistelltischen, auf denen hohe rosa Vasen mit getrockneten Weidenkätzchen standen. Die Vorhänge an den großen Fenstern verbargen den Blick auf die Stadt, als wollte man die Patienten von dem Anblick einer Welt verschonen, die sie bald verlassen mussten. Oder aber, dachte Yolanda, die am liebsten geflüchtet wäre, sie zum Springen ermutigen. Aus einem kleinen Raum neben der Rezeption drang beruhigende klassische Musik, Kissen lagen auf dem Boden, Liegesessel luden zum Entspannen ein. *Psst … Meditationszimmer* stand auf dem Schild an der Tür.

Im Untersuchungszimmer gab es weniger Annehmlichkeiten. Rosa und grüne Linoleumfliesen. An den Wänden hingen trostlose Steppenlandschaften. Und es war noch kühler, die Klimaanlage war offenbar voll aufgedreht, um die heiße Wüstenluft in Schach zu halten. Yolanda fröstelte in ihrer ärmellosen Bluse.

Der Arzttermin war ein Erfolg, insofern als sie pünktlich drankam und die Diagnose eindeutig war. Die Scans ergaben, dass ein Tumor von der Größe einer Mandel auf den linken Frontallappen ihrer Großhirnrinde drückte.

Ihr Onkologe, Dr. Mitchell, saß neben dem Untersuchungstisch und zeigte auf die verschiedenen unscharfen Regionen ihres Gehirns auf dem Scan. »Hier sehen Sie den Okzipitallappen, der für die Umwandlung von Licht auf der Netzhaut in Bilder im Gehirn verantwortlich ist. Und das ist Ihr Frontallappen, der für bewusste Bewegungen und andere höhere kognitive Fähigkeiten wie Problemlösung, Sozialverhalten und so weiter zuständig ist.« Sogar Yolanda erkannte, dass da etwas nicht stimmte: eine fleckige weiße Insel in ihrem Gehirn.

»Mit Schale oder ohne? Die Mandel, meine ich.«

Dr. Mitchell stutzte, lächelte dann. »Das weiß ich auch nie so genau. Mit Schale.«

Hinter Mr. Mitchell stand ein sehr junger Chinese, der sich ihr mit einem unverständlichen Akzent vorgestellt hatte. Dr. Mitchell hatte erklärt, dass er an der University of Nevada Medizin studiere. Der Junge spielte mit seinem Stethoskop herum.

»Könnte ich bitte eine Decke bekommen?«, fragte sie. »Es ist ziemlich kalt hier drin.«

Dr. Mitchell sah vage in Richtung des Studenten. »Würden Sie sich bitte darum kümmern?« Er wartete, verständnisvoll und geduldig, bis der Chinese mit einem Tuch zurückkam, faltete es dann auseinander und legte es um Yolandas Schultern, als wäre sie sein Date für einen Opernbesuch. Yolanda war dankbar, dass sie ihre eigenen Kleider hatte anbehalten dürfen. Es wäre ihr peinlich, in einem Krankenhauskittel hier zu sitzen.

Dr. Mitchell rollte mit seinem Hocker näher an sie heran. Die Situation war irgendwie grotesk. So, wie er jetzt vor ihr saß, sein Kopf auf Höhe ihrer Brust, hätte er ebenso gut vor ihr knien und ihr einen Antrag machen oder auch ein Paar Schuhe verkaufen können. Und sie hätte sich hinunterbeugen und ihn küssen können.

Yolanda hat großen Respekt vor Ärzten – vor fachlicher Qualifikation im Allgemeinen –, aber sie merkte, dass sie diesen Mann mit seinem gebräunten Gesicht und dem schlanken Körper kritisch beäugte. Sein graues Haar war so kurz und glänzend wie das Fell eines Eichhörnchens. Dr. Mitchell kam ihr irgendwie suspekt vor; vielleicht lag es daran, dass er in Las Vegas praktizierte, wo es nur auf den äußeren Schein ankam. Vielleicht war Dr. Mitchell ja überhaupt kein Arzt, sondern in Wirklichkeit Croupier. Oder Tänzer in irgendeiner Show. Yolanda konnte sich das gut vorstellen. Von der Untersuchungsliege aus hatte sie freie Sicht auf saftig grüne Golfplätze, die auf dem trockenen Wüstenboden wie kleine Teppiche aussahen, und Swimmingpools, die Eisbonbons ähnelten. Hier gab es keine Vorhänge, hier ging es darum, den Tatsachen ins Auge zu sehen.

»Das ist ernst.« Dr. Mitchell tippte mit seinem Kuli auf den Hirnscan und zeigte dann auf den Tumor. »Angesichts der Größe und der Tatsache, dass Ihre Kopfschmerzen und die anderen Symptome immer stärker werden, bin ich sehr besorgt. Sie sind hier in Urlaub? Haben Sie jemanden, der sich um Sie kümmern kann?«

Yolanda schüttelte den Kopf. »Ich komm schon zurecht.« Sie könnte Cals große traurige Augen nicht ertragen, seine schwielige, trockene Hand, die ihre drückte. Und dass er wie selbstverständlich davon ausging, dass sie ein Paar waren. Er hatte sie während des ganzen Urlaubs liebevoll umsorgt: war früh aufgestanden, um Muffins für sie zu besorgen, hatte sie in teure Restaurants auf dem Strip ausgeführt, war auf dem Campingplatz stolz an ihren Nachbarn vorbeigelaufen, den Arm um ihre Taille gelegt. Er glaubte, dass sie bald heiraten würden. »Sagen Sie mir nur, worauf ich mich einstellen muss.«

Ihr fiel ein abgeschmackter Witz ein, den Amadeo, als er neun war, in der Schule gehört hatte. Es ging um Aids und irgendein blödes Wortspiel und er hatte ihn ihr ganz unbekümmert erzählt. Sie hatte sich fürchterlich aufgeregt und ihn, ihren eigenen Sohn, geschüttelt. »Wage es nicht, noch einmal über so etwas Ernstes zu scherzen«, hatte sie gesagt und das Grinsen war schlagartig aus seinem Gesicht verschwunden. »Daran sterben Menschen.« Sie wusste, dass ihm das Wort *sterben* Angst machte, und sie war froh, als sie seinen erschrockenen Gesichtsausdruck sah. »Aber du nicht, Mom? Du wirst nicht sterben?«, fragte er und da tat es ihr plötzlich leid. Natürlich nicht, hatte sie erwidert.

Der Medizinstudent, der hinter Dr. Mitchell stand, hatte sein Stethoskop abgenommen und spielte mit den Ohrbügeln herum, zog sie immer wieder auseinander.

Dr. Mitchell holte tief Luft. »Aufgrund des Erscheinungsbildes vermute ich, dass es sich um ein Glioblastoma multiforme handelt.«

Der Medizinstudent blickte alarmiert auf.

»Sind Sie sicher, dass es niemanden gibt, der sich um Sie kümmern kann?«

Yolanda schüttelte heftig den Kopf.

Dr. Mitchell nickte. »Gut. Aber Sie sollten diese Diagnose nicht auf die leichte Schulter nehmen. Ein Glioblastom ist äußerst aggressiv. Es kommt selten vor, etwa bei einem von fünfzigtausend Menschen, aber wenn es einen trifft, geht es sehr schnell.«

Yolanda zwang sich zu einem Lachen. »Einer von fünfzigtausend. Ich wünschte, ich hätte gestern Abend bei den Automaten so viel Glück gehabt.« Sie hatte sich nie viel Gedanken um ihr Gehirn gemacht. Wenn sie an Organe dachte, dann in der Regel an ihren übersäuerten Magen oder ihr überfordertes Herz, das jeden Moment zerbrechen konnte. Aber nicht ihr Gehirn. »Können Sie ihn nicht einfach entfernen? Gibt es inzwischen nicht richtig gute Operationen?«

»Aufgrund der Lage ist eine vollständige Resektion wahrscheinlich nicht möglich. Sie würde das Gehirngewebe mit ziemlicher Sicherheit beschädigen. Ich empfehle, einen Teil des Tumors zu entfernen, um den Druck zu verringern und Ihnen etwas Zeit zu verschaffen, aber Glioblastome verästeln sich und entziehen dem Gehirn das lebensnotwendige Blut«, erklärte er. Yolanda stellte sich ihren Tumor als Hausbesetzer vor, der den Strom der Nachbarn mit einem Verlängerungskabel anzapft. Sie stellte sich vor, wie sich die Blutgefäße verdickten und zu einem fiesen Netz zusammenzogen und ihr armes Gehirn abschnürten, bis es nur noch zuckte. »Sie kommen fast immer wieder.«

Es gebe leider keine guten Optionen, erklärte er. Zur Behandlung gehörten Bestrahlung und Chemotherapie.

In irgendeinem Werbespot hatte Yolanda gehört, dass der Mensch nur fünf Prozent seiner Gehirnkapazität nutzt. Sie erwähnte das gegenüber Dr. Mitchell. »Und was ist mit meinen restlichen fünfundneunzig Prozent?«, fragte sie trotzig. Reichte das nicht, um sie am Leben zu erhalten?

Dr. Mitchell lächelte mitleidig, als hätte sie einen schlechten Witz gemacht. Aber das war kein Witz. Sie meinte es ernst.

»Und was bedeutet das jetzt?«, fragte Yolanda.

»Es bedeutet, dass Sie sterben werden.« Er sagte das ganz ruhig und Yolanda war ihm dankbar für seine Offenheit. Das war das Einzige, was sie wirklich verstanden hatte, seit der ganze Zirkus angefangen hatte. »Mit einer Operation und anschließender Behandlung beträgt die durchschnittliche Überlebenschance bei aggressiven Tumoren wie diesem ein Jahr, höchstens fünfzehn Monate.«

»Und ohne Behandlung?«, fragte Yolanda gefasst und war stolz auf ihre Selbstbeherrschung.

»Natürlich kann niemand in die Zukunft sehen, aber es könnten auch nur fünf Monate sein.«

Yolanda sackte in sich zusammen, die Papierauflage unter ihr knisterte. »Ich hab kein Talent für Glücksspiele. Gestern Abend hab ich innerhalb von zwanzig Minuten zweihundert Dollar verloren.«

Dr. Mitchell lächelte mitfühlend. »Behalten Sie Ihren Humor. Sie werden ihn noch brauchen.«

Gehirntumor also. Das wird ihr Todesurteil sein. Keiner in ihrer Familie ist je an so was gestorben. Die Menschen in ihrer Familie lebten entweder ewig, schrumpften und wurden schrulliger, backten und putzten und schleppten Holz bis zum Schluss – Tío Tíve beispielsweise – oder sie starben vorzeitig auf irgendeine unsinnige Weise: durch einen Autounfall (Anthony), einen Sturz vom Dach (Yolandas Cousin zweiten Grades), eine Überdosis (Elwin). Das waren idiotische, sinnlose, unglückselige Tode, die allerdings im Nachhinein etwas Düster-Komisches bekamen. Aber keine Todesursache war so banal gewesen wie ihre: ein Körper, der sich selbst zerstört, robuste, einfallsreiche Zellen, die sich emsig teilten, sich ausbreiteten und Gebiete eroberten wie bei einer Partie Risiko. Diese Zellen lebten den amerikanischen Traum. Sie waren die Walmarts unter den Zellen, die Starbucks, die klein anfingen und sich dann krakenartig ausbreiteten und nichts als zerstörte Existenzen und vernagelte Ladenfronten zurückließen.

Aufgrund der Lage ihres Tumors musste sich Yolanda auf den Verlust ihrer feinmotorischen Fähigkeiten einstellen – tschüs, Tippen, tschüs, Kochen – ebenso wie ihrer Sprache und ihres Gleichgewichtssinns und weiterer niederer kognitiver Funktionen. Krampfanfälle. Persönlichkeitsveränderungen.

Schließlich rutschte Yolanda vom Untersuchungstisch. Sorgfältig faltete sie das Baumwolltuch zusammen und strich es glatt, während Dr. Mitchell und der Medizinstudent ihr dabei zusahen.

»Ich fahr nach Hause«, erklärte sie. »Zurück nach New Mexico.«

»Das würde ich Ihnen nicht empfehlen. Wir müssen einen Neurologen zu Rate ziehen, den OP-Termin festlegen und sollten sofort mit der ersten Bestrahlung beginnen. Und möglichst bald operieren, den Druck auf Ihr Gehirn verringern.«

»Aber ich wohne nicht hier!« Yolanda sah sich hastig um, voller Angst, gepackt und in einen Rollstuhl verfrachtet zu werden.

»Wir können uns um eine Verlegung kümmern.«

»Nicht nötig. Ich bin ja schließlich auch allein hergekommen, oder?«

Dr. Mitchell sah Yolanda an, stützte die Hände auf die Oberschenkel und erhob sich. Er fuhr sich durch sein gegeltes graues Haar. »Ich kann Sie nicht gegen Ihren Willen hierbehalten. Aber ich muss Sie nochmals darauf hinweisen, dass Ihr Zustand ernst ist. Ich rate Ihnen dringend, sich sofort nach Ihrer Rückkehr in Behandlung zu begeben. Und fahren Sie bitte auf keinen Fall mit dem Wagen. Koordination, Kognition, all das ist beeinträchtigt, und es besteht ein hohes Risiko, dass Sie einen Krampfanfall erleiden.« Er verließ den Raum, den Medizinstudenten im Schlepptau. Als Dr. Mitchell zurückkam, hatte er einen Stapel Papier dabei, darunter ein Formular: »Entlassung auf eigenen Wunsch«, auf dem stand, dass sie, Yolanda Padilla, über die Risiken ihrer freiwilligen Entlassung informiert worden war und in voller Kenntnis dieser Risiken handelte. Sie erklärte sich bereit, keine Ersatzansprüche gegen das Las Vegas Medical Center geltend zu machen, falls die Anfälle einsetzten.

Dann drückte Dr. Mitchell ihr eine Liste mit ärztlichen Einrichtungen in Santa Fe und Albuquerque in die Hand. Sie solle bitte in Kontakt bleiben, bis sie eine Ärztin gefunden habe, der sie vertraue, und dann würde er mit ihrem Team in New Mexico zusammenarbeiten, um herauszufinden, was am besten für sie sei. Nachdem er gegangen war, blätterte Yolanda den Stapel Papiere durch. Auf der letzten Seite stand unter der harmlos aussehenden Überschrift *Weitere Anlaufstellen*: »Hospiz von New Mexico«.

Yolanda ließ den Packen auf den Untersuchungstisch fallen. Als sie sich ihre Arme rieb, merkte sie, dass sie ihre Handflächen nicht mehr spürte. Deshalb war es so kalt hier! Die

Leute waren zu durchgefroren, um in ihrer Verzweiflung alles kurz und klein zu schlagen.

Statt Cal von dem Tumor zu erzählen, gab sie ein Vermögen für eine neue Frisur aus, packte ihre Sachen, mietete ein Cabriolet und verkündete, dass sie abreisen werde. Sie sprang aus Cals Wagen und schlug die Tür hinter sich zu, ließ den Armen sprachlos hinter dem Lenkrad zurück. Er beobachtete vom Bordstein aus, wie sie das Büro von Hertz betrat, hoffte wahrscheinlich, sie würde sich noch mal umdrehen, ihm irgendeine Erklärung geben, und sie drehte sich tatsächlich noch mal um und sagte, er solle *einfach fahren*.

Wie gut hatte es sich gestern angefühlt, mit offenem Verdeck durch die Landschaft zu brausen, das Handy ausgeschaltet, die flatternde Straßenkarte auf dem Beifahrersitz! Zum ersten Mal, so lange sie denken konnte, war sie völlig frei. Hinter Las Vegas erstreckte sich die Mojave-Wüste bis zum Horizont. Yolanda fuhr sich mit den Fingern durch ihre neue Kurzhaarfrisur, fühlte sich wie ein Starlet, wie die strahlende Hauptfigur in einem Film über Wiedergeburt und Selbstfindung.

Zuerst dachte sie überhaupt nicht an ihre Diagnose. Sie raste über den Asphalt, als könnten ihre Reifen festkleben, sobald sie langsamer fuhr. Nach Salbei duftender Wind verfing sich in ihren Haaren, presste sie in den Sitz – wie Hände, die gegen ihre Brust drückten. Der Zeiger auf dem Tacho kletterte immer höher: 130, 140, 150 und dann für einen kurzen Moment: 160. Der Wagen vibrierte, vom Wind gerüttelt, und Yolanda fragte sich, ob Anthony deshalb all die Jahre so angetrunken in der Gegend herumgerast war, weil er hoffte, sich selbst zu verlieren. Sogar die Pinkelpausen in den verlassenen Wüstenorten mit ihrem überteuerten Benzin konnten ihr Hochgefühl nicht dämpfen. Sie ertappte sich dabei, wie sie mit den schmuddeligen und leicht bedrohlich wirkenden Männern flirtete, den scheinbar einzigen Bewohnern dieser Außenposten. Sie könnte entführt werden, dachte sie mit seltsam leichtem Herzen, ermordet, zwischen Salbeisträuchern verscharrt, und niemand würde wissen, wo sie war.

Aber ihre Euphorie legte sich bald und die Wüste hatte jetzt etwas Trostloses an sich. Die Landschaft veränderte sich, auf Salbei und Gestrüpp folgten Agaven, dann trockener Gelbkieferwald und schließlich wieder verkrüppelte Kaktusfeigen und Yucca. In Yolandas Augen sah alles tot aus. Ihr Kopf drohte zu platzen; der Tumor drückte gegen die Wände ihres Schädels. Sie schloss das Verdeck, dann öffnete sie es wieder und hoffte, etwas von ihrem früheren Hochgefühl zurückzugewinnen, aber die Luft war jetzt nur noch staubig und das Licht zu hell.

Nach einer schlaflosen Nacht in einem Motel außerhalb von Shiprock, wo sie in einem Supermarkt noch ein paar Ostersachen und Lebensmittel besorgt hat, ist sie jetzt zu Hause angekommen, aber sie sitzt völlig erschöpft im Auto, ihre Hände umklammern noch immer das Lenkrad. Ihre Achselhöhlen sind feucht, ihr Sommerkleid ist zerknittert und sie spürt einen Druck im Magen. Der Motor tickt.

Neben der Treppe, etwas von ihren Rosen verdeckt (die offenbar während ihrer Abwesenheit niemand gegossen hat), ist ein weiteres, handtellergroßes Stück Putz abgebröckelt. Im Panoramafenster, das von der Morgensonne beschienen wird, spiegeln sich Pinyon-Kiefern, Wolkenberge und Himmel – und, etwas verschwommen, Yolanda in ihrem roten Cabrio. Dahinter, von der Scheibe verborgen, erwarten sie Ansprüche, Erwartungen und das übliche häusliche Drama, alles Dinge, mit denen sie im Moment überfordert ist, denen sie sich aber nicht entziehen kann.

Bald wird sie sich hier nicht mehr spiegeln, weder hier noch woanders.

In diesem Moment stürzt Angel aus der Haustür, mit dickem Bauch und nassen Haaren, die auf ihr T-Shirt tropfen. »Gramma!«

Yolanda zwingt sich zu einem Lächeln, steigt aus dem Auto, um sich von ihrer Enkelin stürmisch umarmen zu lassen. »Gut siehst du aus! Wie geht's dir?«

»Und du erst! Du hast ja 'ne neue Frisur!«, ruft Angel lachend. »Wo warst du denn die ganze Zeit?«

Dann bricht sie in Tränen aus und Yolanda weiß, dass sie wieder zu Hause ist.

—

»Trotzdem. Ich kapier's nicht«, sagt Angel streitlustig. Sie lehnt an der Frühstückstheke. »Ich mein, es ist doch idiotisch, sich so was anzutun.« Als Yolanda nichts erwidert, sieht sie sie erwartungsvoll an. »Oder etwa nicht?«

Yolanda hat Angel noch nie so erlebt. Normalerweise ist sie friedfertig und liebevoll, küsst Yolanda ständig auf die Wange und greift nach ihrer Hand. Aber seit einer Stunde läuft sie Yolanda hinterher, voller Empörung über Amadeo, und erwartet, dass sie ihr zustimmt.

Yolanda schüttelt müde den Kopf. »Ich weiß nicht, *mi hijita*.« Sie hat wirklich keine Kraft mehr. Ihr Kopf bringt sie noch um und sie ist zu erschöpft, um auf Angels Neuigkeiten zu reagieren. Nicht zu glauben, dass sich ihr Sohn ans Kreuz nageln ließ! Amadeo ist gerade beim Ostergottesdienst, eine weitere Überraschung. »Ich hätte nicht gedacht, dass er … so weit gehen würde.« Sie ist wirklich beeindruckt. Wenn er sich genauso in einen Job reinknien würde – egal welchen –, müsste sie sich um ihn keine Sorgen mehr machen.

»Er hält sich für wer weiß wie tough. Dabei spielt er sich nur auf.«

»Das ist eine alte Tradition, Liebes«, sagt Yolanda. »Etwas Heiliges.«

»Vielleicht für andere Leute«, erwidert Angel. »Aber er gibt nur an.«

Yolanda hat noch nicht mal ihre Sachen aus dem Kofferraum geholt und schon steht sie in der Küche und steckt den Kopf in den Kühlschrank. Was hatte sie sich dabei gedacht, nach insgesamt zwölf Stunden Fahrt ein Osteressen kochen zu wollen? Sie haben noch eingefrorenes Fleisch und einen Fünf-Pfund-Beutel mit verschrumpelten Kartoffeln. Die Knoblauchknolle auf der Arbeitsfläche hat grüne Triebe, die sich zum Fenster recken. Auf dem Linoleum sind klebrige Flecken und der Mülleimer ist so voll, dass er nicht mehr unter die Spüle passt. Der braune Teppichboden im Wohnzimmer wimmelt von Flusen und zerknülltem Kaugummipapier. Überall stehen leere Cola- und – sie seufzt – Bierdosen.

Yolanda wünschte, das Haus wäre nur ein einziges Mal aufgeräumt, wenn sie heimkommt, Geschirr und Gläser gespült und abgetrocknet und ordentlich in den Schrank gestellt. Aber das wird wohl nie passieren.

Yolanda schüttelt einen Müllbeutel auf und beginnt, den Kühlschrank auszuräumen: Tüten mit schleimigem Grünzeug, saure Milch, matschige Tomaten. Sie wirft ganze Tupperware-Dosen weg, weil sie den Anblick des ekelerregenden Inhalts – Reste von Mahlzeiten, die sie vor Wochen für Amadeo gekocht hat – nicht erträgt. Es gibt überhaupt kein frisches Gemüse.

»Warum war dein Handy aus, Gramma? Ich hab x-mal versucht, dich anzurufen.«

»Wir hatten schlechten Empfang in Nevada.« Bitte, denkt sie, lass mich einfach nur in Ruhe. Sie hat Mitleid mit dem Mädchen. So eine Prozession ist erschreckend, vor allem beim ersten Mal. Sie presst den Handballen gegen die Stirn. »Ich weiß nicht, wie ich's dir erklären soll. Die Bruderschaft gehört zu unserer Tradition und außerdem sorgt sie dafür, dass die Männer keine Dummheiten machen.«

Für Yolanda sind die über die Berge verstreuten Hermandades ein Hoffnungsschimmer, vor allem jetzt, da die Gemeinden schrumpfen und sich die Leute mit Drogen vollpumpen. Sie ist froh, dass ihre Tante Fidelia nicht mehr erleben muss, wie sich das Schicksal ihres Sohns Elwin überall wiederholt. Als würde die Spritze wie der Kelch beim Abendmahl weitergereicht. Manchmal dämmern gleich drei Generationen in einem Wohnzimmer vor sich hin, mit Nadeln in den Armen und flatternden Lidern. Großmütter haben für alle Fälle Naloxon in der Handtasche, zwischen benutzten Taschentüchern, Lippenstiften und Sozialhilfe-Ausweisen. Die *Rio Grande Sun* ist voll von Nachrufen auf junge Leute: *Plötzlich zu Hause verstorben. Unerwartet verschieden. Fand die ewige Ruhe.* Sie hat ihr Leben lang Angst gehabt, dass es Amadeo genauso ergehen würde, und ist so dankbar, dass es noch nicht passiert ist.

»Überall war Blut«, empört sich Angel. »Ein Kind sollte seinen Vater nicht so sehen müssen. Warum hast du's ihm erlaubt?«

Yolanda betrachtet ihre Enkelin, die sanften braunen Augen, das störrisch vorgereckte Kinn. Es überrascht sie, dass Angel ahnt, dass sie nicht ganz unschuldig an Amadeos Kreuzigung ist. Yolanda hat es ihm nicht nur erlaubt, sondern sogar Tío Tíve bekniet, Amadeo eine Chance zu geben, was sie ihrem Sohn allerdings nie erzählen würde.

Nachdem er im Dezember erwischt wurde, als er betrunken Auto gefahren war, stürmte er durchs Haus und zerriss den Brief mit der Vorladung. Yolanda musste beim Gericht anrufen und um Kopien bitten, nachdem sie behauptet hatte, ihn aus Versehen weggeworfen zu haben. Sie hat es getan, weil sie ihn liebt und weil sie sich schuldig fühlte; er warf ihr vor, dass sie ihre Voicemail nicht abgehört hätte, nachdem er verhaftet worden war. Es stimmt, dass sie nicht sofort zur Polizei ging, nachdem sie am nächsten Morgen seine Nachricht gelesen hatte, sondern sich erst mal beruhigen musste, weil sie so wütend war. Später auf dem Revier entschuldigte sie sich und gab sich ganz kleinlaut, als wäre sie diejenige gewesen, die betrunken gefahren war.

»Bitte, Tío.« Sie hatte im Wohnzimmer ihres Onkels gestanden. Samtsofa, goldgerahmte Spiegel an den Wänden, eine barbusige, armlose Göttin aus Gips auf der Anrichte; obwohl ihre Tante Fidelia schon seit zwanzig Jahren tot war, erinnerte hier noch alles an sie. In Kristallschalen lagen neben staubigen Plastiktrauben die Countrymusik-CDs und Insulin-Ampullen ihres Onkels. Hier hatte sie als Kind zusammen mit ihrem geliebten älteren Cousin und Anthony Kniffel gespielt und die beiden hatten eine Engelsgeduld mit ihr gehabt, wenn sie umständlich die Punkte zählte. »Amadeo ist wie sein Vater. Er kommt mit sich selbst nicht klar. Er nimmt sich alles so zu Herzen. Genau wie Elwin.«

Tíve grunzte und boxte ungehalten in die Luft. »Dafür gibt's überhaupt keinen Grund.«

»Aber, Tío. Er hat seinen Vater verloren. So was ist für einen Fünfjährigen traumatisch.«

»Elwin hat seinen Vater nicht verloren und Anthony auch nicht. Die beiden sind selber schuld an ihrem verkorksten Leben.«

»Ach, Tió, wir wissen doch oft gar nicht, was unsere Kinder durchmachen. Im Grunde waren es gute Jungs. Wie mein Amadeo.« Sie wollte, dass sich ihr Onkel daran erinnerte, wie Amadeo früher war: der kleine Junge mit den langen schwarzen Wimpern, dem runden, offenen Gesicht und dem herzlichen Wesen. Bis er fünfzehn war, hielt er voller Vertrauen ihre Hand. Auch noch als Teenager redete er mit seiner Kornnatter Jerry so sanft und zärtlich wie eine Mutter. Aber sie durfte Amadeo nicht so sehr in den Himmel heben, ohne ihren Onkel an seinen eigenen Sohn zu erinnern, den er viel zu früh verloren hatte.

»Hm«, brummte Tíve, aber dann lud er Amadeo auf einen Hamburger ein und machte ihn zum *novicio*.

»Dein Vater ist ein erwachsener Mann, Angelica«, sagt Yolanda jetzt. »Er trifft seine eigenen Entscheidungen.« Ihr Ton ist schroffer als beabsichtigt. Sie kann sich nicht erinnern, je in diesem Ton mit dem Mädchen gesprochen zu haben.

Angel zuckt zusammen. Dann stolziert sie hinüber ins Wohnzimmer und setzt sich auf die Couch zu ihren Heften und Mappen.

Yolanda macht sich daran, den Berg Geschirr in die bereits volle Spülmaschine zu räumen. Sie wirft den gefrorenen Schinkenbraten zum Auftauen in die Spüle, hört mit Genugtuung den dumpfen Aufprall. Ostern. Als Kind liebte sie die Süßigkeiten und neuen Kleider, die weißen Schuhe und kurzen Handschuhe. Die Hüte mit dem weißen Tüllschleier und den bunten Stoffblumen. Aber inzwischen bedeuten die Feiertage hauptsächlich Arbeit. Eier verstecken, Körbchen füllen, aufwändige Gerichte kochen.

Als Kind hatte sie sich in ihrer großen Familie sehr wohlgefühlt. Cousins und Cousinen gingen überall ein und aus, Tanten schneiten plötzlich herein, um sich etwas auszuborgen. Die Frauen trafen sich, um Tamales zu füllen und Whiskey mit Wasser zu schlürfen. Aber ihre Generation war nicht besonders fruchtbar: ein Kind hier, eins da, verteilt über den Staat und das ganze Land. Und Yolandas Kinder können sich nicht mal ausstehen. Wenn Yolanda sie nicht regelmäßig zum Essen einladen würde, hätten sie wahrscheinlich überhaupt keinen Kontakt. Was machen sie, wenn sie mal nicht mehr da ist?

»Ich bin krank«, wird sie ihnen heute Abend sagen. Yolanda macht den Kühlschrank zu und lehnt sich dagegen. Sie presst die Hände an den Kopf, aber es nützt nichts.

Ihr Blick fällt auf den Spiegel an der Tür. Gestern war sie von ihrer Frisur noch ganz begeistert: der interessante violette Schimmer, die Art, wie die Friseurin die Haare gegelt hatte, damit sie stachelig und zerzaust abstanden. Aber jetzt wirkt das Ganze nur noch grell und künstlich und sie selbst sieht alt und verhärmt aus. Sie fährt mit dem Finger über die kreppartige Haut unter ihren Augen, die sich nur langsam wieder zurückzieht.

Yolanda sieht zu Angel hinüber, die stirnrunzelnd auf ihr Heft starrt. Sie hat die Haare zu einem Pferdeschwanz zusammengebunden; ihr Bauch ruht zwischen ihren gespreizten Beinen.

Wenn man Kinder hat, lebt man in ständiger Angst, vor allem, wenn sie erwachsen werden und in die Welt hinausgehen, Auto fahren, Sex haben und mit Kreditkarten bezahlen – leichtsinnig und ohne jede Lebenserfahrung. Dann schlittern sie in etwas rein, was sie anschließend ausbaden müssen.

Yolanda mag ihre Enkelin und hat ein schlechtes Gewissen, weil sie ihr kein Geschenk mitgebracht hat. Noch dazu hatte Angel ja am Freitag Geburtstag.

»*Hijita*«, ruft sie. »Sei so lieb und bring mir mal meine Handtasche.«

Angel tut ihr den Gefallen. »Ich mag deinen Haarschnitt«, sagt sie und legt die Tasche auf die Frühstückstheke. »Ich wollte dir das vorhin schon sagen. Sieht echt punkmäßig aus.

Tut mir leid, dass ich dich verärgert hab, Gramma. Ich hab nicht dran gedacht, dass du eine anstrengende Fahrt hinter dir hast.«

Yolanda berührt ihre modischen Stachelhaare und lächelt ihre Enkelin an. »Ach, *hijita*, ich bin nicht verärgert. Nur müde.« Yolanda tätschelt liebevoll Angels Hand. »Was deinen Dad angeht, nimm's nicht persönlich.«

Angel nickt tapfer. »Erzähl doch mal von deinem Freund«, wechselt sie das Thema. »Ist er nett?«

Yolanda ist froh, dass ihre Enkelin sie ungeschoren davonkommen lässt. »Er ist nur ein guter Freund«, sagt sie leichthin.

Angel zieht die Augenbrauen hoch und sieht sie betroffen an. »Habt ihr euch getrennt?«

»Nein, es wurde nur langsam Zeit, wieder nach Hause zu kommen. Du kennst ja die Männer.« Yolanda zwingt sich zu einem Lächeln. »Manchmal braucht man einfach eine Auszeit.«

Cal sitzt wahrscheinlich gerade vor seinem Wohnwagen, im Schatten der blau-weiß gestreiften Markise, den Campingstuhl in den Boden gerammt. Wahrscheinlich liest er die Zeitung, erwidert freundlich die Begrüßungen der Nachbarn, die auf dem Weg zum Pool sind. Er erzählt ihnen, dass Yolanda wegen eines Notfalls in der Familie vorzeitig nach Hause fahren musste, und bedankt sich für ihre guten Wünsche, die er gern ausrichten wird.

»Tut mir echt leid, Gramma. Das ist wirklich bescheuert.«

»Mach dir keine Gedanken. Alles gut. Aber ich hab meine Kinder vermisst. Ich hab dich vermisst. Also bin ich einfach losgefahren.« Sie lacht und findet, dass es ziemlich überzeugend klingt. »Noch mal zu deinem Vater. Du wirst es vielleicht nicht glauben, aber als Kind war er sehr religiös. Er hat die ganze Zeit gebetet, vor dem Frühstück, nach dem Frühstück, einfach ständig. Ich musste seine Kinderbibel verstecken, weil sie ihm Angst gemacht hat. Ich hab ihm gesagt, dass es nur Geschichten sind, aber er ließ sich einfach nicht beruhigen. *Was ist, wenn Gott uns wieder eine Sintflut schickt?*, hat er gefragt. *Das wird er nicht*, habe ich geantwortet. *Er hat es den Menschen versprochen*. Aber beruhigt ein Versprechen von Gott deinen Vater? Natürlich nicht. *Und was ist, wenn er sich's anders überlegt?*

Angel lacht und sagt dann ernst: »Vielleicht war er so ängstlich, weil sein Dad gestorben ist.«

Yolanda nickt. Es tut ihr in der Seele weh, dass es für Angel so wichtig ist, Amadeo zu verzeihen. Und sie, Yolanda, bestärkt sie auch noch darin, obwohl das Mädchen allen Grund hat, sauer zu sein. »Möglich. Wahrscheinlich hat er immer das Gefühl gehabt, dass ihm etwas fehlt.« Sie greift in ihre Tasche und zieht ihr Portemonnaie hervor, nimmt drei Hundert-Dollar-Scheine heraus und schiebt sie Angel hin. »Für dich, *hijita*. Herzlichen Glückwunsch zum Geburtstag!«

»Wow, Gramma! Danke!«

Yolanda lächelt.

»Das ist wirklich lieb. Danke!« Dann fügt sie besorgt hinzu: »Aber es ist viel zu viel.«

Yolanda beugt sich vor und sagt vertraulich: »Ich hab ein bisschen was gewonnen.« Es ist erstaunlich, wie leicht es ihr fällt, die Rolle der glücklichen Großmutter zu spielen, obwohl es ihr so schlecht geht. Sie nennt eine Zahl, die ihr gerade in den Sinn kommt. »Dreitausend Dollar.«

»Du machst Witze!«, ruft Angel aus. »Drei*tausend* Dollar! Echt?«

»Ich bin froh, dass du hier bist, Liebes. Das ist schließlich auch dein Zuhause.« Sie geht um die Theke herum, umarmt Angel und tätschelt ihren Bauch. Was für eine wunderbare Ablenkung sie und das Baby sein werden. »Du kriegst noch mehr, wenn der Kleine da ist.«

Draußen knirschen Reifen. »Guck mal«, sagt Yolanda, »dein Dad ist zurück.«

Amadeo ist ganz aufgekratzt. »Mom! Du bist wieder da!«, ruft er und umarmt sie. »Was ist denn mit deinen Haaren passiert? Ich hab mich schon gefragt, wem das Auto da draußen gehört.« Er hat sich rasiert und riecht nach Seife und Kölnischwasser. Seine Hände sind bandagiert, nur die Fingerspitzen lugen unter der Gaze hervor.

»Das ist ein Mietwagen. Du siehst gut aus, *hijito*.«

Amadeo strahlt. »Ich war in der Messe. Es war toll. Aber jetzt bin ich am Verhungern, wegen dem Fasten. Du hättest mitkommen sollen, Angel.« Er wirft seiner Tochter einen vielsagenden Blick zu.

»Klar doch«, sagt sie ausdruckslos. Sie hält die Scheine hoch. »Guck mal, was Gramma mir geschenkt hat! Super, oder?« In ihrem Lächeln liegt eine Spur Grausamkeit.

Amadeo sieht Yolanda entsetzt an. »Was soll sie mit so viel Geld?«

Angel grinst. »Und ich krieg noch mehr für das Baby. Sie hat dreitausend Dollar gewonnen!«

Yolanda weicht dem Blick ihres Sohns aus. »Ich hab mir gedacht, wir könnten ihm was mit auf den Weg geben, eine kleine Starthilfe«, erwidert sie entschuldigend. Jetzt müsste sie eigentlich auch Amadeo ein Geldgeschenk machen. Sie weiß, dass er darauf wartet. Aber irgendwas in ihr sträubt sich dagegen. Mit trotziger Schadenfreude beobachtet sie ihren Sohn, während sie die Frühstückstheke wienert.

Schließlich dreht sich Amadeo um und schaut aus dem Fenster. »Du hast einen *Mustang* gemietet?«

Yolanda zuckt die Achseln. »Ich wollte ein Cabriolet, um was von der Landschaft zu sehen.« Sie bindet die Müllbeutel zusammen und stellt sie vor Amadeos nackte Füße. »Kannst du die bitte für mich raustragen, Schatz?«

»Kann ich nicht.« Amadeo hält seine bandagierten Hände hoch. Der Verband ist am Rand ganz schmuddelig. »Ich hab mir am Freitag Nägel reinschlagen lassen.«

»Das hab ich gehört.« Yolanda tätschelt seine Wange, dreht sich dann um und stellt noch ein letztes Glas in den Geschirrspüler. »Ich bin stolz auf dich, *hijito*. Bring bitte auch mein Gepäck rein, ja? Dann kannst du dir auch gleich das Auto ansehen.« Yolanda füllt Spülmittel ein und stellt die Maschine an.

»Ich weiß, wie ein Mustang aussieht«, sagt er schnippisch.

»Wie war die Prozession, *hijito*?«

Er lässt die Schultern hängen und schmollt. Und Yolanda

sieht, wie so oft, den dreijährigen Amadeo vor sich. Es tut ihr weh, dass er auch als Erwachsener noch so verletzlich ist.

»Ganz gut«, blafft er. Er macht keine Anstalten, die Mülltüten rauszutragen. Stattdessen verkündet er wehleidig: »Mir geht's schlecht.« Er räuspert sich. »Ich werd bestimmt krank. Ist ja auch kein Wunder nach dem ganzen Fasten und der Quälerei.« Er hustet in seine bandagierte Hand. Es hört sich wenig überzeugend an, aber dann probiert er es noch einmal und diesmal gelingt es ihm schon besser.

»Dann komm mir lieber nicht zu nah«, sagt Angel. »Ich will nicht, dass mir bei den Wehen der Rotz aus der Nase läuft.«

Amadeo fischt eine weiche Orange aus der Schale auf der Theke. Er drückt sie an seinen Bauch und pult umständlich ein Stück klebriger Schale ab. Der Saft tropft auf seinen Verband und das Hemd und er starrt wütend auf das überreife Fruchtfleisch. Ein süßlicher Geruch erfüllt die Küche.

»Wenn ihr mir beim Aufräumen helft, mach ich euch nachher eine heiße Zitrone mit Honig. Es gibt noch viel zu tun, bis Valerie und die Mädchen kommen.«

Amadeo fährt herum. »Du hast *sie* eingeladen?« Er wirft die Orange in die Schale zurück. Fruchtfliegen stieben irritiert auf, beruhigen sich aber schnell wieder. »Warum können wir keinen ruhigen Abend verbringen, nur wir drei?«

Yolanda greift nach der Orange und wirft sie in den Mülleimer. »Natürlich habe ich Valerie eingeladen. Sie ist schließlich meine Tochter. Und deine Schwester. Du solltest ein bisschen netter zu ihr sein.« Kurz entschlossen leert sie die ganze Schale in den Müll, blickt dann beide streng an. »Hier sieht's aus wie im Schweinestall!«

»Wir wussten ja nicht, wann du nach Hause kommst«, sagt Amadeo. »Du hättest wenigstens vorher anrufen können. Hier war's total stressig. Karfreitag und so. Und wie soll ich denn so putzen?« Er hebt die Hände. »Außerdem bin ich nicht allein für den Dreck verantwortlich.«

Angel wirft ihm einen bösen Blick zu. »*Ich* habe versucht, Ordnung zu halten, Gramma. Ich hab achtmal hintereinander Geschirr gespült. Er hätte schließlich auch mal was machen können. Außerdem hab ich noch mein Programm und ich muss mich auf die Prüfung vorbereiten und Brianna hat gesagt, dass wir Prioritäten setzen müssen …«

»Das ist doch alles dasselbe«, unterbricht Amadeo sie. »Ob du für's Programm paukst oder für die Prüfung.«

»Nein, wir lernen auch was über frühkindliche Entwicklung. Außerdem tut mir schon die ganze Zeit der Rücken weh und ich bin nur müde. Du weißt ja, wie's ist, Gramma.«

Sie glauben beide, dass es ihr gutes Recht ist, hier bei ihr zu wohnen, und es überrascht Yolanda, dass es für *sie* nicht selbstverständlich ist. »Hier muss sich was ändern. Wenn dieses wunderbare Baby auf die Welt kommt, werden wir hier nicht hausen wie die Schweine.«

Sie stöhnen. Aber in Wirklichkeit sind sie erleichtert. Offenbar haben sie nur darauf gewartet, dass sie wieder nach Hause kommt und ihr Leben in Ordnung bringt. Und das wird sie. Sie wird ihre Streitereien beilegen, sie trösten und ihnen Mut machen. Sie liebt die beiden und weiß sie zu nehmen. Seufzend blickt sie in ihre trotzigen, kindlichen Gesichter.

Amadeos Schwester scheint nicht bemerkt zu haben, dass er seit ihrem unverschämten Geschenk letztes Weihnachten eigentlich nicht mehr mit ihr redet. Als sie hereinkommt, stellt sie als Erstes ihre prall gefüllten Tüten auf den Boden und drückt ihn an sich, ehe er ihr ausweichen kann. Ohne ihn loszulassen, tritt sie einen Schritt zurück und betrachtet ihn. Wie sie da so vor ihm steht, findet er sie einfach nur peinlich: die viel zu langen offenen Haare, die riesigen Ohrringe, ihr wallendes schwarzes Kleid, das alberne folkloristische Tuch. Und dann dieser blasierte, gönnerhafte Gesichtsausdruck, als hätte sie beschlossen, heute mal nett zu ihm sein. »Schön, dich zu sehn, Brüderchen.«

Amadeo sagt nichts, nickt nur, aber leider kriegt sie es gar nicht mit, weil sie sich schon zu Angel gedreht hat. »Meine Güte, Angelica! Lass dich mal ansehen! Dein Bauch ist ja riesig!«

Angel zieht den Kopf ein, lächelt verlegen. »Hallo, Tante Val.«

Valerie umarmt sie herzlich und geht dann schnurstracks zum Fernseher, um ihn auszuschalten. Ihren eigenen hat sie vor zwei Jahren abgeschafft. Seitdem schwärmt sie von den tollen Projekten ihrer Töchter, die jetzt so viel mehr Zeit hätten, um ihren Intellekt und ihre Kreativität zu entwickeln. Und wenn jemand den *Bachelor* oder irgendwelchen Promi-Klatsch erwähnt, mimt sie gern die Ahnungslose. »Ich versteh nicht, wie ihr nur einen klaren Gedanken fassen könnt, wenn die ganze Zeit der Kasten läuft«, sagt sie und wischt sich demonstrativ den Staub von den Händen.

Seit sie ihren Master-Abschluss hat, arbeitet Valerie als Schulberaterin für den Bezirk Albuquerque und hält sich deshalb für eine Expertin für alles und jedes. Sie hat drei Jahre lang Abend- und Wochenendkurse besucht. Drei Jahre lang schlich sie leichenblass durch die Gegend, rieb sich seufzend die Schläfen und beklagte sich darüber, wie überarbeitet sie sei. »Vollzeitjob, Vollzeitausbildung und Vollzeitmutter. Und noch dazu alleinerziehend.« Bei jeder sich bietenden Gelegenheit gibt sie ungefragt ihre psychologischen Theorien und Diagnosen zum Besten. »Na ja, ist doch klar. Also ich erklär mir das so«, sagt sie dann mit wichtigtuerischer Miene. Sie hat die unerträgliche Angewohnheit, in die banalsten Bemerkungen eine tiefere Bedeutung hineinzulesen. Als Amadeo einmal erzählte, dass er der Lady mit ihren sechshundert Einkaufscoupons vor ihm an der Kasse am liebsten den Hals umgedreht hätte, zog Valerie alarmiert die Brauen zusammen und fragte: »Verspürst du den Drang, anderen wehzutun, Dodo?« Wahrscheinlich ist Valerie nie darüber hinweggekommen, dass sie irgendwann einen kleinen Bruder bekommen hat, und wird deshalb seit ihrem fünften Lebensjahr von Groll zerfressen. Das ist Amadeos Theorie und dafür muss man weiß Gott kein Schulberater sein.

Es gibt nur drei Dinge, die Valerie einigermaßen erträglich machen: Erstens hat sie ordentlich zugelegt, was sie ziemlich verunsichert. Zweitens hat ihr Ex-Mann sie geschlagen, weshalb ihr jede Demonstration männlicher Muskelkraft Angst einjagt. Amadeo braucht nur die Faust zu ballen oder seinen Bizeps anzuspannen, um sie völlig aus dem Konzept zu bringen. Und drittens sind ihre Töchter richtig nett.

Oder waren es wenigstens. Seit Lily zwölf ist, tut sie genauso überlegen wie ihre Mutter. Sie ist eine richtige Leseratte und liest ziemlich anspruchsvolle Bücher für ihr Alter – kein Wunder, bei der dicken Brille und den krausen Haare. Sie und ihre kleine Schwester stehen immer noch auf der Türschwelle und starren stumm auf seine Bierdose und seine bandagierten Hände – als hätten sie Angst hereinzukommen, solange er im Haus ist. Onkel Amadeo, launenhaft und unberechenbar, vor allem, wenn er betrunken ist. Er kann sich schon denken, was Valerie ihnen einschärft: Nehmt euch in Acht vor Onkel Amadeo. Steigt niemals zu Onkel Amadeo ins Auto. Werdet nie wie euer Onkel Amadeo.

Ehe er sich bremsen kann, schneidet er eine Grimasse, reißt den Mund auf und streckt die Zunge weit heraus. »Grrr!«, knurrt er und fletscht die Zähne. Lily zuckt zusammen, fängt sich aber gleich wieder und verdreht die Augen, die siebenjährige Sarah kichert begeistert los. Sie ist richtig niedlich, mit ihren Zahnlücken, den großen Augen, dem hübschen schwarzen Pagenkopf und den dünnen Beinen, die aus ihren Fußballshorts hervorschauen. Amadeo grinst sie an, seine anfängliche Gereiztheit ist verflogen. Voller Zuneigung betrachtet er seine Nichte, die offenbar noch zu jung ist, um ihn zu verachten.

»*Hijitas*! Na, kommt schon rein!«, ruft Yolanda. Die beiden Mädchen stürmen auf ihre Großmutter zu, während die Fliegentür mit einem Knall hinter ihnen zufällt.

»Wow, seid ihr groß geworden!« Angel mustert staunend ihre Cousinen.

»Oh, Mann«, sagt Amadeo, der lässig an der Wand lehnt. Es ist nicht einfach, die Bierdose mit seinen verbundenen Händen zu halten, aber er kriegt es hin. »Ich bin ganz schön geschlaucht. Ohne die Schmerztabletten ging's gar nicht.« Er hält die Hände hoch, aber niemand beachtet ihn. Nach der Messe heute Morgen haben einige Hermanos ihm respektvoll auf die Schulter geklopft. »Hast du wirklich gut gemacht«, murmelte Shelby Morales und dann umarmten sie sich vorsichtig, ohne den wunden Rücken des anderen zu berühren. Al Martinez legte sanft die Hand auf seinen Arm. »Gott segne dich, mein Junge.«

Er kann wirklich stolz auf sich sein. Es war eine richtige Kreuzigung! Wer kann schon von sich behaupten, für Gott so ein großes Opfer gebracht zu haben? Während sich der Priester über das Wunder der Auferstehung ausließ, träumte er davon, dass man ihn in den Vatikan einlud – was er natürlich keiner Menschenseele erzählen würde. Sankt Amadeo. Klingt irgendwie archaisch, Ehrfurcht gebietend.

Vielleicht haben sich die Wunden entzündet. Wahrscheinlich sogar. Er wickelt den linken Verband ab, der feucht ist und muffig riecht. Genauso wie die schrumpelige blasse Haut auf seiner Handfläche. Das Loch selbst sieht aber gar nicht so schlimm aus – der Rand ist leicht geschwollen und rot. Die beiden Löcher mussten nicht mal genäht werden, sondern wurden nur geklebt. Dann bekam er noch eine Tetanus-Spritze und ein Rezept für Antibiotika. »Halten Sie die Wunden sauber«, hat die Schwester zu ihm gesagt. »Dann verheilen sie ganz von allein.«

Angel verzieht das Gesicht. »Muss das sein? Das ist ja eklig.« Hastig wickelt Amadeo den Verband wieder um seine Hand. »Wie ist es denn am Freitag gelaufen, Dodo?«, ruft Valerie aus der Küche, wo sie eine Schranktür nach der anderen aufreißt. Dann taucht sie mit einer Handvoll Chips wieder auf, die sie sich mit spitzen Fingern in den Mund stopft.

»Das war 'ne coole Nummer«, sagt Angel angriffslustig. »Frag ihn mal, wie's seinen Händen geht.«

»Ja, ich hab davon gehört«, erwidert Valerie. »Unglaublich.«

»Darüber reden wir lieber ein andermal«, sagt Yolanda mit gespielter Heiterkeit und sieht ihre Enkelinnen an. »Wie läuft's denn in der Schule, ihr beiden?«

Amadeo wirft seiner Mutter einen vorwurfsvollen Blick zu. Sie hätte ihn genauso gut ohrfeigen können. »Sag bloß, du schämst dich für mich.«

»Natürlich nicht, mein Schatz, aber das ist doch kein Thema für heute Abend. Ein bisschen zu viel Blut, meinst du nicht? Und Valerie, denk bitte an deine Diät. Wir essen bald.«

»Ich mache keine Diät mehr.« Valerie schiebt sich einen Keks in den Mund.

»Ich bin Atheistin«, platzt Lily heraus. »Ich glaub schon, dass Jesus gelebt hat, aber das ganze andere Zeug ist nur erfunden.«

»Auch darüber wollen wir jetzt nicht reden«, sagt Yolanda behutsam.

»Aber was soll der ganze Büßerquatsch überhaupt?«, schaltet sich Angel ein. »Ist das Leben nicht schon beschissen genug?«

Amadeos bandagierte Hände passen nicht in seine Hosentaschen; er weiß nicht, wohin damit. Er wünschte, sein Großonkel wäre hier, um ihr das Ganze zu erklären. Ihn nehmen sie ernst. Seine Mutter ist stolz, dass ihr Onkel die alte Tradition hochhält. Sie findet die Rolle, die er in der Bruderschaft spielt, nobel und ehrenhaft. Amadeo hat miterlebt, wie seine Mutter und seine Schwester damit herumprahlten, meist vor anderen Frauen, meist weißen Amerikanerinnen, Leuten aus besseren Kreisen. Und genauso prahlen sie mit ihrer spanischen Abstammung, brüsten sich damit, dass die Familie seit vierhundert Jahren in Amerika lebt und dass sie immer noch im *Dorf unserer Vorfahren* (wie Valerie es ausdrückt) wohnen. Aber was Amadeo für die Bruderschaft tut, ist in ihren Augen nichts wert. Irgendwie scheint er die heilige Tradition zu beschmutzen, sie zu einer unwürdigen Posse herabzuwürdigen: statt wahre religiöse Überzeugung nur krankhafter Wahn. »Ich hab gedacht, du freust dich, dass ich in der Hermandad bin.«

»Aber natürlich, *hijito*. Ich bin sehr stolz auf dich.«

»Ich find's toll, dass du die Tradition am Leben erhältst. Schließlich ist das unser historisches Erbe. So eine Gemeinschaft ist total wichtig.« Valerie mustert seine verbundenen Hände. »Aber vielleicht solltest du es nicht übertreiben. Musst du irgendwelche speziellen Übungen machen?« Sie schließt den Küchenschrank und geht ins Wohnzimmer. Schwer lässt sie sich in einen Sessel fallen und zupft an ihrem Kleid herum, das an den Brüsten spannt. »Also, ich weiß nicht. Ich könnte an keinen Gott glauben, der von mir verlangt, dass ich mir Schmerzen zufüge.«

Gott verlangt das doch gar nicht, möchte Amadeo ihr erklären. Wenn er einem genug bedeutet, will man es freiwillig tun. Er würde gern mit Valerie darüber diskutieren, aber er weiß, dass sie ihm – mit ihren College-Abschlüssen und Religionskursen – haushoch überlegen ist. Sie würde ihn in Grund und Boden reden. »Niemand zwingt dich, an irgendwas zu glauben«, sagt er. Ein Gefühl von Hilflosigkeit, das ihm nur allzu vertraut ist, steigt in ihm hoch. Wütend tritt er gegen einen Stapel mit Prospekten, die fürs Altpapier bestimmt sind. Sanft gleiten sie über den Teppichboden.

Valerie hat ihm zu Weihnachten ein Buch geschenkt mit dem Titel: *Bezwinge den Ares in dir: Wie man die Ketten männlicher Wut sprengt*. Das ist der Grund, warum er nicht mehr mit ihr redet. Auf dem grellorange-roten Einband ist der nackte, muskelbepackte Kriegsgott zu sehen, der wutschnaubend über einem Feuer speienden Vulkan schwebt, während ein lächelndes Cartoon-Männchen im Businessanzug aus einer Tür in seiner Brust herausspaziert. »Das hat ein sehr renommierter Autor geschrieben«, sagte Valerie geziert, als er den Ratgeber hin und her drehte. Ihr Geschenk hat ihn so in Rage gebracht, dass er ganz neue Dimensionen männlicher Wut in sich entdeckt hat. Das wird er seiner Schwester nie verzeihen.

»Na ja, das ist wirklich kein tolles Geschenk«, hat seine Mutter ihm zugestimmt, als Amadeo sich später in der Küche bei ihr beschwerte. Und einen Moment lang fühlte er sich getröstet. Aber dann hielt sie plötzlich beim Abwaschen inne, die Hände ins Spülwasser getaucht, und sagte zögerlich: »Aber vielleicht solltest du trotzdem mal einen Blick reinwerfen.« Es war ein schrecklicher Weihnachtsabend, und Amadeo ist froh, dass Angel nicht dabei war. Er kann nur hoffen, dass Valerie ihr nichts davon erzählt hat.

Mittlerweile haben die anderen das Thema gewechselt, wahrscheinlich, weil sie nicht wollen, dass er völlig ausflippt.

Er steht im Durchgang zur Küche und sieht unsicher zu Valerie und Angel hinüber, die zusammen auf der Couch sitzen. Das Haus ist wieder ganz das alte – der Teppichboden ist frisch gesaugt, auf dem ausgezogenen Tisch liegt eine Plastik-Spitzendecke –, die Frauen haben alles unter Kontrolle, der weibliche Touch eben. Er wünschte, Angel hätte mehr Verständnis für ihn. Es gibt niemanden, der auf seiner Seite steht. Angel und Valerie lachen.

Valerie springt auf. »Ich hab dir ein paar Sachen mitgebracht, Angel.« Sie schleift die Tüten über den Teppichboden. »Das sind Babysachen von Lily und Sarah. Du weißt ja, wie schnell die Kleinen aus ihren Kleidern rauswachsen.«

»Das ist aber lieb von dir!« Angel sieht wirklich gerührt aus. Ihre Augen leuchten. Amadeo stellt verwundert fest, dass er eifersüchtig ist. Warum ist er nicht auf die Idee gekommen, ihr Babysachen zu kaufen?

Als Valerie die Tüten auf dem Wohnzimmerboden ausleert,

laufen die weiblichen Familienmitglieder verzückt herbei, wie magisch angezogen von den niedlichen Hemdchen und Höschen.

»Und dann hab ich noch Sarahs alten Kindersitz in der Garage gefunden«, sagt Valerie. »Den hol ich nachher noch.«

Angel kniet sich neben den Kleiderberg. Neugierig beugt sich Amadeo über die Frühstückstheke. Fleckige Strampler und Höschen, ausgeleierte kleine T-Shirts und nicht zusammenpassende Babysöckchen. »Danke, Tante Val«, murmelt Angel.

»Und das hat wirklich mal mir gehört?«, fragt Sarah und wühlt begeistert in den Sachen herum. Sie steckt eine Faust durch den Halsausschnitt eines gelben gesmokten Hemdchens. »Hallo!«, quiekt sie. »Ich bin der Hemdenkasper!« Dann dreht sie sich zu ihrer Mom um. »Und was ist, wenn ich das behalten will?«

Lily ist die Einzige, die sich für den Babykram nicht interessiert. Sie hat es sich in einer Ecke der Couch unter einer Häkeldecke gemütlich gemacht und ist in einen dicken Jugendroman vertieft. Jetzt aber zieht sie den Daumennagel aus dem Mund und belehrt ihre Schwester: »Genau genommen gehört das meiste davon mir. Nur damit du's weißt.«

Lily hat es nicht leicht in der Schule. Letztes Jahr sorgte sie für einen Skandal, indem sie einige Klassenkameraden wegen sexueller Belästigung beim Schulleiter anschwärzte. Anscheinend hatten die Jungen die Mädchen nach einem Punktesystem bewertet, in den Kategorien Figur, Gesicht und Fickbarkeit. (»Wie viel Punkte hat Lily denn bekommen?«, hatte Amadeo unklugerweise gefragt, worauf seine Mutter ihn nur angefunkelt hatte.) Die ganze Affäre endete erwartungsgemäß damit, dass Lily von der ganzen siebten Klasse geschnitten wurde. Man berichtete sogar im Lokalfernsehen über sie, in einem Beitrag mit dem Titel: »Kinder, auf die wir stolz sein können«. Die ganze Familie saß zusammen vor dem Fernseher, um sich anzusehen, wie Lily einem Journalisten mit nervtötender Eloquenz erklärte, dass in einer Schule, in der Mädchen nicht mehr sicher sind, niemand mehr sicher sei. Wenn Lily hübscher, weniger selbstgerecht und weniger wortgewandt wäre, hätte sie die ganze Geschichte einigermaßen unbeschadet überstanden. Aber stattdessen kam sie ausgesprochen unsympathisch rüber – eine kleine Nervensäge, die sich ständig die Brille auf der Nase hochschob. Und Amadeo fragte sich, wie seine Schwester es nur zulassen konnte, dass sich seine Nichte dermaßen zum Gespött machte. Als er in der Werbepause andeutete, dass Lily die Sache hätte lieber auf sich beruhen lassen sollen, fiel Valerie über ihn her: »Genau deshalb hab ich wie eine Irre um das alleinige Sorgerecht und ein lebenslanges Kontaktverbot gekämpft.« Sie deutete auf Lily, die zusammengesunken in der Couchecke saß. »Sie entwickelt sich zu einer starken, kämpferischen Frau und darauf bin ich stolz.« Und Lily, die angehende starke Frau, zupfte geknickt an einer ihrer buschigen Augenbrauen herum.

Lily lässt ihr Buch sinken und sagt zu ihrer Mutter in besserwisserischem Ton: »Genau genommen hättest du uns vorher fragen müssen, bevor du unsre Sachen weggibst.«

»Angel hat nicht so viel schöne Sachen für ihr Baby. Und da geben wir ihnen doch gern etwas von unseren ab, oder?«

Angel kratzt angetrocknete Essensreste von einem Mini-Sweatshirt mit den Initialen der University of New Mexico und faltet es zu einem kleinen Quadrat. Dann nimmt sie ein lavendelfarbenes Trägerkleidchen und legt es ebenfalls zusammen. Es sind mehrere Kleider unter den Sachen, wie Amadeo gerade sieht, mit Rüschen und Blümchenmuster in Rosa und Violett. Valerie hat das ganze Zeug einfach eingepackt, ohne sich die Mühe zu machen, es vorher durchzusehen. Als wäre sein Zuhause ein Altkleider-Container.

»Du weißt *schon*, dass sie einen Jungen kriegt, oder?« Amadeo reißt noch eine Bierdose auf. Er wird immer geschickter mit seinen bandagierten Händen.

»Ich dachte, Angel sucht sich einfach raus, was sie gebrauchen kann.« Valerie greift sich ein paar Strähnen und zwirbelt sie zu einem langen glänzenden Strang, eine typische Geste von ihr, wenn sie nervös ist. »Babys wissen noch nichts über Geschlechterrollen, Amadeo. Es ist ihnen egal, was sie anhaben.«

Als Amadeo bemerkt, dass Angels Wangen und Hals rot anlaufen, erwacht ein väterlicher Beschützerinstinkt in ihm. »Hast du das Zeug überhaupt gewaschen?«

»Lass doch«, sagt Angel schnell, ohne ihn anzusehen. »Das ist wirklich lieb von dir, Tante Val.« Sie lächelt tapfer.

Stirnrunzelnd mustert Valerie das Bier in Amadeos Hand. »Findest du nicht, dass du genug für heute Abend hast? Nimmst du nicht gerade Percocet?« Sie deutet auf das Tablettenfläschchen auf der Frühstückstheke. »Du musst wirklich aufpassen mit dem Zeug. Ich wundere mich, dass sie einem Alkoholiker überhaupt so was verschreiben.«

Seine Tochter wird blass und öffnet den Mund.

»Sei froh, dass ich kein Junkie bin«, sagt er lauter als beabsichtigt.

»Ich würde sagen, *du* kannst froh sein«, gibt Valerie in schneidendem Ton zurück.

»Ich mein, es ist 'ne richtige Seuche. Kannst du in allen Zeitungen lesen. Das ganze County ist praktisch zugedröhnt.«

»Vielen Dank, das weiß ich selbst. Du erwartest doch wohl nicht ernsthaft, dass ich dich dafür lobe, dass du kein Junkie bist?«

Amadeo stellt geräuschvoll seine Bierdose ab. »Warum nicht? Das wär doch schon mal was.«

»Na dann. Bravo, Brüderchen!«

Amadeo betrachtet seinen Bizeps, dann spannt er ihn langsam an. Valerie beißt sich auf die Lippe und wendet den Blick ab.

Seine Mutter befühlt die Babysachen, streicht sie auf ihrem Schoß glatt. »Ich wusste nicht, dass du das alles aufgehoben hast, Schatz.« Ihre Stimme hat einen wehmütigen Klang. Dann hebt sie den Kopf, blinzelt eine Träne weg und lächelt heiter in die Runde.

»Hast du Angst vor der Geburt?«, fragt Valerie Angel und setzt sich auf dem Boden zurecht, versucht vergeblich, ihre kurzen Beine übereinanderzuschlagen. »Also ich war damals halb verrückt vor Angst. Beide Male war ich drauf und dran, aufzugeben und sie einfach in meinem Bauch zu lassen.« Sie zieht

Sarah auf ihren Schoß und sagt über ihren Kopf hinweg zu Lily: »Bist du nicht froh, dass ich's nicht gemacht habe? Sonst hätte ich in meiner Gebärmutter eine Schule gründen müssen.«

»Krass.« Lily sieht kurz auf und schneidet eine Grimasse. Dann zieht sie die Knie an die Brust und kaut weiter auf ihrem Daumennagel herum. Sarah macht sich los.

Angel beugt sich über ihren Bauch und legt das Trägerkleidchen vorsichtig hinter den Kleiderhaufen, als wäre es verseucht. »Ich mach mir keine Sorgen. Ich bin im perfekten Alter zum Kinderkriegen. Also rein biologisch, meine ich, nicht karrieremäßig. Die Wehen werden also halb so wild sein.«

»Ich wäre mir da nicht so sicher«, sagt Yolanda düster. »Ich war auch jung und bei mir hat's höllisch wehgetan.«

»Es stimmt aber, Gramma. Es ist wissenschaftlich erwiesen, dass es für Teenager leichter ist«, sagt Angel eifrig. »Brianna, meine Lehrerin, hat erzählt, dass junge Mädchen weniger Kaiserschnitte haben. Die ganzen älteren Frauen, die mit dem Kinderkriegen warten, bis sie vierzig sind, die kriegen echt Probleme. Die starren mich im Supermarkt immer so superkritisch an, aber in Wirklichkeit sind die bloß neidisch.«

Valerie wirft Lily einen besorgten Blick zu. »Na ja …«

Aber da schwatzt Angel schon weiter, erzählt von ihrer Freundin Lizette. »Bei ihr hat's nur eine Stunde gedauert. Sie war sich nicht mal sicher, ob sie's rechtzeitig ins Krankenhaus schafft, bevor das Baby aus ihr rausflutscht. Das hört sich jetzt vielleicht eklig an, aber sie hat gesagt, es wär, wie wenn man einen großen Schiss macht.«

Lily legt ihr Buch hin und betrachtet ihre Cousine interessiert. »Eklig.«

Mit leuchtenden Augen blickt Angel von einem zum andern. »Habt ihr schon von dem Trick mit dem Olivenöl gehört? Brianna hat 'ne Gastrednerin eingeladen, die über natürliche Geburt gesprochen hat. Die hat überhaupt keine Medikamente genommen, sondern nur die ganze Zeit Yogaübungen gemacht und sich untenrum mit Olivenöl eingerieben. Sie musste nicht mal aufgeschnitten werden.«

»Aufgeschnitten?«, fragt Amadeo geschockt. Als Marissa

schwanger war, hat sie nie über so was gesprochen, jedenfalls nicht in seiner Gegenwart. Aber in den letzten sechzehn Jahren hat sich anscheinend gewaltig was verändert. Jetzt sind die Frauen offenbar nicht mehr zu bremsen.

»Ein Dammschnitt«, erklärt Valerie ihm mit einem triumphierenden Lächeln. Rache ist süß.

»Abartig, was?« Angel kommt langsam in Fahrt. »Denn wenn du da unten aufreißt, wächst es nie mehr richtig zu. Alles ist ausgeleiert und dann macht's den Männern keinen Spaß mehr.«

Amadeo kichert nervös. »Okay, das reicht.« Zu seiner Überraschung verziehen auch seine Mutter und seine Schwester angeekelt das Gesicht. Lily dagegen betrachtet ihre Cousine fasziniert. Vielleicht gibt's ja doch keine geschlossene Frauenfront.

Valerie spielt wieder mit ein paar Haarsträhnen herum und holt tief Luft. »Also«, sagt sie und setzt eine oberlehrerhafte Miene auf. »Erstens bist du nicht dafür verantwortlich, dass ein Mann …« Sie malt zwei Gänsefüßchen in die Luft. »*Spaß* hat. Und zweitens …« Ihre Finger erstarren in der Luft und sie sieht ihre älteste Tochter an.

»Lass dich bloß nicht schwängern«, sagt Angel pflichtschuldig zu Lily. »Damit versaust du dir dein ganzes Leben.«

Lily macht ein beleidigtes Gesicht. »Oh Gott, nein! Das würd ich nie tun.« Sie verkriecht sich noch weiter in die Couchecke, als wäre Angels Misere ansteckend. »Ich geh aufs College.«

»Na ja, vielleicht geht Angel ja auch noch aufs College.« Aber trotz ihres munteren Tonfalls klingt Valerie nicht sehr überzeugend.

Yolanda betastet ihre stachligen Haare und betrachtet stirnrunzelnd ihre versammelte Nachkommenschaft. »Also, du meinst ganz normales Olivenöl? Wie man es zum Kochen benutzt?« Sie schüttelt den Kopf. »Na, vielen Dank. So was kommt mir nicht an meine Muschi.«

Amadeo hält sich die Ohren zu. »Mom!«

»Sag doch einfach Vagina, Mutter.«

Yolanda macht eine wegwerfende Handbewegung. »Ich hasse dieses Wort. Klingt irgendwie schmutzig.«

»Schmutzig?« Valerie beugt sich vor und gibt einen verstörend tiefen Einblick in ihr Dekolleté. »Wie kann das schmutzig sein? Das ist der anatomisch korrekte Begriff. *Muschi*. Also wirklich.«

»Ich finde das Wort süß.« Yolanda steht auf und geht in die Küche, wo sie mit Töpfen und Servierplatten hantiert und einen Blick in den Backofen wirft. Knusprige, nach Rosmarin duftende goldgelbe Kartoffeln, ein saftiger Schinken mit Salzkruste. Amadeo läuft das Wasser im Mund zusammen. Er hat einen Bärenhunger. Es ist fast zwei Wochen her, dass er das letzte Mal was Richtiges gegessen hat – wenn man von Angels gewöhnungsbedürftigen Experimenten mal absieht.

»Süß! Die Vagina ist Teil des menschlichen Körpers und hat eine total wichtige Funktion. Nur weil sie zum weiblichen Körper gehört, muss man sie nicht abwerten, indem man sie verniedlicht.«

»Mom, bitte. Hör auf«, sagt Lily.

»Also, ich find *süß* völlig daneben«, sagt Angel und richtet sich schwerfällig auf. Sie fängt an, den Tisch zu decken. »Ich find's eher eklig. Aber egal. Jedenfalls hatte die Gastrednerin überhaupt keine Schmerzen, weil sie sich selbst hypnotisiert hat und die richtige Atemtechnik drauf hatte. Sie hat das Ganze in einer Zinkwanne mitten in ihrem Wohnzimmer durchgezogen.« Sie legt das Besteck auf die gefalteten Papierservietten.

Amadeo ist entsetzt. »Mach das bloß nicht, Angel. Du gehst auf jeden Fall ins Krankenhaus.«

»Natürlich geh ich ins Krankenhaus.« Zum ersten Mal an diesem Abend sieht Angel ihm ins Gesicht. »Glaubst du etwa, dass ich mein Kind *hier* kriegen will? Mit dir als Atemcoach? Nein danke, Mr. Universum. Ich will Profis um mich haben.« Sie tätschelt ihren Bauch. »Für dich nur das Beste, mein Schatz«, säuselt sie. Sie deckt weiter den Tisch, offenbar ist sie es leid, sich noch länger über ihren Vater zu ärgern.

»Gut, dass du dieses Programm angefangen hast, Angelica«,

sagt Valerie. »Dann kannst du später aufs College gehen, wenn du willst.«

Angel lächelt. »Ich wusste gar nicht, dass Lernen auch Spaß machen kann. Und jetzt hat's wenigstens einen Sinn, weißt du? Brianna bringt uns lauter nützliche Sachen bei. Vielleicht hat mich frühkindliche Entwicklung und wie man sein Leben organisiert schon immer mehr interessiert als die amerikanische Verfassung oder das ganze andere Zeug, das sie einem jahrelang in der Highschool eintrichtern.«

»Wer die Verfassung nicht kennt, wird nie ein guter Staatsbürger sein«, erklärt Lily der versammelten Runde.

»So so, *jahrelang*.« Amadeo deutet mit dem Daumen auf seine Tochter. »Sie redet wie 'ne alte Frau«, sagt er lachend zu Valerie und seiner Mutter. »Du warst grade mal ein Jahr auf der Highschool, Angel.«

»Eineinhalb Jahre. Und die Mittelstufe zählt auch mit.« Angel steht neben dem Tisch, die Platte mit dem Schinkenbraten in der Hand. Er ist rosa und saftig und hat eine knusprige Kruste. »In der Mittelstufe hab ich lauter Zeug gelernt, das mich null interessiert hat. Brianna sagt, dass wir rausfinden müssen, wofür wir brennen. So wie du, Lily. Ich hab mir dein Fernsehinterview online angesehen. Wirklich cool, wie du's allen gezeigt hast.«

»Ich hör immer nur *Brianna*«, sagt Amadeo. »Bist du verknallt in die Frau, oder was?«

Angel stellt scheppernd den Braten auf den Tisch. »Sie ist ein Vorbild für mich. Was ich dringend brauche, falls du's noch nicht weißt.«

Als Amadeo nach seiner Bierdose greift, merkt er, dass er schon leicht benebelt ist. »Auf gute Vorbilder!« Er kippt das Bier hinunter und wirft die Dose quer durchs Wohnzimmer in den Papierkorb. Grinsend blickt er in die Runde, aber alle starren ihn nur schweigend an, als hätte er ein Verbrechen begangen.

»Warum musst du immer alles kleinreden, was Angel erreicht hat?«, fragt Valerie ohne jede Häme.

Das stimmt doch gar nicht!, möchte er protestieren. Diese

Frauen drängen ihn ständig in die Defensive. Dabei macht er doch gar nichts. Er hat Angst, dass Angel gleich anfängt zu weinen und er dann wieder mal der Buhmann ist.

»Tut mir leid.« Seine Entschuldigung überrascht ihn genauso wie die anderen. Yolanda lächelt ihm zu. »Ich find's echt toll, wie du das alles hinkriegst«, sagt er leise zu Angel. Er ist tatsächlich über seinen Schatten gesprungen. Und es fühlt sich gut an, geradezu berauschend. Eins zu null für mich, Schwesterchen.

Angels Augen füllen sich mit Tränen. »Echt?«

Amadeo blickt sie gerührt an. Es braucht so wenig, um sie glücklich zu machen. Jetzt weiß er, dass er es kann. Er wird seine Tochter glücklich machen, schwört er sich. »Klar. Wirklich toll«, sagt er.

—

Nach einem angespannten, schweigsamen Abendessen erlaubt Valerie ihren Töchtern, sich eine – aber nur eine – Sendung im Fernsehen anzuschauen. Und so liegen sie bäuchlings auf dem Teppichboden und verfolgen gebannt eine Sitcom. Neben ihnen stehen die Plastik-Osterkörbchen, die Yolanda für sie vorbereitet hat, und sie knuspern Schokolinsen und schlürfen die klebrige Creme aus den gefüllten Schokoladeneiern, während Angel auf der Couch sitzt und ihre Mathe-Aufgaben macht.

Den ganzen Abend über ist seine Mutter schweigsam gewesen, hat sich hin und wieder die Schläfen gerieben. Und jetzt hat Valerie sie überredet, sich in ihrem Zimmer ein wenig auszuruhen und sich ein paar Telenovelas anzusehen, während sie und Amadeo den Abwasch übernehmen. Nicht, dass Amadeo sich darum gerissen hätte, aber Valerie hat das einfach so entschieden. »Schön, dann gibt's den Nachtisch eben später«, sagt seine Mutter. »Und danach reden wir noch ein bisschen.«

»Okay. Ich helf dir, aber du weißt ja, dass ich meine Hände nicht richtig benutzen kann.« Amadeo wirft eine Percocet ein, nicht nur, weil es jetzt Zeit ist, sondern auch, um seine Schwester an seinen lädierten Zustand zu erinnern. Aber sie reagiert nicht darauf.

Während Amadeo die Reste des Abendessens in den Kühlschrank stellt, nutzt er die Gelegenheit, um sich noch ein Bier zu genehmigen. Das dürfte dann Nr. 4 oder 5 sein. Damit Valerie es nicht mitkriegt, bleibt er hinter der geöffneten Kühlschranktür stehen, schiebt die Dose unter sein T-Shirt, reißt die Lasche auf und hofft, dass man das Zischen nicht hört. Dann trinkt er das Bier in einem Zug aus. Und da er starke Nerven braucht, um die nächste halbe Stunde mit seiner Schwester zu überstehen, kippt er gleich noch eins hinunter. Dann lässt er die leeren Dosen im Gemüsefach verschwinden.

»Ich bin wirklich beeindruckt von Angel«, sagt Valerie, während sie das Wasser einlaufen lässt.

»Yeah.« Amadeo wischt sich mit dem Ärmel den Mund ab und beginnt die Essensreste von den Tellern zu kratzen.

»Sie steht mit beiden Beinen auf dem Boden. Und das muss sie auch. Denn das wird kein Zuckerschlecken für sie.« Valerie lacht. »Unglaublich. Sie ist richtig erwachsen geworden. Da sieht man mal, wie lang ich sie nicht gesehen habe.«

Amadeo steht an der Frühstückstheke und sieht zu den Mädchen im Wohnzimmer hinüber. Angel scheint ganz in ihre Hausaufgaben vertieft zu sein. Er hat jetzt ein Stadium erreicht, in dem alles gedämpft und irgendwie erträglich ist.

»Einige von den Mädchen, die ich an den Schulen betreue, sind so was von naiv. Sie halten sich für was Besonderes, nur weil sie schwanger sind. So wie diese schwangeren Promi-Teenager, die ihre eigene Fernsehshow haben. Aber Angel scheint ja sehr engagiert zu sein und das Programm wirklich ernst zu nehmen.«

Bla bla bla. Die Frau kann einfach nicht die Klappe halten. Ihr kleben die Haare an den Schläfen. Ihre Stirn glänzt vor Dampf oder Schweiß oder beidem.

»Ich finde, sie hat sich prima entwickelt.«

Valerie stellt das Wasser ab, dreht sich zu ihm um und tippt ihm mit ihrem nassen Finger auf die Brust. Winzige Seifenbläschen zerplatzen und ein Wasserfleck breitet sich auf seinem T-Shirt aus. »Und auf dich bin ich auch stolz, Brüderchen. Du machst wirklich Fortschritte. Ehrlich gesagt, hätte ich das nie von dir gedacht.«

Von einem Moment auf den anderen ist das verschwommene Wohlgefühl verpufft und eine Welle von Zorn schlägt über ihm zusammen. Amadeo zieht seinen Kopf in Richtung Schulter, bis es knackt. Erst die eine Seite, dann die andere. »Und ich hätt, ehrlich gesagt, nie gedacht, dass du es einen Abend lang schaffst, *kein* Miststück zu sein.«

Valerie macht einen Schritt zurück und hält ihre tropfenden Hände hoch. »Ich bin nicht den ganzen Weg von Albuquerque hergefahren, um mich von dir verbal attackieren zu lassen, Amadeo. Ich muss mir dein feindseliges Verhalten wirklich nicht gefallen lassen.«

»Warum bist du dann so, Valerie? Lass es einfach sein.« Er räumt die restlichen Teller ab.

»Was denn? Ich hab doch bloß was Nettes gesagt. Egal, was ich sage, du fasst alles als Beleidigung auf.«

Attackieren, feindseliges Verhalten, Beleidigung. Wenn man mit Valerie streitet, betritt man vermintes Gelände. Sie überhäuft einen mit Vorwürfen und wenn man sich gegen einen wehrt, fliegt er einem krachend um die Ohren.

Und wenn schon, diesmal wird er sich wehren, nur um zu erleben, wie alles hochgeht. Er hat irgendwo gehört, dass das Universum zum Chaos tendiert. Er kann den verhängnisvollen Sog, die zerstörerische Kraft, die etwas Verführerisches hat, deutlich in *sich* spüren. Langsam bewegt er sich auf den Rand des Abgrunds zu und dann, fast erleichtert, gibt er dem Drang nach. »Und was ist mit dir? Du kommst dir wer weiß wie toll vor, nur weil du 'nen Haufen versiffter Babyklamotten anschleppst. Und erwartest auch noch, dass Angel dir dankbar ist. Glaubst du, wir brauchen deinen blöden Secondhandscheiß?«

Amadeo hat immer noch die schmutzigen Teller in der Hand, sein Verband ist voller Senf- und Fettflecken. Er sieht die Teller an und trifft eine Entscheidung. Den Blick unverwandt auf seine Schwester gerichtet, hebt er sie hoch, dann lässt er sie fallen. Der Lärm ist atemberaubend. Die Scherben fliegen durch die Küche.

Einen Moment lang ist es totenstill. Im Gesicht seiner Schwester spiegelt sich erst Schock, dann Angst, dann Wut. »Du bist betrunken. Oh, mein Gott, du bist betrunken!« Valerie stürmt aus der Küche. »Mutter!«

Yolanda stürzt ins Wohnzimmer, die Hand auf die Brust gepresst. »Wer ist verletzt?«

Angel, Sarah und Lily sind aufgesprungen und starren mit offenen Mündern auf die Bescherung, die Amadeo angerichtet hat.

»Kommt, Mädchen.« Valeries Stimme zittert vor Erregung. Sie schnappt ihre Töchter und eilt mit ihnen nach draußen.

Yolanda und Angel laufen barfuß hinterher. Dann fällt die Haustür zu.

Amadeo steht allein in der hell erleuchteten Küche, sein Herz rast. Der Boden ist mit Scherben übersät. Sein Blick wandert zur Frühstückstheke. Alles ist sauber und aufgeräumt: der grüne Teekessel, die mit frischem Obst gefüllte Schale, die ordentlich aufgereihten Packungen mit Frühstücksflocken. Im Wohnzimmer läuft der Fernseher. Knisternd lösen sich die Seifenblasen im Spülwasser auf. Und draußen gedämpfte Stimmen.

Sie stehen im Licht der Veranda-Beleuchtung. Valerie hat die Arme schützend um ihre Töchter gelegt. Das Konservenlachen im Fernsehen ist so laut, dass er nicht versteht, was sie sagen. Aber er weiß ohnehin, dass es immer die gleiche Leier ist. »Er ist Alkoholiker, Mutter. Er ist Alkoholiker und er ist gefährlich.«

Er lehnt die Stirn an die kühle Wand. Er bereut es nicht, dass er die Teller zerschlagen hat, aber seine Mutter tut ihm leid, weil sie ihn wieder einmal in Schutz nehmen muss. Weil sie Valerie beteuern wird, dass er sein Leben schon in den Griff bekommt, dass er im Grunde ein guter Junge ist.

Amadeo schließt die Augen, konzentriert sich ganz auf die kühle, stabile Wand. Um ihn herum wirbelt das schwarze Universum.

Yolanda nimmt erst eine Schlaftablette und dann noch eine. Tief durchatmen, ermahnt sie sich. Normalerweise entspannt sie sich, sobald sie in ihrem Zimmer ist, umgeben von schönen Dingen wie dem Himmelbett mit der rosafarbenen Tagesdecke aus Satin und dem Schminktisch mit dem Rüschenbezug. Beides Dinge, die sie sich als Jugendliche gewünscht hatte und als Erwachsene gönnte.

Aber ihr Kissen ist zu flach, die Decke zu warm, das Zimmer zu kalt. Die Schmerzen in ihrem Kopf drohen ihren Schädel zu sprengen. Sie stellt sich ihren Tumor als ein Gewirr von Drähten vor, die Funken sprühen und ihrem Gehirn kleine fiese Elektroschocks verpassen.

Sie würde gern ein Fenster öffnen, um frische Luft hereinzulassen, aber sie will nicht mitkriegen, wenn Amadeo nach Hause kommt. Morgen wird sie ein ernstes Wort mit ihm reden, ihm sagen, dass er mit dem Trinken aufhören und endlich seinen eigenen Lebensunterhalt verdienen muss. Davor graut ihr jetzt schon.

»Es tut mir leid, es tut mir ja so leid«, wird er lamentieren und erwarten, dass sie ihn wieder beruhigt. Sie ist es ja so leid, die ganzen Entschuldigungen, die Zerknirschung und anschließenden Beteuerungen.

»Ich hasse Valerie«, wird er mit weinerlicher Stimme sagen, den Kopf an ihre Brust gelegt. »Sie macht mir nur Vorwürfe.«

Und Yolanda wird ihn trösten müssen. »Ich weiß«, wird sie sagen und ihm übers Haar streichen. »Aber sie hat recht. In diesem Fall hat sie recht.«

Das wird nicht ewig so weitergehen. Bald hat das Ganze ein Ende.

Den ganzen Abend hat sie darüber nachgedacht, wie sie ihnen ihre Diagnose beibringen soll. Sie hat sie beim Zanken beobachtet und auf eine passende Gelegenheit gewartet. Irgendwann hat sie sich sogar auf diesen Moment gefreut. Die Vorstellung gefiel ihr, dass dieser eine Satz die ganze Runde zum Schweigen bringen würde.

Aber dann hat sich Amadeo mal wieder in Szene gesetzt. Und Yolanda, die eigentlich selbst bedauert, getröstet und bewundert werden wollte, fiel wieder die undankbare Rolle der Vermittlerin zu. Was will Valerie von ihr hören? Ja, Amadeo ist unmöglich. Er ist ein Versager. Und Yolanda hat auch versagt, weil sie ihn nicht besser erzogen hat.

Die arme Valerie. Als Kind hat sie oft über ihren Hausaufgaben gebrütet, an ihren Fingernägeln gekaut und gestöhnt, bis sie es fast geschafft hatte, aber dann brach sie in Tränen aus, starrte voller Verzweiflung auf das Arbeitsblatt und wollte alles hinschmeißen. Jeden Abend musste Yolanda ihr gut zureden und beteuern, dass sie klug und begabt sei. Und jedes Mal widersprach Valerie, denn was wusste Yolanda schon von Bruchrechnung und dem amerikanischen Unabhängigkeitskrieg?

Valerie hat Yolanda nie verziehen, dass sie Anthony vor die Tür gesetzt hat; ihr Leben lang hat sie ihrem Vater hinterhergetrauert. Nach der Trennung hat sie kaum noch mit Yolanda geredet. Ganz anders als der kleine Amadeo, der auf ihren Schoß kletterte, ihre Wange streichelte und besorgt fragte: »Wie geht's dir, Mama?« Yolanda ist verblüfft, wie selbstsicher Valerie jetzt durchs Leben geht, Projekte in den Griff bekommt, die Yolanda nicht mal ansatzweise versteht. Sie weiß, dass ihre Nähe zu Amadeo ihre Tochter verletzt, aber mit Amadeos Bedürftigkeit konnte sie schon immer besser umgehen.

Yolanda mochte Valeries Ex-Mann, war von seinem Job als Systemspezialist beeindruckt und froh, dass ihre Tochter einen Ehemann hatte, der sich mit Computern auskannte und eine feste Stelle hatte, und das sogar an der University of New Mexico. Ihr gefiel, dass er ohne Hintergedanken mit ihr flirtete, sie immer mit einem Kuss auf die Wange begrüßte und ihr beim Tischdecken half. Und dabei schlug er die ganze Zeit ihre Tochter! Aber Valerie, die so stolz darauf war, wie sie ihr Leben meisterte, sagte keinen Ton. Yolanda erfuhr davon erst, als die Prellungen offiziell dokumentiert und Anzeige erstattet worden war. Und nachdem ihre Tochter bereits die Scheidung eingereicht hatte. Yolanda konnte nicht fassen, dass ihre Menschenkenntnis sie so im Stich gelassen hatte. Wie hatte sie sich vom Charme dieses Mannes nur einlullen lassen können?

Eigentlich hätten ihr die elf Jahre ihrer Ehe eine Lehre sein müssen. Denn Anthony hatte immer wieder gewalttätige Phasen, in denen sich seine Wut entweder gegen sich selbst oder gegen andere richtete. Bei einer Gelegenheit hatte sie sämtliche Waffen in der Garage ihres Onkels versteckt und sich unter Tränen geweigert, ihm zu verraten, wo sie waren. Sie weiß noch, wie sie hektisch den Wandschrank, die Schubladen, den Werkzeugkasten und den Schuppen durchsuchte und sich beeilen musste, während Anthony auf der Arbeit war. Sie breitete alles auf der rosa Tagesdecke aus: zwei Pistolen, drei Gewehre und ein Luftgewehr, das Anthony als Junge geschenkt bekommen hatte. Sie erinnert sich noch gut an ihren matten metallenen Glanz und ihr Gewicht. Und dass sie sie ganz vorsichtig in einen Karton legte, aus Angst, sie könnten jeden Moment losgehen. Wenn Anthony eine seiner »Phasen« hatte, die manchmal Monate dauerten, wenn er weinte und tobte, sich über jede Kleinigkeit aufregte und drohte, sich umzubringen, versteckte Yolanda sämtliche scharfen Haushaltsgegenstände in ihrem Kofferraum.

In diesen Zeiten kreisten ihre Gedanken ständig um Kugeln und Klingen, die in Körper eindrangen. In ihren eigenen, den ihrer Kinder, Anthonys. Wie schutzlos der Mensch doch einer Waffe ausgeliefert war! Die ständige Angst um ihre Kinder war wie ein körperlicher Schmerz, vor allem, wenn sie nicht in ihrer Nähe waren und sie sie nicht beschützen konnte. Yolanda kann nicht fassen, dass sie dieses Leben so lange ausgehalten hat. Jeden Abend ging sie zum Auto, um ein Küchenmesser aus dem Kofferraum zu holen, hackte hastig die Zwiebeln oder schnitt das Fleisch, spülte das Messer, trocknete es ab und brachte es schnell wieder zurück, bevor Anthony nach Hause kam. Sie fragt sich manchmal, ob sie damals überreagiert oder im Gegenteil zu wenig unternommen hat. Sie ist sich nie sicher, ob sie angemessen auf eine Situation reagiert, was wahrscheinlich daran liegt, dass ihr Leben so lange von Angst beherrscht war. Sie führte über die Messer in ihrem Haushalt akribisch Buch, aber jetzt sieht sie, wie naiv das war. Als hätte Anthony nicht in jedem Baumarkt ein Messer oder einen Teppichschneider kaufen oder sich ein Gewehr von einem seiner Freunde ausleihen können. Als hätte er nicht irgendwo Waffen verstecken können, von denen sie nichts ahnte.

Es ist Yolanda peinlich, wie sehr sie sich damals manipulieren ließ. Wo blieb ihre Intelligenz? Ihre Würde? Elf Jahre lang lebte sie wie ein Tier in einem Käfig, neurotisch, in sich gefangen – wie eine von Amadeos Futtermäusen, die zwanghaft an ihrem Nest baut und nicht bemerkt, dass im Terrarium nebenan eine Schlange lauert.

Yolanda wurde es leid, auch noch für Anthony Verantwortung zu übernehmen. Anthony war nicht ihr eigen Fleisch und Blut, trotzdem erwartete er dieselbe Fürsorge und Zuwendung wie ihre Kinder, nur dass er kein kleines schutzbedürftiges Kind mehr war – und auch nicht so liebenswert wie Valerie oder Amadeo. Nach jeder seiner düsteren Phasen versprach er ihr hoch und heilig, sich zu bessern, und jedes Mal wurde sie schwach und gab ihm erleichtert die Waffen zurück.

Lange Zeit hatte er sich nur mit Alkohol betäubt, zumindest soweit sie wusste. Aber als sie eines Abends nicht einschlafen konnte, ging sie ins Wohnzimmer, wo Anthony vor dem Fernseher saß. Es war erst kurz nach elf, aber die Kinder schliefen schon seit Stunden und Yolanda ging in der Regel früh zu Bett. Sie freute sich darauf, sich an ihn zu kuscheln, den Kopf an seine Schulter zu lehnen. Er würde den Arm um sie legen und ihr nacktes Bein streicheln. Sie würden zusammen fernsehen und vielleicht könnte sie ihn überreden, mit ihr ins Bett zu kommen. Es war schon so lange her, dass sie einander im Arm gehalten und entspannt miteinander geredet hatten. Yolanda liebte ihren Mann, deshalb ertrug sie seine Wutanfälle und düsteren Stimmungen, die gelegentlichen Schubser und Ohrfeigen.

Er lag auf der Couch und schlief – oder vielmehr, döste vor

sich hin. Sogar im bläulichen Licht der Fernsehers sah sie, dass seine Stirn gerötet war, seine Augen zu Schlitzen verengt. Sein Gürtel hing in seiner Armbeuge. Auf dem Couchtisch lagen ein Stück Alufolie, ein Feuerzeug und ein schwarz verfärbter Löffel.

Yolanda beugte sich über ihn, aber er hob er nicht mal den Kopf.

»Oh nein, Anthony«, flüsterte sie. »Ich hab dich angefleht, die Finger davon zu lassen.«

»Jaa«, murmelte er und dämmerte wieder weg. Fast war sie neidisch auf seinen verzückten Gesichtsausdruck. Wie konnte er es wagen, einfach abzutauchen, während sie sich abrackerte und vor Sorgen bald wahnsinnig wurde? Wie konnte er nur so dumm sein und jetzt auch noch Drogen nehmen, wenn er doch genau wusste, wie sehr Elwins Schicksal ihnen allen zu Herzen gegangen war?

Sie nahm die Spritze, die auf das Sofakissen gefallen war, und stellte sich vor, wie die Nadel ihre eigene Haut oder die ihrer schlafenden Kinder durchstach. Sie ging damit in die Küche. Langsam drehte sie sich im Kreis, beäugte unsicher die Spritze und überlegte, wie sie sie am besten entsorgen könnte. Schließlich ließ sie sie in eine leere Bierflasche fallen, die sie mit Küchenpapier umwickelte und vorsichtshalber noch in zwei Müllbeutel steckte, bevor sie sie draußen in die Tonne warf. Nachdem sie aufgeräumt hatte, ging sie stundenlang im Wohnzimmer auf und ab, bis ihr zu ihrem eigenen Erstaunen klar wurde, dass ihre Ehe zu Ende war.

Als es Zeit wurde, die Kinder zu wecken, breitete sie eine Decke über Anthony, damit es so aussah, als wäre er vor dem Fernseher eingeschlafen. Ungeduldig trieb sie die beiden zur Eile an – anziehen, Zähne putzen, Cornflakes essen – und war froh, als endlich die Tür hinter ihnen zufiel. Sobald sie in den Schulbus gestiegen waren, schüttelte sie Anthony und erklärte ihm, dass er ausziehen müsse.

Natürlich flehte und weinte er, versprach ihr das Blaue vom Himmel, aber Yolanda ließ sich nicht erweichen. Ihre Erleichterung, als er weg war, fühlte sich berauschend an, fast wie eine

Droge. Sie wappnete sich innerlich gegen sein Betteln, und nach dem zweiten Besuch und dem vierten Anruf gab er es zum Glück auf. Er wohne jetzt bei seinem jüngeren Bruder, erzählte ihr seine Mutter – wo die beiden zweifellos tranken und sich nach Herzenslust einen Schuss setzten –, und Yolanda habe ihn dazu getrieben, machte ihr ihre Schwiegermutter unmissverständlich klar.

Fast sechs Monate später, als die Polizei ihr am Telefon mitteilte, dass Anthony einen Autounfall gehabt hatte, war ihr erster Gedanke: Hoffentlich ist den Kindern nichts passiert! Sie hatte tatsächlich vergessen, dass sie überhaupt keinen Kontakt mehr zu ihrem Vater hatten.

Laut ihre Namen rufend lief sie durchs Haus, während ihr das Herz bis zum Hals schlug. Als sie Valeries Zimmertür aufriss, sah ihre Tochter nur überrascht auf und sagte genervt: »Ich muss lernen«, bevor sie sich wieder über ihr Heft beugte.

Den fünfjährigen Amadeo konnte sie nirgends finden. Voller Panik rannte sie über die Straße zu den Romeros. Nichts. Sie lief weiter. Schließlich entdeckte sie ihn im Arrojo, wo er mit anderen Kindern spielte und Bagger durch den Sand schob. Ihr fiel ein Stein vom Herzen. Wortlos schnappte sie ihren Sohn und zerrte ihn nach Hause, während er um sich schlug und schrie, dann nur noch wimmerte, bis er schließlich, verwirrt von dem seltsamen Verhalten seiner Mutter, keinen Mucks mehr von sich gab.

Gott sei Dank ist durch Anthonys Verschulden niemand umgekommen. Als Yolanda sich vorstellt, wie er von der Straße abkam und sich der Wagen überschlug, wundert sie sich, dass er nicht in Flammen aufgegangen ist, mit dem ganzen Alkohol im Blut – eine Sternschnuppe, die verglüht. Aber so war es natürlich nicht. Sie hat auf der Beerdigung seinen Sarg gesehen. Sie stand neben seiner Mutter und strich ihr beruhigend über den Rücken, bis diese brüsk ihren Arm abschüttelte. »Du hast ihn dazu gebracht!«, stieß sie weinend hervor und klammerte sich dann an Yolanda. Anthony und sie waren getrennt, aber nicht geschieden, sodass Yolanda für sämtliche Kosten aufkommen musste: die Raten für den Pick-up, die Kreditkartenabrechnungen, die vielen Schulden bei seinen Freunden und seiner Familie.

Yolanda ist Optimistin. Sie betrachtet sich als glücklichen Menschen. Sie hat eine Familie und Freunde, die sie schätzen. Sie *mag* Menschen, glaubt daran, dass sie im Grunde gut sind. Aber das ändert nichts an ihrer Überzeugung, dass die Welt grundsätzlich schlecht und das Leben voller böser Überraschungen ist. Ihr eigenes Leben ist der Beweis dafür. Wie viel Leid hat sie schon erfahren! Und in ihrem Körper tickt eine Zeitbombe. Die schiere Menge an Kummer und Elend in ihrer Familie kann doch kein Zufall sein. Natürlich gibt es in jeder Familie Probleme, aber in ihrer scheinen sie sich zu häufen.

Sie weiß, was Valerie dazu sagen würde: Vor langer Zeit hat einer ihrer Vorfahren entsetzliche Schuld auf sich geladen und jede nachfolgende Generation hat diese Schuld noch vergrößert. Yolanda denkt an den ersten Spanier, der in dieses trockene unbekannte Land kam, um es zu erobern und zu beherrschen. Er nahm sich eine frisch getaufte Indianerin zur Frau und aus dieser Verbindung ging ein Sohn hervor. Über Generationen hinweg angehäufte Gewalt – zertrümmerte Schädel, ausgeschlagene Zähne, ausgerenkte Handgelenke, Raufereien, Alkoholexzesse und tödliche Unfälle – zerstörten wie Mehltau die Blätter des Familienstammbaums.

Manchmal macht Yolanda in ihrer Mittagspause einen Spaziergang zur Kathedrale, nicht um zu beten, sondern um in der hellen, luftigen Stille zu sitzen. Sie weigert sich, La Conquistadora anzusehen, die hölzerne Statue der Heiligen Mutter, die selbstzufrieden von ihrer prächtigen Nische links vom Altar herabblickt. Die Konquistadoren brachten sie aus Spanien mit. Sie begleitete sie auf ihren Eroberungszügen durch die neue Welt, ein Talisman, eine stumme, ungerührte Zeugin ihrer Gräueltaten. Kein Wunder, dass die Spanier sie so verehrten: O Conquistadora, Unsere liebe Frau des Rosenkranzes, Heilige Mutter, Angebetete Mutter, Unsere Mutter der Entschuldigungen und zugedrückten Augen, Unsere liebe Frau der grenzenlosen Nachsicht, Bewunderin testosterongesteuerter Männlichkeit, Unsere liebe Frau unendlicher leidgeprüfter Hoffnung. In den Neunzigern benannte sie der Bischof in »Unsere liebe Frau des Friedens« um, als Eingeständnis der im Namen der Kirche begangenen Gräuel – oder vielmehr als halbherziger Versuch, die Vergangenheit schönzufärben. Aber in diesem Land herrschte noch nie Frieden, damals nicht und heute auch nicht, weder in ihrer Familie noch in Yolanda selbst.

Yolanda dreht sich auf die Seite und drückt die Wange ins Kissen. Das ist ihre Lieblingsstellung, die sie sich nur zugesteht, wenn sie dringend Trost benötigt. Jahrelang hat sie versucht, auf dem Rücken zu schlafen, weil man durch die Seitenlage angeblich Falten im Gesicht bekam. Aber um Falten muss sie sich nun wirklich keine Sorgen mehr machen.

Beim Rosenkranzgebet für Elwin, als Yolanda vierzehn war, riet ihr ihre Mutter, nicht von ihm Abschied zu nehmen. »Denn wenn du das machst, hast du ihn immer nur tot in Erinnerung.« Also war Yolanda nicht an den Sarg getreten, aber die Warnung ihrer Mutter war wie ein Fluch, denn sie kann sich das Gesicht ihres Lieblingscousins überhaupt nicht mehr ins Gedächtnis rufen. Was sie jedoch noch deutlich vor sich sieht, sind die Umstände seines Todes, die sie sich aus dem Geflüster der Erwachsenen zusammengereimt hat. Der blaue Pick-up, der verlassen auf dem Parkplatz steht, dahinter das blinkende Neonschild: *Engine RX*. In ihrer Vorstellung geht sie auf den Pick-up zu und weiß schon, was sie erwartet. Elwin hat die Arme ausgebreitet, als wolle er die Sterne umarmen. Sein Gesicht leuchtet abwechselnd orange, rosa und grün; sein Blick ist starr und leer.

Dreizehn Jahre später, beim Rosenkranzgebet für Anthony, war der Sarg geschlossen. Obwohl Anthony nicht in jener Nacht starb, als sie ihn zugedröhnt im Wohnzimmer fand, ist es dieses Bild, das sich ihr eingeprägt hat: seine schlaffen Züge, die vom bläulichen Licht des Fernsehers erhellt werden. Dreizehn Jahre lang, so schien es, hatte Anthony Elwin nachgeeifert und jetzt hat er endlich sein Ziel erreicht.

Sie hat sich nie richtig von Anthony verabschiedet. Sie hat immer gehofft, dass er irgendwann zu ihr zurückkommt, als der Mensch, der er früher war. Aber vielleicht hat sie sich schon damals etwas vorgemacht.

Ihr größte Angst ist, dass ihr Sohn einmal genauso endet. Tief in ihrem Innern ahnt sie jedoch, dass ein solches Schicksal unausweichlich ist. Deshalb hat sie alles getan, um Amadeo zu beschützen, ihn vor Dummheiten zu bewahren oder ihn aufzufangen, wenn er irgendwas ausgefressen hatte. Sie kann nicht anders.

Wie wenig ihre Kinder sie doch kennen. Sie sehen in ihr nur die starke, fürsorgliche Frau und die opferbereite Mutter. Aber eine Todkranke, die genug mit sich zu tun hat? Nein, das würde ihre Vorstellungskraft übersteigen. Bestimmt würde es ihnen nicht im Traum einfallen, dass ihre Mutter ein eigenständiger Mensch ist, der auch mal an sich denken will. Diese Einsicht macht sie so wütend, dass sie sich aufsetzen muss.

Sie wird ihnen nichts von dem Tumor erzählen, nicht solange es sich vermeiden lässt. Sie wird versuchen, in der Zeit, die ihr noch bleibt, ein möglichst normales, unabhängiges Leben zu führen.

Dieser Entschluss beruhigt sie. Das ist schließlich auch das Beste für ihre Kinder.

Und wenn nicht, ist es mir auch egal, denkt sie. Völlig egal. Erschöpft, aber zufrieden schläft sie endlich ein.

Lange, nachdem ihr Tante gegangen ist und ihre Großmutter eine Schlaftablette genommen und ihr einen Gute-Nacht-Kuss gegeben hat, sitzt Angel immer noch auf dem Boden, den Rücken an die Couch gelehnt, neben sich ihre Mathe-Aufgaben. Sie kratzt an einem Pickel auf ihrem Kinn herum und starrt auf Valeries Kindersitz. Sie könnte heulen vor Wut.

Heute Nacht ist das Baby besonders unruhig. Nachts ist es das eigentlich immer und nach der Geburt wird es bestimmt nicht besser. Noch hält sich der Schlafmangel in Grenzen. Aber jedes Mal, wenn sie einnickt, wird sie von seinen Tritten geweckt. Noch nicht mal auf der Welt und schon hält dieses Kerlchen sie auf Trab. Heute Nacht boxt er sie mit seinen kleinen Fäusten und dreht sich hin und her, als würde auch er vor Wut gleich losheulen.

Es war nett von Valerie, die Babysachen mitzubringen – natürlich war es nett von ihr. Aber der Kindersitz ist wirklich das Letzte. Sandig, dreckverschmiert und voller Flusen. In den Ritzen zwischen den blauen Velourspolstern stecken immer noch Cheerios. Nur weil sie erst sechzehn ist und keinen Job hat, heißt das noch lange nicht, dass sie keine schönen Sachen verdient. Eigentlich hätte sie sie erst recht verdient.

Sie weiß jetzt, dass sie sich die Idee mit der Babyparty abschminken kann. Klar, wenn der Kleine auf der Welt ist, wird Smart Starts! eine kleine Party für sie geben, mit Humus und Zitronen-Muffins aus dem Supermarkt und statt Servietten Papiertücher aus dem Spender im Klo. Alle werden sie beglückwünschen. *Alles Gute für dich! Was für ein süßes Baby! Der geht bestimmt mal aufs College*. Immer dieselben Sprüche. Am Ende werden sie ihr eine Broschüre überreichen: *Spielerische Spracherziehung* und ein eingeschweißtes Bilderbuch, entweder *Gute Nacht, lieber Mond* oder *Nur ein kleines Samenkorn* oder *Kekse für die Maus im Haus*, die einzigen drei Titel, die ihnen Ready Readers gestiftet hat.

Aber Angel will eine *Babyparty*. Sie will eine Torte mit Zuckerguss und Silberkügelchen und *Herzlich willkommen, Baby!* drauf. Sie will eine fröhliche Feier in einem sonnigen Raum, der mit bunten Bändern und Luftschlangen und Blumen geschmückt ist. Sie will Berge von Geschenken, die in hellblaues Papier eingeschlagen sind – flauschige Strampler, weiche Babydecken, Rasseln und Quietscheentchen und Knisterbücher. Angel will, dass sie zusammen Spiele spielen, Kinderlieder singen und den Ehering vor dem Bauch baumeln lassen, um zu sehen, ob es ein Junge oder ein Mädchen wird. Und sie will ihr Ultraschallbild lachenden, gut aussehenden, Mimosas trinkenden Freundinnen zeigen. Das Ganze wird ihre beste Freundin für sie organisieren, die rührig und überschwänglich ist und auch die Patentante ihres Babys sein wird. Aber Angel hat keinen Ehering, sie kennt das Geschlecht ihres Kindes schon und sie hat auch keine richtigen Freundinnen mehr und schon gar keine beste.

Angel ist frustriert, dass sie immer noch keine passende Patentante für ihr Baby gefunden hat, obwohl sie schon in der siebenunddreißigsten Woche ist. Sie braucht jemanden, der herzlich und kompetent ist und sie unterstützt, jemand, der einen guten Einfluss auf den Kleinen hat, denn Angel ist dieser Jemand bestimmt nicht.

Sie ist ihre Optionen durchgegangen: ihre Mutter und ihre Großmutter sind bereits Großmutter und Urgroßmutter, ihre frühere beste Freundin Priscilla hasst sie und wäre für den Job sowieso nicht infrage gekommen. Zu ihren ehemaligen Schulfreundinnen hat sie keinen Kontakt mehr. Die Mädchen bei Smart Starts! unterstützen sie und sind verständnisvoll, aber taugen nicht zur Patentante. Lizette beispielsweise, die von ihrem Onkel vergewaltigt wurde und jetzt eine kleine Tochter hat. Sie ist pfiffig und humorvoll und außerdem hübsch. Aber sie hat praktisch während ihrer gesamten Schwangerschaft Gras geraucht und an einem Wochenende, als sie irgendeinen Typen im Zug kennenlernte, sogar Meth genommen – echtes

Meth! Also ist es kein Wunder, dass Lizette ihr Baby »rausscheißen« konnte, denn Mercedes war untergewichtig.

Tante Valerie war, zumindest bis heute Abend, eine Option. Aber ihr Baby braucht jemanden, der ihm das Gefühl gibt, etwas Besonderes zu sein. Ihr Kind soll wissen, dass es erwünscht ist, ja sogar herbeigesehnt wurde. Mitleidig denkt sie an die dürren weißen Frauen mit ihrer schlaffen Haut, den weißen Yogahosen und ihren chinesischen Babys im Einkaufswagen. Als der Gynäkologe ihr sagte, sie könne auch über eine Adoption nachdenken, schüttelte sie energisch den Kopf. Sie würde ihr Kind auf keinen Fall weggeben! Es war doch schon ein Teil von ihr.

Angel wird ihrem Kind niemals vorwerfen, dass sie wegen ihm etwas verpasst hat. Das schwört sie sich. Nicht wie ihre Mutter, die ständig so was sagt wie: »Wenn du nicht gewesen wärst, wär ich bestimmt aufs College gegangen.« Oder: »Vielleicht wär ich auch nach New York gezogen.« Na ja, ihre Mutter ist sie ja jetzt los. Wahrscheinlich sehen sie und Mike sich zu Hause gerade irgendeinen Fernsehfilm an und Mike lässt sich in epischer Breite darüber aus, wie fantastisch TV-Drehbücher heutzutage doch sind, als hätte er die Weisheit mit Löffeln gefressen.

Angel sitzt im kalten weißen Lichtkegel der Halogenlampe und fühlt sich allein. Sie fürchtet sich vor der großen, dunklen Weite da draußen. Sie sollte ins Bett gehen, aber sie weiß, dass das Baby sie nicht schlafen lassen wird. Und im Liegen würde sie erst recht keine Ruhe finden, sondern hilflos ihren Ängsten ausgeliefert sein.

Sie könnte eine von den Schlaftabletten ihrer Großmutter nehmen oder eine Percocet von ihrem Dad. Sie fragt sich, ob das Baby dann selig schlummern würde, mit geöffnetem Mund und leicht gespreizten Fingern, oder ob die Tabletten nur bei ihr wirken würden und es weiterhin seine Purzelbäume schlagen und ihren Bauch mit Boxhieben traktieren würde.

Ein Uhr dreißig. Ihr war gar nicht bewusst, wie lang eine Nacht sein kann, wie allumfassend und endlos.

Es stimmt nicht, was ihr Vater sagt. Angel denkt überhaupt

nicht, dass sie ein Recht darauf hat, hier zu wohnen. Sie fühlt sich nirgendwo willkommen. Was offenbar keiner kapiert, ist, dass es Mut braucht – und ein gewisses Maß an Theatralik –, um einfach hier aufzukreuzen, auf sein genetisches Recht zu pochen und Liebe, Essen und ein Dach über dem Kopf zu verlangen. Sie liegt nachts oft stundenlang wach und grübelt, hasst es, eine Belastung zu sein, hat Angst, dass sie sie wegschicken, aber jeden Morgen steht sie auf und macht sich in der Küche zu schaffen, als wäre es ihre eigene. Sie verhält sich wie eine Tochter, die geliebt wird und ihren rechtmäßigen Platz einnimmt – und nicht wie ein bedürftiger, in Ungnade gefallener Teenager. Sie beherzigt Briannas Ratschlag, dass man nur selbstbewusst genug auftreten muss, um sich durchzusetzen.

Als sie vorhin fröstelnd draußen im Wind standen, kam ihr Vater aus dem Haus und stapfte an ihnen vorbei zu seinem Pick-up. Valerie schwenkte ihr Handy und drohte die Polizei anzurufen, um ihnen mitzuteilen, dass er wieder mal »sturzbesoffen« unterwegs sei. Aber Yolanda flehte sie an, es nicht zu tun, weil er es sich nicht leisten könne, schon wieder erwischt zu werden, wenn er betrunken Auto fuhr. Angel wusste nicht mal was von einem ersten Mal.

»Also lässt du zu, dass dieser Irre durch die Gegend rast und uns alle in Gefahr bringt?«, brüllte Valerie und zog ihre Jacke enger um sich. »Ist dir klar, dass deine Enkelinnen in Gefahr sind? Selbst wenn wir dir egal sind, kannst du doch nicht guten Gewissens zulassen, dass er irgendeine fremde Familie umbringt?« Aber sie nahm das Handy vom Ohr.

Yolanda hörte sich stumm die Vorwürfe ihrer Tochter an. Angel, die neben Sarah stand, fuhr ihrer kleinen Nichte durchs Haar, aber Sarah schob ihre Hand weg. »Willst du nicht mit reinkommen?«, fragte Angel. »Ich les dir eine Geschichte vor.«

»Nein«, sagte Sarah und schaute Valerie mit großen Augen an. Lily neben ihr sah interessiert, aber nicht sonderlich überrascht von ihrer Mutter zu ihrer Großmutter. Wahrscheinlich war es nicht das erste Mal, dass sie so eine Szene miterlebte.

Angel findet Valeries Reaktion übertrieben. Ihr Vater kam ihr gar nicht *so* betrunken vor. Die Kids in der Schule fahren doch ständig zugedröhnt Auto. Das ist halt so, wenn man von einer Party zur nächsten unterwegs ist. Bier ist doch kein Heroin, auch kein Meth, nicht mal Wodka. Und die Straßen hier sind schnurgerade und außerdem vollkommen leer. Aber es wurmt sie, dass ihr niemand erzählt hat, dass er schon mal erwischt wurde.

»Du kannst das nicht länger zulassen, Mutter. Irgendwann ist Schluss. Was macht er denn eigentlich den ganzen Tag? Herumsitzen und Trinken? Hast du jemals was von ihm verlangt?«

»Er bemüht sich, *hijita*. Er will sich selbstständig machen und Windschutzscheiben reparieren. Wir haben gerade darüber gesprochen.«

»*Windschutzscheiben*? Großer Gott!«

Yolanda fuhr sich mit den Händen übers Gesicht. »Warum hilfst du ihm denn nicht, statt dich immer nur über ihn aufzuregen? Du bist schließlich die Beraterin. Dann hilf ihm auch.«

Valerie explodierte. »Ihm helfen? Denkst du etwa, dass *du* das tust? Er ist fünfunddreißig Jahre alt und arbeitslos. Er kriegt immer noch *Taschengeld.* Das hat ihm jedenfalls nicht geholfen.«

»Er ist dreiunddreißig.«

»Er kann ja aufs College gehen«, schlug Sarah vor.

»Schwachsinn«, sagte Lily. »Man kann doch nicht mit dreiunddreißig noch aufs College gehen.«

»Du hast dich immer so über Dad aufgeregt und Amadeo lässt du alles durchgehen. Mit seiner Sucht zerstört er die ganze Familie.«

»Dein Bruder ist krank, Valerie«, flüstert Yolanda kaum hörbar.

»Das weiß ich. Das war Dad auch, aber für ihn hattest du nie Verständnis. Hast du *ihm* jemals geholfen?«

Angel machte einen Schritt auf ihre Großmutter zu.

»Ich kann nicht glauben, dass es so weit gekommen ist. Aber bevor er sich keine Hilfe sucht oder auszieht, setzen wir keinen Fuß mehr in dieses Haus. Holt eure Sachen, Mädchen, wir fahren.« Sarah und Lily trotteten ins Haus. »Die beiden haben schon genug Gewalt miterlebt, Mutter, ich werde sie dem nicht länger aussetzen.«

Nachdem sie diesen Entschluss gefasst hatte, schien sich Valerie zu beruhigen.

»Und was dich betrifft, Angel«, Valerie sah sie anklagend an. »Ich denke, du solltest dir ernsthaft überlegen, ob du willst, dass dein Kind in diesem Haushalt aufwächst.«

»Okay«, sagte Angel gehorsam, und spürte, dass Verzweiflung wie schwarze Tinte in sie hineinsickerte. Verstand Valerie denn nicht, dass sie gar keine andere Wahl hatte?

»Er ist ein guter Junge«, wiederholte Yolanda.

Irgendwie gab es zwei Lager: auf der einen Seite Valerie und ihre Töchter und auf der anderen Angel und ihre Großmutter. Aber Angel wollte nicht zum Team ihres Vaters gehören. Sie war froh, dass er weg war. Sein Verhalten hatte ihr Angst gemacht, war ihr aber auch peinlich gewesen. Vielleicht, überlegt sie jetzt, war es ihr deshalb peinlich, weil ihr etwas an ihrem Vater lag.

Am Freitag, als sie ihn vom Kreuz heruntergenommen hatten, sah sie sein schmerzverzerrtes Gesicht, die Tränen, die ihm in den Augen standen, seinen flehentlichen Blick. Und sie spürte, wie sich die Last seiner Bedürftigkeit auf ihre Schultern legte.

—

Sie muss auf dem Teppichboden vor der Couch eingeschlafen sein, denn plötzlich hört sie knirschende Autoreifen. Scheinwerfer leuchten durchs Wohnzimmerfenster, ein Motor läuft im Leerlauf, eine Tür wird zugeschlagen. Panik erfasst sie, als die Scheinwerfer herumschwenken und sie streifen. Schließlich entfernt sich der Wagen, das Motorengeräusch wird leiser. Schritte nähern sich dem Haus. Dann kommt ihr Vater herein. Mit einem pneumatischen Keuchen schließt sich die Fliegengittertür hinter ihm.

Er tastet nach dem Lichtschalter und knipst die Deckenlampe an.

»Du bist ja noch auf«, sagt er überrascht, und einen Moment lang sehen sie sich an. »Wie viel Uhr ist es?« Sein Gesicht ist verquollen.

Angel gibt keine Antwort, schielt aber auf die digitale Anzeige des Fernsehers. Drei Uhr dreißig. Das Baby schlägt einen Purzelbaum.

Er kommt näher, bis er direkt vor ihr steht. Sein Blick ist getrübt. Er schwankt leicht. Angewidert stößt er mit dem Fuß gegen den Berg mit Babykleidung. »Gott, was für ein Haufen Schrott.«

Angel ist seine Nähe unangenehm. Seine Augen sind gerötet und sie hat Angst, dass er gleich anfängt zu weinen. Sie muss wieder daran denken, wie wenig sie ihren Vater doch kennt, wie selten sie allein mit ihm war. Bei diesem Gedanken wird ihr ganz mulmig. Plötzlich sieht sie Mike vor sich, seine Hände an ihrer Kehle. Ihr bricht der Schweiß aus.

Entschlossen stopft sie die Babysachen in eine Tüte. »Ich muss ins Bett.«

Ihr Vater streckt den Arm aus und Angel durchzuckt ein Schreck. Gleich wird er sie packen und mit den Fingernägeln über ihr Gesicht, ihren Hals und den Bauch kratzen. Aber das ist natürlich völlig absurd. Stattdessen schnappt er sich das lavendelfarbene Trägerkleidchen und schwenkt es vor ihrem Gesicht. »Was soll das? Denkt sie etwa, ein Junge zieht Kleider an?«

Angel nimmt es ihm aus der Hand und steckt es in die Tüte. »Es war nett gemeint«, murmelt sie.

»Sie ist ein verdammtes Miststück.«

Plötzlich ist Angel so wütend auf ihn, dass sie im ersten Moment keinen Ton herausbringt. Sie rappelt sich hoch. »Valerie hat recht. Du bist ein Säufer.«

»Angel.« Er greift nach ihrem Arm. »Hör mir zu.«

Sie weicht zurück. »Fass mich nicht an!« Abrupt dreht sie sich um und geht in ihr Zimmer.

Lange Zeit steht Amadeo da und hält den Kopf in den Händen. Eigentlich ist er wieder ziemlich nüchtern, aber sobald er die Augen öffnet, dauert es einen Moment, bis sich das Zimmer nicht mehr dreht. Auf dem Küchenboden sind immer noch die Überbleibsel des Abendessens verstreut. Auf der Frühstückstheke steht die unberührte Zitronen-Baiser-Torte; das Baiser ist zusammengefallen, die Zitronencreme hat sich vom Rand gelöst.

Alles sieht noch so aus, wie er es vor ein paar Stunden verlassen hat. Er kann kaum glauben, was seitdem passiert ist. Ist es aber. Nur zwei Tage nach seiner Kreuzigung ist er zum zweiten Mal wegen Trunkenheit am Steuer erwischt worden und hat drei grauenvolle Stunden im Gefängnis verbracht.

Na ja, immerhin war es nicht so schlimm wie an Weihnachten. Da hatte er die ganze Nacht in einer Zelle gesessen, weil seine Mutter seine Voicemail nicht bekommen hatte. Das behauptete sie jedenfalls. Angeblich war sie mit dem Wagen in der Gegend herumgefahren und hatte ihn überall gesucht, weil sie sich Sorgen machte, dass er bei dem Glatteis einen Unfall gehabt haben könnte. Aber Amadeo hat den Verdacht, dass sie ihn damals absichtlich über Nacht im Gefängnis hat schmoren lassen, um ihm eine Lektion zu erteilen. Wozu hat man denn ein Handy, wenn nicht für solche Notfälle? Er ist ihr immer noch böse deswegen.

Die Nacht im Gefängnis war ein einziger Horror – der Gestank, der Dreck und die Cops haben ihn wie Abschaum behandelt. Und dann hat er in so ein Metallklo ohne Brille gekotzt. Sie haben ihm nicht mal Zahnpasta gegeben, damit er sich den Mund ausspülen konnte. Immerhin hat ihm einer einen Big Mac gebracht, den er extra für ihn besorgt hatte.

Als ihn der Cop heute Abend gefragt hat, wen er anrufen wolle, überlegte er einen Moment. Und dann hat er seinen Großonkel angerufen, der gleich beim zweiten Klingeln dranging, obwohl es schon so spät war. Er schien kein bisschen sauer oder überrascht zu sein, sondern sagte nach kurzem Zögern nur: »Okay, ich komm.«

Als sein Großonkel zur Tür hereinkam, warf sich Amadeo schluchzend in seine Arme. Und als Tíve sich losmachen wollte, umklammerte er ihn nur noch fester. »Dabei hab ich gar nicht so viel getrunken.« Die unfreundliche Polizistin schüttelte verächtlich den Kopf und ließ sie dann in dem fensterlosen nach Desinfektionsmitteln riechenden Vorraum stehen.

Auf dem Heimweg wartete Amadeo darauf, dass sein Großonkel ihm Vorwürfe machte. Der alte Mann spähte mit zusammengekniffenen Augen auf die dunkle Straße und fuhr fünfzehn Meilen langsamer, als erlaubt war. Amadeos Hände lagen in seinem Schoß, reglos, nutzlos, die Bandagen schmutzig.

Das Schweigen zog sich quälend in die Länge. Schließlich sagte Amadeo: »Ich weiß, was du denkst. Ich bin aber nicht wie mein Dad. Und ich bin auch nicht wie Elwin.« Die Worte fühlten sich in seinem Mund sperrig und unförmig an.

Sein Großonkel nahm den Fuß vom Gas und sah zu ihm herüber. Selbst im trüben Licht der Armaturenbeleuchtung konnte Amadeo den schmerzvollen Ausdruck im Gesicht des alten Mannes erkennen. »Dann sei's auch nicht«, sagte er. »Das hat deine Mutter nicht verdient.« Dann straffte er sich, beschleunigte wieder und sagte keinen Ton mehr.

Als Amadeo die Wagentür öffnete, sagte Tíve: »Mach einen Neuanfang, Junge.«

Amadeo starrte auf die Lichtkegel der Scheinwerfer und aus irgendeinem unerfindlichen Grund kamen ihm die Tränen. »Klar.« Und dieses eine Wort hatte einen so verheißungsvollen Klang, beflügelte ihn geradezu. Doch dann verflog das Hochgefühl, denn ihm fiel ein, dass er sich nur ein paar Stunden zuvor geschworen hatte, seiner Tochter ein würdiger Vater zu sein, nur um sie gleich wieder zu enttäuschen.

Er blickt auf das Foto an der Wohnzimmerwand: Elwin und sein Vater, beide achtzehn. Es ist das einzige Foto, das seine Mutter von ihrem Mann aufgehängt hat. Es wurde nicht lange vor Elwins Tod aufgenommen. Die zwei sitzen Schulter an Schulter auf der Treppe vor dem Haus seines Großonkels: breites Lächeln, schwarze Haare, beide mit dieser komischen Achtzigerjahre-Frisur – vorne kurz, hinten lang. Amadeo geht näher heran und betrachtet seinen Vater: rundes Gesicht, dunkler Teint, gegelte feucht glänzende Haare, die sich im Nacken ringeln. Er hat mehr als einmal vor der jüngeren Ausgabe seines Dads gestanden und versucht, den lächelnden Jungen mit dem Mann in Einklang zu bringen, der ihn mit seinen Wutausbrüchen und seinem düsteren Schweigen verängstigt hatte und dessen hilflose Anfälle väterlicher Zuneigung ihn noch mehr verschreckt hatten. Amadeo erinnert sich daran, wie sein Vater ihn manchmal packte und herumwirbelte, an seine Panik und seine Begeisterung.

Er erschauert bei dem Gedanken, dass sein Vater dreiunddreißig war, als er starb, genauso alt wie er jetzt.

Amadeo sieht auf die Uhr über dem Herd. Vier Uhr an einem Montagmorgen im April. Im Haus ist es totenstill. Draußen heult ein Kojote. Es klingt wie der Schmerzensschrei einer Frau. Es ist Stunden her, seit der Gottesdienst zu Ende gegangen ist und die Gemeindemitglieder in die strahlende Morgensonne hinausgetreten sind, um nach Hause zu fahren und sich mit Marshmallow-Häschen und klebrigen Jelly Beans den Bauch vollzuschlagen. Die Entbehrungen der Fastenzeit liegen hinter ihnen, die unzähligen Verfehlungen, die gebrochenen Versprechen vergeben, der Opfertod Jesu vergessen.

Seine Mutter und seine Tochter schlafen in ihren Zimmern im hinteren Teil des Hauses, so nah und doch unerreichbar. Seine Hände tun weh. Er greift nach dem Percocet-Fläschchen, schüttelt es und schraubt mühsam den Deckel ab. Bevor er es sich anders überlegen kann, kippt er die Tabletten in den Ausguss und schaltet den Abfallzerkleinerer ein.

TEIL II

ALLTAG

Family Foundations hat es sich zum Ziel gesetzt, die Bildungschancen von Kindern aus prekären Verhältnissen im Española Valley zu verbessern. Vor knapp drei Jahren wurde Smart Starts! ins Leben gerufen, ein Förderprogramm für schwangere Teenager, das ihnen erzieherische Kompetenzen vermitteln und einen Highschool-Abschluss ermöglichen soll. Dank Stiftungsgeldern und staatlichen Zuschüssen ist es das Vorzeigeprojekt der Organisation. Das ganzjährige Programm betreut acht Schülerinnen, vom Schwangerschaftsbeginn bis zum neunzehnten Lebensjahr, und bietet Kinderbetreuung vor Ort. Als sich Brianna Gruver letztes Jahr um die Stelle als Lehrerin bewarb, bekam sie einen Bewerbungsbogen mit einer Auswahl angefangener Sätze, die sie vervollständigen musste.

»Es gibt keine falschen Antworten«, versicherte ihr die Verwaltungsleiterin, was Brianna beunruhigte, denn ihrer Erfahrung nach konnte eine Antwort vielleicht »nicht falsch«, aber trotzdem nicht richtig sein. Schließlich gab es auf die Fragen, die sie für ihr Dating-Profil beantwortet hatte, angeblich auch keine falschen Antworten, aber ihre konnten unmöglich richtig gewesen sein, denn abgesehen von ein paar Schwanzfotos war die Ausbeute gleich null.

Eltern sollten ________________________.
Es macht mich wütend, wenn ________________________.
Ich befürchte ____________________.

Brianna hat Biologie studiert, weil es in der Biologie nur um Fakten geht. Man muss zum Beispiel Zellfunktionen auswendig lernen oder verästelte Nervenbahnen kartieren. Als Brianna in einem Labor jobbte, das Chromosomenmutationen bei Fruchtfliegen untersuchte, waren die Abläufe klar und eindeutig. Aber diese tückischen Halbsätze? Wie sollte sie damit umgehen? Kreativ sein? Oder ehrlich?

Es gibt eine Menge Dinge, die Brianna wütend machen, die sie aber in ihrer Personalakte lieber nicht wiederfinden will. Es macht sie wütend, wenn ihr jemand ins Wort fällt, wenn man sie für eine Highschool-Schülerin hält, wenn sie im Kino neben einem knutschenden Pärchen sitzt, während sie vergeblich versucht, sich auf den Film zu konzentrieren. Schließlich entschied sie sich für ziemlich nichtssagende Antworten, brav und angepasst, was mehr oder weniger ihrer Haltung gegenüber Autoritätspersonen entspricht. *Eltern sollten auf die Bedürfnisse ihrer Kinder eingehen. Es macht mich wütend, wenn man Kindern wehtut. Ich befürchte, dass ich mit meiner Arbeit nicht genug bewirken kann.* Als Erwachsene war man offenbar die meiste Zeit damit beschäftigt, die Erwartungen anderer Leute zu erfüllen und ihnen etwas vorzuspielen.

Auf ihre letzte Antwort war Brianna besonders stolz: *Ich glaube ________________. Ich glaube, dass jeder junge Mensch wertvoll ist und das Potenzial hat, sein Leben zu ändern, unabhängig von seiner sozialen Herkunft.* Sie ist sich ziemlich sicher, dass sie wegen dieser Antwort eingestellt wurde. Und es war keine hohle Phrase gewesen. Brianna glaubte das wirklich; wenn es nicht so wäre, hätte sie sich nicht bei mehreren gemeinnützigen Organisationen in Española beworben. Seit der lächelnde, sympathische Obama im Weißen Haus sitzt, herrscht im ganzen Land Aufbruchstimmung. Die von Machtkämpfen, Konflikten und Intoleranz geprägten Jahre sind zwar noch nicht vorbei, aber es zeigt sich ein Silberstreif am Horizont.

Brianna ist stolz auf ihr erstes Jahr bei Smart Starts!. Als sie nach ihrem Vorstellungsgespräch einen Blick in den Klassenraum warf, herrschte dort eine Atmosphäre erdrückender Langeweile. Acht junge Mädchen – alle mit Push-up-BHs und grell geschminkten Lippen – hockten an ihren Schultischen und blätterten lustlos in ihren Arbeitsheften. Es überraschte sie, wie sehr sie ihren Klassenkameradinnen aus der Highschool ähnelten, abgesehen davon, dass einige hochschwanger waren und andere bereits Kinder hatten, die im Babyzimmer betreut wurden. Die Wände waren völlig kahl. In den Regalen an der hinteren Wand lagen Stapel von Arbeitsheften für die Abschlusstests, sonst nichts, nicht einmal ein Wörterbuch. Über dem Whiteboard hing verloren eine kleine amerikanische Flagge.

Als Brianna ihre Stelle antrat, brachte sie Kunstposter, Bücher, einen Globus und eine mehrbändige Enzyklopädie mit. Außerdem besorgte sie bunte Teppiche und einen Benjamini. Sie bat ortsansässige Firmen um Spenden, steuerte aber auch eigenes Geld bei, darunter den Scheck, den ihre Großeltern ihr zum Geburtstag geschenkt hatten. Aber es hat sich gelohnt. Das Klassenzimmer ist jetzt freundlich und einladend; die Mädchen führen gewissenhaft ihre Tagebücher und machen einfache wissenschaftliche Experimente. Sie hat sogar mit dem Präsidenten des Community College ausgehandelt, dass die Mädchen, die ihren Abschluss schaffen, bevor sie das Programm verlassen, bis zu fünf Kurse belegen können. Brianna hat für ihre Schülerinnen ein sicheres und positives Lernumfeld geschaffen.

Das Tagesprogramm bei Smart Starts! ist flexibel gestaltet, damit die Mädchen sich um ihre Babys kümmern können. Der Lehrplan, der sich auf forschungsbasierte und praxiserprobte Erkenntnisse stützt, legt den Schwerpunkt auf Eigenwahrnehmung und Selbstreflexion, da es Jugendlichen aus prekären Verhältnissen schwerfällt, ihr eigenes Verhalten zu hinterfragen. Vormittags stehen die klassischen Schulfächer oder die Vorbereitung auf die Abschlusstests auf dem Programm; nachmittags sollen den Mädchen Erziehungs- und Alltagskompetenzen vermittelt werden. Die Schülerinnen sollen den Unterricht aktiv mitgestalten – zumindest ist dies der Anspruch. Sie halten Referate über Themen wie frühkindliche Sprachentwicklung, die Vorteile des Stillens, den Umstieg auf feste Nahrung. Und über Empfängnisverhütung.

Wie jeden Freitagnachmittag endet der Unterricht heute mit der wöchentlichen Gruppensitzung.

Die Mädchen haben Brianna überrascht. Sie hatte mit mehr Verhaltensproblemen gerechnet, jedenfalls mit schwerwiegenderen Vorfällen als Kaugummikauen und Verstößen gegen das Handyverbot. Sie hatte erwartet, dass die Mädchen mürrisch und patzig sein würden. Und bei dem zweifelhaften Ruf, den Española genoss, hatte sie sich auf Heroinabhängige eingestellt (obwohl die in der Regel gleich in die überlastete städtische Suchtklinik überwiesen wurden). Irgendwie ist sie davon ausgegangen, dass Teenager, die so früh Sex haben, einfach schwierig sein müssen. Aber bis auf eine ärgerliche Ausnahme sind sie es nicht. Brianna ist verblüfft, wie bereitwillig sie sich selbst auf die albernsten Gruppenaktivitäten einlassen. Es ist ihr peinlich, ihnen solche Projekte überhaupt vorzuschlagen, aber sie gehören nun mal zum Lehrplan. Die Lebensmittelcollagen zum Beispiel, die an der Wand des Klassenzimmers hängen, mit den Rubriken »Immer essen« und »Manchmal essen«.

Die Geschichten der Mädchen belasten sie, rauben ihr nachts den Schlaf – Geschichten von Missbrauch, häuslicher Gewalt und Sucht. Brianna erzählt ihren Schülerinnen nichts von den ernüchternden Studien, die ihr durch den Kopf gehen, wenn sie im Klassenzimmer steht und in ihre sorgfältig geschminkten Gesichter blickt. Sie belegen nämlich, dass mütterlicher Stress den Blutkreislauf mit Hormonen überschwemmt, was dazu führen kann, dass das Kind zu früh und untergewichtig zur Welt kommt und als Erwachsener zu früh und übergewichtig stirbt. Außerdem besteht ein erhöhtes Risiko, später einmal unter Angstzuständen und Depressionen zu leiden.

Deshalb bringt Brianna ihnen verschiedene Meditationstechniken bei. Und sie übt mit ihnen die Power-Pose: die gespreizten Beine fest auf den Boden gestellt, die Schultern nach hinten gezogen, die Arme in die Hüften gestemmt. Sie zeigt ihnen Videos von Affenbabys, die in ihren Käfigen apathisch neben Drahtattrappen hocken, und ermahnt sie, ihre Babys möglichst viel im Arm zu halten, mit ihnen zu sprechen und ihnen vorzusingen. Und die Mädchen nehmen sie tatsächlich beim Wort. Erst letzte Woche hörte Brianna auf der Toilette, wie Tabitha ihrem Bauch von ihrer morgendlichen Schminkroutine erzählte.

Sie ist trotzdem ein guter Mensch, Brianna. Sie gibt sich Mühe!

Ich glaube, dass jeder junge Mensch wertvoll ist und Potenzial hat. Von wegen, denkt Brianna jetzt, als sie vom Fenster des Personalraums aus beobachtet, wie Lizette Maes unten im Hof einer Banane einen bläst. Lizette hat es vorgezogen, die Banane nicht zu schälen, ehe sie an ihr herumschleckt. Nur zu, denkt Brianna, ich hoffe, dir wird von den Pestiziden kotzübel.

Die anderen Mädchen umringen Lizette, kichern und prusten, verschlucken sich fast an ihren Fruchtsäften. Selbst durch das geschlossene Fenster kann Brianna ihr ausgelassenes Gelächter hören. Es ist schon eine beeindruckende Darbietung: Lizette sitzt rittlings auf der Picknickbank, windet sich mit gespielter Wolllust, wackelt mit den schweren Brüsten, verdreht ekstatisch die Augen. Ihre drei Monate alte Tochter Mercedes, die in einer Babyschale auf dem Boden liegt, schaut ihrer Mutter fasziniert zu. Lizette fährt mit der Zunge an der Banane auf und ab, umkreist sanft liebkosend die schwarze Spitze.

Brianna kann das Mädchen nicht ausstehen. Sie hält sie weder für *wertvoll*, noch kann sie irgendein *Potenzial* in ihr entdecken. Und sie hat auch kein großes Mitleid mit ihr, obwohl sie Inzest, Vergewaltigung, Armut und was sonst noch alles erlebt hat. So beschämend das ist, sie kann es nicht ändern. Lizette ist unfreundlich und aggressiv, und in ihren zugegebenermaßen hübschen grünen Augen funkelt es durchtrieben. Ihr tut die kleine Mercedes leid, was allerdings nichts daran ändert, dass sie auch das Baby als hoffnungslosen Fall abgeschrieben hat.

»Na, reizend«, sagt Raquel, die das Ernährungsprogramm von Family Foundations leitet. Sie hat sich zu Brianna ans Fenster gesellt, einen kalorienarmen Imbiss für die Mikrowelle in der Hand.

»Kein Wunder, dass sie sich in diese Lage gebracht hat«, sagt Brianna und bereut es sofort.

Im Hof von Family Foundations stehen zwei Picknicktische, auf die sich die Mädchen in den Pausen mehr oder weniger gleichmäßig verteilen – je nachdem, wer gerade mit wem kann –, aber seit Lizette vor ein paar Monaten in die Klasse kam, scharen sich alle um sie. Die freche, selbstbewusste Lizette schweißt die Gruppe zusammen.

Ysenia wiegt ihre Banane in der Hand, als überlege sie, ob sie ihre eigene Fellatio-Version zum Besten geben soll. Lediglich Jen am Ende des Tischs wirkt desinteressiert. Sie starrt in ihren Taschenspiegel und trägt Lipgloss auf, der so hell ist, dass es genauso gut Vaseline sein könnte. Obwohl sie das Ganze wahrscheinlich abstoßend findet, bleibt sie stoisch sitzen. Sogar Angel, die ernsthafte Angel, kichert, was Brianna besonders ärgert, denn sie hält große Stücke auf sie und hätte sie für vernünftiger gehalten.

Brianna hat nicht die geringste Lust, einzuschreiten. Ihr bleiben fünfundzwanzig Minuten Mittagspause und sie muss noch in der Zahnarztpraxis anrufen, um einen Termin für eine Zahnreinigung zu vereinbaren. Aber dann überlegt sie es sich anders, stößt einen gequälten Seufzer aus und wirft die Reste ihres Lunchs in den Mülleimer.

»Viel Glück«, sagt Raquel grinsend.

Brianna ermahnt sich, dass sie als Lehrerin für das Wohlergehen dieses Mädchens verantwortlich ist. Sie ist immerhin fünfundzwanzig Jahre alt, weiß und privilegiert, gehört der Mittelschicht an, ist in stabilen Verhältnissen aufgewachsen. Sie hat einen Bachelor-Abschluss, eine Lehrberechtigung des Bundesstaats New Mexico und eine Zusatzqualifikation im Bereich Jugendarbeit. Sie sollte wirklich nachsichtiger sein. Ab jetzt wird sie sich mehr Mühe geben.

Draußen empfängt sie warme Frühlingsluft. Von Briannas klackernden Absätzen gewarnt, drehen sich die Mädchen erschrocken um – nur Lizette nicht, die gerade lustvoll zu stöhnen beginnt. Aus der Nähe betrachtet, ist die Vorstellung noch abstoßender. Die Banane ist glitschig, in Lizettes Mundwinkeln glänzt der Speichel. Trinity stößt Christy mit dem Ellbogen an. Stumm beobachten die Mädchen, wie Brianna Lizette beobachtet, die wie ein Pornostar lasziv mit den Hüften kreist. Angel macht ein schuldbewusstes Gesicht. Wollüstig stöhnend schiebt sich Lizette die Banane in den Mund, bis sie fast verschwunden ist.

Sie lässt sie hinein- und wieder herausgleiten, immer wieder, bis Brianna sie anblafft: »Willst du die essen oder nur dran rumlutschen? Diese Banane wurde mit Fördermitteln finanziert.«

Lizette zieht die Banane mit einem Plopp heraus, leckt sich genüsslich die Lippen. »Hey, Miss. Ich hab doch nur Spaß gemacht.« Sie wischt sich den Mund mit dem Ärmel ab und reibt die Banane mit dem Saum ihres Sweatshirts trocken.

Brianna streicht ihren Wollrock glatt, den sie sich, wie die anderen biederen und für das Klima viel zu dicken Sachen, angeschafft hat, um älter und respekteinflößender zu wirken. »Du scheinst nicht zu wissen, dass jedes Jahr Zuschüsse vom Staat und der Stiftung beantragt werden müssen, um dir eine ausgewogene, nahrhafte und kostenlose Schulmahlzeit zu finanzieren, wozu auch diese Banane gehört. Und du scheinst auch nicht zu wissen, wie viele Menschen sich für einen Sklavenlohn abrackern, damit diese Banane von einer Plantage in Guatemala bis hierher auf diesen Tisch gelangt.« Sie klopft energisch auf den Picknicktisch.

Die ganze Zeit über fixiert Lizette sie mit ihrem provozierenden Schlafzimmerblick. Auch wenn sie auf ihre Kleidung keinen großen Wert zu legen scheint – heute trägt sie eine schlabbrige schwarze Jogginghose und einen Kapuzenpulli –, so sind ihre grünen, von dichten schwarzen Wimpern gesäumten Augen immer geschminkt: Mascara, lavendelfarbener Lidschatten, rauchgrauer Eye-Liner. Ihre Augen sind ihr größtes Kapital, und sie weiß es gezielt einzusetzen. Die anderen Mädchen sehen Brianna betroffen an. Ysenia schiebt ihre Banane unauffällig zwischen die zerknüllten Frischhaltefolien auf dem Tisch, richtet sich auf und nickt eifrig. Angel, die neben Lizette sitzt, starrt mit roten Ohren auf ihren Schoß, als wäre ihr Lizettes Auftritt peinlich.

»Aber ich verschwende sie ja gar nicht, Miss.« Lizette schält die Banane und hält sie den anderen hin. »Will jemand? Ich ess keine Bananen. Meine Zunge fühlt sich dann immer so komisch an.«

Die Mädchen kreischen angeekelt auf. »Igitt!«, ruft Corinna.

Brianna atmet tief aus. Erst jetzt bemerkt sie, dass sie zittert. »Ende der Mittagspause, meine Damen«, sagt sie, ohne auf die Uhr zu sehen.

»Ernsthaft?«, fragt Lizette. »Wir haben noch mindestens fünfzehn Minuten.«

»Die Mittagspause ist vorbei.«

Brianna wendet sich ab und die Mädchen sammeln ihre Abfälle ein. Aus dem Augenwinkel sieht sie noch, wie Lizette die Banane in einen Blumenkübel wirft.

—

Zu Beginn der Gruppensitzung stellen die Mädchen ihre Stühle im Kreis auf und setzen sich. Nachdem Brianna sie daran erinnert hat, dass nächsten Monat Tag der offenen Tür ist, fragt sie, ob jemand ein Anliegen hat, über das er sprechen möchte. Lizette hebt als Erste die Hand.

Brianna ignoriert sie und ruft stattdessen Tabitha auf, die sich kerzengerade hinsetzt und ihr lockiges Haar glatt streicht. »Ja, also, Miss, es ist wegen den Kopfhörern. Ich versteh nicht, warum wir keine tragen dürfen. Ich kann mich beim Musikhören viel besser konzentrieren. Und ich hör die andern nicht, wenn die quatschen und so.«

Brianna lächelt steif und ignoriert Lizettes wedelnde Hand. »Das ist ein berechtigtes Anliegen, Tabitha. Gut, dass du es ansprichst. Unsere Klassenregeln orientieren sich am normalen Berufsalltag. Am Arbeitsplatz ist es auch nicht erlaubt, private Telefonate zu führen oder Kopfhörer zu tragen. Es geht darum, euch so gut wie möglich auf das Leben außerhalb der Schule vorzubereiten. Aber in den Pausen könnt ihr natürlich gern Musik hören.«

Tabitha sackt zusammen. »Okay«, sagt sie enttäuscht.

Lizette wirft herausfordernd den Kopf zurück.

»Ja, Lizette?«, fragt Brianna kühl.

»Also, ich find's nicht okay, dass Sie uns einfach so die Mittagspause kürzen. Wir müssen schließlich was essen.«

Brianna zwingt sich, das Mädchen anzusehen. Zu ihrer Bestürzung fängt ihr Herz an zu rasen. So heftig, dass sie fürchtet, man könne es durch ihren Pullover sehen. Alles an Lizette irritiert sie, allein schon der provozierende Blick und die Art, wie sie sich auf dem Stuhl fläzt. Brianna kann die negative Energie, die von Lizette ausgeht, förmlich spüren – wie Pilzsporen, die nach allen Seiten wuchern. Und dann auch noch diese erotische Ausstrahlung. »Und *ich* finde es nicht okay, dass du die Mittagspause zweckentfremdet hast. Statt etwas zu essen, hast du mit deiner Banane herumgespielt.«

Lizette verdreht die Augen. »Sie sind doch nur … Also, ich finde, Sie sind nur deshalb so sauer, weil Sie keinen Spaß verstehn. Nur weil Sie was nicht lustig finden, heißt das noch lange nicht, dass es andere auch nicht lustig finden.«

»Lizette, dein Verhalten war regelwidrig.« Brianna tippt auf die handgeschriebene Liste mit den Klassenregeln hinter ihr an der Wand. »Du hast es an Achtung vor dir selbst und vor deinen Klassenkameradinnen vermissen lassen. Sie haben das Recht auf eine ungestörte Mittagspause. Stattdessen hast du ihnen diese geschmacklose Vorstellung geboten. Man könnte dein Verhalten sogar als sexuelle Belästigung bezeichnen.«

»Sexuelle *Belästigung*?«, johlt Lizette. »Wen hab ich denn belästigt? Die Banane?«

Brianna holt tief Luft. »Sex ist nicht irgendein Spaß. Sex ist etwas Intimes, etwas, das zwei Erwachsene in gegenseitigem Einvernehmen tun.«

Ysenia hebt zaghaft die Hand und Brianna nickt ihr erleichtert zu. »Ja?«

»Aber wenn beide es wollen, ist doch alles okay, oder? Sie haben doch selber gesagt, dass wir für unseren Körper selbst verantwortlich sind. Und dass wir eine positive Einstellung zum Sex haben sollen, oder?«

»Es war einfach unangemessen«, sagt Brianna etwas zu laut. Ihr rinnt der Schweiß zwischen den Brüsten hinunter. Sie ist sich sicher, dass der Pullover über ihrem klopfenden Herzen zittert. »Wenn so etwas noch einmal vorkommt, kann das zum Schulverweis führen. Wie ihr alle wisst, duldet Smart Starts!

kein Verhalten, das euren Mitschülerinnen in irgendeiner Weise schaden könnte. Vergesst das nicht. Und jetzt zu euren Tagebüchern.« Die Erleichterung im Raum ist mit Händen zu greifen. Die Mädchen stellen ihre Stühle an ihre Tische zurück und holen ihre Tagebücher heraus.

Was für eine Ironie des Schicksals, dass ausgerechnet Brianna Gruver bei Smart Start! unterrichtet. Sie hat im College einmal einen Kurs über Evolutionsbiologie besucht, der sie zutiefst verunsicherte. Jede Vorlesung, jede Theorie, jede Studie bestätigte, dass Brianna Gruver keins der körperlichen Merkmale aufwies, die Fruchtbarkeit signalisieren – üppige Brüste, ausladende Hüften, verführerische Weiblichkeit –, Merkmale, die ihre männlichen Artgenossen, allen Botschaften der Modemagazine zum Trotz, in einer Sexualpartnerin suchen.

Briannas WG-Genossin und angeblich beste Freundin Sierra (Körbchengröße F) hatte in den ersten vier Semestern ihre Fortpflanzungsfähigkeit bereits zweimal unter Beweis gestellt, und Brianna hatte sie jedes Mal zur Abtreibungsklinik begleitet. Sierra, die denselben Kurs besuchte wie sie, berichtete abends in der WG-Küche ihren männlichen Mitbewohnern von ihren neuesten Erkenntnissen. Hätten sie zum Beispiel gewusst, dass Frauen während des Eisprungs eine höhere Stimme bekamen? War das nicht unglaublich? Und das war noch nicht alles: Man hatte heterosexuellen Männern Aufnahmen von Frauenstimmen vorgespielt, die sie nach ihrer Attraktivität bewerten sollten, und alle hatten die Stimme der ovulierenden Frau am ansprechendsten gefunden. Jedes Mal! Und während Sierra mit ihrer hohen, munteren Stimme immer weiter plapperte, Wolken von Pheromonen versprühte, die ihre verzückten Mitbewohner einnebelten und um den Verstand brachten, saß Brianna – tiefe Stimme, schmale Hüften, jungfräulich und geschlechtslos – neben ihr und stocherte lustlos in ihrem Quinoa-Salat herum.

Am Ende des Semesters war Brianna davon überzeugt, dass sie tatsächlich ein heimtückisches, perfekt getarntes Y-Chromosom abbekommen hatte – wie diese Olympiakämpferinnen, die trotz ihrer Vaginas, ihrer äußeren Erscheinung und ihrer Geschlechtsidentität rein genetisch betrachtet männlich waren. So was passierte doch ständig! Oder zumindest in einem von dreißigtausend Fällen. Briannas Ärztin hatte den Kopf geschüttelt, als Brianna ihr den ausgedruckten Aufsatz über das Swyer-Syndrom unter die Nase hielt. »Menschen mit dem Swyer-Syndrom menstruieren nicht«, sagte sie und weigerte sich, irgendwelche Tests durchzuführen. Stattdessen verschrieb sie ihr ein Beruhigungsmittel.

Briannas Schülerinnen sind für die Fortpflanzung wie geschaffen, jede Einzelne von ihnen. Täglich hat sie die charakteristischen Merkmale weiblicher Fruchtbarkeit vor Augen: die piepsigen Stimmen, die durch die hautengen Jeans noch betonten Rundungen, die tiefen Dekolletés, die ihre jungen vollen Brüste zur Geltung bringen. Und diese Naivität. Kein Wunder, dass diese Mädchen so früh Sex haben. Eigentlich könnte Brianna dankbar dafür sein, dass ihre körperlichen Defizite, ihr familiärer Hintergrund, ihr soziales Umfeld und ihre vernünftigen Lebensentscheidungen sie vor dem Schicksal dieser Mädchen bewahrt haben. Sie könnte sich sogar etwas darauf einbilden. Stattdessen ist sie überzeugt davon, dass sie für diesen Job im Grunde ungeeignet ist, und rechnet ständig damit, dass man ihr auf die Schliche kommt. An stressigen Tagen so wie heute betrachtet sie die Mädchen und empfindet kein Mitleid, sondern Neid.

Brianna ist weder hässlich noch unscheinbar. Sie hat eine schöne Haut, ist intelligent, umgänglich, ausgeglichen und hat einen Job. Und sie wird vom Thema Sex geradezu verfolgt. Überall haben die Leute Sex – in Romanen, in Kinofilmen, auf dem Klo in Blake's Lotaburger (ihre Schülerinnen haben an den unglaublichsten Orten Sex) –, nur sie geht leer aus. Sie ist einfach zu schüchtern und gehemmt, und zu anspruchsvoll, wie sie gerne glaubt.

Die Mädchen werden unruhig, beginnen ihre Tagebücher und Hefte einzupacken, obwohl der Unterricht erst in acht Minuten zu Ende ist. Aber Brianna ruft sie nicht zur Ordnung. Einige stecken die Köpfe zusammen, andere räkeln und strecken sich, stehen langsam auf, während ihre Lehrerin bedrückt und geistesabwesend hinter ihrem Pult sitzt.

Brianna ordnet ihre Stifte, klappt ihr Notenbuch zu und legt es auf das Ernährungshandbuch, platziert es exakt in der Mitte. Sie kann es kaum erwarten, endlich heimzufahren. Sie wird sich erst mal mit ihrem Roman in den Garten vor ihrer *casita*, ihrem Häuschen, setzen. Allerdings nur, wenn ihre Vermieterinnen dort nicht am Herumwerkeln sind. Sonst wird sie sich mit ihrem Buch und ihrem Vibrator ins Bad zurückziehen.

Brianna hat nicht das geringste Bedürfnis, Kinder in die Welt zu setzen. Sie verspürt nicht den Drang, die Menschheit mit ihrem Genmaterial zu beglücken. Aber sie will wenigstens einmal richtigen Vaginalverkehr haben, bevor sie sechsundzwanzig ist, und zwar mit einem ausgewachsenen Vertreter des männlichen Geschlechts.

Amadeos Mutter steht jeden Morgen um fünf auf, um rechtzeitig im State Capitol in Santa Fe zu sein, wo sie als Sekretärin – vielmehr Verwaltungsassistentin – für Monica Gutierrez-Larsen, Büroleiterin des Repräsentantenhauses des Staats New Mexico, arbeitet. Amadeo hat Monica Gutierrez-Larsen nie kennengelernt, aber durch die Erzählungen seiner Mutter ist sie ihm schon ziemlich vertraut. Normalerweise lässt sich Yolanda nicht so schnell von Menschen beeindrucken, aber bei ihrer Chefin ist es anders. »Monica ist wunderbar«, schwärmt sie häufig. »So gebildet. Die Arbeit kommt für sie immer an erster Stelle.« Bewundernd fügt sie hinzu: »Eine richtige Powerfrau.«

Amadeo findet, dass es seine Mutter auch ganz schön weit gebracht hat. Sie sitzt den ganzen Tag in einem klimatisierten Büro und hat jede Menge Kolleginnen – »die Mädels« –, aber wenn er die Lobeshymnen auf Monica hört – wie intelligent sie ist, wie kompetent –, fragt er sich, ob seine Mutter vielleicht auch gern Karriere gemacht hätte. Andererseits liebt sie ihren Job, liebt die endlosen, atemlosen Tage während der Sitzungsperiode.

Amadeo streckt sich im Bett aus, denkt an seine Kindheit, wenn er morgens aufwachte und der Himmel noch dunkel und geheimnisvoll war, das Gemurmel des Nachrichtensprechers aus dem Schlafzimmer seiner Mutter undeutlich an sein Ohr drang. Er hörte, wie ihre Absätze in der Küche klackerten. Warmes Licht fiel von ihrem Schlafzimmer in den Flur, wohlriechender Dampf waberte aus der Dusche. Er wartete sehnsüchtig auf seinen Kuss und wusste gleichzeitig, dass er, wenn er die Arme um ihren Hals legte, vor ihrem Kaffeeatem und ihrem aufdringlichen Parfüm zurückschrecken würde.

Nachdem sie sich aus seiner Umarmung gelöst hatte, hörte er ihre Absätze nur noch gedämpft, vom Teppichboden verschluckt. Kurz darauf auf dem Linoleum klangen sie wieder laut und hart. An der Haustür trat immer eine Pause ein und in Amadeos Brust regte sich ein Hoffnungsschimmer, aber nein, seine Mutter knöpfte nur ihren langen Mantel zu. Schlüssel klirrten, dann fiel die Tür ins Schloss. Der Motor wurde angelassen und die Scheinwerfer erhellten kurz die Vorhänge in seinem Kinderzimmer. Amadeo lauschte, bis der Wagen nicht mehr zu hören war. Dann kuschelte er sich unter die Decke und hoffte, dass sich das Geborgenheitsgefühl wieder einstellen würde, aber es war mit seiner Mutter verschwunden, fuhr mit ihr in Richtung Süden nach Santa Fe. In zwei Stunden würde sein Wecker klingeln. Dann wäre Valerie schon auf und würde sein Frühstück machen.

Die Erinnerungen sind quälend, denn dieser kleine Junge war dem Amadeo von heute überlegen. Dieser kleine Junge war davon überzeugt, dass er es im Leben zu etwas bringen würde.

Weder seine Mutter noch Angel haben ein Wort darüber verloren, dass er wieder in eine Alkoholkontrolle geraten war. Trotzdem bricht ihm der Schweiß aus, wenn er daran denkt, Scham quillt ihm aus jeder Pore, giftig und stinkend wie Kloake. Aber er ist auch wütend, denn der Polizist hätte ja wohl ein Auge zudrücken können. Und wie bescheuert muss man sein, besoffen durch die Gegend zu rasen? Er hätte einfach nur den Scheißtempomat einschalten müssen – er ist ja nicht mal getorkelt oder so. Er hat ziemliches Glück gehabt: Sechs Monate Führerscheinentzug, Sozialdienst und Fahreignungsseminar. Amadeo legt wirklich keinen Wert darauf, schon wieder in einem Klassenraum im Gemeindezentrum zu hocken, sich sechs Stunden lang täglich Vorhaltungen machen zu lassen und grauenvolle Filme über Menschen anzusehen, die von Besoffenen getötet wurden.

Er schuldet Tíve das Geld für die Kaution und seiner Mutter die Abschleppgebühr sowie das Bußgeld und die Kosten für das Fahreignungsseminar – alles zusammen ein Batzen Geld. Eigentlich ist es eine Frechheit, dass sich der Staat New Mexico an den kleinen Fehltritten unbescholtener Bürger bereichert.

Aber an diesem Morgen springt er, sobald seine Mutter aus dem Haus ist, aus dem Bett, noch bevor der Wecker klingelt, bevor Angel sich rührt, und kocht Kaffee. Er ist euphorisch, weil er schon über eine Woche nichts mehr getrunken hat und weil heute der Tag ist, an dem sein Windschutzscheiben-Reparatursatz kommt.

Angel stützt das Kinn in die Hand und denkt angestrengt nach. Brianna hat die Klasse gebeten, eine Liste mit Dingen zu erstellen, die ihr Leben und das ihres Babys verbessern würden. Die ersten paar sind einfach.

1. *Highschool-Abschluss UND College-Abschluss*
2. *Patentante*
3. *Unterstützung*
4. *Auto*
5. *Führerschein*
6. *Wohnung*
7. *Job*

Angel stutzt. Wenn sie einen Job hätte, wer würde sich dann ums Baby kümmern? Also fügt sie hinzu:

8. *kostenloser Babysitter, aber ein guter*

Aber so was gibt es nicht, nicht wirklich, außer ihre Mom oder ihre Grandma würden nicht arbeiten. Das weiß sogar Angel. Kurz denkt sie an ihren Vater, aber das wäre wohl keine so gute Idee.

Christy und Trinity tuscheln. Sie sind beste Freundinnen und kannten sich schon vor Smart Starts!. »Wir sind ungefähr im selben Monat schwanger geworden«, erzählen sie überall herum, was entweder ein verrückter Zufall war oder eine organisatorische Meisterleistung. Beides findet Angel deprimierend.

»Wer möchte gern vorlesen?«, fragt Brianna. Heute trägt sie ihre klobigen Sandalen und ein unförmiges braunes Strickkleid, das zu warm für draußen ist, aber perfekt für die unterkühlten Räume von Family Foundations.

Jen hebt die Hand, streicht sich ihr mausgraues Haar hinter

ihr weißes abstehendes Ohr, bereitet sich auf ihren Auftritt vor. »Eine gute Ausbildung.« Lächelnd erwartet sie Briannas Lob. Sie trägt eine Kette mit einem Kreuz um den Hals und in ihren Ohrläppchen glitzern Diamantohrstecker. Obwohl Angel weiß, dass sie nicht echt sind und sie sich auch welche in der Mall kaufen könnte, ist sie neidisch.

»Genau«, sagt Lizette affektiert. »*Eine gute Ausbildung*. Das hab ich doch glatt vergessen.« Angel grinst und will Lizette zuzwinkern, aber Lizettes schöne grüne Augen sind halb geschlossen, wie bei einer Eidechse.

An ihrer linken Hand trägt Jen einen Freundschaftsring mit einem winzigen kleinen Amethyst. »Das ist mein Geburtsstein«, sagte sie, als wäre das was ganz Besonderes. Sie wird ihren Freund Jared heiraten, den sie in ihrer Kirchengemeinde kennengelernt hat und der sie jeden Nachmittag nach dem Unterricht abholt. Er ist in der zwölften Klasse und baut nach der Schule Autoradios ein. Und er hält immer am Bordstein, steigt aber nie aus, sondern hört Radio.

Nicht dass der Vater von Angels Kind besser wäre als ein Christ, der Autoradios einbaut. Ihr Magen revoltiert jedes Mal, wenn sie an Ryan Johnson denkt, der in Geometrie in der ersten Reihe saß und die Tafel angrinste. Er meldete sich immer, obwohl fünfzig Prozent seiner Antworten falsch waren. Angel fand es idiotisch, sich so eine Blöße zu geben, aber ihm schien es nichts auszumachen. Sobald Mrs. Esposito eine Frage stellte, schnellte sein langer dünner Arm hoch.

»Hey, ich hab mir einen Namen für dich ausgedacht. Einen Mathe-Namen«, sagte er einmal nach dem Unterricht im Gang, völlig außer Atem. Wochenlang nannte er sie *Angle*, Winkel. Oder manchmal auch *Obtuse Angle*, stumpfer Winkel, und amüsierte sich köstlich darüber. Er hing an ihr wie eine Klette und wahrscheinlich schlief sie auch deshalb mit ihm, weil es ihr leidtat, dass er sich so lächerlich machte. Aber natürlich war auch der Tequila daran schuld. Er war einfach nur peinlich, was sicher auch ein Grund ist, warum sie ihm nichts von dem Baby erzählt hat.

Angel tut der Rücken weh, ihre Beine ebenso, und sie muss

alle vier Sekunden pinkeln. Sie kommt sich vor wie eine Seekuh und kann sich nicht vorstellen, noch dicker zu werden.

Jen richtet sich kerzengerade auf und macht ein ernstes Gesicht. An Brianna gewandt, sagt sie: »Und außerdem muss ich meine Beziehung zu Jesus festigen und dafür sorgen, dass mein Baby auch zu ihm findet.«

Angel stellt sich vor, wie Jen einen unwilligen Knirps einem entsetzten Jesus in die Arme drückt. Dieser Jesus sieht genauso aus wie ihr Dad und sie muss laut lachen.

Brianna fängt Angels Blick auf und gibt ein winziges Lächeln preis. Angels Wangen brennen. »Danke, Jen«, sagt Brianna und schreibt mit einem quietschenden Filzstift *Ausbildung* aufs Whiteboard.

Jens Eltern sind noch zusammen und unterrichten beide am Community College, das Jen, ihr einziges Kind, praktisch kostenlos besuchen kann, sobald sie ihren Highschool-Abschluss hat. Sie haben bereits einen College-Fonds für Jens Baby eingerichtet. Jen gibt ständig damit an, dass ihre Eltern ihr eine Abtreibung bezahlen wollten, sie sich aber geweigert hat, weil sie doch Christin ist.

»Können Sie bitte auch das mit Jesus aufschreiben?« Jen streicht über ihren Bauch, der von einer rosa gestreiften Schwangerschaftsbluse verdeckt wird. »Er hat mir dieses kleine Wesen anvertraut, und wenn ich im Leben Erfolg haben will, muss ich es lieben und für es sorgen, so wie Jesus mich liebt und für mich sorgt.«

Lizette schnaubt. »Hat Jesus dich geliebt und für dich gesorgt, als du mit deinem dämlichen Freund gebumst hast?«

»Lizette«, sagt Brianna warnend. Unter den Schülerinnen macht sich schon Unmut breit.

»Du bist nichts Besonderes, Jen«, sagt Christy.

»Yeah«, stimmt Trinity ihr zu. »Wir sind hier alle Christen.«

»Guckt mal, wir haben Jen wütend gemacht«, tönt Lizette.

»Nein, seid ihr nicht«, sagt Jen mit hochrotem Kopf. »Die Hälfte von euch ist katholisch und Katholiken sind keine Christen.«

»Machst du *Witze*?« Angel ist selbst überrascht, dass ihr das rausgerutscht ist, aber schließlich ist sie nach dem Auftritt ihres Vaters am Karfreitag so was wie eine Expertin. »Jeder, der an *Christus* glaubt, ist ein *Christ*. Das ist die Definition.«

Jetzt blickt Lizette über ihre Schulter und lächelt Angel schief an. Angels Freude ist wie ein Stein, der übers Wasser hüpft und in der Sonne glitzert. Jen starrt mit fleckigem Gesicht stur geradeaus.

»Das stimmt«, sagt Brianna. »Ich bin allerdings Agnostikerin. Okay, Mädchen, wenden wir uns wieder der Aufgabe zu. Gibt es sonst noch etwas, was eure Zukunft verbessern könnte?«

»Schlaf«, sagt Tabitha resigniert, die erst siebzehn und im achten Monat schwanger ist. Sie hat schon einen neunzehn Monate alten Sohn, der im Babyzimmer für seine kräftigen Lungen und seine Abneigung gegen Schlaf berühmt ist. »Ich krieg nie genug Schlaf.«

»Gut. Schlaf ist wichtig. Selbstfürsorge allgemein. Noch andere Vorschläge?«

Ysenia meldet sich.

Brianna nickt ihr aufmunternd zu. »Ysenia.«

Ysenia ist ein hübsches Mädchen, aber in Angels Augen übertreibt sie es. Den winzigen Pickel an ihrem Kinn sieht man viel deutlicher, seit sie ihn überschminkt hat, und ihre Wimperntusche ist so dick und verklebt, dass sie kaum die Lider heben kann. Die blonden Strähnchen in ihrem schwarzen Haar, die ihre Schwester ihr mit einem Haarfärbeset gemacht hat, sehen total künstlich aus, aber Ysenia behauptet, dass es kein Friseursalon besser hinkriegen würde. »Einen reichen Typen heiraten«, sagt sie.

Das klingt gut, findet Angel. Ihre Mutter hat mal gesagt, dass man sich genauso leicht in einen reichen Typen verlieben könnte wie in einen armen. Nicht, dass Marissa die große Ahnung hätte – neben seinen anderen Unzulänglichkeiten ist Mike nicht mal reich. Das Problem sei, räumte ihre Mutter ein, einen zu finden.

Angel fügt ihrer eigenen Liste *reicher Typ* hinzu, bemerkt dann aber Briannas Gesichtsausdruck. Statt eines strahlenden, zustimmenden Lächelns, mit dem sie normalerweise ihre Beteiligung am Unterricht belohnt, presst sie die Lippen zusammen und wackelt unbestimmt mit dem Kopf. *Einen reichen Typen heiraten* ist offenbar die falsche Antwort.

»Danke, Ysenia«, sagt Brianna. »Ich finde es gut, dass du praktisch denkst und überlegst, wie du deinen Alltag am besten bewältigst. Aber wenn du von jemandem abhängig bist, kannst du nicht die Fähigkeiten entwickeln, die du brauchst, um für dich selbst zu sorgen. Und wenn dieser reiche Typ dich eines Tages verlässt oder stirbt oder sich scheiden lässt, oder sich als ein so schlechter Partner erweist, dass du ihn verlässt, dann stehst du wieder ganz am Anfang.«

»Aber er müsste mir doch Unterhalt zahlen«, wendet Ysenia ein. »Er müsste doch Alimente für das Kind bezahlen.«

»Klar doch«, schnaubt Christy, während sie sich den grellrosa Nagellack von ihrem Daumennagel kratzt. »Weil solche Typen ja auch freiwillig Unterhalt bezahlen. Darin sind sie super.«

»Er wäre ja *reich.* Natürlich würde er bezahlen. Es wäre für ihn überhaupt kein Problem, wenn er reich wäre.«

»Wenn er reich wäre«, wendet Christy ein, »hätte er Anwälte und wüsste genau, wie er drumrum käme. Und du würdest keinen Cent kriegen.« Sie konzentriert sich wieder auf ihre Nägel. Ihr ganzer Tisch und ihre Oberschenkel sind schon mit rosa Fetzchen übersät.

»Ganz genau«, tönt Trinity.

Brianna hat nachdenklich den Kopf gesenkt. Angel vermutet, dass sie überlegt, wie sie diplomatisch auf Ysenias Einwand eingehen soll, um ihn zu entkräften und dann elegant das Thema zu wechseln. Die Mädchen sind sich bewusst, dass Brianna sie mit Samthandschuhen anfasst, Standpunkte anerkennt, die dumm oder völlig daneben sind, ihnen unlogische Argumente durchgehen lässt, nur um ihr Selbstbewusstsein zu stärken. Manchmal sagen sie mit Absicht was Dämliches, bloß um zu sehen, welche geistigen Verrenkungen Brianna vollführt, um etwas zu loben und gleichzeitig zu korrigieren. Das kann ziemlich unterhaltsam sein.

Angel ist sich ziemlich sicher, dass sie alle von einem Traummann in einem eng geschnittenen Anzug und schicken schwarzen Schuhen träumen, der aussieht wie ein Model von Banana Republic. Und sie findet es eigentlich unfair, dass er von vornherein ausscheidet, nur weil er ein kantiges Kinn und sanfte Augen hat und eine lederne Brieftasche voller Platinkreditkarten.

Ysenia tut Angel leid, weil sie etwas verteidigen muss, was im Grunde eine gute Idee ist. Denn Mr. Banana Republic muss ja nicht zwangsläufig ein Arschloch sein. Vielleicht ist er ganz in Ordnung. Und außerdem ist sowieso alles, was sie hier vorbringen, reine Theorie – jede Diskussion über ihre Zukunft ist per se schon hypothetisch –, also warum darf Ysenia dann nicht theoretisch irgendeinen reichen Typen heiraten, der kein Arsch ist?

Wahrscheinlich hat Mr. Banana Republic sowieso andere Vorstellungen von seinem Leben, als sich um Ysenia und ihren nicht besonders hübschen acht Monate alten Schreihals zu kümmern. Und selbst wenn es Ysenia wie durch ein Wunder schaffen sollte, ihn dazu zu bringen, sie zu heiraten, wäre es wahrscheinlich nur eine Frage von Monaten, bis er sie betrügen würde. Aber wenn man es realistisch sieht, müssten sie auch die Nummer sieben auf Angels Liste *Job* vergessen, denn welcher Job würde Essen, Miete, Krankenversicherung, Kinderbetreuung, Nebenkosten und die Raten fürs Auto abdecken und ihr außerdem erlauben, zehn Prozent aufs Sparkonto einzuzahlen? Zumindest nicht am Anfang.

Angel wäre gern mutig genug, um Ysenia zu verteidigen – schließlich hat Brianna ihnen gesagt, *Es braucht ein Dorf, um ein Kind großzuziehen* und *Unterschätzt nicht die Bedeutung der Gemeinschaft* und *Denkt dran, Menschen sind auch Ressourcen!* –, aber es ist ihr unangenehm, Brianna zu widersprechen.

Lizette trinkt einen großen Schluck aus ihrer Wasserflasche und knallt sie dann auf den Tisch. Die Geste ist nicht aggressiv, nur unbedacht. »Sie haben uns gesagt, dass wir uns Unterstützung suchen sollen, Miss«, sagt sie. »Ich begreif nicht, was dann an einem reichen Typen, der mich unterstützt, falsch sein soll.«

Genau, denkt Angel und fühlt sich bestätigt. Ganz ihre Meinung.

»Daran ist überhaupt nichts falsch, Lizette. Bitte heb die Hand.« Brianna geht zur Liste mit den Regeln, die sie gemeinsam erstellt haben, bei denen Brianna allerdings sanft, aber bestimmt nachgeholfen hat, und tippt auf die Nummer drei: *Heb während einer Diskussion die Hand, damit wir alle zu Wort kommen*. Brianna dreht sich zur Klasse um: »Ich hoffe, dass ihr alle in eurer Beziehung Erfüllung findet, aber heute möchte ich, dass wir uns auf die Dinge konzentrieren, die ihr *jetzt* tun könnt, um euer Leben und das eures Babys zu verbessern. Wir überlegen uns unsere Ziele und stellen dann einen Plan auf, wie wir sie erreichen können.« Sie lächelt erwartungsvoll.

Ysenia lässt den Kopf hängen; sie hatte es sich so schön vorgestellt, einen reichen Mann an Land zu ziehen.

Angel beobachtet Lizette, die aus dem Fenster starrt und mit jeder Faser ihres Körpers deutlich macht, dass ihr alles am Arsch vorbeigeht. Mit ihren runden Wangen und den vollen Schmolllippen sieht sie jünger als siebzehn aus. Angel fragt sich, wann jemand Lizette zuletzt in den Arm genommen oder etwas für sie gekocht hat.

Dieses ganze Gerede über die Ehe ist deprimierend. Angel ist doch noch ein Kind. Sie will nicht heiraten, noch nicht jedenfalls, vielleicht auch nie, nicht mal ein Banana Republic-Model. Sie will in einem Haus zusammen mit ihrer Mutter leben, will in der Pfanne Hamburger braten und mit ihr zusammen in einem kleinen betonierten Patio essen, auf weißen Plastikstühlen sitzen, die sich unter ihrem Gewicht verbiegen. Sie würden das Gurkenglas auf den Tisch stellen und mit den Fingern reingreifen, wie sie es gemacht haben, bevor Mike einzog und ihnen erklärte, dass das widerlich sei.

9. Meine Mom. Ich brauche meine Mom.

Die anderen Mädchen rascheln mit ihren Rucksäcken und Angel sieht enttäuscht auf die Uhr. Die Stunde ist zu Ende. Das ist dummerweise meistens der Fall, wenn Angel gerade eine Idee hat, *wie* sie ihre Ziele erreichen kann. Um sie herum plappern alle, knallen ihre Schubladen zu, reiben ihre schwangeren Bäuche und machen sich auf den Weg zum Babyzimmer, um ihre Kleinen abzuholen. Angel hat ihr Tagebuch noch nicht zugeklappt.

Manchmal stellt sie sich vor, was sie alles erreichen wird. Sie wird ihre fünf Kurse am Community College absolvieren, Ärztin werden und später in Talkshows als Expertin auftreten. Sie wird schöne Kleider tragen und jemanden haben, der sie in Stilfragen berät. Sie wird den anderen Gästen aufmerksam zuhören und ihnen dann einfühlsame und kluge Ratschläge geben, ihre eigene schwierige Jugend als Beispiel anführen. Die Zuschauer werden sie voller Bewunderung und Empathie ansehen, während sie nüchtern und sachlich ihre eigene Geschichte erzählt.

Öfter allerdings malt sie sich ihr Scheitern aus, bedauert, dass sie nie herausfinden konnte, in was sie wirklich gut ist, und dass ihre Jugend viel zu kurz war. Ein Kind großzuziehen ist nicht leicht. Das sagt jeder und das glaubt Angel auch. Aber ein Kind großzuziehen, ist bestimmt leichter als herauszufinden, wofür sie begabt ist. Sie ist ziemlich gut in Algebra und es macht ihr Spaß, Logikrätsel zu lösen, aber kann sie damit ihren Lebensunterhalt verdienen? Wenn man schwanger ist, steht plötzlich eine Menge im Voraus fest. Sie wird nicht an der Highschool ihren Abschluss machen oder nach Albuquerque oder gar New York ziehen. Wahrscheinlich wird sie, was ihr ja schon ihre Tante und ihre Cousine prophezeit haben, nicht mal aufs College gehen.

Vorn im Klassenzimmer streckt sich Brianna anmutig wie ein Yogi; ihr dünner Pferdeschwanz reicht ihr bis zum Po. Dann wirft sie sich ihren riesigen Rucksack über die Schulter.

»Alles in Ordnung, Angel?«

Angel stellt überrascht fest, dass ihr Kinn zittert und sie Tränen in den Augen hat.

»Hey. Was ist denn los?« Brianna kommt rasch auf sie zu, legt ihr die Hand auf den Rücken und sieht sie besorgt an.

»Ich hab keinen Plan.« Angel wischt sich mit dem Handrücken eine Träne von der Wange. »Meine Mom ruft nicht mal an.« Das Baby dreht sich in ihrem Bauch.

Brianna betrachtet sie mitfühlend. »Ich weiß.« Dann scheint sie einen Entschluss zu fassen. »Hör zu«, sagt sie mit Nachdruck in der Stimme und stellt ihren Rucksack auf den Teppichboden. »Ich weiß, dass du es schwer hast und dass deine Situation verdammt beängstigend für dich ist.«

Es überrascht Angel, dass Brianna ein Schimpfwort gebraucht, aber noch mehr überrascht sie ihr entschiedener Ton.

»Aber du wirst es schaffen. Ich weiß, dass sich deine Lebensumstände geändert haben, Angel. Aber wenn du zu dir selbst stehst, an dich selbst glaubst, dann trifft es dich nicht so sehr, wenn dich die Menschen in deiner Umgebung im Stich lassen. Auf keinen Fall darfst du denken, dass es deine Schuld ist.« Brianna steht vor ihr und hat die Hand auf ihre Schulter gelegt, aber Angel kann ihrer Lehrerin nicht in die Augen sehen. Sie starrt auf ihr Tagebuch, während die Wörter vor ihren Augen verschwimmen.

»Du hast bereits kluge Entscheidungen betroffen. Du bist schließlich hier, richtig? Du lässt die Finger von Drogen und Alkohol, du ernährst dich gesund und schläfst ausreichend, was deinem Baby guttut. Und du machst Pläne für eine Zukunft, die für euch beide passt.«

»Aber ich hab auch schlechte Entscheidungen getroffen.«

Brianna lacht. »Das tut jeder. Du bist in Ordnung, Angel. Ich mag dich. Und deine Klassenkameradinnen mögen dich auch.«

Briannas Herzlichkeit ist wie die mächtige Schokoladentorte, die Angel mal mit ihrer Mom und Mike in Santa Fe gegessen hat, als alles noch in Ordnung war – süß und köstlich, aber schwer zu verdauen. Sie nickt, Traurigkeit, Freude, Angst und Hoffnung schnüren ihr die Kehle zu.

Brianna drückt Angels Schulter. »Aber jetzt ist es Zeit, nach Hause zu gehen.«

Angel legt eine Hand auf ihren Bauch, dorthin, wo sie den Po des Babys spürt. Sie sieht die Liste mit ihren Zielen vor sich und ist zuversichtlich, dass sie es schaffen kann. Es wird natürlich nicht leicht werden – sie ist schließlich nicht naiv –, aber es ist machbar. Immerhin hat sie schon ihren Lernführerschein und muss nur noch die Fahrprüfung bestehen, um ihren Führerschein zu bekommen. Und ihren Highschool-Abschluss hat sie auch schon fast in der Tasche. Sie denkt an den Tag, an dem sie jeden einzelnen Punkt auf ihrer Liste abhaken kann.

Und Nummer neun: *meine Mom.* Bald wird das Baby auf die Welt kommen und dann wird ihre Mutter Angel besuchen müssen. Sie wird so glücklich über das Baby sein, dass sie einsieht, dass sie sich in Mike getäuscht hat. Sie wird Angel in den Arm nehmen und sie werden zusammen nach Hause fahren. Die Kluft des Schweigens zwischen ihnen wird sich schließen. Ihre Mutter wird ihr alles beibringen, was sie wissen muss, um ein Baby großzuziehen. Angel muss nur bis zur Geburt durchhalten.

Sie klappt ihr Tagebuch zu und steckt es in die Tasche. Sie blinzelt immer noch einzelne Tränen weg, aber sie ist jetzt voller Hoffnung. Es gab im letzten Jahr Zeiten, in denen sie nachts im Bett lag, starr vor Sorgen, weil sie sich nicht vorstellen konnte, jemals so »erwachsene Sachen« zu können, wie ein Konto einzurichten oder ein Darlehen zu beantragen, geschweige denn einen Job zu finden oder in Albuquerque oder irgendeiner anderen noch größeren unbekannten Stadt aufs College zu gehen. Aber alles, was dazu nötig ist, steht auf einem linierten Blatt in ihrem Tagebuch, und die Liste kommt ihr kaum beängstigender vor als ein Einkaufszettel. Brianna hat ihnen beigebracht, dass die furchteinflößenden Anforderungen des Erwachsenseins – nicht nur des Erwachsenseins, sondern auch der Elternschaft – eine Frage von wohlüberlegten Schritten sind.

Brianna. Brianna wird die Patentante ihres Babys sein. Angel ist erstaunt, dass ihr dieser Gedanke nicht schon früher kam. Brianna ist inspirierend. Sie weiß alles über Babys und über die praktischen Dinge des Lebens; sie ist kinderlos und sie mag Angel. Und indem Angel sie auswählt, sichert sie sich Briannas Zeit und Zuneigung und sorgt dafür, dass Brianna immer für ihr Kind und damit auch für sie da ist.

Es ist schon Nachmittag, als der UPS-Transporter in der Einfahrt hält. Amadeo geht nach draußen und tritt mit ihm an die Rückseite des Fahrzeugs.

»Die Kiste ist wahrscheinlich ziemlich groß«, sagt er hilfsbereit, als der UPS-Mann – Darnell laut seinem Namensschild – die Hecktür öffnet und im Innern verschwindet. »Ist für meinen neuen Job.«

Darnell zuckt mit den Schultern. Wahrscheinlich ist er sauer, weil er mit seinem Transporter ewig weit über holprige Landstraßen fahren musste.

»Meine neue Firma heißt Creative Windshield Solutions. Wenn Sie mal Bedarf haben, sagen Sie Bescheid.«

Der UPS-Mann nickt freundlich, lächelt aber nicht. »Klar.« Er reicht einen sperrigen, aber verdächtig leichten Karton nach unten.

»Warten Sie. Ich will Ihnen noch meine Visitenkarte geben.«

Amadeo stellt den Karton auf die Treppe. Als er mit einer Schachtel mit tausend funkelnagelneuen Visitenkarten wieder aus dem Haus kommt, stößt Darnell gerade rückwärts aus der Einfahrt.

»Hier! Warten Sie!« Amadeo rennt ihm nach und wedelt mit einer Visitenkarte. Aber Darnell wirft ihm nur einen kurzen Blick zu, schaltet dann in DRIVE und fährt Kies aufwirbelnd davon.

Aufgeregt öffnet Amadeo die Schnappverschlüsse. Der Werkzeugkasten ist in Fächer unterteilt. Obendrauf liegt ein Blatt mit einem Aufkleber für jedes Fach. Alles ist einzeln in Plastik verpackt: die Reißnadel, die kleinen Dosen mit Kunstharz, die Gummisauger und die Plastikfolie. Ein handtellergroßer, batteriebetriebener Bohrer, ein Kästchen mit Rasierklingen. Amadeo hat zusätzlich – für immerhin dreihundert Dollar – das Reparaturset für lange Risse gekauft, das aussieht wie ein Federkästchen.

Amadeo rechnet alles noch mal durch, aber das Ergebnis ist das Gleiche: Wenn er fünfzig Dollar pro Reparatur nimmt, verdient er bei vierhundert Reparaturen zwanzigtausend Dollar. Und weil er das Set und die Werkzeuge schon hat, braucht er nur Rasierklingen und Harz nachzukaufen. In einem Jahr kann er schätzungsweise zwei- oder dreimal so viele Windschutzscheiben reparieren. Und wenn er sämtliche Windschutzscheiben in und um Española repariert hat, kann er im Süden weitermachen. Und erst die vielen kaputten Windschutzscheiben in Santa Fe und Albuquerque und überhaupt in ganz New Mexico – ihm wird ganz schwindlig bei der Vorstellung.

Sechzigtausend pro Jahr ist nicht schlecht, ganz und gar nicht. Er kann sich auch ab und zu ums Baby kümmern, einen College-Fonds für den Kleinen einrichten, und einen für Angel, und hätte immer noch genug für einen neuen Pick-up übrig. Er hätte auch gern einen Suzuki-Geländewagen, zur Not täte es aber auch ein gebrauchter. Vielleicht sollte er hundert Dollar pro Reparatur nehmen, dann würde er hundertzwanzigtausend rauskriegen. Die Leute würden bestimmt hundert Dollar für seinen Service bezahlen. Schließlich blechen sie für allen möglichen Scheiß so viel – Strafzettel zum Beispiel.

Seine Zukunftsaussichten sind ausgezeichnet. Amadeo ist euphorisch, noch euphorischer als am Karfreitag, weil er sich da unsicher war, ob auch alles klappen würde. Jetzt hat er keine Bedenken. Früher hätte ihm ein solcher Schritt Angst gemacht. Aber das war, bevor er sich freiwillig ans Kreuz nageln ließ, bevor er seine Schmerzmittel in den Abfluss kippte und den Alkohol aufgab. Jemand, der so viel Willenskraft aufbringt, muss einfach Erfolg haben.

Es fühlt sich gut an, Unternehmer zu sein, jemand, der etwas bewegt, ein Mann, der Dinge plant und erledigt. Er hat immer Menschen verachtet, die Macht haben, aber jetzt sieht er die Welt mit ganz anderen Augen, und wohin er auch guckt, überall tun sich Möglichkeiten auf.

Amadeo kriecht zwischen den Plastikverpackungen hindurch zum Fernseher und schiebt das Anleitungsvideo in den DVD-Player. Am Anfang sieht man glückliche Menschen, die nichts ahnend durch die Gegend fahren, bis plötzlich ein Stein in ihre Windschutzscheibe fliegt. »Du denkst dir nichts Böses«, sagt eine Stimme aus dem Off. »Und eh du dich's versiehst, siehst du nichts mehr.«

»Verdammt«, sagt der schnurrbärtige Geschäftsmann hinter dem Steuer. Er weicht aus, kommt ins Schleudern, fasst sich fassungslos an den Kopf.

In der nächsten Einstellung steht sein Wagen am Straßenrand. Er beugt sich über die Schulter eines freundlichen und hilfsbereiten Mechanikers. Der grinst in die Kamera. »Wie neu!« Hinter ihm funkelt eine makellose Windschutzscheibe.

Es ist eine Low-Budget-Produktion – im Hintergrund hört man Rauschen, die Aufnahmen sind überbelichtet und der Cutter hat bei den Übergängen auf vorgefertigte Effekte zurückgegriffen – wieder eine Sternenexplosion –, aber Amadeo versucht das zu ignorieren. Jetzt starrt ein neuer Typ in einem gestreiften Poloshirt und mit gegelten Haaren ausdruckslos in die Kamera. »Nur wenige wissen, dass Windschutzscheiben praktisch aus zwei miteinander verbundenen Glasscheiben bestehen«, sagt er mit monotoner Stimme. Auch wenn die Übertragung zu wünschen übrig lässt, sind die Informationen verständlich. Amadeo nimmt ein Heft vom Couchtisch. In den meisten Fällen, erklärt der Mann, sei nur das äußere Glas beschädigt. Der Trick bestehe darin, den Riss zu füllen und zu glätten, um den ursprünglichen Zustand der Scheibe wiederherzustellen. So bleibe sie praktisch unversehrt.

Amadeo gefallen diese Begriffe: *wiederherstellen*, *bewahren*, *unversehrt*. Rasch notiert er sie. Er hat schon immer gewusst, dass er nicht der Typ ist, der in einem Büro herumsitzt und Anweisungen befolgt. Ein unabhängiger Dienstleister, ein Kleinunternehmer ist schon eher sein Ding.

Angel stürmt ins Haus. »War der Weihnachtsmann da? Was ist denn das für Zeugs?«

»Psst!« Amadeo zeigt auf den Fernseher. Er schreibt mit.

»Kratzen Sie einfach mit der Rasierklinge das überschüssige Harz von der Scheibe«, erklärt der Mann in dem Video. »Die Reparatur ist vollkommen unsichtbar.« Es scheint wirklich ganz einfach zu sein. Und obwohl Amadeo nicht genau erkennen kann, ob der Riss wirklich nicht mehr zu sehen ist, sieht er ziemlich unsichtbar aus.

»Hey«, protestiert Angel. »Das ist mein Matheheft.«

Amadeo hebt genervt den Kopf.

»Schon gut. Schreib aber nicht alle Seiten voll.« Sie lässt sich auf die Couch fallen, greift mit einer Hand um ihren Bauch herum und bindet stöhnend ihre Sneaker auf.

Amadeo erzählt seiner Tochter von seinen Berechnungen. »Also verdien ich in einem Jahr hundertzwanzigtausend Dollar. Nicht schlecht, was?«

»Wenn es so eine tolle Geschäftsidee ist, warum reparieren dann nicht mehr Leute Windschutzscheiben?«

Amadeo stutzt. Vielleicht ist er ja wirklich nicht der Einzige. Vielleicht gibt's jede Menge Leute, die so was machen und die alle mit demselben Set arbeiten, das er neulich nachts im Fernsehen bestellt hat, und er weiß nur nichts davon.

Angel weist mit dem Kinn auf den Berg auf dem Fußboden. »Was hat das Zeug eigentlich gekostet?«

»Eintausend.« Er sagt es ganz lässig, um klarzumachen, wie lächerlich diese Summe doch ist, gemessen an seinem zu erwartenden Profit.

»*Tausend*?« Angel stupst mit ihrem nackten Fuß den Werkzeugkasten an. Der Deckel wackelt. Offenbar sind die Scharniere schon ausgeleiert. »Du meinst Dollar?«

»Angel, die durchschnittlichen Kosten für ein Start-up betragen über dreißigtausend Dollar. Das kannst du gern nachlesen.«

»Klar, aber das bezieht sich doch auf einen Laden. Oder 'ne Software-Firma. Vielleicht waren das ja die Start-up-Kosten der Firma, die dir diesen Mist verkauft hat.« Sie beäugt den Haufen Plastik auf dem Teppichboden. »Wahrscheinlich hat's sie nicht mal das gekostet.«

»Das nennt sich Investition, Angel.«

»Woher hast du das Geld?«

»Das geht dich nichts an.«

»Aha, Gramma. Wie hast du sie von deiner genialen Idee überzeugt?«

Tatsächlich war es ganz einfach. Er erzählte seiner Mutter von dem Infomercial und sie nickte müde und gab ihm ihre Kreditkarte. Amadeo wollte ihr seine Kalkulation erklären, aber sie winkte nur ab und meinte: »Mach nur.« Ernüchtert gab er ihre Kreditkartennummer auf der Website ein.

Draußen hält ein Wagen. Seine Mutter ist zurück. Durchs Fenster sieht Amadeo, wie sie sich hinunterbeugt, um ihre Handtasche, den Kaffeebecher, die Wasserflasche und die hunderttausend anderen Sachen einzusammeln, die sie jedes Mal mitnimmt, wenn sie aus dem Haus geht.

Weil er das so nicht auf sich sitzen lassen kann, sagt er rasch: »Meine Mutter hat dir vor nicht mal zwei Wochen ganz schön viel Geld gegeben. Was hast du eigentlich damit gemacht?«

»Ich spar's. Damit das kleine Wesen, das in mir wächst, aufs College gehen kann. Zufrieden?«

»Hallo, *hijitos*.« Yolanda schließt leise die Tür hinter sich. Ihr Blick fällt auf das Chaos im Wohnzimmer. »Es ist also angekommen.« Müde lässt sie ihre Tasche und die Jacke auf den Boden fallen und wirft ihre Schlüssel und den Kaffeebecher hinterher. Sie schließt die Augen und drückt die Handballen auf die Schläfen.

Amadeo sieht sie besorgt an – sie wirkt erschöpft. »Vielleicht hab ich ja irgendwann meine eigene Werkstatt«, sagt er, um sie aufzumuntern. »Meine eigene Windschutzscheiben-Werkstatt.«

Yolanda scheint etwas erwidern zu wollen, schüttelt dann aber kaum merklich den Kopf. »Das ist gut. Hauptsache, du kommst wieder auf die Beine, *hijito*.«

Angel steht auf und umarmt Yolanda, liest dann ihre Sachen vom Boden auf. Sie stellt die Tasse in die Spüle, hängt Yolandas Tasche an die Lehne des Küchenstuhls und fängt an abzuwaschen.

»Das kann ich doch machen«, sagt Yolanda, geht aber stattdessen zur Couch. Vorsichtig setzt sie sich auf die Kante, die Hände auf den Oberschenkeln, als säße sie im Wartezimmer eines Zahnarzts.

»Schon gut, Gramma. Willst du was trinken? Ich kann dir einen Kamillentee machen.«

»Meine Mutter hat ihn immer aus den Blüten gekocht. Die Pflanzen hatte sie im Garten.« Ihre Stimme ist hoch und dünn. Amadeo sieht seine Mutter verstohlen an. Auf ihrem Scheitel ist ein schmaler silberner Streifen. Die Haut unter ihren Augen ist violett und faltig.

»Willst du also welchen?«

»Nein, danke.«

Die Eismaschine brummt und kurz darauf taucht Angel mit einem Glas Wasser auf und reicht es ihrer Großmutter. Ohne auch nur einen Schluck davon zu trinken, stellt Yolanda es auf den Couchtisch. Der Mann im gestreiften Polohemd steht mit offenem Mund da, abrupt unterbrochen bei seinen Erläuterungen zu den Feinheiten der Windschutzscheibenreparatur. Eiswürfel knacken.

»Wenn's euch nichts ausmacht, würd ich mir das jetzt gern weiter ansehen.« Amadeo drückt auf PLAY.

»Klar. Es ist übrigens cool, dass Gramma deine Investorin ist. Dann kriegt sie jetzt ja auch einen Teil von deinen Einnahmen«, nimmt Angel unbekümmert den Faden wieder auf.

Amadeo hält erneut die DVD an. Dieser Gedanke ist ihm noch gar nicht gekommen und Yolanda wahrscheinlich auch nicht; sie ist es gewöhnt, in ihn zu investieren, ohne etwas zurückzukriegen. Jetzt, da Angel es erwähnt, kann er natürlich seiner Mutter ihren Anteil nicht vorenthalten, ohne wie ein Arschloch dazustehen.

»Natürlich zahl ich ihr's zurück.« Amadeo sieht sein Einkommen schon rapide schrumpfen. Verzagt denkt er an Werbeaktionen. Und Steuern. Warum hat er nicht an die Steuern gedacht? »Ich versprech dir, dass ich's dir zurückzahl«, wendet er sich an seine Mutter.

Er wartet auf ihre übliche Erwiderung: Nein, *mi hijito*, spar dein Geld, aber die kommt nicht. Stattdessen schaut sie auf ihre Hände, streicht über die hervorstehenden Venen. »Okay, Schatz.«

Seine Mutter hat keine Ersparnisse, nur ihren Rentenfonds. Das weiß er, aber wenn es darum geht, Geld von ihr zu leihen, will er nicht so genau über ihre finanzielle Situation nachdenken. »Guck mal. Es ist alles ganz offiziell.« Er steht auf, um ein paar Visitenkarten aus seiner Potasche zu ziehen und ihr zu geben. Sie dreht sie in den Händen, lächelt schwach und legt sie neben ihr Glas auf den Tisch.

Seine einzige Hoffnung ist, dass sie seine Schecks nicht einlöst. Oder dass er ihr in den ersten Monaten eine Anzahlung gibt und sie beide den Rest stillschweigend vergessen.

Angel zuckt mit den Schultern. Ihr macht das Ganze Spaß, das sieht er. »Du musst ihr nicht nur das Geld zurückzahlen, sondern ihr auch ihren Anteil an jeder Reparatur geben. Wenn du also für jede Windschutzscheibe zehn Dollar verlangst, musst du ihr etwa fünf geben. Sie hat schließlich deine Startkosten bezahlt. So funktionieren Investitionen.«

Er blickt sie ungläubig an. »Lernst du diesen Mist bei Smart Starts!? Erzählt dir deine tolle Brianna so was?«

Angel verzieht angewidert den Mund. »Hast du denn überhaupt keine Ahnung? Passt du nicht mal auf, wenn im Fernsehen was über Finanzen kommt?«

Er will, dass seine Tochter auf seiner Seite ist, ihn unterstützt und ihm Mut macht, ihn bewundert und an seine Geschäftsidee glaubt. Das wünscht er sich auch von seiner Mutter, aber er versteht, warum ihr Vertrauen in ihn etwas erschüttert ist.

»Also, wie stellst du dir das vor?«, fragt Angel. »Dass die Leute einfach so nach Las Penas kommen, um ihre Autos reparieren zu lassen? Weil das Nest ja auch an einem Highway liegt. Wie willst du das alles ohne Führerschein hinkriegen?«

Amadeo erstarrt. Irgendwie hat er die Tatsache übersehen, dass er ohne Führerschein kaum eine Chance hat, das Geschäft in Gang zu bringen. »Zehn Dollar?«, sagt er. »Glaubst du wirklich, man kriegt eine Windschutzscheibe für *zehn Dollar* repariert?«

Angel betrachtet das Set, das auf dem Teppichboden verstreut liegt, die leeren kleinen Päckchen, die ganzen Plastiktüten. »Halt dieses Zeug ja von meinem Baby fern. Ich will nicht, dass es erstickt.«

Mike ist vor fast zwei Jahren bei ihnen eingezogen. Er ist der nette, verlässliche Typ, eine vernünftige Wahl. Er raucht kein Gras, er trinkt nicht übermäßig viel. Er ist nicht sonderlich attraktiv, so wie die anderen Männer, auf die Angels Mutter fliegt. Mike ist fünfundvierzig – vierzehn Jahre älter als Marissa –, hat einen Bauchansatz, ein rosiges, rundes Gesicht und dünne braune Haare, die an den Schläfen grau werden. Er ist Architekt und plant zusammen mit einem Team öffentliche Bauprojekte wie Raststätten, Außenstellen des Straßenverkehrsamts und ähnlich unspektakuläre Gebäude, von denen Angel nicht einmal wusste, dass sie von Architekten entworfen werden.

In den Monaten nach ihrem ersten Date war Marissa ganz aus dem Häuschen. Sie kaufte vierzig Dollar teure Gesichtscremes und Spitzendessous, die sie mit der Hand wusch und tropfnass an der Vorhangstange der Dusche aufhängte. Es war eine aufregende Zeit, in der sich Angel ihrer Mutter so nah fühlte wie noch nie. Sie war so schön, mit ihren vollen Lippen, den leuchtenden dunklen Augen und dem dichten, glänzenden Haar und Angel war richtig stolz auf sie. Vor ihren Treffen mit Mike – drei- oder viermal die Woche – führte sie Angel ihr Outfit vor und beriet sich mit ihr über den passenden Lidschatten. Angel versuchte immer wach zu bleiben, bis ihre Mutter heimkam – schlief aber meist auf der Couch ein –, weil sie unbedingt erfahren wollte, wie es gelaufen war. Die Geschichte zwischen Mike und ihrer Mutter war wie eine Art Gemeinschaftsprojekt. Ihr Rat schien entscheidend für den Erfolg dieser neuen Beziehung zu sein. Aber sie konnte auch eine Menge für sich lernen. Schließlich ging sie in die achte Klasse. Da konnte man nicht genug über Dating, Männer und Flirten erfahren.

An den Abenden, an denen Marissa nicht ausging, bestellten sie Pizza und liehen sich Filme aus. Am Wochenende durfte Priscilla bei ihnen übernachten und dann blieben alle drei lange auf, alberten herum und backten Kekse, wie die Mädchen in den Teeniefilmen.

»Architekten sind doch reich, oder?«, fragte Angel an einem dieser Abende, durch Priscillas Anwesenheit ermutigt.

Marissa schüttelte bedauernd den Kopf und sagte, dass Mike natürlich gut verdiene, aber Unterhalt für seine Ex-Frau in Kalifornien zahlen müsse. Er habe zwei Kinder im Teenageralter, ein Junge und ein Mädchen, die er nur selten zu Gesicht bekomme. Obwohl Angel Mike da noch gar nicht kannte, verspürte sie bei der Erwähnung dieser fernen, namenlosen Tochter einen Anflug von Eifersucht.

Mike wohnte in einem Ein-Zimmer-Apartment in Santa Fe, eine kurze Radstrecke von seinem Büro entfernt. »Aber es ist sehr hübsch«, versicherte Marissa Angel. »Und liegt mitten im Zentrum. Er ist eben nicht sehr anspruchsvoll.«

»Und wollen Sie denn heiraten?«, fragte Priscilla.

Marissa lachte. Sie gab sich immer etwas zugeknöpft, wenn es um Mike ging, aber jetzt sprudelte es nur so aus ihr heraus. »Wer weiß! Als wir uns neulich einen Film angesehen haben, der in Indien spielte, sagte er: ‚Wir könnten doch unsere Flitterwochen da verbringen.'«

»Welcher Film? Wart ihr im Kino oder habt ihr einen ausgeliehen?«, fragte Angel, der die Vorstellung, dass ihre Mutter in einer fremden Wohnung neben einem fremden Mann auf dem Sofa saß, überhaupt nicht behagte.

»Oh cool!«, rief Priscilla. »Und Ihre Hochzeitsfeier könnte einen indischen Touch haben! Mit weißen Seidentischdecken und kleinen Holzelefanten als Dekoration. Und die Torte könnte irgendwie exotisch gewürzt sein.«

Marissa strich sich die Haare aus dem Gesicht und schien über Priscillas Vorschlag nachzudenken. »Ich weiß nicht, ich fände eine traditionelle Hochzeit eigentlich schöner. Was meinst denn du, Angel?«

»Unbedingt«, sagte Priscilla. »Ich werd auf jeden Fall ganz traditionell heiraten. Nächstes Mal bring ich meine Zeitschriften mit und wir können alles planen!«

So sehr sich Angel über die wunderbare Verwandlung ihrer Mutter auch freute, so wenig konnte sie sich an den Gedanken gewöhnen, dass sie und Mike Sex hatten. Jedes Mal, wenn sie daran dachte, spürte sie ein merkwürdiges Kribbeln im Bauch.

Angel runzelte die Stirn. »Warum besucht Mike seine Kinder nicht?« Das kam ihr verdächtig vor.

Marissa zuckte mit den Schultern. »Seine Ex ist ein Kontrollfreak. Außerdem ist Stockton weit weg.«

Angel lernte Mike bei einem Abendessen im Serafina's kennen, einem edlen Restaurant außerhalb von Santa Fe. »Das war Mikes Idee«, sagte Marissa, als sie an einem Tisch in dem mit Lichterketten geschmückten Innenhof auf ihn warteten. »Er will alles richtig machen.«

Ihre Mutter sah umwerfend aus in ihrem tief ausgeschnittenen weinroten Kleid. Auch Angel hatte sich für den Anlass feingemacht. Sie trug ein leichtes Sommerkleid, das ihrer Figur schmeichelte, und die schicken Schuhe vom Jahresabschlussball. Das Serafina's war nicht die Art von Lokal, in die sie und Marissa normalerweise gingen. Die Sonne war zwar schon untergegangen, aber es war immer noch hell draußen. Angel kam sich richtig mondän vor – die eleganten Leute, die geschmackvolle Einrichtung. Aufgeregt nippte sie an ihrem Eiswasser.

»Möchten Sie etwas trinken, während Sie warten?«, erkundigte sich der Kellner, aber Marissa schüttelte entschieden den Kopf, als hätte sie Angst, Mike könnte nicht auftauchen.

Aber er tauchte auf. Lässig, in Pullover und Khakihose, kam er auf sie zu. Er beugte sich zu Marissa herunter und küsste sie auf den Mund, dann reichte er Angel mit einem selbstbewussten Lächeln die Hand.

»Die berühmte Angel. Du bist deiner Mutter wie aus dem Gesicht geschnitten. Und das will was heißen.«

Als der Kellner wiederkam, übernahm Mike das Kommando, ermunterte Marissa, einen Cocktail zu probieren, und bestellte dann Guacamole, die zu Angels Überraschung auf einem kleinen Wagen direkt am Tisch zubereitet wurde. Mit schnellen, geübten Handbewegungen schnitt der Kellner Avocados auf, schabte den Inhalt in einen Molcajete-Mörser, presste

Limetten aus, pürierte alles und servierte ihnen den Dip zusammen mit einer Schale warmer, salziger Tortilla-Chips. Es war die leckerste Guacamole, die sie je gegessen hatte.

Höflich und freundlich, wenn auch ein wenig befangen, beantwortete Angel Mikes Fragen über die Schule und ihre Hobbys. Zu ihrer Erleichterung wandte er seine Aufmerksamkeit bald ihrer Mutter zu, sodass sie ungestört ihre Limonade trinken und ihnen beim Lachen zusehen konnte.

Angel fiel auf, wie viel fröhlicher und lebhafter ihre Mutter in Mikes Gegenwart war. Die ganze Anspannung, die Marissas Züge manchmal so verhärtete, war verflogen. Jetzt waren ihre Züge weich und gelöst. So musste sie als junge Frau ausgesehen haben und wahrscheinlich fühlte sich Marissa auch wieder so. »Du weißt nicht, wie es ist, wenn man sich um alles allein kümmern muss«, hatte sie einmal zu Angel gesagt und von einem Berg unbezahlter Rechnungen aufgeblickt. Aber Marissa irrte sich. Angel wusste genau, wie es war. Schließlich kam sie seit ihrem siebten Lebensjahr Tag für Tag von der Schule heim, ohne dass jemand mit dem Essen auf sie wartete. Außerdem stimmte es gar nicht, dass sich ihre Mutter um alles allein kümmerte. Sie hatte immer ihren Teil der Hausarbeit übernommen und ihr Bestes getan, um ihrer Mutter eine gute Freundin zu sein.

Aber als sie an diesem Abend im Serafina's saßen und Enchiladas und Fajitas aßen, war ihre Mutter wie ausgewechselt. Sie lachte viel und machte richtig gute Witze. Als Mike sich über die Republikaner beschwerte, die irgendeine Gesetzesvorlage blockierten, schaltete sich Marissa ein, steuerte eigene Überlegungen bei. Angel hatte gar nicht gewusst, dass ihre Mutter die Nachrichten verfolgte und sich für Politik interessierte. Diese ganzen Politiker sind doch Arschlöcher, hatte sie einmal zu Angel gesagt.

Marissa klopfte gegen ihr leeres Margarita-Glas. »Ich hätte nicht noch eine bestellen sollen.« Der Strohhalm war mit Lippenstift verschmiert, die Salzkruste war fast verschwunden, trotzdem streckte Marissa die Zunge heraus, um auch noch die restlichen Körnchen abzulecken.

Mike lachte. »Schön für mich. So kann ich deine Gesellschaft genießen, bis du wieder ganz nüchtern bist.«

Schließlich bestellten sich Marissa und Mike noch eine dritte Margarita. Angel versuchte ihr mulmiges Gefühl zu ignorieren, während sie ihrer Mutter beim Trinken zusah. Sie ließen sich Zeit mit dem Essen. Nach dem Hauptgang bestellten sie einen leckeren Flan, einen sahnigen Schoko-Käsekuchen und einen Berg knuspriger Churros, mit Zimtzucker bestreut, der auf Angels Kleid rieselte. Auf jedem Dessertteller türmte sich ein dicker Klecks Schlagsahne, fast so fest wie Frischkäse. Angel machte es wie ihre Mutter, schob sich bedächtig Löffel für Löffel – immer nur halb gefüllt – von der himmlischen, cremigen Masse in den Mund, als könnte man diese schaumige Köstlichkeit nur häppchenweise genießen, obwohl Angel wusste, dass sie beide am liebsten alles auf einmal heruntergeschlungen hätten.

»Probier mal«, sagte Angel zu Mike.

Er strich sich über den Bauch. »Bloß nicht! Ich hab einen zu hohen Cholesterinspiegel, erblich bedingt.«

Irgendwann waren alle Dessertteller sauber gekratzt und die Cappuccino-Tassen leer getrunken, bis auf die Milchschaum-Reste am Rand und die kleine Pfütze am Boden (Angel wusste gar nicht, dass ihre Mutter nach dem Abendessen noch Kaffee trank). Sie hatten den Abend gar nicht mal absichtlich in die Länge gezogen, damit Marissa wieder einen klaren Kopf bekam. Sie hatten einfach so viel Spaß miteinander, dass sie zu den Letzten gehörten, die aufbrachen.

Mike schob seine Kreditkarte in die kleine schwarze Mappe, ohne sich die Rechnung anzusehen. Angel hatte gehofft, einen Blick auf den Betrag zu erhaschen; das Essen musste ein Vermögen gekostet haben. Nachdem er den Beleg unterschrieben hatte, begleitete er sie zu ihrem Auto, öffnete Angel die Beifahrertür und half ihr beim Einsteigen.

Dann ging er zur Fahrerseite hinüber. Ihre Mutter und er küssten sich, erst ein wenig scheu und verlegen lachend, weil sie wussten, dass Angel sie beobachtete, dann forscher und länger, als Angel lieb war.

Als Angel im Wagen saß, stellte sie peinlich berührt fest, wie schmuddelig ihr Auto war – zwanzig Jahre alt, fleckige Polster, benutzte Papierservietten im Getränkehalter, zerschlissene, verdreckte Fußmatten. Sie hoffte, dass Mike es nicht bemerkte, aber er war sowieso anderweitig beschäftigt. Marissa hatte den Kopf zurückgelegt und er hatte die Finger in ihren Haaren vergraben.

Schließlich lösten sie sich voneinander und Marissa stieg ein. Sie kicherte nervös, dann schwieg sie.

»Magst du ihn?«, fragte sie schließlich ängstlich, als sie auf dem Highway waren. Ihre Gesichtshaut spannte sich.

»Klar«, sagte Angel und Marissa sah mit einem strahlenden Lächeln zu ihr herüber. Angel war so glücklich über dieses Lächeln, dass sie ihre Mutter nicht fragte, ob sie fit genug zum Fahren sei.

»Da bin ich aber froh. Es ist mir sehr wichtig, dass du ihn magst.« Marissa zögerte. »Mike wird nämlich bei uns einziehen. Ende des Monats.«

Und Angel freute sich so für ihre Mutter, dass es ihr gar nichts ausmachte, dass man die Sache über ihren Kopf hinweg entschieden hatte.

In den ersten Monaten, die Mike bei ihnen wohnte, lief alles wunderbar. Angel hatte das Gefühl, dass es für sie und ihre Mutter endlich bergauf ging, auch wenn sich an ihren tatsächlichen Lebensumständen wenig änderte. Sie wohnten immer noch im selben Haus, aber es kam ihr irgendwie ordentlicher vor. Und seit Mike seinen Teil zur Miete beisteuerte, hatte sich ihre finanzielle Situation entspannt. Marissa war zwar nie mit den monatlichen Zahlungen in Rückstand geraten, aber sie hatte sich ständig Sorgen gemacht, dass das Geld irgendwann nicht mehr reichen würde. Und diese Sorgen lasteten wie ein dunkler drohender Schatten auf Angels Alltag.

Sie hatten jetzt mehr Geld für Restaurantbesuche, fürs Kino und für die kleinen spontanen Geschenke, die Marissa ihr machte – hier ein Lipgloss, da ein neues T-Shirt. An Angels fünfzehntem Geburtstag schenkten Marissa und Mike ihr einen Laptop. »Den brauchst du doch jetzt, wo du auf die Highschool kommst«, sagte Mike.

Im Gegensatz zu Marissas früheren Freunden, die Angel ignoriert hatten – als hofften sie, Angel würde sich in Luft auflösen und sie hätten ihre Mutter dann für sich allein –, ignorierte Mike sie nicht. Und er war auch kein bisschen übergriffig wie manche Typen, die offenbar glaubten, bei einer alleinerziehenden Mutter bekämen sie die Tochter noch dazu. Einer von ihnen hatte sie tatsächlich seine beiden »heißen Bräute« genannt, als Angel gerade mal elf war. Und Marissa war auf ihn losgegangen. »Das ist abartig! Sag so was nie wieder!«

Nein, Mike war ein anständiger Typ. Er war zu ihr wie ein Vater, erzählte alberne Witze, half ihr bei den Hausaufgaben, egal, in welchem Fach. Er war gebildet, hatte Zeitungen aus dünnem Papier abonniert, die jede Menge Text und kaum Bilder enthielten. Und ihm schien wirklich etwas an Marissa zu liegen. Ständig legte er den Arm um ihre Taille, sagte ihr, wie sexy sie sei, oder fasste ihr an die Brust, sodass Angel peinlich berührt wegschaute. Sie verbrachte jetzt mehr Zeit mit ihren Freundinnen. Mike unterstützte Angel, als sie ihre Mutter bat, endlich auch auf Partys gehen zu dürfen. »Sie braucht ihre Freiheit.« Und Marissa war einverstanden, froh darüber, nach fünfzehn Jahren als alleinerziehende Mutter einen Teil der Verantwortung an jemand anderen abgeben zu können – jemanden, der älter war und der selbst Kinder hatte, einen Mann.

Und so war Angel abends häufiger unterwegs und blieb immer länger weg. »Wir vertrauen dir«, sagte Mike jedes Mal, wenn sie um Erlaubnis fragte, und Angel, berauscht, aber auch ein wenig erschreckt von ihrer neuen Freiheit, sah ihre Mutter erwartungsvoll an. Und Marissa hob den Kopf, nickte und ließ ihn wieder auf Mikes Brust sinken. Bald darauf verkündeten sie Händchen haltend, dass sie sich verlobt hatten.

Im Sommer, bevor Angel in die zehnte Klasse kam, begann sich Mike zu verändern. Man hatte ihn damit beauftragt, Picknickplätze für einen Park in Roswell zu entwerfen – ein großes Ding, wie er Marissa erklärte. »Das ist eine Riesenchance für mich. Wenn's gut läuft, bekomme ich mehr Projekte, mehr

Verantwortung. Und wir können endlich aus dieser Bruchbude ausziehen.« Er sah sich in Marissas und Angels kleinem Wohnzimmer um: die schiefen Jalousien, das Regal mit den Disney-Figuren, der gepunktete Teppich und die Couch mit dem Kunstlederbezug, die Angel und Marissa einige Jahre zuvor gemeinsam ausgesucht hatten und die sich leider als nicht sehr langlebig erwiesen hatte.

Von nun an verbrachte Mike mehrere Tage die Woche auf der Baustelle in Roswell, die vier Stunden entfernt lag, oder er war auf Besprechungen in Santa Fe. Wenn er heimkam, war er schlecht gelaunt und hing ständig am Handy. Der Baukommission hatte sein Entwurf nicht gefallen – zu ambitioniert, mit dem geplanten Budget nicht zu realisieren – und jetzt sollte er mit einem anderen, ihm vorgesetzten Architekten zusammenarbeiten. »*Zusammenarbeiten*«, höhnte er. »Sie haben mir einen verfluchten Babysitter aufs Auge gedrückt.« Er und Marissa stritten sich immer öfter – über Geld, über den Zustand des Hauses, darüber, dass Angel zu spät ins Bett kam. Tatsächlich war Angel jetzt zwei, drei Abende die Woche unterwegs. Letzten Sommer hatte ihre Mutter sie ein paar Mal dabei erwischt, wie sie sich im Morgengrauen ins Haus schlich. Verschlafen blinzelnd versperrte sie ihr den Weg und fragte: »Weißt du eigentlich, wie spät es ist? Hast du was getrunken?«

»Natürlich nicht«, sagte Angel dann, drückte sich an ihrer Mutter vorbei und verzog sich in ihr Zimmer. Und weil es einfacher für sie war, beschloss Marissa, ihr zu glauben.

Eines Abends, als Mike mal wieder geschäftlich unterwegs war, kam Angel von einem Besuch bei Priscilla zurück und überraschte ihre Mutter im Bad – in schlabbrigen Jogginghosen, die Haare zu einem unordentlichen Pferdeschwanz gebunden –, wo sie sich über einen Haufen Wäsche beugte. Zu ihrem Entsetzen sah Angel, dass Marissa gerade eins ihrer Höschen inspizierte.

»Hast du etwa schon Sex?«, fragte sie drohend. Sie sah wütend aus und alt, ihre Haut trocken und fahl, das Gesicht zu einer hässlichen Grimasse verzogen.

»Das ist ja widerlich, Mom.« Angel riss ihr den Slip aus der

Hand, stürmte in ihr Zimmer und schlug die Tür hinter sich zu.

In ihrem Kopf hämmerte es. Was für eine erbärmliche Schnüfflerin! Natürlich hatte sie Sex gehabt. Und was für eine Heuchlerin! Schließlich war nicht sie es, die ihre peinlichen Spitzenhöschen an jedem Handtuchhalter im Haus aufhängte. Die ihr blödes Diaphragma auf dem Badewannenrand liegen ließ, das einen wie eine glibberige rosa Qualle anglotzte. Die sich ihrem bescheuerten, eingebildeten Architektenfreund an den Hals warf. Und die zweideutige Anspielungen machte, die Angel sehr wohl verstand.

Die ganze Nacht über wartete sie darauf, dass ihre Mutter in ihr Zimmer käme, um ihr die Leviten zu lesen, und in den folgenden Nächten wartete sie immer noch. Sie würde sich nichts gefallen lassen. Aber irgendwie war sie auch erleichtert, dass es herausgekommen war. Vielleicht würde Marissa sich endlich wie eine richtige Mutter verhalten – ihr Hausarrest aufbrummen, um sie vor sich selbst zu schützen –, dann wäre sie gezwungen, von dem Zug abzuspringen, der auf eine beängstigende Zukunft zuraste.

Aber Marissa kam nicht in ihr Zimmer. Obwohl sie nun Bescheid wusste, verlor sie auch in den folgenden Wochen kein Wort darüber, sprach Angel nicht auf das Thema Verhütung oder Enthaltsamkeit an. Kam ihr nie die Idee, Angel einfach zu verbieten, abends wegzugehen? Nein, denn Marissa war zu sehr mit Mike beschäftigt, der, wie sich herausstellte, sein Apartment in Santa Fe nie gekündigt hatte – was zu einem heftigen Streit und einem zertrümmerten Küchenstuhl führte – und jetzt die Hälfte der Woche dort wohnte. Marissa verwendete ihre ganze Energie darauf, sich für ihn herauszuputzen und zu versuchen, den alten gut gelaunten Mike wieder zum Leben zu erwecken – und wenn ihre Bemühungen scheiterten, zerschlug sie Gläser, beschimpfte ihn und Angel.

Und so ging Angel immer öfter auf Partys bei Freunden, deren Eltern verreist waren, oder traf sich mit ihrer Clique in leerstehenden Gebäuden, auf Baustellen oder auf einsamen Straßen am Rand der Wüste. Sie ließ sich treiben: Alkohol, hysterisches Gekicher, ein fremder Körper, der sich an ihren presste. Und dann folgte unweigerlich der große Katzenjammer – die schlechte Laune, der dröhnende Kopf und das schreckliche Schamgefühl, wenn die Erinnerungen an Dinge, die sie gesagt oder getan hatte, mit messerscharfer Klarheit in ihrem umnebelten Hirn aufblitzten. Ihre albernen Versuche, cool und selbstsicher zu wirken, waren lächerlich und unecht. Ihr fielen peinliche Szenen von der letzten Party oder einer der vielen anderen ein: wie sie Priscilla hämisch auslachte, weil sie aus Versehen »Schweinschwangerschaft« gesagt hatte, wie sie ein anderes Mädchen als Schlampe bezeichnete, wie sie einem Jungen durch den Schlitz seiner Boxershorts einen blies.

Nachdem ihre Periode dreimal hintereinander ausgeblieben war, musste Angel den Tatsachen ins Auge sehen. Sie besorgte sich einen Schwangerschaftstest, erst einen billigen aus dem Drogeriemarkt, dann einen teuren aus der Apotheke. Und nachdem beide ihren Verdacht bestätigt hatten, stopfte sie die Schachteln in einen schwarzen Müllbeutel und versenkte sie draußen in der Abfalltonne, ohne sich die Mühe zu machen, die Verpackung zu recyceln. Und dann beichtete sie es ihrer Mutter. Es war spätabends an einem Wochentag, nur sie beide waren zu Hause. Sie standen im Bad vor ihren Waschbecken und wuschen sich das Gesicht. Als es endlich heraus war, weinte Angel fast vor Erleichterung. Jetzt musste sie die ganze Verantwortung nicht mehr allein tragen.

Ihre Mutter hob den Kopf und starrte Angel im Spiegel an. Das Wasser rann ihr vom Gesicht, nasse Haare klebten an ihrer Stirn. »Moment mal. Du *glaubst*, dass du schwanger bist?« Auf einmal wirkte Marissa sehr jung und verletzlich.

Das war nicht die Reaktion, die sich Angel erhofft hatte. Ihr Mund war wie ausgetrocknet. Mit zitternden Händen strich sie Zahnpasta auf ihre Bürste und räusperte sich ein paar Mal. »Nein, eigentlich weiß ich's.«

»Verdammt!« Das Wasser tropfte in den Kragen von Marissas rosa Pyjamajacke. »Das wird Mike gar nicht gefallen.«

Angel legte ihre Zahnbürste weg und drehte sich zu ihrer Mutter um. »Aber *ich* krieg ein Kind, nicht Mike.«

Marissa schnappte sich ein Handtuch und trocknete sich energisch das Gesicht ab. Dann faltete sie es fein säuberlich zusammen und hängte es auf den Ständer. »Tu nicht so, als hätte das für Mike keine Konsequenzen. Oder für mich. Wer ist der Vater?«

Angel war so überrumpelt, dass sie keinen Ton herausbrachte. Marissa, die offenbar aus ihrem Schweigen schloss, dass sie es nicht wusste, heulte auf.

»Herrgott, wie konntest du nur so dumm sein? Du hast unser Leben ruiniert!«

»Und was ist mit meinem?«

»Deins auch! Vor allem deins! Oh Gott.«

Jetzt schien Marissa richtig in Fahrt zu kommen, aber Angel ging wortlos aus dem Bad und schloss sich in ihrem Zimmer ein. Sie rollte sich auf dem Bett zusammen und wartete darauf, dass ihre Mutter an die Tür klopfen würde und dann alles wieder in Ordnung käme. Sie wartete vergeblich.

—

»Sie muss es abtreiben lassen«, sagte Mike, als Marissa es ihm schließlich ganze drei Woche später erzählte. Angel saß in ihrem Zimmer und hörte mit.

Vielleicht hätte sie ja abgetrieben, wenn ihre Mutter ihr dazu geraten hätte. Angel hatte sich nicht getraut, es von sich aus anzusprechen, weil ihre Mutter es doch sicher für eine Sünde hielt. Warum sonst hatte sie es nie erwähnt? Und es *war* doch eine Sünde, oder nicht? Andererseits kann sie nicht glauben, dass Gott so unfair ist und die Jungs immer ungeschoren davonkommen lässt, während den Mädchen nur die Wahl bleibt zwischen Kinderkriegen oder Todsünde.

Aber irgendwie fand sie auch, dass sie für ihre Fehler büßen sollte und deshalb die Sache durchziehen musste. Mittlerweile fragt sie sich, wie sie wochenlang ignorieren konnte, was in ihrem Körper vorging, und wie sie sich später einreden konnte, sie hätte es nicht anders verdient.

Mike suchte auch gleich eine Klinik heraus. »Ruf an«, sagte

er zu Marissa und hielt ihr das Handy hin. »Jetzt.« Angel fiel ein riesiger Stein vom Herzen, denn auch wenn Mike ein Arschloch war, so war er doch ein Erwachsener, der Verantwortung übernehmen und alles regeln würde. Sie würde eine zweite Chance bekommen.

»Es ist zu spät«, sagte Marissa matt. Die Worte trafen sie wie ein Schlag in die Magengrube. Angel hatte tatsächlich nicht gewusst, dass es zu spät war.

Sie konnte hören, wie Mike schnaubte. »Was zum Teufel soll das heißen? Es ist zu spät!« Das war keine Frage, sondern eine Feststellung. »Wie lange hast du's mir verschwiegen?«

»Du warst ja kaum da. Du warst doch dauernd in Santa Fe! Außerdem ist das Angels Angelegenheit und sie ist *meine* Tochter. Und, wie du weißt, sind wir katholisch. Da kommt eine Abtreibung nicht infrage. Schließlich hab ich mein Baby auch nicht einfach wegmachen lassen.«

Er lachte höhnisch auf. Angel sah ihn genau vor sich: Wie er seinen runden Kopf schieflegte und boshaft lächelte. »Bist du wirklich dagegen, Marissa? Oder redest du dir das nur ein, weil du sonst zugeben müsstest, dass du dich damals falsch entschieden hast?«

»Na, vielen Dank, Mike.« Ihre Mutter klang bitter und resigniert.

Als Angel sich schließlich aus ihrem Zimmer wagte, sagte Mike zu ihr: »Wahrscheinlich sollte ich dich beglückwünschen. Da bringt dir der Klapperstorch ja ein ganz besonderes Geschenk zum sechzehnten Geburtstag.« Er sah auf ihren leicht gewölbten Bauch und verzog angewidert den Mund. Angel schlang schützend die Arme um sich.

Amadeo wusste, dass es bald losgehen würde, aber als bei Angel die Wehen einsetzen, ist er doch irgendwie überrascht. Das Fenster im Entbindungszimmer ist wohl mit einer getönten UV-Schutzfolie überzogen, denn dahinter ist alles blauviolett – der Parkplatz, die Berge, der wolkenverhangene Himmel. Abendstimmung mitten am Nachmittag. Angel sieht blass und abgespannt aus, sie hat den Kopf ans Kissen gelehnt, ihre zerzausten Haare umrahmen ihr Gesicht.

Sie warten darauf, dass sich der Muttermund öffnet, erklärt ihm die Schwester. Amadeo muss an einen riesigen Mund zwischen den Beinen seiner Tochter denken, stellt sich vor, wie sich der Säugling langsam durch die Öffnung schiebt. Angel ruht sich aus, ihr Bauch eine riesige Kugel, hinter der ihr Kopf fast verschwindet. Es ist nur eine Frage der Zeit, bis es richtig losgeht. Eine Schwester hat ihn und seine Mutter mit blauen Besucherkitteln ausgestattet und Schuhüberziehern, die wie Duschhauben aussehen.

»Arrgh«, knurrt Angel laut, als eine Wehe kommt, dann entspannt sie sich wieder. »Wo ist meine Mom? Ist sie schon da?«

»Wir haben ihr auf die Mailbox gesprochen, Liebes«, sagt Yolanda.

Angel starrt Amadeo an, als hätte sie ihn eben erst bemerkt. »Könntest du nicht irgendwas sagen? Ich meine, wenn du schon hier rumstehst? Eine Geschichte erzählen? Oder ’nen Witz reißen?«

Ein Witz. Ihm fällt keiner ein. »Warum hat das Huhn … scheiße. Sorry, ich kenn keinen, Angel.«

Missmutig wendet sie sich ab. Als die nächste Wehe kommt, verzieht sie das Gesicht zu einer wütenden Grimasse.

Yolanda räuspert sich. »Ich hab in den Nachrichten von einem kleinen Jungen gehört.« Dann versagt ihr die Stimme. Sie macht einen zweiten Anlauf, spricht jetzt klar und deutlich: »Ein Vater hat seinen Sohn erschossen. Der Junge hatte sich im Schrank versteckt. Sieben Jahre alt.«

»Und wo ist da der Witz?«, fragt Angel.

»Das war bloß in den Nachrichten. Die Geschichte geht mir einfach nicht aus dem Kopf.«

»Mensch, Mom. Jetzt doch nicht.« Amadeo sieht seine Mutter verwundert an. In letzter Zeit benimmt sie sich wirklich merkwürdig. Erst neulich hat sie den Wasserkessel vier Stunden lang auf dem Herd stehen gelassen. Der Kessel war so heiß, dass die Emailleschicht abplatzte.

»Na ja, aber es ist doch eine schreckliche Geschichte«, sagt Yolanda. »Wirklich schrecklich! Warum sollen wir denn nicht an diesen armen kleinen Jungen denken? Es passieren schreckliche Dinge auf dieser Welt und wir können das nicht einfach ignorieren.«

»Arrgh!«, stöhnt Angel wieder.

Sie sind jetzt seit drei Stunden hier. Als Amadeo heute Morgen einen Anruf von der Schule bekam und erfuhr, dass bei Angel die Wehen eingesetzt und die Rezeptionistin von Family Foundations sie ins Krankenhaus gebracht hatte, musste er Tío Tíve bitten, ihn hinzufahren. Seit jener schlimmen Nacht, als sein Großonkel ihn aus dem Gefängnis rausholte, hat er ihn mehr als einmal darum bitten müssen, ihn durch die Gegend zu kutschieren. Es ist für ihn immer wieder eine zutiefst beschämende Erfahrung, vor dem Gemeindezentrum oder dem Bewährungsbüro auf seinen Großonkel warten zu müssen, um dann wie ein Zwölfjähriger auf den Beifahrersitz seines Wagens zu steigen. Normalerweise erträgt Amadeo diese Demütigungen schweigend. Doch heute konnte er sich nicht bremsen. »Kannst du nicht schneller fahren?« Und sein Großonkel trat grummelnd aufs Gas.

Amadeo war der erste Angehörige, der in der Klinik eintraf, und kam deshalb in den seltenen Genuss, von seiner Tochter mit einem erleichterten Lächeln begrüßt zu werden, als er das Wartezimmer betrat. Sie saß in einem Rollstuhl und winkte ihm zu.

»Warum sitzt sie im Rollstuhl?«, fragte er die Rezeptionistin, die Angel hergefahren hatte. Die Frau hatte sich den Riemen ihrer Handtasche wie einen Patronengurt quer über die Brust gehängt. »Warum braucht sie denn einen Rollstuhl?«

Er hatte erwartet, gerade noch rechtzeitig in ein steriles Entbindungszimmer geführt zu werden, um mitzuerleben, wie der Arzt seinen krebsroten schreienden Enkel triumphierend in die Höhe hielt. Aber stattdessen saß Angel immer noch hier, in Jeans und Pumas, die große goldene Umhängetasche übers Knie gehängt.

Angel zuckte mit den Schultern. »Sie haben mir einfach einen gegeben.« Sie rollte vor und zurück, dann spannte sie ihre Armmuskeln an. »Ich werd mir ein paar Muckis antrainieren und den ganzen Babyspeck loswerden.«

»Na, dann werde ich mich mal auf die Socken machen, jetzt wo dein Vater hier ist«, sagte die Rezeptionistin.

Angel sah erschrocken auf. »Sagen Sie Brianna, dass ich weiter in mein Tagebuch schreibe. Und dass ich sofort anrufe, wenn das Baby da ist.«

Die Rezeptionistin lachte. »Erst mal erholst du dich ein bisschen.«

»Und sagen Sie ihr, dass ich auf jeden Fall zum Tag der offenen Tür komme! Und mein Dad auch. Stimmt's, Dad? Du kommst doch mit? Dann kannst du Brianna kennenlernen.«

»Immer langsam, Angel«, sagte Amadeo. »Krieg erst mal dein Baby. Du schaffst das.« Natürlich würde sie es schaffen. Schließlich war er da. Aber als die Rezeptionistin ihm die Hand schüttelte und durch die automatischen Türen verschwand, wurde ihm voller Schreck bewusst, dass er jetzt ganz allein zuständig war.

»Brianna ist ein echtes Vorbild für mich.«

Amadeo stellte sich eine patente grauhaarige Frau mit schweren Brüsten vor. Der tantenhafte Typ. »Hey, und was ist mit mir?«

Angel prustete los. »Oh yeah! Du natürlich auch.«

Jetzt stöhnt sie wieder.

»Alles gut, *hijita*«, sagt Yolanda.

Amadeo zieht das große Pflaster von seiner linken Hand ab.

Vielleicht kann sich eine Schwester mal seine Wunden ansehen und sie ordentlich verbinden. Obwohl sie noch nicht ganz verheilt sind, ist offenbar kein dauerhafter Schaden zurückgeblieben, denn er kann seine Hände fast wieder genauso bewegen wie vorher. Nur seine Handschrift ist eine Katastrophe. Und wenn er mit dem Handrücken gegen irgendwelche Sachen stößt, tut es noch höllisch weh.

»Schon komisch, gerade erst war *ich* im Krankenhaus und jetzt du«, sagt Amadeo zu seiner Tochter. Er drückt das Pflaster wieder an, aber es klebt nicht mehr richtig.

»Tja.« Yolanda tätschelt Angels Hand, die Hand, die Amadeo kaum ansehen kann, wegen der Infusionsnadel, die man ihr unter die Haut geschoben hat. Sie haben ein Stück Klebeband draufgeklebt, damit sie nicht rausrutscht, aber Amadeo fragt sich, ob die Nadel sich da drinnen nicht doch irgendwie bewegt. Ihm wird fast übel, als er sich ausmalt, wie die Spitze an den dünnen Wänden der Vene entlangkratzt.

Im Fernseher in der Ecke schnauzt Judge Judy die abgerissenen Typen auf der Anklagebank an, die noch nicht mal das nötige Kleingeld haben, um sich für ihren Auftritt in der Gerichtsshow ein frisches Sweatshirt zu besorgen.

»Wo ist meine Mom?«, fragt Angel ihre Großmutter in weinerlichem Ton. »Die müsste doch längst hier sein.«

»Ich hab ihr eine Nachricht hinterlassen.« Yolanda wirft einen Blick auf ihr Handy, lässt es dann in ihren Schoß sinken. »Sie kommt bestimmt bald.«

»Ich hab sie seit über drei Wochen nicht mehr gesehn.«

Manchmal, wenn Amadeo seine Tochter anschaut, kommt es ihm vor, als würde er eine Art Hologrammkarte ansehen: mal ist sie eine Frau, mal ein Mädchen, mal das Kleinkind, das sie ganz früher war. Und ständig wechselt das Bild.

»Hey, alles okay. Du hast doch uns«, versucht Amadeo sie zu beruhigen.

Amadeo hat nicht damit gerechnet, dass es so langweilig werden würde. Anfangs war es okay, als sie mit Angel im Flur auf- und ab gehen konnten, aber dann wurde ein Bett frei und sie musste sich hinlegen und wurde an irgendwelche Geräte angeschlossen. Seitdem passiert kaum noch etwas, außer dass ab und zu jemand ins Zimmer rauscht, irgendwas checkt und gleich wieder verschwindet. Manche schreiben kryptische Sachen auf das Whiteboard gegenüber dem Bett – Zahlen und Abkürzungen und unaussprechliche Medikamentennamen –, lesen Instrumente ab, kontrollieren Digitalanzeigen und notieren etwas auf ihren Klemmbrettern.

Eine füllige Frau in einem mit Bananen bedruckten Krankenhauskittel – Schwester? Schwesternhelferin? Ärztin? – klopft auf die Armlehne eines Stuhls. »Wollen Sie sich nicht setzen? Dann steht uns Daddy nicht im Weg.« Amadeo setzt sich gehorsam hin, der Kunststoffbezug gibt einen Schnaufer von sich.

Aber Amadeo ist immer noch im Weg, auch, wenn er ganz brav auf seinem Stuhl sitzt. »Entschuldigen Sie«, sagt erst die eine, dann die andere Schwester. »Entschuldigung.« Amadeo rückt mal hierhin, mal dorthin, verliert jedes Mal einen seiner Schuhüberzieher. Ständig droht jemand über seine klobigen gelben Arbeitsstiefel zu stolpern. Schließlich verzieht er sich in eine Zimmerecke, zwängt sich neben den roten Eimer für infektiöse Abfälle, hinter den Infusionsschlauch, der ihm vor der Nase baumelt. Eine Krankenschwester mit einer Injektionsspritze in der Hand schiebt sich gefährlich nah an ihm vorbei. Sie beugt sich über den Abfallbehälter, öffnet mit dem Fußpedal den Deckel und wirft sie hinein. Als der Deckel zuklappt, steigt eine giftige Keimwolke auf und hüllt Amadeo ein.

Plötzlich verschwindet alles wie hinter einer Nebelwand; die Geräusche sind gedämpft, es verschwimmt ihm vor den Augen. Das Sitzpolster unter seinen Oberschenkeln fühlt sich feucht an. Gerade erst hat er in den Nachrichten einen Bericht über MRSA-Bakterien gesehen. Die scheinen sich überall breitzumachen. Er schaut auf den Boden, auf die Wände, dann auf die Armlehnen seines Stuhls. Das Pflaster auf seiner Hand löst sich ab.

»Ich muss mal kurz raus«, sagt Amadeo, murmelt etwas von Klo zu einer Schwester und taumelt in den unverseuchten kühlen Flur hinaus. Schwer atmend lehnt er sich an eine Wand, kämpft gegen den Brechreiz an.

Warum kann Angel das Baby nicht einfach rausscheißen, so wie ihre Freundin?

Nachdem er eine Runde durchs Krankenhaus gedreht hat, fühlt er sich wieder besser. Er beschließt, einen Abstecher in die Cafeteria zu machen, drückt mit dem Ellbogen auf den Fahrstuhlknopf. Er kommt sich nützlich vor, wie er durch die Gänge läuft, als hätte er eine wichtige Aufgabe zu erledigen. Dann geht er wieder zu Angel ins Entbindungszimmer. »Ich hab dir einen Pudding mitgebracht«, sagt er zu ihr.

Seine Tochter sieht ihn finster an. »Ich bin kurz davor, 'ne Wassermelone aus meiner Muschi rauszuquetschen und du denkst, mir wär nach Pudding?«

Yolanda zuckt zusammen. »Angel, *mi hijita*, bitte.«

»Okay.« Amadeo stellt den Pudding auf den Tablettwagen. »Dann kannst du ihn haben, Mom.«

»Nein, iss du nur.« Aber Amadeo wird nichts anrühren, was irgendwie mit der bakterienverseuchten Luft in Berührung gekommen ist.

Eine Krankenschwester versichert ihnen, dass der Muttermund sich langsam, aber sicher öffnet – nicht, dass Amadeo auf irgendwelche Details scharf wäre. Er kann an Angels Zustand keine große Veränderung feststellen, außer dass sie immer gereizter wird.

Amadeo erinnert sich noch gut daran, wie er bei Angels Geburt im Wartezimmer saß, eine Tüte Erdnussbutter-Cracker aus dem Automaten umklammert hielt und sich irgendwelche Musikvideos im Fernsehen so konzentriert ansah, als wolle er die Songtexte auswendig lernen. Die ganze Zeit über waren Marissas Mutter und ihre Schwester im Entbindungszimmer, und Yolanda auch. Angels Geburt schweißte die Frauen zusammen, aber als es ein paar Monate später zwischen Marissa und Amadeo zu kriseln begann, war es damit vorbei.

Er weiß selber nicht, warum er nicht bei Marissas Entbindung dabei war. Eigentlich hatte er es schon gewollt, aber es hatte ihm irgendwie Angst gemacht, und so eine Geburt war ja auch etwas sehr Intimes. Die Frauen hätten sich bestimmt gewundert, wenn er einfach so im Entbindungszimmer aufgetaucht wäre.

Mittlerweile sind sie schon fünf Stunden hier, als Yolanda plötzlich aufsteht und die Handballen auf ihre Augen drückt. Dann zieht sie ihren Kittel aus, legt ihn ordentlich zusammen und nimmt ihre Plastikhaube ab. »Ich fahr für eine Weile nach Hause, *hijita*.«

»Was?« Angel richtet sich erschrocken auf. »Du gehst?«

»Was kann ich denn schon tun, Liebes? Ich bin dir keine Hilfe, sitze nur herum. Das kann noch Stunden dauern. Und du hast ja deinen Dad.« Sie greift nach ihrer Handtasche. »Ich hab Kopfschmerzen. Ich muss mich hinlegen. In ein, zwei Stunden bin ich zurück. Ruf an, wenn sich etwas tut«, sagt sie zu Amadeo.

»Aber du bleibst doch hier, Dad?« Angels Haare sind zerzaust, ihr Gesicht ist blass, die Wimperntusche verklebt. Sie sieht ein wenig verwirrt aus.

»Ja«, sagt er betreten. Er hat gar nicht gewusst, dass Abhauen auch eine Option war.

Entgeistert sehen beide zu, wie Yolanda ihre Ankündigung wahr macht, wie sie ihre Autoschlüssel herauskramt, Angel einen flüchtigen Kuss auf den Kopf gibt und sich einfach verdrückt.

»Was ist eigentlich los mit ihr?«, fragt Angel. »Was ist bloß mit euch *allen* los?«

»Hey, ich bin doch *da*.«

Aber es stimmt schon. Yolanda hat sich wirklich komisch verhalten. Zum Beispiel die Story mit dem getöteten Jungen vorhin. Was hat sie sich dabei gedacht, ausgerechnet jetzt so was zu erzählen? Und dann macht sie sich einfach aus dem Staub. Im vielleicht aufregendsten Moment in ihrem Leben, na ja, zumindest in seinem, dem Moment, in dem ihr dreiunddreißigjähriger Sohn Großvater wird. Yolanda hat keine Ähnlichkeit mehr mit der Mutter, die für sie kocht, ihnen Socken kauft und ihnen gelegentlich Geld zusteckt. Eine Mutter hat die Pflicht, für ihre Kinder da zu sein, wenn sie sie brauchen.

Gerade wollte er das zu Angel sagen, als sich ein Typ mit Vogelgesicht und Schmalzlocken an ihm vorbeischiebt, um seiner Tochter den Blutdruck zu messen.

Amadeo bleibt am Fußende von Angels Bett stehen und beobachtet, wie der Pfleger die Blutdruckmanschette aufpumpt. Alles an ihm scheint zu sagen: Ich bin zwar Krankenpfleger, aber immer noch ein Mann. Die Art, wie er auf den Pumpball drückt, hat etwas Effizientes und Selbstsicheres. Dann horcht er in sein Stethoskop, reckt dabei das Kinn vor und starrt nachdenklich ins Leere, als würde er für ein Foto posieren. Während Angel mit tränennassen Augen an die Decke starrt und darauf wartet, dass er ihren Arm befreit, fragt sich Amadeo, wie das genau funktioniert mit dem Blutdruck, stellt sich vor, wie dickes rotes Blut in seinen Adern pulsiert. Und dann fällt ihm wieder die Injektionsspritze ein und er beäugt grimmig den Abfallbehälter.

»Kannst du dich nicht einfach mal entspannen?«, schnauzt Angel ihn an. »Setzt dich hin.«

»Okay.« Seine Stimme hört sich zittrig an. »Ich bin total relaxt.« Natürlich kann Angel nichts dafür, aber immerhin ist er nur wegen ihr in diesem bakterienverseuchten Krankenhaus. Warum ihm die Sache mit den Keimen nicht schon am Karfreitag in der Notaufnahme Sorgen gemacht hat, ist ihm schleierhaft.

»Sieht gut aus«, sagt der Typ zu Angel und notiert den Wert auf seinem Klemmbrett.

»Hey.« Amadeo zupft den Pfleger am Ärmel, bevor er aus dem Zimmer eilen kann. »Hier ist doch alles desinfiziert, oder? Ich meine wegen MRSA.«

Der Pfleger schüttelt unheilverkündend den Kopf. »Aber wir haben hier nur sehr wenig Fälle, Sir.«

»Was zum Teufel ist Mersa?« Angel starrt den Pfleger an, dann Amadeo, dann wieder den Pfleger. In ihren Augen flackert Panik auf.

Amadeo sieht seine Tochter mitleidig an. »Das ist eine Infektion, gegen die nichts mehr hilft. Die Krankenhäuser wimmeln davon. Man kann die sich schon von ’ner eingerissenen Nagelhaut holen, und dann hilft nur noch 'ne Amputation. Guckst du denn keine Nachrichten? Die reden doch ständig drüber.«

»Dad!«

»Sie brauchen sich keine Sorgen zu machen«, sagt der Pfleger. »Es bringt nichts, sich Sorgen zu machen.«

Amadeos Knie werden weich und es flimmert ihm vor den Augen. Komm schon, ermahnt er sich. Reiß dich zusammen. Du musst jetzt stark sein. »Mach dir keine Sorgen«, beruhigt er Angel, beugt sich vor und übergibt sich.

Ein Schwall Erbrochenes platscht aufs Linoleum, spritzt bis an die gegenüberliegende Wand, besudelt Angels Bettzeug, trifft sogar den Abfallbehälter.

Angel schreit auf.

»Okay, Sir«, sagt der Pfleger, nimmt ihn am Ellbogen und führt ihn hinaus. Amadeo wäre am liebsten im Erdboden versunken. So was Peinliches, überall halb verdaute Maiskörner und Tomatenwürfel. Erst als Amadeo im Flur sitzt, fordert der Pfleger Verstärkung an, als müsse er zuerst Amadeo loswerden, bevor er sich um die Schweinerei kümmern kann.

—

Es vergehen weitere zwei Stunden. Amadeo hockt zusammengesunken auf einem Plastikstuhl im Flur, wie ein unartiger Schüler, den man aus dem Klassenzimmer verwiesen hat. Seit er sich übergeben hat, fühlt es sich viel besser – abgesehen von dem galligen Geschmack im Mund. Er ist wieder ganz der Alte: fit und hellwach. Aber ins Entbindungszimmer lässt man ihn trotzdem nicht. Dass er sich ausgerechnet in Gegenwart von einem Pfleger, einem Mann, übergeben musste!

Nachdem Amadeo und Angel ihre Mutter mehrmals auf ihrem Handy angerufen haben, ist sie jetzt wieder zurück. Sie ist bei Angel, dort, wo sie hingehört. Amadeo hatte erwartet, dass sie ihm Vorwürfe machen würde (»Man kann dich nicht *eine* Minute allein lassen.«), aber stattdessen tätschelte Yolanda ihm im Vorbeigehen die Schulter und sagte: »Mach dir nichts draus, *hijito*. Dein Vater ist beinah umgekippt, als Valerie geboren wurde, und er war nicht mal dabei.« Dann verschwand sie im Entbindungszimmer und ließ Amadeo mit dieser nicht gerade tröstlichen Information über seinen Vater allein. Er weiß jetzt schon, dass seine Mutter und seine Tochter sich noch jahrelang über sein peinliches Missgeschick lustig machen werden und ihn insgeheim für einen kompletten Versager halten.

Er knetet seine Hände. Die Kreuzigung scheint Ewigkeiten her zu sein, kommt ihm fast unwirklich vor, als wäre sie nie passiert. Angel hat recht: Es gibt schon genug Leid auf der Welt, das irgendwo im Verborgenen lauert und jederzeit zuschlagen kann. Wieso sich dann auch noch selbst kasteien? Ein lähmendes Gefühl von Scham kriecht in ihm hoch.

Das ganze Krankenhaus scheint zu summen und zu piepsen – blinkende Lämpchen, Sprechanlagen, Bildschirme, Telefone am runden Stationstresen. Wie eine komplizierte Maschinerie. Und mittendrin Angel, seine wunderbare, von Schmerzen gequälte Tochter.

Amadeo späht durch das schmale Fenster in der Tür des Entbindungszimmers. Er sieht, wie sich bei jeder neuen Wehe Angels blasses Gesicht verzerrt. Zwischendurch döst sie kurz ein, nur um gleich wieder aus ihrem Dämmerschlaf gerissen zu werden.

Amadeo steckt den Kopf zur Tür herein. »Mir ist doch noch ein Witz eingefallen. Kennst du den von dem Hurrikan, der durch Española gerast ist?«

Eine Schwester macht sich zwischen Angels gespreizten Beinen zu schaffen. Er muss sich beeilen. »Ist mitten durch die Stadt gefegt und hat Schäden in Höhe von zwei Millionen Dollar repariert.«

Angel lächelt gequält. »Mach dich nicht über meine Heimatstadt lustig. Du bist da immerhin auf die Highschool gegangen.« Dann späht sie an ihm vorbei in den Flur, sieht die Rollwagen, die Krankenliegen, die herumstehenden Besucher. »Tür zu! Ich bin fast nackt!«

Amadeo zieht den Kopf zurück. Plötzlich fallen ihm noch mehr Witze ein, Witze aus seiner Highschool-Zeit, die er aber Angel bestimmt nicht erzählen wird. Warum gibt's in der Schule keine Fahrstunden mehr? Weil die Autos für Sexualkunde gebraucht werden. Warum ist Jesus nicht in Española geboren? Weil der liebe Gott dort keine Jungfrau gefunden hat.

Die Angst um Angel zerrt an seinen Nerven. Er presst die Daumen in die Handflächen und betet zu Jesus, aber das beruhigt ihn kein bisschen. Was weiß Jesus schon über die Qualen eines Mannes, der darauf wartet, dass seine Tochter ihr Kind kriegt? Nichts. Also betet er zu Gott, der ja auch Vater ist, aber wenn er versucht, sich ihn vorzustellen, sieht er nur so einen gemütlichen, langbärtigen Großvatertyp vor sich. Der würde wahrscheinlich eine Runde Zigarren ausgeben, Amadeo auf die Schulter klopfen und ihm überschwänglich gratulieren. Irgendwie scheint er auch nicht der Richtige zu sein. Schließlich betet er zu Maria, die immerhin weiß, wovon er spricht, denn sie hat ja selbst ein Kind gekriegt und musste dann mitansehen, wie es sich jede Menge Ärger einhandelte. *Bitte mach, dass alles gut geht,* fleht er. Aber anders als in der Morada fehlt seinen Gebeten der nötige Auftrieb. Er kann fast sehen, wie sie sich im Luftzug der Klimaanlage verfangen und auf den Boden fallen, wo sie wie Staubflusen auf dem Linoleum herumwuseln.

Amadeo erinnert sich noch gut daran, wie er als Kind betete. Wie er all die Menschen aufzählte, die Gott beschützen sollte. Er hatte immer schreckliche Angst, dass er jemanden vergessen könnte, lag starr im Bett und durchforstete sein Gedächtnis selbst nach dem unscheinbarsten Klassenkameraden, damit Gott diesen Jungen nicht auslöschte, um ihn für sein Versäumnis zu bestrafen. Amadeo erinnert sich noch genau an die Horrorszenarien, die er sich ausmalte, plastisch und grellbunt wie in einem Cartoon: Blitze, die vom Himmel herabfahren, klaffende Risse, die sich in der Erde auftun und ganze Häuser verschlingen, Feuer, die in den Straßen auflodern. Für seine Mutter muss es nervig gewesen sein, an seinem Bett zu sitzen und mit dem Gutenachtkuss zu warten, bis er endlich mit dem Beten fertig war. Aber die Gebete waren wichtig, denn war nicht sein eigener Vater – den Amadeo seit seinem fünften Lebensjahr aus seinen Gebeten ausschloss, weil er ihn wegen seiner Wutausbrüche und seines verstockten Schweigens hasste und fürchtete – auf genau so eine schreckliche Weise ums Leben gekommen? Mit LSD vollgepumpt fuhr er den La Bajada Hill hinunter und raste durch die Leitplanke. Dann flog sein Auto in Zeitlupe durch die Luft (so hat Amadeo es sich immer vorgestellt), bis es auf der Erde aufschlug und in Flammen aufging.

Selbst jetzt noch denkt er manchmal traurig an die kleine Plastikschachtel mit den Matchbox-Autos, die er im Kofferraum vergessen hatte und die im Wrack gefangen waren. Er hatte seine Autos geliebt. Jedes hatte irgendwie eine eigene Persönlichkeit gehabt: das ernste, pflichtbewusste Polizeiauto, der freche Lieferwagen, das mürrische blaue Cabrio mit den aufklappbaren Türen – sie alle waren im flammenden Inferno umgekommen. Er weinte viel um seine Autos, wusste aber selbst als Fünfjähriger schon, dass das niemand mitkriegen durfte. Natürlich weinte er auch um seinen Vater. Aber Amadeo erinnert sich auch an den leisen Triumph, den er empfand, als ihm klar wurde, dass Gott genau zuhörte.

Amadeo starrt auf seine Handflächen. Wie konnte er sich einbilden, dass er Gott irgendwie wichtig war?

Er fragt sich, wie es mit ihm und Marissa wohl weitergegangen wäre, wenn er ihr bei der Geburt beigestanden hätte. Wenn er ihre Hand gehalten und mit ihr gemeinsam ihre Tochter willkommen geheißen hätte, während ihre Mütter draußen warteten. Wären sie dann zusammengezogen? Wären sie dann heute noch ein Paar?

Wie herbeigezaubert steht Marissa plötzlich vor ihm, eine Handtasche und einen Stoffbeutel über der Schulter. Sie hat ein bisschen zugenommen, seit er sie – vor fast zwei Jahren – das letzte Mal gesehen hat, sieht aber immer noch scharf aus, in ihrer knallengen schwarzen Hose und dem coolen Pullover, der ihr von einer Schulter rutscht. Sie trägt jetzt eine Brille mit riesigen Gläsern, ziemlich hip. Ihre makellose Haut ist leicht gerötet, ihre Haare sind zu einem lockeren Pferdeschwanz gebunden. Ein paar Strähnen sind aus dem Gummiband gerutscht und fallen ihr ins Gesicht. »Hey.«

»Oh, hey. Da bist du ja.« Er richtet sich auf, streicht sich mit der Hand übers Hemd. Natürlich wusste Amadeo, dass er ihr heute begegnen wird, aber er hat nicht damit gerechnet, dass es ihn so aus dem Konzept bringen würde. »Der Muttermund hat sich schon drei Zentimeter geöffnet. Ich war die ganze Zeit bei ihr.«

Zigarettengeruch steigt ihm in die Nase. Am liebsten würde er ihr sagen, dass sie besser nicht reingehen soll, weil sich der Rauch in Angels Lunge festsetzen und ihr das Atmen noch schwerer machen könnte. Aber er will keinen Streit anfangen. Außerdem befürchtet er, dass sie trotzdem reingeht, nur um ihn zu ärgern.

Marissa legt den Kopf schief. »Geht's ihr gut?«, fragt sie besorgt.

Amadeo nickt energisch, obwohl er sich gar nicht so sicher ist.

Marissa bleibt vor der Tür stehen, als müsse sie ihren ganzen Mut zusammenzunehmen. Hat sie etwa Angst?, fragt sich Amadeo verwundert. Sie zieht den Schulterriemen ihrer Handtasche höher, dreht den Knauf und geht hinein.

Amadeo wippt nervös mit dem Bein und sieht sich im Flur um, beobachtet die anderen Männer, die irgendwie die Zeit totschlagen. Sie sehen ziemlich mitgenommen aus: zerzauste Haare, zerknitterte Hemden, die aus der Hose hängen, schmutzige Schuhe. Sie zupfen an ihren Koteletten oder ihren Dreitagebärten herum, tigern zu den Aufzügen und wieder zurück. Einige telefonieren mit ihren Handys, flüstern fast, um niemanden zu stören.

»Du hast dich übergeben?«, fragt Marissa, als sie nach nur zehn Minuten wieder herauskommt. Das scheint sie zu amüsieren. »Warum denn? Sie hat ja noch nicht mal Presswehen. Und nirgendwo ist Blut.«

»Bei Spritzen krieg ich Panik. Das weißt du doch.«

»Nein, wusste ich nicht.« Sie lässt sich auf den Stuhl neben ihm fallen. »Nix für schwache Nerven, diese Warterei, was? Man düst her und dann passiert ewig nichts. Echt schön, deine Mutter wiederzusehen.« Er spürt, dass sie ihn mustert. »Und schön, *dich* zu sehen.«

»Wie geht's Angel?«

Marissas Miene verdüstert sich. »Alles okay.«

»Sie hat auf dich gewartet. Stundenlang. Wir haben bestimmt zwanzigmal bei dir angerufen.«

»Mein Akku war leer. Und auf der Arbeit hat sich niemand bei mir gemeldet, bis auf deine Mom vorhin. Und da bin ich gleich hergefahren. Die von Smart Starts! haben meine Büronummer, keine Ahnung, warum die nicht angerufen haben. Außerdem weißt du doch auch, wo ich arbeite. Ich hab seit zehn Jahren denselben Job.«

Amadeo hätte sie wirklich anrufen sollen. Oder er hätte seiner Mom vorschlagen können, bei Marissa zu Hause oder im Büro vorbeizufahren, beides war höchstens zehn Minuten vom Krankenhaus entfernt.

»Sie hat echt auf mich gewartet?«, fragt Marissa. Sie deutet auf ein verheddertes Knäuel lavendelfarbener Acrylwolle in ihrem Stoffbeutel. »Ich strick eine Decke. Fürs Baby. Eine Kollegin bringt's mir bei. Eine Quälerei, sag ich dir.« Sie holt das Strickzeug heraus und legt es auf ihren Schoß, schiebt die Maschen auf den Nadeln hin und her, lässt es wieder sein und spießt das Knäuel auf.

Erst jetzt wird ihm bewusst, wie lange er Angels Mutter nicht mehr gesehen hat. Anfangs hat er Angel noch öfter besucht, aber in den letzten Jahren so gut wie gar nicht mehr, obwohl Española nur vierzig Minuten entfernt ist und er sowieso ständig hinfährt. Marissa hat ihn nie gebeten, Angel irgendwo hinzubringen oder abzuholen oder mit ihr zum Arzt zu gehen; stattdessen hat sie ihre oder seine Mutter eingespannt. Sie hat nicht das kleinste Fünkchen Vertrauen in ihn gehabt, und er kann es ihr nicht verübeln. Und wieder überfällt ihn dieses quälende Schuldgefühl, aber auch Trauer, weil er nie versucht hat, seine Tochter richtig kennenzulernen.

In der Schule hat er immer Marissas Ehrgeiz bewundert; sie war zwei Jahre jünger als er, aber nur eine Klassenstufe unter ihm und hatte viel bessere Noten als er. Er war sicher, dass sie einmal eine erfolgreiche Immobilienmaklerin oder Anwältin werden würde. Er hat geglaubt, dass sie Karriere machen und jemanden heiraten würde, der genauso erfolgreich war wie sie. Und dann würde sie sich über ihren ersten Freund lustig machen, diesen Loser, der nicht wusste, was er an ihr gehabt hatte.

Angel hat ihm von Marissas diversen Liebhabern erzählt. Er hofft, dass Marissa ihn nicht fragt, ob er eine Freundin hat. Hin und wieder spricht er in einer Kneipe eine Frau an, die er attraktiv findet, und manchmal geht er mit zu ihr nach Hause. Seine letzte richtige Beziehung ist vier Jahre her. Seine Freundin zog bei ihm und seiner Mutter ein, hielt es aber keine zwei Tage bei ihnen aus. Seitdem treibt er sich auf kostenlosen Datingportalen herum und chattet stundenlang mit irgendwelchen Frauen – unbeholfene spätpubertäre Flirtversuche, voreilige Enthüllungen sexueller Vorlieben oder todernste Diskussionen darüber, was man von einem potenziellen Partner erwartet. Und nach einem prickelnden Anfang, nach der Faszination, der ganzen Euphorie, folgt unweigerlich die totale Ernüchterung – weil er sich bedrängt, vor den Kopf gestoßen oder unverstanden fühlt, ehe er die Frauen überhaupt getroffen hat.

Wie sie da zusammengesunken auf ihrem Stuhl sitzt, strahlt Marissa etwas Verlorenes aus, das er von ihr gar nicht kennt – selbst das verhedderte Strickzeug auf ihrem Schoß wirkt irgendwie trostlos. Amadeo empfindet tatsächlich Mitgefühl für sie; es tut ihm wirklich leid, dass sie keine glänzende Karriere gemacht hat. Er hat nicht einmal das Bedürfnis, mit einer erfundenen Freundin anzugeben.

»Du siehst gut aus.«

»Danke.« Marissa blickt auf seine Hände. »Was ist denn mit denen passiert?«

»Nagelpistole.«

»Gleich beide? Scheiße.«

Offenbar hat Angel ihrer Mutter nichts von der Kreuzigung

erzählt. Einen Moment lang ärgert er sich darüber, aber dann fällt ihm ein, dass er ihr eingeschärft hat, es für sich zu behalten. Und er ist stolz auf seine Tochter.

Marissa reißt sich ein langes Haar aus und betrachtet es. »Du arbeitest also wieder auf dem Bau?« Erst jetzt bemerkt Amadeo, dass sie an den Schläfen ganz grau ist. Dabei ist sie erst einunddreißig.

Amadeo zuckt mit den Schultern. »Und du arbeitest immer noch bei dieser Versicherung?«

»Japp. Immer noch. Allerdings bin ich jetzt Gruppenleiterin.« Sie deutet auf die Tür des Entbindungszimmers. »Ich halt's da drin nicht aus. Es ist zehnmal schlimmer, dabei zuzusehen, als es selbst durchzumachen.«

So was Ähnliches hat Amadeo auch die ganze Zeit gedacht, und irgendwie wurmt es ihn, dass Marissa es ausspricht. »Angel hat schreckliche Angst«, sagt er. »Die Arme.«

»Weißt du noch, wie winzig sie war? Gott, war sie süß.«

»Ich fand immer, dass sie wie ein Nacktmull aussah. Am Anfang jedenfalls.«

Marissa lacht. Amadeo fragt sich, wie es wohl wäre, wenn sie es noch mal miteinander versuchen würden. Und ob ihr das auch schon mal durch den Kopf gegangen ist. Er stellt sich vor, wie er sie in die Arme nimmt, wie sie beide nackt im Bett liegen, und überlegt, ob es sich vertraut anfühlen würde. Eine Geschichte mit einem Happy End: Angels Eltern finden nach sechzehn Jahren bei der Geburt ihres Enkelkinds wieder zusammen.

»Hat sie eigentlich mal was über den …« Amadeo senkt die Stimme. »Vater gesagt?«

Marissa presst die Lippen zusammen. »Nein. Aber der scheint ihr nicht wichtig zu sein.« Sie räuspert sich. »Ich bin nicht mal sicher, ob sie weiß, wer's ist.«

»Nicht sehr schmeichelhaft für einen Dad.«

Marissa lacht trocken. »Japp.«

»Ist wahrscheinlich besser als irgendein Typ, der sie nur rumkommandiert.« Amadeo muss an einen Dealer denken, den er in der Highschool kannte und der gleich mehrere

Mädels geschwängert hat. Ständig mäkelte er an ihnen herum, weil sie die Kinder angeblich nicht ordentlich anzogen oder sich nicht richtig um sie kümmerten. Dabei steuerte er so gut wie nichts zu ihrem Unterhalt bei.

»Du glaubst doch nicht, dass ihr jemand …« Er wagt es kaum auszusprechen. »Was angetan hat?«

Marissa schüttelt den Kopf, wickelt das ausgerissene Haar um ihren Finger. »Das hätte sie mir erzählt.«

Sie spielt mit dem Haar herum. »Ich hoffe nur, dass alles gut geht. Ich dreh durch, wenn ihr was passiert. Na ja, wird schon schiefgehen. Im Moment läuft's allerdings nicht so toll zwischen uns. Sie hat's dir bestimmt erzählt.« Marissa sinkt in sich zusammen.

Amadeo würde sie gern fragen, warum sie eigentlich Zoff miteinander hatten – irgendwie ist er froh, dass nicht nur er mit Angel Probleme hat –, aber er traut sich nicht. »Es wird schon gut gehen.« Er stupst Marissa mit dem Ellbogen an. »Wusstest du, dass sie im perfekten Gebäralter ist?«

Marissa sieht ihn erschrocken an. »Hast du ihr das erzählt? Hat sie sich etwa deshalb schwängern lassen?«

»Wie? Du glaubst, dass *ich* sie dazu ermutigt hab?« Den Schuh zieht er sich nicht an. »Als sie bei mir aufgekreuzt ist, hatte ich sie ein Jahr lang nicht gesehn. Es kann also unmöglich meine Schuld sein. Du bist ihre Mutter.«

Marissa seufzt. »Scheiße. Weiß ich doch.«

Das Baby ist unglaublich. Seine perfekten roten Öhrchen, die winzigen runden Nasenlöcher, seine lustige platte Nase. Die hauchdünnen kleinen Nägel. Seine geschwungenen Lippen. Auf seinem Gesicht ist ein weißlicher Film – wie bei einer Pflaume. Angel betastet Connors kleinen Kopf, spürt seinen Puls durch die weiche Stelle. *Fontanelle* heißt sie und Angel liebt dieses Wort. Es wäre ein wunderschöner Name für ein Mädchen, aber Connor ist nun mal ein Junge. *Fontanelle.*

Sie wurden beide gewaschen. Angel trägt jetzt die größte Damenbinde, die sie je im Leben gesehen hat, ein richtiges Kissen zwischen den Beinen. Eine Matratze. Aber selbst das ist irgendwie tröstlich. Sie fühlt sich geborgen. Sie schwebt, als triebe dieses Bett in einem weiten, warmen Ozean. In diesem Moment gibt es nur sie beide, Angel und Connor. Angel könnte bis in alle Ewigkeit hier liegen.

Ihr Vater ist auch da, sitzt schlafend auf einem Stuhl in der Ecke. Er hat den Kopf in die Hand gestützt und sein Gesicht sieht ganz zerknautscht aus.

Angel schließt ebenfalls die Augen.

»Liebes?« Eine Krankenschwester trommelt mit den Nägeln an den Türrahmen und rauscht gleich darauf herein. »Zeit, dass wir den Kleinen testen.«

»Testen?«, fragt Angel, entschlossen, für die Rechte ihres Sohnes zu kämpfen, sich als verantwortungsbewusste Mutter zu erweisen.

»Auf PKU.«

Angel versucht sich daran zu erinnern, wofür die Abkürzung steht. Brianna hat ihnen ein Merkblatt mit den Untersuchungen für Neugeborene gegeben, aber Angel hat ihren Hefter nicht dabei und vergessen, ihren Vater zu bitten, ihn mitzubringen. »PKU?«

»Phenylketonurie. Falls er das hat, kann er bestimmte Nahrungsmittel nicht verarbeiten. Das müssen wir wissen.«

Es gibt so viele Schwestern und medizinisches Personal, dass Angel allmählich den Überblick verliert. Anfangs versuchte sie noch, Briannas Rat zu beherzigen und jede bei ihrem Namen zu nennen, aber alle paar Stunden kommt ein neuer Trupp und sie ist so müde. Die jetzige trägt einen mit Obst und Gemüse bedruckten Kittel und wirkt ziemlich energisch. Sie beugt sich über Angel und nimmt ihr Connor ab, wickelt seinen winzigen violetten Fuß aus dem Flanelltuch. »Nur ein kleiner Piks«, sagt sie und sticht ihn mit einer Nadel in die Ferse.

»Oh, nein!«, ruft Angel. Connors Züge erstarren, als wäre er überrascht, dass es so etwas wie Schmerzen gibt. Und sie ist überrascht, wie intensiv sie seinen Schmerz spürt.

Dann eine weitere Überraschung: Ihr Dad springt auf. »Was zum Teufel machen Sie da?« Connor verzieht das Gesicht und schreit wie am Spieß.

»Alles gut«, sagt die Schwester beruhigend. Mit einer geübten Handbewegung drückt sie die Haut zusammen und tupft das Blut auf einen Papierstreifen. »Wir wollen doch nur sehen, ob alles in Ordnung ist.« Und dann legt sie den Kleinen auch schon wieder Angel in die Arme und lächelt fröhlich.

Angel drückt Connor an sich, tätschelt und wiegt ihn und murmelt besänftigende Worte, bis er zu weinen aufhört.

»Unmöglich, so einen kleinen Wurm mit einer Nadel zu stechen!«, empört sich Amadeo, nachdem die Schwester verschwunden ist. Seine Augen glänzen feucht. Er spielt mit den Münzen in seiner Hosentasche und blickt sich grimmig um, als suche er jemanden, dem er eine reinhauen könnte.

»Na ja, bei einem älteren Kind wär das Geschrei bestimmt noch größer«, scherzt Angel, um die Stimmung aufzulockern, obwohl auch sie erschüttert ist. »Alles okay. Er hat sich ja auch schon wieder beruhigt.«

Amadeo wedelt mit den Händen, als wolle er irgendeinen unangenehmen Gedanken abschütteln, beugt sich dann über Angel und betrachtet Connors verkniffenes, nicht mehr ganz so rotes Gesicht. Er hat die Augen fast geschlossen, seine Lider zucken.

Das Interesse ihres Vaters an dem Kleinen hat Angel echt erstaunt, aber ihre Mutter hat sie schwer enttäuscht.

Wochenlang sehnte Angel Connors Geburt herbei, nicht nur, weil sie sich auf ihn freute und es leid war, fett zu sein und ständig unter Sodbrennen zu leiden, sondern auch, weil sie sicher war, dass das freudige Ereignis sie und ihre Mutter versöhnen würde. Obwohl sie diese Wochen in stummer Wut verbrachte, sich weigerte, mit ihrer Mutter zu sprechen, glaubte sie die ganze Zeit daran, dass ihr Streit mit der Geburt des Babys beigelegt wäre. Sie erwartete, dass ihre Mutter herbeigeeilt käme, sie in die Arme schließen und sich entschuldigen würde. Und bereit wäre, ihre Pflicht als Bezugsperson für dieses kleine Wesen zu erfüllen.

Stattdessen wartete ihre Mutter draußen, während sich Connor durch die letzten Zentimeter des Geburtskanals kämpfte. Tatsächlich wartete ihre Mutter, bis Angel und das Baby gewaschen waren, bevor sie hereinkam. Selbst dann blieb sie noch an der Tür stehen, trat von einem Fuß auf den anderen, als wäre sie nur eine Bekannte, und gab irgendwelche Gemeinplätze von sich. »Mein Gott, wie klein er ist!« und »Ich kann's nicht fassen, dass du jetzt ein Baby hast, Angel.«

Als Angel fragte, ob sie Connor mal halten wolle – sie merkte selbst, wie frostig ihre Stimme klang –, lächelte ihre Mutter und sah so dankbar aus, dass Angel Mitleid bekam. Angel hatte ihre Mutter im Lauf der Jahre mit diversen Babys erlebt, aber sie hatte nie so unbeholfen gewirkt. Sie hielt ihn zu hoch und zu verkrampft, während sie verzückt auf den Kleinen hinuntersah. Angel ärgerte sich über sich selbst. Wieso tat ihr ihre Mutter eigentlich leid? Sie schuldete ihr nichts – und am allerwenigsten Mitleid. Bedeutete Mutterschaft, dass man plötzlich die Erwachsenen in seinem Leben bemitleidete?

Warum sagte ihre Mutter denn nichts? Warum erzählte sie ihr nicht von Angels Geburt und gab ihr gute Ratschläge? Sie war schließlich ihre Mutter und Connors Großmutter! Stattdessen beobachtete Marissa fast ehrfürchtig Yolanda, die neben Angel saß und den Kleinen wie selbstverständlich im

Arm hielt und ihn mit anderen Babys verglich, die sie betreut hatte. »Du hattest auch so lange Beine, Angel.«

Marissa beugte sich über Yolanda. »Und Angel hatte auch so ein Kugelbäuchlein, oder?«, fragte sie, als wäre sie an Angels Geburt völlig unbeteiligt gewesen.

»Hör zu, Angel«, sagt ihr Dad jetzt. »Ich hab mir was überlegt. Wie wär's, wenn du als Fahrerin bei Creative Windshield Solutions einsteigst? Natürlich nur, wenn du Lust hast. Und erst wenn du dich besser fühlst.«

Angel sieht ihren Vater an und muss über seine Verlegenheit unwillkürlich lächeln. »Okay, aber du musst mich bezahlen.«

»Weiß ich.« Er sieht dabei so unbehaglich aus, dass sie lachen muss. »Klar mach ich das.«

»Mich und Gramma. Du wirst am laufenden Band Schecks ausstellen.«

—

Jetzt sind alle weg und Connor ist eingeschlafen; sein kleiner gespitzter Mund nuckelt vor sich hin.

Sie hat gerade zum ersten Mal, unter der Aufsicht einer Schwester, seine Windel gewechselt, hat behutsam den geschwollenen blauen Stummel seiner Nabelschnur mit Alkohol betupft. Der Penis ihres Sohns schmiegt sich wie eine kleine Raupe zwischen seine roten Oberschenkel.

Jetzt ist er in ein flauschiges Tuch gehüllt, seine dünnen, zappelnden Gliedmaße sicher und geborgen. Vorsichtig zieht Angel ihren Arm unter ihm heraus und greift erschöpft nach der überdimensionalen Schnabeltasse mit Eiswasser, die die Schwester für sie auf den Rollwagen gestellt hat. Die ganze Zeit hat sie Angst, dass Connor aufwachen könnte. Aber nein. Er schläft weiter, als würde er darauf vertrauen, dass sie schon alles richtig macht.

Angel ist glücklich. Sie hätte nie gedacht, dass sie so glücklich sein könnte. Sie liegt in einem frisch bezogenen Bett und spürt die Wärme des kleinen Bündels auf ihrer Brust. Durch die getönte Scheibe fällt das Nachmittagslicht herein. Sie fühlt sich sauber und behaglich – und ist sich sicher, dass es Connor genauso geht. Überall sind Schwestern, die dafür sorgen, dass es ihnen an nichts fehlt. Sie könnte ewig hier bleiben, zwischen diesen frischen Laken liegen, zum Fenster hinaus in den weiten blauen Himmel gucken.

Dieses kleine Wesen war in ihr, war ein Teil von ihr und jetzt ist es das nicht mehr. Jetzt wird sie es bis ans Ende ihres Lebens mit der Welt teilen müssen. Es ist erstaunlich, wie dehnbar der menschliche Körper doch ist. Und vielleicht ist das Herz es ja auch, groß genug, damit alle darin Platz finden.

Es ist schon lange nach Amadeos üblicher Schlafenszeit, aber er geht immer noch im Wohnzimmer auf und ab und grinst übers ganze Gesicht. Als er und Yolanda abends das Krankenhaus verließen, döste Angel und das Baby schlief in einem Plexiglasbettchen neben ihr. Seine Mutter, die den ganzen Abend ungewöhnlich still gewesen war, ging fast sofort ins Bett, ohne etwas zu Abend zu essen, und bereitete auch nichts für Amadeo zu.

Amadeo postet die Geburt im Internet. Innerhalb einer Stunde erhält er drei Likes – von zwei entfernten Cousins und einem Freund aus der Highschool, zu dem er seit Jahren keinen Kontakt mehr hat. Aber obwohl er seine Social Media-Seiten immer wieder aktualisiert, gehen keine neuen Glückwünsche ein. Er zappt durch die Kanäle, blättert im *Santa Fe New Mexican.* Dann hält er es nicht länger aus. Er braucht frische Luft. Er muss durch die Gegend fahren. Unglaublich, er ist jetzt Großvater!

Amadeo nimmt die Autoschlüssel vom Haken neben der Tür und verlässt leise das Haus. Wenn seine Mutter das mitkriegt, bringt sie ihn um. Falls er erwischt wird, drohen ihm ein Jahr Gefängnis und drei Jahre Führerscheinentzug. Aber der alte Amadeo existiert schon nicht mehr. Hier draußen, um fast zwei Uhr morgens, erwischt ihn keiner. Der Himmel ist sternenklar; hoch oben leuchtet die Mondsichel. Die kühle Luft riecht nach Wacholder; die Nacht ist voller Verheißung.

Er lässt den Motor an und stößt rückwärts aus der Einfahrt. Als er auf die rissige Teerstraße abbiegt, gibt er Gas. Es kann losgehen. Sein Herz ist übervoll und leicht.

Außer Sichtweite des Hauses schaltet er die Scheinwerfer ein, die die Dunkelheit durchdringen. Plötzlich taucht drei Meter vor ihm eine Kojote auf, der ihn mit seinen roten Augen fixiert. Er ist klein und dünn und sein drahtiges Fell grellweiß. In seinem Blick liegt etwas Heimtückisches und Hungriges.

Amadeo tritt auf die Bremse. Die Augen des Kojoten durchbohren die Windschutzscheibe und sehen ihn direkt an, was natürlich unmöglich ist.

Amadeo drückt auf die Hupe, einmal, zweimal, aber der Kojote rührt sich nicht vom Fleck. »Scheiße«, flucht Amadeo leise. Er überlegt, ob er die Scheibe runterlassen und das Tier verscheuchen soll, aber eine irrationale Angst legt sich wie ein Lasso um seine Brust und presst sie zusammen. Es ist, als hätte eine unsichtbare Hand ein Loch in das Gewebe der Nacht geschnitten und etwas Übernatürliches hereingelassen.

Weil der Kojote sich immer noch nicht rührt, nimmt Amadeo den Fuß von der Bremse und der Pick-up rollt langsam auf das Tier zu. Er will, dass der Kojote von der Straße verschwindet, dass dieser unwirkliche Moment ein Ende hat. Aber statt zu fliehen, macht der Kojote einen Schritt auf den Pick-up zu und starrt Amadeo mit glühenden Augen an.

Mit zitternden Händen blendet Amadeo auf, aber der Kojote weicht noch immer nicht zurück. Er schaltet die Scheinwerfer ein, aus, ein, aus. Der Kojote bleibt unbeweglich, ungerührt stehen. Doch plötzlich ist er verschwunden.

—

Und dann kommen Angel und das Baby nach Hause. Angel legt Connor auf die Couch und schält ihn aus seiner Windel. Der kleine rote Po ist mit teerschwarzer Kacke verschmiert.

»Angel, was soll das? Musst du das hier machen?«

Angel, die den Kleinen gerade mit einem Feuchttuch abwischt, hebt den Kopf und sieht ihren Vater verächtlich an. »Windeln kann man überall wechseln.«

Amadeo findet Connors empfindliche Stelle am Kopf ziemlich beunruhigend. *Fontanelle,* nennt Angel sie, spricht das Wort aus, als wäre es französisches Gebäck. Amadeo beobachtet, wie sie pocht. Es ist unglaublich, dass ein Kind schon so perfekt auf die Welt kommt, mit langen dünnen Gliedmaßen, zerbrechlichen Fingern und Adern, die sich von den Schläfen aus wie ein Netz über den Kopf spannen und unter der hauchdünnen bläulichen Haut pulsieren. Man muss höllisch aufpassen, damit man dieses zarte Wesen nicht verletzt, wenn man es in eine Decke wickelt oder auch nur hochhebt.

Er ist kein schöner Junge, auch wenn alle das Gegenteil behaupten. Connor Justin Padilla hat nur wenige lange dunkle Haare auf dem Kopf und gelblich-weiße Schuppen, sogenannter Kopfgneis, den Angel »Kopfreis« nennt, Backen so dick, dass man seinen Mund kaum sieht, und einen eingedellten Eierkopf. Mit seinen großen dunklen Augen sieht er aus wie ein nachtaktives Waldtier, außer dass er leicht schielt. Obwohl er erst zwei Wochen alt ist, hat er bereits einen kleinen Schnurrbart, dichte Augenbrauen und eine pelzige Stirn. Sein Enkel ist ein kleines Menschentier.

Und trotzdem muss Amadeo ihn ständig ansehen. Sobald das Baby an Angels Brust eingeschlafen ist, legt sie es in sein Gitterbett und fällt auf der Couch sofort ins Koma. Sie wacht nicht mal auf, wenn das Telefon klingelt oder wenn in der Fernsehwerbung jemand rumbrüllt oder wenn er und seine Mutter sich unterhalten. Aber wenn Connor klägliche Laute von sich gibt, ist sie sofort hellwach.

Während sein Enkel schläft, steht Amadeo oft neben seinem Bettchen und betrachtet ihn: sein Stirnrunzeln und sein Lächeln, das über sein Gesicht huscht, die geschürzten, nuckelnden Lippen. Einmal öffnete er die Augen und Amadeo stockte der Atem. Bevor der Kleine losbrüllen konnte, hob er ihn hoch und drückte ihn an die Brust. Seine Augen sind milchig braun, die Ränder der Iris bläulich, wie die Augen eines sehr alten Mannes. Er sah Amadeo stirnrunzelnd an, sein Kopf wackelte und seine Augen schielten bei der Anstrengung, das Gesicht seines Großvaters scharfzustellen. Plötzlich rutschten seine Pupillen nach oben und er schlief wieder ein.

Dieser kleine Wurm bestimmt ihren ganzen Alltag. Alle haben schlechte Laune. Yolanda gibt Amadeo ständig neue Aufträge – Wäsche waschen, Geschirr wegräumen, Müll entsorgen – und wird wütend, wenn er vergisst, sie zu erledigen. Angel ist jetzt einen Monat zu Hause, im »Mutterschaftsurlaub«, wie sie es nennt, stürmt durchs Haus, raunzt Amadeo an, schleppt das Baby ständig mit sich herum. Sie sind wie siamesische Zwilling, Angel und Connor.

Bei jeder Kleinigkeit fängt sie an zu heulen – wenn es kein warmes Wasser mehr zum Duschen gibt, wenn sie die Salbe für Connors schorfigen Nabel nicht findet –, und statt ihr zu sagen, sie solle sich gefälligst zusammenreißen, nimmt seine Mutter sie in den Arm und beschwert sich nicht mal, wenn Angel ihre Bluse mit Tränen, Spucke und Rotz vollschmiert. Nur wenn Besuch kommt, hebt sich Angels Laune, zumindest lang genug, um die Glückwünsche und Geschenkgutscheine entgegenzunehmen. Und vorzugeben, dass sie fröhlich und ausgeglichen und ihrer Geschenke würdig ist.

Das Haus hat sich verändert. Neben der Couch steht jetzt ein geflochtener Plastikkorb mit Babyspielzeug, das seine Mutter oder Besucher Connor vors Gesicht halten und schütteln, bis er blinzelt oder gähnt oder ihre Anwesenheit auf irgendeine andere subtile Weise zur Kenntnis nimmt. Im Radio läuft ständig klassische Musik, was ein absolutes Novum in diesem Haus ist. Überall stolpert man über Connors Sachen: seinen Hochstuhl, seine Babywippe, Wickelauflagen und wattierte Spucktücher mit Goldfisch- und Dinosauriermotiven. Wo man hinguckt, Feuchttücher-Packungen, flusige Schnuller und Bilderbücher, die Angel dem eher desinteressierten Kleinen vorliest, um seine »Sprachentwicklung zu fördern«, wie sie wichtigtuerisch betont. »Nicht, dass du dich groß um *meine Spracherziehung* gekümmert hättest«, fügte sie einmal schnippisch hinzu.

Amadeo fühlt sich wie erschlagen und zieht sich immer öfter in sein Zimmer zurück. Normalerweise merkt es Yolanda, wenn er sich so fühlt. Sie setzt sich dann auf seine Bettkante und sagt: »Sag mir, was los ist, *hijito*« oder »Du musst aufstehen. Ich hab extra Bohnen für dich gekocht.« Sie redet ihm gut zu und versucht, ihn zum Lachen zu bringen, und wenn er sie anschnauzt, ist sie verletzt, und dann entschuldigt er sich und manchmal legt er seinen Kopf auf ihren Schoß.

Aber seit Connors Geburt ist alles anders. Er schreit und Angel weint und Yolandas Freundinnen kommen mit ihren

Geschenktüten und wetteifern darum, wer den Kleinen halten darf, gratulieren Angel und streicheln das seidige Köpfchen. »Ist er nicht süß? Ein kleines Wunder«, säuseln sie. Es ist wirklich ein Wunder, dass eine Fünfzehnjährige es schon mit Jungs treibt. Amadeo schämt sich, dass ihm das durch den Kopf geht. Aber es stimmt doch.

Wenigstens hat er Creative Windshield Solutions. Er hat die Bedienungsanleitung genau studiert und die DVD auswendig gelernt, zögert allerdings noch, eine Reparatur in Angriff zu nehmen. Aber jetzt, wo alle so griesgrämig sind, gibt er sich einen Ruck.

Zum Glück sind zwei Kratzer auf der Windschutzscheibe seines Pick-ups. Er holt sein Set und tritt in den herrlichen Tag hinaus, lässt Angel mit ihrer schlechten Laune und dem süßlichen Geruch nach rausgespuckter Milch zurück. Er wird mit dem kleinen Kratzer in der rechten unteren Ecke anfangen.

Es ist eigentlich ganz einfach. Man stülpt den Gummisauger über das Loch, spritzt das Harz hinein und deckt die Stelle mit Folie ab. Sobald das Harz getrocknet ist, zieht man die Folie ab und kratzt das überschüssige Harz mit einer Rasierklinge ab.

Das Ergebnis ist für das bloße Auge zwar nicht unsichtbar, wie es das Video versprach, aber es sieht schon besser aus als vorher, ein glänzender, ungleichmäßiger Hügel aus Harz – wie bei einer Glaskörpertrübung. Die zweite, größere Stelle gelingt ihm noch besser. Als er fertig ist, setzt er sich auf den Fahrersitz und beobachtet, wie sich das Sonnenlicht in dem gallertartigen Fleck bricht. Er hätte das Ergebnis gern stolz vorgeführt, aber Angel und seine Mutter sind zurzeit kein besonders dankbares Publikum.

—

Seit Connors Geburt hat Marissa Angel schon mehrmals auf dem Handy angerufen, aber weil Angel ihre sämtlichen Anrufe ignoriert hat, probiert sie es jetzt übers Festnetz. Amadeo hört Angels einsilbige Antworten auf die Fragen ihrer Mutter und wüsste gern, ob Marissa sich auch nach ihm erkundigt. Kurz darauf legt Angel einfach auf und macht ein motziges Gesicht. Seit ihrem unerwartet entspannten Umgang miteinander im Krankenhaus denkt er öfters an Marissa; ab und zu taucht sie sogar in seinen sexuellen Fantasien auf. Vielleicht rührt sein neu erwachtes Interesse an ihr daher, dass er inzwischen im Leben ihrer Tochter eine wichtigere Rolle spielt. Marissa und er stehen sich jetzt in nichts nach. Angels Einzug beweist, dass er kein Versager ist.

Eines Abends steht Marissa unangekündigt vor der Tür, hat eine Plastiktüte mit Rasseln, Bauklötzchen und Plüschtieren dabei, Spielzeug, das eigentlich für ältere Kinder gedacht ist, was selbst Amadeo erkennt, für Kinder, die ein Mindestmaß an Kontrolle über ihre Gliedmaßen haben. Angel überreicht sie eine goldene Schachtel mit edlen Schokoladentrüffeln.

»Super«, sagt Angel und steht nicht mal auf. »Ich will ja unbedingt dicker werden.« Sie sieht ihre Mutter kurz an und wendet sich dann wieder dem Fernseher zu.

Enttäuscht legt Marissa die Trüffel auf den Couchtisch.

»Hey, deine Mutter versucht doch nur, nett zu sein.« Amadeo hofft, dass Angel die Packung aufmacht und ihm was davon anbietet.

»Was man von dir nicht unbedingt behaupten kann«, schießt Angel zurück. »Wie alt muss Connor eigentlich werden, bevor du mal seine Windel wechselst?«

Amadeo versucht, Marissas Blick aufzufangen, um ihr zuzuzwinkern. *Was kann man von einem Teenager schon anderes erwarten?* Es hätte ein einträchtiger Moment sein können, wie sie sich beide über die Zickigkeit ihrer Tochter amüsieren. Aber Marissa beißt sich auf die Unterlippe und zieht die Augenbrauen zusammen, sodass sich die beiden Furchen auf ihrer Stirn noch vertiefen.

»Ich kann seine Windel wechseln«, sagt sie. »Ich mach das gern.«

»Nicht nötig.«

Marissa greift in ihre Tasche und holt einen bunten Stapelturm aus Holz heraus. »Als Kind hattest du auch so einen. Auf dem blauen Ring hast du am liebsten herumgekaut. Ich hatte immer Angst, dass du dir einen Splitter ins Zahnfleisch bohrst.«

»Was hat Connor für ein Glück. Bleivergiftung und entzündetes Zahnfleisch. Herzlichen Dank auch, Großmama.«

»Darf ich ihn mal halten?«, fragt Marissa kleinlaut. Sie starrt Connor an, als wolle sie ihn mit den Augen verschlingen.

»Von mir aus.« Angel legt Connor neben sich auf die Couch und wendet den Blick ab. Er strampelt mit den Beinen und wedelt mit den Armen, als wolle er die Flucht ergreifen.

Marissa beugt sich über ihn, hebt ihn hoch und drückt ihn an die Brust.

Der Fernseher nervt mit kreischenden Stimmen und frenetischem Applaus. »Soll ich das Ding ausmachen?«, fragt Amadeo. »Damit wir uns unterhalten können?«

»Nein«, schnauzt Angel ihn an. »Du sollst das *Ding* nicht ausmachen. Eiferst du jetzt Tante Val nach?«

Marissa küsst Connor mit geschlossenen Augen auf die Stirn. Die Geste hat etwas Feierliches, fast Religiöses. Peinlich berührt, betrachtet Amadeo die Sachen, die auf dem Boden herumliegen: eine flauschige Raupe Nimmersatt, ein Babyschuh, ein Ring mit Plastikschlüsseln, eine schmutzige, zusammengerollte Windel. Er wünschte, sie hätten sie entsorgt, bevor Marissa kam.

»Also dann«, sagt Marissa, nachdem mehrere Minuten verstrichen sind, ohne dass Angel einen Ton von sich gegeben hätte. »Ich fahr wohl besser mal nach Hause.« Als wäre sie nur zufällig vorbeigekommen. Als läge Las Penas irgendwie auf dem Weg.

Angel starrt unverwandt auf den Fernseher, während sie den Kleinen entgegennimmt. »Wartet der gute Mike auf sein Abendessen?«, fragt sie gehässig.

»Ich hab ihn vor die Tür gesetzt.« Marissa steht da, wartet offenbar darauf, dass Angel sie lobt oder ihr verzeiht. Nervös faltet sie die Hände, verschränkt die Arme vor der Brust, als wäre ihr kalt. »Das wollte ich dir sagen.«

Angel wirft ihrer Mutter einen ausdruckslosen Blick zu, starrt dann wieder auf den Fernseher.

Marissa küsst ihre Tochter auf den Kopf. »Ich hab dich lieb.« Als diese nicht reagiert, zupft sie sanft an Angels Haar und durchquert dann mit steifen, unsicheren Schritten das Wohnzimmer. »Mach's gut, Amadeo«, sagt sie an der Tür. »Grüß deine Mom von mir.«

»Was war denn los?«, fragt Amadeo. »Warum hat sie ihn rausgeschmissen?«

Angels Blick ist auf den Fernseher geheftet. Lange Zeit sagt sie gar nichts, ihre Wangen sind gerötet, ihre Augen glänzen feucht. Als sich Amadeo schon damit abgefunden hat, dass sie ihn ignoriert, sagt sie: »Woher soll ich das wissen.«

—

Drei Wochen nach der Geburt des Babys kommt Tío Tíve zum Abendessen. Natürlich hat Amadeos Mutter das Ganze eingefädelt. Optimistisch wie sie ist, glaubte sie wohl, dass sich diesmal alle vertragen würden. Tagelang lief Angel in einem bekleckerten, mit Muffins bedruckten Pyjama durchs Haus, aber heute hat sie geduscht, ihre Haare geföhnt, eine schillernde malvenfarbige Bluse mit einer Schleife am Hals und einer Reihe unnötiger Knöpfe am Rücken angezogen. »Was ist?«, fragt sie Amadeo herausfordernd, als er die Schleife mustert. »Gramma hat sie mir geliehen. Sie meint, dass sie den Blick nach oben lenkt. Weg *davon*.« Angewidert schlägt sie auf ihren weichen Bauch. Wenn Amadeo es nicht besser wüsste, würde er tatsächlich denken, sie sei immer noch schwanger.

In der Küche püriert Yolanda Kartoffeln und gibt gerade ein Stück Butter hinzu. Amadeo fährt mit dem Finger in die Schüssel. Statt ihn wie sonst wegzuscheuchen, wartet Yolanda geduldig, bis er sich ein zweites Mal bedient hat, bevor sie gemahlenen Pfeffer darüberstreut. Ohne den Kopf zu heben, sagt sie: »Deine Schwester kommt auch, um Donner zu sehen. Sei bitte nett zu ihr.« Sie hält inne. »Connor«, korrigiert sie sich langsam. »Sie möchte Connor sehen.«

Amadeo schnaubt so vehement, dass ein Tropfen aus seiner Nase auf seinem Hemd landet. »Jetzt ist der kleine Bruder wohl plötzlich doch kein Säufer mehr. Himmel, Valerie kann sich wirklich nix entgehen lassen.« Er reißt die Kühlschranktür auf, sodass sämtliche Flaschen in der Tür klirren. Er durchsucht die Fächer. Yolandas Rücken versteift sich. »Wo hast du das Bier hin, verdammt noch mal?«

»Ist es nicht da drin?«, fragt Yolanda scheinheilig, sodass er beinah lachen muss. »Na ja, ein Abend ohne Bier tut keinem weh. Außerdem wolltest du doch nichts mehr trinken.«

Stimmt, aber das will er selbst entscheiden. Ist er etwa nicht seit Ostern trocken? Hat er das nicht ganz allein geschafft? Er muss sich das von ihr nicht gefallen lassen. Sie behandelt ihn wie einen Hund, dem man seine Belohnung verweigert, weil er keine Kunststückchen macht. »Ein Ausrutscher und schon denkst du, ich wär ein Scheißalkoholiker.« Er knallt den Kühlschrank so fest zu, dass die Obst- und Gemüsemagnete klackernd auf den Boden fallen.

»Ich hab Valerie gesagt, dass du nicht mehr trinkst. Sie ist stolz auf dich. Wir sind alle stolz auf dich.« Es versetzt ihm einen Stich, als sie sich mit einem Seufzen hinkniet, um die Magnete aufzuheben. Eigentlich ist er erleichtert, dass kein Bier da ist, weil ihm damit die Entscheidung abgenommen wird.

»Und wenn ich nicht trocken wär? Was dann? Würde sie Connor dann nicht besuchen wollen? Würde sie ein kleines Baby bestrafen, nur um mir eins auszuwischen?«

»Dann müsste ich dich bitten, den Abend woanders zu verbringen. Also reiß dich zusammen.« Ihr entschlossener Ton bringt ihn zum Schweigen.

Als Valerie eintrifft, wirft sie einen kurzen Blick auf Amadeo und nimmt dann ihre beiden Töchter schützend an die Hand. Seine Nichten mustern ihn interessiert. »Hallo, Amadeo.« Valerie zieht eine Augenbraue hoch. Als sie Connor in seiner Wippe entdeckt, werden ihre Züge ganz weich. »Da ist ja mein Kleiner!« Sie lässt ihre Töchter los, die jetzt allein mit ihrem schrecklichen Onkel klarkommen müssen, und geht auf das Baby zu.

Weil sich Amadeo vorgenommen hat, ihnen allen zu zeigen, was für ein toller Großvater er ist, kommt er Valerie zuvor und hebt seinen Enkel vorsichtig an Po und Köpfchen hoch, stützt seinen zerbrechlichen Hals, wie man es ihm gezeigt hat. Connor ballt die Fäustchen und blinzelt ungehalten ins Deckenlicht.

»Lass mich ihn mal ansehen.« Valerie streckt die Arme aus.

»Jetzt hab ihn ihn.« Amadeo kehrt seiner Schwester den Rücken zu.

»Herrgott, Dad«, sagt Angel, während sie Teller aus dem Schrank nimmt. »Du kannst ihn doch jederzeit halten.«

Connors Mundwinkel zucken. »Er will bei mir bleiben. Er lächelt«, sagt Amadeo triumphierend.

Angel wirft ihm einen genervten Blick zu. »Er hat Blähungen.«

»Quatsch. Niemand lächelt, wenn er Blähungen hat.«

»Ernsthaft, Dad. Gib ihn Valerie.«

Amadeo gehorcht widerwillig. »Du musst seinen Kopf halten. Pass auf seine Frontanelle auf.«

»Fontanelle«, verbessert Valerie ihn automatisch. »Ich halte nicht zum ersten Mal ein Baby, Amadeo.« Aber ihre Stimme klingt nicht unfreundlich, denn sie ist ganz in Connors Anblick vertieft.

Amadeo denkt an ihre Kindheit zurück, als Valerie *ihn* immer so liebevoll behandelt hat. Nachdem ihr Vater gestorben war, saßen sie nach der Schule immer stundenlang zusammen auf der Couch. Das war ihr tägliches Ritual. Er war in der ersten, sie in der sechsten Klasse. Erst aßen sie einen Snack – Ramen-Nudeln oder Großmutters Tortillas – und dann sahen sie fern und klammerten sich aneinander, als würde ihr Leben davon abhängen. Amadeo kann sich nicht erinnern, dass sie jemals über ihre langen, schweigenden Umarmungen gesprochen haben. Er weiß noch, wie er die Arme um den Hals seiner Schwester legte und sich dabei fast den Hals verrenkte. Seine Hand schlief immer ein, weil sie zwischen Valerie und der Rücklehne der Couch eingeklemmt war. Er weiß auch noch, dass er sich nicht rührte, aus Angst, den Bann zu brechen. So verharrten sie, bis abends ihre Mutter von der Arbeit heimkam, sie müde küsste und das Abendessen zubereitete. Amadeo fragt sich, ob sich Valerie noch daran erinnert – wahrscheinlich schon, denn sie ist stolz auf ihr gutes Gedächtnis und erinnert sich selbst an unwichtige Details aus ihrer Kindheit. Aber wie passt es dann zusammen, dass sie ihn jetzt wie den letzten Dreck behandelt?

Er beobachtet, wie seine Schwester den kleinen Connor zärtlich an sich drückt und übers ganze Gesicht strahlt, und sehnt sich nach der Zeit zurück, als sie beide sich noch so nah waren. Als er in der Grundschule war, verließ er sich vollkommen auf seine große Schwester. Morgens machte sie ihn für die Schule fertig und füllte seine Lunchbox; nach der Schule half sie ihm bei den Hausaufgaben. Auch wenn sie ihn herumkommandierte, war sie doch immer für ihn da. Vielleicht nahm er es ihr auch deshalb so übel, dass sie sich als Teenager auf ihr eigenes Leben konzentrierte, unbedingt aufs College wollte. Amadeo fühlte sich im Stich gelassen.

Tíve kommt spät und brummt nur, als die Frauen ihn begeistert begrüßen. Seine Hündin Honey steckt ihre lange Schnauze durch die Tür, ist ganz erpicht darauf, mitzufeiern, aber Angel schiebt sie energisch nach draußen und schließt die Fliegentür.

»Hallo, Onkel Tíve«, sagt Amadeo, aber Tíve nickt nur, lässt sich jedoch von Yolanda auf die Wange küssen und die Jacke abnehmen.

Das Essen ist wie immer perfekt: natürlich der Kartoffelbrei, aber auch die knackigen grünen Bohnen und die in Butter sautierten Mandelsplitter, die goldgelben Schweinekoteletts mit der knusprigen, leicht nach Senf schmeckenden Panade und den karamellisierten Ecken, sowie Angels Lieblingsgericht, Enchiladas mit roten Chilis, deren Schärfe durch den Cheddar abgemildert wird. Amadeos Mutter hat es schon immer verstanden, ohne großen Aufwand abwechslungsreiche und schmackhafte Mahlzeiten zuzubereiten.

Während des ganzen Essens ist Amadeo genervt von den Stimmen um ihn herum: Angels ist hoch, Yolandas seltsam gedämpft und Valeries künstlich und bemüht geduldig. Regelmäßig macht eine seiner Nichten eine altkluge Bemerkung, auf die nur ihre Mutter enthusiastisch reagiert.

Lily hält ihr aufgespießtes Kotelett hoch, betrachtet es skeptisch, lässt es dann wieder auf den Teller fallen. »Habt ihr gewusst, dass Schweine klüger sind als Hunde?«

»Klüger als die meisten Menschen auf jeden Fall«, sagt Valerie. »Wann machst du eigentlich mit deinem Programm weiter, Angel?«

»Nächsten Freitag ist Tag der offenen Tür.« Angel sieht von ihrer Großmutter zu ihrem Vater. »Ihr denkt dran, oder?«

Amadeo verdreht die Augen. »Ja, Angel.« Der Tag der offenen Tür ist bei Smart Starts! ein wichtiges Ereignis, hat Angel ihnen erklärt. Sie hat den Flyer auf den Küchentisch gelegt und ihn Amadeo und Yolanda laut vorgelesen. *Kommen Sie und lernen Sie die Smart Starts!-Familie kennen! Engagieren Sie sich! Erfahren Sie, warum man mit Smart Starts! durchstarten kann.*

»Ich hab Angst gehabt, dass mir Connors Geburt in die Quere käme, aber es hat ja alles geklappt. Und ab Montag geh ich wieder regelmäßig hin.« Sie senkt das Kinn auf Connors Kopf. »Und du auch. Du gehst dann auch zur Schule.« Angel wendet sich an Lily. »Hast du in letzter Zeit irgendwas Interessantes gelesen?«

Lily sieht sie skeptisch durch ihre Brille an, als überlege sie, ob sich ihre Cousine über sie lustig macht. Offenbar beruhigt, schnickt sie ihr dichtes Haar zurück. »Natürlich. Zum Beispiel *Into the Breach*. Da geht es um ein Mädchen, das sich im Zweiten Weltkrieg als Soldat verkleidet.« Und dann lässt sie sich zehn Minuten lang über die komplizierte Handlung aus.

Amadeo trinkt einen Schluck von seiner Cola. Was hat es für einen Sinn, nüchtern zu sein, wenn's sowieso keiner merkt?

Tíve hat die Hände neben seinen Teller gelegt und starrt auf sein Essen. Seit Ostern fühlt sich Amadeo in der Gegenwart seines Großonkels äußerst unwohl. Ständig holen ihn irgendwelche beschämenden Erinnerungen ein: Sein Großonkel, wie er in der grell erleuchteten Wache steht, mit dem Scheckheft in der Hand; sein Großonkel, wie er im Pick-up wartet, um Amadeo zu irgendeinem Termin zu kutschieren, zu dem ihn das Gericht verdonnert hat. Noch beschämender ist seine Erinnerung daran, wie ernsthaft er versuchte, sich in Jesus hineinzuversetzen, einzutauchen in – was? Hoffnung? Erlösung? Nein, Amadeo ist es nur um sich selbst gegangen, er glaubte tatsächlich, dass ihm etwas Schwieriges und Erhabenes gelingen könnte. Abend für Abend wurde Tíve in der Morada Zeuge, wie Amadeo kniend versuchte, sich selbst zu verlieren und ein anderer zu werden. Amadeo würde sich nicht weniger schämen, wenn ihn sein Großonkel beim Masturbieren erwischt hätte.

Tíves Hand zittert, als er die Gabel mit dem Kartoffelbrei langsam zu seinem aufgerissenen Mund führt.

Amadeo erschrickt. Sein Großonkel wird alt. Eines Tages, schon bald, wird er sterben. Vorher muss er sich unbedingt seinen Respekt verdienen. Als Kind träumte er davon, dass ihn sein Großonkel eines Tages wie seinen eigenen verlorenen Sohn behandeln würde, ein Traum, der von Yolanda immer noch genährt wird, weil sie sich bei Tíve für ihn stark macht. Dass er ihn beerben würde, gehörte, um ehrlich zu sein, auch zu dieser Fantasie. Aber eigentlich sehnte sich Amadeo nach einem Vaterersatz. Wäre es nicht wie eine Fügung gewesen: Der Mann, der einen Sohn verloren hat, und der Junge, der einen Vater verloren hat, finden zueinander? Jetzt kommt ihm der zugegeben nicht besonders originelle Gedanke, dass die Dinge nie so sind, wie sie sein sollten, sondern nun mal sind, wie sie sind, und sich ständig ändern.

Er muss ein ziemlich düsteres Gesicht gemacht haben, denn seine Mutter sieht ihn fragend an, aber Amadeo dreht den Kopf weg.

Nach dem Essen, bei Kuchen und Mokkaeis im Wohnzimmer, beugt sich Tío Tíve über die Couch, um das schlafende Baby anzusehen. »Er ist wirklich ein Hübscher.«

»Willst du ihn mal halten?« Angel nimmt Connor unter den Achseln, sodass sein Hemdchen hochrutscht und seine Beinchen herunterbaumeln. Er ist knochenlos und biegsam wie eine Gummipuppe. Zwischen seinen perfekt geformten Lippen bildet sich ein Bläschen.

»Er will bestimmt nicht zu einem alten Mann«, sagt Tío

Tíve, aber er lächelt, entblößt dabei seine braunen Stummelzähne. Die Haut unter seinen Augen ist ganz ledrig. Er stellt den Teller mit dem unberührten Stück Käsekuchen auf den Couchtisch.

Angel legt ihm Connor in die Arme. Mit einem tiefen Seufzer schmiegt sich das Baby an die magere Brust des alten Mannes.

»Geht's? Er ist ziemlich schwer.«

Tíve winkt ab. »Er ist doch nur ein Knirps.«

Alle schweigen, während Tío Tíve etwas steif das Baby hält und verzückt das verknautschte kleine Gesicht betrachtet. »Ich hab schon ewig kein Baby mehr im Arm gehalten.« Unter seiner Polyesterhose zeichnen sich deutlich seine eckigen Knie ab. Seine glänzenden schwarzen Socken sind runtergerutscht und entblößen dünne, fast haarlose Knöchel.

Mit kindlichem Staunen sieht der alte Mann Angel an. Valerie, die im Schneidersitz auf dem Boden sitzt und ebenfalls den alten Mann beobachtet, ist offenbar genauso überrascht wie Amadeo über Tíves Interesse an Angel und ihrem Kind.

»Tío«, meldet sie sich jetzt zu Wort. »Lily schreibt ein Referat über New Mexicos Beitritt zu den USA. Ich bin sicher, dass sie liebend gern die Erinnerungen ihres Großgroßonkels einbeziehen würde.« Valerie versucht Tío Tíve immer dazu zu bringen, einen Familienstammbaum zu erstellen, und fragt ihn beharrlich über das Leben damals aus. Ihr Interesse an seiner Kindheit ist grenzenlos. »Wie war es denn, als New Mexico der Union beitrat?«

»Er ist keine hundertdreißig Jahre alt, Valerie. Er hat 1912 kein Tagebuch geführt.«

Lily reißt sich vom stummen Fernseher los, wo gerade eine Kochsendung läuft. »Es ist kein Referat«, korrigiert sie ihre Mutter. »Sondern ein Arbeitsblatt. Nur irgend so ein blödes Arbeitsblatt. Es ist überhaupt nicht wichtig.«

Amadeo fängt den Blick seines Großonkels auf und entdeckt überrascht ein verschmitztes Lächeln im Gesicht des alten Mannes.

Aus dem Konzept gebracht, wendet Valerie ihre Aufmerksamkeit ihrer jüngeren Tochter zu, die gerade mit dem Babyspielzeug beschäftigt ist, eins nach dem anderen zum Rasseln oder Quietschen bringt. »Alles okay, Böhnchen?« Sarah weigert sich, ihrer Mutter zu antworten, und Amadeo empfindet zum ersten Mal so was wie Mitleid mit seiner Schwester.

»Stell dir vor, Connor, das ist dein Großgroßgroßonkel«, säuselt Angel.

»Meine Güte«, sagt Tíve.

Valerie schüttelt den Kopf. »Das ist verrückt.«

»Großgroßgroßgroßgroßgroßgroß«, trällert Sarah. Sie wirft eine Plastikrassel in die Luft, die gegen die Decke knallt und dann auf dem Teppich landet.

»Lass das«, sagt Lily. »Mom, sag ihr, sie soll das lassen.«

Nachdem Yolanda das Geschirr in die Maschine geräumt hat, gesellt sie sich wieder zu ihnen. Schwerfällig setzt sie sich auf die Couch neben ihren Onkel und das Baby. »Uff.«

Seit wann bewegt sich seine Mutter wie eine alte Frau? Amadeo sieht sich beunruhigt um: seine plötzlich so gebrechliche Mutter, deren Haare an den Wurzeln schon ganz grau sind, seine Tochter, deren Gesicht aufgedunsen und blass ist, sein klappriger Großonkel, seine Schwester, die mit hängenden Schultern auf dem Boden hockt. Selbst seine reizlosen Nichten, die intelligent und nerdig genug sind, um später mal an der Uni Karriere zu machen, scheinen einer aussterbenden Spezies anzugehören. Und Connor, der jüngste und theoretisch fitteste von allen, kann nicht mal seinen eigenen Kopf hochhalten. Seit wann sind alle in seiner Familie so *schwächlich?*

Yolanda wedelt mit Connors molligem Füßchen und seine Arme und Beine zucken. »Erinnert er dich an Elwin?«, fragt sie ihren Onkel behutsam.

Tíve blickt sie scharf an. »Nein.«

»Und was ist mit mir?«, fragt Amadeo und merkt selbst, wie weinerlich er klingt. »Sieht er aus wie ich als Baby?«

Tío Tíve blickt ihn irritiert an, als wäre Amadeos Frage ein nerviges Insekt, das um seinen Kopf schwirrt. »Das ist zu lang her.«

Plötzlich durchzuckt Amadeo die beschämende Erkenntnis,

dass er auf das Baby eifersüchtig ist. Irgendwie hat er den Eindruck, die unwichtigste Person im ganzen Zimmer zu sein, derjenige, den man im Fall einer Katastrophe bedenkenlos opfern würde.

»Weinst du, Onkel?«, ruft Angel plötzlich und Amadeo schreckt aus seinen Gedanken auf.

»Quatsch«, sagt Tíve mit feuchten Augen.

»Was ist los, Tíve?« Yolanda berührt ihn am Arm.

»Er ist so ein süßes kleines Kerlchen«, sagt Tíve und senkt den Kopf.

Alle sehen das Baby an. Tíves Arme zittern. Connor zappelt, verzieht im Schlaf das Gesicht. Tíve wiegt ihn. Mühsam öffnet Connor die Augen und blinzelt ins Deckenlicht. Dann gibt er einen Grunzlaut von sich und alle atmen erleichtert auf.

Angel nimmt ihn ihrem Großgroßonkel ab und küsst den alten Mann auf die braune, glatt rasierte Wange. Bestimmt fühlt sie sich ganz kühl an, denkt Amadeo.

Nachdem Angel sich wieder hingesetzt hat, hebt sie ihre Satinbluse hoch und hakt ihren Still-BH auf. Nach nur wenigen Tagen hat sie kein Problem damit, ihre Brüste zu zeigen. Sie nimmt eine heraus, blaugeädert und geschwollen, und legt das Baby an. Connor dreht den Kopf ungeduldig hin und her, sucht mit dem geöffneten Mund nach der Brustwarze, knetet ihre Brust mit seinen winzigen roten Händen, so runzlig und geschickt wie die eines Äffchens.

Alle verfolgen gebannt, wie Angel das Baby stillt. Es ist peinlich, wenn man dabei erwischt wird, aber es ist einfacher, sich auf das Baby zu konzentrieren, als die angespannte Atmosphäre im Raum zu ertragen.

»Ich bin so froh, dass du stillst«, sagt Valerie.

»Ich kenn die wissenschaftlichen Studien, Tante Val«, erwidert Angel gereizt. Amadeo verbucht einen weiteren Punkt für sich, aber es bereitet ihm keine Genugtuung.

Connor schmatzt und tritt um sich wie ein Ertrinkender.

»Also gut«, unterbricht Yolanda das Schweigen. Ihre fröhliche Stimme steht im Widerspruch zu ihrem grimmigen Gesichtsausdruck. Sie steht auf. »Es ist noch Küche im Kuchen.«

Plötzlich scheint sie das Gleichgewicht zu verlieren, schwankt erst zur einen Seite, dann zur anderen, als würde sie in einer Komödie eine Betrunkene spielen. Ihre Augen und ihr Mund sind weit aufgerissen vor Schreck. Dann kippt sie nach vorn und fällt aufs Gesicht.

»Alles okay!«, ruft sie lachend, während ihr Tränen über die Wangen laufen und aus ihrer Nase Blut tropft. »Mir geht's gut.«

Yolanda kann ihren Hirntumor nicht ignorieren – das ist unmöglich –, aber trotzdem nimmt sie ihre tägliche Routine wieder auf. Sie geht wie immer ins Büro, kocht wie immer das Abendessen. Und die ganze Zeit wartet sie darauf, dass jemand merkt, dass sie bald stirbt. Sie findet es unglaublich, dass niemand kontrolliert, ob sie sich nach Dr. Mitchells Diagnose um weitere Arzttermine gekümmert hat. Hat sie irgendwelche offiziellen Anrufe erwartet? Hat sie gedacht, dass man sie ins Krankenhaus zitiert wie eine Schülerin ins Büro des Rektors? Ja, das hat sie wirklich.

Selbst Cal, der aufmerksame Cal, hat nicht angerufen. Bei dem einzigen Gespräch, dass sie seit ihrer Heimkehr geführt haben, hat sie ihn mit einer ziemlich schwammigen, abgedroschenen Erklärung abgespeist: »Ich brauche Zeit. Um herauszufinden, was ich will.« Sie konnte hören, wie er tief und rasselnd durch die Nase einatmete und dann tief und schicksalergeben ausatmete. Schließlich sagte er: »Nimm dir so viel Zeit, wie du brauchst. Ich liebe dich, aber natürlich lass ich dir Zeit.« Und er steht zu seinem Wort, hat sich seitdem nicht mehr gemeldet.

Sie könnte ihre persönlichen Angelegenheiten ordnen, sich über ihre Bestattung Gedanken machen und alles Finanzielle regeln, aber die ganze Situation kommt ihr immer noch ganz unwirklich vor.

Yolanda beobachtet sich, wartet darauf, dass sich die Symptome verschlimmern, und das tun sie tatsächlich. Wörter – vor allem Substantive – entschlüpfen ihr auf enervierende Weise, ducken sich weg, sobald sie nach ihnen greift, sodass nur noch andere, unpassende Wörter übrig bleiben. Manchmal fängt sich alles um sie herum zu drehen an, als würde Gott der Erde einen Schubs geben. Sie lässt Sachen fallen. Mehrmals am Tag überkommt sie eine bleierne Müdigkeit, sodass sie den Kopf auf den Schreibtisch legt und wegdämmert. Bald wird sie wieder stürzen. Bald wird sie nicht mehr arbeiten können und wahrscheinlich auch nicht mehr in der Lage sein, allein das Haus zu verlassen. Die Aussicht auf dieses neue, eingeschränkte Leben macht ihr schreckliche Angst. Vor allem quält sie der Gedanke, dass Monica enttäuscht von ihr sein könnte. Zum Glück hat Monica so viel zu tun, dass sie noch keinen Verdacht geschöpft hat.

Also arbeitet Yolanda weiter, obwohl ihr schon einfachste Aufgaben über den Kopf zu wachsen drohen. Sie muss für drei Abgeordnete Briefpapier nachbestellen und dann muss sie bei der Haustechnik beantragen, dass eine Flagge auf dem State Capitol gehisst wird, die später an ein neues Seniorenzentrum in Alamogordo geschickt werden soll. Sie muss ein Echtheitszertifikat für die Flagge vorbereiten. Das ist wirklich kein Kunststück – man muss nur Datum und Namen eintragen und ein Siegel anbringen –, aber selbst das überfordert sie. Und wozu das Ganze eigentlich? Wen interessiert es schon, ob die Flagge auf dem Capitol gehisst wurde? Sie bezweifelt, dass die alten Leute, die in der Cafeteria vor ihrem faden Zwei-Dollar-Lunch sitzen, von der Flagge die geringste Notiz nehmen.

Während der langen Rückfahrt von Las Vegas hat sie überlegt, dass sie die Behandlung ja auch ablehnen könnte. Sie könnte einfach so tun, als ob nichts wäre, bis sie irgendwann tot umfällt. Obwohl eine Freundin ihrer Mutter genau so mit ihrem Krebs umging, um ihrer Familie Kummer zu ersparen, und obwohl das bewundernswert ist und etwas verlockend Märtyrerhaftes hat, weiß Yolanda, dass ihr dafür der Mut fehlt und sie deshalb professionelle Hilfe in Anspruch nehmen wird. Ihr Bedürfnis, mit jemandem über das zu sprechen, was mit ihr geschieht, ist stärker als ihr Bedürfnis, es zu verdrängen. Trotzdem bringt sie es nicht über sich, zum Telefon zu greifen.

Eines Nachmittags im Juni auf dem Weg von der Toilette zurück in ihr Büro stellt Yolanda fest, dass sie sich verlaufen hat. Das Capitol ist ein kreisrunder Bau, auch die Flure sind kreisförmig angeordnet: Bürotür reiht sich an Bürotür, ab und zu zweigt ein Gang ab, der zu den Sitzungszimmern führt. Die halbrunden Wände sind alle beige und kahl, an der Decke summen Neonröhren. Sie arbeitet seit über dreißig Jahren in diesem Gebäude und jetzt fühlt sie sich in ein Albtraumszenario versetzt. Bleib ruhig, sagt sie sich. Geh zurück zum Klo, dann findest du dich wieder zurecht. Aber auch das Klo ist plötzlich verschwunden. Nichts als Türen, rechts, links, aber keine öffnet sich zu dem kleinen Vorraum ihres vertrauten Büros.

Während der Sitzungsperiode sind alle Bürotüren offen und auf den Gängen herrscht ein reger Betrieb. In den freundlichen Sitzungssälen stehen auf den halbkreisförmig angeordneten Tischen frische Blumen, kleine Fähnchen und gefüllte Bonbongläser bereit. Doch jetzt ist das Gebäude menschenleer und die Büros sind dunkel.

In ihrer Brust flackert Panik auf. Schließlich stößt sie auf einen Aufzug. Über den Fahrstuhlknöpfen hängt ein Gebäudeplan mit Notausgängen und Fluchtwegen. Sie studiert ihn konzentriert, hofft, dass ihr aktueller Standort eingezeichnet ist, aber die Karte ist verwirrend und sie kann den grünen Pfeil nicht zuordnen.

»Checkst du, wo die Notausgänge sind, Yo? Oder hast du dich verlaufen?«, fragt Sylvie Archuleta, die plötzlich neben ihr auftaucht. Sie drückt auf den Knopf, beugt sich herunter und zieht ihre Strumpfhose zurecht.

Sylvie Archuleta ist eine alte Freundin, die genau wie sie auch während der Parlamentsferien arbeitet. Sie ist älter als Yolanda, hat helle Haut, eine blonde Lockenmähne und ist ziemlich exzentrisch. Sie war dreimal verheiratet und wechselt mit jedem neuen Ehemann ihre politischen Ansichten. Zurzeit ist sie Republikanerin, was sie aber nicht daran hindert, für den Sprecher des Repräsentantenhauses zu arbeiten, der Demokrat ist. Sie hat immer noch einen breiten texanischen Akzent, obwohl sie seit ihrer Teenagerzeit in Roswell wohnt. Mr. Archuleta war ihr zweiter Mann, der ihr leider weggestorben ist. »Er hat mir am meisten bedeutet«, sagte sie einmal. »Er war die Liebe meines Lebens. Er hat mir mehr sogar bedeutet als Willy.« Willy Greene ist ihr aktueller Freund, der ebenfalls fürs

Parlament arbeitet, allerdings nur während der Sitzungsperiode.

Einen Moment lang überlegt Yolanda, ob sie sich ihr anvertrauen soll. Ja, ich hab mich verlaufen, würde sie gern sagen. Ich weiß nicht mehr weiter.

»Ich mach nur eine Verschnaufpause«, sagt sie stattdessen und lacht. Es hört sich total gekünstelt an. Das war's dann wohl, denkt sie. Schluss, aus.

Aber Sylvie Archuleta scheint nicht zu bemerken, wie durcheinander Yolanda ist. Sie zupft sich das Haar zurecht und deutet mit dem Kinn links den Gang hinunter. »Ich hab gerade Jim Gordon vor deinem Büro gesehen. Er will dich nach Monicas Terminen nächste Woche fragen.«

»Vielleicht erwisch ich ihn noch.« Yolanda geht rasch den Flur hinunter. Ein paar Sekunden lang ist sie orientierungslos, aber dann – als hätte jemand an einer Kamera die Schärfe nachgestellt – ist alles wieder glasklar.

Sie öffnet die Tür zu ihrem Büro. Erschöpft lässt sie sich auf ihren Schreibtischstuhl fallen, klammert sich an den Armlehnen fest und kämpft mit den Tränen. Noch am selben Nachmittag ruft sie die erste Nummer auf Dr. Mitchells Kontaktliste an.

—

Es werden weitere Untersuchungen angeordnet. Yolanda darf zehn Stunden lang nichts essen. Man ruft sie am Abend vorher an, um sie daran zu erinnern. Vielleicht reicht schon ein Löffel Haferflocken, ein Bissen Toast oder eine einzige Weintraube, um die Testergebnisse zu verfälschen, das Schicksal auszutricksen und eine andere Diagnose für sich herauszuschlagen. Wer weiß, vielleicht könnte sie mit dem richtigen Frühstück kerngesund aus der Sache rauskommen. Aber bei ihrem Glück würde sich ihre Galgenfrist wahrscheinlich nur noch weiter verkürzen, also fastet sie brav, wie man es von ihr verlangt hat.

Sie verbringt viel Zeit in diversen Wartezimmern des Krebszentrums, das sich nicht, wie sie dachte, auf dem St. Vincent's

Campus, sondern in einem separaten Gebäude hinter dem Albertsons-Supermarkt befindet. Sie vermeidet Blickkontakt mit den anderen Patienten, die ihre letzten kostbaren Stunden in dieser beklemmenden, sterilen Atmosphäre verbringen. Sie haben sich alle in Pullover und Schals eingemummelt. Und erst jetzt wird Yolanda bewusst, dass auch sie sich warm angezogen hat, dass auch sie das heimtückische Frösteln spürt, das ihr den Rücken hochkriecht. Einige Patienten haben Strickmützen auf, andere ziehen Sauerstoffflaschen hinter sich her, wieder andere erbrechen sich kraftlos in nierenförmige rosa Schalen. Alle außer Yolanda werden von verängstigten Partnern, fürsorglichen Pflegerinnen mit spanischem Akzent oder erwachsenen Kindern begleitet, die fest entschlossen sind, sich für ihre Eltern einzusetzen. Eine grauhaarige amerikanische Ureinwohnerin mit einer Windjacke auf dem Schoß lächelt ihr zu, aber Yolanda wendet den Blick ab.

Neben dem Empfangstresen steht ein Tisch mit einer Auswahl an Mützen. Ein Pappschild verkündet, dass jeder Patient Anspruch auf eine kostenlose Kopfbedeckung hat. Die Mützen, die von engagierten Frauen in Heimarbeit angefertigt wurden, sind in zwei gleichermaßen hässlichen Ausführungen zu haben: Pudelmützen aus regenbogenfarbener Acrylwolle oder Baumwollkappen (Katzen, Blumen und das Logo der University of New Mexico sind beliebte Motive), die an die Kopfbedeckungen erinnern, die Yolandas Großmütter und Urgroßmütter bei der Gartenarbeit trugen, damit sie nicht zu viel Sonne abbekamen. Offenbar erwartet man von Todgeweihten, dass sie mit ihren Zukunftsplänen auch jegliches Stilgefühl begraben.

Yolandas neue Onkologin, Dr. Konecky, ist eine hochgewachsene Frau um die dreißig mit sehr feinem Haar, das von einem breiten lila Samthaarband zusammengehalten wird – ein mädchenhaftes, altmodisches Accessoire, das Yolanda befremdlich findet. Dr. Konecky bestätigt die Diagnose des gegelten Dr. Mitchell.

Viele der neurologischen Tests sind die gleichen, die Amadeo in der Ausnüchterungszelle machen musste: Auf einer geraden Linie gehen, sich mit dem Finger an die Nasenspitze tippen. »Halten die mich für einen Vollidioten?«, hatte er sich später empört.

»Wie viele Finger halte ich hoch?«, fragt Dr. Konecky und Yolanda sagt erleichtert: »Vier.«

»Gut.«

Yolanda findet große Menschen einschüchternd, aber es ist nicht nur ihre hoch aufgeschossene Gestalt, die sie irritiert. Nachdem sich Dr. Konecky hinter ihren Schreibtisch gesetzt hat, sieht sie Yolanda mit ihren hellen, wimpernlosen Augen an. Yolanda betrachtet fasziniert dieses glasige Blau – eisig, seelenlos. Sie wendet erst den Blick ab, als Dr. Konecky mit ihr die Ergebnisse der Hirnscans und der Bluttests durchgehen will. Yolanda umklammert den Riemen ihrer Handtasche.

Das neue CT-Bild – nur sieben Wochen nach der ersten Aufnahme gemacht – zeigt nicht nur einen, sondern zwei Tumore. Zu der Mandel, die zu einer Paranuss angewachsen ist, hat sich eine Murmel gesellt. Die Murmel drückt auf den Hinterhauptlappen, was die Ergebnisse des Sehtests erklärt. Merkwürdigerweise ist Yolanda gar nicht aufgefallen, dass ihr rechtes Sichtfeld inzwischen ziemlich eingeschränkt ist. Dies könnte auch die Ursache für ihre Koordinationsschwierigkeiten sein. In letzter Zeit hat sie immer einen leichten Linksdrall, weshalb sie mit dem rechten Fuß gegensteuern muss, wie ein junger Matrose bei stürmischer See.

Dr. Konecky schiebt die neue Aufnahme und das CT, das Dr. Mitchell aus Las Vegas geschickt hat, über den Schreibtisch. »Wie Sie sehen, hat sich die erste Geschwulst erheblich vergrößert und es hat sich noch eine weitere gebildet. Ich wünschte, Sie wären früher gekommen. Wir sollten schnellstmöglich mit der Bestrahlung anfangen, um das Wachstum zu stoppen.« Yolanda malt sich aus, wie ein riesiger Tumor auf der Straße gestoppt, in Handschellen gelegt und über seine Rechte belehrt wird. Irgendwie erinnert sie das an ihren Sohn. »Die Bestrahlung wird die Tumore nicht restlos beseitigen, aber wenn wir Glück haben, wird das Wachstum gebremst. Eine Operation wäre allerdings die beste Lösung. Egal, wofür

Sie sich entscheiden, wir sprechen hier von Monaten, nicht von Jahren.« Die Ärztin räuspert sich. »Es tut mir wirklich sehr leid.« Ihre Stimme klingt unerwartet sanft.

»Schon gut.« Yolanda fragt sich, woher sie ihre Gelassenheit nimmt. »Das hab ich erwartet. Ich meine, ich wusste es ja schon.« Aber wie ihr jetzt klar wird, hat sie auf eine zweite Chance gehofft oder zumindest auf eine abgemilderte Version dieses neuen Todesurteils, was an ihrer Lage nichts ändern, sie aber wenigstens erträglicher machen würde.

Dr. Konecky wirkt erleichtert: Offensichtlich nimmt nicht jeder Patient diese Diagnose so gefasst auf wie sie. Die Ärztin presst die Faust auf den Mund und unterdrückt ein Rülpsen. »Entschuldigung.« Sie klopft sich auf die Brust. Yolanda stellt sich vor, wie sie vorhin an ihrem Schreibtisch zu Mittag gegessen hat – bestimmt irgendetwas Vegetarisches –, während sie ihre Patientenakte durchblätterte und dachte, wie lästig es doch war, an einem Freitagnachmittag wieder einmal den Todesengel spielen zu müssen.

»Ich will keine Operation. Nicht, wenn sie ohnehin nichts bringt. Wenn ich trotzdem sterben muss.«

Dr. Konecky schüttelt den Kopf, dreht ihn hin und her, immer wieder, auch noch, als sie spricht. »Ich rate Ihnen dringend zu einer Operation. Sie würde Ihnen Zeit verschaffen.«

»Nein«, sagt Yolanda mit einer Entschiedenheit, die sie selbst überrascht. Wenn sie sich operieren ließe, müsste sie ihrer Familie alles erzählen und dann würde es mit dem Sterben erst richtig losgehen.

Dr. Konecky fragt sie, ob sie mit einer Therapeutin sprechen möchte. »Manche Patienten finden es hilfreich, die Information mit Unterstützung einer qualifizierten Person zu verarbeiten. Ich gebe gleich jemandem Bescheid.«

»Nein, danke«, sagt Yolanda, nimmt ihre Handtasche, strafft sich und macht Anstalten, zu gehen. »Ich brauche keine Therapeutin.«

»Ich glaube, es wäre doch besser für Sie.« Dr. Konecky greift nach dem Telefon und ruft eine Therapeutin an. Dann sagt sie zu Yolanda: »Sie werden in Zimmer 209 erwartet, gleich den Gang hinunter. Und es versteht sich hoffentlich von selbst, dass Sie nicht mehr Auto fahren. Wegen der eingeschränkten Sicht und der Koordinationsstörungen.«

»Natürlich.«

Yolanda geht mit gesenktem Kopf an Zimmer 209 vorbei und steuert auf den Empfang zu. Gott sei Dank nimmt niemand Notiz von ihr. Als man die Rechnung für sie fertig macht, deutet Yolanda auf die Fotos an der Wand hinter dem Tresen. Auf einem lächelt ihr eine blässliche Dr. Konecky verkrampft entgegen. »Na ja, Dr. Konecky macht auch nicht gerade einen gesunden Eindruck.«

Der Rezeptionist lacht, setzt aber sofort wieder eine ernste Miene auf. »Alles Gute für Sie«, sagt er und reicht ihr ihren Beleg.

Es ist Freitagnachmittag und Angel dreht sich die Haare ein. Heute ist bei Smart Starts! Tag der offenen Tür. Connor liegt zappelnd auf einer Babydecke auf dem Boden ihres Zimmers. Angel betrachtet es als ihr Zimmer – ihres und Connors –, auch wenn im Bücherregal eine umfangreiche Sammlung von Valeries Jahrbüchern und Garfield-Figuren stehen, etwa dreißig Jahrgänge von Yolandas *Cooking-Light*-Zeitschriften und ein paar unförmige glasierte Tongebilde, die Angel selbst gemacht hat, wenn man den in den Boden geritzten Initialen glauben darf. Sie fühlt sich hier viel wohler als in ihrem Zimmer zu Hause in Española, vielleicht, weil es ihr irgendwie unschuldig und unverdorben vorkommt. Besonders gefällt ihr die Spiegelkommode und der dazugehörige Nachttisch, cremefarben mit goldenen Verzierungen und geschwungenen Beinen. Valerie hat die Möbel immer gehasst, wie sie behauptet. Aber für Angel hat der kitschige Sechziger-Jahre-Stil etwas Bohemehaftes und Unkonventionelles. Sie würden perfekt in eines dieser Künstler-Lofts passen, von denen sie manchmal träumt, mit Backsteinwänden, einer kargen, geschmackvollen Einrichtung, und auf den glänzenden Holzboden würde sie einen bunten Seidenschal drapieren.

Selbst in diesen anstrengenden Wochen, in denen die Bedürfnisse des Kleinen sie auf Trab halten, achtet Angel immer darauf, dass das Bett gemacht ist, dass ihre Cremes und Connors Puder und Salben auf der Kommode ordentlich aufgereiht sind, mit dem Etikett nach vorn, wie im Drogerieregal. In diesem kleinen, gemütlichen Zimmer hat sie ihr Leben im Griff.

Connor quäkt auf seiner Decke, erst zaghaft, und als keine Reaktion kommt, brüllt er los.

»Komm, beruhig dich, *hijito.*« Sie sprüht eine Strähne mit Haarspray ein und wickelt sie um den heißen Lockenstab. Ein verbrannter, leicht chemischer Geruch steigt ihr in die Nase.

Sie ist ziemlich aufgeregt, weil sie seit vier Wochen zum ersten Mal wieder in die Schule geht. Und weil sie heute Abend Brianna fragen wird, ob sie Connors Taufpatin sein will. Sie weiß, dass Brianna sie mag. Zumindest mag Brianna sie mehr als die rebellische Lizette oder die scheinheilige Jen. Sie hat Connor für diesen besonderen Anlass extra herausgeputzt. Er trägt ein türkisfarbenes Polohemd und eine karierte Golfhose mit einem Stoffgürtel und Socken, die ausnahmsweise mal zusammenpassen. Vorhin hat sie ihm den ganzen Kopf mit Wasser eingesprüht, sodass er zusammenzuckte und niesen musste, und dann hat sie die langen vorderen Strähnen über die kahle Stelle am Hinterkopf gekämmt. »Nicht mal ein Jahr alt und schon 'ne Halbglatze. Armer kleiner Spatz.« Seine Augen sind halb geschlossen, als wäre er kurz davor, einzunicken, wollte aber auf keinen Fall etwas verpassen. Er ist einfach zum Anbeißen. Brianna wird hin und weg sein.

Was sie außerdem nervös macht, ist die Tatsache, dass sie heute zum ersten Mal selbst zu Family Foundations fährt. Sie ist noch nie eine so lange Strecke gefahren. Aber sie wird's schon schaffen. Natürlich schafft sie es. Sie ist sich ziemlich sicher, dass ihr Vater als erwachsene Begleitperson eigentlich nicht zählt. Aber ihre Großmutter kann nicht mitfahren, weil sie direkt vom Büro aus hinkommt. Ihr Vater meinte, dass er genau genommen seinen Führerschein noch hätte, weil man ihm seine Fahrerlaubnis ja nur vorübergehend und nicht endgültig entzogen hätte. Außerdem weiß ihr Dad ja trotzdem noch, wie man Auto fährt. Und er hat seit Ostern, also seit zwei Monaten, keinen Tropfen mehr angerührt – ihre Großmutter und ihr Vater sind ganz aus dem Häuschen deswegen. Wie auch immer, Angel will ja nur, dass er ein Auge auf den Verkehr hat und ihr vielleicht ab und zu einen Tipp gibt. Insgeheim genießt sie es auch, den Pick-up ihres Vaters zu fahren, der sein Ein und Alles ist. Sie weiß, dass er es kaum erträgt, neben ihr auf dem Beifahrersitz zu sitzen, während sie ungeschickt aufs Gas tritt und der Pick-up einen Satz nach vorn macht.

Angel betrachtet ihr Gesicht im Spiegel. Sie hat sich für

heute Abend extra neues Make-up besorgt: Foundation, Lippenstift, Eyeliner. Solche Anschaffungen gehören eigentlich in die Kategorie »Schön, aber nicht lebensnotwendig«, wie Brianna ihnen in Hauswirtschaftslehre eingebläut hat, aber für sie sind sie durchaus »lebensnotwendig«. Angel will heute Abend gut aussehen. Und sich wie eine Erwachsene fühlen. Sorgfältig verteilt sie die Foundation auf Wangen, Kinn und Hals – so wie sie es in der *Seventeen* gelesen hat, als sie noch in der Mittelstufe war. Der Ton ist etwas zu dunkel geraten. Und natürlich ist sie immer noch zu dick. Aber sie ist hübsch! Hübsch genug jedenfalls.

Im Grunde findet Angel gutes Aussehen nicht so wichtig; ihrer Mutter hat es jedenfalls nicht viel gebracht, auch wenn sie offenbar immer noch glaubt, dass sie allein wegen ihrer Schönheit ein besseres Leben verdient hätte. Wenn sie sich zusammen einen Film im Fernsehen ansahen, kriegte Marissa kaum etwas von der Handlung mit, weil sie nur damit beschäftigt war, sich mit den Schauspielerinnen zu vergleichen. »Ich bin hübscher als die«, sagte sie dann wehmütig. Ihre Mutter sollte langsam mal kapieren, dass sie alt ist, immerhin einunddreißig, und dass es erbärmlich ist, immer noch darauf zu warten, dass ihr die Liebe ihres Lebens über den Weg läuft.

Heute Abend wird sie ihre Mutter wiedersehen, vorausgesetzt, sie macht nicht in letzter Minute einen Rückzieher. Bei dem Gedanken wird ihr ganz flau im Magen. Sie muss an Mike denken, an den Moment, als er die Hände um ihren Hals legte. Ihre Mutter hat Mike vor die Tür gesetzt, genau wie sie es sich gewünscht hat, aber Angel ist immer noch sauer auf sie, ohne genau zu wissen, warum.

We are fam-i-ly! meldet sich ihr Handy. Connor hört auf zu wimmern und lauscht, starrt stirnrunzelnd an die Decke; also lässt sie das Telefon noch etwas länger klingeln. Der Klingelton von Sister Sledge ist der einzige, den sie in letzter Zeit zu hören bekommt. Ihr Vater. Verdammt, wo steckt er? Sie wollen doch in fünf Minuten nach Española aufbrechen.

»Wo bist du, Dad? Wir müssen gleich los.«

»Keine Panik auf der Titanic«, sagt er, was sie schier wahnsinnig macht. »Ich bin hier draußen. Ich muss dir was im Pick-up zeigen.« Sie hört ein Klopfen am Fenster. Und da steht ihr Vater hinter der Scheibe und winkt wie ein Irrer.

Angel starrt ihn entgeistert an, sagt dann in ihr Handy: »Wir haben keine Zeit. Ich darf auf keinen Fall zu spät kommen.«

»Komm einfach raus.«

»Na gut.« Angel schnappt ihre Tasche, wirft ihr Handy hinein und hängt sich die Wickeltasche um. Sie strafft sich und lächelt ihrem Spiegelbild aufmunternd zu. »Auf geht's.« Als sie Connor schwungvoll hochnimmt, kräht er begeistert, und sie muss laut lachen.

Ihr Vater sieht erstaunlich gut aus, wie er da neben dem Pick-up steht, den er nicht mehr fahren darf. Er trägt ein gestreiftes Polohemd, eine Khakihose und seine neuen Arbeitsstiefel. Und hat sich mit Kölnisch Wasser eingesprüht, wie sie beim Näherkommen bemerkt. Jetzt tut es ihr leid, dass sie ihn angeschnauzt hat. Aber dann durchzuckt sie ein Gedanke, den sie jetzt immer häufiger hat, wenn sie mit ihrem Vater allein ist: Wenn er wollte, könnte er sie jederzeit erwürgen. Oh Gott, wie kann sie so was nur denken? Das ist ja abartig.

»Was ist denn los?« Sie wiegt Connor im Arm. »Ihr beide seht ja aus wie Zwillinge! Als wolltet ihr zusammen auf den Golfplatz.«

Ihr Vater wirft einen Blick in den Pick-up, tritt dann beiseite, reibt sich nervös die Hände. Auf der Rückbank steht ein nagelneuer Kindersitz, der fast die ganze Sitzfläche einnimmt und mit einem Gewirr aus Gurten, Schnallen und Verschlüssen ausgestattet ist. Die mit Velours überzogene Kunststoffschale sieht aus wie ein kleiner Thron – genau das, was Angel immer wollte.

Sie ist ganz gerührt von dieser großzügigen Geste. »Was hast du mit Valeries Sitz gemacht?«, fragt sie.

Amadeo zeigt mit dem Daumen auf die Straße, wo der hässliche alte Autositz neben der grünen Plastikmülltonne steht.

»Der ist von Graco. Wurde top bewertet. Also nicht die Nummer eins, der hätte an die fünfhundert Dollar gekostet, aber er war unter den ersten drei.« Er scharrt mit der Schuhspitze im Kies. »Ich hab ihn verkehrt rum eingebaut. Wusstest du, dass kleine Kinder gegen die Fahrtrichtung sitzen sollen? Hat mir die Verkäuferin erzählt.«

Angel nickt. Der alte war auch verkehrt herum montiert, hätte sie am liebsten gesagt, was er wissen würde, wenn er Connor wenigstens einmal angeschnallt hätte. Oder mal einen Blick auf die Rückbank geworfen hätte. Sie setzt sich Connor auf die andere Hüfte und streicht über das Velours. Das Sitzpolster ist silbergrau – wie in der Businessclass im Flugzeug. Es gibt sogar ein dazu passendes halbrundes Nackenkissen, das sein Köpfchen stützen soll.

»Vielleicht sollten wir den alten behalten. Für Grammas Auto.«

»Okay. Und das ist auch noch für dich.« Ohne sie anzusehen, reicht er ihr eine in Geschenkpapier eingewickelte Schachtel. Dann nimmt er ihr das Baby ab und spielt verlegen mit Connors Haaren.

In der Plastikbox ist ein winziges Paar schwarzer Basketballschuhe. Aus weichem Leder, mit Schnürsenkeln und der Silhouette eines springenden Michael Jordan an der Seite.

Angel nimmt sie aus der Box und steckt in jeden Schuh einen Finger. Dann läuft sie mit ihnen ihren Arm hinauf und setzt zu einem Korbleger an.

»Echtes Retrodesign. Die haben fünfzig Dollar gekostet.« Er zuckt mit den Schultern, schiebt seine freie Hand in die Hosentasche, zieht sie wieder heraus. »Ich war ungefähr sechzehn, als ich mein erstes Paar bekommen hab. Mein Enkel soll nicht so lang warten müssen.«

Angel lächelt dümmlich. Sie kann ihren Vater nicht ansehen, starrt stattdessen auf den schwarzen Flaum auf Connors Kopf, der wie von Motten zerfressen aussieht. »Er kann nicht Basketball spielen. Du weißt doch, dass er die meiste Zeit nur rumliegt, oder?«

Warum tut sie das? Sie ärgert sich über ihren Vater, nimmt ihm übel, dass er sich nicht genug um sie kümmert, dass er nicht so ist, wie sie es gern hätte. Und wenn er dann etwas Liebes, Väterliches tut – etwas, was ein anderer, besserer Vater für eine andere, bessere Tochter tun würde –, ist sie so überwältigt von Glück, dass sie es nicht aushält. Sie muss das Gefühl sofort ersticken, es möglichst schnell verdrängen.

»Tíve hat mich zur Mall in Santa Fe gefahren«, sagt ihr Vater. »Erst wollte er nicht, aber als ich ihm gesagt hab, dass es wegen dir ist, hat er's doch gemacht. Er scheint 'nen Narren an dir gefressen zu haben.«

Sie fährt mit dem Finger über die Naht des Stiefelchens. Als sie sieht, dass ihr Vater sie beobachtet, fragt sie sich, was er wohl denkt. Vielleicht ist sie tatsächlich eine undankbare, lieblose Tochter. »Danke«, sagt sie steif, obwohl sie ihm wirklich dankbar ist und sich wirklich freut, weil der Kindersitz genau das ist, was sie sich gewünscht hat, und die Mini-Basketballschuhe einfach perfekt sind.

»Ich dacht mir halt, er könnte ein paar neue Sachen gebrauchen.« Er zuckt verlegen mit den Achseln. »Wollen wir los?« Ihr Dad setzt Connor in den Sitz und fummelt an den Verschlüssen herum. Dann wendet er sich um. »Du musst ihn anschnallen. Ich krieg das nicht hin.«

Angel beugt sich über Connor, zieht seine Ärmchen durch die Gurte, schließt eine Schnalle nach der anderen. Er lässt die Prozedur brav über sich ergehen, sabbert und schmatzt mit seinem hübschen Mund. Als Angel ihn angeschnallt hat, stellt sie sich neben Amadeo und beide betrachten Connor zufrieden. Er versinkt fast in den dicken Polstern.

»Der könnte in den Weltraum fliegen und wär sicher«, sagt ihr Vater. »Aber das ist ja wohl das Mindeste, was ich tun kann. Wo du doch jetzt meine offizielle Fahrerin bist.«

Auf der Fahrt zu Family Foundations sitzt Amadeo schweigend neben ihr, was Angel ganz recht ist, denn sie muss sich konzentrieren. Die tief stehende Sonne strahlt die Luzernenfelder, die Apfel- und Aprikosenplantagen an, Blätter und Stämme sind in ein rötlich-goldenes Licht getaucht. Auf einer eingezäunten Weide zupfen zwei magere Pferde lustlos am Gras herum, ihr staubiges Fell schimmert wie Samt. Als es ein längeres Stück geradeaus geht, dreht sich Angel zu Connor um. Er ist eingeschlafen. Aus seinem Mund hängt ein Speichelfaden, dessen Ende am Polster klebt. Sie kann sich ein Lächeln nicht verkneifen.

In Española ist wenig Verkehr, und sie erreichen zügig die Mall, wo sich Family Foundations befindet.

Auf dem Parkplatz steigt Angel aus und hakt die Babytrage von der Basis los. Connor zuckt und grunzt im Schlaf. »Dad, warte«, ruft sie, als ihr Vater aussteigt und losgehen will. Er dreht sich um. »Danke«, sagt sie und umarmt ihn. Er drückt sie so fest an sich, als wolle er sie nie mehr loslassen.

Sie stehen dicht gedrängt im Klassenzimmer von Smart Starts! und trinken grellbunte Limonade aus Pappbechern. Mit den fröhlichen Pinnwänden sieht es hier eher aus wie in einer Grundschule als wie in den nüchternen Räumen, die Amadeo noch von der Highschool kennt und eigentlich erwartet hat. Es gibt sogar eine Lesenische mit Sitzsäcken, wo es sich die Mädchen beim Stillen gemütlich machen und in Zeitschriften blättern können. Auf dem Whiteboard steht: *Herzlich willkommen, liebe Familien!* und darunter haben die Mädchen unterschrieben: *Ysenia, Corinna, Jen, Lizette, Christy, Tabitha, Trinity*. Die Unterschriften sind bunt und schwungvoll und obwohl keins der Mädchen ein Herzchen oder Sternchen statt des I-Punkts gemalt hat, hätten die gut dazu gepasst. Jemand hat auch ein sexy aussehendes Baby gezeichnet, mit riesigen glitzernden Anime-Augen und einer einzelnen Locke auf dem Kopf.

»Wirklich wunderschön«, bemerkt Yolanda zu Angel. Vage zeigt sie im Raum herum und hält den Kopf dabei ganz still. Stattdessen bewegt sie den ganzen Oberkörper, erst nach rechts, dann nach links, ruckend wie ein Roboter. Amadeo fragt sich, ob sie vielleicht einen steifen Hals hat. Auf jeden Fall macht sie einen müden Eindruck, die Haut unter ihren Augen ist faltig und trocken und ihre Nase ist noch ganz blau und sieht aus, als hätte ihr jemand einen Boxhieb verpasst. Offenbar hat sie versucht, den Bluterguss mit Make-up zu kaschieren, aber die Schminke bröckelt schon ab.

Angel lächelt schüchtern. Sie scheint nicht zu wissen, wohin mit ihren Händen, stützt sie in die Hüften, versteckt sie dann hinter ihrem Rücken. Sie schnickt mit den Fingern, eine Geste, die sie schon als kleines Kind gemacht hat, wenn sie besonders aufgeregt war.

»Angel!«, ruft eins der Mädchen und kommt mit einem Marker auf sie zu. »Schön, dass du da bist! Du musst noch unterschreiben.«

Yolanda schlüpft mit ihrem bestrumpften Fuß aus dem Schuh und lässt ihn kreisen. Als sie schwankt, greift sie nach Amadeos Arm.

»Gute Frau, pass auf, dass du nicht hinfällst!« Er legt den Arm um seine Mutter. Sie lehnt sich mit ihrem ganzen Gewicht an ihn und lacht lautlos.

Es sind nur ganz wenige Männer da. Ein Teenager in Jeans und Flipflops trägt ein Baby mit einer Hand, was Amadeo ganz erstaunlich findet. Ein älterer Mann mit einem Bierbauch und schmalen Hüften steht in der Nähe der Tür und hält mit beiden Händen seine Hose fest. Er späht in den Flur, als warte er nur auf eine Gelegenheit, um sich aus dem Staub zu machen.

Die Schülerinnen von Small Starts! erkennt man auf den ersten Blick: Mädchen mit dicken Bäuchen oder mit Babys auf dem Arm. Eins der Mädchen ist nicht nur schwanger, sondern hat auch noch ein Kleinkind mit verfilzten Haaren auf dem Arm, das herumzappelt und schreit. Sie sind alle geschminkt, einige tragen kurze schwarze Stretchkleider, die besser für einen Nachtclub geeignet wären. Ein paar Kinder rennen durch die Gegend, fuchteln mit Filzstiften herum, drehen wie wild den Globus, werfen sich auf die Sitzkissen. Das müssen die kleinen Geschwister der Schülerinnen sein. Die Erwachsenen – hauptsächlich Mütter – wirken etwas verloren, halten Pappbecher in der Hand, rufen ihre Kleinen zur Ordnung und vermeiden Augenkontakt mit den anderen Erwachsenen. Sie sind ebenfalls geschminkt, tragen ähnlich figurbetonte Kleider und wirken ängstlich und eingeschüchtert, als warteten sie nur darauf, gemaßregelt zu werden.

Angel dagegen ist ganz in ihrem Element, umarmt ihre Freundinnen, zeigt stolz ihren kleinen Sohn herum. Nach ihrer Ankunft ging sie schnurstracks auf eine junge Frau zu, die nur Brianna sein konnte, und präsentierte ihr die Babyschale, als wäre es ein Geschenkkorb. Angels Lehrerin ist kein Drachen in einem Hosenanzug, wie Amadeo angenommen hat. Sie ist jung und ernst und trägt ein geblümtes Viskosekleid. Und sie ist kinderlos, wie Amadeo von Angel weiß. Als ihre Lehrerin sie drückte und das Baby bewunderte, strahlte Angel übers ganze Gesicht.

Jetzt drängen sich die Mädchen um Angel, bestaunen Connor, und Amadeo ist stolz, weil sein Enkel trotz der Babyakne und der dürftigen Haare und üppigen Augenbrauen das süßeste Baby von allen ist. Seine großen, klaren, fast schwarzen Augen, sein intensiver wissender Blick: Keins der anderen Babys kann ihm auch nur annähernd das Wasser reichen. Am liebsten würde Amadeo zu dem Grüppchen hinübergehen, Connor auf den Arm nehmen und ihn abküssen. Vielleicht könnte er ihn ja dazu bringen, den Mädchen mit seiner runzligen kleinen Hand zuzuwinken. Und vielleicht würde Connor sogar lustige Geräusche machen. Aber Amadeo sieht ein, dass heute Angels großer Tag ist und er sich besser zurückhält.

Als hätte Angel seine Gedanken gelesen, winkt sie ihn zu sich herüber. »Leute, ich möchte euch gern meinem Dad vorstellen. Ysenia, Christy, Trinity, Corinna, Tabitha.« Tabitha ist die Schwangere mit dem quengeligen Kleinkind, das zum Glück jetzt schläft, die Beine um den Bauch seiner Mutter geschlungen, die Arme vor ihren Brüsten gespreizt.

Angel berührt den Arm eines korpulenten Mädchens, das ein Baby trägt, legt dann die Hand um das Köpfchen des Kinds. »Das ist Lizette. Und diese süße Kleine ist Mercedes.« Aha, Lizette. Und Mercedes muss das Baby sein, das sie rausgeschissen hat.

Lizette lächelt Amadeo mit ihren schläfrigen grünen Augen an. Ihre Wimpern sind dicht und dunkel. Das Baby hat die gleichen Augen, die in dem kleinen Gesicht jedoch riesig wirken, und trägt ein gerüschtes Stirnband um den kahlen Kopf. »Freut mich, Sie kennenzulernen, Mr. Padilla.« Lizettes Stimme ist träge, neckend und verstörend. Sie klimpert mit den Wimpern.

Angel lacht. »Mr. Padilla!« Sie ist so unschuldig, bemerkt nicht mal den anzüglichen Blick, den Lizette ihm zuwirft. Amadeo fragt sich, ob seine Tochter nur so tut, diese Arglosigkeit nur vortäuscht, aber nein, sie hat wirklich nichts mitgekriegt. Glucksend sagt sie: »Keiner nennt ihn so. Bist du je im Leben *Mister* genannt worden, Dad?«

Na ja, höchstens von einem Telefonverkäufer. Das sagt er natürlich nicht. Warum sollte ein Teenager ihm, einem gestandenen Mann, einem Vater und jetzt sogar Großvater, nicht ein bisschen Respekt entgegenbringen? Natürlich weiß er, dass Lizette ihn nicht aus Respekt Mister genannt hat. »Freut mich, euch kennenzulernen, Mädels«, sagt er und schüttelt jeder von ihnen fest die Hand.

»Connor sieht Ihnen total ähnlich«, sagt Lizette. »Er hat dieselbe Kopfform.«

»Na ja«, erwidert Amadeo. »Wir sind schließlich auch verwandt.«

Das kleine Mädchen brabbelt vor sich hin und zieht an Lizettes Haaren. Lizette sieht das Kind genervt an und befreit ihre Haarsträhne aus der klebrigen kleinen Hand.

Amadeo gesellt sich wieder zu seiner Mutter, die ein Plakat mit dem Periodensystem studiert. Ihm ist klar, dass er Lizette enttäuscht hat, dass sie gern mit ihm geschäkert hätte. Im Grunde tut sie ihm leid, ein Mädchen in ihrem Alter, das schon Mutter ist und ihre Tage in einer Mädchenschule verbringt. Natürlich will sie mit einem der wenigen Männer, die ihr begegnen, flirten. Ihre Aufmerksamkeit schmeichelt ihm, das gibt er gern zu.

Als er den Kopf hebt, steht Marissa in der Tür zum Klassenzimmer und zupft an ihrem Wickelkleid. Sie ist fast eine Stunde zu spät.

Er war sich nicht sicher, ob Angel ihre Mutter überhaupt eingeladen hat, wollte sie aber nicht fragen. Er kapiert nicht, was mit den beiden los ist. Angel ist doch eigentlich kein nachtragender Mensch, ganz im Gegenteil, sie will es immer allen recht machen.

»Marissa ist da.« Amadeo stupst seine Mutter an, die ihn mit leerem Blick ansieht, dann aber winkt. Marissa lässt erleichtert die Schultern sinken und kommt auf sie zu.

»Hey.« Marissa beobachtet Angel, die Connor in seiner Babyschale schaukelt und zusammen mit den anderen Mädchen lacht.

Angel wirkt so ungezwungen, so souverän, dass es Amadeo

wie ein Wunder vorkommt, dass sie seine und Marissas Tochter ist.

Amadeo ist sich bewusst, dass zwischen ihm und Marissa eine Art Konkurrenzkampf herrscht, aber vielleicht sieht auch nur er das so. Jahrelang lag Marissa vorn. Aber Amadeo hat aufgeholt – die kleinen Sneaker für Connor, Angels Entscheidung, zu ihm zu ziehen, dass er heute Abend pünktlich war. Damit hat er seine Versäumnisse, wenn auch reichlich spät, doch mehr als wettgemacht, oder? Allerdings sind Marissas sechzehn Jahre als kompetente alleinerziehende Mutter schwer zu toppen.

»Ich hab Angel einen neuen Kindersitz gekauft«, sagt er und zeigt auf die Babyschale in Angels Hand. »Es ist ein 2-in-1.« Er hätte fast hinzugefügt, dass er nicht mal seine Mutter um Geld gebeten, sondern seine elektrische Gitarre geopfert und im Internet verkauft hat, aber merkt selbst, wie anbiedernd das klingen würde.

Marissa nickt. Obwohl sie etwas geknickt wirkt, sieht sie toll aus – ihr Haar ist zu einem raffinierten Knoten hochgesteckt, sie ist sorgfältig geschminkt und ihr Kleid liegt an den richtigen Stellen eng an. Er fragt sich, ob sie heute Abend vielleicht noch ein Date hat. Und stellt fest, dass er eifersüchtig ist.

»Ich bin jetzt so ’ne Art Unternehmer. Damit ich Angel und den Kleinen unterstützen kann.«

»Aha«, sagt Marissa.

Er sieht hilfesuchend seine Mutter an, aber die starrt nur mit offenem Mund ins Leere. Offenbar ist Amadeo der Einzige aus seiner Familie, der sich heute Abend wirklich Mühe gibt, damit sich Angel nicht für sie schämen muss.

In diesem Moment steht ein Mann auf und räuspert sich. Er stellt sich selbst als Eric Maxwell vor, Geschäftsführer von Family Foundations. Er ist klein, sieht aber ziemlich gut aus. Unter seiner Khakihose zeichnen sich muskulöse Beine ab. Er trägt ein Hemd mit offenem Mandarinkragen. »Am ersten Jahrestag unseres Einzugs in dieses schöne neue Gebäude möchte ich all jenen danken, die dies möglich gemacht haben, darunter die Gerald Family Foundation und United Way.« Er wendet sich der Lehrerin zu. »Und vor allem möchte ich

Brianna Gruver danken, die ihr beachtliches Wissen und ihre Erfahrung in das Smart Starts!-Programm eingebracht hat.«

Brianna Gruver, die vor einem Bücherregal steht, wird rot und winkt verlegen ab. Auf Amadeo wirkt sie kaum älter als die Mädchen, die sie unterrichtet. Trotzdem scheint sie sich Respekt zu verschaffen. Wahrscheinlich liegt es daran, dass für die Mädchen, deren Mütter bei ihrer Geburt auch noch halbe Kinder gewesen sein müssen – wie Amadeo mit einem Blick in die Runde feststellt –, jeder über zwanzig alt ist.

»Brianna hat trotz unserer bedauerlicherweise begrenzten finanziellen Mittel Großes geleistet. Wir schätzen uns sehr glücklich, sie zu haben.« Amadeo fragt sich, ob die beiden miteinander schlafen. Das ist ein interessanter Gedanke und er sieht sie sich daraufhin genauer an. Sie hat etwas Ansprechendes an sich, etwas Freundliches und Bodenständiges. Sie hat eine hohe, breite Stirn und dünnes, aschblondes Haar. Wenn er versucht, sie mit den Augen seiner Tochter zu sehen, kommt sie ihm fast hübsch vor.

»Vor allem« – hier macht Eric Maxwell eine Armbewegung, die die versammelten Mädchen einschließt, die sich große Mühe gegeben haben, einen seriösen Eindruck zu machen, aber in ihren kurzen Kleidern und schwarzen Latexhosen und mit ihrem übertriebenen Make-up eher nuttig aussehen – »möchte ich diesen fleißigen jungen Damen für ihre Referate danken, die sie Ihnen jetzt vortragen werden. Darf ich bitten, meine Damen?«

»Wie?«, sagt Amadeo zu seiner Mutter. »Es gibt noch Referate?«

Lizette und eine Blondine nehmen ihre Plätze vor dem Whiteboard ein. Die Mädchen unter den Zuschauern feuern sie begeistert an. »Yeah, Lizette! Yeah, Corinna!«

Lizette zieht ihr Kleid herunter, das ein Stück hochgerutscht ist. Es überrascht Amadeo, dass sie so unsicher wirkt, nachdem sie vorher so kokett war. Angel hält Mercedes im Arm und winkt mit der Hand der Kleinen. »In meinem Vortrag geht es um Disziplin in der Kindererziehung«, murmelt Lizette. Das Blatt zittert in ihren Händen.

Die Blonde – Corinna – stupst sie an. »Du musst lauter reden.«

Lizette hebt die Stimme, aber nach wenigen Worten ist sie wieder genauso unverständlich wie vorher. Kurz entschlossen nimmt ihr die Blonde das Skript ab. »Disziplin ist ein Thema, mit dem sich jede Mom zwischen dreizehn und sechzig Jahren irgendwann in ihrem Leben auseinandersetzen muss.«

Brianna scheint interessiert zuzuhören, aber Amadeo bemerkt, dass sie die Zeit nutzt, um ein Buch aus der Bücherkiste zu nehmen und zurück ins Regal zu stellen. Das blonde Mädchen redet langatmig über Disziplinierungsmaßnahmen und konsequentes Verhalten. Sie scheint sich großzügig im Internet bedient zu haben.

»Es ist ja so«, schaltet sich Lizette ein. Sie hat ihr Manuskript beiseitegelegt und spricht jetzt frei. Brianna Gruver beißt sich auf die Lippe, bereit zu intervenieren. »Wenn dein Kind wie am Spieß schreit, weißt du dir oft nicht anders zu helfen, als ihm den Hintern zu versohlen. Du hoffst, dass es dann endlich aufhört.« Sie weist mit dem Kinn auf ihre Tochter. »Aber das ist natürlich Quatsch. Mercedes zum Beispiel ist noch viel zu klein, um zu kapieren, warum man sie schlägt, und brüllt nur noch mehr.«

Food King hat die Snacks für die Veranstaltung geliefert. Während des Vortrags der beiden Mädchen bedient sich Amadeo am Büfett, stippt Karotten in wabbeliges Ranch-Dressing. Ein paar Mal landet ein Klecks auf dem Boden, dann sieht er sich verstohlen um und verwischt ihn mit dem Fuß.

»Zusammenfassend«, sagt Lizette laut, »lässt sich feststellen, dass es bei Disziplinierung nicht darum geht, ein Kind zu betrafen. Es geht eher darum, es liebevoll auf einen Fehler hinzuweisen.« Sie und Corinna grinsen, zählen wortlos bis drei, verbeugen sich dann tief und etwas affektiert.

Amadeo bringt Angel einen Teller mit Rohkost. Sie bedankt sich, stellt ihn aber beiseite, ihre Aufmerksamkeit gilt ausschließlich ihren Freundinnen.

»Das war *cool*«, sagt Angel zu Lizette und reicht ihr Mercedes. »Dank dir werd ich Connor jetzt nicht mehr schütteln. Vielleicht nur noch ab und zu einen Klaps geben.«

Lizette senkt geschmeichelt den Kopf. »Es war total blöd.«

»Ich hab übrigens fast die ganze Recherche gemacht«, bemerkt Corinna.

Angel drückt Corinna. »Das hast du super gemacht. Und du hast es cool vorgetragen.« Corinna strahlt und Amadeo kommen vor Stolz die Tränen.

Danach gibt es eine Führung durch das Babyzimmer (Schaukelstühle und Mobiles und eine Reihe weißer Kinderbettchen, bunte Bodenmatten für die Kleinen für das Bauchlagentraining).

Eric Maxwell hat etwas Leutseliges und gleichzeitig Herablassendes an sich. Er duzt die Gäste, geht beflissen auf die Geschwister und Eltern der Teenager-Mütter ein. Man sieht ihm richtig an, wie er begierig Erfolgsstorys für seinen Jahresbericht sammelt. Huldvoll schenkt er seine Aufmerksamkeit erst der einen Frau, dann der nächsten. Und nachdem er seine Pflichten erfüllt hat, winkt er Brianna kurz zu und schlüpft aus der Tür – wahrscheinlich um in seinen Volvo zu steigen und nach Santa Fe zu düsen.

Amadeos Mutter sitzt zusammengesunken am Tisch, ihr Becher mit Limonade steht unberührt neben ihr.

»Hey, Mom, bist du müde?« Er berührt ihre Schulter.

Sie sieht ihn mit leeren Augen an, nickt dann wie ein schläfriges Kind.

»Dann fahr doch schon mal heim. Wir treffen uns dort.«

Als sie sich vorbeugt, um nach ihrer Tasche zu greifen – ihr Arm bewegt sich langsam und ruckartig –, hat er das mulmige Gefühl, dass etwas nicht stimmt, aber dann lacht am anderen Ende des Raums Lizette plötzlich laut auf und er denkt nicht weiter darüber nach.

Nachdem seine Mutter gegangen ist, hält Amadeo auch nichts mehr hier. Das Gekreische der Babys und Teenager geht ihm gehörig auf den Geist. Im Flur wirft er einen Blick in die Büros von Family Foundations, wo Lebensmittelgutscheine verteilt werden und es kostenlose Steuerberatung für bedürftige

Familien gibt sowie Therapieangebote. Unter einem Schild mit der Aufschrift *Zum Ausleihen* steht ein vollgestopftes Bücherregal. Amadeo liest die Buchrücken. *Der sexuelle Mann.* Klingt interessant. Daneben: *Das Rätsel Mann* Und: *Männer besiegen die Dunkelheit.* Wer hätte gedacht, dass es so viele Bücher zum Thema Mann gibt? Er fragt sich, ob sie auch *Bezwinge den Ares in dir* haben. Ein anderes Regalbrett enthält Titel wie *Gewalt in der Familie* und *Geschlagene Kinder.* Amadeo streckt sich und geht schnell weiter.

An den Wänden hängen Zettel mit Hinweisen auf Sammelaktionen für Schulbedarf und Poster auf Englisch und Spanisch zum Thema Fetales Alkoholsyndrom, Schütteltrauma und plötzlicher Kindstod, eins schrecklicher als das andere.

Amadeo studiert ein Plakat über Zahnhygiene im Kleinkindalter. *Karies* ist offenbar ein anderes Wort für *Löcher* in den Zähnen. Auf dem Infoblatt daneben wird erklärt, was Eltern tun können, um ihren Kindern einen guten Start ins Leben zu ermöglichen. Verblüfft stellt er fest, dass seine Tochter als Risikokind gilt. Geschiedene Eltern, Kind einer Teenager-Mutter, ein oder beide Elternteile arbeitslos, Minderheitenstatus, prekäre Familienverhältnisse. Wenigstens sitzen zurzeit weder er noch Marissa im Gefängnis.

Marissa und Angel tauchen neben ihm auf. Angel hat Connor auf dem Arm, der Marissas Zeigefinger festhält und ihr ins Gesicht schielt. »Gefällt's dir, Dad? Ist Brianna nicht total cool? Und meine Freundinnen?« Sie strahlt ihn erwartungsvoll an.

Amadeo streicht ihr übers Haar. »Es ist wirklich toll. Ich kann verstehen, warum's dir hier gefällt.«

»Ist mit deiner Mom alles in Ordnung?«, fragt Marissa. »Sie wirkte irgendwie abwesend.«

»Wieso? Nein, sie ist okay.« Seine Tochter sieht so erwachsen und selbstsicher aus, wie sie mit erhobenem Kopf vor ihnen steht.

»Wie alt ist Brianna eigentlich?«, fragt Marissa. Aus dem Klassenzimmer hört man ein Baby schreien.

»Keine Ahnung. Sie war auf der University of New Mexico. Sie stand sogar auf der Dean's List.«

»Auf was für ’ner Liste?«

»Na ja, so ’ne Art Bestenliste.«

»Das hat sie dir erzählt?«, fragt Marissa. »Streberin«, sagt Amadeo fast gleichzeitig.

Angel sieht ungläubig genervt von einem zur anderen. »Nein, ich hab’s nachgesehen. Es gibt übrigens Leute, die es freut, wenn man gut in der Schule ist. Und die so was respektieren und nicht rumlaufen und andere Leute als Streber bezeichnen.«

»Das war doch nur Spaß.« Amadeo lächelt väterlich, nachsichtig. »Du kannst es auch auf die Dean’s List schaffen.«

»Mist«, sagt Marissa und tippt auf das Poster über Amadeos Schulter. »Hast du das gewusst? Ich hab Angel ständig zum Einschlafen ein Fläschchen gegeben.« Sie spielt mit Connors Händchen.

Angels Mund zuckt und sie entzieht ihrer Mutter Connors Hand. »Jetzt weiß ich auch, wo meine ganzen Löcher herkommen.«

»Deine Milchzähne sind sowieso ausgefallen. Damals haben wir so was nicht gewusst. Du hast ja auch Milchpulver bekommen. Und ich hab während der Schwangerschaft geraucht.« Marissa lacht, aber als sie Angels Gesichtsausdruck sieht, fügt sie schnell hinzu: »Na ja, ab und zu.«

Angels Lippen zittern. »Das ist überhaupt nicht lustig. Das war *1995*, Mom. Da hat man schon gewusst, dass Rauchen während der Schwangerschaft schädlich ist.« Connor wird unruhig, als würde er ihre Empörung spüren. »Warum kannst du dich nicht wie eine Großmutter verhalten?«

Marissa streckt hilflos die Arme aus. »Wie verhält sich eine Großmutter denn? Ich weiß nicht, was du von mir willst, Angel.«

»Du weißt ganz genau, wie sich eine Großmutter verhält. Als hättest du nie eine gesehen, nicht mal im Fernseher. Ich bin nicht blöd. Ich bin auch nicht einer deiner Typen, die du manipulieren kannst. Du vergisst, dass ich weiß, wie du tickst.«

»Japp, man hat schon gewusst, dass Rauchen schädlich ist«, sagt Amadeo, um das Gespräch wieder auf festeren Boden zu lenken. »Weißt du noch, die ganze Reklame, als wir Kids waren? Über Passivrauchen?«

»Mir reicht's!« Angel stürmt den Flur hinunter, ihr Körper ist zur Seite geneigt, um Connors Gewicht auszugleichen. Connor schreit wie am Spieß.

»Aus dir ist doch was geworden!«, ruft Marissa ihrer Tochter hinterher. »Okay, ich bin eine Scheißmutter. Ich geb's zu. Ich hab dein Leben ruiniert.« Aber Angel ist schon im Babyzimmer verschwunden. Sie knallt die Tür hinter sich zu und Connors Schreie verstummen. Marissa dreht sich zu Amadeo um. »Verdammt! Konntest du nicht deine Klappe halten?«

Amadeo hebt abwehrend die Hände. »Ich hab doch gar nichts gesagt.«

»Wag es nicht, mir was über Kindererziehung zu erzählen!« Sie fuchtelt mit den Armen und stürmt ebenfalls davon.

Die Feier ist noch in vollem Gang, als Brianna unauffällig aus dem Raum schlüpft. Auf der Toilette zupft sie an dem feuchten Stoff unter ihren Achseln und betrachtet sich im Spiegel. Befriedigt stellt sie fest, dass ihre Augen leuchten, ihre Haut glatt ist und ihr Haar füllig. Sie findet, dass sie heute Abend eine gute Figur macht.

Es war interessant, die Familien ihrer Schülerinnen kennenzulernen, auch wenn sie sich ein bisschen wie eine Voyeurin fühlte. Ysenias Mutter kam ihr etwas einfältig vor. Als Brianna ihr sagte, dass sie sehr froh sei, Ysenia in ihrer Klasse zu haben, erwiderte sie skeptisch: »Echt?« Brianna tut die lebhafte Ysenia leid, die mit so einer Mutter geschlagen ist. Jens Eltern betonten immer wieder, wie dankbar sie seien, dass Jen diese Chance erhalten habe. »Wir hätten nie gedacht, dass unserer Tochter so was passieren würde, aber wir wissen diese Einrichtung sehr zu schätzen«, sagte ihr Dad und schüttelte Briannas Hand. Lizettes Familie ist nicht gekommen. Brianna will jetzt nicht darüber nachdenken, aber trotzdem plagt sie ihr Gewissen.

Auf dem Weg zurück zum Klassenzimmer sieht sie Angels Vater, der ein Poster im Gang studiert. Die Ärmel seines Polohemds spannen über seinen Oberarmen. Er hat die Daumen in seine Hosentaschen gehakt und wippt beim Lesen mit den Füßen.

Er ist ihr schon während der Referate aufgefallen. Zwar sieht er nicht unbedingt gut aus und ist auch nur wenige Zentimeter größer als sie, aber er hat sanfte braune Augen mit dichten Wimpern und scheint sich in seinem Körper wohlzufühlen. Sie spürt ein erwartungsvolles Kribbeln.

Durch ihre offizielle Rolle ermutigt, lächelt sie und streckt die Hand aus. »Angels Dad, stimmt's? Ich bin Brianna.«

Er dreht sich langsam zu ihr um. »Ist Angel ein Risikokind?«

»Na ja, ihr Baby ist es. Angel ist eher eine gefährdete Jugendliche.«

»Was heißt das?« Er nagt an seiner Unterlippe.

»Teenager-Schwangerschaft zum Beispiel.« Brianna lächelt betreten. »Drogen und Alkoholmissbrauch, Schulabbruch, Täter oder Opfer eines Verbrechens zu sein. Oder von Kindesmissbrauch. Jugendliche, die Kinder bekommen, verdienen in der Regel weniger, haben geringere Bildungschancen, ihre Kinder sind häufig untergewichtig oder haben ernsthafte gesundheitliche Probleme.« Als sie seinen gequälten Gesichtsausdruck sieht, rudert sie zurück. »Das muss nicht zwangsläufig der Fall sein, aber das sagen nun mal die Statistiken. Natürlich tun wir alles, um dem entgegenzuwirken.«

»Angel ist anders. Angel geht mal aufs College. Vielleicht macht sie sogar ihren Master. Ihre Tante hat einen. Und Connor hat bei seiner Geburt über sieben Pfund gewogen. Genau richtig. Er ist vollkommen gesund.«

Brianna lächelt. »Angel ist großartig. Sie ist intelligent. Wenn sie so weitermacht, kann sie alles erreichen, was sie will.«

»Glauben Sie das wirklich?«

Es rührt sie, dass dieser erwachsene Mann ihre Bestätigung sucht. »Natürlich glaube ich das. Manche der Mädchen tun mir leid, aber Angel gehört nicht dazu.«

»Ich hab Angel und dem Baby einen Kindersitz gekauft. Von Graco.« Er zuckt mit den Achseln, als wäre das nichts Besonderes. Will er sie beeindrucken?

»Rückwärts gerichtet?«

»Klar. Er war der drittteuerste bei Babies ›R‹ Us.«

»Wichtig ist, dass er rückwärts gerichtet ist und man ihn gut sichern kann. Es ist ein tolles Geschenk. Seriöse Händler verkaufen nur geprüfte Modelle.«

»Japp, ich weiß, darum bin ich auch extra dahin.« Er nickt, grinst. »Ich bin Amadeo.«

»Hat Angel Sie herumgeführt?« Brianna zeigt auf eine Tür. »Hier ist unser Konferenzraum. Wo wir Jobinterviews üben. Das machen alle Mädchen.«

Es ist ein kahler Raum mit einem braunen Klapptisch, der

Brianna an die Cafeteria in ihrer Grundschule erinnert. Das Gebäude ist neu, aber bei der Einrichtung ging wohl das Geld aus. Bunt zusammengewürfelte Stühle stehen wahllos herum; drei Klappstühle lehnen an der Wand. Die auf der Tischplatte klebenden Aufkleber wurden mehr oder weniger erfolgreich abgepult. Brianna kann einen fast noch intakten erhobenen Daumen in einem orangefarbenen Stern erkennen: *Meine Gefühle sind okay*!

Amadeo geht zum Fenster und sieht sich das Einkaufszentrum an, das sich mit Smart Starts! den Parkplatz teilt. Ein Dollarland und ein Nagelstudio, ein Jack in the Box und ein Schnapsladen. »Wie nett«, sagt Amadeo und deutet auf die blinkende Leuchtreklame: *LIQU-R*.

»Ich weiß«, sagt Brianna und stellt sich neben ihn. »Aber es gibt hier eine Bushaltestelle. Wir müssen gut zu erreichen sein.«

»Sie haben bestimmt schon krasse Sachen erlebt.«

»Oh ja. Sie glauben nicht, aus was für Familien manche der Mädchen kommen. Wirklich schlimm. Als ich mein Praktikum in Albuquerque gemacht habe, hatte ich eine Schülerin, die war erst zwölf und schon Mutter. Raten Sie mal, wie alt die Großmutter war? Vierundzwanzig! Ein Jahr jünger als ich! Stellen Sie sich das mal vor!«

Amadeo pfeift leise durch die Zähne. »Scheiße.«

»Das kotzt mich echt an …« Sie stockt. »Es macht mich so wütend. Diese Mädchen haben wirklich etwas Besseres verdient.« Sie lacht verlegen. Warum erzählt sie diesem Mann das alles? Schließlich ist er selbst noch ziemlich jung und hat schon eine Tochter im Teenageralter. Sie fragt sich, wie alt er wohl ist. »Ich weiß, dass ich eigentlich keine Lieblingsschülerinnen haben sollte, aber wenn, dann wäre Angel eine von ihnen. Ich wette, Sie sind stolz auf sie. Sie ist ein kluges Mädchen.« Das stimmt alles, aber sie merkt, dass sie es auch sagt, um ihm eine Freude zu machen.

Amadeo lächelt. »Sie ist echt toll. Die beste Tochter, die man sich wünschen kann.«

»Mir gefällt Ihr Name«, sagt Brianna nachdenklich. »Amadeo. Wie Modigliani. Amadeo Modigliani war ein italienischer Künstler. Er hat Porträts gemalt. Hauptsächlich von Frauen.«

»Weiß ich. Ich hab meinen Namen gegoogelt. Wie kommen Sie eigentlich drauf, dass ich kein Kunstliebhaber bin? Oder sogar Kunst*sammler*.«

Brianna wird rot vor Scham. Wie idiotisch von ihr, anzunehmen, dass er Modigliani nicht kennt. Wie herablassend, genau die Art von Fauxpas, vor dem man sie in ihrer Ausbildung immer gewarnt hat und von dem sie glaubte, er würde ihr nie passieren.

»Hey«, sagt er. »Ist schon okay.«

»Ich muss mich entschuldigen«, sagt sie.

Amadeo stupst sie mit dem Ellbogen an. »Dieser Eric Maxwell. Sind Sie …«

Brianna sieht ihn fragend an, wird wieder rot. »Nein! Natürlich nicht.«

»Tut mir leid. Das war … Angel ist ganz begeistert von Ihnen. Sie redet so oft über Sie, dass ich das Gefühl hab, Sie schon ewig zu kennen. Sie hat erzählt, dass Sie auf der Dean's List standen. Und dass sie den Mädchen immer so gute Ratschläge geben. Hat gesagt, dass Sie ihr großes Vorbild sind.«

Brianna senkt gerührt den Kopf. »Das hat sie gesagt?«

»Hey, ich geb Ihnen meine Visitenkarte.« Amadeo zieht seine Brieftasche heraus. »Wenn Sie mal 'ne Reparatur brauchen, lassen Sie's mich wissen. Ich mach Ihnen einen guten Preis. Meine Nummer steht da drauf.«

Hat er ihr wirklich seine Telefonnummer gegeben? Vielleicht will er ja nur eine neue Kundin anwerben. Brianna dreht die Karte zwischen den Fingern.

»Wie wär's, wenn wir mal zusammen was trinken gehen? Und uns besser kennenlernen.«

Im ersten Moment ist sie sprachlos, aber dann platzt sie heraus: »Das wäre schön.«

»Okay! Super.« Er sieht auf seine Uhr. »Connor muss jetzt ins Bett. Es ist schon ziemlich spät.« Brianna ist ihm dankbar, dass er die Initiative ergreift und diese peinliche Situation beendet. Er legt kurz die Hand auf ihre Schulter und verlässt dann mit großen Schritten den Raum.

Angel entdeckt Brianna im Konferenzraum, wo sie am Fenster steht und auf den dunklen Parkplatz hinuntersieht. Sie mag Brianna so sehr, dass es fast wehtut. Angel würde ihre Lehrerin gern umarmen und den Kopf an ihre Schulter lehnen. Bald, denkt Angel. Sie stellt sich vor, wie sie zusammen etwas trinken gehen und Spaß haben wie Schwestern oder gute Freundinnen.

Als sie vorhin mit Connor allein im Babyzimmer war – das fröhliche Geplapper der anderen war weit weg –, hat sie geweint. Sie hat keine Ahnung, warum, denn sie hat den Abend doch genossen.

Sie darf es nicht zulassen, dass ihre Mutter sie derart aus dem Gleichgewicht bringt. Aber ihre Bemerkung übers Rauchen vorhin hat ihr wirklich wehgetan – vor allem, weil sie das Ganze mit einem Lachen abgetan hat. Und noch schlimmer ist, dass sie jetzt als Spielverderberin dasteht; nach dem Motto: Wenn Angel nur nicht so humorlos wäre, könnten sie sich über Marissas Unvernunft amüsieren. Angel weiß, dass ihre Mutter damals jung und allein war und mit einer schwierigen Situation klarkommen musste, aber das macht es nicht leichter, ihr zu verzeihen – vor allem, weil ihre Mutter sich selbst so schnell verzeiht. *Es waren andere Zeiten, ich war allein, dein Dad war nicht die geringste Hilfe, ich war jung.* Sie hat immer eine Ausrede parat. Aber jetzt ist sie nicht mehr jung und vermasselt immer noch alles, schafft es ja nicht mal, sich um Angel zu kümmern.

Marissas Mutter, Angels Gramma Lola, hat Marissa total unterstützt, indem sie ihr finanziell unter die Arme griff und auf Angel aufpasste – bis sie langsam dement wurde. Und wenn Marissa das irgendwie entfallen sein sollte, ist sie wirklich eine Idiotin.

Angel strafft die Schultern. Sie will nicht wie ihre Mutter sein. Sie wird Connor nicht für alles verantwortlich machen, was in ihrem Leben schiefgelaufen ist. Und er soll es einmal besser haben als sie. Als Erstes wird sie eine Taufpatin für ihn organisieren. Sie betrachtet den schlafenden Connor auf ihrem Arm, blickt dann zu Brianna hinüber, die ihr den Rücken zugekehrt hat. Ihre Körperhaltung hat etwas Unnahbares, Verletzliches, beinah Trauriges. Gleich wird sie Angels Spiegelbild in der Scheibe sehen und sich lächelnd zu ihr umdrehen. Aber anscheinend ist sie mit ihren Gedanken ganz woanders. Angel holt tief Luft. »Ach, hier sind Sie!«, ruft sie. »Ich hab Sie überall gesucht!«

»Ja?« Brianna fährt herum, als hätte Angel sie erschreckt. »Was gibt's denn, Angel?«

Angel zögert. »Schon gut. Ist nicht so wichtig. Ich wollte Sie eigentlich nur was fragen.« Angel ist verunsichert, weil Brianna plötzlich so distanziert wirkt. Sie macht einen zweiten Versuch. »Mir ist eingefallen, dass ich Ihnen gar nicht seinen vollen Namen gesagt hab. Also, darf ich vorstellen, das ist Connor Justin Padilla. Der Erste.« Sie lacht gezwungen. »Sie können Ihnen gern mal halten, wenn Sie wollen.«

Brianna wackelt mit Connors bestrumpftem Fuß, aber ihr Blick wandert über ihn hinweg zur Tür. »Ein schöner Name. Und vor allem ein *richtiger* Name. Endlich mal ein Baby, das nicht nach einem Rapper oder einer Automarke benannt ist.«

Angel lacht unsicher. In ihrer Brust zieht sich etwas zusammen. »Sie meinen, so wie Mercedes? Lizette hat den Namen schon immer cool gefunden. Außerdem gibt's den schon länger als die Automarke.«

»Oje, das hätte ich lieber nicht sagen sollen.« Brianna lächelt, aber nur kurz, dann wirkt sie wieder fern und unerreichbar. »Ich hab nur Spaß gemacht. Mercedes ist wirklich ein süßes Baby.«

Ihr Brustkorb ist immer noch eng. »Ja, find ich auch.«

»Genauso wie der kleine Kerl hier.« Brianna wackelt wieder mit Connors Füßchen. »Wir sollten jetzt lieber zurückgehen und unsere Gäste verabschieden. Wir müssen morgen alle früh raus.«

»Ich wollte sie nur noch was fragen.« Angel streckt die

Hand nach Briannas Arm aus, hält dann aber inne. Es läuft überhaupt nicht so, wie sie gehofft hatte. Aber sie muss das jetzt durchziehen, sie hat sowieso schon zu lange gewartet. »Ich wollte fragen, ob Sie Connors Taufpatin sein möchten.«

Ein besorgter, fast erschreckter Ausdruck huscht über Briannas Gesicht. Dann ist ihre Miene wieder heiter, gelassen und professionell. Erst jetzt begreift Angel, dass das ihr so vertraute Gesicht nichts weiter als eine Maske ist. Angel versucht zu lächeln, ihre Mundwinkel zittern.

»Oh, Angel. Das ist wirklich nett von dir.«

»Danke«, sagt Angel.

»Aber ich fürchte, ich kann dein Angebot nicht annehmen.« Auch der mitfühlende Blick wirkt wie einstudiert.

»Okay«, sagt Angel enttäuscht. »Natürlich.« Sie ist wie betäubt. Ihr ist nie der Gedanke gekommen, dass ihre Lehrerin ablehnen könnte. Sie hat gedacht, Brianna würde sich geschmeichelt fühlen, würde *dankbar* sein für diesen Vertrauensbeweis. Sie hat erwartet, dass Brianna sie umarmen würde, dass sie sich beide freuen würden, weil sie durch Connor nun viele Jahre miteinander verbunden wären.

»Ich hoffe, du verstehst das.« Brianna neigt den Kopf und zieht ihr weites Kleid zurecht. Die aufgedruckten Blumen sind groß, rosa und hässlich. So ein Muster würde bestenfalls eine Großmutter für ihren Vorhang aussuchen und zwar eine, die weniger Geschmack hat als Angels Großmütter. »Es hat nichts mit dir persönlich zu tun, Angel. Aber als eure Lehrerin muss ich eine gewisse Distanz wahren. Als Ysenia mich gefragt hat, habe ich ihr dasselbe gesagt.« Brianna lächelt wieder – verzieht kurz und routiniert den Mund.

Als Angel vier oder fünf war, entdeckte sie, dass sie über eine erstaunliche magische Fähigkeit verfügte. Wenn sie beispielsweise aus ihrem Mittagsschlaf erwachte und die Lamellen der geschlossenen Jalousien oder die weißen Punkte auf der Couch betrachtete, brauchte sie nur die Augen ein wenig zusammenzukneifen, damit alles in ihrem Blickfeld verschwamm. Und dann fingen die Lamellen oder die Punkte an zu flimmern, schwebten in der Luft, bis Angel blinzelte und alles wieder an seinen Platz zurückkehrte. Nur sie allein besaß diese wunderbare Zauberkraft, ein Geschenk, dass das Schicksal ihr gemacht hatte.

Und diese geheime Gabe machte sie sich zunutze. Wenn ihre Mutter mit irgendeinem Freund im Wohnzimmer herumalberte oder, was ebenso häufig vorkam, sich lautstark stritt, ging Angel in ihr Zimmer, legte sich aufs Bett, drückte die Wange auf die Tagesdecke und kniff die Augen zusammen, sodass alle Konturen verschwammen und auch die Geräusche hinter der Tür verblassten. Jetzt sah sie nur noch das Muster aus kleinen rosa Blüten auf ihrer Decke. Ein paar von ihnen lösten sich vom Stoff, stiegen empor und schwebten in der Luft, bis Angel sie wieder mit einem Blinzeln erlöste. Und auf diese unauffällige, heimliche Weise konnte Angel die Welt im Zaum halten.

Dann, als sie neun war, zeigte Priscilla ihr ein großes Buch mit 3D-Bildern, bunte Stereogramme, die wie Geschenkpapier aussahen, in denen sich aber die Umrisse von Sportwagen oder Katzen verbargen.

Priscilla, tyrannisch wie immer, hielt Angel das Buch unter die Nase und begann ihr ausführlich zu erklären, wie das mit den Bildern funktionierte. »Dauert 'ne Weile, bis du's hinkriegst. Also, du musst …«

»Ja, ich seh's«, schnitt Angel ihr das Wort ab.

»Ach ja? Was ist es denn?«, fragte Priscilla herausfordernd.

»Ein Pilz.« Angel zeichnete mit dem Zeigefinger die Konturen in dem schillernden, wabernden Bild nach.

Anfangs war Angel nur verblüfft, dass andere offenbar die gleiche Gabe hatten wie sie, und dann bestürzt, denn das bedeutete, dass ihre Superkraft ein völlig alltägliches, unbedeutendes Phänomen war, das nur zum Verkauf billiger Bücher und Wandposter taugte.

Auch jetzt ist Angel bestürzt, als sie mit Brianna im dämmrigen Konferenzraum steht. Ihr kostbares Geheimnis – die Nähe, die sie zu Brianna gespürt hat – ist nichts weiter als ein peinlicher, beschämender Irrtum, ein Hirngespinst. Sie dachte, sie wäre Brianna irgendwie wichtig, dabei hat sie nur ihren Job gemacht.

»Ich hoffe, du verstehst das«, sagt Brianna noch einmal.

»Oh, natürlich. Verstehe.« Sie hat nicht gewusst, dass sie irgendwelche Grenzen überschritten hat, dass Briannas herzliche, anteilnehmende Art nur Getue war. Und es wurmt sie, dass Ysenia die gleiche Idee hatte und ihr zuvorgekommen ist.

Brianna lächelt. »Wollen wir zu den anderen zurückgehen? Unsere Gäste wollen sicher langsam aufbrechen.«

»Okay.« Angel betrachtet Connors Kopf in ihrer Armbeuge, die flaumigen Haare, die verschorfte Haut. Er schläft tief und fest, auf seinen geschürzten Lippen glänzt Speichel. Er hat keine Ahnung, dass er gerade zurückgewiesen wurde. Angel ist empört. Ihr kleiner Schatz hat nur Liebe und Zärtlichkeit verdient. Er wird niemals davon erfahren, schwört sich Angel.

Brianna steht an der Tür und schaltet das Licht aus. »Arbeitest du schon an deiner Buchpräsentation?«

»Ja«, sagt Angel steif. »Ist ’ne Weltkriegsgeschichte.«

»Prima.«

Angel folgt Brianna langsam durch den Flur, drückt die Lippen auf Connors Kopf. Unglaublich, wie ein so kleiner Mensch so viel Hitze erzeugen kann, denkt sie.

—

»Das war super«, sagt ihr Dad grinsend, als Angel den Motor anlässt. »Echt gut, dass du da mitmachst.« Er wirkt richtig aufgekratzt.

»Ja«, sagt sie, während sie vom Parkplatz fährt.

Er sieht sie forschend an. »Bist du müde?«

»Ja.«

»Na ja, war ja auch ein langer Abend für dich. Connor war total brav. Er ist viel hübscher als alle andern Babys zusammen, findest du nicht?«

Angel schießt ein bizarres Bild durch den Kopf: ein Wesen, das aus acht Babys besteht. Ein riesiges, forderndes Monster mit lauter Armen und Beinen und Mündern, die alle gleichzeitig brüllen. Sie fährt schweigend weiter. Ihr Dad scheint kapiert zu haben, dass sie nicht reden will. Er lehnt lächelnd am Fenster. Das Scheinwerferlicht streift die dunklen Bäume am Straßenrand.

»Schläfst du etwa?«, fragt sie ihn scharf.

»Nein«, sagt ihr Dad überrascht. »Was ist denn los, Angel?«

»*Nichts*.« Es ist einfach nicht fair. Der Abend hat so gut angefangen. Er hätte perfekt sein können. Die Mädchen schienen sich alle zu freuen, sie wiederzusehen, und sie hatte das Gefühl, wirklich dazuzugehören. Lizette, die sonst so zurückhaltend war, rief sogar: »Hey, Bitch!« und umarmte sie. Die Straße verschwimmt vor ihren Augen. Sie hofft, dass ihr Vater nicht zu ihr rübersieht.

Sie blinzelt ihre Tränen weg, atmet tief durch. Plötzlich rennt etwas Helles über die Straße. Angel nimmt den Fuß vom Gas, reißt das Steuer herum, tritt auf die Bremse.

»Whoa!«, ruft ihr Dad und klammert sich am Armaturenbrett fest. »Was machst du denn?«

Voller Panik Angel lenkt den Pick-up auf den Seitenstreifen. Knirschend kommt der Wagen auf dem Schotter zum Stehen. Sie späht in die Dunkelheit, erst auf die rechte, dann die linke Straßenseite, sieht aber nur die schwarzen Umrisse der Bäume vor dem sternenklaren Nachthimmel. Zuerst hat sie gedacht, dass es ein Kind war, das da über die Straße geflitzt ist – sie sieht das runde Gesicht mit den großen Augen deutlich vor sich –, aber jetzt erinnert sie sich, dass es etwas Größeres, Längeres war und dass es vier Beine hatte. Ein Hund oder ein Wolf.

»Hast du das gesehn? Was *war* das?«, fragt sie ihren Dad.

»Was war *was*? Was ist denn passiert?«

»Hast du's nicht gesehn? Ich hätt beinah was überfahren. Einen Wolf oder so.« Die Scheinwerfer beleuchten einen breiten Streifen krümeliger, roter Erde und die angrenzenden Bäume, deren gezackte Konturen sich scharf vom Nachthimmel abheben. Keine glühenden Augen, nicht die kleinste Regung.

»Hier draußen gibt's keine Wölfe«, sagt er unschlüssig. »Wahrscheinlich war's nur ein Kojote. Aber du hast ihn ja nicht erwischt. Alles okay.«

»Warum hast du nicht aufgepasst? Du solltest doch aufpassen! Deswegen fährst du doch mit, als erwachsene Begleitperson.« Angel dreht sich nach Connor um. Er schläft immer noch, ein Schleimpfropf klebt an seinem Nasenloch. Sie würde am liebsten aussteigen, ihn an sich drücken. Stattdessen lässt sie den Kopf aufs Lenkrad sinken und bricht in Tränen aus. Sie wird von heftigen Schluchzern geschüttelt. Sie schlottert, ihr ist plötzlich kalt.

»Hey, hey.« Die Stimme ihres Dads ist ganz ruhig, aber er sieht erschrocken aus. »Na, komm schon.« Sie presst die Stirn so fest gegen das Lenkrad, dass es wehtut. Einen Moment später öffnet er die Beifahrertür und steigt aus. Angel schreit beinah auf. Was ist, wenn dieses Tier ins Auto springt? Aber er hat die Tür schon wieder geschlossen. Sie lauscht auf seine Schritte. Dann öffnet er die Fahrertür. »Rutsch rüber. Ich fahr uns heim.«

»Das geht doch nicht!« Aber sie rutscht gehorsam rüber und schnallt sich an. »Du kommst ins Gefängnis«, sagt sie leise.

»Nein, werd ich nicht.« Sein Ton ist selbstsicher und gelassen – die Stimme eines Vaters. Er dreht die Heizung auf und richtet das Gebläse auf Angel.

Sie versucht sich zu entspannen, konzentriert sich auf jede einzelne Region ihres Körpers, so wie Brianna es ihnen in der Geführten Entspannung beigebracht hat, aber ihre steifen Muskeln werden einfach nicht locker. »Bestimmt war's nur ein Kojote. Vielleicht auch ein großes Kaninchen.«

Ihr Dad schaut nach rechts und nach links, dann lenkt er den Pick-up wieder auf die Straße. Die Schatten am Straßenrand weichen vor dem grellen Scheinwerferlicht zurück. Er fährt langsam und vorsichtig.

»Mach die Augen zu«, sagt ihr Dad. Und sie tut es, genießt das sanfte Schaukeln und das Vibrieren am Rücken, während der Pick-up sie nach Hause bringt.

Ihr Vater schüttelt sie wach. Als sie den Kopf hebt, sieht sie das vertraute Haus, das warme Licht im Zimmer ihrer Großmutter.

»Ich bin müde.«

Er lacht. »Ich weiß.« Er nimmt ihre Wickeltasche, das Infomaterial und das Bilderbuch über Alligatorpiloten, das jede Familie geschenkt bekommen hat. »Ich halt dir die Tür auf, nimm du das Baby.«

Im trüben orangen Schein der Innenraumbeleuchtung beugt sich Angel verschlafen über den Kindersitz und macht sich an den Gurten zu schaffen. Connor wacht auf und blinzelt sie an. Dann verzieht er das Gesicht und fängt an zu wimmern.

»Na, komm, beruhig dich«, murmelt sie. »Du kriegst sonst noch ’nen Herzkasper.« Die Erinnerung an das, was ihr vor den Pick-up gelaufen ist – etwas Helles, Schnelles, Pelziges, Empfindsames –, ist noch nicht verblasst, aber sie erschreckt sie nicht mehr so. Sie kann später noch darüber nachdenken, oder auch gar nicht. Sie fummelt an der Halterung herum, versucht die Babytrage von der Basis zu lösen. Als sie mit einem Ruck daran zieht, rutscht der ganze Kindersitz nach vorn.

»Oh Gott, Dad!«, schreit sie. »Guck mal!« Mit einem Satz ist er bei ihr. Sie sieht ihn bestürzt an. »Guck mal, was wir gemacht haben.«

Angel zeigt auf einen Gurt, der lose an der Rückseite des Sitzes baumelt, die glänzende Metallschließe ist offen. Connor ist in seinem Kindersitz festgeschnallt – sicher und geborgen wie ein Ei im Pappkarton – und der Sitz ist auch an der Basis befestigt, aber die Basis nicht an der Rückbank. Bei einem Unfall hätte Connor auf den Boden des Pick-ups geschleudert und von dem wuchtigen Ding, das ihn eigentlich schützen sollte, erdrückt werden können.

Amadeo schnappt nach Luft.

Eine Woge der Verzweiflung droht über ihm zusammenzuschlagen. Er greift an ihr vorbei, schnallt das Baby los und bettet es behutsam an seine Schulter. Mit einem tiefen Seufzer schläft Connor wieder ein.

»Es geht ihm gut«, sagt er mit fester Stimme. »Guck ihn dir an. Wir haben einen Fehler gemacht, wir beide, aber es ist nix passiert. Ein Glück, dass wir zwei so tolle Fahrer sind.«

»Ich hätte ihn umbringen können. Oh Gott, was bin ich bloß für eine schreckliche Mutter.«

»Jetzt hör mir mal zu.« Er fasst sie am Kinn und dreht ihr Gesicht sanft zu sich, etwas, was er noch nie getan hat. »Es war ein Fehler. Das kann jedem mal passieren. Das heißt nicht, dass es okay ist, aber wir machen denselben Fehler bestimmt nicht noch mal.«

Der Juli ist heiß, aber Yolanda fröstelt trotz ihres Pullovers. Irgendwie schafft sie es, ihre ganzen Kliniktermine wahrzunehmen – alle vierzehn Tage Chemo, vier Stunden pro Sitzung, plus Laboruntersuchungen –, ohne dass Amadeo oder Angel Verdacht schöpfen. Sie sind einfach zu desinteressiert.

Und auch Monica Gutierrez-Larsen scheint ihr zu glauben, als sie ihre Abwesenheiten mit einem »kleinen medizinischen Problem« erklärt. Monica mustert ihr Gesicht, als suche sie nach Spuren einer Lüge oder einer Schönheits-OP. »Natürlich, Yo. Dann wünsche ich dir alles Gute. Aber denk bitte daran, die Tagesordnung für die Sitzung mit dem Gouverneur fertigzumachen.«

Eigentlich sollte sie mehr Verständnis haben für diese jungen Leute mit ihrem blinden Vertrauen in den eigenen Körper, ihrem Vertrauen darauf, dass sie alles bekommen, was das Leben zu bieten hat. Hat sie früher auch den Tod so konsequent ausgeblendet? Nein, aber schließlich war sie das einzige Kind ziemlich alter Eltern gewesen, eines der wenigen Kinder in der weitverzweigten Verwandtschaft. Es verging kaum ein Jahr, in dem nicht irgendjemand aus ihrer großen Familie starb – eine lange Prozession Verstorbener, angeführt von Elwin und von Anthony.

Als Yolanda vom Parkplatz des Krebszentrums wegfährt, muss sie die Augen zusammenkneifen, so sehr blendet das Sonnenlicht, das sich in der Motorhaube spiegelt. Die ganze Umgebung – die Straßen, die Klinikgebäude, die mit Kiefern bewachsenen Berge im Osten – ist so gleißend hell wie die überbelichtete Aufnahme eines fernen, lebensfeindlichen Planeten. Als sie merkt, dass ihr ganz schwindlig vor Hunger ist, fährt sie zum Tortilla Hut. Sie muss dringend etwas essen, vielleicht eine Enchilada und dazu einen Milkshake. Es ist zwei Uhr nachmittags, früh genug, um später noch mal ins Büro zu fahren und die restlichen Arbeiten zu erledigen, aber eigentlich fühlt sie sich wie erschlagen.

Am Tisch schräg gegenüber sitzt ein rotgesichtiges Mädchen vor ihrem aufgeklappten Laptop und kaut auf ihren mittleren drei Fingern herum. Sie hat sie tief in den Mund gesteckt, bis zum zweiten Gelenk. Selbstvergessen starrt sie auf den Bildschirm, ohne sich ihrer Umgebung bewusst zu sein. Yolanda tut das Mädchen leid, das der Welt ihr ganz privates Gesicht zeigt, als wüsste sie nicht, dass sie nicht nur einen Verstand, sondern auch einen Körper hat. Yolanda fragt sich, was sie wohl selbst gerade für ein Gesicht macht, versucht sich mit fremden Augen zu sehen, hofft, dass es ihr gelingt, souverän und gelassen zu wirken, auch wenn es niemanden interessiert. Das Mädchen nimmt ihre feuchten Finger aus dem Mund, um etwas in ihren Laptop zu tippen, steckt sie dann wieder hinein.

Bald wird es Yolanda wie den anderen Patienten im Wartezimmer des Krebszentrums gehen, diesen mageren kreidebleichen Leuten, die zusammengesackt in ihren Rollstühlen sitzen, zischelnde Sauerstoffschläuche unter der Nase. Erschrocken wird ihr bewusst, dass die meisten von ihnen sie überleben werden.

Noch vor zehn Minuten glaubte Yolanda, sie würde ohnmächtig werden, wenn sie nicht gleich etwas in den Magen bekäme. Aber als sie jetzt vor ihrer riesigen, schweren Mahlzeit sitzt, kriegt sie keinen Bissen hinunter. Sie zieht ihre Gabel durch die Chilisoße neben der Enchilada, legt sie wieder hin, nippt an ihrem Milkshake, schiebt ihn weg. Dann steht sie auf, hängt sich ihre Handtasche über den Arm und geht hinaus.

Sie steigt in ihren Wagen, bekreuzigt sich und als sie den Kopf hebt, sticht ihr wieder die Sonne in die Augen. Sie lässt den Motor an und stößt zurück – und rammt das Auto hinter ihr. Ihr Herz rast. Vorsichtig blickt sie sich um. Keine schrille Alarmanlage, keine wütenden Rufe. Kein Mensch weit und breit. Die Stoßstange des Wagens hinter ihr ist eingedrückt.

Sie weiß, dass es absolut verantwortungslos ist, in ihrem Zustand noch Auto zu fahren. Eines Tages, wahrscheinlich schon bald, wird sie ihren ersten Krampfanfall bekommen und wenn sie dann am Steuer sitzt – was durchaus sein kann, schließlich pendelt sie täglich zwei Stunden zur Arbeit –, wird sie womöglich jemanden totfahren. Yolanda wird bewusst, wie scheinheilig es ist, ihren Sohn zu kritisieren, weil er angetrunken Auto fährt, während sie genauso fahrlässig handelt. Doch trotz der Kopfschmerzen, der grauen Flecken auf den Hirnscans und Dr. Koneckys düsterer Prognose, dass sie bald sterben wird, kann sie einfach nicht glauben, dass ihr Körper sie auf so empörende Weise im Stich lässt.

Immerhin hat sie sich geschworen, weder das Baby noch Angel im Wagen mitzunehmen. Dieser Entschluss verlangt ihr einiges an Geschick und Kreativität ab. Immer wieder muss sie sich neue Ausreden einfallen lassen, weshalb sie ihren Sohn oder ihre Enkelin nicht irgendwohin bringen kann. Ihre ganze Familie besteht aus mehr oder weniger unbrauchbaren Fahrern: Ein alter Mann, eine sechzehnjährige Anfängerin, eine Frau mit einem Glioblastom im Kopf und ein Trinker. Eigentlich wäre Connor noch am ehesten geeignet, sie durch die Gegend zu kutschieren.

In ihrem früheren Leben hätte Yolanda an dem eingedellten Wagen einen Zettel hinterlassen. Es wäre ihr nie in den Sinn gekommen, sich einfach aus dem Staub zu machen. Aber jetzt strafft sie sich und fährt los.

Amadeo ruft Brianna in der Schule an und hinterlässt eine Nachricht auf ihrem Anrufbeantworter.

»Hallo, hier ist Angels Dad. Vom Tag der offenen Tür. Wollte mal hören, wie's so geht.«

Es ist gegen Mittag und er stellt sich vor, wie sie im Klassenzimmer vor den Mädchen steht, sie ermutigt und inspiriert, Gutes tut. Und irgendwie beflügelt ihn das und auch er möchte etwas Gutes, Sinnvolles tun. Voller Elan macht er zwanzig Liegestütze auf dem Wohnzimmerteppich, und dann, immer noch frisch und motiviert, hängt er zehn weitere dran.

Als Brianna ihn nicht zurückruft, ist er enttäuscht – was ihn irgendwie überrascht. Seit dem Tag der offenen Tür denkt er immer wieder an ihre Begegnung im Konferenzraum zurück. Er hat sich gern mit ihr über Kunst unterhalten; sie scheint ziemlich intelligent zu sein und hat offenbar erkannt, wie klug und begabt seine Tochter ist. Die Tatsache, dass Angel ihre Lehrerin so bewundert, macht sie nur noch sympathischer. Jedes Mal, wenn Angel von Brianna spricht und er sie mit den Augen seiner Tochter sieht, findet er sie noch faszinierender. Eine verwirrende Erfahrung.

Gestern Abend zum Beispiel, nachdem Angel Connor schlafen gelegt hatte, marschierte sie ins Wohnzimmer und wedelte mit einem blauen Plüschhasen herum. »Was hat der in seinem Bett zu suchen?«, fragte sie, sah erst ihn, dann seine Mutter anklagend an. »Von so was kann er sterben. Schon mal was von plötzlichem Kindstod gehört? Brianna hat's uns genau erklärt.«

»Entschuldige, *hijita*«, sagte Yolanda besänftigend, während Amadeo grinsen musste, als er Briannas Namen hörte.

»Ich mein's ernst!«, schrie Angel und schleuderte ihm den Hasen an die Brust.

Am nächsten Tag muss er immer noch an die Nachricht denken, die er Brianna hinterlassen hat. Er sitzt zu Hause und schlägt die Zeit tot. Aber das Fernsehprogramm deprimiert ihn, genauso wie die Videospiele und das wahllose Surfen im Internet, die öden Produktbewertungen und die Skateboard-Stürze auf YouTube. Seine ehemaligen Freunde aus der Highschool – jedenfalls die, die nicht an der Nadel hängen – führen auf ihren Social Media-Seiten ihr tolles, erfolgreiches Leben vor, ihre reizenden Kinder, ihre Wochenendtrips nach Disneyland. Es gibt so vieles, was er auch gern hätte – Pick-ups, Computer, Urlaubsreisen, ein neues Haus –, aber dafür braucht man Geld.

Er muss endlich mit Creative Windshield Solutions in die Gänge kommen. Aber bis jetzt hat niemand auf seine Anzeigen im Internet, der *Rio Grande Sun* und dem Kirchenblatt reagiert. Außerdem hat er seinen Führerschein noch nicht zurück. Er muss heute Abend mit Angel darüber reden, jetzt, wo sie einen eigenen hat. Er schaut sich ein paar Websites über Start-ups an und macht sich in Angels Matheheft Notizen.

Als wolle sie ihn für seinen Eifer belohnen, meldet sich Brianna noch am selben Nachmittag. »Mr. Padilla? Hier ist Brianna Gruver. Sie hatten angerufen.« Sie spricht hastig, als wäre sie nervös.

»Oh, hey.« Sein Herz schlägt schneller. »Ich wollte mich einfach mal melden.«

»Es ist also nichts mit Angel oder Connor?«

»Nein, alles okay. Ich wollte nur fragen, ob Sie Lust hätten, mal was trinken zu gehen.«

Stille. »Also, ich könnte es mir am Donnerstag einrichten.«

»Cool«, sagt Amadeo betont munter, als wolle er ihre Zögerlichkeit wettmachen.

Abends erzählt er Angel nichts von seiner Verabredung mit ihrer Lehrerin. Warum er es ihr verschweigt, will er gar nicht so genau wissen.

Und er sagt auch Tíve nichts, als dieser ihn am vereinbarten Tag grummelnd in Española absetzt. Da Amadeo zu früh dran ist, schlendert er ein bisschen durch die Gegend und schaut dann im El Paragua vorbei. Er geht an die Bar, lehnt sich an den klebrigen Tresen und bestellt einen Whiskey. Sein erster Drink seit Ostern – seit zehn Wochen –, aber statt sich schuldig zu fühlen, ist er stolz darauf, dass er sich wie ein ganz normaler Mann in aller Öffentlichkeit einen genehmigen kann. Ohne ihn groß zu beachten, stellt ihm der Barkeeper seinen Whiskey hin und faltet dann weiter Servietten zusammen. In einer Ecke des Restaurants steht eine Frau mit mehlbestäubter Schürze und drückt Teigkugeln mit einer Tortilla-Presse flach. Dann klatscht sie die Fladen auf die heiße Platte eines Holzofens und wendet sie ein wenig später geschickt mit bloßen Händen. Ein dampfender Stapel von Tortillas wächst vor ihr in die Höhe.

Der Mittagsansturm ist vorbei. An einem Tisch unter einem großen Plastikbaum sitzen zwei Männer, essen Tacos und trinken Bier. Bauarbeiter, vermutet Amadeo, wegen der muskulösen Unterarme und ihrer robusten Ausstrahlung.

Er betastet die Narbe auf seiner linken Handfläche, dann die auf der rechten. Zwei kleine dunkelrote Höcker. Er kann von Glück sagen, dass keine Sehne durchtrennt worden ist.

Er hebt sein Glas und prostet den beiden Männern zu. Und dann, weil er so nervös ist und weil er irgendwie die Stunde bis zum Schulschluss rumkriegen muss – nein, sogar mehr als das, denn Brianna hat ihm eingeschärft, erst zwanzig Minuten später bei Family Foundations aufzukreuzen –, bestellt er sich noch einen Whiskey und dann noch ein Bier.

»Was für eins?«

»Egal«, sagt er großmütig. »Was ihr dahabt.«

Als er schließlich aufbricht, den Riverside Drive entlanggeht und ihm die Sonne ins Gesicht scheint, ist er heiter und entspannt. Brianna steht schon mit ihrem Rucksack am Eingang und erwartet ihn. Als sie ihn entdeckt, kommt sie eilig auf ihn zu, als wolle sie ihn vor dem Gebäude abfangen. Sie trägt wieder ihr geblümtes Kleid und knalligen Lippenstift.

Sie lächelt reserviert. »Gehn wir«, sagt sie, aber es klingt nicht sehr begeistert.

»Mein Pick-up ist in der Werkstatt«, lügt er. »Macht's Ihnen was aus, zu fahren?«

»Nein.« Sie lotst ihn quer über den Parkplatz, die Schultern hochgezogen, den Kopf leicht gesenkt.

Brianna fährt einen meergrünen Beetle, eins dieser bei den Mädels so beliebten Modelle aus den Nullerjahren, mit einer Plastikblume in einer Vase am Armaturenbrett. Als sie den Motor anlässt, dudelt irgendeine Folkmusik los. Sofort stellt sie das Radio wieder aus. Amadeo stößt mit den Knien fast ans Armaturenbrett. Offenbar hat hier jemand einen Hygienefimmel: eine Schachtel Kleenex, Handdesinfektionsmittel und im Getränkehalter eine Plastikbox mit Erfrischungstüchern.

Er deutet auf den Handreiniger. »Ich seh schon, Sie haben alles im Griff.«

Brianna nagt an ihrer Unterlippe, fährt langsam vom Parkplatz. Ihr Gesicht und ihr Hals sind mit roten Flecken übersät, als hätte sie eine Histamin-Allergie. »Wo soll's denn hingehen?«

Wieso hat er daran nicht gedacht? Es gibt das Saints and Sinners und das Dive, aber das ist wohl nicht das Richtige für eine so straighte, sensible Frau wie Brianna. Und außerdem braucht er erst mal keinen Drink mehr. »Haben Sie Hunger? Wir könnten was essen gehen.«

»Nein«, sagt sie erschrocken. »Jemand könnte uns sehen.«

Hätte er nicht schon einen intus, würde er jetzt in Panik geraten. Er blickt zu Boden, mustert ihre Trekkingsandalen.

»Wir könnten ja auch ein bisschen rausfahren und uns den Sonnenuntergang ansehen.« Eine romantische Idee, die ihn selber überrascht. Er ist sicher, dass sie ihr gefällt.

»Okay«, sagt sie skeptisch. »Oh Gott. Eigentlich geht so was gar nicht. Ein Date mit dem Vater einer Schülerin. Das ist total unprofessionell.«

»Haben wir denn ein Date?«, fragt er grinsend.

Sie macht ein bestürztes Gesicht. »Oh, ach so.«

»Hey, nein, schon okay.« Er berührt sie an der Schulter. »Natürlich ist's ein Date, wenn Sie möchten. Wenn nicht, vertreiben wir uns nur ein bisschen die Zeit.«

»Okay.« Sie entspannt sich. Und Amadeo neben ihr tut es auch.

Unterwegs erzählt Brianna ihm, dass sie in der Nähe von Chimayo eine *casita* gemietet hat, im Garten eines wohlhabenden Lesben-Pärchens. »Wir könnten auch zu mir fahren«, sagt sie.

Das Grundstück ist von einem gepflegten Lattenzaun umgeben. Sie fahren eine holprige Zufahrt hinauf, bis das Haus in Sicht kommt: ein großer, moderner Lehmziegelbau mit einer weitläufigen gefliesten Veranda und einer zweiflügligen mit Schnitzereien versehenen Eingangstür. Brianna parkt den Wagen neben zwei identischen Toyota Prius und zieht mit einem kräftigen Ruck die Handbremse. Als sie den gepflasterten Weg entlanggehen, der um das Haupthaus herumführt, schaltet sich die automatische Außenbeleuchtung an, obwohl es noch hell draußen ist. Amadeo späht durch die Fenster, hofft, einen Blick auf die beiden Lesben zu erhaschen, sieht aber nur Deckenstrahler und ein riesiges abstraktes Gemälde. Hinter den mit Pinyon-Kiefern bewachsenen Bergen färbt sich der Himmel orangerot. Brianna führt ihn durch den Garten zu einem Häuschen mit einer blauen Tür, rechts und links ein Terrakotta-Kübel mit Geranien. Sie schaut sich um, als sähe sie ihr Haus zum ersten Mal. »Es kostet ein bisschen mehr, als ich ausgeben wollte, aber hier draußen ist es sicherer als in der Stadt, finde ich. Außerdem sind WLAN und Wäscheservice inbegriffen.«

Sie schließt die Tür auf und hält inne, als würde ihr bewusst, dass sie einen völlig Fremden in ihr Haus lässt. »Macht es Ihnen was aus, Ihre Schuhe auszuziehen?«

Während Amadeo sich bückt, um seine Stiefel aufzuschnüren, schaut er sich verstohlen um. Alles ist freundlich und ordentlich und auf fast erdrückende Art weiblich. In der kleinen Küche hat jemand jede Menge rote Akzente gesetzt: rote Geschirrtücher, roter Topfuntersetzer, neben der Spüle statt einer schnöden Plastikflasche ein roter Keramik-Seifenspender. Auf dem Herd steht ein roter Emailletopf, der völlig unbenutzt aussieht. Die Bücher im Regal sind nach Farben geordnet, die Buchrücken exakt nebeneinander aufgereiht (in der roten Abteilung kann er kein Exemplar von *Bezwinge den*

Ares in dir entdecken). Überall Kerzen und Nippes: eine mit Zweigen gefüllte Vase, eine Schale mit Quarzen, auf dem Fensterbrett ein Glas mit bunten Murmeln. In einer Ecke, teilweise durch einen geflochtenen Paravent verdeckt, steht ein niedriges Bett mit einer flauschigen weißen Tagesdecke, auf der ein paar Zierkissen verteilt sind. Er betrachtet den Raum mit den Augen seiner Tochter. Angel wäre hin und weg. Er steht in seinen grauen Socken im Türrahmen und kommt sich vor wie ein Elefant im Porzellanladen. Jetzt könnte er einen Drink vertragen.

»Entschuldigen Sie das Chaos.« Brianna deutet auf eine einsame abgespülte Müslischale im Spülbecken.

»Sind das Ihre Eltern?«

Brianna nickt und erklärt ihm, dass das sportliche grauhaarige Pärchen auf einem Wanderweg im Regenwald von Oregon ihre Eltern sind. Sie steht mitten im Zimmer und knetet nervös die Hände. Dann stürzt sie auf ihn zu und presst ihren Mund auf seinen.

Amadeo weicht überrumpelt zurück, stößt mit dem Ellbogen an den Türknopf. Als er vor Schmerz aufstöhnt, scheint sie das als Ermutigung aufzufassen. Ihre Küsse sind gierig und wild, ihre Zunge forsch und fordernd.

Er nimmt ihr Gesicht in beide Hände und streicht ihr eine Haarsträhne hinters Ohr. Sie wendet den Blick ab, greift nach seiner Hand und führt ihn, fast ungeduldig, zum Bett.

Brianna schlingt die Arme um sich und grinst. Amadeo knöpft sein Hemd auf und wirft es auf den Flechtteppich, windet sich dann aus seiner Khakihose. Sein nackter Oberkörper ist so muskulös, wie sie es sich vorgestellt hat, seine Haut glatt, braun und straff. Sie findet seine männliche Ausstrahlung ziemlich attraktiv – was sie sich als Feministin nur ungern eingesteht. Die Tattoos sind eine Überraschung: das blutrote Herz über seinem eigenen Herzen und die Dornenranke um seinen Bizeps. Sie empfindet sie als gleichermaßen beunruhigend und anziehend. Zuletzt zieht er seine Socken aus. Brianna steht mit dem Rücken zur Kommode, ist fast gelähmt vor Nervosität. Sie versucht, ruhig zu atmen, aber ihr Atem steckt in ihrer Brust fest. Sie hat keine Ahnung, was sie als Nächstes tun soll.

»Darf ich?«, fragt er, macht einen Schritt auf sie zu und zieht ihr das Kleid über den Kopf. Sie ist jetzt nackt bis auf ihren neuen blauen Baumwollslip und ihren roten Satin-BH.

Amadeos Erektion drückt gegen seine Boxershorts. Er muss ihren skeptischen Gesichtsausdruck bemerkt haben, denn er verbirgt sie mit der Hand und sieht Brianna etwas zerknirscht an.

Irgendwas läuft hier schief – Befangenheit breitet sich zwischen ihnen aus wie eine ansteckende Krankheit. Aber Amadeo rettet die Situation. »Hey, komm her.« Er nimmt sie in den Arm und reibt sanft ihren Rücken, als wolle er sie wärmen. Zusammen fallen sie aufs Bett. Brianna kichert erleichtert, wühlt sich dann unter die Decke.

Ihre Verabredung mit Amadeo ist zwar an einem Donnerstagabend, also nicht am Wochenende, nicht mal an einem Freitag, trotzdem sieht Brianna sie als Date an – was sie auch ihrer Freundin Sierra vor knapp einer Stunde geschrieben hat: *Muss mich beeilen, hab heut Abend ein Date!* Sie hat beschlossen, nicht auf Sierras kränkende Antwort zu reagieren:

???!?!?!?!?!!!??! Du sagst ihm aber nicht, dass du noch Jungfrau bist, oder???

Die anschießende Szene hat nichts von einem romantischen Merchant Ivory-Film. Kein warmes Kerzenlicht, keine zärtlichen Küsse, keine Nahaufnahmen von glatten, weich gezeichneten Körperteilen, kein Murmeln und Wiegen, kein allmähliches miteinander Verschmelzen bis hin zum atemlosen Höhepunkt. Stattdessen angestrengtes Stoßen, ungleicher Rhythmus, bis Brianna es aufgibt und Amadeo die Initiative überlässt. Sie schließt die Augen und versucht, den Anschein zu erwecken, gleichzeitig entspannt und ganz bei der Sache zu sein.

Als er fertig ist, lässt er sich auf sie sinken; sie spürt seinen heißen Atem auf ihrer Wange. Er liegt schwer auf ihr und rührt sich nicht – als wäre er ins Koma gefallen. Brianna reibt unsicher seinen Arm, und schließlich hebt er den Kopf und rollt sich von ihr herunter.

»Wie war's für dich?«, fragt er.

Brianna ist froh, dass er im Dämmerlicht ihr Gesicht nicht sehen kann. Sie weiß nicht, was sie darauf antworten soll. »Toll.« Durchs Fenster sehen die Bäume vor dem dunkler werdenden Himmel wie schwarze Spitze aus. Weil es irgendwie seltsam ist, dass sie nicht miteinander reden, sagt sie nach einer Weile: »Wusstest du, dass sich heterosexuelle Männer von Frauen angezogen fühlen, die gerade einen Eisprung hatten?«

Er setzt sich auf, knipst die Nachttischlampe an und macht ein erschrockenes Gesicht. »Ich hab vorgesorgt. Du brauchst dir keine Gedanken zu machen.«

»Ich weiß«, sagt sie und blinzelt ins Licht.

Er zeigt auf das schlaffe, zusammengeknotete Kondom, das neben ihrem Buch und dem Wasserglas auf dem Nachttisch liegt. »Ich sorg immer vor.«

»Du hast das *da* hingelegt?« Sie reißt ein Kleenex nach dem anderen aus der Packung neben dem Bett und wirft sie ihm zu.

Er wickelt das Kondom darin ein und sieht sich suchend um, beschließt dann, es auf den Boden zu legen. Er lässt sich wieder aufs Kissen fallen. »Jetzt versteh ich, warum Angel so gern mit überflüssigen Fakten um sich wirft.«

»Na ja, überflüssig stimmt ja nicht unbedingt. Mein Hauptfach war Humanbiologie. Das könnte Angel Spaß machen. Sie interessiert sich sehr für Naturwissenschaften und Mathe. Wir sollten sie darin unterstützen. Sie hat wirklich was drauf.«

»Ich weiß. Das muss sie von ihrer Mom haben. Ich hatte für die Schule keinen Nerv.« Er grinst die Decke an, völlig unbefangen trotz seiner Nacktheit, seines schweißnassen Körpers.

Brianna stützt sich auf die Ellbogen, ist sich ihres Körpers, ihrer Weiblichkeit bewusst. Sie erhascht einen Blick auf sich im Spiegel an der Badezimmertür, und ist zum ersten Mal zufrieden mit dem, was sie sieht. Ihre Wangen sind gerötet, ihre Lippen rot und voll, das Laken liegt dekorativ über ihrem Po. Neben diesem Mann fühlt sie sich lebendig, geschmeidig und sexy.

Sie berührt die Narbe auf seiner rechten Hand. »Was ist mit deinen Händen passiert?«

Amadeo betrachtet sie von beiden Seiten. »Oh, das war ein Unfall. Hab mich beim Schreinern dumm angestellt.«

»Puh.« Sie lächelt. »Ich hab schon befürchtet, dass du misshandelt worden wärst.«

»Nein, um Himmels willen.« Er steckt seine Hände unter die Decke.

»Würdest du bitte das Licht ausmachen?« Sie lehnt sich an ihn. Sie küssen sich und er streichelt sie.

Als sie mit einem Wimmern kommt, streicht sie immer wieder über dieselbe Stelle auf seinem Oberarm. Plötzlich ist sie erfüllt von Zärtlichkeit für diesen Mann. In der feuchten kleinen Höhle unter der Bettdecke schlingt sie Arme und Beine um ihn.

»Ich bin froh, dass wir miteinander geschlafen haben.« Sie legt den Kopf auf seine Schulter, hebt ihn dann und fügt rasch hinzu: »Ich war nämlich noch Jungfrau.«

Er wirft ihr einen kurzen Blick zu. Seine Miene ist völlig ausdruckslos, woraus sie schließt, dass er bestürzt ist. Ihr Magen krampft sich zusammen und sie lässt sich zurück aufs

Kissen fallen. Ihre ganze Selbstsicherheit ist dahin und besonders sexy fühlt sie sich auch nicht mehr. »Ich weiß, ich hätte es dir nicht sagen sollen. Meine beste Freundin hat mich gewarnt. Aber so bin ich nun mal; obwohl ich ganz genau weiß, dass ich besser den Mund halten sollte, sag ich, was mir gerade durch den Kopf geht.«

»Das ist doch nicht schlimm.« Er dreht sich zu ihr um. Warum ist es ihr so wichtig, was dieser Typ von ihr denkt? Warum gibt sie sich eine solche Blöße? Er lächelt und das macht es auch nicht besser.

»Aber du bist doch schon fünfundzwanzig, oder?«

»Ich bin nicht religiös oder so, falls du das denkst«, sagt sie defensiv. »Irgendwie hat es sich nicht ergeben.«

»Schräg.«

»Es ist nicht *schräg*. Es darf nur niemand wissen.«

»Na ja, es ist schon ein bisschen seltsam, dass du diese ganzen Teenager-Mütter unterrichtest und bis jetzt selbst noch Jungfrau warst.«

Brianna hat das Gefühl zu ersticken. Wie konnte sie so naiv sein und sich diesem Mann anvertrauen. »Ich meine«, sagt sie mit fester Stimme, »dass du niemandem von uns erzählen darfst, sonst verlier ich meinen Job.« Sie hat Angst, weiterzureden, Angst, dass sie etwas von ihm verlangt, was so unzumutbar ist, dass er sich von ihr zurückziehen wird. »Damit mein ich auch Angel. Sie darf es auf keinen Fall erfahren.«

Amadeo sieht sie zärtlich an. »Hey, hey«, sagt er und nimmt sie in den Arm. »Ich sag niemand irgendwas.«

Im ersten Moment ist sie erleichtert. Aber wie soll's weitergehen? Sie haben eine Beziehung und halten sie geheim? Ist es das – heimlicher Sex mit dem Vater einer ihrer Schülerinnen –, was sie will? Sie fragt sich, ob sie wirklich nur mit ihm schlafen wollte. Und was, wenn er eine Beziehung will? Bei diesem Gedanken verspürt sie ein Kribbeln im Bauch.

Was soll sie bloß machen? Der Vater einer Schülerin – ein Versager –, obwohl er sich jetzt zu kümmern scheint und es ihm offenbar Freude macht, am Leben seines Enkels teilzuhaben. Aber wer weiß, was für ein Mensch er ist. Er hat keinen

Job, ist nicht aufs College gegangen. Und jetzt ist er ihr erster Liebhaber.

Warum ihr das alles durch den Kopf geht, ist ihr schleierhaft. Sie ist immerhin Gesundheitserzieherin. Eine vom Staat New Mexico zugelassene Lehrerin. Sie hält sich gern für kompetent, gerecht und einfühlsam. Eine Mentorin. Und jetzt flippt sie wegen einem Typen aus. Einem Mann, korrigiert sie sich.

Denn Amadeo *ist* ein Mann, ein muskulöser, arbeitsloser Mann aus prekären Verhältnissen, der nicht mal eine Partnerin, geschweige denn eine Familie ernähren kann, mit einer großporigen roten Alkoholikernase. Trotzdem findet sie ihn äußerst attraktiv.

»Alles gut«, sagt er und streicht ihr übers Haar.

Den Kopf an seine Brust gelehnt, genießt sie seine Zärtlichkeit, fühlt seinen erigierten Penis zwischen ihren Beinen, spürt, wie sie feucht wird, bereit ist, ihn zu empfangen.

»Ich sag's nicht.«

»Danke«, sagt sie leise.

Er tippt ihr aufs Kinn. »Aber nur, wenn wir das noch mal machen.«

»Oh ja«, flüstert sie. Sie grinst und drückt das Gesicht an seine Schulter.

In letzter Zeit nervt Angel einfach alles. Auf Tabithas Geburtsfeier sagte Brianna dasselbe leere, scheinheilige Zeugs, das sie auch auf Angels Party gesagt hatte. Sie und Connor und die unglaubliche körperliche Leistung, die sie vollbracht hat, sind Schnee von gestern. Sogar die kleinen Basketballschuhe gehen ihr auf den Geist. Sie rutschen immer von seinen Füßen und liegen dann unterm Sofa oder im Kies, und überhaupt, was für ein Schwachsinn, fünfzig Dollar für Sneaker für ein Baby auszugeben, das sowieso nur herumliegt. Sie ist so entsetzlich müde – es kommt ihr vor, als würde Connor nachts alle paar Minuten aufwachen und sie aus dem Tiefschlaf reißen, und wenn er endlich wieder eingeschlafen ist, liegt sie verkrampft unter der Decke, mit offenen Augen und hämmerndem Herzen.

Als sie heute nach dem Unterricht das Gebäude verlässt, wartet ihre Mutter auf sie. Angst krallt sich wie eine Klaue in ihre Brust und ihr erster Gedanke ist, dass man ihre Mutter gefeuert hat.

Marissa trägt ihr Bürooutfit, eine enge schwarze Hose, High Heels und eine locker fallende Bluse. Sie ist wie aus dem Ei gepellt – wie immer, wenn sie zur Arbeit geht. Und hat offenbar abgenommen – Angel sieht voller Neid, dass sich ihre Schultern deutlich unter dem Seidenstoff abzeichnen. Sie wirkt irgendwie wachsam, vorsichtig. Mit beiden Händen hält sie ihre große Handtasche umklammert, hat einen Arm schützend an ihren Körper gedrückt.

Angels Angst rührt noch aus der Zeit, als sie fünf war und Marissa tatsächlich gekündigt wurde, weil das Autohaus, wo sie gearbeitet hatte, dichtmachte. Es war eine beängstigende Zeit. Sechs Monate lang wohnten sie bei Marissas Eltern. Ihre Großmutter Lola zeigte erste Anzeichen von Alzheimer – in einem Moment war sie liebevoll, im nächsten gehässig und im übernächsten panisch – und ihr Großvater nahm es seiner Tochter immer noch übel, dass sie Amadeo nicht geheiratet hatte. Ständig kam es zum Streit, und selbst mit fünf Jahren tat Angel ihre Mutter schon leid.

Seitdem ist Marissa bei einer großen Versicherung angestellt und es ist äußerst unwahrscheinlich, dass man sie entlässt. Ihr Chef mag sie sehr. Aber trotzdem ist die Angst noch da, denn wo würden sie unterkommen, jetzt, da Marissas Mutter völlig dement ist und ihr Vater verbittert und depressiv.

Egal, ihre Mutter ist momentan nicht das Problem. Aber allein schon der Gedanke an Marissas trotziges, unglückliches Gesicht, als sie beide bei ihren Großeltern wohnten, rührt Angel.

»Was tust du hier?« Angel legt die Hand schützend um Connors Kopf, der ernst und interessiert seine Großmutter ansieht.

»Hallo, Angel.« Marissa will sie umarmen, aber beide sind verlegen, als wären sie Fremde. Angel presst die Handflächen aufeinander und wappnet sich innerlich gegen eine Hiobsbotschaft.

Nervös schaukelt sie Connor im Arm, obwohl er keinen Mucks von sich gibt. »Was ist los?«

»Hast du Lust, einen Milkshake oder so was zu trinken? Ich lad dich ein.«

Angel zuckt gleichgültig mit den Schultern. »Ich glaub, ich fahr besser heim. Ich hab Dad versprochen, ihm zu helfen.«

Marissa verlagert unsicher ihr Gewicht, wischt sich die Hände an ihrer Hose ab. Sie weist mit dem Kinn auf Connor. »Wie geht's ihm? Kann ich ihn mal halten?«

»Ich bin mir nicht sicher, ob er zu dir will. In letzter Zeit fremdelt er ziemlich.«

Marissa sieht so gekränkt aus, dass Angel einlenkt. »Klar, nimm ihn.« Sie gibt ihn ihr und Marissa drückt ihn an sich. Connor, der kleine Verräter, strahlt sie an. Marissa strahlt ebenfalls, ihr Mund spiegelt seinen.

»Wie geht's deiner Großmutter? Alles okay?«

»Meiner Großmutter?« Und was ist mit mir, würde Angel am liebsten fragen. Willst du nicht wissen, wie's mir geht? »Ihr geht's gut.«

»Ich hab nur gedacht, weil sie beim Tag der offenen Tür irgendwie komisch war. Erschöpft. Ich kann's nicht genau sagen. Weißt du noch, als Gramma Lola …«

»Natürlich ist sie erschöpft. Das sind wir alle. Ist ja auch kein Wunder bei einem kleinen Baby, das alle fünf Minuten aufwacht.«

»Hör zu«, fährt Marissa hastig fort. »Es tut mir leid, dass ich neulich gesagt hab, ich hätte geraucht, als ich mit dir schwanger war. Das stimmt nicht.«

»Okay.«

»Ich war neidisch auf dich.«

»Neidisch? Warum?« Angel ist selbst überrascht, wie bitter sie klingt.

»Ich weiß auch nicht. Weil du irgendwo dazugehörst.« Marissa zeigt auf das Gebäude von Family Foundations. »Zu dieser Schule zum Beispiel. Zu Yolanda und deinem Dad. Sie lieben dich. Das ist offensichtlich. Natürlich gehörst du auch nach Hause.«

Erstaunlich, dass ihre Mutter sie beneidet. Noch erstaunlicher aber ist, dass Angel angeblich irgendwo dazugehört. Warum sieht ihre Mutter nicht, wie allein sie in Wirklichkeit ist? Wie verletzt sie ist, weil ihre Lehrerin sie und ihr Baby zurückgewiesen hat? Trotzdem empfindet Angel plötzlich Mitgefühl mit ihrer Mutter, die kein Smart Starts! hatte, die als junge Mutter ganz auf sich gestellt war und auch ihren Abschluss allein hinkriegen musste.

»Du hast mich schon als kleines Kind völlig verblüfft. Als du drei warst, hast du gesagt: ›Mama, erklärst du mir alles, was ich noch nicht weiß?‹ Du warst so wissbegierig und wolltest schon immer deinen eigenen Weg gehen.«

Angel lächelt. »Daran kann ich mich gar nicht mehr erinnern.«

»Es tut mir leid, Angel. Es war einfach alles zu viel für mich. Es war dämlich von mir zu glauben, dass Mike der Richtige wär, dass ich endlich den Richtigen gefunden hätte. Aber jetzt ist es vorbei und ich bin Großmutter. Eigentlich bin ich viel zu jung, um schon Großmutter zu sein.« Marissas

Kinn zittert und sie wischt sich mit beiden Händen über die Augen. »Aber ich bin's trotzdem.« Sie lacht. Im Film würden sie jetzt gemeinsam lachen, aber Angel kann das nicht lustig finden. Erwartet ihre Mutter, dass sie Mitleid mit ihr hat?

Marissa räuspert sich. »Willst du nicht wieder nach Hause kommen? Das wollte ich dich die ganze Zeit schon fragen. Du fehlst mir.«

Genau das hat sich Angel doch gewünscht, oder? Hat sie nicht die ganze Zeit darauf gewartet, dass ihre Mutter sie bittet, wieder nach Hause zu kommen? Dass sie zugibt, dass sie Unrecht hatte, dass sie sie vermisst? Und doch lassen die hoffnungsvollen Augen ihrer Mutter sie kalt. Angel würde so gern einwilligen, den Riss zwischen ihnen wieder kitten, aber irgendwas sträubt sich in ihr. Warum?

»Dafür ist es ein bisschen spät, oder?« Angel nimmt ihr Connor wieder ab, unsanfter als beabsichtigt. Es gibt ihr einen Stich, als sie sieht, wie verletzt ihre Mutter ist.

Marissa steht mit ausgestreckten Händen vor ihr. Ihre Gesichtshaut spannt sich. »Was bist du doch für ein gefühlloses kleines Biest!«

Angel weicht zurück, als hätte ihre Mutter sie geschlagen. Selbst in ihren hitzigsten Auseinandersetzungen hat ihre Mutter sie nie als Biest bezeichnet. »Na, prima. Du bist echt 'ne super Mom.«

Und jetzt weint Marissa, ihr Gesicht ist verzerrt, Wimperntusche läuft ihr über die Wangen. »Es tut mir leid. Ich hab's nicht so gemeint! Bitte glaub mir. Ich möchte, dass wir uns wieder vertragen. Deshalb bin ich hergekommen.«

Angel ist todmüde. Sanft, ohne Groll, sagt sie: »Danke, Mom, dass du gekommen bist.«

»Warum funktioniert es denn nicht zwischen uns, Angel?«

Sie stehen da und sehen sich lange an. Marissas Blick ist flehend. Angel will gerade einlenken und sie umarmen, als sich ihre Mutter wegdreht, ihre Handtasche an sich presst wie einen Rettungsring.

—

Nachdem Mike herausgefunden hatte, dass Angel schwanger war, herrschte zwischen ihnen dicke Luft. Als Angels Bauch dicker wurde, ignorierte er sie völlig. Eines Nachmittags kam sie nach Hause und zu ihrer Überraschung war Mike da. Er saß an seinem Zeichentisch, der eine ganze Wand des Wohnzimmers einnahm, und war in seinen silbernen Laptop vertieft. Gierig schaufelte er griechischen Heidelbeerjoghurt in sich hinein. Wahrscheinlich kam er gerade vom Joggen, denn er war frisch geduscht. Seine nassen Haare kringelten sich im Nacken. Er trug eine verwaschene Jeans und hatte die Absätze seiner Cowboystiefel in die Sprosse des Hockers gehakt. Als der Joghurtbecher leer war, steckte er ihn in den ebenfalls leeren, der neben ihm stand, riss dann die Folie von einem dritten auf und tauchte den Löffel hinein.

»Hey«, sagte Angel. »Das ist mein Joghurt.«

Mike sah sie nicht an. Mit dem Löffel in der Hand tippte er ein paar Wörter in seinen Computer.

»Mike. Das ist mein Joghurt.«

»Ich arbeite, Angel.« Er aß ungerührt weiter, der Löffel kratzte übers Plastik.

»Okay. Ich sag ja nur, dass du meinen ganzen Joghurt aufisst.«

Betont langsam stellte er den Becher hin und drehte sich auf dem Drehhocker zu ihr um. Er schluckte übertrieben und fragte dann: »Kaufst du die Lebensmittel ein?«

»Ja, ich war mit Mom einkaufen. Ich hab den Joghurt ausgesucht, weil ich Eiweiß und Kalzium brauch.« Sie zeigte auf ihren Bauch.

Jede Silbe betonend, als wäre sie begriffsstutzig, fragte Mike: »Kaufst du mit deinem hart verdienten Geld die Lebensmittel für diesen Haushalt?«

»Nein«, sagte Angel.

»Dann verdammt noch mal unterbrich mich nicht, wenn ich arbeite, um mir zu sagen, dass ich nicht das essen darf, was ich bezahlt habe.«

»Das sag ich ja gar nicht. Ich hab dich nur gebeten, nicht den ganzen Joghurt zu essen, den mir *meine Mom* gekauft hat.«

Sein Gesicht wurde starr. »Denkst du etwa, das Gehalt deiner Mutter würde die Ausgaben in diesem Haushalt decken? Denkst du, sie hätte deinen Computer bezahlt? Denkst du, sie käme für deine idiotische Schwangerschaft auf? Ihr Geld hat ja nicht mal für eine Packung Kondome gereicht.«

»Warum musst du dich wie ein Arschloch aufführen?« Angel war wie elektrisiert von ihrer eigenen Kühnheit. Sie hatte Erwachsenen gegenüber noch nie Schimpfwörter benutzt, noch nie jemanden so direkt angegriffen. »Du scheißt auf jeden. Zu dumm, dass dein Chef dich nicht für so schlau hält, wie du denkst. Zu dumm, dass du kein Stararchitekt bist, aber vielleicht liegt das ja daran, dass du nicht gut genug bist.«

Er sprang auf und machte einen Schritt auf sie zu. Angel wich ein Stück zurück, aber dummerweise stand die Couch direkt hinter ihr. Mike kam immer näher. Und plötzlich legte er die Hände um ihren Hals. Er drückte nicht zu; die Geste hatte etwas Theatralisches. Instinktiv riss sie die Arme hoch.

»Du kotzt mich dermaßen an«, sagte er leise und schüttelte sie – als wäre sie eine leblose Puppe.

Angel war völlig überrascht. Seltsamerweise hatte sie keine Angst, die kam erst später. Ein Teil von ihr triumphierte, weil Mike zwar drohend vor ihr stand, aber seine Hände beinah zärtlich um ihren Hals lagen und sie, obwohl er größer und stärker war als sie, in dieser Situation die Oberhand hatte. Sie hatte ihn provoziert.

Ihre Hände umklammerten seine. Und selbst jetzt noch erinnert sie sich deutlich an die merkwürdige Intimität dieser Pose: der Geruch seines Shampoos, die trockene Haut zwischen seinen Daumen und Zeigefingern, seine kurz geschnittenen Fingernägel, glatt wie Kiesel, die rauen Stellen an den Knöcheln seiner Daumen. Sein Gesicht war direkt über ihrem, sein Mund war verzerrt, seine gleichmäßigen gelblichen Zähne gefletscht, jedes einzelne schwarze Barthaar war deutlich zu erkennen.

Angel riss den Mund auf, aber bevor sie einen Schrei ausstoßen konnte, ließ er sie los. Sie fiel rückwärts auf die Couch.

»Hab nur Spaß gemacht«, sagte Mike ausdruckslos. Und in

diesem Moment bekam Angel Panik. Während sie zitternd auf der Couch lag, tippte er mit der Spitze seines Cowboystiefels gegen ihre nackte Fußsohle. »Du kannst von Glück sagen, dass du schwanger bist«, sagte er mit heiserer Stimme. »War nur Spaß.«

Er wollte sie. Er hatte sein Verlangen unter Kontrolle, aber seine Lust beunruhigte ihn, machte ihm Angst. Während sie sich in die Augen sahen – seine dichten braunen Wimpern, die braun-grünen Iris, eine rote Ader, die sich quer über das Weiße seines rechten Auges zog –, wurde ihr das schlagartig klar. Auch dass er wusste, dass sie ihn durchschaute.

Er fuhr sich über seine gewellten Haare, berührte abwesend den Kragen seines Hemds.

Dann wandte er sich ab, als könne er ihren Anblick nicht länger ertragen – Angel, die wie ein Käfer auf dem Rücken lag, mit angezogenen Beinen, die Hände schützend um den Hals gelegt –, und stürmte aus dem Zimmer. Mit einem fröhlichen Ping erschien eine E-Mail auf dem Display seines Computers.

—

Selbst jetzt noch, während sie beobachtet, wie ihre Mutter den Parkplatz von Family Foundations überquert, spürt Angel Mikes Finger an ihrer Kehle, den Druck seiner Daumen oberhalb der Luftröhre, wie ein Stück Fleisch, das ihr im Hals stecken geblieben ist. Sie zittert, Panik erfasst sie, obwohl nichts passiert ist. Er hat nicht mal zugedrückt. Sie hatte nicht mal blaue Flecken.

Marissa geht mit steifen Schritten zu ihrem Auto; ihre Schultern zucken, offenbar weint sie immer noch. Angel will sie zurückrufen, aber gleichzeitig ist sie froh, dass sich ihre Mutter schlecht fühlt. Das geschieht ihr recht! Warum unterstützt sie Angel denn nicht? Warum wirkt sie so schwach und mutlos? Irgendwie macht ihr das Verhalten ihrer Mutter Angst. Als würde sie sich für das, was Mike getan hat, schämen – statt ihn zu verdammen. Sie will nicht, dass sich ihre Mutter so ohnmächtig fühlt, dass das, was Mike getan hat, für sie so schrecklich ist, dass es für immer zwischen ihnen steht. Und ihr Verhältnis nie wieder normal wird.

Angel drückt ihren kleinen Sohn an sich und kehrt ihrer Mutter den Rücken zu. Während sie auf den Pick-up ihres Dads zugeht, tätschelt Connor ihre Wange, als wolle er ihr Mut machen.

Tío Tíve hat Amadeo wieder einmal zum Fahreignungsseminar gefahren. Anschließend halten sie noch beim Drugstore. Während sie an der Kasse warten, wirft Tíve einen Blick in Amadeos vollen Einkaufswagen.

»Du hast die Pampers vergessen«, bemerkt er. Sein Korb enthält nur eine Schachtel Tabletten gegen Sodbrennen.

»Stimmt. Bin gleich zurück.« Amadeo stürmt davon.

»Ist das die von deiner Mom?«, fragt Tío Tíve, als Amadeo seine Kreditkarte durchzieht.

»Wir haben eine zusammen«, sagt Amadeo lahm. Er erwartet, dass sein Großonkel wie üblich missbilligend knurrt, aber der alte Mann sieht ihn nur mitleidig an.

»Danke, dass du mich fährst«, sagt Amadeo auf dem Heimweg.

Sein Großonkel erwidert nichts, aber dann sagt er: »Es freut mich, dass du dich um die Familie kümmerst. Dich zumindest bemühst. Ruf an, wenn du wieder mal irgendwohin musst.«

War das ein Lob? Amadeo grinst aus dem Fenster. Die Nachmittagssonne färbt die Felder golden. Die grünen Blätter schimmern und tanzen, und in den *acequias* spiegelt sich der blaue Himmel.

Seit seinem Date mit Brianna ist er glänzender Laune. Er ist selbst überrascht, dass er ihr Zusammensein so sehr genossen hat; dieses dünne, nervöse Mädchen mit den unrasierten Schamhaaren und der super aufgeräumten Wohnung ist überhaupt nicht sein Typ. Obwohl sie so schlank ist, ähnelt sie mit ihrer Knopfnase und der blassen Haut einem Schweinchen. Ein dünnes Schweinchen in Trekkingsandalen. Trotzdem findet er sie irgendwie attraktiv.

Angels Bewunderung für ihre Lehrerin ist ansteckend. Amadeo will, dass Brianna ihn mag, dass sie sieht, dass er kein Loser ist. Er würde sich gern einreden, dass er um Angels willen einen guten Eindruck machen will. Im Grunde könnte

Angel ja nur davon profitieren, wenn ihr Dad und ihre Lehrerin ein Verhältnis hatten – wenn Amadeo es richtig anstellt, wird Brianna vielleicht seiner Tochter dabei helfen, aufs College zu kommen.

Amadeo ist optimistisch. Es ist schon eine Weile her, dass er mit einer Frau geschlafen hat, die er wiedersehen wollte; normalerweise wärmt er alte Bekanntschaften auf oder lernt jemanden in Española kennen. Früher, bevor seine Freunde Familien gründeten, gabelte er Frauen bei Partys auf, wo der Alkohol in Strömen floss. (Seine Mutter tut immer so, als wäre er nachts nach Hause gekommen, während sie schon schlief, und wenn sie sich dann morgens über den Weg laufen, bemerkt sie nur: »Du bist aber früh auf.«) Was seine Chancen in Bezug auf Brianna angeht, so ist er mal mehr, mal weniger hoffnungsvoll. Sie ist anders als andere Frauen, ernster, eigenständiger, weniger interessiert an ihm.

Als Brianna ihn nach ihrem gemeinsamen Abend heimfuhr, umgab sie die Dunkelheit wie ein Kokon. Nur die Lämpchen auf dem Armaturenbrett leuchteten. Die Straße hob und senkte sich, beschrieb die gewohnten Kurven. Er kannte den Weg zwar wie seine eigene Westentasche, aber trotzdem war es diesmal anders. Amadeo hatte das Gefühl, dass er mit diesem Mädchen überall hinfahren könnte, bis nach Denver oder noch weiter – Seattle, Kanada. Flucht. Abenteuer. Warum hat er das nie in seinem Leben gemacht? Warum hat er sich wie ein altersschwacher Hund zu Hause verkrochen? Eigentlich hält ihn da nichts. Plötzlich überkam ihn ein solches Fernweh, dass er es kaum noch aushielt. Instinktiv trat er ein imaginäres Gaspedal durch. Als lenkten sie den Wagen gemeinsam in eine aufregende Nacht, fuhren sie über eine Kuppe und rasten hinunter ins Tal.

Jetzt biegt sein Großonkel langsam in die Einfahrt ein und lässt den Wagen ausrollen. »Danke, Tío.« Amadeo wirft die Tür zu, holt die Einkaufstüten von der Ladefläche; der Pickup stößt zurück und rumpelt davon.

Zuerst glaubt Amadeo das Heulen eines Tiers zu hören. Aber es kommt aus dem Haus: Seine Tochter schluchzt. Oh

Gott! Ein Puma hat sie angegriffen. Oder sie wurde zusammengeschlagen. Mit vorgehaltener Waffe vergewaltigt. Amadeo stellt sich die endlose Reihe finster dreinblickender Verbrecher vor, deren Fahndungsfotos die Abendnachrichten beherrschen. Oder noch schlimmer: Das Baby ist hingefallen, sein kleiner Kopf wie eine Porzellantasse auf dem Linoleum zerschellt.

Er stürmt ins Haus, den Flur entlang, vorbei an fröhlichen Klassenfotos, auf das hemmungslose Weinen zu, das aus dem Badezimmer kommt. Er sieht sich schon über den Sarg seines kleinen Enkels gebeugt, ein erwachsener Mann, verwüstet von Kummer und Schmerz.

»Angel!«, ruft er.

Sie sitzt auf dem Rand der Badewanne, ihr T-Shirt ist hochgeschoben und man sieht ihren nackten Bauch. Zu ihren Füßen schläft Connor in seiner Babywippe, sein Kopf ist nach hinten gekippt.

Wie kann er bei diesem Schluchzen nur schlafen? »Was ist passiert? Was ist denn los?« Amadeo kniet sich hin, streicht dem Baby übers Gesicht, zwickt es in seine kleinen Arme und Beine. Connor zuckt und fängt jetzt auch an zu weinen.

»Was tust du da?«, brüllt Angel. Ihr Gesicht ist rot und verquollen, von Tränen und Rotz verschmiert. »Ich hab's gerade geschafft, dass er eingeschlafen ist. Warum musst du ihn wieder aufwecken?« Sie stößt Amadeo weg und beugt sich immer noch schluchzend über ihren Sohn, befreit ihn aus seiner Wippe und hebt ihn unsanft hoch. Der kleine Kopf fällt in den Nacken und Amadeo zieht scharf die Luft ein.

»Lass mich mal.« Angel ist momentan zu nichts zu gebrauchen. Er nimmt ihr den Säugling ab und drückt ihn an seine Brust. Ihm wird bewusst, dass er zum ersten Mal Angels Kompetenz infrage stellt. Bis jetzt schien sie die Expertin zu sein.

Es dämmert ihm, dass Angel völlig überfordert ist. Eigentlich ist es offensichtlich. Wie konnte er nur so blind sein?

Er denkt daran, was Brianna über gefährdete Jugendliche gesagt hat, dass Angel ihr eigenes Kind verletzen könnte. »Was ist passiert?«

»Guck mich an.« Plötzlich fürchtet Amadeo, dass sie ahnt, was zwischen ihm und ihrer Lehrerin passiert ist.

Aber sie deutet nur auf die Schwangerschaftsstreifen auf ihrem Bauch, rot und gekräuselt, wie die Luftaufnahme eines Flussdeltas.

»Was? Ich versteh nicht, was du meinst.«

Angel wirft ihm eine Rolle Klopapier an den Kopf. »Lügner.«

»Hey«, sagt er streng und dreht sich mit dem Baby weg. »Vorsicht.«

»Guck doch. Ich kann nie mehr einen Bikini anziehen!«

Amadeo ist zwar unbehaglich zumute, wenn er sich seine Tochter im Bikini vorstellt, aber das ist jetzt nicht der Punkt. Es stimmt, die Schwangerschaftsstreifen sind wirklich hässlich: tiefe, narbenähnliche Streifen, die sich über ihren Bauch ziehen.

Er muss an eine Geschichte denken, die ihm seine Großmutter vor langer Zeit erzählt hat, wie sie als Kind hier im Dorf immer barfuß herumlief. Als sie in die Schule kam, musste sie Schuhe anziehen und bekam prompt eine Blase. Sie dachte sich nichts dabei, bis ihre Mutter den roten Streifen sah, der sich an ihrem Bein hochzog. Die Geschichte sollte als Ansporn dienen, damit Amadeo betete. »Wir hatten damals keine Antibiotika. Wir konnten die Wunde nur in Salzwasser baden und zu Gott beten. Gott hat mich beschützt, *mi hijito*, aber nicht jeden. Es gab damals eine Menge Kinder, die an Blutvergiftung starben.« Er verscheucht die Gedanken, als könnten sie den Säugling, den er im Arm hält, in Gefahr bringen.

Er wiegt Connor und betet: *Lieber Vater im Himmel, bitte mach, dass Angels Schwangerschaftsstreifen wieder weggehen. Wenigstens die, die man im Bikini sieht.* Das ist ein idiotisches Gebet; bestimmt findet Gott es frivol. Amadeo schäumt vor Wut. Was ist das für ein Gott, der nicht begreift, was für Qualen ein sechzehnjähriges Mädchen wegen seinem Körper aussteht?

»Alle behaupten, dass sie's nicht bereuen. Ich schon. Ich will kein Baby.«

Sie sieht Connor an und verzieht das Gesicht zu einer wilden Fratze. »Ich hasse dich, Connor Padilla«, zischt sie und beugt sich dicht über das kleine Gesicht. »Connor Justin Padilla, ich hasse dich.«

»Hör auf. Hör sofort auf damit!« Amadeo greift nach einem einigermaßen trockenen Handtuch und legt es über das wimmernde Baby.

Angel sinkt auf den Boden, zerknautscht mit dem Po die feuchte Badematte. Eine Zeit lang hört man nur ihr Schniefen.

Amadeo hebt die Klopapierrolle auf und reißt ein paar Blatt ab. »Hier.«

Angel nimmt sie, putzt sich aber nicht die Nase. Sie wendet ihm das tränennasse Gesicht zu und sieht ihn unglücklich an. »Dad, was soll ich nur tun?«

Suchend blickt er sich um, aber vom Bad ist keine Hilfe zu erwarten. Er ist wieder neunzehn und es ist Sommer. Marissa und er sind im Garten ihrer Eltern. Sie liegen auf dem Rasen, halten warmes Bier in der Hand, während Angel im Planschbecken spielt. Amadeo lässt einen Plastikdinosaurier, einen lila Stegosaurus, übers Wasser hüpfen und Angel schlägt jauchzend mit ihren Patschhändchen danach. Auf ihrer Brust klebt ein Grashalm, ihre dunklen Locken sind feucht und ihr Po steckt in einer dicken Windel. Ihre Eltern unterhalten sich über den Trailer von Marissas älterer Schwester – zwei Schlafzimmer, ein komplettes Bad, cremefarbener Teppichboden – und Marissa sagt, dass sie sich vorstellen könne, auch in so einem zu wohnen; sie könnten ja erst mal einen gebrauchten kaufen. Amadeo sagt: »Du wirst nicht erleben, dass ich in einen Trailer zieh. Außerdem verlieren die nur an Wert.« Und Marissa erwidert, während sie energisch ihre Zigarette im Gras ausdrückt: »Ich hätte auch lieber ein Haus, aber wann soll das sein? Und wenn wir jemals was Eigenes haben wollen, sollten wir endlich anfangen zu sparen. Hast du schon irgendwas gespart?« So beginnt der Streit und eskaliert. Amadeo wirft Marissa vor, dass sie nur schwanger wurde, damit er sie versorgt, und nennt sie eine Hure. (Sie ist keine, das weiß er, hat genauso wenig rumgevögelt wie er.) Dann springen beide auf, das Bier spritzt aufs Gras und er schlägt sie auf den nackten Oberarm. Marissa taumelt, greift hinter sich, findet keinen Halt und fällt hin.

Entsetzt starrt Amadeo auf seine Hand. Wenn er ehrlich ist, ist sie ihm nicht ausgerutscht. Er hätte sich durchaus noch bremsen können, hat es aber nicht getan. Marissa sieht ihn fassungslos an – und Amadeo kann nicht umhin, eine gewisse Genugtuung zu empfinden.

Marissa steht auf. Die Stelle an ihrem Arm färbt sich weiß, dann rot.

»Du mieses Arschloch. Wag es ja nicht, mich noch mal zu schlagen!«, schreit sie und bewirft ihn mit Angels Eimerchen und Plastikenten. Manche treffen ihn, andere verfehlen ihr Ziel und fallen ins Gras. Sie schreit noch immer. »Schlag mich nie wieder!«

Besonders das Wort *wieder* macht ihm Angst, kommt ihm vor wie ein böses Omen. Als wäre er wirklich ein Schläger. Vom Planschbecken aus beobachtet Angel ihre Eltern, ihre großen schwarzen Augen sehen sie unverwandt an.

»Bleib hier!«, ruft Marissa. Amadeo dreht sich kurz um und sieht, wie sie das Baby unsanft hochhebt. Angels Kopf fällt nach hinten, als Marissa sie sich auf die Hüfte setzt, aus der vollgesogenen Windel tropft es auf ihre Bluse und die abgeschnittenen Jeans und rinnt an ihren kurzen Beinen hinunter. Sie brüllt ihm Schimpfnamen hinterher. Ihre Stimme direkt neben Angels zartem rosa Ohr muss fürchterlich laut sein, denkt er. Als er den Motor des Pick-ups anlässt, glaubt er immer noch nicht, dass er wirklich wegfahren wird. Sein Atem geht stoßweise und er zittert am ganzen Körper. Erst auf dem Paseo de Oñate merkt er, dass er den Stegosaurus noch umklammert hält.

Jetzt sinkt er neben Angel auf den Boden und nimmt seine Tochter in den Arm.

—

Den ganzen Nachmittag über ist Angel in sich gekehrt. Amadeo hält Connor im Arm, und als der Kleine Hunger hat und unruhig wird, nimmt sie ihn wortlos und legt ihn sich behutsam an die Brust. Gegen Abend erzählt sie ihm schon wieder, was sie gerade macht: »Was brät Mama? Sie brät Hühnerbrüste. Eins, zwei, drei.« Während Amadeo sie beobachtet, schwört er sich: Was auch immer sie vorhin geritten hat, wenn jetzt wieder alles in Ordnung ist, auch mit Connor, dann wird er nie mehr ein Wort mit Brianna wechseln, außer als verantwortungsbewusster Vater, der sich mit der Lehrerin seiner Tochter unterhält.

Angel gurrt und Connor lächelt sie an. Unmöglich, dass seine Tochter verzweifelt ist. Sie macht eine schwierige Phase durch, das schon, und Connor schläft nicht durch, aber sie ist jung und hübsch und hat einen süßen kleinen Sohn in einem niedlichen Entenstrampler.

Während der Sommer voranschreitet, wächst und gedeiht Yolandas Urenkel. Er ist sanftmütig und liebenswert. Manchmal plagt ihn ein lästiger roter Hautausschlag. Das Ekzem breitet sich auf seinem Po aus, wandert über seinen kleinen Hodensack, kriecht an der Rückseite seiner Beine hinunter. Seine Oberschenkel sind schuppig und trocken, weiße Fetzchen blättern ab, darunter schimmert neue rosafarbene Haut hindurch. Angel verbringt Stunden im Internet auf der Suche nach irgendwelchen Heilsalben. Meistens legt sie ihm nur eine Windel an, damit Luft an seine Haut kommt.

»Du bist ja ganz glibberig, mein kleines Spätzchen«, gurrt Angel, während sie Connor im Bad mit Creme, so dick wie Ölfarbe, einschmiert. Er spielt vergnügt mit seinen Zehen. »Wir werden diesen bösen Ausschlag schon los, was?«

Ein Baby könnte jetzt ein Trost sein, denkt Yolanda. Mitzuerleben, wie ihm neue Speckröllchen wachsen, wie er immer agiler und geschickter wird, würde sie von ihrem eigenen körperlichen Verfall ablenken. Aber aus irgendeinem Grund fehlt ihr der Antrieb, sich mit ihm zu beschäftigen.

Sie nimmt die Welt nur noch mit einem Tunnelblick wahr. Sie macht sich nichts mehr aus ihren Telenovelas, die haarsträubenden Plots lassen sie kalt. Ihr Job interessiert sie nicht mehr. Sie hat nicht einmal mehr die Energie, um eine Zeitschrift durchzublättern. Wenn sie nicht im Büro oder in der Klinik ist, liegt sie nur da und starrt auf den rosa Baldachin ihres Himmelbetts.

Ohne anzuklopfen stürmt Angel ins Zimmer, was Yolanda ein wenig irritiert, aber sie klopft trotzdem neben sich auf die Decke. »Komm, setz dich.«

Angel lässt sich neben sie fallen, Arme und Beine ausgestreckt. Sie ist kein Kind mehr, hat sogar selbst ein Kind, kriecht aber trotzdem noch zu ihrer Großmutter ins Bett, wenn ihr danach ist. Weil sie sich bei ihr geborgen fühlt.

»Was ist denn los, Liebes?«

»Hast du ihn lieb, Gramma?«

»Connor? Natürlich, *mi hijita.*« Aber so sehr sie ihn auch liebt, sie bleibt innerlich auf Distanz. Sie betrachtet ihn gern, will ihn aber nicht im Arm halten.

»Ich hab das Gefühl, dass du ihn nicht richtig lieb hast, Gramma«, sagt Angel mit belegter Stimme. Yolanda merkt, wie schwer es ihr fällt, darüber zu sprechen. »Ich mein, ich weiß, dass du ihn lieb hast. Ich hab nur gedacht, dass du ihn *mehr* lieben würdest. So wie mich.«

»Oh, *hijita.*« Wie soll sie ihr erklären, dass sie es nicht ertragen würde, ihn noch mehr zu lieben? Wie kann sie jemanden ins Herz schließen, von dem sie sich so bald wieder trennen muss? »Ich lieb euch beide mehr als alles auf der Welt.«

Angel lächelt mit Tränen in den Augen. »Mehr als meinen Dad?«

Yolanda kichert. »Ich hab euch alle gleich lieb.«

Angel zupft an der Tagesdecke herum. Schließlich sagt sie: »Ich hab Angst, Gramma.«

Ich auch, hätte Yolanda beinah gesagt. Stattdessen nimmt sie die Hand ihrer Enkelin. »Ach, *hijita.* Der Babyblues geht vorbei, glaub mir.«

Amadeos Geschäftsmodell ist simpel. Er fährt einfach im Española Valley herum – oder besser gesagt, Angel fährt, während er sie dirigiert und Connor auf dem Rücksitz lustige Pupsgeräusche macht – und sucht nach reparaturbedürftigen Windschutzscheiben. Angel hat sich mit überraschendem Eifer in das Unternehmen gestürzt. Sie hat darauf bestanden, gleichberechtigte Partnerin zu werden, was nicht ganz fair ist, denn schließlich macht Amadeo die ganze Arbeit und bekommt seinen Führerschein sowieso in vier Monaten zurück. Aber er hatte keine andere Wahl.

»Ich bin eine qualifizierte Mitarbeiterin. Ein Führerschein ist ja wohl eine Qualifikation.« Mit wichtigtuerischer Miene trägt Angel ihre Arbeitszeiten in eine Tabelle ein, die sie in der Schule ausgedruckt hat und im Handschuhfach aufbewahrt. Zum Glück hat sie sich wieder gefangen. Angel ist eine gute Fahrerin – ruhig und besonnen, scheut sich aber nicht, auf langen, geraden Strecken auch mal Gas zu geben –, was Amadeo gefällt.

Wo sie auch hinfahren, überall entdecken sie Windschutzscheiben mit Rissen, kleinen und großen, die im Sonnenlicht funkeln – wie Diamanten, die Amadeo nur noch einsammeln muss. Connor in seinem Kindersitz ist so brav, dass Amadeo sich manchmal fragt, ob mit ihm was nicht stimmt. Er fuchtelt brabbelnd mit den Armen herum und patscht nach den Plüschrasseln, die vor seiner Nase baumeln.

Sie fahren von Taos im Norden bis nach Santa Fe im Süden, durchkämmen Parkplätze von Einkaufszentren, Supermärkten und Casinos. Immer wenn Amadeo einen Riss, einen Sternbruch oder ein Kuhauge in einer Windschutzscheibe entdeckt, steckt er seine Karte unter den Scheibenwischer und seinen fotokopierten Werbezettel – *Hallo! Sie haben einen Sprung in Ihrer Frontscheibe! Aber ich kann Ihnen helfen! Denken Sie dran: Risse werden größer und dann sind sie ge-*

fährlich. Mein Service kann Leben retten!!! Ich reparier alles für kleines Geld. Das nennt man gezieltes Marketing. Jetzt muss er nur noch darauf warten, dass die Anrufe reinkommen. Bis jetzt gab es zwar noch keine, aber er ist optimistisch. Amadeo ist zufrieden mit seinem Flyer – er hat genau den richtigen Ton getroffen, freundlich, aber bestimmt. Es muss für seine Kunden doch beruhigend sein zu wissen, dass es jemanden gibt, der sich um ihre Sicherheit sorgt.

Es geht ihm nicht nur ums Geld. Er macht sich wirklich Gedanken um seine potenziellen Kunden. Ihn verfolgen schreckliche Bilder von Unfällen, die er hätte verhindern können: eine Frau, die beim Linksabbiegen gegen einen Sattelschlepper prallt, weil ihn ein Sprung in der Windschutzscheibe verdeckt hat, oder ein kleines Kind, das von einem Auto überrollt wird, während sein Dreirad über die Fahrbahn schlittert. Er stellt sich vor, wie er mit seinem Reparaturset gerade noch rechtzeitig auf der Bildfläche erscheint, um ein Unglück zu verhindern.

Angel sitzt kerzengerade am Steuer, hält das Lenkrad mit beiden Händen fest. Wenn im Radio ein Song gespielt wird, der ihr gefällt, hellt sich ihre Miene auf und sie singt fröhlich mit, wippt mit dem Kopf. Amadeo muss daran denken, wie Angel als kleines Mädchen war. Sie sprühte nur so vor Lebenslust. Angel scheint in ihrem Leben angekommen zu sein. Amadeo dagegen kann sich nicht erinnern, sich jemals in seinem Leben heimisch gefühlt zu haben, weder mit sechzehn noch mit sechs oder sechsundzwanzig. Es kommt ihm so vor, als hätte er schon immer im Wohnzimmer seiner Mutter gesessen und darauf gewartet, dass endlich sein richtiges Leben anfängt. Während seine Tochter trällernd mit den Daumen aufs Lenkrad klopft, wird ihm klar, dass es gerade begonnen hat. Genau jetzt.

Er hat seine Tochter und er hat einen Job. Und dann gibt es noch ein Highlight in seinem Leben: Brianna, mit der er regelmäßig chattet. Vor zwei Tagen ist er wieder bei ihr gewesen. Sie ist mit dem Kopf auf seiner Brust eingeschlafen, ihre Haare lagen auf seiner Schulter. Er wirft Angel einen unsicheren Blick zu.

Sie grinst. »Was?«

»Guck auf die Straße.«

Heute, am dritten Tag ihrer Werbetour, fahren Amadeo und Angel noch einmal zum Parkplatz des Golden Mesa Casinos, der schon morgens um elf Uhr ziemlich voll ist. Als Angel anhält, um ein paar alte Leute vorbeizulassen, die auf den Eingang des Casinos zutippeln, entdeckt Amadeo seine Flyer, die zwischen zerdrückten Pappbechern und Hamburger-Verpackungen auf dem Parkplatz herumflattern. Kein Wunder, dass sich noch niemand bei ihm gemeldet hat.

»Halt mal kurz an, ja?«, sagt er zu Angel und sie fährt rechts ran.

Amadeo rennt den Flyern hinterher und sammelt sie ein – er kann sich keine Verschwendung leisten, solange das Geschäft noch nicht läuft – und klemmt sie unter die Scheibenwischer der geparkten Autos, ganz gleich, ob die Scheiben einen Kratzer haben oder nicht. Vielleicht haben die Leute ja zu Hause noch einen Wagen mit einer angeknacksten Windschutzscheibe rumstehen. Oder irgendwelche Verwandte oder Freunde.

»Hey«, ruft ein Wachmann und trottet auf ihn zu. »Das ist verboten.« Das Funkgerät an seinem Gürtel knackt.

»Ich versuch nur, meine Brötchen zu verdienen, guter Mann«, sagt Amadeo so freundlich wie möglich. »Ich tu doch niemand was.«

Der Wachmann schüttelt den Kopf. Er schwitzt, der Schweiß läuft ihm an den Schläfen herunter. »Betteln und Hausieren verboten.« Er legt die Hand an sein Funkgerät, als wolle er gleich Verstärkung rufen.

»Entschuldigung, Sir«, sagt Angel, die neben Amadeo aufgetaucht ist. Im Pick-up piept ein nerviger Warnton los. *Schlüssel im Zündschloss, Tür geöffnet, Baby auf dem Rücksitz*. »Ich weiß, dass Sie nur Ihren Job machen, aber könnten Sie nicht mal ein Auge zudrücken? Nur dieses eine Mal? Wir wollen doch nur für unsre neue Firma Kunden an Land ziehen.«

Der Wachmann mustert Angel, und Amadeo tut es auch: ihr grüner Hoodie, ihr langes glattes Haar, das sie zu einem lockeren Pferdeschwanz gebunden hat, die losen Strähnen, die ihr rundes Gesicht einrahmen. Sie lächelt unschuldig. Gerötete Wangen, spröde Lippen. Sie wirkt absolut überzeugend. Als könnte sie kein Wässerchen trüben.

»Tut mir wirklich leid«, murmelt der Mann. »Aber wenn Sie nicht vorhaben, ins Casino zu gehen, müssen Sie den Parkplatz verlassen.«

Frustriert steigen sie wieder in den Pick-up. Angel knallt die Fahrertür zu, zerrt ungeduldig an ihrem Sitzgurt und starrt wütend dem Wachmann hinterher.

»Wichser.«

»Hey. Red nicht so.« Amadeo dreht sich zu Connor um. Als er die Hand nach ihm ausstreckt, greift Connor jauchzend nach ihr.

Der Wachmann, der sich ein ganzes Stück entfernt hat, wirkt erleichtert, als Angel den Motor anlässt.

»Der kann uns mal«, sagt sie. »Wir kommen heut Abend wieder. Wir müssen einfach unterm Radar bleiben.«

Amadeo sieht sie voller Bewunderung an. »Unterm Radar. Super Idee.«

»Man darf sich nicht so schnell unterkriegen lassen. Wir sind für unser Glück selbst verantwortlich.«

Seltsamerweise findet Amadeo diese abgedroschenen Phrasen, an die Angel offenbar glaubt, irgendwie tröstlich. Bestimmt sind das die Sprüche, mit denen Brianna die Mädchen motivieren will. Und bestimmt ist sie ziemlich überzeugend. Er denkt daran, wie sehr Angel ihn unterstützt. Und wie sehr sie ihre Lehrerin bewundert. Wer weiß, vielleicht hätte Angel ja gar nichts gegen seine Beziehung zu Brianna. Vielleicht würden sie ja eines Tages sogar heiraten und in ein schönes, großes Haus ziehen, in einer üppigen grünen Landschaft, mit hohen Fenstern, durch die das Sonnenlicht fällt. Er könnte mit Brianna noch ein Kind haben, sich eine richtige Existenz aufbauen, ein sorgenfreies Leben führen, genau wie in der Fernsehwerbung; sie alle zusammen in einem Haus mit einem gepflegten Rasen und einer Säulenveranda – die Art von Leben, die ihm eigentlich zusteht, und nicht diese jämmerliche, beschämende Herumkrebserei.

Er streckt den Arm aus und berührt Angels Handgelenk. Dann zieht er ihn wieder zurück.

Sie dreht sich überrascht zu ihm um.

»Augen geradeaus«, sagt er. »Du hast recht. Wir kommen heut Abend wieder.«

Die anderen Mädchen sind gerade mit Wortschatzübungen beschäftigt, als Angel die Tür des Klassenraums hinter sich schließt und den Flur hinunter zum Babyzimmer geht. Connor liegt auf der blauen Matte und macht Bauchlagentraining, rudert mit Armen und Beinen wie ein gestrandeter Wal. Man sieht ihm an, wie anstrengend es für ihn ist, den Kopf zu heben. Sein Gesicht und die Kopfhaut, die durch den dunklen Flaum hindurchschimmert, sind knallrot. Schließlich fällt er mit dem Gesicht auf die Matte zurück und Angel muss sich zwingen, nicht zu ihm zu laufen und ihn auf den Arm zu nehmen. Aber er weint nicht. Stattdessen hebt er erneut den Kopf, seine Miene ist angespannt und konzentriert. Er fängt wieder an zu rudern.

Angel freut sich jedes Mal, wenn sie ins Babyzimmer gehen kann, um Connor zu stillen. Es kommt ihr wie ein unverdienter Luxus vor. Als sie in der dritten Klasse war, hat ihre Mutter sie einmal morgens um zehn von der Schule abgeholt, um mit ihr zum Arzt zu gehen. Und bevor sie sie zurückbrachte, sind sie zusammen Mittag essen gegangen. Sie hat das so genossen: Eine Ofenkartoffel mit einer Extraportion Speckwürfel essen und mit ihrer Mutter schwatzen, während ihre Klassenkameradinnen in der Schulkantine an klebrigen Tischen saßen, die nach dreckigen Wischlappen und ranziger Mayonnaise rochen. Jedes Mal, wenn Angel ins Babyzimmer geht, um nach Connor zu sehen, vermisst sie ihre Mutter.

Connor rollt sich auf den Rücken und blinzelt ins Neonlicht an der Decke.

»Hallo«, sagt Angel zu Lynne und Gail, zwei Frauen um die fünfzig, die die Kinder betreuen. Als Connor ihre Stimme hört, reckt er den Hals, fängt aufgeregt an zu zappeln und verzieht den Mund zu einem zahnlosen Lächeln.

Lynne, die im Schneidersitz auf der Matte neben ihm hockt, blickt von ihrem Handy auf. »Schau mal. Da ist deine Mom«, sagt sie.

»Connor hatte heute schon zweimal Stuhlgang.« Gail deutet auf die Tafel mit den täglichen Eintragungen. Sie sitzt an einem kleinen Tisch und isst einen Joghurt; ihr dicker Po quillt über den Rand des winzigen Holzstuhls. Ihr gegenüber schiebt sich Ysenias mopsgesichtige kleine Tochter mit einem Löffel Cheerios in den Mund, begutachtet jeden einzelnen mit nachdenklicher Miene.

Bevor Connor auf die Welt kam, hat Angel Gails und Lynnes pragmatische, unbefangene Art, ihren heiteren und entspannten Umgang mit den Babys bewundert. Aber seit sie beobachtet, wie wenig echte Zuneigung sie Connor entgegenbringen, sind sie ihr suspekt. Sie reißt Connor in die Arme, als wolle sie ihn vor ihrer Gleichgültigkeit retten. Es macht sie so glücklich, sein kleines Gesicht dicht vor ihres zu halten, dass die beiden im Moment völlig unwichtig sind.

»Ich hab dich soooh vermisst«, säuselt sie ihm ins Ohr.

Wochenlang hat Angel voller Angst darauf gewartet, dass sie wieder in ein schwarzes Loch fällt, aber Gott sei Dank ist das nicht passiert. Sie versteht gar nicht mehr, was eigentlich mit ihr los war. Alles in ihrem Leben erscheint ihr jetzt leichter, und die Zukunft sieht gar nicht mehr so düster aus. Selbst der Schmerz über Briannas Zurückweisung hat nachgelassen.

Das Babyzimmer ist mit acht Kinderbettchen ausgestattet. Connors Bett – das mit der flauschigen gelben Decke und dem Laken mit Schildkrötenmuster – steht in sicherer Entfernung von der Tür, sodass die Chance, dass er gekidnappt werden könnte, ziemlich gering ist, vorausgesetzt, der Kidnapper sucht sich nicht das hübscheste Baby aus, dann wäre Connor allerdings in großen Schwierigkeiten. Die Babys sind natürlich nie unbeaufsichtigt, aber trotzdem malt sich Angel immer wieder die schlimmsten Horrorszenarien aus.

Zum Stillen setzt sich Angel mit Connor auf einen gepolsterten Schaukelstuhl, der hinter einem Wandschirm mit japanischem Kranichmuster verborgen ist. Sanft schaukelt sie hin und her, bis sie beide schläfrig werden, lauscht Connors leisem gleichmäßigem Schnaufen, dem Brabbeln und Kreischen auf der anderen Seite des Wandschirms, dem Quietschen von

Gummienten, dem Klappern von Bauklötzen. Ysenias Tochter klopft mit dem Löffel auf dem Tisch herum, während Lynne und Gail sich über die Gartenmöbel unterhalten, die Gail sich vielleicht zulegen will. Angel streichelt Connors Fuß, blickt auf die kleine rote Ohrmuschel, das halb geschlossene Lid mit den schwarzen Wimpern. Seine Fontanelle pulsiert.

Hin und wieder, wenn sie nach der Schule mit ihrem Dad unterwegs ist, muss sie anhalten, um Connor zu stillen. Dann geht sie um den Pick-up herum, setzt sich auf die Rückbank und nimmt ihn auf den Schoß. Jedes Mal steigt ihr Vater aus und entfernt sich paar Schritte. Manchmal checkt er sein Handy, chattet wahrscheinlich mit Yolanda oder einem seiner Kumpel – Typen, mit denen er zur Schule gegangen ist oder die er von Autorennen in Albuquerque oder Bernalillo kennt, die er ein paar Mal im Jahr besucht –, aber meist stochert er mit der Stiefelspitze im Schotter herum oder starrt mit zusammengekniffenen Augen in den weiten blauen Himmel. Angel wird dann immer ein wenig schläfrig, das Baby knetet ihre Brust, die Sonne erwärmt den Wagen, der Wind spielt mit ihren Haaren.

Manchmal ruft sie ihrem Dad etwas zu und wenn er sie wegen des Winds nicht versteht, fragt er: »Was?«, kommt aber nicht näher, weil es ihm wahrscheinlich peinlich ist, ihre nackte Brust zu sehen.

Eigentlich ist ihr Dad ganz okay. Und er gibt sich auch wirklich Mühe. Auf den Parkplätzen, die sie ansteuern, läuft er zielstrebig von Auto zu Auto und steckt seine Flyer unter die Scheibenwischer. Allerdings kommen ihr langsam Zweifel am Erfolg des ganzen Unternehmens. Sie sind jetzt seit drei Wochen auf Werbetour und es hat sich noch kein einziger Kunde gemeldet. Sie kann nicht fassen, dass er das Reparaturset im Fernsehen bestellt hat, wie wahrscheinlich Hunderte anderer einsamer Männer, die nachts vor der Glotze sitzen und trinken und auf eine zweite Chance hoffen. Sie fragt sich, ob das so ein Generationen-Ding ist, dieses blinde Vertrauen ins Fernsehen. Es tut ihr leid, dass ihr Dad sich hat übers Ohr hauen lassen. Tatsache ist nämlich, dass es offenbar kaum kaputte Windschutzscheiben gibt. Auf dem gesamten Parkplatz von Family

Foundations, auf dem an die zwanzig Wagen Platz haben, gab es in der ganzen Zeit nur vier Autos mit kleinen Kratzern in der Frontscheibe, und obwohl sie Flyer dagelassen haben, hat niemand angerufen. Anscheinend regt sich hier niemand über ein paar Kratzer auf.

Sie hofft, dass sie sich irrt. Sie hofft, dass Creative Windshield Solutions ein Erfolg wird, dass ihr Dad so viel verdient, wie er vorhergesagt hat. Aber gleichzeitig fürchtet sie, dass ihre Zweifel wie ein böser Fluch wirken könnten. Umso entschlossener ist sie, ihm zu helfen. Denn wenn die Sache schiefgeht, haben sie beide versagt, und er wird sich nicht allein die Schuld geben müssen.

Nachdem Connor sein Bäuerchen gemacht hat, genießt sie es, noch eine Weile mit ihm zusammen zu sein. Er steht mit wackligen Beinchen auf ihren Oberschenkeln, tritt mit den kleinen Füßchen in die Luft. Wieder rülpst er unbekümmert, während ein wenig Milch aus seinem Mundwinkel rinnt; seine feuchten Händchen patschen auf ihre Wangen, greifen nach ihrem Haar.

»Hey.« Lizette taucht hinter dem Wandschirm auf, hält Mercedes lässig im Arm. »Drückst dich wohl vor den Wortschatzübungen, was?« Sie setzt sich Mercedes schwungvoll auf die Hüfte.

»Nein«, sagt Angel schnell. »Ich musste ihn nur stillen.«

Lizzy zieht einen Schaukelstuhl zu sich heran, lässt sich hineinfallen, spreizt die Beine. Mercedes schmiegt den Kopf an Lizettes Brust und mustert Angel mit klarem, wachem Blick.

»Du hast *pittoresk*, *moderat* und *drangsalieren* verpasst. Apropos *drangsalieren*, Brianna geht mir so was von auf den Geist. Die Bitch müsste dringend mal flachgelegt werden.«

Angel ist wider Willen geschockt. »Klar, weil wir beide ja wissen, dass das alle Probleme löst«, sagt sie trocken.

Lizette lächelt schief. »Ich hab die Schnauze voll von dem bescheuerten Programm.«

»Ich weiß. Ich auch«, sagt Angel, obwohl sie überhaupt nicht die Schnauze voll hat. »Aber du willst doch nicht alles hinschmeißen, oder? Ich mein, du willst doch nicht ernsthaft die

Schule abbrechen? Wir brauchen doch unsern Abschluss, wenn wir was aus uns machen wollen. Außerdem kann Brianna auch richtig nett sein, find ich.« Und das stimmt wirklich. Seit dem Tag der offenen Tür ist Brianna auffallend herzlich zu ihr. Angel ist ihr dankbar, dass sie ihr die Sache mit der Taufpatin nicht übel nimmt.

Lizette streicht sich die Haare zurück und lacht spöttisch. Sie stößt sich mit dem Fuß so fest vom Boden ab, dass ihr Schaukelstuhl heftig auf und ab wippt. Mercedes hebt erschrocken den Kopf, lächelt dann ihre Mutter an. Lizette erwidert ihr Lächeln nicht. »Hab ganz vergessen, dass ihr Busenfreundinnen seid. Vielleicht willst *du* sie ja flachlegen.«

»Red nicht so, wenn die Kinder dabei sind.« Angel steht auf, zögert einen Moment. »Ich glaub, ich geh jetzt mal besser. Ein paar neue Wörter lernen.« Sie dreht Connor mit dem Gesicht zu Lizette, winkt mit seinem Ärmchen in ihre Richtung. »Sag Tschüs zu Mercedes. Sag Tschüs zu deiner kleinen Freundin.«

»Freundin«, schnaubt Lizzie. »Woher willst du wissen, dass er nicht schwul ist?«

Angel dreht Connor zu sich um und mustert sein Gesicht. Er greift nach einer Haarsträhne von ihr und zupft daran. »Er ist nicht schwul. Du bist echt widerlich. Außerdem kennt er noch gar nicht den Unterschied zwischen Jungs und Mädchen.«

»Zwischen 'nem Pimmel und 'ner Muschi, meinst du wohl. Aber du bist doch diejenige, die behauptet, er wär scharf auf sie.«

»So ein Quatsch! Ich hab doch nur gesagt, Mercedes wär seine Freundin. Weiter nichts. Wir sind doch auch Freundinnen.« Angel wird rot. »Ich mein, einfach nur Freundinnen.« Ganz gegen ihren Willen klingt der letzte Satz irgendwie weinerlich.

Lizette fixiert sie unter ihren dichten Wimpern. »Na, wenn du meinst.« Mercedes wird langsam ungeduldig, nuckelt an Lizettes Raiders-Sweatshirt herum. »Also wenn's dir nichts ausmacht, still ich jetzt mein Baby.« Lizette weist mit dem Kinn in Richtung Tür.

Jeden Nachmittag, wenn seine Tochter von der Schule heimkommt, fragt sie ihn: »Gab es irgendwelche Kundenanrufe?«

Aber Amadeo kann immer nur den Kopf schütteln. Er überprüft noch einmal seine Nummer auf dem Flyer, checkt, ob sein Handy aufgeladen ist. Die vierzig Dollar für den Expressversand hätte er sich wirklich sparen können.

»Das dauert eben«, beruhigt Angel ihn. »Walmart ist auch nicht über Nacht ein Megakonzern geworden.« Dann wechselt sie taktvoll das Thema.

Als der erste Anruf kommt, ist Angel in der Schule, worüber er im Nachhinein froh ist.

»Sie reparieren Autoscheiben?«, fragt ein Mann.

»Definitiv.« Amadeo wirft einen Blick auf die Uhr über dem Herd. Angel kommt in einer Stunde nach Hause, dann können sie gleich los. »Wo wohnen Sie denn?«

»Übernehmen Sie auch Versicherungsfälle?«

»Nein.«

Der Mann redet weiter, als hätte Amadeo keinen Ton gesagt. »Die Scheibe ist komplett im Eimer. Beifahrerseite. Irgendein Arschloch hat sie eingeschlagen, hat nicht mal was geklaut.«

»Tja, also, wenn sie total kaputt ist, kann ich Ihnen leider nicht helfen. Wenn sie nur einen Riss hat, bin ich Ihr Mann.«

»Sie können keine Autoscheiben auswechseln?« Der ungläubige Tonfall des Mannes ist beleidigend.

»Nein«, sagt Amadeo kühl. »Hab ich ja grade gesagt.«

»Wollen Sie mich verarschen? Ich hab Ihren Flyer hier. Da schreiben Sie … Moment mal …« Ein Rascheln im Hintergrund, dann ist der Mann wieder da. »*Mein Service kann Leben retten!!! Ich reparier alles für kleines Geld.* Wohlgemerkt, *alles*. Dann such ich mir eben 'nen andern Laden. Ich hab nur angerufen, weil hier steht, dass Sie billig wären.«

»Na ja, ein Haufen Glasscherben ist eben kein Riss«, sagt Amadeo, aber da hat der Mann schon aufgelegt.

—

In den nächsten zwei Tagen weigert Amadeo sich, ihre übliche Runde zu machen. »Das bringt doch eh nix.«

»Du darfst nicht so schnell aufgeben.« Als er Angels besorgte Miene sieht, fühlt er sich noch mieser.

»Schon okay, Angel. Lass es gut sein.«

»Wir müssen einfach abwarten, bis es sich rumspricht. Dann werden die Leute schon anrufen.«

Als er am nächsten Morgen aufsteht, entdeckt er einen fotokopierten Zeitungsartikel, den Angel ihm unter der Tür hindurchgeschoben hat: »*Von der Krise zum Erfolg: Warum Resilienz so wichtig ist.* Oben am Rand stehen in Briannas Handschrift Verständnisfragen zum Text. Ganze Passagen sind mit rosa Leuchtstift markiert. Amadeo schnaubt verächtlich, aber irgendwie rührt ihn Angels Geste auch. Und eigentlich ist der Artikel ja ziemlich aufbauend. Anscheinend gehen siebzig Prozent aller Start-ups pleite. Es gibt auch ein paar nützliche Tipps, wie man die seelische Widerstandskraft von Kindern stärken kann. Jetzt versteht er auch, wieso Angel zu Connor solche Sachen sagt wie: »Toll, wie du versuchst, dein Köpfchen zu heben, mein Schatz. Das ist harte Arbeit, aber wenn du's weiter versuchst, schaffst du's.« Amadeo kann sich nicht erinnern, Angel jemals wegen irgendwas gelobt zu haben – und ganz bestimmt nicht, weil sie ihren Kopf heben konnte, was nun wirklich keine große Leistung ist –, und trotzdem scheint Angel ein erstaunlich toughes Mädchen geworden zu sein.

Als am selben Abend seine Mutter mit Einkaufstüten beladen zur Tür hereinkommt, die Tragegriffe schnüren ihr die Handgelenke ein, folgt er ihr schnurstracks in die Küche. »Hör mal, Mom. Könntest du vielleicht ein paar Flyer ins Büro mitnehmen? Und verteilen? Keine Ahnung, warum ich nicht schon früher auf die Idee gekommen bin.«

Unter den Kolleginnen seiner Mutter ist so etwas ganz normal. Man tut sich gern einen Gefallen, unterstützt die anderen bei ihren privaten Projekten. Jahrelang hat Yolanda Vitamintabletten, Fitness-Drinks und Schminksachen von »den Mädels« aus dem Büro mitgebracht. Während die Regierungsgeschäfte nur schleppend vorankommen, langwierige Sitzungen abgehalten, überflüssige Pressekonferenzen durchgeführt und Gesetze entworfen werden, die nie das Licht der Welt erblicken, florieren auf den Fluren und in den Büros des Parlamentsgebäudes ganz andere Geschäfte: Türkisschmuck wird angeboten, Wetteinsätze werden eingesammelt, selbstgemachte Tamales und Tortillas aus Kühltaschen geholt und bis nach Büroschluss in Schreibtischschubladen verstaut. Überall in den kreisrunden Gängen wechselt Geld den Besitzer, boomt der private Handel. Als Amadeo noch ein Kind war und seine Schule Spendenaktionen organisierte, zogen seine Freunde von Haustür zu Haustür oder saßen lustlos in der Sommerhitze auf Supermarktparkplätzen herum, um Zeitschriftenabos zu verkaufen, während er nur seiner Mutter die Bestellformulare in die Hand zu drücken und zu warten brauchte, bis die Erfolgsprämien eintrudelten.

Yolanda stellt die Einkaufstüten ab, macht aber keinerlei Anstalten, sie auszupacken. Sie lehnt sich an die Küchentheke und reibt sich so heftig die Augen, dass Amadeo erschrickt. »Ach, Liebling, ich weiß nicht recht.«

»Du traust mir wohl überhaupt nichts zu!« Amadeo sieht zu seiner Tochter hinüber, die im Wohnzimmer das Baby stillt, und senkt die Stimme. »Ich brauch jetzt wirklich deine Unterstützung.«

Yolanda öffnet den Mund, als wolle sie etwas erwidern, scheint es sich aber anders zu überlegen. Sie streckt die Hand nach den Flyern aus. »Schon gut, ich nehm sie mit.«

Trotz Dr. Koneckys Warnung fährt Yolanda wieder selbst zu ihrem Termin im Krebszentrum, wo sie stundenlang an ein Infusionsgerät angeschlossen ist, während giftige Flüssigkeit in sie hineingepumpt wird. Manche Patienten sitzen in Ruhesesseln, aber weil Yolanda keine Lust hat, sich zu unterhalten, bevorzugt sie die Betten, die mit rosa Vorhängen voneinander abgetrennt sind. Nebenan murmelt ein Mann etwas, während ihm seine Tochter gut zuredet. Ein Fernseher plärrt. Zwei Frauen – Schwestern? – mit ähnlich kräftigen Stimmen beschweren sich über den Parkplatz, die Einrichtungen, die Pflege. »Ich mach einen Termin in der Mayo-Klinik in Phoenix aus.« Ganz in ihrer Nähe blättert jemand in einer Zeitschrift. Hier kann man sich fast einreden, dass eine Chemotherapie etwas genauso Normales und Harmloses ist wie ein Friseurbesuch.

Sie lehnt sich zurück, ihre Arme liegen schlaff neben ihrem Körper. Die Ärmel ihres Pullovers sind hochgeschoben. Unter der Baumwolldecke fühlt sie sich schwerelos und ihr ist wohlig warm. Sie spürt den leichten Druck des Tapes auf ihrem Handrücken, und dann sinkt sie in tiefen Schlaf.

Als Yolanda wieder zu sich kommt, das kühle Licht und die Geräuschkulisse der Klinik wahrnimmt, steht Anthony neben ihrem Bett. Nicht der dickbäuchige Anthony mit dem von Resignation und Alkohol aufgeschwemmten Gesicht, wie sie ihn zuletzt gesehen hat, sondern Anthony als Teenager: schlank und durchtrainiert, mit wuscheligem Haar. Damals war Yolanda noch ein halbes Kind und schaute bewundernd zu ihm und ihrem Cousin Elwin auf.

Nach Elwins Beerdigung, während die alten Frauen in Fidelias Wohnzimmer an ihrem Kaffee nippten und ihre Tränen abtupften, kam Anthony in seinem neuen Anzug auf sie zu. Wortlos zog er sie an sich und ließ sie nicht mehr los, schluchzte in ihr Haar. Sie strich ihm über den Rücken, murmelte beruhigende Worte und wurde sich trotz ihrer Trauer bewusst, dass es die Frau in ihr war, die ihn tröstete. Danach war ihr Kleid ganz krumpelig.

Anthonys Hand liegt auf dem Laken neben ihrer Schulter, seine Nägel haben weiße Halbmonde. Er beobachtet sie ruhig mit seinen braunen Augen. Seine Lippen sind spröde.

»Du hier?«, fragt sie überrascht.

Er nickt.

Ihr stockt der Atem. Sie hat Angst vor dem, was er sagen wird.

Er greift nach ihrer Hand und streicht sanft mit dem Fingernagel über ihren Handrücken, über die Stelle, wo die Nadel in ihrer Haut steckt. Yolanda würde ihren Arm gern wegziehen, sieht aber nur hilflos zu, wie sein Nagel über ihre kreppartige Haut kratzt. Es tut nicht weh, aber alles in ihr sträubt sich gegen seine Berührung. Er fährt ganz langsam über ihre Haut, schaut sie dabei unverwandt an, bis er an ihrem Ellbogen angelangt ist. Ihr Herz pocht wie wild. Seine Augen weiten sich, während er den Finger unter ihren Ärmel schiebt, dann grinst er süffisant, die blassen Lippen zusammengekniffen.

Yolandas Augen brennen. Sie blinzelt und Anthony ist verschwunden.

Kurz darauf kommt ein Pfleger mit einem Pappbecher mit Wasser und befreit Yolanda von den Schläuchen. »Haben Sie jemand, der Sie heimfährt, meine Liebe?« Yolanda nickt, schiebt den rosa Vorhang beiseite und läuft in Richtung Gang, ohne sich um ihr plattgedrücktes Haar zu scheren.

Zitternd setzt sie sich hinters Lenkrad; kalter Schweiß steht ihr auf der Stirn. Ihre Haut spannt unter dem Pflaster.

Anthony war ein Traum, sagt sie sich. Nein, eine Halluzination. Dr. Konecky hatte sie vorgewarnt. Oder er war der Sohn eines der anderen Patienten, vielleicht sogar ein Patient, ein unheimlicher junger Mann, der hinter Yolandas rosa Vorhang geschlüpft war, und Yolanda, erschöpft, schläfrig und von ihrem Tumor gelähmt, zog die wildesten Schlüsse. Aber ihr Mann ist tot und kann also nicht durch die Gänge des Krebszentrums spazieren.

Obwohl seine Berührung keine Spuren auf ihrer Haut hinterlassen hat, spürt sie immer noch das leichte Schaben, den Druck seines Nagels auf ihrem Arm, seinen dreisten Finger unter ihrem Ärmel, und sie weiß, dass er tatsächlich da war.

Anthony, der Vater ihrer Kinder, die Liebe ihres Lebens, die so tragisch endete. Yolanda saugt geräuschvoll die Luft ein, versucht, ihren Brechreiz zu unterdrücken.

—

Auf dem Highway in Richtung Norden gibt Yolanda Gas, versucht Anthony zu entkommen, aber er lässt sich nicht abschütteln.

Nachdem sie ihn vor die Tür gesetzt hatte, kehrte er noch einmal zurück. Als Yolanda von der Arbeit nach Hause kam, war er da und brüllte betrunken die Kinder an. Amadeos Lunchbox lag zerbrochen auf dem Küchenboden, daneben klebriges Einwickelpapier und ein Trinkpäckchen, aus dem Saft aufs Linoleum tropfte.

»Hör auf, Daddy!« Valerie legte ihrem Vater die Hand auf den Arm, aber Anthony schüttelte sie unsanft ab. Amadeo stand wie erstarrt an der Tür. »Wir sind schuld«, erklärte Valerie Yolanda. »Wir haben uns gestritten. Dodo wollte seine Lunchbox nicht wegräumen.«

»Nimm deinen Bruder und geh in dein Zimmer«, sagte Yolanda und Valerie gehorchte, wenn auch widerstrebend.

Leise schluchzend sank Anthony vor der Vitrine auf den Boden.

Yolanda baute sich vor ihm auf. »Hast du sie geschlagen?«

»Nein.« Seine Stimme klang dünn, weinerlich.

»Geh jetzt.«

»Bitte, Yo. Lass mich wieder nach Hause kommen.« Das Schweigen zwischen ihnen dehnte sich aus, wurde nur von seinem Schniefen unterbrochen. Schließlich sagte er: »Ich hab Elwin geliebt.«

Yolanda war erschöpft, ausgelaugt. »Wir haben alle Elwin geliebt«, sagte sie kühl. »Das ist jetzt dreizehn Jahre her.«

»Ich habe ihn wirklich geliebt«, sagte er. Er sah sie mit feuchten, flehenden Augen an. »Yolanda, ich bin schwul.«

Seine Worte waren wie ein Schlag ins Gesicht. »Nein, bist du nicht. Du bist ein egoistischer, elender Säufer.«

Wie sehr wünschte sie jetzt, sie hätte anders reagiert. Aber sie war so verletzt und ängstlich und wütend. Armer Anthony, ein Junge, der Sehnsüchte hatte, die er nicht einordnen, geschweige denn in der damaligen Zeit – in der klaustrophobischen Enge und Engstirnigkeit des Dorfs, der Kirche und seines Elternhauses – ausleben konnte, der unter dem Verlust des ersten Jungen litt, den er je geliebt hatte. Kein Wunder, dass er später den Kopf in den Sand steckte, sich in Drogen und Alkohol flüchtete, sie alle mit seinem unstillbaren Verlangen zerstörte.

Als er das nächste Mal auftauchte, war es zu spät. Sie wusste nicht, wie sie ihm sagen sollte, dass sie möglicherweise sein Schwulsein akzeptieren könne, aber nicht seine Wutanfälle und seine Trinkerei und ganz sicher nicht seine Heroinabhängigkeit. Damals musste sie ihn völlig aus ihrem Leben verbannen. Es kostete sie ihre ganze Kraft, ihn fortzuschicken.

Jetzt auf der Heimfahrt schreibt sie die Szene um, sagt die Dinge, die sie damals nicht über die Lippen brachte: Es macht mir nichts aus, dass du schwul bist. Wir sind eine Familie und du bist der Vater unserer Kinder und sie brauchen dich. Vielleicht hätte das gereicht, um ihn vor dem Abgrund zu bewahren.

Kurz vor Pojoaque entdeckt Yolanda im Rückspiegel das Blaulicht eines Streifenwagens. »Mist«, murmelt sie, abrupt in die Gegenwart zurückgeholt. Sie bremst und der Wagen kommt schlingernd am Straßenrand zum Stehen.

Im Außenspiegel sieht sie, dass der Streifenwagen hinter ihr einschwenkt.

»Führerschein und Fahrzeugschein bitte.« *Ernie Montoya* steht auf seinem Namensschild. Er zeigt ihr seine Polizeimarke, was Vorschrift ist, wie sie weiß, aber trotzdem findet sie, dass es eine nette Geste ist.

Ernie Montoya ist Anfang vierzig, trägt einen Igelschnitt, hier und da schimmern ein paar graue Haare durch. Er hat ein glattes, rundes Gesicht, die Andeutung eines Schnurrbarts auf der Oberlippe. »Hier waren eben siebzig erlaubt«, sagt er und studiert ihren Führerschein. »Und Sie sind über hundert gefahren.« Er weist mit dem Kinn auf ein paar Häuser hinter ihnen. »Mitten im Ort, Ma'am. Es könnten kleine Kinder über die Straße laufen.«

Sie hätte beinah erwidert, dass kleine Kinder auf einer Durchgangsstraße nichts zu suchen haben. Und wenn sie trotzdem da herumliefen, sollte er ihre Eltern festnehmen.

Man hört immer wieder davon, dass Frauen mit Flirten oder Tränen durchkommen. Yolanda legt sich ihre Verteidigung zurecht: Ich habe noch nie einen Strafzettel für zu schnelles Fahren bekommen. Kein einiges Mal, seit ich sechzehn bin! Ich halte mich an die Regeln! Ich bin diejenige, die den Leuten immer sagt, dass sie langsamer fahren sollen. Sie könnte ihm auch erzählen, dass sie Krebs hat.

Er klopft durchs offene Fenster an die Innenseite der Fahrertür. »Warten Sie hier.«

Es dauert ewig, bis er ihr Nummernschild notiert, alles in seinen kleinen Laptop eingetippt und mit seinem Kollegen geredet hat, dessen Gesicht man nicht erkennen kann, weil sich das Licht der untergehenden Sonne in der Windschutzscheibe des Streifenwagens spiegelt. Plötzlich schießt ihr durch den Kopf, dass ihre Ärzte bestimmt die Zulassungsbehörde über ihr unzuverlässiges Gehirn informiert haben, dass er gleich den Vermerk in ihrer Akte entdeckt und sie in Handschellen abführt. Während Yolanda wartet, tauchen ahnungslose Fahrer auf der Kuppe auf und bremsen ab, sobald sie den Streifenwagen sehen. Als sie an ihr vorbeifahren, streift trockener Wind über ihr Gesicht.

Ernie Montoya kommt zurück und legt die Hände auf die heruntergelassene Scheibe; seine Finger sind nur wenige Zentimeter von ihrer Schulter entfernt. Er macht ein ernstes Gesicht. Das Spiel ist aus, denkt Yolanda, ihr Geheimnis ist gelüftet. Eine Last fällt von ihr ab. Sie ist froh, dass sie nicht länger unsichtbar ist. Sie will, dass man ihren Namen in den Computer eingibt, damit alle Welt weiß, dass sie noch existiert.

Aber Ernie Montoya sagt nur entschuldigend: »Ich muss Ihnen leider eine Vorladung geben.«

Yolanda steigen die Tränen in die Augen.

»Machen Sie sich nichts draus«, sagt Ernie Montoya. »Alle Welt kriegt Strafzettel. Ich auch letztes Jahr, oben in Colorado. Es ist wirklich nicht weiter tragisch.«

»Das ist alles? Nur ein Strafzettel?«

Er lacht. »Wollen Sie lieber ins Gefängnis wandern?« Er lächelt freundlich und reicht ihr die Vorladung zusammen mit ihrem Führerschein. »Ihr Führerschein läuft übrigens Ende nächsten Monat ab. Vergessen Sie nicht, ihn zu verlängern. Die Leute vergessen das ständig und dann wird's richtig teuer.«

Ende nächsten Monats kann sie blind sein. Oder in einem Krankenhausbett liegen, an Maschinen angeschlossen. Sie kann auch tot sein.

»Hey, nehmen Sie's nicht so schwer, Ms. Padilla. Ernsthaft. Gute Fahrt!« Ernie Montoya klopft ein letztes Mal an ihre heruntergelassene Scheibe.

Während sie beobachtet, wie er wieder auf die Straße einschwenkt, muss sie an Anthony denken, ihren Mann, der sie mit seinem Fingernagel berührt hat, und sie trauert um ihre verlorene Liebe und um das Leben, das sie nicht gemeinsam leben konnten. Und um ihre Kinder, die bald ohne sie zurechtkommen müssen.

An einem Nachmittag im August kittet Amadeo ein winziges Loch in der Windschutzscheibe seines Pick-ups, beschließt dann, das Öl und den Filter zu wechseln. Wenn er schon nicht fahren darf, dann kann er seinen Pick-up zumindest auf Vordermann bringen. In den Bäumen lärmen die Vögel. Auf der anderen Seite der Straße lässt der Mais auf dem kleinen Feld der Romeros anmutig die Blätter hängen und die fedrigen Quasten flattern in der sanften Brise. Alle paar Minuten sieht er auf seinem Handy nach, ob Brianna geschrieben hat, obwohl er weiß, dass sie das in der Schule eigentlich nicht macht.

Amadeo ist guter Dinge; seit ihrem ersten Date hat er nichts mehr getrunken und der Alkohol fehlt ihm auch nicht, meistens jedenfalls. Jedes Mal, wenn er mal abschalten will, sich selbst zu viel wird oder in Feierlaune ist, denkt er daran, dass er schon fast der Mensch ist, der er immer sein wollte.

Seine Beziehung zu Brianna ist nicht unbedingt ein Verrat an seiner Tochter. Schließlich kann es doch sein, dass daraus was Ernstes wird. Vielleicht heiraten sie ja und Angel bekäme ihr Idol als Stiefmutter. Angel vergöttert sie. Trotzdem hat er Brianna in seiner Telefonliste unter *Klassenlehrerin* abgespeichert.

Wenn er mit Brianna zusammen ist, vergisst er sein anderes Leben. Die Welt ist dann voller Möglichkeiten. Heute Morgen beispielsweise war die Luft so trocken und kühl, dass er sich trotz ihres schweißtreibenden Vergnügens frisch und sauber gefühlt hat. Als er neben Brianna im Auto saß, leichten Herzens mit ihr über den schwarzen Asphalt fuhr, beobachteten sie in einträchtigem Schweigen, wie der Schatten des Bergs zusehends kleiner wurde, während die Sonne höher stieg und alles in ein sanftes, blasses Licht tauchte. Er nahm Briannas Hand und sie lächelte, als spürte sie, wie glücklich er war.

Er lässt gerade das alte Öl in einen aufgeschnittenen Milchcontainer laufen, als Angel aus dem Haus gestürmt kommt.

»Hey«, ruft er ihren Sneakern zu.

»Dad.« Sie beugt sich nicht zu ihm hinunter. »Ryan Johnson kommt gleich, um Connor kennenzulernen.«

»Wer?« Amadeo kriecht unter dem Wagen hervor, rutscht vorsichtig über den Kies und blinzelt zu ihr hoch, während er sich mit dem Oberarm den Schweiß vom Gesicht wischt. Seine Hände sind ölverschmiert.

Angel verdreht die Augen. »Sein Vater.«

Die Angst bohrt sich wie ein Dolch in sein Herz. »Was für'n Vater?« Amadeo stellt sich dumm, weil er nicht will, dass in Connors Leben Menschen eine Rolle spielen, die er nicht kennt. Irgendwie hat er verdrängt, dass es auch einen Vater gibt.

Aber er ist auch neugierig. Wer ist dieser Typ, der seine Tochter flachgelegt hat? Er stellt sich einen Teenieschwarm vor, einen gut aussehenden Jungen mit dichten, langen Wimpern.

»Er kommt in zwanzig Minuten. Bist du dann hier?«

»Du hast ihm erzählt, wo wir wohnen?« Er setzt sich auf. Angel zupft nervös an der Haut an ihrem Daumennagel. »Ist er gefährlich? Meinst du, er …« Amadeo wollte eigentlich sagen »tut dir was an«, verkneift es sich aber. Hat dieser Typ sie zum Sex gezwungen? Bei diesem Gedanken kriegt er eine Stinkwut. Er wird diesen Wichser umbringen.

»Nein«, sagt Angel, die seinen Blick auffängt, und verzieht verärgert das Gesicht. »Sei einfach nur hier, okay, Dad? Im Haus.«

Amadeo schrubbt sich Hände und Gesicht. Er würde gern duschen, aber er will bereit sein, wenn dieser Typ auftaucht. Also wartet er, merkt selbst, dass er nach Schweiß und Motoröl riecht.

Als Angel schließlich in ihren Umstandsjeans und einem Tanktop auftaucht – die breiten Träger ihres weißen Still-BHs schneiden in ihre Schultern –, wirkt sie noch genauso nervös wie vorher. Sie riecht aufdringlich nach Parfüm, Yolandas Shalimar, ein Duft für ältere Frauen. Das Make-up auf ihren Wangen ist zu dick und sieht aus wie Lehm; ihre Lippen sind grellrosa geschminkt.

»Du siehst gut aus.«

»Ich seh scheiße aus«, sagt sie düster. »Nix passt mehr.«

»Quatsch. Du hast doch schon abgenommen.«

»Egal. Ich kann mich ja hinter Connor verstecken.« Sie hebt das Baby an den Oberarmen aus der Wippe und setzt es sich auf die Hüfte. »Kannst du nicht wenigstens ein frisches Hemd anziehen, bevor er kommt? Und trink ja keinen Alkohol!«

Ohne zu murren zieht er sich um, damit sie sich seiner nicht schämen muss.

Ryan Johnson fährt in einem ramponierten dunkelgrünen Minivan vor. Sie beobachten ihn schweigend durchs Fenster. Der Junge sieht sich etwas verloren um. Dann geht er aufs Haus zu, sucht offenbar die Klingel, stößt die Fliegentür auf und klopft.

Angel bedeutet Amadeo ungeduldig, die Tür zu öffnen.

Ryan ist nicht der gut aussehende Kerl, den Amadeo sich vorgestellt hat, sondern ein dünner Typ mit lockigen blonden Haaren und einem Eiterpickel auf der Nase. Dass er es nicht für nötig empfunden hat, ihn auszudrücken, wirft kein gutes Licht auf ihn. »Hi.« Der Junge lächelt ihn und Angel, die hinter ihm steht, unsicher an und entblößt dabei jede Menge rosa Zahnfleisch. Er hat kleine, mickrige Zähne, als hätte er als Kind nicht genug Kalzium bekommen. Aber sein Lächeln ist freundlich und Amadeo ist erleichtert, dass er nur einen harmlosen Trottel vor sich hat.

»Hey.« Angel schaukelt Connor auf ihrer Hüfte, wie um ihn zu beruhigen, obwohl er tief und fest schläft.

Amadeo will ihr den Kleinen abnehmen, aber Angel stößt ihn mit dem Ellbogen beiseite. Sie zupft an den orangefarbenen Füßchen seines Stramplers herum, zieht sie gerade, glättet sie. Bei einem Baby gibt es immer etwas in Ordnung zu bringen.

Angel bietet Ryan keinen Stuhl an. Ryan lächelt zwar, aber diesmal wirkt es eher wie eine Grimasse. Verlegen zieht er am Saum seines unförmigen blauen T-Shirts. Wahrscheinlich hat es seine Mutter ausgesucht, denn es passt zu seiner Augenfarbe.

Amadeo beobachtet Ryan, der wiederum das Baby beobachtet. Der Junge hat die Haltung und Farbe einer Eiernudel. »Ich kann's nicht glauben«, sagt er und sieht den kleinen Connor mit großen, gefühlvollen Augen an.

»Was kannst du nicht glauben?«, fragt Angel ruppig, kriegt aber keine Antwort.

»Ich wär schon früher gekommen«, sagt Ryan zu Amadeo. »Aber Angel …« Er wirft ihr einen besorgten Blick zu. »Ich hab's erst gestern Abend erfahren. Ich schwör, ich wär früher gekommen.«

»Prima«, sagt Amadeo ermutigend.

Alle schauen das Baby an, um die peinliche Situation zu überspielen.

»Willst du 'ne Cola?« Amadeo springt auf, holt Gläser aus dem Schrank, lauscht dem wohltuenden Klackern des Eiswürfelspenders. Er gießt Cola über die knackenden Eiswürfel und reicht die Gläser herum.

Angel nimmt einen Schluck.

Amadeo fällt zu spät ein, dass sie ja keine Cola mehr trinkt. »Tut mir leid.« Er greift nach ihrem Glas. »Ich hab ganz vergessen, dass Cola nicht gut für dich ist. Ich hol dir Milch.«

Angel winkt ab. »Ist schon okay.«

»Ich wusste gar nicht, dass du einen Dad hast«, sagt Ryan. »Irgendwie hab ich gedacht, er wär tot.«

Amadeo sieht ihn groß an. »Du hast gedacht, ich wär tot?«

»Er ist nicht tot. Ich red nur nicht oft über ihn.«

»Na, vielen Dank auch«, sagt Amadeo, bereit, das Ganze als Scherz abzutun. Er versteht schließlich Spaß. Er schmunzelt tapfer.

»In der Schule ist es ziemlich cool dieses Jahr«, sagt Ryan.

Schweigen.

»Gehst du gern zur Schule, Ryan?« Amadeo sollte nicht so viel fernsehen, denn er muss an die klassische Szene *Vater trifft Freund seiner Tochter* denken. Und er wäre der joviale, gutmütige Vater. Nur, dass Amadeo kein Fernsehvater und dieser Junge nicht Angels Freund ist.

»Ja, schon. Ich spiel Basketball.«

»Jugendauswahl«, bemerkt Angel.

»Woher willst du wissen, dass ich nicht aufgestiegen bin?« Er umklammert seine knochigen Handgelenke. »Du warst praktisch das ganze letzte Jahr nicht da.«

»Aber ich weiß, dass du noch nicht zur Hochschulauswahl gehörst.«

Amadeo bekommt Mitleid mit dem Jungen. »Setzt euch doch«, sagt er.

Angel geht zur Couch. Als Ryan sich neben sie setzt, rutscht sie schnell ein Stück weg.

»Warum ist sein Kopf so knubbelig?«

Amadeo will protestieren, aber Angel zuckt nur mit den Schultern. »Seine Schädelknochen verschieben sich noch.«

Ryan streckt einen Finger aus, wie um die schwarzen Locken zu berühren, überlegt es sich dann anders und streicht über Connors rote kleine Faust. »Hallo, kleiner Mann.« Er lehnt sich zurück, wendet den Blick aber nicht von Connor ab.

Verstohlen mustert Amadeo seinen Enkel, um eine Ähnlichkeit zwischen ihm und Ryan zu entdecken. Connor hat nicht Ryans langes Gesicht oder das fliehende Kinn, mit Sicherheit nicht denselben Hautton. Aber sein Mund hat eine ähnliche Form.

»Kann ich ihn mal halten?«, fragt Ryan.

»Er ist ja auch dein Sohn«, sagt Angel schnippisch, fügt dann aber freundlicher hinzu: »Klar.« Sie legt das Baby in Ryans Arme. Dabei kommt sie ihm ziemlich nah, setzt sich dann aber sofort wieder ans andere Ende der Couch und zieht die Beine hoch.

Ryan drückt Connor vorsichtig an seine knochige Brust. Er wirkt erleichtert, als ihm Angel den Kleinen wieder abnimmt.

»Wie habt ihr zwei euch eigentlich kennengelernt?« Sofort bereut Amadeo seine Frage, weil er genauso gut hätte fragen können, wann sie Connor gezeugt haben.

»In Geometrie«, erwidert Angel kurz angebunden. »Bei Mrs. Esposito.«

»Angel ist echt gut in Geometrie. Das heißt, war. Ich hab sie manchmal *Obtuse Angle* genannt. Natürlich nur zum Spaß.« Ryan lacht dümmlich über seinen eigenen Witz. Amadeo stellt sich vor, wie er unbeholfen mit Angel flirtet, sie vielleicht an ihren Zöpfen zieht. Er hätte nicht gedacht, dass ein Witz über stumpfe Winkel bei seiner Tochter ankäme, aber das zeigt wohl nur, wie wenig er sie kennt.

Angel ist ganz rot geworden. »Ich hab ihren Unterricht gehasst.«

»Sie war nicht schlecht. Ich hab sie jetzt wieder, in der dritten Stunde.«

Angel starrt wütend auf das Baby. Es herrscht angespanntes Schweigen; schließlich fragt Amadeo: »Was lernt ihr denn jetzt so in Mathe? Vielleicht kannst du Angel Nachhilfe geben.«

Seine Tochter wirft ihm einen giftigen Blick zu.

Ryan steht auf und wischt sich die Hände an seiner Jeans ab. »Ich geh jetzt wohl mal besser.«

Später bemerkt Amadeo beiläufig: »Schon komisch, dass Connor halb weiß ist.« Als Angel nicht reagiert, fügt er hinzu: »Macht gar keinen so schlechten Eindruck, dieser Ryan.«

Yolanda ist immer noch nicht da. Angel hat gerade Connors Windel gewechselt und ihn gestillt und jetzt liegt er auf der Couch und schläft. Er verzieht das Gesicht, als würde er schlecht träumen, dann entspannen sich seine Züge wieder.

»Gut, dass er vorbeigekommen ist. Das hätte nicht jeder gemacht.« Amadeo denkt daran, wie Ryan am Ende seines Besuchs die Lippen auf die Stirn des Babys gedrückt hat. Mehrere Sekunden verstrichen, während Amadeo und Angel entgeistert zusahen. Schließlich blickte er auf und sagte ruhig: »Es ist seltsam, aber ich hab ihn total lieb.« Weder Angel noch Amadeo erwiderten etwas.

Angel schien nicht gehört zu haben, was Ryan gesagt hatte, ebenso wenig wie sie jetzt Amadeo zuzuhören scheint. Sie studiert ihren Daumennagel.

Ein beängstigender Gedanke schießt Amadeo durch den Kopf, einer, der einem verantwortungsbewussten Erwachsenen schon vor Monaten gekommen wäre. »Sag mal, seine Familie wird ihn uns doch wohl nicht wegnehmen, oder?«

»Er hat nicht vor, es seiner Mutter zu sagen. Sie wär stinksauer. Ich hätte es nicht mal ihm sagen sollen. Wahrscheinlich wollte ich nur, dass er sich genauso beschissen fühlt wie ich. Das tut er wohl auch.«

Amadeo beunruhigt die Vorstellung, dass Angel anfangs nicht sicher war, wer der Vater von ihrem Kind ist, dass es mehrere gab, die infrage kamen. Amadeo glaubt nicht, dass irgendwer so was vor seiner Mutter geheim halten kann, vor allem niemand, der so arglos ist wie Ryan.

»Ich wünschte, ich hätte es ihm nicht gesagt. Ich will nicht, dass er wieder vorbeikommt. Ich will nicht, dass er ihn noch mal hält.« Sie steht mühsam auf und nimmt Connor hoch. »Ich bring ihn ins Bett.«

Vor der Mittagspause geht Angel noch ins Babyzimmer, um Connor zu stillen. Es dauert länger als gewöhnlich, weil er sich von allem Möglichen ablenken lässt und ständig vor sich hin brabbelt, und so kommt sie als Letzte in den Hof. Am Horizont ballen sich violette Wolken zusammen. Die anderen Mädchen sitzen am ersten Picknicktisch und haben schon ihre Sandwichs, die Käsewürfel und die Karotten ausgepackt. Frischhaltefolie flattert im Wind. Angel sieht skeptisch zum zweiten Picknicktisch hinüber, wo Jen ganz allein sitzt, einen Apfel isst und mit einer Hand tippt.

»Rutsch rüber«, befiehlt Lizette Ysenia. Ohne Angel anzusehen, bedeutet sie ihr mit dem Daumen, dass sie sich neben sie setzen soll, und beißt in ihr Sandwich.

»Ich war zuerst hier«, protestiert Ysenia, macht aber Angel gehorsam Platz.

Angel quetscht sich zwischen die beiden, überrascht und erfreut, weil es das erste Mal seit ihrem Krach mit Priscilla letzten Herbst ist, dass ihr jemand einen Platz zum Lunch freihält. Und sie hat ganz vergessen, wie gut es sich anfühlt, willkommen zu sein. »Hey«, sagt sie zum ganzen Tisch, aber vor allem zu Lizette.

Lizette nickt kurz. Angel öffnet vorsichtig ihre Lunchbox, um ihre Tischnachbarinnen nicht anzurempeln.

»Freu dich nicht zu früh. Es ist nur Pute.« Lizette fuchtelt mit ihrem labberigen, von der Folie durchweichten Sandwich herum.

Danach gehen alle stillschweigend davon aus, dass beim Lunch und in der Klasse Angel neben Lizette sitzt, und die anderen Mädchen machen ihr Platz, genauso wie für Christy und Trinity.

Angel hat keine Ahnung, warum Lizette gerade sie auserwählt hat, und natürlich würde Lizette ihr nie den Grund verraten. Lizettes Aufmerksamkeit ist wie eine Gnade: unverdient, willkommen, aber, wie Angel vermutet, manchmal auch ganz schön anstrengend.

—

Bei der Gruppensitzung am Freitag stellt Brianna ein neues Arbeitsprojekt vor. Es geht um die Kultur und Kindererziehung in einem Land ihrer Wahl. »Ich möchte, dass ihr euch eine Partnerin sucht und mir am Montag mitteilt, welches Land ihr euch ausgesucht habt. Am besten eins, auf das ihr neugierig seid. Ihr könnt in der Bibliothek oder im Internet recherchieren. Das ist eure Chance, eine Art Reise in einen Teil der Welt zu unternehmen, den ihr noch nie gesehen habt.«

Angel denkt an afrikanische Babys, die gestillt werden, während ihre Mütter Wurzeln zerstampfen, an südamerikanische Babys, die mit farbenfrohen Tüchern auf dem Rücken ihrer Mütter festgebunden sind, an rausgeputzte englische Kinder, die Mary Poppins-Songs singen und dazu tanzen.

Lizette hebt lässig die Hand: »Ich und Angel übernehmen Finnland.« Sie sagt es so, als hätten sie das bereits besprochen, als wüssten sie schon alles über das Projekt.

Brianna stutzt. »Finnland. Okay«, sagt sie langsam. »Hat noch jemand eine Idee?«

Jen sieht sich im Raum um. »Will jemand mit mir China übernehmen? Mein Pastor hat dort als Missionar gearbeitet. Er kann uns bestimmt viel drüber erzählen.«

Lizette kauert über ihrem Tisch, ihr Kinn berührt fast die *Cosmopolitan*, die aufgeschlagen vor ihr liegt. Sie hat sich die Ärmel ihres Sweatshirts bis über die Hände gezogen. Merkwürdig, dass sie plötzlich an irgendwas Interesse zeigt. Angel findet es nett, dass sie sich für sie entschieden hat, aber es wäre noch netter gewesen, wenn sie sie vorher gefragt hätte. Und Finnland? Angel weiß, dass Finnland ein Land ist, möglicherweise in Europa oder Sibirien liegt, aber sie hat absolut keine Vorstellung von finnischen Kindern. Sie denkt, dass sie entweder sehr blond oder sehr dunkelhaarig sind und Eisbärfelle tragen.

Ein getippter Entwurf ist Ende nächster Woche fällig, eine fünfzehnminütige Präsentation mit visuellen Hilfsmitteln eine Woche danach. »Ihr könnt auch ein landestypisches Gericht zubereiten, das wir dann in der Klasse probieren, aber das ist kein Muss.« Brianna wirft einen Blick auf ihre Notizen. »Okay. Irgendwelche anderen Themen, über die ihr gern reden möchtet? Trinity, spuck deinen Kaugummi aus.« Sie zeigt auf: *Kaugummikauen im Unterricht ist verboten.* »Das solltest du eigentlich wissen.«

Trinity spuckt den Kaugummi in ihre Hand. »Tut mir leid, Miss.« Sie schüttelt sie, bis sich der Klumpen von ihrer Handfläche löst und in den Papierkorb fällt.

Angel überlegt, ob sie von Ryan Johnson erzählen soll und dass sie fürchtet, einen schrecklichen Fehler gemacht zu haben, indem sie ihm sagte, dass er Connors Vater sei, ist sich aber nicht sicher, ob sie will, dass die Klasse davon erfährt.

Sie weiß ja nicht mal, warum sie es ihm überhaupt erzählt hat. »Hi, *Angle*«, meldete er sich munter am Telefon. Er rief aus heiterem Himmel an, um zu fragen, wie's ihr geht, ohne das Baby oder ihre Schwangerschaft zu erwähnen, als wolle er ihr Peinlichkeiten ersparen. »Du verpasst nicht viel in der Schule. Ich hab wieder Mrs. Esposito, das ist cool.« Angel war wütend, dass Ryan so unbefangen drauflosplapperte, obwohl er an ihrem Exil mit schuld war. Während er sich in epischer Breite über sein Basketballteam ausließ, das gegen Los Alamos gewonnen hatte, kam ihr alles auf einmal so ungerecht vor, dass sie herausplatzte: »Das Baby ist von dir, also hör auf, so großkotzig daherzureden. Ich bin nicht die Einzige, die Mist gebaut hat.«

»Moment mal, meinst du das im Ernst? Es ist von *mir*?«

»*Er* ist von dir. Tu nicht so überrascht. Du weißt, wie man Babys macht, oder? Du hast gehört, warum ich die Schule geschmissen hab, und hast dich nicht mal gewundert?«

»Ich weiß nicht«, sagte er. »Na ja, außerdem steh ich auf der Bestenliste.«

Sie legte auf, aber eine Stunde später oder so rief er wieder an und ließ sich nicht abwimmeln, bis sie ihm erlaubte, vorbeizukommen. In den letzten Tagen schrieb er ihr ständig, um

Hallo zu sagen oder sich nach dem Baby zu erkundigen. Er drohte nicht damit, ihr Connor wegzunehmen, trotzdem hat sie das Gefühl, dass sie, seit Ryan auf der Bildfläche erschienen ist, noch weniger Kontrolle über ihr Leben hat.

»Hey, Miss«, sagt Ysenia. »Ich nehm Paris. Die Kinder da sind nie frech und immer schick angezogen. Das hab ich in *Good Morning America* gesehen.«

»Stimmt!«, sagt Jen. »Und die Mütter in Paris nehmen nie zu.«

»Paris ist kein Land, du Spasti«, sagt Lizette.

»Raus!« Briannas Reaktion kommt so unvermittelt und ihr Ton ist so schneidend, dass Angel der Atem stockt. »Verlass sofort den Raum, Lizette. So redest du nicht in meiner Klasse.« Brianna weist mit dem Finger zur Tür.

Lizette reißt erschrocken die Augen auf, hat sich aber sofort wieder im Griff und schnickt lässig ihr Haar zurück. »Okay.« Sie nimmt ihre Tasche und die Zeitschrift. »Bis später«, ruft sie ihren Klassenkameradinnen zu, den Mund süffisant gespitzt. Als Angel ihr bestürzt nachsieht, zwinkert ihr Lizette zu.

»Lizette!« Brianna zeigt immer noch auf die Tür. Dann lässt sie die Hand sinken, als gehöre sie nicht zu ihr, und steckt sie in ihre Tasche. »Warte im Gang auf mich.«

Christy kichert und läuft rot an. »Chris, hör auf«, flüstert Trinity.

»Gibt es noch andere Themen, die ihr besprechen wollt?«, fragt Brianna. »Gut, dann vertagen wir das Ganze. Ihr könnt die restlichen zwanzig Minuten lesen, jede für sich.« Sie folgt Lizette in den Gang und obwohl Angel die Ohren spitzt, hört sie nicht mal Gemurmel.

Später, als Angel mit Connor, ihrem Rucksack und einer Packung Pampers bepackt auf dem Weg nach draußen ist, ruft Brianna ihren Namen.

»Kann ich dich bitte einen Moment sprechen, Angel?«

»Klar.« Sie nähert sich Briannas Pult mit dem unguten Gefühl, irgendwas verbrochen zu haben.

»Mir ist aufgefallen, dass Lizette dich als ihre Partnerin für das Projekt genannt hat. Ist das für dich in Ordnung?«

»Klar«, sagt Angel. »Natürlich.«

»Ich wollte nur sichergehen. Ich erinnere mich, dass ich in deinem Alter oft Partnerinnen hatte, die sich nicht besonders angestrengt haben. Ich weiß, wie frustrierend das für eine gute Schülerin sein kann.« Brianna legt die Stirn in Falten, als würde sie sich Sorgen machen. »Ich bin froh, dass Lizette dich zur Freundin hat. Das ist nett von dir. Und vielleicht kannst du ihr ja helfen. Aber …« Brianna zupft an einer Strähne von Angels Haar. Angel wird rot und weicht etwas zurück. Hatte Brianna nicht was von Distanz wahren gesagt? »Unglückliche Menschen ziehen andere oft mit runter.«

»Sie zieht mich nicht runter.« Angel wünschte, Brianna würde noch einmal an ihrem Haar zupfen – die liebevolle Geste tat gut –, aber Brianna mustert jetzt ihre Nägel.

»Wie geht's zu Hause?«, fragt Brianna. »Ist mit deinem Dad alles okay?«

»Mit meinem Dad? Ja, alles gut.«

»Das freut mich. Ist sonst alles in Ordnung?«

Fast hätte Angel Ryan Johnson erwähnt. Vielleicht könnte ihr Brianna einen Rat geben. Aber das ist jetzt nebensächlich. Sie spürt, dass dies ein entscheidender Moment ist, und nimmt ihren ganzen Mut zusammen. »Ich weiß, dass Sie Lizette nicht mögen, aber …«

»Das stimmt so nicht.«

»Ich meine, ich weiß, dass sie respektlos sein kann, aber sie hatte es echt schwer im Leben. Sie ist Waise.«

Brianna nickt. Ihre Züge verhärten sich. »Das mag schon sein, aber jeder hat sich an die Klassenregeln zu halten. Und ich wäre keine gute Lehrerin, wenn ich Lizette nicht an denselben hohen Maßstäben messen würde wie alle anderen.«

Wenn Yolanda nicht schlafen kann, läuft sie im Haus auf und ab. Der Schmerz klebt wie ein Klumpen Lehm hinter ihren Augen. Indem sie die Handballen an die Schläfen presst, schafft sie es manchmal, den Lehm so zu formen, dass der Schmerz auszuhalten ist, zumindest eine Minute lang.

Jetzt, nach zwei Uhr morgens, fühlt sich das Haus mit seinen Wänden aus Betonziegeln wie ein Grab an. Yolanda öffnet die Eingangstür und tritt in die kühle Luft hinaus. Aber der Nachthimmel ist so unermesslich und die Sterne mit ihrem kalten Licht so schmerzhaft schön, dass sie zurück ins Haus flüchtet.

Als sie am Abend alle fernsahen, fing Yolanda plötzlich an zu weinen. Sie war selbst überrascht. Der Werbespot war zwar traurig – es ging um ein Mädchen, ihren alten Hund und einen liebevollen Vater –, aber normalerweise ist sie für Sentimentalität nicht empfänglich.

»Weinst du, Gramma?«, fragte Angel.

»Nein.« Yolanda lächelte tapfer. Mit wem identifizierte sie sich eigentlich? Mit dem Mädchen? Dem Vater? Dem sterbenden Hund?

»Du weinst wegen einer blöden Versicherungswerbung?« Angel stupste sie mit dem Ellbogen an.

»Reiß dich zusammen, Mom«, sagte Amadeo liebevoll. »Was bist du bloß für ein Weichei.«

Plötzlich fiel es Yolanda wieder ein. »Dein Dad wollte dir einen Hund kaufen, Dodo. Du hast so an deinem Plüschhund gehangen und er wollte, dass du einen echten bekommst.« Anthony hatte in einer manischen Phase im letzten Jahr ihrer Ehe immer wieder damit angefangen und Yolanda hatte dagegen argumentiert, weil sie fürchtete, dass die Versorgung des Tiers doch nur an ihr hängen bleiben würde. Amadeo hatte ursprünglich gar keinen Hund gewollt, aber als Anthony nicht lockerließ, freundete er sich mit dem Gedanken an. Und sie war die böse Mutter, die ihrem Sohn nicht mal ein Haustier gönnte. »Weißt du noch?«

Amadeo schien sie nicht gehört zu haben und das belustigte sie. Sie brach in hysterisches Gelächter aus. Ihr Blick fiel auf die verspiegelte Rückwand der Vitrine und sie erschrak über die groteske Fratze, die ihr entgegenblickte. Als sie Angels erschrockenes Gesicht sah, gab sie sich einen Ruck.

»Mannomann.« Sie wischte sich über die Augen. »Keine Ahnung, was in mich gefahren ist.«

Schmunzelnd drehten sie die Köpfe wieder zum Fernseher. Vor dem Ende der Werbepause war der Spuk schon wieder vorbei.

»Mom«, sagte Amadeo. »Wir brauchen Käse. Kauf lieber wieder den strengen Cheddar. Dieses mexikanische Zeugs schmeckt nach gar nix.«

Yolanda würde ihre Kinder gern auf ihren Tod vorbereiten, aber sie erträgt den Gedanken nicht, dass sie sich ihr Leben ohne sie vorstellen, als würde sich ihr Ende dadurch noch beschleunigen. Trotzdem sehnt sie sich danach, ihnen ihr Herz auszuschütten. Die Verkäuferin im Supermarkt, eine junge Frau mit blondierten Haaren, nahm kaum Notiz von ihr, während sie ihre Lebensmittel scannte. Ich sterbe, hätte Yolanda ihr gern gesagt. Ich sterbe, würde sie gern zu Monica Gutierrez-Larsen und Sylvie Archuleta und Bunny Flores sagen. Sie malt sich aus, dass ihr Mitgefühl sie einhüllen würde wie eine wärmende Decke. Sie würde sich fallenlassen und ihre müden Knochen und den schmerzenden Kopf auf dieses weiche Lager betten.

Sie stellt sich ihr verwaistes Schlafzimmer vor. Ihre Sachen, die sie so sorgfältig ausgesucht, so sorgfältig gepflegt hat. Wer wird den Schminktisch zu schätzen wissen, den Satin-Lampenschirm, die Spitzengardinen, die sie jedes Jahr mit der Hand gewaschen hat? Valerie, das weiß sie, findet alles nur kitschig. Wenn es nach ihr ginge, würden ihre ganzen schönen Sachen im Secondhandladen landen. Vielleicht, denkt Yolanda hoffnungsvoll, nimmt ja eins der Mädchen ihr Bett.

Warum hängt sie diesen trüben Gedanken nach? Das ist doch müßig. Sie muss nicht um etwas trauern, was sie nicht mehr erleben wird: Lily auf dem College, mit jeder Menge Verehrer und hübschen Kleidern; Sarah – ja was? –, eine Profifußballerin?; Angel als Erwachsene, vielleicht verheiratet mit einem Mann, der sie unterstützt, damit sie alles Versäumte nachholen kann. Connor, der laufen und sprechen gelernt hat und in die Schule geht. Warum glaubt sie, dass ihr etwas genommen wird? Keiner hat ein Anrecht auf ewiges Leben. Yolanda muss nicht mit dem Kopf gegen die Wand rennen. Sie kann diese schreckliche, unumstößliche Tatsache einfach akzeptieren, muss sie nicht mal als besonders schrecklich empfinden.

Stattdessen kann sie das genießen, was sie noch hat. Sie blickt zum rosa Baldachin ihres Himmelbetts hoch. *Versuchen Sie sich ganz durchlässig zu machen, wie ein Sieb*, empfiehlt die *Schmerzfrei durch Achtsamkeit*-CD, die sie bekommen hat. Sie muss nur den Schmerz durch sich hindurchfließen lassen.

Yolanda ist sich darüber im Klaren, dass sich diese Erkenntnis jederzeit wieder verflüchtigen kann und dass sie höchstwahrscheinlich morgen früh aufwachen und ihr Gehirn wieder mit den üblichen Gedanken vollgestopft sein wird. Aber dieser kurze Moment der Einsicht bedeutet etwas, macht ihr Mut – ein offenes Fenster in einem verwinkelten, stickigen Haus, durch das frische Luft hereinströmt. Sie sieht die aufgewirbelten Staubpartikel, golden und hypnotisierend.

Am Montag nach der Schule treffen sich Angel und Lizette, um an ihrem Projekt zu arbeiten.

Lizette wohnt bei ihrem älteren Bruder und seiner Freundin in einer heruntergekommenen Siedlung in einer Sackgasse. Die Häuser sehen alle gleich aus: brauner Lehmputz und sechs Zierbalken, die direkt unter der Dachkante herausragen, davor ein kleiner unkrautüberwucherter Garten. Am Ende der Straße, wo der Asphalt an eine niedrige Betonziegelmauer stößt, beginnt die Wüste.

»Wie alt ist dein Bruder?«, fragt Angel und verlangsamt ihr Tempo, um sich Lizettes Schritt anzupassen.

»Einundzwanzig.«

»Cool«, sagt Angel. »Da kann er ja Alk für dich besorgen.« Sie will, dass Lizette sie für abgebrüht hält.

Lizette zuckt die Achseln.

Es ist ein windiger Nachmittag, der Himmel ist grau, die Luft voller Staub. Am Horizont türmen sich dicke dunkle Regenwolken. Obwohl Mercedes auf dem zwanzigminütigen Weg von Smart Starts! bis hierher nur gequengelt hat, spaziert Lizette in aller Ruhe die Straße entlang, mit dem breitbeinigen Gang eines dicken Mädchens. Angel hat den Pick-up ihres Vaters auf dem Parkplatz stehen lassen, weil sie keinen zweiten Kindersitz hat, aber jetzt bereut sie es, nicht wenigstens den Buggy mitgenommen zu haben. Sie schwitzt, ihr tut der Nacken weh, sie will endlich Connor absetzen und ihre Taschen loswerden. Aus irgendeinem Grund ist sie nervös und angespannt.

»Da vorn ist es.« Lizette deutet vage die Straße entlang.

Sie nähern sich einem Vorgarten, der wie ein Schrottplatz aussieht: von Unkraut überwucherte, ölverschmierte Motoren, auf einem verzogenen Resopaltisch verstreutes Werkzeug, dazwischen Schrauben und Muttern, an denen sich kleine Kinder gern verschlucken. Aus dem weit geöffneten Garagentor ragen weitere Autoteile hervor, wälzt sich eine Flut von Müllsäcken, das Plastik flattert fauchend im Wind. In der Einfahrt lehnt ein rostiges Motorrad schräg auf seinem schwächlichen Seitenständer.

Angel malt sich aus, wie das Motorrad auf Connor fällt, seinen zarten kleinen Schädel zertrümmert, sein Gesicht zerquetscht. Als sie schwanger war, hat sie nie darüber nachgedacht, wie hilflos und verletzlich Connor sein würde, dass er schutzlos den Launen des Schicksals ausgeliefert wäre. Ihr war nie der Gedanke gekommen, dass sie ihn tatsächlich überleben könnte. Sie verdrängt die schreckliche Vorstellung sofort wieder, weil sie – wie so oft – fürchtet, dass sie mit ihren Ängsten Unheil heraufbeschwören könnte. Sie lächelt ihn tapfer an und er streckt ihr fröhlich seine vollgesabberte Faust entgegen. Wie konnte sie nur zu ihm sagen, dass sie ihn hasst? »Ich werd immer für dich da sein«, flüstert sie in sein flaumiges Haar. »Ich versprech's dir, mein Schatz.«

Zu Angels Erleichterung lässt Lizette das verwahrloste Grundstück links liegen und steuert auf das Nachbarhaus zu, an dessen Tür ein blauer Weidenkranz hängt. Hier sieht das Unkraut beinah hübsch aus, hoch und grün, an manchen Stellen lugen kleine gelbe Blüten hervor. Angel schämt sich, weil sie eigentlich eine Bruchbude erwartet hat. Jemand hat sogar ein kleines Beet angelegt und mit Tomaten bepflanzt. Sie lehnen schlapp an ihrem Drahtgitter wie angeödete Teenager. »Cool«, sagt Angel. »Hat die Freundin deines Bruders die gepflanzt?«

»Nein, mein Bruder. Sie hasst Tomaten und ich auch.« Lizette neigt sich zurück, sodass Mercedes auf ihrer Brust ruht und sie beide Hände frei hat, kramt in ihrer Wickeltasche herum. »Nie find ich die verdammten Schlüssel.«

Im Fenster hängt ein handgeschriebenes Schild: »Vorsicht, bissiger Hund«. Soweit Angel weiß, haben sie keinen Hund. Jedenfalls hofft sie das. Als sie acht war, hat sie der Rottweiler von Priscillas Stiefvater angesprungen. Seitdem hat sie panische Angst vor Hunden. Unwillkürlich drückt sie Connor fester an sich. Sie hat mal von einem Pitbull gehört, der ein Baby in seinem Bettchen totgebissen hat.

Wenn der Hund das kleinste Anzeichen von Aggressivität zeigt oder auch nur begeistert mit dem Schwanz wedelt, wird sie mit Connor abhauen, auch wenn Lizette sie dann für uncool hält. Angel geht mit Connor zu den Tomatenpflanzen, beschattet seine Augen mit der Hand. »Guck mal! Tomaten.« Wie sie da weich und schrumplig an den Stängeln baumeln, erinnern sie irgendwie an Hoden. Connor tut ihr den Gefallen und folgt stirnrunzelnd ihrem ausgestreckten Zeigefinger, ehe sein Blick zu dem faszinierenden Chaos beim Nachbarn wandert, das in ihren Vorgarten zu schwappen droht.

Mercedes, die Lizette auf der Betonstufe vor der Haustür abgelegt hat, strampelt wild mit den Beinen und heult jetzt richtig los. Von der Sonne geblendet, hat sie die Augen zusammengekniffen.

»Bist du sicher, dass der Boden nicht zu heiß ist? Ich kann sie doch nehmen.«

»Hab die Schlüssel schon.« Lizette hebt den brüllenden Säugling hoch und setzt sich ihn auf die Hüfte. Ihre Oberarme sind voller rosa Streifen.

»Habt ihr einen Hund?«

»Nee. Das Schild soll nur Einbrecher abschrecken. Aber ich hab meinem Bruder gesagt, dass das nix bringt.«

Angel findet es sehr beruhigend, dass Lizettes Bruder offenbar ein bodenständiger, pflichtbewusster Typ ist. Bestimmt sind Mercedes und Lizette bei ihm gut aufgehoben.

»Wahrscheinlich würd's mehr bringen, wenn wir den Vorgarten richtig zumüllen.«

Vorsichtig geht Angel hinter Lizette ins Haus, als fürchte sie immer noch, in einer dunklen Ecke könnte ihr ein Hund auflauern. Die zugezogenen Vorhänge leuchten gelb in der Nachmittagssonne. An der Wand steht ein Verdunstungskühler. Die Luft ist feucht.

Anders als im Vorgarten herrscht im Haus ein wüstes Durcheinander. Angel folgt Lizette durch den Flur: Berge von Schmutzwäsche, Pampers-Packungen, halb abgewickelte Klopapierrollen, Chipstüten, einzelne Schuhe und überall benutztes Geschirr. So sieht's eben aus, wenn Jugendliche sich selbst überlassen sind, denkt Angel. Eigentlich sind es gar keine umkippenden Motorräder oder bissige Hunde, die ihr Angst machen, wird ihr jetzt klar, sondern Lizettes Onkel. Er hat im Gefängnis gesessen – wenn auch nur ein paar Monate. Sie glaubt zwar nicht, dass er vorbeikommt, aber trotzdem ist ihr irgendwie mulmig.

»Sie haben ihn rausgelassen?«, fragte Angel entsetzt, als Lizette es vor ein paar Wochen in der Mittagspause erwähnte.

»Er ist auf Bewährung. Aber ich bekomm ihn praktisch nie zu Gesicht. Hab ihn nur einmal kurz bei meinem Cousin getroffen.« Ihr Bruder war wohl mal zusammen mit ihm beim Mud Racing. Lizette wirkte völlig gleichgültig, als sie davon erzählte. »Joe hat Mitleid mit ihm. Sein Leben ist im Arsch, was ihm ganz recht geschieht. Meine Cousins reden kein Wort mehr mit ihm, aber mit mir reden sie ja auch kaum.«

Angel hätte Lizette gern gefragt, warum sie nicht abgetrieben hat, aber im Grunde kann sie sich das selbst beantworten. Schließlich hätte sie dann jemandem erklären müssen, was ihr passiert war. Allein die Vorstellung, so einen Eingriff zu organisieren, fand Angel beängstigend, und sie war nicht mal vergewaltigt worden. Es wäre auch irgendwie krass, so eine Frage in Mercedes' Anwesenheit zu stellen. Was für ein trauriger Gedanke, dass es dieses süße Baby dann gar nicht gäbe.

»Magst du die Freundin deines Bruders?« Angel muss fast schreien, um Mercedes' Gebrüll zu übertönen.

»Selena ist okay«, sagt Lizette. Angel kann sie kaum verstehen, denn Lizette macht sich nicht die geringste Mühe, lauter zu sprechen, so als sähe sie es überhaupt nicht ein, auf irgendwen Rücksicht zu nehmen. »Sie ist ganz verrückt nach Mercedes. Und sie nervt Joe damit, dass sie auch 'n Kind will. Aber ich glaub, dass sie sich bald trennen. Sie reden zwar nicht drüber, aber sie haben sich ständig in der Wolle. Sie nimmt Heroin. Nur manchmal, aber mein Bruder findet's voll scheiße. Er rührt das Zeug nicht an, weil unsre Mutter dran gestorben ist.«

»Oh Gott.« Angel möchte gern etwas Mitfühlendes sagen, weiß aber nicht, wie Lizette darauf reagieren würde. Sie hofft, dass die Freundin ihres Bruders auszieht, und zwar bald. Und ihre Drogen mitnimmt.

Lizette steckt Mercedes einen Finger in den Mund. Sie beruhigt sich einen Moment lang, stößt ihn dann aber weg. »Ich hoff wirklich, dass sie zusammenbleiben.« Lizettes Stimme klingt auf einmal dünn, fast zittrig.

»Versteh ich.« Angel wird klar, wie allein Lizette im Grunde ist. Seit dem Tod ihrer Mutter hat sie nur noch ihren Bruder. Und seine Freundin, die ja quasi zur Familie gehört. Jetzt bereut sie ihren Wunsch. Connor fängt an zu quengeln, zappelt auf ihrem Arm herum.

Am Ende des dämmrigen Flurs stößt Lizette eine Tür auf. Das Zimmer ist mit Möbeln vollgestopft: ein ungemachtes schmales Bett mit ausgeblichenen schwarzen Laken, ein zerschlissener Plüschsessel, eine wuchtige Holzkommode, in einer Ecke ein schlaffer schwarzer Sitzsack und mitten im Raum ein Kinderbett. An den Wänden hängen Poster von Kanye West und Jay-Z und ein rosa Patchwork-L – ziemlich schräg, nach allem, was Angel über Lizettes Geschmack weiß. Angel denkt an Lizettes Mutter, stellt sich vor, wie sie dieses rosa L für ihre kleine Tochter gekauft und in ihrem Zimmer aufgehängt hat. Sie fragt sich, wann sie eigentlich gestorben ist.

»Falls sie sich wirklich trennen, wer von beiden bleibt dann hier?«

Lizette lässt sich in den durchgesessenen Sessel fallen und fummelt unter ihrem Shirt herum, entblößt dabei eine Speckfalte am Bauch. Sie angelt eine Jogginghose vom Boden und bedeckt damit ihre Brust. Dann, fast ohne hinzusehen, legt sie Mercedes an. Das Weinen hört auf. »Ich hab nicht gefragt. Das einzig Gute ist, dass der Mietvertrag noch vier Monate läuft, also bin ich nicht gleich obdachlos.«

Bei dem Wort *obdachlos* bleibt Angel die Luft weg. »Aber selbst wenn dein Bruder auszieht, kannst du doch weiter mit ihm zusammenwohnen, oder?«

»Weiß nicht. Er will bestimmt nicht, dass ich ihm auf der Pelle hocke, jedenfalls nicht, solange er solo ist. Außerdem bin ich bald achtzehn. Ich könnt mir auch was Eigenes suchen.«

Sie scheint sich nicht die geringsten Sorgen zu machen. Angel ist kurz davor zu sagen: Du kannst bei uns wohnen, bei meiner Großmutter, meinem Dad und mir. Stattdessen wendet sie verlegen den Blick ab. Hektisch tätschelt sie Connors Rücken, was nicht gerade beruhigend auf ihn wirkt.

Jammernd nuckelt Connor am Stoff ihres T-Shirts. Schließlich geht sie um die auf dem Boden verstreuten Kleider herum, setzt sich aufs Bett und stillt ihn. Sie dreht sich zur Seite, damit Lizette ihre Brust nicht sieht. Schweigend sitzen sie da, nur das Schnaufen und Schmatzen der Babys ist zu hören. Angel bringt es nicht fertig, Lizette anzusehen, blickt unverwandt auf Connors Kopf. Warum macht sich Lizette nicht mehr Gedanken um ihre Zukunft? Angel ist beinah wütend auf sie.

Sie gibt sich einen Ruck. »Also, ich hab schon mal mit dem Recherchieren angefangen«, sagt sie. »Die Kinderbetreuung da drüben in Finnland ist echt super. Wusstest du das? Die haben das beste Bildungssystem der Welt.«

»Weiß ich.«

»Hast du absichtlich Finnland ausgesucht?«

Lizette wirft genervt den Kopf zurück. »Klar doch. Ich hab mitgekriegt, wie sich im Büro zwei Frauen drüber unterhalten haben. Ich wollte, dass wir das coolste Land kriegen.«

Angel betrachtet Lizette voller Bewunderung. »Ich hab mich auch über die Ernährung informiert. Die essen jede Menge Zeugs, das es bei uns nicht gibt. Rentier und so was, und es gibt da auch so komische Beeren. Moltebeeren zum Beispiel. Schon mal gehört? Aber wovon die sich hauptsächlich ernähren, ist Eierbutter. Das ist so'n Brei aus hartgekochten Eiern und jede Menge Butter. Den schmieren sie dann auf 'ne Art Fladen.«

Lizette legt sich das Bein ihrer Jogginghose über die Schulter, hebt Mercedes hoch und schlägt ihr ein paar Mal fest auf den Rücken. »Eierbutter? Klingt ja widerlich.«

»Japp, aber genau genommen ist's nur Eiersalat.«

»Ich sag's ja, ekelhaft. Außerdem, wer schmiert denn Eiersalat auf 'nen Fladen? Wir sollten das Zeug für unsere Präsentation machen und Brianna vorsetzen.«

»Ist die nicht Veganerin?«

»Also wenn *du*'s nicht weißt.« Lizette grinst sie verschlagen an. Angels Herz trommelt wild in ihrer Brust.

Sonnenstrahlen fallen durch das kleine Fenster mit den schiefen Plastiksprossen, ergießen sich wie funkelnde Diamanten über den Boden, durchbohren eine halb volle Cola-Flasche, hinterlassen auf einem verknäulten weißen T-Shirt einen golden schimmernden Fleck. Angel fixiert den Fleck.

Ihr Mund ist völlig ausgetrocknet. Seit wann fällt es ihr so schwer, Lizette anzusehen? Im Unterricht ist sie sich jetzt immer Lizettes Anwesenheit bewusst, registriert jede ihrer Bewegungen. Ihre Gedanken kreisen nur um sie.

Bald darauf hievt sich Lizette aus dem Sessel und legt Mercedes in ihr Bettchen. Angel betrachtet Connor in ihrem Arm. Er ist eingeschlafen, hat den Mund weit geöffnet.

»So.« Angel zieht energisch ihr T-Shirt herunter und steht auf. Als sie Connor neben Mercedes ins Gitterbett legt, bemerkt sie, dass das Laken nicht gerade sauber ist. Stärkt bestimmt sein Immunsystem, sagt sie sich. Sie dreht Lizette den Rücken zu, schließt ihren BH und streicht ihr Shirt glatt. Mercedes ist nicht viel größer als Connor, obwohl sie mit ihren sieben Monaten doppelt so alt ist wie er. Sie hat das Kinn vorgeschoben, was ein wenig trotzig wirkt, aber ihre Züge sind ganz entspannt. Angel deckt die Babys mit einer Flanelldecke zu. Dann holt sie ihren Laptop und ihr Notizheft aus dem Rucksack. Sie klappt den Laptop auf und hält ihn vor sich wie einen Schutzschild.

»Ich frag mich schon die ganze Zeit, ob Muttermilch bei allen Frauen gleich schmeckt«, sagt sie. Was nicht ganz stimmt, denn eigentlich fragt sie sich das gerade zum ersten Mal.

Lizette lehnt an der Kommode und grinst spöttisch. »Willst du etwa an meiner Titte nuckeln?«

»Oh Gott, nein!« Angel schießt das Blut ins Gesicht. »Ich mein, rein wissenschaftlich gesehn.«

Lizette lacht, es klingt fast gehässig. »Gib's zu, du willst an meiner Titte lutschen.«

»Von wegen«, gibt Angel barsch zurück. »Das hättest du wohl gern. Du denkst wohl, dass das jeder will.«

»Du darfst aber, wenn du willst.«

Angel starrt krampfhaft auf den Bildschirm, tippt hektisch auf der Tastatur herum. »Halt die Klappe.«

Lizette kniet sich vor Angel hin, nimmt ihr den Laptop ab und stellt ihn auf den Boden »Ich mach's, wenn du's auch machst.«

Als Lizette ihr T-Shirt hochhebt, zuckt Angel zurück. »Lass das«, sagt sie, nicht sehr überzeugend. »Verarsch mich nicht.« Sie stößt Lizettes Kopf weg, aber Lizette hat schon die Hände unter ihr Shirt geschoben, umfasst ihre Brüste, ihre heißen Lippen wandern über ihren Bauch. Angel lässt die Arme fallen. Sie hält den Atem an. Vielleicht wird sie nie mehr atmen. Dann hakt Lizette den Verschluss ihres BHs auf, entblößt ihre hässlichen, schweren Brüste. Schützend hält sie die Arme vor sich, aber Lizette schiebt sie einfach mit dem Kopf beiseite, hartnäckig wie ein neugieriger Hund.

Lizette greift nach ihrer Brust und presst sie zusammen. Ein jäher, stechender Schmerz. Angel stöhnt überrascht auf. Lizette saugt kräftiger als Connor. Es zwickt und hat überhaupt nichts Lustvolles. Lizette hebt den Kopf, lässt den Nippel los. »Mmmh!«, sagt sie und leckt sich die Lippen. Sie steht auf und drückt Angel aufs Bett. Angel ist wie hypnotisiert von diesen grünen Augen. Ihr schwindelt vor Begehren. Als Lizette sich über sie beugt, hebt Angel den Kopf, um sie zu küssen.

—

Abends zu Hause sitzt Angel vor dem Hamburger, den ihre Großmutter ihr hingestellt hat, und kriegt keinen Bissen runter; sie ist immer noch ganz aufgedreht, fühlt sich wie elektrisiert, ihr ganzer Körper kribbelt. Als sie an Lizettes Lippen denkt, überläuft sie ein wohliger Schauer.

Nachdem sie Connor gebadet hat, schmust sie mit ihm herum, atmet seinen süßen milchigen Duft ein. Als ihre Haare und ihre Lippen seinen Bauch berühren, kichert er verzückt, sein kleiner roter Mund feucht und glänzend. Lachend küsst sie seinen Kopf, seine Hände und seinen Bauch. Plötzlich muss Angel an ganz andere Küsse denken, leidenschaftliche Küsse auf nackter Haut. Hat sie eben eine Grenze überschritten? Erschrocken hält sie inne und zieht ihm schnell seinen roten Schlafanzug an. Strahlend streckt er die Hand nach ihrem Gesicht aus, aber als er ihre verstörte Miene sieht, erstarrt sein Lächeln. Angel nimmt ihn hoch und dreht ihn mit dem Rücken zu sich.

Sie glaubt eigentlich nicht, dass es Kindesmissbrauch ist, ihn abzuküssen. Aber was sie heute Nachmittag mit Lizette alles getan hat, während er dabei war! Oh Gott, das war doch bestimmt Kindesmissbrauch. Selbst wenn er die ganze Zeit geschlafen hat, hat ihn das mit Sicherheit irgendwie traumatisiert.

Aber das ist nicht ihre einzige Sorge: Was ist, wenn Lizette sie reinlegen wollte? Was ist, wenn sie irgendwo eine Kamera versteckt hatte und es diesmal echte Fotos von ihr gibt – nackt und bloßgestellt –, die Lizette im Internet verbreitet? Oder womöglich ganze Videos?

Am nächsten Morgen erwacht Angel völlig zerschlagen, denkt mit einem flauen Gefühl an die Schule. Als die Mädchen vor dem Unterricht im Klassenzimmer herumstehen und sich unterhalten, winkt Lizette ihr zu. »Hey.« Doch bevor Angel reagieren kann, hat sie sich abgewandt und erzählt Christy irgendwas über eine Fernsehshow.

Hat sie sich das gestern alles nur eingebildet? Aber sie hat nicht genug Fantasie, um sich solche unbeschreiblichen Dinge auszudenken. Sie kann nicht glauben, dass sie mit dem Mädchen, das keine drei Meter von ihr entfernt ist, solche Sachen gemacht hat. Denn wie könnten sie es sonst ertragen, im selben Raum zu sein, ohne übereinander herzufallen?

Als Brianna sie über einige Veranstaltungen informiert – ein kostenloser Bewerbungsworkshop in der Stadtbibliothek, ein Flohmarkt in der Sacred Heart of Jesus-Gemeinde –, pingt Angels Handy. Ihr Herz macht einen Sprung. Sie sieht zu Lizette hinüber, die gerade ihr Handy in der Tasche neben sich auf dem Boden verschwinden lässt.

»Angel«, sagt Brianna streng. »Stell das Handy aus und leg es weg.«

»Entschuldigung, Miss.« Sie liest schnell die Nachricht, bevor sie ihr Handy in ihren Rucksack steckt. *War cool xx*.

Als sie sich mit feuerrotem Gesicht wieder aufrichtet, begegnet sie Briannas frostigem Blick.

Brianna hat sich auf dem Fliesenboden ausgestreckt, den Kopf auf den Flechtteppich gebettet. Ihr Handy, das sie auf laut gestellt hat, liegt auf ihrem Bauch. Wieder einmal verbringt Brianna einen Samstagabend zu Hause, in einem bequemen Shirt und Yogahose. Später wird sie sich ein paar Folgen einer BBC-Serie über rätselhafte Mordfälle auf den Äußeren Hebriden ansehen. Und dann wird sie sich vom Gemurmel der schottischen Ermittler in den Schlaf lullen lassen.

Sie telefoniert gerade mit Sierra in Portland, die den Abend nicht zu Hause verbringt, sondern in der Stadt unterwegs ist. »Ach, nur ein paar Drinks, dann Dinner mit ein paar Freunden. Später Kabarett und hinterher geht's wahrscheinlich noch in einen Club.« Wie sich herausstellt, schläft Sierra zurzeit mit zwei Männern: einem Musiker und ihrem ehemaligen Professor für Humanbiologie, der regelmäßig zu ihr nach Portland fliegt. »Ich nenn sie heimlich Mr. Body und Mr. Brain«, sagt sie. »Ich kann mich nicht entscheiden, wer mir besser gefällt.«

»Wenn du dich nicht für einen entscheiden kannst, sind wahrscheinlich beide nichts für dich.« Brianna hasst sich für ihre Spießigkeit. Aber es ist einfach nicht fair, dass Sierra so mühelos Männer an Land zieht.

»Ja, vielleicht. Aber jetzt erzähl doch mal von dem Dad deiner Schülerin. Läuft da noch was?«

»Ja, schon. Aber ich weiß nicht recht. Ich geh gern mit ihm ins Bett, aber hinterher frag ich mich immer, was ich da eigentlich mache.« Sie würde ihr gern erzählen, dass sie sich wirklich zu ihm hingezogen fühlt, dass sie sich sogar eine feste Beziehung mit ihm vorstellen kann, dass sie sich manchmal ausmalt, sie wäre Angels coole junge Stiefmutter, die trällernd mit ihr in der Küche steht und Kekse backt. Aber das kann sie Sierra gegenüber nicht erwähnen; denn Tatsache ist, dass sie sich auch für Amadeo schämt, weil er nicht auf dem College war und weil er keinen Job hat. Außerdem ist sie sich nicht sicher, ob sie die gemeinsame Zukunft, die sie sich erträumt, wirklich will, obwohl sie *ihn* schon will.

Sierra spricht gerade mit jemandem, ihre Stimme klingt gedämpft, als hätte sie sich Brianna unter den Arm geklemmt. »Sorry«, sagt sie jetzt, wieder klar und deutlich. »Ich hab mir gerade einen Wein bestellt. Tja, aber es gibt ja keine Alternative, oder?«

Eigentlich sollte Brianna gekränkt sein, aber Sierra hat ja recht. »Leider nicht. Wie auch? Ich bin ja den ganzen Tag nur mit meinen Schülerinnen zusammen.«

»Na, dann genieß es doch einfach. Amüsier dich. Du musst ihn ja nicht heiraten. Außerdem kann's nicht schaden, ein paar Erfahrungen zu sammeln, bis dir der Richtige über den Weg läuft.«

Apropos. Als sie das letzte Mal Sex hatten, hielt er plötzlich inne. »Kann ich dich was fragen? Ist es normal, wenn ein Mädchen bereut, dass sie ein Kind gekriegt hat?«

Brianna strich sich die Haare aus dem Gesicht und stützte sich auf den Ellbogen. »Hat Angel das gesagt? Hat sie Depressionen?«

»Keine Ahnung. Meinst du, ich muss mir Sorgen machen?«, fragte er beunruhigt.

Brianna fühlte sich geschmeichelt, dass er sie offenbar als Autorität betrachtete und darauf vertraute, dass sie ihm helfen konnte. »Ich finde es völlig normal, dass sie Stimmungsschwankungen hat. Sie muss ja auf eine Menge verzichten. Aber isst sie denn genug? Schläft sie? In der Schule ist mir nichts Besonderes an ihr aufgefallen, aber ich werde ein Auge auf sie haben.«

»Können wir später weiterreden?«, fragte er. Und erst da wurde ihr bewusst, wie seltsam es war, dass er mitten beim Sex über seine Tochter reden wollte.

»Ich steh noch an der Bar«, sagt Sierra jetzt. »Hey!«

»Ja?«

»Sorry, ich hab nur jemand begrüßt. Ich mach jetzt besser mal Schluss.«

Statt aufzulegen, starrt Brianna auf das Display ihres Handys und lauscht den fröhlichen Stimmen von Freunden, die in einer fernen, aufregenden Stadt einen gemeinsamen Abend verbringen. Als die Verbindung unterbrochen wird, lässt Brianna das Telefon auf ihren Bauch fallen. Aber es rutscht herunter und landet klappernd auf den Fliesen. Sie sieht sich im Zimmer um: die matt leuchtende Reispapierlampe, die Kunstpostkarten an der Wand, das Klimt-Poster mit den umgeknickten Ecken. Die traurigen Artefakte ihres aufgeräumten, unbedeutenden kleinen Lebens.

»*Hi*«, schreibt sie Amadeo. »*Was treibst du so?*«

In den folgenden zwei Wochen verabreden sich Angel und Lizette jeden Nachmittag nach Smart Starts! zu ihren gemeinsamen Arbeitstreffen. »Wollen wir nach der Schule an unserm Projekt weiterarbeiten?«, fragt Angel dann betont lässig.

Lizette zuckt mit den Schultern. »Klar. Bei dir oder bei mir?«

Und Angel tut tatsächlich so, als würde sie ernsthaft überlegen, ob sie zu sich gehen sollen, wo ihr Dad den ganzen Tag im Internet herumsurft. Dann sagt sie: »Zu dir ist's näher.« Zum Glück sind Lizettes Bruder und seine Freundin nie da.

Angel hat ihrem Vater bereits gesagt, dass sie wegen eines Schulprojekts nicht mehr so viel Zeit für Creative Windshield Solutions hat, und anscheinend macht es ihm nichts aus. Manchmal blitzt die Sorge um ihn in ihrem Kopf auf, verflüchtigt sich aber schnell wieder.

Oh Gott, denkt Angel, als sie mit Lizette im Bett ist. Ich bin lesbisch. Der Gedanke erregt und erschreckt sie zugleich. *Lesbe.* Ein widerwärtiges Wort. Klingt wie eine Mischung aus *Klapse* und *Wespe.* Natürlich gibt es an ihrer alten Schule Mädchen, die auf Partys mit anderen Mädchen rummachen, und die Jungs grölen und johlen und versuchen mitzumischen. Und dann gibt's noch die Hardcore-Lesben, aber die sind wirklich schräg drauf und total abstoßend mit ihren Sport-BHs und schlabbrigen Football-Trikots, den Baggy Jeans und den scheußlichen Brillen. Sie haben entweder eine Justin-Bieber-Frisur oder halb rasierte Köpfe. Sie bezeichnen sich als Künstlerinnen oder spielen in einer Band, und schauen auf jede herab, die wie ein richtiges Mädchen aussehen will. Und jetzt ist Angel eine von ihnen.

Lesbe, Mösenleckerin, vom andern Ufer.

Sex zwischen Lesben kam ihr früher irgendwie erbärmlich und verzweifelt vor. Schmierig, müffelnd, einfach eklig. Und obwohl sie jetzt das tut, was Lesben tun, fühlt es sich überhaupt nicht eklig an. Mit Jungen war es ganz anders gewesen. Da war Zärtlichkeit, okay. Und Mitleid. Aber nicht diese wahnsinnige Anziehung, diese heiße Leidenschaft. Sie mag es, wie ihre Körper zusammenpassen, dieses Gefühl von Geborgenheit, wenn sie sich eng aneinander schmiegen, Haut an Haut.

Hinterher zieht Lizette sie an sich und diesen Moment genießt sie am meisten. Wenn sie ihre Wange an Lizettes verschwitzte Brust legt und sich ihre lange Haare auf dem Kissen ineinander verschlingen.

Lizettes Oberschenkel und ihr linker Arm sind mit blassen Strichen übersät, wie Kerben in der Wand einer Gefängniszelle. Einige sind noch frisch, rosa und zart, andere sind schon mit einer haarfeinen Schorfkruste überzogen. Angel zählt sie wie die Kugeln eines Abakus, jede Reihe zeugt von Kummer oder Wut oder Langeweile oder was auch immer Lizette dazu gebracht hat, sich das anzutun. Angel würde sie gern danach fragen, aber sie weiß, dass sie sich nur eine barsche Abfuhr holen würde.

—

Am Tag vor ihrer Präsentation treffen sie sich bei Lizette, um ihr Info-Plakat fertigzumachen und die Eierbutter zuzubereiten.

Lizette räumt das schmutzige Geschirr, die Cornflakes- und Cheerios-Packungen und die Werbebriefe von der Arbeitsplatte. Während die Babys auf einer Decke auf dem Küchenboden spielen, macht sich Angel daran, die zwölf hartgekochten Eier zu schälen. Sie sind noch heiß und Angels verbrennt sich fast die Finger, als sie die Schale von den glitschigen Eiern pickt. Die Konsistenz erinnert sie an das Schafauge, das sie in der Highschool im Bio-Unterricht seziert haben.

Lizette, die sich geweigert hat, auch nur ein Ei zu pellen (»Die stinken wie die Pest«), presst sich an sie. »Komm schon.«

»Hör auf. Hilf mir lieber.« Angel ist immer so froh, wenn

Lizette mit ihr ins Bett will, und hat solche Angst, dass es vielleicht das letzte Mal ist.

»Die müssen doch sowieso erst abkühlen.« Lizette deutet mit dem Kinn in Richtung ihres Zimmers. Mercedes lutscht gerade an einem Cracker herum, schmiert dann die aufgeweichten Reste auf einen rosa Bären. Neben ihr liegt Connor mit rotzverklebter Nase und stemmt sich mit den Unterarmen hoch.

»Später, wenn wir fertig sind. Wenn sie schlafen.«

»Meinetwegen«, sagt Lizette und stößt einen dramatischen Seufzer aus. »Ich klopf mal die Schale auf.« Sie nimmt in jede Hand zwei Eier und schlägt sie gegen den Rand der Arbeitsplatte. Ein schwefeliger Geruch breitet sich in der Küche aus.

Es ist ein Wunder, dass sie ausgerechnet bei Smart Starts! dem Menschen begegnet ist, in den sie sich so wahnsinnig verliebt hat, ein Wunder, dass sie zu dieser Art von Liebe fähig ist. Es kam so plötzlich und unerwartet, war vor einer Woche noch völlig undenkbar. Ein so unglaubliches Zusammentreffen von Zufällen, Fehlentscheidungen und tragischen Ereignissen hat sie beide an diesen Ort geführt.

Mit der Eierbutter geht es nur langsam voran, weil die Schalen festkleben und weil Angel immer wieder abgelenkt wird. Mal küsst sie Lizette, mal nimmt sie Connor hoch, der ziemlich erkältet ist.

»Hoffentlich steckt sich nicht die ganze Klasse an.« Angel putzt ihm die Nase. »Ich wasch mir zwar immer die Hände, aber man weiß ja nie.«

»Kein Mensch wird diese Pampe anrühren. Ein bisschen Rotz würde sie bestimmt aufpeppen.«

—

Später drückt Angel ihr Gesicht in die sanfte Kuhle an Lizettes Hals, aber Lizette schiebt sie weg.

»Du zerquetschst mich.«

»Gar nicht. Ich berühr dich ja kaum.« Angel lacht etwas irritiert. Sie rutscht beiseite, um Lizette mehr Platz zu lassen. »Alles okay?«

»Halt den Mund.«

Lizettes plötzlicher Stimmungsumschwung erschreckt sie. Sie scheint auf einmal weit weg zu sein. Es tut ihr fast weh, sie zu betrachten. Sie ist so schön: die geschwungene Form ihrer Lippen, die Rundung ihrer Wangen und ihres Kinns, die dichten schwarzen Wimpern, die ihre grünen Augen umrahmen, selbst die paar kleinen Pickel auf ihrer Stirn.

»Lizette?« Angels Finger klettern wie auf einer Leiter an Lizettes Narben hinauf, vom Unterarm über die Armbeuge bis zu hinauf zum Bizeps. Sie entdeckt zwei neue Schnitte, zart und rot.

Warum?, möchte sie Lizette fragen, aber sie bringt es nicht fertig, nicht, wenn Lizette so abweisend ist. Was ist seit gestern passiert? Hat sie irgendwas falsch gemacht? Als Angel sich vorstellt, wie die Klinge Lizettes Haut aufritzt, scharf und brennend, steigen ihr Tränen in die Augen. Wie gern würde sie die Mauer einreißen, hinter der sich Lizette verschanzt, und sie von der Traurigkeit befreien, die sie in sich verschlossen hat.

Die Babys schlafen im Kinderbett, Arme und Beine ineinander verschlungen. Connors verschwitzte Locken kleben an seinen Schläfen, Mercedes' glattes, feuchtes Haar umschließt ihren Kopf wie ein Pelz. Einen Moment lang malt sich Angel ihre gemeinsame Zukunft aus: sie als Mutter, Lizette als tougher Vater, sie zu viert in einem hübschen Häuschen irgendwo im Grünen. In Oregon vielleicht. Die Kinder würden zusammen aufwachsen – wie Bruder und Schwester, die Hand in Hand auf den Spielplatz gehen und aufeinander aufpassen. Sie würden sich ein neues Leben aufbauen, in der es keine vergewaltigenden Onkel und keine unzuverlässigen Väter gibt, keine Männer, die rumgammeln, saufen, brüllen oder stur schweigen. Ein sicheres Umfeld für die Kinder. Und Lizette würde ausgeglichener und weicher werden, würde Angel lieben lernen. Es könnte eine Weile dauern, aber das wäre okay; sie ist noch jung und kann warten.

Die Eierbutter steht im Kühlschrank, das fertige Plakat lehnt an der Tür. Ab morgen wird Angel keinen Vorwand mehr haben, um jeden Nachmittag mit Lizette zu verbringen.

»Hey, Lizette. Am Montag nach der Schule könnten wir doch mit den Babys in die Bibliothek gehen. Zur Vorlesestunde.«

Lizette öffnet die Augen. Angel wünscht sich verzweifelt, sie möge sie ansehen, aber sie starrt an die Decke. »Willst du dir etwa blöde Kinderbücher vorlesen lassen?«

»Aber das könnte doch ganz witzig sein.«

»Angel, die beiden können nicht mal sprechen. Denen geht 'ne Vorlesestunde doch am Arsch vorbei.«

»Na ja.« Angel zögert. »Wie wär's dann mit essen gehen? Du weißt schon, wie ein Date.« Sie stellt sich vor, dass sie sich eine Portion Chips mit Salsa teilen, vielleicht im Serafina's. Keiner würde was merken. Sie wären einfach nur zwei Mädchen, die zusammen was essen. Sie müssten sich ja nicht abknutschen. Aber *sie* würden es wissen und diese Vorstellung findet sie aufregend. »Lizette?«

Sie streicht über Lizettes Arm, spürt, wie sich die Härchen aufrichten. Mit klopfendem Herzen wartet sie auf eine Antwort. Aber Lizette schlägt ihre Hand weg. »Du bist 'ne richtige Klette. Ich hätt nie was mit dir anfangen sollen.«

Gekränkt lässt sich Angel aufs Kissen zurückfallen. Warum demütigt Lizette sie nur so? Angel bringt keinen Ton heraus.

Lizette kickt die Decke weg. »Kotz.« Sie steht auf und kratzt sich mit beiden Händen die Kopfhaut, dann geht sie mit schweren Schritten zur Kommode. »Ist doch alles scheißlangweilig.« Sie reißt eine Schublade auf und kramt darin herum. Angel sieht ihr zu, die Wange in die Hand gestützt. Sie schluckt, hat Angst, dass sie jeden Moment losheulen muss. Lizettes Rücken ist blass. Keine Badeanzugränder. Klar, sie geht ja nie schwimmen, fällt Angel ein. Lizette zerrt Kleidungsstücke aus der Schublade, lässt sie auf den Boden fallen, kramt weiter. Es muss doch etwas zu bedeuten haben, dass Lizette sich nackt vor ihr zeigt. Aber vielleicht ist sie Lizette so egal, dass sie sich nicht mal vor ihr geniert.

»Wenn er mich beklaut hat, bring ich ihn um.« Lizette reißt noch eine Schublade auf.

Angel fährt erschrocken hoch. Was sucht sie denn? Heroin?

Eine Waffe? Durch die Stimme ihrer Mutter aufgeschreckt, fängt Mercedes an zu wimmern, wacht aber nicht auf.

»Ah, das ist er ja.« Lizette schwenkt einen Joint. »Willst du?«

Angel wirft einen Blick auf die schlafenden Babys. »Wir müssten ihn aber woanders rauchen.«

»Quatsch!«

Angel würde Lizette gern sagen, dass so was nicht okay ist, will aber keinen Streit riskieren, jetzt, wo Lizette endlich wieder nett zu ihr ist. »Trotzdem«, sagt sie zweifelnd.

»Meinetwegen. Wir blasen den Rauch aus dem Fenster, wenn du unbedingt willst. Aber es gibt sowieso nicht so viel Rauch.« Sie stößt das Fenster mit solcher Wucht auf, dass Angel fürchtet, das Glas könnte kaputtgehen.

Lizette zündet den Joint an und nimmt einen tiefen Zug. Eine dünne Rauchfahne steigt auf, steht einen Moment still, wird dann vom Luftzug mitten ins Zimmer geweht. Angel denkt an die Milch in ihrer Brust.

»Cool«, sagt Lizette, während sie Angel den Joint reicht und sich wieder auf dem Bett niederlässt.

Sie zieht den Rauch ein und behält ihn in der Lunge. Dann fängt sie an zu husten und japsen, verschluckt sich, versprüht Speicheltropfen.

Lizette nimmt ihr den Joint aus der Hand und lacht verächtlich. »Ich dachte, du wärst ein schlimmes Mädchen.«

»Bin ich nicht«, keucht Angel, die gegen das unerträgliche Kitzeln in ihrer Kehle ankämpft und wieder husten muss. »Hab nie behauptet, dass ich's wär. Wieso sagst du so was?« Langsam wird sie richtig sauer. »Früher hab ich öfter gekifft, vor allem letzten Sommer. Nur weil ich nicht scharf drauf bin, dass mein Kind 'nen Hirnschaden kriegt, bin ich noch lang keine Streberin.«

Angel steht auf, klaubt ihr Shirt und ihren Slip vom Boden und schlüpft mit zitternden Händen hinein. Sie ist fahrig und ungeschickt. Und das macht sie noch wütender. Scheiß auf Lizette.

Sie beugt sich über das Gitterbett, sieht die Babys wie durch dichten Nebel. Dann hebt sie Connor vorsichtig heraus.

»Geh nicht«, sagt Lizette vom Bett aus, zerknirscht oder vielleicht auch nur müde. Sie liegt auf der Seite, den Kopf in die Hand gestützt, hingestreckt wie ein Pin-up-Girl. »Tut mir leid.«

Angel reagiert nicht, setzt sich in den Sessel mit dem schmutzigen blauen Polster, den Rücken Lizette zugewandt. Sie küsst Connors verschwitztes Haar. Alles verschwimmt vor ihren Augen. Connor pulsiert, zerfließt, verformt sich.

»Hey, komm her. Vom Gras werd ich immer ganz geil.« Lizette greift nach ihrem Arm und zieht sie zu sich.

»Warte. Ich muss ihn erst hinlegen.«

Aber Lizette hält sie fest, fährt mit den Fingern in den Bund von Angels Höschen, zerrt es nach unten. Mit einem Ruck macht sich Angel von ihr los. »Wart doch mal.«

Nachdem sie Connor ins Kinderbett gelegt und sich neben Lizette ausgestreckt hat, ist sie nicht mehr sauer auf sie. Sie lässt den Kopf aufs Kissen sinken und wundert sich, wie schnell ihre Wut verflogen ist, wundert sich, dass sie zugleich körperlos und ganz in ihrem Körper sein kann. Selbst als Connor später zu wimmern anfängt, nimmt sie es nur aus der Ferne wahr.

Angel und Lizette stehen vor der Klasse und haben ihr Plakat an das Whiteboard gehängt. Sie sind als Letzte mit ihrem Vortrag dran, nach Russland, China und Italien.

»Na, dann mal los, Mädels«, sagt Brianna und Angels Magen schlägt Purzelbäume. Lizette hat heute kaum ein Wort mit ihr gesprochen, aber jetzt dreht sie sich zu ihr und strahlt sie an, als hätte es zwischen ihnen nicht die kleinste Verstimmung gegeben. Statt des üblichen Sweatshirts trägt sie zur Feier des Tages ein grünes seidig glänzendes Hemd. Sie zupft an ihren Manschetten.

»Finnland liegt in Skandinavien«, beginnt Angel. Und dann spulen die beiden ihre Präsentation sicher und gekonnt ab.

»Finnische Kinder sind die glücklichsten Kinder der Welt. Sie haben die wenigsten Hausaufgaben, aber sie schneiden bei ihren Tests trotzdem super ab.«

Ihr Vortrag und das dazugehörige Anschauungsmaterial sind wirklich gut – ja geradezu beeindruckend, verglichen mit den Präsentationen ihrer Klassenkameradinnen, von denen die meisten nur ausgedruckte Wikipedia-Artikel mitgebracht haben. Da Angel und Lizette das Projekt als Vorwand für ihre täglichen Treffen nutzten, haben sie sich viel intensiver damit beschäftigt, als sie geplant hatten. Angel läuft zur Hochform auf.

»Seit 1930 bekommt jedes Neugeborene einen Haufen Babysachen vom Staat geschenkt«, sagt Lizette. »Kleidung und Handtücher und so weiter. Eben alles, was man im ersten Jahr so braucht.«

»Aber am wichtigsten ist die Box, in der alles geliefert wird, ein ganz normaler Pappkarton, in dem das Neugeborene schlafen kann. Finnische Babys schlafen nämlich in Kartons.« Diesen Teil findet Angel am besten. »Das wurde eingeführt, damit weniger Babys an plötzlichem Kindstod sterben, was bis dahin häufig vorkam. Aber seit sie in Pappkartons schlafen, ist die Sterberate richtig niedrig.«

Lizettes Augen leuchten. »Alles ist kostenlos. Auch die Gesundheitsversorgung. Arme Leute kriegen dieselbe Behandlung wie reiche, nur dass niemand richtig arm ist, nicht so wie hier. Und die Moms kriegen Geld dafür, dass sie zu Hause bleiben und sich um ihre Babys kümmern, denn das ist ein wichtiger Job. Außerdem entwickeln sich die Babys besser und sind gesünder.«

»Das ist doch Kommunismus«, wirft Jen ein. »Voll bescheuert.«

»Wieso denn?«, ruft Ysenia. »Ist doch egal, ob's Kommunismus ist, solang's den Kindern von armen Leuten besser geht.«

»Es ist kein Kommunismus«, sagt Angel resolut. »Es nennt sich ...« Sie sieht in ihren Notizen nach. »... *demokratischer Sozialismus*. Jedes reiche Land außer uns macht das und überall geht's den Leuten besser als bei uns.«

»Das ist nicht fair«, sagt Trinity. Erschrocken sehen die anderen, dass sie Tränen in den Augen hat. »Kristiana hat was Besseres verdient. Alle unsere Kinder haben was Besseres verdient. Stattdessen müssen wir einen Haufen Geld ausgeben, das wir überhaupt nicht haben, und kriegen höchstens einen Scheißjob bei McDonald's, wo wir uns an der Fritteuse die Finger verbrennen. Und niemand kümmert's, dass wir das Baby bei unsrer Schwester lassen müssen, die mit einem Kiffer zusammenwohnt. Das ist doch einfach ungerecht.«

Betretene Stille tritt ein. Alle wenden den Blick ab. Trinity steht auf, geht hinaus und schließt leise die Tür hinter sich. Christy läuft ihr nach.

»Tja«, sagt Lizette. »Es ist ja nicht so, dass Finnland das reine Paradies wär. Es ist arschkalt da. Außerdem müssen sie diesen Scheiß essen.« Sie deutet auf das kleine Büffet mit den selbstgemachten internationalen Spezialitäten. Die Schüssel mit der Eierbutter, schwefelgelb und glänzend, steht neben den anderen Nationalgerichten – Salzkartoffeln, Frühlingsrollen aus der Mikrowelle, kalte, in Hackfleischsoße ertränkte Farfalle.

Brianna geht nach vorn und fängt an zu klatschen. »Vielen

Dank, Mädels. Das war unglaublich informativ. Und ihr habt euch mit ernsten politischen Fragen auseinandergesetzt. Das sind alles Anliegen, für die ihr euch starkmachen könnt. Wenn ihr achtzehn seid, könnt ihr Abgeordnete wählen, denen die Interessen eurer Kinder am Herzen liegen.« Aber die Mädchen scharen sich schon ums Büfett.

Lizette beugt sie sich grinsend zu Angel hinüber. »Hey«, haucht sie Angel ins Ohr. Angel kann ihren Atem spüren und wird sofort feucht, mitten in der Klasse. »Das war ’ne geile Show.«

Die Welt ist schöner, größer und verheißungsvoller, als Angel je gedacht hätte. Sie könnte nach Finnland reisen, sogar dorthin ziehen. Zusammen mit Lizette. Sie könnten den Kindern kleine Schneeanzüge und Norweger-Pullis anziehen, sie in der kostenlosen Vorschule anmelden und süße Hefezöpfe, Eierbutter und Rentierpüree für sie machen.

»Hey!«, ruft Jen quer durchs Klassenzimmer. Sie hält ihren mit Eierbutter beladenen Teller hoch. »Das Zeug ist ja Wahnsinn! Super, Leute.«

Brianna stellt sich zu ihnen. »Das war wirklich toll, ihr beiden.« Sie tippt auf das Plakat mit den sorgfältig zusammengetragenen Fakten über das finnische Bildungswesen, der blauweißen Flagge und Lizettes genialer Zeichnung eines Rentiers in der Sauna.

Angel wundert sich über Lizettes spöttisches Grinsen.

Brianna sieht Angel an. »Du hast sehr gründlich gearbeitet. Ich bin wirklich beeindruckt.«

Angel wünschte, Brianna würde Lizette in ihr überschwängliches Lob einschließen. Sie nimmt Lizettes Arm. »Ja, wir beide haben uns echt reingekniet.«

Aber es ist zu spät. Mit versteinerter Miene wendet sich Lizette ab.

Früher ist Yolanda nach der Arbeit gern noch mit Kolleginnen weggegangen, aber als sie Cal kennenlernte, ergab es sich irgendwie nicht mehr. Sie frischt ihr Make-up an ihrem Schreibtisch auf, ist unglücklich über ihre pergamentartige Haut, ihre tief in den Höhlen liegenden Augen. Sie lockert ihr Haar, aber es ist dünn und brüchig und wellt sich auch nicht mehr.

Heute Morgen tauchte Monica überraschend neben Yolanda auf, stützte die Fingerspitzen auf die glänzende Schreibtischplatte. »Was ist eigentlich los mit dir, Yo?«

Yolanda öffnete die Augen. Auf ihrem Computer war die E-Mail einer Reinigungsfirma eingegangen, die einen Termin zur Teppichreinigung bestätigte. Sie fragte sich, wo sie wohl mit ihren Gedanken gewesen war, als Monica plötzlich neben ihr stand.

Monica studierte ihr Gesicht so konzentriert wie sonst nur ihre Unterlagen; sie hatte ihre sorgfältig gezupften Augenbrauen hochgezogen. »Bist du überlastet?«

Yolanda war ganz gerührt, dass Monica trotz ihrer vielen Arbeit bemerkt hatte, dass es ihr nicht gut ging.

Ohne Yolandas Antwort abzuwarten, fuhr Monica eifrig fort: »Wie wär's, wenn wir heute Abend mal wieder alle zusammen ausgehen würden?« Dann stieß sie sich von Yolandas Schreibtisch ab und eilte davon.

Monica hat auch Sylvie und Bunny Bescheid gesagt, die jetzt in ihren Jacken und mit ihren Handtaschen im Türrahmen stehen. »Cocktailzeit!«, ruft Sylvie.

»Seid ihr fertig?«, fragt Bunny, ihre Stimme klingt wie immer besorgt. Bunny Flores hat ein kleines, spitzmäusiges Gesicht. Obwohl sie erst Mitte fünfzig ist, hat sie jede Menge körperlicher Beschwerden. Eine schlimme Hüfte macht ihr trotz zweier Operationen zu schaffen. Sie leidet auch unter wandernden Kristallen im Ohr und bekommt etwa zweimal im Jahr einen Schwindelanfall. Einmal fand Yolanda sie auf der Damentoilette, wo sie sich auf allen vieren an die Fliesen krallte, als wäre der Boden eine senkrechte Wand, die sie hochklettern wollte. Bunny ist alleinstehend; sie ist ein herzlicher, großzügiger und fürsorglicher Mensch, die Selbstlosigkeit in Person – Yolanda muss immer an die viktorianischen Ladys denken, die sich um Waisenkinder und Bedürftige kümmerten. Wenn man ihre Halskette bewundert, nimmt sie sie ab und schenkt sie einem. Yolanda hat Bunnys Großzügigkeit immer auf ihre schlechte Konstitution zurückgeführt. Vielleicht konnte sie sich deshalb so gut in andere einfühlen? Aber jetzt, da sie selbst krank ist, muss sie zugeben, dass Bunny einfach ein guter Mensch ist – ganz im Gegenteil zu ihr.

»Lasst uns ins Cowgirl gehen«, sagt Monica und kommt mit ihrer Handtasche und fünf Tragetaschen mit den Logos verschiedener Kongresse aus ihrem Büro gestürmt. Yolanda hat nichts gegen das Cowgirl, aber es stört sie (was eigentlich gar nicht ihre Art ist), dass ihre Chefin das eigenmächtig entschieden hat. Schließlich ist doch sie, Yolanda, der Grund für dieses Abendessen, oder?

Eine in Würde sterbende Frau würde über solche Lächerlichkeiten hinwegsehen, würde ihre eigenen Bedürfnisse zurückstellen und Fremde und Nahestehende gleichermaßen sanftmütig anlächeln. Aber das gelingt Yolanda leider nicht. Monica Gutierezz-Larsens dominante Art wurmt sie, aber sie sollte ihre wenige, kostbare Energie wirklich sinnvoller einsetzen, als sich darüber aufzuregen.

Yolanda massiert ihre Schläfen, versucht ihre trüben Gedanken zu vertreiben.

»Lasst uns laufen, okay?«, schlägt Monica vor.

»Auf keinen Fall«, erwidert Sylvie zu Yolandas Erleichterung. »Mit *den* Schuhen? Außerdem hat Bunny eine Behindertenplakette.« Also steigen sie alle in Bunnys SUV und sie fährt sie die halbe Meile zur Guadalupe Street.

Es spielt eine Bluegrass-Band, deren Namen Yolanda in dem Moment, als sie das Poster las, schon wieder vergessen hat: ein bärtiger junger Mann in Flanellhemd, Röhrenjeans und Vintage-Cowboystiefeln bearbeitet eine Fiedel, sein Gesicht ist vor lauter Konzentration verzerrt, während ein kräftiges junges Mädchen in einem schwarzen Unterrock und ebenfalls Vintage-Stiefeln zwischen Gitarre und Mandoline hin und her wechselt. Sie imitieren den klassischen folkloristischen Sound, johlen und klatschen sich auf die Schenkel. Und wenn sie sich zwischen den einzelnen Songs ans Publikum wenden, sprechen sie in einem breiten, gekünstelten Dialekt.

»Die erste Runde Margaritas geht auf mich!« Monica ist so aufgedreht, dass sich Yolanda fragt, ob sie schon was getrunken hat.

Yolanda ist nicht ganz bei der Sache und hat Mühe, dem Gespräch zu folgen, das sich ausschließlich um Bürotratsch dreht. Leonor Nelson hat eine Affäre mit Paul Marcus, von dem offenbar alle glaubten, dass er schwul sei.

»Also ehrlich, Yo«, sagt Sylvie. »Wie konntest du annehmen, dass er nicht schwul ist? Er war immer solo. Und er läuft, als hätte er einen Stock verschluckt.«

»Die arme Leonor«, sagt Bunny. »Ich wünsch ihr wirklich, dass er nicht schwul ist.«

Die Songs sind simpel und eingängig und Yolanda wippt mit dem Fuß. Sie hat ihre Margarita bisher kaum angerührt, weil sie wegen der Chemo von was Kaltem sofort taube Fingerspitzen bekommt. Als der Arzt ihr sagte, dass ein gelegentliches Glas Wein in Ordnung sei, hätte sie beinah gelacht. Sie konnte sich nicht vorstellen, ihrem Körper noch mehr Gift zuzumuten. Jetzt allerdings greift sie nach ihrem Glas und nippt an ihrem Drink. Und während der Alkohol ihre Kehle hinunterrinnt, hebt sich ihre Laune.

Als ihr Pulled Pork-Sandwich kommt, ist sie am Verhungern. Es ist perfekt: herzhaft, würzig und süß zugleich.

»Seht nur, Yolanda isst das Sandwich mit der Gabel«, sagt Sylvie.

»Eine richtige Lady!«, ruft Monica und bestellt noch eine Runde.

Plötzlich wird Yolanda klar, dass sie bald kündigen muss. Es wäre unfair gegenüber Monica, wenn sie noch länger warten würde. Ihre Chefin muss sich schließlich rechtzeitig um eine neue Assistentin kümmern. Wahrscheinlich muss Yolanda ihre Nachfolgerin auch noch anlernen.

Zwischen den einzelnen Sets, während der Junge und das Mädchen Bier abkippen, die Flaschen lässig zwischen den Fingern baumeln lassen, sich über die schweißnasse Stirn wischen, werden bekannte Songs von Johnny Cash, Doc Watson, Guy Clark und Hank Williams gespielt. Bei »Honky Tonk Blues« steht ein dicker Mann in abgetragenen Jeans und Cowboystiefeln auf und fängt in dem engen Zwischenraum zwischen der Bühne und den Tischen zu tanzen an, eine imaginäre Partnerin im Arm. Er hat Aknenarben, eine Knollennase, buschige Augenbrauen und seine Backen erinnern an die Kehllappen eines Huhns. Er ist der hässlichste Mann, den Yolanda je gesehen hat.

»Er ist gut«, sagt Monica und tatsächlich ist der Mann graziös und leichtfüßig.

Die Frauen sehen ihm zu, lachen. Er zwinkert ihnen zu und lächelt, wiegt sich in den Hüften, tänzelt dann auf ihren Tisch zu. Sein Blick ruht auf Yolanda.

»Tanzen Sie mit mir«, sagt er und hält ihr die Hand hin.

Yolanda winkt ab. »Nein, nein, ich tanze nicht.«

»Ach kommen Sie. Ich zähl bis fünf. Eins, zwei, drei …« Er ergreift ihre Hand, während Monica und ihre Kolleginnen sie anspornen. »Na, los! Auf, Yo!«

»Es gibt ja nicht mal ’ne Tanzfläche«, protestiert Yolanda. Die paar Schlucke Margarita sind ihr schon zu Kopf gestiegen. Sie lacht. Er dreht sie gekonnt, ohne den Blick von ihr abzuwenden, und sie merkt überrascht, dass er sie offenbar trotz ihrer Magerkeit attraktiv findet. Er ist wirklich sehr hässlich – rund und klein wie eine Kröte, mit komischen zerrupften Koteletten und Schweiß auf der rosa Glatze. Aber seine braunen Augen sind freundlich und erinnern an den sanften Blick eines Gorillas, eines Pferds oder eines Bernhardiners. Offenbar hat sie erwartet, dass er schlecht riechen würde, denn sie ist angenehm überrascht von seinem dezenten Geruch nach Seife. Sie nähert ihr Gesicht seinem. Ihre Hand liegt auf seiner Schulter, die sich warm und tröstlich anfühlt.

Yolanda ist keine besonders gute Tänzerin, aber heute Abend wächst sie über sich selbst hinaus. Sie erinnert sich daran, dass ihr ein Mann vor zwanzig Jahren beim Tanzen mal gesagt hat: »Wenn ich einen Fehler mache, bin ich schuld, und wenn du einen Fehler machst, bin ich auch schuld.« Genauso fühlt sie sich in den Armen dieses Mannes, als würde nichts von ihr erwartet, außer dass sie da ist.

Als Nanci Griffiths »Speed of the Sound of Loneliness« beginnt, löst sich Yolanda von ihm. »Vielen Dank! Das hat wirklich Spaß gemacht.«

Aber die Hand des Mannes bleibt auf ihrer Taille liegen. »Noch einen Song.«

»Okay.« Yolanda ist sich nicht mal sicher, ob sie das laut gesagt hat. Er hält sie in respektvollem Abstand, sein Bauch berührt nur leicht ihren, und sie merkt, dass sie sich entspannt. *What in the world's come over you?*, singt Nanci.

Nach einer Drehung zieht er sie wieder zu sich heran und da sieht sie über seine Schulter hinweg Anthony allein an einem Tisch sitzen. Er beobachtet sie, klopft mit einem Finger auf den Tisch, seine Manschetten sind etwas zu kurz. Yolanda schwankt, doch ihr Partner lässt nicht zu, dass sie aus dem Takt kommt. Anthony lächelt, aber seine Augen sind traurig. Diesmal verspürt sie keine Angst. Tanz mit mir, denkt sie. Er schüttelt den Kopf. Sie schließt die Augen und überlässt sich der Musik, genießt das langsame Dahingleiten; ihre Hand ruht auf der warmen Schulter des Mannes. Sie fühlt sich von Licht, sanften Klängen und einer zarten Traurigkeit umflutet. *Out there running just to be on the run.* Als das Stück verklingt, verharrt Yolanda in seinen Armen. Sie will nicht, dass er weggeht.

Der Mann neigt den Kopf und küsst sie auf den Hals. Das ist der erotischste Kuss, den sie je bekommen hat. Überrascht spürt sie, wie ein Prickeln ihren Rücken hinunterwandert.

»Vielen Dank«, sagt der Mann mit einer ulkigen kleinen Verbeugung. Yolanda geht zu ihrem Tisch zurück. Sie schüttelt den Kopf, wie um den Nebel darin zu vertreiben.

»Ein Gnom hat dich geküsst«, flüstert Monica deutlich hörbar und füllt Yolandas Glas auf.

Das war kein Gnom, will Yolanda einwenden, aber eigentlich hat sie keine Lust zu reden. Sie will sich ganz auf das Gefühl seiner Lippen auf ihrem Hals konzentrieren.

Die Band spielt den nächsten Song und das Gespräch dreht sich wieder um Büroklatsch: eine Bettgeschichte, die miese Arbeitsmoral eines Kollegen, die Verhaftung des Sohns eines Abgeordneten, dessen Party ausgeufert ist. An Anthonys Tisch sitzt jetzt ein Paar. Er ist nirgends zu sehen; kein Wunder, schließlich liegen seine Gebeine ja auch auf dem Friedhof von Las Penas. Ein paarmal blickt sie über die Schulter zu dem Tisch, wo der Mann mit seinen Freunden sitzt. Er zwinkert ihr zu.

Später in der Tiefgarage des Capitol bringt Yolanda Monica noch zu ihrem Auto. Ihre Chefin ist etwas wacklig auf den Beinen.

»Kannst du denn noch fahren?«, fragt Yolanda. Sie selbst ist wieder stocknüchtern.

»Klar doch«, sagt Monica und schaut auf ihrem Handy nach der Uhrzeit.

»Bist du sicher?« Yolanda kann es kaum erwarten, allein zu sein. Sie möchte an den Tanz denken und an den Kuss. Sie sieht Monica prüfend an, wirft dann einen Blick auf ihren Wagen, einen schwarzen BMW, an dessen Rückspiegel ein Prisma hängt. »Du hast ja ein Loch in der Windschutzscheibe«, sagt sie. »Mein Sohn kann das reparieren. Er versteht was davon.«

Monica mustert das Kuhauge. »Das wär toll. Das Ding macht mich noch wahnsinnig.«

Auf der Rückfahrt sucht Yolanda im Radio nach alten Songs, nach etwas, was ihrer Stimmung entspricht, aber der Country-Sender bringt nur neue patriotische, hasserfüllte Lieder und so stellt sie das Radio aus. Während der stillen einstündigen Fahrt nach Norden begleitet sie dieser Kuss, schützt sie wie ein Talisman vor einem möglichen Anfall.

Als sie in die Einfahrt einbiegt, spürt sie einen Stich in ihrem Herzen. Es tut weh zu wissen, dass das Leben noch immer Momente wie diese bereithält. Wie aus dem Nichts ein Tanz, eine Erscheinung, ein Kuss. *Das* ist die Welt, die sie verlässt.

Vielleicht weil Lizette sich nicht gemeldet hat und Angel traurig ist und sich missachtet fühlt, willigt sie ein, als Ryan ihr schreibt und fragt, ob er vorbeikommen darf. Die Abwechslung wird ihr guttun, auch seine dämliche, hündische Bewunderung.

Es ist Samstagnachmittag und ihre Großmutter macht in der Stadt Besorgungen. Ihr Dad ist mitgefahren, um sich »mit jemand zu treffen«. So vage, wie er sich ausgedrückt hat, vermutet Angel, dass es sich um ein Date handelt. Allerdings ist es Angel schleierhaft, warum irgendeine Frau mit ihrem arbeitslosen, führerscheinlosen, noch bei Mom wohnenden Vater ausgehen sollte. Aber offenbar gibt es jemand, der an einem Samstagnachmittag nichts Besseres zu tun hat, als sich mit ihm zu treffen, während seine Mutter im Center Market einkauft.

Ryan sagte, dass er um halb drei da sein würde, und tatsächlich fährt er Punkt 14:28 Uhr vor. Erst als Angel ihn ins Haus lässt, wird ihr bewusst, dass sie seit jenem unglückseligen Abend nie mehr allein waren. Wahrscheinlich geht ihm das auch durch den Kopf, denn er steht noch krummer da als sonst, lässt die Schultern hängen und kaut auf seiner Unterlippe herum. Er hat ein schlabbriges Beatles-T-Shirt an. »Wo ist Connor?«, fragt er und pult an seinem Daumennagel.

»Er macht Mittagsschlaf.«

»Oh.« Ryan sieht enttäuscht aus, aber in diesem Moment dringt Connors schlaftrunkenes Wimmern aus ihrem Zimmer.

»Ich hol ihn«, sagt sie erleichtert, obwohl sie normalerweise dafür gesorgt hätte, dass er wieder einschläft.

Ryan trottet hinter Angel durch den Flur, sieht sich interessiert die gerahmten Fotos an der Wand an: Valerie, grinsend, mit vier, Amadeo, grimmig dreinschauend, mit sechs, ein Foto von Angel als kahlköpfiger Säugling in einem roten Kleidchen mit Puffärmeln.

Die gehn dich nichts an, hätte Angel am liebsten gesagt.

»Warte hier«, befiehlt sie ihm vor ihrer Zimmertür. Auf keinen Fall will sie, dass er sieht, wo sie schläft. Sie geht hinein und macht die Tür hinter sich zu.

»Ich hab Bücher über Babys gelesen!«, ruft Ryan.

Obwohl er sie nervt, ist sie froh, dass er gekommen ist. Nicht, weil sie auf seine Gesellschaft besonderen Wert legt – er ist so ein Freak, dass es schon peinlich ist –, aber seine Anwesenheit hat etwas Beruhigendes. Wenn sie allein im Haus ist, hat sie immer Angst, dass gruselige Typen sie durchs Fenster beobachten könnten. Und natürlich muss sie dann immer auch an Mike denken.

Nachher im Wohnzimmer essen sie Kartoffelchips und Ryan spielt mit Connor auf dem Fußboden, wedelt mit Spielsachen vor seinem Gesicht, um ihn zum Lachen zu bringen. Angel beobachtet ihn mit Argusaugen, und als Ryan das Baby hochhebt, setzt ihr Herz kurz aus, aber Connor gluckst fröhlich.

Ryan erzählt ihr den neusten Schultratsch. Manches ist so banal, dass sie sich fragt, wie sie sich jemals für so was interessieren konnte. Der Chemielehrer hat seinem Neffen, der auch sein Schüler ist, den Lösungsschlüssel für den wöchentlichen Test zugesteckt; Janelle Garcia und Charlie Chacron gehen jetzt zusammen.

Andere Neuigkeiten tun jedoch weh. »Ach ja, deine Freundin Priscilla hängt jetzt mit Jasmine Lucero ab. Ich hab gehört, dass Jasmines Großmutter sie zu SeaWorld mitnimmt.«

»Was? Sie hasst Jasmine Lucero. Sie hat immer gesagt, dass Jasmine nach Knoblauch stinkt.«

Ryan verzieht angeekelt das Gesicht. »Priscilla ist ’ne Schlampe.«

»Stimmt«, sagt Angel dankbar.

»Meine Mom findet dieses Wort furchtbar. Sie will nicht, dass ich Frauen so nenne. Männer schon gar nicht. Da kann man auch gleich Schwuchtel sagen.«

»Dann sag’s halt nicht.«

Ryan schnüffelt an Connor. »Darf ich seine Windel wechseln?«

»Von mir aus.« Sie holt die Tasche, breitet die Wickelauflage aus und beobachtet, wie ungeschickt er sich anstellt.

»So, fertig, kleiner Mann. Es gibt Videos online. Man kann alles online lernen.«

Connor starrt mit leuchtenden Augen an die Decke. Ryan hat ihm eine saubere Windel angezogen, aber die Beine noch nicht in den Strampler gesteckt. Stattdessen tastet er die Brust des Kleinen ab, als wolle er den Reifegrad einer Nektarine prüfen.

Angel schlägt seine Hand weg. »Was soll das?«

»Ich hab mich nur gefragt, ob er mein Sternum-Problem geerbt hat.«

»Dein *was*?«

»Na ja, mein fehlendes Sternum.« Er sieht sie an, als wäre sie schwer von Begriff. »Mein Brustbein. Ich hab dir davon erzählt. Du weißt schon, meine Narbe. Es fällt mir nicht leicht, drüber zu reden.«

Angel versucht, sich an ihr Gespräch vor und nach dem Geometrieunterricht zu erinnern, an dem Abend, als sie mit ihm geschlafen hat. »Das ist ja gruselig. Wie kann ein ganzer Knochen fehlen?«

Ryan wird noch röter. »Keine Ahnung. Es war halt so. Sie haben mich operiert, als ich noch ein Baby war. Ich hab mich gefragt, ob es bei Connor auch so ist. Ist es aber nicht.« Ryan sieht fast ein bisschen enttäuscht aus. »Na ja, ist auch ziemlich selten.«

Er kann nichts dafür, dass er so eine jämmerliche Figur abgibt, denkt Angel. Er hat ja nicht mal genügend Knochen abgekriegt. Man müsste ihm einen Ständer und eine Metallstange verpassen, damit er gerade steht – wie die Porzellanpuppen ihrer Großmutter.

»Connor hat jedenfalls ein Sternum.« Sie klingt defensiv. »Gib ihn mir.« Sie klopft leicht auf seine Brust, aber alles scheint fest zu sein.

»Es war gut, dass sie mich damals operiert haben. Sonst hätt ich mir leicht das Herz durchbohren können, wenn ich in irgendwas reingelaufen wär.«

Angel kann sich an keine Narbe erinnern. Die wär ihr bestimmt aufgefallen. Sie hat nur nebulöse Erinnerungen an jenen Abend: seine Knochigkeit, sein dankbares Gemurmel, wofür sie ihn verachtete, und ihr eigenes Vergnügen, wofür sie sich selbst verachtete. Sie weiß nicht mehr, ob seine Augen offen oder geschlossen waren, weiß nicht mal mehr, ob er auf ihr lag oder was sie fühlte, als er in sie eindrang. Sie war sich ihres Körpers bewusst, ihrer Nacktheit und eines Gefühls von Macht, als wäre sie eine gute Fee, die ihm einen Wunsch erfüllt, oder eine Superheldin, die ihn von seinem erbärmlichen Leben erlöst. Ein Deflorator. Sie malt sich ihr Kostüm aus: schmeichelndes schwarzes Leder und ein Cape aus rotem Satin.

Wahrscheinlich war es seine Jungfräulichkeit, die sie reizte, überlegt sie, während sie ihn mustert. Sonst fällt ihr kein Grund ein, warum sie auf dieser Party ihr Bier abstellte und ihn in das schmuddelige Schlafzimmer führte – bestimmt das Zimmer eines Mannes, wahrscheinlich des Jungen, der die Party gab –, ein ungemachtes Bett, diverse Videospiele und elektronische Geräte, ein intensiver animalischer Geruch wie in einem Frettchenkäfig. Auf jeden Fall hat sie die Initiative ergriffen. Er hätte nie den Mumm gehabt, sie anzumachen. Was gleichzeitig beunruhigend und beruhigend ist, beunruhigend, weil es Angels eigene Schuld ist, dass sie schwanger wurde, aber auch beruhigend, weil es ihre Entscheidung war und sie sich irgendwie frei und unabhängig fühlt, aufmüpfig und unangepasst.

Was hat sie sich eigentlich dabei gedacht? Er ist dünn, schmalbrüstig und knochenmäßig unterentwickelt, also ziemlich unzulänglich. Durch sein helles Haar schimmert die Kopfhaut durch, die ganz schuppig ist. Der Gedanke an Sex mit Ryan ist total abwegig und auch ein bisschen unappetitlich, vor allem im Vergleich zu Lizette, ihrer Schönheit, ihrer Ausstrahlung und ihrem Selbstbewusstsein. Angels Herz schlägt schneller.

»Bei dir ist alles in Ordnung«, versichert Ryan dem kleinen Connor. Er schiebt die strampelnden Beine des Babys durch die Beinöffnungen, macht die Druckknöpfe zu, eins, zwei, drei. Dann hebt er ihn hoch, sie sehen sich an, Connor quietscht vor Vergnügen und grabscht in die Luft. »Superbaby!«

Am Montagmorgen verstaut Amadeo den Plastikwerkzeugkasten im Kofferraum des Autos seiner Mutter und setzt sich auf den Beifahrersitz. Es dämmert gerade erst, aber er ist hellwach und ziemlich aufgeregt. Er hat sich sorgfältig rasiert, ein kariertes Hemd angezogen und drei Tassen Kaffee getrunken, um noch munterer zu sein.

Als er am Samstag in die Küche kam, zog seine Mutter den Kopf aus dem Herd, Stahlwolle in der Hand, und verkündete: »Ich hab eine Kundin für dich. Monica. Ihre Windschutzscheibe hat ein Loch, so groß wie meine Faust.« Sie hielt ihre gelbe Gummihandschuh-Faust hoch.

»Wow!«, sagte Angel grinsend, die am Tisch saß und Connor gerade einen Löffel Reisflocken in den Mund schob. »Hoffentlich schaffst du das.«

»Pass ja auf.« Amadeo schlug mit dem Geschirrtuch nach ihr.

Amadeo gab seiner Mutter einen Kuss. »Na ja, du brauchst schließlich Arbeit, Schatz«, sagte sie. Als wüsste er das nicht selbst. »Du hast keine Ahnung, wie beschäftigt diese Monica ist. Sie ist sehr wichtig. Sie kann sich nicht mal freinehmen, um ihr Auto reparieren zu lassen.« Yolanda richtete sich auf, sichtlich zufrieden. Dann sah sie Amadeo streng an. »Sieh zu, dass du am Montagmorgen rechtzeitig fertig bist, damit du mit mir nach Santa Fe fahren kannst.«

»Klar doch. Natürlich bin ich rechtzeitig fertig.«

»Mist! Und ich muss in die Schule«, jammerte Angel. »So was Blödes. Jetzt verpass ich unsren ersten Job.«

»Und noch was, *hijito*«, fuhr seine Mutter fort. »Ich hab ihr gesagt, dass du nichts dafür nimmst. Aber mach dir keine Sorgen, ich bezahl dich.«

»Okay.« Amadeo war enttäuscht, weil er sich drauf gefreut hatte, seinen ersten Scheck einzulösen, nahm's aber sportlich. »Wahrscheinlich ist Mund-zu-Mund-Propaganda die beste Werbung, die man als Kleinunternehmer kriegen kann.«

»Du kannst ihn doch nicht bezahlen, Gramma! Das ist für ihn ’ne Art Training, sein Praktikum.«

»Na ja«, sagte Yolanda.

Jetzt fährt sie, umklammert mit beiden Händen das Lenkrad, starrt verkniffen geradeaus.

»Was ist los?«, fragt Amadeo irritiert. »Bist du sauer auf mich, Mom?«

Sie lächelt matt und erwidert, ohne ihn anzusehen: »Ach nein, *hijito*. Ich hab nur schlecht geschlafen.«

Amadeo hat letzte Nacht auch nicht besonders gut geschlafen – immerhin ist das heute sein erster Job und auch wenn er es ungern zugibt, machen ihn solche Leute nervös, Leute mit Hochschulabschluss, einem regelmäßigem Einkommen und Einfluss.

Die restliche Strecke nach Santa Fe sitzt Amadeo zurückgelehnt da, hört dem geistlosen Geplapper des Morgen-DJs zu, während ihm immer beklommen zumute wird.

Sie sind mit Monica Gutierrez-Larsen in der Tiefgarage unter dem Capitol verabredet. Die Frau ist winzig und trägt einen ebenso winzigen beigen Hosenanzug. Mit klackernden Absätzen kommt sie auf sie zu. »Es freut mich sehr, Sie kennenzulernen.« Sie lächelt und entblößt dabei schneeweiße Zähne. Ihr Händedruck ist trotz ihrer winzigen Hand nicht von schlechten Eltern. »Ihre Mom hat mir schon viel von Ihnen erzählt. Es ist wirklich nett von Ihnen, dass Sie mir helfen.«

Sie ist attraktiv, einschüchternd und jünger, als Amadeo erwartet hat, Mitte bis Ende dreißig. Einen Moment lang ist er empört, dass seine Mutter jemanden bewundert, der so viel jünger ist als sie selbst, jemand, der tatsächlich eher in seinem Alter ist. Er stellt sich diese Frau auf einer Wahlkampftour vor, ein Energiebündel, das sich blitzartig ins Amt beamt.

Mit dem Reparaturset in der Hand folgt er Monica zu ihrem Wagen auf einem reservierten Parkplatz, ein schwarzer BMW, etwa sieben bis acht Jahre alt, und obwohl das Kuhauge deutlich zu sehen ist, zeigt sie es ihm. Das Loch mit den sternförmig verlaufenden Rissen befindet sich auf der Fahrerseite ganz unten und hat etwa den Umfang eines Schokoladentörtchens.

»Kannst du das reparieren, *hijito*?«, fragt Yolanda. »Das kriegst du hin, oder?«

»Für eine durchschnittlich große Person wäre es kein Problem, aber ich bin nun mal ziemlich klein.« Monica Gutierrez-Larsen lacht entschuldigend. »Das Ding ist immer genau in der Mitte der linken Spur. Und nachts blenden mich die Rücklichter und dann sieht's aus wie eine riesige rote Schneeflocke.«

»Hm.« Amadeo stellt den Reparatursatz auf den ölgefleckten Beton, fährt mit dem Finger über das Loch und schreckt zurück, als aus seiner Fingerspitze Blut dringt. Er tippt vorsichtig auf die Windschutzscheibe, beugt sich dann hinunter, um der Büroleiterin in die Augen zu sehen. »Ich reparier Ihnen Ihre Windschutzscheibe so, dass man das …« – er fährt noch einmal leicht über das Kuhauge – »nicht mehr sieht. Die Scheibe ist nachher wie neu. Und Sie sehen garantiert wieder besser und sind sicherer.« Er fühlt sich wichtig und kompetent.

»Großartig«, sagt Monica und sieht auf ihre Uhr. »Ich muss los. Die morgendliche Besprechung.« Sie verzieht das Gesicht. »Bis später, Yo.« Und schon ist sie weg. Mit schnellen und entschlossenen Schritten in winzigen Schuhen.

Yolanda gibt ihm einen Zwanziger. »Besorg dir nachher was zum Lunch. Wir treffen uns hier wieder um Viertel nach fünf. Ich geb dir nachher noch mehr. Viel Glück, *hijito*.« Sie küsst Amadeo auf die Wange und lässt ihn neben dem BMW zurück.

Autos strömen in die Tiefgarage, Türen und Kofferräume werden zugeschlagen, Alarmanlagen piepen und quäken. Menschen hetzen an ihm vorbei ins Gebäude. Amadeo kniet sich neben sein Reparaturset, genießt es, eine Aufgabe zu haben. Er wünschte, jemand würde ihn fragen, was er hier macht, sodass er sagen könnte: »Ich hab einen Job zu erledigen. Sehen Sie diesen BMW? Der gehört Monica Gutierrez-Larsen. Die Büroleiterin. Bestimmt haben Sie schon von ihr gehört.« Er wünschte, er hätte mehr Kunden, damit er sich öfters so gut fühlen könnte.

Er malt sich aus, wie dankbar Monica wäre. Sie käme runter, um zu sehen, wie er vorankam. Sie hätte ihr Jackett ausgezogen. Beeindruckt von seinem Können, würde sie sich ihn genauer anschauen. Diesmal wäre er für sie nicht nur der ungebildete Sohn ihrer Sekretärin, sondern ein Macher, ein Mann, der geschickte Hände hat, der sich in seinem Körper wohlfühlt. Sie wüsste nicht warum, aber sie würde sich von seiner Lässigkeit und seiner subtilen sexuellen Energie angezogen fühlen.

Er erschrickt über diese Fantasien, aber dann stellt er sich vor, dass er Brianna von heute erzählt. »Ach, die Büroleiterin ist eine Freundin der Familie. Wir sind uns ziemlich nah.« Er würde einen Flirt andeuten, vielleicht auch eine sexuelle Vergangenheit, und wenn Brianna eifersüchtig wäre, würde er sie beruhigen. »Du hast nichts zu befürchten. Ich bin verrückt nach dir«, und sie würde ihn mit feuchten, dankbaren Augen ansehen.

Brianna und er treffen sich immer noch fast jede Woche, meistens bei ihr zu Hause. Einmal hat sie was für ihn gekocht – gedünsteten Tofu und Quinoa-Salat – und ein anderes Mal sahen sie sich eine anzügliche Buddy-Komödie auf ihrem Laptop an (seine Wahl – und er hat sofort begriffen, dass es keine gute Idee war, aber sie lachte gutmütig mit). Dinner in Española kommt nicht infrage. »Jemand könnte uns sehen«, sagte sie.

Die Kluft zwischen ihnen – was Bildung und Ehrgeiz angeht – scheint ihr mehr auszumachen als ihm. Als sie einmal nach dem Sex zusammen im Bett lagen, erzählte sie ihm begeistert von den Fördergeldern der Regierung Obama für Sozialprogramme, die benachteiligten Communitys zugutekämen.

»Es würde mir wirklich Spaß machen, etwas noch Besseres und Umfassenderes als Smart Starts! zu entwickeln, ein Konzept, das die Gesundheit der ganzen Familie berücksichtigt. Ich bewerbe mich gerade für ein MPH-Programm, sowohl in New Mexico als auch in Oregon.«

»Was für'n Programm?«, fragte Amadeo.

»Master in Public Health.« Sie wurde rot. »Aber natürlich muss nicht jeder auf die Uni gehen.«

»Weiß ich.«

»Es ist auch noch gar nicht raus, ob sie mich nehmen. Es ist mir schon klar, dass ich privilegiert bin. Nicht jeder kann sich das finanziell leisten.«

»Okay.« Das Schweigen zwischen ihnen dehnte sich aus. Amadeo wollte schon sagen: »Ich hätte mich auch für ein MPH-Programm bewerben können. Ich hatte nur einfach keine Lust«, als sie zum Glück aufstand, ihr T-Shirt an die Brust drückte und im Bad verschwand, ihm damit zu verstehen gab, dass ihr Date zu Ende war.

Ihr ungeklärtes Verhältnis hat es Amadeo vorerst erspart, Angel reinen Wein einzuschenken. Ein paar Mal hat sie ihn gefragt: »Wo warst du? Wieder ein heißes Date gehabt?«

Er sagte, er sei mit einem Freund unterwegs gewesen, und sie erwiderte: »Seit wann hast du Freunde?«

Wenn er das Auto der Büroleiterin repariert hat, wird er über die Plaza schlendern, dann bei Tomasita's zu Mittag essen und den Start von Creative Windshield Solutions feiern. Er stellt sich ein eiskaltes Bier vor, das auf der Tischdecke feuchte Ränder hinterlässt, ruft sich dann aber zur Ordnung.

Er legt die größte, selbsthaftende Gummidichtung, die er hat, auf das Kuhauge. Das Loch in der Dichtung ist zwar etwas zu klein, aber wenn er die Reparatur schrittweise durchführt, wird es schon gehen. Dann stülpt er den Gummisauger über das Loch.

Es macht ihm Spaß, die Spritze runterzudrücken und zuzusehen, wie das flüssige Harz herausspritzt, er mag den Acetongeruch. Sicherheitshalber nimmt er ein bisschen mehr als vorgesehen.

Aber er hat zu viel Harz draufgespritzt, und weil das Loch in der Dichtung zu klein für das Kuhauge ist, kann kein Vakuum entstehen. Das Harz quillt darunter hervor, sieht aus wie Quecksilber – eine schimmernde, wabbelige Masse. Außerdem zittern seine Hände, wahrscheinlich vom Kaffee. Das Licht in der Tiefgarage flackert orange. Er legt die Plastikfolie auf das Harz, damit es sich nicht weiter ausbreitet. Aber es ist noch zu flüssig und rinnt schon die Scheibe hinunter. Beim

Versuch, das Rinnsal zu stoppen, bekommt Amadeo klebrige Fingerspitzen.

Ein bisschen Harz tropft auch auf die Motorhaube. Als Amadeo es mit dem Handballen abwischen will, verschmiert er nur den schwarzen Lack. Das Zeug trocknet jetzt schneller, als er gucken kann.

Er braucht unbedingt Küchenkrepp. Leider kommt er ohne Ausweis nicht ins Gebäude, wie er schnell feststellt; also schlägt er an die Tür, bis ihm jemand öffnet.

»Ja?«, fragt ein alter Typ in Freizeithose und mit Cowboy-Krawatte.

Amadeo will ihm die Situation erklären, aber der Alte winkt ihn nur gelangweilt durch und geht einfach weiter den kreisförmigen Gang entlang.

Da Amadeo keine Ahnung hat, wo sich die nächste Herrentoilette befindet, rennt er einfach los und handelt sich missbilligende Blicke von Frauen in steifer Bürokleidung ein.

Offenbar hat der Staat New Mexico zwecks Förderung grüner Technologien Papiertücher kurzerhand abgeschafft und durch energiearme Händetrockner ersetzt. Amadeo schnappt sich aus der Kabine einen Packen Toilettenpapier, überlegt kurz, nimmt noch einen zweiten, den er unter den Wasserhahn hält, um ihn anzufeuchten.

Stolz darauf, dass er mitgedacht hat, beugt er sich in der Tiefgarage wieder über die Motorhaube von Monica Gutierrez-Larsens Wagen und fängt an zu reiben. Dummerweise klebt das Toilettenpapier am Lack fest und hinterlässt faserige weiße Spuren. »Scheiße«, murmelt er und versucht, sie mit dem Daumen abzurubbeln, aber damit macht er das Ganze nur noch schlimmer. Er versucht, die Sauerei auf der Windschutzscheibe zu entfernen, aber das Harz ist schon getrocknet. Es sieht aus, als wäre eine Riesentube Superkleber explodiert.

Amadeo kriegt Panik und sieht sich um – nach was? Hilfe? Zeugen? Kurz entschlossen geht er auf das helle Tageslicht am Ausgang zu und lässt das Chaos und seinen Werkzeugkasten zurück.

Er läuft in Richtung Zentrum. Der Himmel ist blau und weit, die Luft kühl. Er braucht jetzt einen Drink, aber außer Frühstückscafés hat noch nichts geöffnet. In den engen, mit Arkaden versehenen Straßen schließen die Besitzer gerade erst ihre Läden auf.

Er rennt die San Francisco Street hoch, dann quer über die Plaza, versucht, seinem Scheitern davonzulaufen. Er stellt sich vor, wie Monica Gutierrez-Larsen in ihrer Seidenbluse vor ihrem Auto steht und entdeckt, was er mit ihrem Lack angestellt hat. Sie kneift die Augen zusammen und starrt im orangefarbenen Licht der Tiefgarage auf die verschmierten Streifen, erst ungläubig, dann wütend und angewidert. Aber nein, es ist noch zu früh, es sind seitdem erst fünfzehn Minuten vergangen. Die Büroleiterin würde noch lange nicht erfahren, was er getan hat; aber irgendwie macht es das Ganze noch schlimmer, dass er mit seinem Wissen allein ist.

Über dem legendären Hotel La Fonda ragen die stumpfen, quadratischen Türme der Kathedrale auf. Vielleicht könnte er dort beichten. Ihm gefällt die Vorstellung, jemandem sein Herz auszuschütten, der gezwungen ist, ihm zu vergeben. Als er jedoch die schwere Holztür aufstößt, ist gerade eine frühe, spärlich besuchte Messe im Gange. Ein oder zwei alte Gesichter drehen sich zu ihm um. Er bleibt am Eingang stehen, schwitzend und verwirrt, während der Priester mit monotoner Stimme etwas vorträgt. Wenn er sich zu ihnen setzt und die Augen schließt, um zu beten, bestünde eine kleine Chance, dass Gott ihn erhört, aber wahrscheinlicher ist, dass er mit dieser unerträglichen Angst, die sich in seiner Brust, seiner Kehle und seinem Schädel ausbreitet, allein bleibt. Er tritt wieder ins Freie und lässt die Tür endgültig hinter sich ins Schloss fallen.

Er geht zur Alameda Street, rennt ein Stück und läuft dann schwer atmend durch den kleinen Park am Fluss zurück. Die Luft ist staubtrocken und brennt wie Kies in den Augen. In den hohen, schlaffen Pappeln sitzen Vögel und rufen sich etwas zu, ihre Blätter werfen zuckende Schatten aufs dürre Gras. Der Fluss ist bloß ein betoniertes Bett, mit ein paar Pfützen hier und da, die das Blau des Himmels reflektieren. Es könnte ein idyllischer Ort sein, aber das ist er nicht. Der armselige kleine Park ist ausgedörrt und mit Hundescheiße übersät. An einem Picknicktisch sitzt ein Obdachloser mit einem wallenden blonden Bart und tristen grauen Kleidern.

Was auch immer sich in Amadeo aufgestaut hat, braucht ein Ventil. »Scheiße, Scheiße, Scheiße«, murmelt er und schlägt sich mit dem Handballen immer wieder an die Stirn. Er holt aus und tritt mit Schwung gegen den Stamm einer Pappel, aber sein Fuß prallt wirkungslos ab. Wütend tritt er noch einmal dagegen und ein leichter Schmerz schießt sein Schienbein hoch. »Scheiße!«, brüllt er. An der Kreuzung am Ende der Straße dreht sich der Zeitungsverkäufer zu ihm um.

Der Obdachlose beobachtet Amadeo mit klugen, wachen Augen.

»Willst du'n Foto von mir, du Arschloch?«, fährt Amadeo ihn an und fühlt sich anschließend noch mieser. Der Obdachlose wendet den Blick ab, als könnte Amadeo ihm gefährlich werden. Amadeos Augen brennen. Er tritt noch einmal gegen den Baum und im ersten Moment ist der Schmerz so stark, dass er glaubt, sich den Fuß gebrochen zu haben – was eine gerechte Strafe wäre. Er fühlt sich etwas besser und humpelt davon.

Der Schmerz hält nicht an. Er läuft Straßen hoch und runter, rennt ein Stück, dann geht er wieder, von glühendem Selbsthass, brennender Scham und triefendem Selbstmitleid getrieben. In seiner Fantasie hat sein Missgeschick monströse Ausmaße angenommen. Er hat alles verpfuscht: die Reparatur, seine berufliche Zukunft, sein Leben. Er ist ein Versager, ein Idiot, nur Abschaum, der Sohn seines Vaters. Und das ist alles so ungerecht, weil er sich doch bemüht. Er hat einfach kein Glück, er wird nie auf einen grünen Zweig kommen. Er wollte nett sein, die Scheibe dieser Schlampe reparieren, und das auch noch kostenlos! Und was ist der Dank? Monica Guiterrez-Larsen verachtet ihn, das hat er deutlich gemerkt. Sie hat ihn, den nichtsnutzigen Sohn ihrer Sekretärin, von oben herab behandelt. Sie hat sich nicht mal bedankt, hat es für selbstverständlich genommen, dass er ihren verdammten BMW umsonst repariert. Sie kann von Glück sagen, dass er nicht die ganze Windschutzscheibe zertrümmert hat.

Er kratzt an den Narben auf seinen Händen, will, dass sie wehtun, aber den Gefallen tun sie ihm nicht. Womit hat er so ein Leben verdient? Der Karfreitag sollte seine Rettung sein. Eigentlich sollte er sich nicht mehr schämen müssen, weder für seine ganzen Misserfolge noch für die Fehler, für die er eigentlich gar nicht verantwortlich ist, die ihm einfach so passiert sind.

Amadeo fühlt sich betrogen. Von der Karwoche, von der Bruderschaft, sogar von Jesus. Tatsache ist, dass niemand jeden Tag gekreuzigt werden kann – nicht mal Jesus könnte dieses Wunder zustande bringen. Jesus war fein raus. Er musste nach einem solchen Highlight nicht in den faden Alltag zurückkehren, sich nicht mit so schnödem Kram wie Scheißen und Zähneputzen abgeben und sich auch nicht jeden Morgen zwingen, aufzustehen. Jesus musste nicht zusehen, wie die Leute sich wieder mit ihren eigenen Problemen beschäftigten und vergaßen, was er für sie getan hatte.

Nein, stattdessen starb Jesus am Kreuz, und bevor die Frauen an seinem Grab aufhörten zu weinen, bevor die ganzen Marias einkaufen, zur Arbeit gehen und Rechnungen bezahlen mussten, ist Jesus wieder von den Toten auferstanden. Bestimmt hat er sich oben am Kreuz heimlich ins Fäustchen gelacht. Bevor er sich versah, war er im Himmel, wo er ein Luxusleben führt und auf die Menschen mit ihrem albernen Heiligenkult herabblickt. Denn was ist das Christentum anderes als ein nie endender Gedenkgottesdienst mit Leuten, die sein Lob singen und seinen Namen bis in alle Ewigkeit preisen, nur weil man ihm mal drei Nägel und einen Lanzenstich verpasst hat.

Jesus ist schließlich nicht der einzige Mensch, der je gelitten hat, denkt Amadeo säuerlich, während er mit gesenktem Kopf über die Plaza joggt. Sind nicht auch vor ihm schon Menschen gestorben? Und nicht auch nach ihm? Und auf schlimmere Weise. Was ist mit den ganzen Juden im Holocaust? Und mit dem Typ in Arizona, der einen zweihundert Jahre alten Riesenkaktus als Zielscheibe benutzt hat, der dann auf ihn gefallen ist und seinen Oberkörper auf der Erde festgenagelt hat? Und der Typ hat geröchelt und wie ein Schwein geblutet und war offenbar nicht mal tot, als die Aasgeier und Kojoten Stücke aus ihm herausrissen. Dagegen war Jesus ein Waisenknabe. Wenn er sich's richtig überlegt, zählt das, was Jesus mitgemacht hat, gar nicht als Leiden, weil er die ganze Zeit gewusst hat, dass ihn später das Paradies erwartet. Daddy würde ihm aus der Patsche helfen, ihn in den Himmel befördern und ihn rechts neben sich setzen. Echtes Leiden besteht nicht nur aus körperlichen Schmerzen, sondern auch darin, dass man nicht weiß, wann der Schmerz vorbei ist und was das Ganze eigentlich soll.

Er hat versagt. Hoffnungslos versagt. Das ist allerdings nicht weiter überraschend. Überraschend ist, dass er während der wochenlangen Fastenzeit geglaubt hat, dass er kein Versager ist. Als Angel damals vor der Haustür stand, wusste er jedoch in seinem tiefsten Innern, dass er sich was vormacht.

Kaune's Market hat zum Glück schon auf und Amadeo kauft sich eine überteuerte Literflasche Craftbier. Es ist jetzt zehn. Inzwischen sind mehr Menschen auf der Straße und das Letzte, was er gebrauchen kann, ist, dass ihn ein Polizist dumm anmacht. Also öffnet er die Flasche in einer Gasse, neben einem Müllcontainer. In der warmen Septemberluft ist der Gestank so penetrant, dass er das Bier kaum schmeckt. Aber es ist erfrischend und so kippt er es hinunter. Er rülpst und sein nervöser Magen beruhigt sich etwas.

Der Alkohol tut seine Wirkung und Amadeo spürt, wie er sich entspannt. Er läuft zum Park zurück. Er wird sich bei dem blonden Typen entschuldigen. »Nichts für ungut. Ich mach grad eine schwere Zeit durch. Tut mir leid wegen …« Wie soll er das ausdrücken? Es tut ihm leid, dass er den Typen als Arschloch beschimpft hat, aber vor allem tut ihm leid, dass der Mann seinen Frust ausbaden musste. Wie erklärt man das einem Obdachlosen? Doch als er zum Fluss kommt, ist der Picknicktisch leer. Jetzt muss ihm auch noch der Penner leid tun.

Evangelo's Cocktail Lounge öffnet gerade, als Amadeo dort ankommt. Er bestellt sich ein Bier, weil es inzwischen wirklich scheißegal ist, ob er wieder zur Flasche greift oder nicht. Abwesend starrt er auf den Fernseher. Er trinkt, bis sich sein Herz etwas beruhigt hat, und dann trinkt er weiter.

Er kann sich vorstellen, was in der Tiefgarage los ist. In ihrer Frühstückspause hat Yolanda wahrscheinlich drauf bestanden, mit Monica zu ihrem Auto zu gehen, weil sie ihr stolz Amadeos Werk vorführen wollte. Entsetzt starren sie auf den Schaden, den er angerichtet hat. Yolanda ist das Ganze so peinlich, dass sie sich immer wieder entschuldigt und anbietet, die Reparaturkosten zu übernehmen. Vielleicht geht Monica drauf ein, vielleicht lehnt sie auch großmütig ab, was seiner Mutter allerdings noch peinlicher wäre.

Touristen ziehen in Scharen am Fenster des Lokals vorbei, die Arme voller Einkaufstüten vom Buchladen, vom Museumsshop und vom Original Trading Post.

Yolanda lehnt sich auf ihrem Stuhl zurück, von einer ungewohnten Euphorie erfüllt. Hier in diesem Gebäude wird ihr Sohn, der seit fünf Monaten trocken ist, seinen ersten Reparaturauftrag erledigen. Er kriegt sein Leben in den Griff, während rings um sie herum die Angelegenheiten des Bundesstaats New Mexico geregelt werden.

Seit Freitag fühlt sie sich wie ausgewechselt. Als hätte sie einen engen, kratzigen Pullover abgestreift und ihre Haut könnte wieder atmen. Zum ersten Mal fühlt sie sich dem nahen Tod gewachsen.

Eigentlich sollte sie Ehrenurkunden für die Mitglieder eines Highschool-Basketballteams in Grant County ausdrucken, aber die Namen auf der Liste vor ihr wollen einfach nicht stillhalten. Der Tumor lauert in ihrem Kopf, und wenn sie ihn ignoriert, stupst er sie an, wie eine alte blinde Katze.

Yolanda legt die Liste mit den Basketballspielern beiseite. Ihre Hände ruhen still in ihrem Schoß. Über ihr summt das Neonlicht, vom Flur her dringen undeutliche Stimmen zu ihr herüber.

Sie schließt die Augen und denkt an den Freitagabend im Cowgirl. Die von verschüttetem Bier und Barbecue-Soße klebrigen Tische, die roten Plastikkörbchen, der Geruch nach fettigen Pommes frites. Und der Mann, der sie im Arm hält.

Warum hört diese körperliche Sehnen nie auf? Selbst jetzt nicht. Am Freitagabend hat sie gedacht, die Magie dieses Kusses beruhe auf ihrer Anziehungskraft, aber vielleicht hatte er sie ja verzaubert. Vielleicht war er ja wirklich ein Gnom mit magischen Kräften. Vielleicht küsste er Mädels in Bars in ganz New Mexico und pflanzte die Erinnerung an ihn in ihr Gedächtnis ein wie eine Wunderbohne.

Mädels. Sie muss lachen. Wie kann sich eine fünfundfünfzigjährige todkranke Frau als Mädel bezeichnen? Das kann doch nur ein Fall von gestörter Selbstwahrnehmung sein.

Bei diesem Kuss hat sie sich unglaublich sexy gefühlt, so sexy wie seit Jahrzehnten nicht mehr. Vielleicht sogar sexyer als je in ihrem Leben, denn selbst als Anthony sie gegen den Kühlschrank, den Wagen, den knorzigen Stamm der Weide hinter dem Haus gepresst hatte, selbst als Yolanda vor Begehren verging, fehlte doch immer etwas. Sie hatte noch nicht begriffen, dass sie ihm nie genügen würde.

All die Männer im Laufe der Jahre. Yolanda ist es so leid, ständig nach möglichen Liebhabern Ausschau zu halten, sich ständig zu fragen, wie man auf andere wirkt, sich herauszuputzen, sich zu verabreden, zu flirten – das ganze Theater, nur um festzustellen, dass sie den Mann, den sie erobert hat, gar nicht will. Yolanda hat nicht bekommen, wonach sie sich in all den Jahren gesehnt hat: Liebe und Romantik, echte Leidenschaft, reife Kameradschaft. Aber eigentlich kann sie sich nicht beklagen. Sie hat ihr Haus, ihr Schlafzimmer, ihren Schminktisch, den mit rosa Brokat bezogenen Schemel, den vertrauten frischen Geruch nach Putzmittel und den muffigen des Staubsaugers, ihren Sohn, ihre Enkelin und das Baby, sie alle zusammen im Wohnzimmer beim Fernsehen. Vielleicht wollte sie nie mehr als in den Armen eines Mannes über die Tanzfläche gleiten und auf den Hals geküsst werden. Aber jetzt sehnt sie sich nach einem weiteren Kuss.

Um Viertel nach fünf ist Amadeo wieder am Capitol und geht die Rampe zur Tiefgarage hinunter. Er ist jetzt viel gelassener, der Alkohol hält die Welt auf Distanz.

Er wird auf der Heimfahrt schlafen, denn er hat keine Lust, sich mit seiner enttäuschten Mutter auseinanderzusetzen. Sie ist zwar nicht der Typ, der einem Vorwürfe macht, aber sie wird bestimmt ein langes Gesicht ziehen, und das ist schon schlimm genug. Er kann sich auch zu Hause noch bei ihr entschuldigen und ihr versprechen, sich zu bessern.

Als sich seine Augen an das flackernde Neonlicht gewöhnen, entdeckt er seine Mutter, die nicht, wie verabredet, neben ihrem Auto auf ihn wartet, sondern hinter dem Wagen ihrer Chefin. Und auf der Stoßstange sitzt Monica Gutierrez-Larsen. Sein Werkzeugkasten steht auf der Motorhaube, jemand hat offenbar seine Sachen eingeräumt.

Die beiden schweigen. Monica scrollt durch ihr Handy. Yolanda hat die Arme um sich geschlungen, wirkt niedergeschlagen und irgendwie geschrumpft.

Einen Moment lang überlegt er, ob er einfach abhauen soll.

»Oh, *mi hijito*«, sagt seine Mutter, als er zögernd auf sie zugeht. Es klingt so traurig, dass er sie am liebsten in den Arm nehmen und trösten würde. Monica Gutierrez-Larsen steht auf. Beide Frauen sehen ihn an.

Die Büroleiterin trägt jetzt leichte neonfarbene Sneaker zu ihrem Hosenanzug, sicher ziemlich teuer. Ihm schießt ein verrücktes Bild durch den Kopf: Monica im Jogging-Outfit auf Wahlkampftour. Sie mustert ihn ernst, aber auch irgendwie neugierig.

»Wo warst du?«, fragt seine Mutter mit gepresster Stimme. Sie zittert am ganzen Körper.

»Wir haben vergeblich versucht, Sie zu erreichen«, sagt Monica. Sie schiebt sein Handy, das auf der Motorhaube liegt, mit dem manikürten, blassrosa lackierten Nagel ihres Zeigefingers ein paar Zentimeter in seine Richtung. »Sie hatten es wohl eilig wegzukommen?«

Er will sich rechtfertigen, ihr sagen, dass ihr verdammter Wagen unmöglich zu reparieren war. Na ja, vielleicht will er sie auch um Verzeihung bitten. Sein Kopf ist benebelt, seine Gedanken sind zäh wie Kaugummi.

»Das wirst du bezahlen müssen, *hijito.*« Im fahlen Licht sieht seine Mutter ganz merkwürdig aus: Ihr Gesicht wirkt spitz und knochig, die Augen liegen tief in den Höhlen, die Wangen sind eingefallen. Sie stützt sich mit steifen Armen auf der Motorhaube ab. Ihr Oberkörper ist leicht zur Seite geneigt, ihre Lider zucken.

»Wir müssen das jetzt irgendwie klären«, sagt Monica frostig. »Ich schlage eine Ratenzahlung vor. Es wäre wohl am besten, wenn wir das unter uns regeln und Ihre Mutter da rauslassen.«

»Irgendwas stimmt nicht«, murmelt seine Mutter.

»Jeder macht mal Fehler, natürlich, aber Fehler haben Konsequenzen.«

Amadeos schießt das Blut ins Gesicht. Er kann nicht fassen, dass diese kleine Frau, kaum älter als er, in diesem Ton mit ihm spricht. Flehentlich blickt er seine Mutter an. »Warum hilfst du mir nicht?«

»Wie soll ich dir denn helfen?« Es klingt merkwürdig abgehackt. Ihre Lippen sind bleich. Ihre Lider flattern.

»Yolanda?« Monica Gutierrez-Larsen macht einen Schritt auf seine Mutter zu, berührt sie aber nicht. Und dann sackt Yolanda lautlos in sich zusammen.

Seine Mutter macht sicher nur Spaß, obwohl ihr diese Art von Späßen gar nicht liegen. Er läuft um den Wagen herum, aber als er bei ihr ist, kauert Monica bereits neben ihr. Die Arme und Beine seiner Mutter zappeln.

—

Yolanda wird im St. Vincent's notoperiert. Nervös läuft Amadeo im Wartebereich auf und ab. Inzwischen ist er stocknüchtern: Sein Verstand ist hellwach, sein Mund wie ausgetrocknet. Die unbewegten Mienen der Ärzte verheißen nichts Gutes, und das wenige, das sie sagen, klingt auch nicht gerade beruhigend. Er erfährt nur, dass Yolanda am Gehirn operiert wird und sie ihm Bescheid geben, sobald sie mehr wissen.

Amadeo geht in die Eingangshalle hinüber und ruft Valerie in Albuquerque an, die sich sofort mit den Mädchen auf den Weg macht. Während der Fahrt hat sie das Handy auf laut gestellt und bombardiert ihn mit Fragen, die er nicht beantworten kann.

»Ich weiß nur, dass sie gerade operiert wird.«

»Ich versteh nichts«, sagt sie. »Halt das Handy höher, Lily!«

»Sitzt Lily vorn bei dir? Ist sie denn alt genug?«

»Genau genommen nicht«, sagt Lily ruhig. Ihre Stimme ist laut und deutlich zu hören. »Aber ich muss sie dirigieren.«

»Ach, halt die Klappe«, blafft seine Schwester.

»Hey!«, protestiert Lily. »Das ist Kindesmisshandlung! Verbale Gewalt!« Im Hintergrund meldet sich Sarah zu Wort, aber er hört nur unverständliches Geplapper.

»Sei still, Sarah«, sagt Valerie entnervt.

»Muss Gramma sterben?«, fragt Lily. Amadeo bleibt abrupt stehen und wartet mit angehaltenem Atem auf die Antwort seiner Schwester. Aber er hört nur das ferne Brummen des Motors. Da wird ihm klar, dass Lily *ihn* gefragt hat und auf *seine* Antwort wartet. Und dass nicht nur sie darauf wartet.

»Ich weiß es nicht.« Er räuspert sich. »Du solltest beim Fahren nicht telefonieren«, sagt er zu seiner Schwester. »Das ist gefährlich. Ruf an, wenn ihr hier seid.«

Amadeo setzt sich in den Wartebereich, dessen Wände in beruhigenden Wüstenfarben gestrichen sind, springt aber immer wieder auf. Du weißt doch noch gar nichts, versucht er sich zu beruhigen. Vielleicht ist ja alles halb so schlimm.

Tränen schießen ihm in die Augen. Er schaut sich im Gang um. Ob es jemand mitgekriegt hat? Irgendwie hofft er, dass es jemand gesehen hat und ihn aus diesem Albtraum erlöst. So wie im Märchen: Eine Heilige oder eine gute Fee in Gestalt einer buckligen Frau legt ihm die Hand auf die Schulter, blickt ihn mit ihren klaren grau-braunen Augen an und bringt mit ein paar magischen Worten die Welt wieder ins Lot. Er braucht nur einmal zu blinzeln und sie ist verschwunden. Und dann kommt seine Mutter den Gang entlang, mit festem Schritt und einem leisen Lächeln auf den Lippen.

Aber niemand würdigt ihn eines Blickes. Alle eilen zielstrebig den Flur entlang.

Immerhin ist er wegen der Windschutzscheibe wohl erst mal aus dem Schneider, denkt er. Und sofort schämt er sich für diesen Gedanken.

Er würde gern Angel anrufen, aber er will sie nicht beunruhigen, jedenfalls jetzt noch nicht. Vielleicht sollte er Brianna Bescheid geben. Er holt sein Handy aus der Hosentasche, steckt es dann aber wieder weg.

Eine halbe Stunde später kommt eine hübsche Frau im Krankenhauskittel auf ihn zu und teilt ihm mit, dass seine Mutter noch unter Narkose steht und postoperativ versorgt wird. Der Arzt werde bald mit ihm sprechen.

Als Amadeo seine Schwester durch die automatischen Türen hasten sieht, fällt ihm ein Stein vom Herzen. Sie sieht sich hektisch nach allen Seiten um, sucht ihn offenbar. Sarah und Lily laufen mit bedrückten Mienen hinter ihr her. Sie haben Lesestoff für eine ganze Woche dabei.

Beim Anblick seiner Schwester schießen ihm wieder die Tränen in die Augen. Er würde sie am liebsten umarmen, ist sich aber nicht sicher, ob die Lage ernst genug ist, um ihren Streit einfach zu begraben.

Valerie scheint sich auch nicht sicher zu sein. Sie bleibt unentschlossen vor ihm stehen. »Hast du irgendwas gehört?«

»Hi, Onkel Amadeo«, sagt Lily ernst und sieht dabei ihre Mutter an. Valerie hat eine ausgeleierte Yogahose und ein T-Shirt mit dem Logo der University of New Mexico an, ihre langen Haare sind zu einem unordentlichen Pferdeschwanz gebunden. Allerdings ist ihr müdes, fast verhärmt wirkendes Gesicht geschminkt. Er hat sie noch nie in so einem schlampigen Aufzug gesehen. Wahrscheinlich war sie gerade von der

Arbeit heimgekommen und hatte ihre Freizeitklamotten angezogen, als sein Anruf kam.

»Mom ist noch im Aufwachraum«, sagt er. »Der Arzt kommt gleich, um mit uns zu sprechen.«

Lily sieht sich bedrückt um, blinzelt nervös hinter ihrer Brille. »Hier ist's ganz schön kalt.« Sie hat recht. Es ist eiskalt. Das war ihm gar nicht aufgefallen. Er bemerkt die Gänsehaut auf den Armen seiner Nichten.

»Hier«, sagt er und knöpft sein kariertes Hemd auf. »Ich schätze, ihr müsst euch abwechseln.« Er fühlt sich unwohl, nur so im Unterhemd, kommt sich vor wie das wandelnde Prolo-Klischee.

Lily zögert, dann nimmt sie das Hemd, ohne ihn anzusehen, und wickelt es um sich. »Danke, Onkel Amadeo.«

In diesem Moment kommt die hübsche Krankenschwester auf sie zu. »Mr. and Mrs. Padilla? Dr. Seth, der Neurochirurg, und Dr. Konecky, die Onkologin Ihrer Mutter, können jetzt mit Ihnen sprechen. Ich bringe Sie in unser Konsultationszimmer.«

Über Valeries Gesicht huscht ein gequälter Ausdruck. Zu Amadeos Überraschung überlässt sie es ihm, den Irrtum richtigzustellen. »Sie ist meine Schwester.«

Valerie deutet auf eine Stuhlreihe an der Wand und sagt zu den Mädchen: »Wartet dort auf uns.« Die Mädchen beäugen die Stühle, setzen sich aber nicht.

»Kann ich nicht mitgehen?«, fragt Lily. »Ich will auch hören, was mit Gramma ist.«

»Ich auch. Ich will auch mit«, sagt Sarah. »Ich mach mir genauso viel Sorgen um Gramma wie du.«

Valerie schüttelt den Kopf. »Ihr bleibt beide hier.«

Obwohl der Flur menschenleer ist, gehen Amadeo und seine Schwester so dicht nebeneinander, dass sich ihre Arme berühren.

Sie sehen einfach nur peinlich aus: Valerie mit ihrem unordentlichen Pferdeschwanz und in ihren schlabberigen Klamotten, er im Unterhemd und mit einem fetten Tattoo auf dem Arm. Prollig eben. Zwei jämmerliche Gestalten auf dem

Weg in die Höhle des Löwen. Meine Schwester hat 'nen Master-Abschluss!, möchte er am liebsten brüllen.

An der Tür zum Konsultationszimmer bleiben sie stehen. Amadeo spürt, wie sich Valerie innerlich wappnet. Er berührt ihr Handgelenk, um ihr Mut zu machen oder vielleicht auch sich selbst. Das weiß er nicht genau. Dann gehen sie hinein.

Die Salzkristallleuchte auf dem Beistelltisch taucht den Raum in ein gedämpftes rosa Licht. Sie setzen sich hin. Valeries Haltung hat etwas geradezu Unterwürfiges. Sie hat die Hände im Schoß gefaltet wie ein Schulmädchen, das sich vor einer Strafpredigt fürchtet, die dann auch prompt kommt.

»Wir haben den größten Tumor fast vollständig entfernt«, sagt Dr. Seth. »Und einen zweiten teilweise. Aber der dritte ist leider inoperabel. Aufgrund seiner Lage würde ein Eingriff das Hirngewebe schwer schädigen.« Genauso hätte sich Amadeo einen Hirnchirurgen vorgestellt, wenn er je über einen nachgedacht hätte. Er ist ein kleiner, korrekt wirkender Mann mit langen Fingern, einem leichten britischen Akzent und einer glänzenden Glatze. Die lässt sich vor einer OP bestimmt leichter desinfizieren, denkt Amadeo, was ihn an einen Naturfilm über Geier erinnert, den er mal im Fernsehen gesehen hat; darin hieß es, dass sie dank ihrer Kahlköpfigkeit in Tierkadavern herumwühlen können, ohne von Parasiten befallen zu werden. Und jetzt muss er plötzlich an seine Mutter denken, sieht ihre Leiche vor sich – eine so grauenvolle Vorstellung, dass bittere Galle in ihm hochsteigt. Er hustet und würgt, aber Gott sei Dank muss er sich nicht übergeben.

Sie ist am Leben, sagt er sich. Sie lebt, sie ist noch da.

»Ihre Mutter hatte heute Nachmittag einen Grand-Mal-Anfall. Bei jedem Krampfanfall kann es zu Hirnschädigungen kommen«, sagt Dr. Seth. »Die Anfälle werden nun häufiger auftreten.«

»Kann Stress so was auslösen?«, fragt Amadeo. »Ich meine, wenn was Stressiges passiert ist?«

»Ja, natürlich. Körper und Geist sind eng miteinander verbunden. Es ist also durchaus möglich, dass sie unter großem seelischen Druck gestanden hat.«

Amadeo überläuft es heiß und kalt. Als sie in der Tiefgarage auf ihn gewartet hat, haben ihre Augenlider so seltsam gezuckt.

»Aber es muss auch gar keinen besonderen Auslöser geben. Angesichts ihres Befunds musste es früher oder später passieren.«

Amadeo und Valerie versuchen die verblüffende Tatsache zu verdauen, dass es längst eine Krankenakte über ihre Mutter gibt, dass sie offenbar seit Juni im St. Vincent's in Behandlung ist.

»Aber sie hätte es uns doch erzählen müssen«, sagt Amadeo tonlos. Die beiden Ärzte sehen ihn mitfühlend an.

»Oh Gott, sie ist doch einmal hingefallen«, sagt Valerie bestürzt. »Weißt du noch?« Der Blick, den sie Amadeo zuwirft, ist weniger anklagend als flehend. »Sind dir keine Symptome aufgefallen?«

Natürlich sind ihm welche aufgefallen, aber er hat sie einfach verdrängt: die Schwindelanfälle, die immer konfuseren Dinge, die sie sagte, oder der weggetretene, panische Blick, mit dem sie sich manchmal umsah, als hätte sie sich in ihrem eigenen Wohnzimmer verlaufen. Er hätte nie gedacht, dass seiner Mutter, der wichtigste Halt in seinem Leben, einmal etwas Schlimmes zustoßen würde. Womöglich hat sich ihr Zustand nur deshalb so verschlechtert, weil er ihr so viel Kummer bereitet hat.

»Warum hat sie es uns verschwiegen?«, fragt Valerie die beiden Ärzte mit erstickter Stimme und forscht in ihren Mienen. Seltsamerweise verspürt Amadeo den Wunsch, seine Schwester zu beschützen. »Hat sie uns denn nicht gebraucht?«

Dr. Konecky hebt bedauernd die Hände. »Das kann sie Ihnen nur selbst beantworten. Aber möglicherweise hat Ihre Mutter Ihnen die Diagnose deshalb verschwiegen, weil sie die Kontrolle über ihren Alltag behalten wollte, nachdem sie bereits die Kontrolle über ihren Körper und zum Teil auch ihren Geist verloren hatte.« Sie präsentiert ihnen diese Vermutung so behutsam, als fürchte sie, sonst ihre Spatzenhirne zu überfordern. Amadeo erwartet, dass Valerie eine schnippische Bemerkung macht, aber sie scheint nicht gekränkt zu sein.

Es ist schon nach zehn, als sie endlich ihre Mutter sehen dürfen. Die Mädchen sind im Wartezimmer eingeschlafen. Lily, immer noch in Amadeos Hemd eingewickelt, ist auf ihrem Stuhl zusammengesunken, ein dickes aufgeschlagenes Buch auf dem Schoß, der Kopf ist so merkwürdig abgeknickt, dass es Amadeo schon vom Hinschauen wehtut. Sarah hat sich auf einem kleinen Sofa ausgestreckt. Sie trägt ein viel zu großes lila Sweatshirt, das ihr Valerie notgedrungen für fünfundvierzig Dollar im Klinikshop gekauft hat. *Santa Fe sehen und sterben!* »Wer hatte bloß die hirnverbrannte Idee, so was in einem Krankenhaus zu verkaufen?«, blaffte Valerie, als sie ihre Kreditkarte über den Tresen reichte. »Ich hasse diese bescheuerte Stadt.«

Schulter an Schulter stehen Bruder und Schwester vor der schmalen Gestalt im Krankenhausbett. Amadeo versucht den Verband zu ignorieren, der wie ein Turban um ihren Kopf gewickelt ist. Stattdessen späht er in das ausgezehrte graue Gesicht, hofft darin die Züge seine Mutter zu erkennen. Aber die vertrauten Falten um ihren Mund machen ihren Anblick nur noch erschreckender.

Sie schläft, ihr schmächtiger Körper liegt reglos unter der dünnen Decke. Sie hat einen Sauerstoffschlauch in der Nase, eine Infusionsnadel im Arm. Sie ist total abgemagert, stellt Amadeo schockiert fest. Kann sie seit heute Morgen so viel abgenommen haben? Unmöglich. Aber wieso ist ihm das nicht schon früher aufgefallen?

Als Amadeo den Arm um Valeries Schultern legt, lehnt sie sich zaghaft an ihn. Er denkt an die Nachmittage zurück, die sie als Kinder zusammen auf der Couch verbracht haben. Doch da macht sie sich schon wieder los und lässt sich auf den Plastikstuhl neben dem Bett fallen.

»Mom? Bist du wach?« Yolandas Augen rollen unter den zarten Lidern hin und her. Valerie springt auf. »Sie friert bestimmt.« Sie öffnet eine Schranktür nach der anderen, findet aber nur Reinigungsmittel und Desinfektionsspray.

Amadeos letzter Krankenhausbesuch, auf der Entbindungsstation in Española, war stressig gewesen und beängstigend, klar, aber auch aufregend. Er hat nicht ernsthaft geglaubt, dass seiner Tochter etwas wirklich Schlimmes passieren könnte. Aber hier ist alles nur trostlos und beklemmend. Er überlegt, ob er Angel anrufen soll, aber da reißt ihn Valerie aus seinen Gedanken.

Sie schlägt eine Schranktür zu. »Wieso geben die ihr nur eine Decke, verflucht noch mal? Hier drin sind's doch höchstens zwanzig Grad.«

Vielleicht sollten sie Blumen besorgen, damit es hier etwas freundlicher aussieht. »Hey, Val. Wollen wir nicht 'n paar Blumen kaufen?«

»Wozu? Sie bleibt sowieso nicht lang.«

Amadeo sieht sie entsetzt an.

Valerie dreht sich langsam zu ihm um, ihr Gesicht ist leichenblass. »Ich hab gemeint, dass sie bald heimkommt. Wir können ihr doch zu Hause Blumen hinstellen.«

Nachts sind die Geräusche im Krankenhaus deutlicher zu hören: Ein Surren, ein Ticken, ein Zischen, Gemurmel auf dem Gang. Auf der anderen Seite des Zimmers, hinter einem grünen Vorhang verborgen, liegt noch eine Patientin – Marcella Tran, wie das Schild am Bett verrät –, aber sie ist so still, dass Amadeo hinter den Vorhang lugt, um nachzusehen, ob sie überhaupt da ist. Als ihn eine füllige Asiatin mit einer glänzenden Duschhaube auf dem Kopf teilnahmslos anstarrt, tritt er schleunigst den Rückzug an. Dann setzt er sich auf einen Stuhl und bald darauf gesellt sich Valerie zu ihm.

Unter dem Verband schaut ein Haarbüschel hervor, struppig und stumpf. Sie haben ihr nicht den ganzen Kopf rasiert, meinten die Ärzte, sondern nur einen schmalen Streifen für den Einschnitt. Dann haben sie die Kopfhaut zurückgeklappt und mit einer feinen Knochensäge den Schädel geöffnet. Sie haben das Loch nicht wieder verschlossen, falls noch weitere Eingriffe nötig sein sollten. Amadeo will sich das gar nicht so genau vorstellen. Dass er den Unterarm seiner Schwester festhält, bemerkt er erst, als sie ihre Hand auf seine legt. Sie streicht mit dem Daumen über seinen Handrücken. Die Geste hat etwas Mechanisches, als würde sie eine ihrer Töchter trösten.

Wieder muss er daran denken, wie sie als Kinder auf der Couch saßen und sich aneinanderklammerten.

»Val«, flüstert er. »Weißt du noch, wie wir nach Dads Tod immer nach der Schule auf der Couch gesessen haben? Und uns im Arm gehalten haben?«

Valerie mustert sein Gesicht, erst verwundert, dann argwöhnisch. Sie zieht ihre Hand weg. »Wieso willst du das wissen?«

»Nur so. Hab mich bloß gefragt, ob du dich noch dran erinnerst.«

»Tu ich nicht«, sagt Valerie. Aber sie klingt nicht mehr ganz so abweisend. »Warum fragst du mich das gerade jetzt?«

Amadeo zuckt mit den Schultern. Er hätte gern gewusst, ob sie diese Nachmittage genauso in Erinnerung hat wie er, ob sie noch weiß, wie sie sich gegenseitig trösteten. Vielleicht gibt es ja irgendwo noch einen Rest der alten Vertrautheit zwischen ihnen.

»Ich erinnere mich nicht mehr«, sagt Valerie.

Amadeo muss eingenickt sein. Als er die Augen öffnet, ist er einen Moment lang völlig desorientiert. Der Stuhl neben ihm ist leer. Wahrscheinlich ist Valerie draußen und sieht nach den Mädchen.

Als seine Mutter aufwacht, entfährt ihm ein Schluchzer. Ihr Gesicht ist entspannt, ihre glasigen Augen sind nur halb geöffnet. Sie sieht sich im dämmrigen Zimmer um, scheint ihren Sohn nicht wahrzunehmen.

»Es tut mir so leid, Mom! Wieso hast du uns denn nichts erzählt?« Tränen laufen ihm über die Wangen. Aber in diesem Moment klappen Yolandas Augen zu, als wolle sie seine Stimme einfach ausblenden.

Siedend heiß fällt ihm Angel ein. Er hat sein Handy stummgeschaltet und vergessen, es zwischendurch zu checken. Neun verpasste Anrufe, etliche Nachrichten, eine aufgeregter als die andere: *Hey Dad! Wie ist der Fenster-Job gelaufen? Wo BIST du? Wo steckst du denn? Es ist nach acht! Geh ans Telefon!! Herrgott!!! WO BIST DU??? Bitte ruf mich an. Mach mir echt Sorgen.* Die letzte Nachricht wurde vor neun Minuten, um

0:35 Uhr, abgeschickt: *Wenn du nicht in den nächsten zehn Minuten anrufst, ruf ich die Polizei.* Er wählt ihre Nummer.

—

Sie werden Yolanda heimholen und pflegen müssen. Sie wolle zu Hause sterben, teilt Yolanda ihnen mit. »Kein Krankenhaus und keine Behandlungen mehr.«

»Aber vielleicht können Sie dich doch retten?«

»Sie können mich nicht retten«, erklärt Yolanda, was mehr oder weniger dem entspricht, was die Ärzte gesagt haben.

»Ich stelle ungern Prognosen, denn die können sich als falsch erweisen«, sagte Dr. Konecky. »In vielen Fällen mindern sie sogar die Lebensqualität des Patienten.«

Erst als Amadeo nicht lockerließ, rückte sie heraus mit der Sprache: »Ich schätze, dass wir uns auf zwei oder drei Monaten einstellen sollten.« Valerie griff nach seinem Arm.

Amadeo kann nicht glauben, dass seine Mutter aus dem Krankenhaus entlassen wird. Sie sollen sie tatsächlich mit nach Hause nehmen und sich ganz allein um sie kümmern?

Er findet den Gedanken unerträglich, dass seine Mutter sich früher oder später wieder verletzt, dass sie gegen Möbel laufen, hinfallen oder sich heißen Kaffee über den Schoß kippen wird, dass vielleicht noch Schlimmeres passiert.

Aber sie kommen zurecht, mehr oder weniger. Einmal die Woche schaut jemand vom Hospiz vorbei. Valerie besucht sie an den Wochenenden, bringt Lasagne und Plastikboxen mit Salat und Rohkost mit. Sie erlaubt den Mädchen, fernzusehen und mit dem Baby zu spielen, während sie bei Yolanda sitzt, sich die Augen betupft und über die alten Zeiten redet. Angel flitzt durchs Haus und sammelt schmutzige Wäsche ein.

Amadeo übernimmt es immer häufiger, Connor zu wickeln, manchmal sogar, ohne dass Angel ihn darum bitten muss. Connor strampelt dann glucksend mit seinen nackten braunen Beinchen. Jedes Mal, wenn Amadeo ihm die alte Windel unter dem Po wegzieht, fängt Connor an zu pinkeln, macht dabei ein todernstes Gesicht, lässt es bis zum letzten Tröpfchen munter laufen.

»Oh nein!« Amadeo wischt auf seiner Jeans herum.

»Du musst ihn vorher mit einem Tuch zudecken!«, ruft Angel lachend. Sie führt gerade ihre Großmutter ins Bad, langsam und vorsichtig. »Unglaublich! Da musst du erst Hirnkrebs kriegen, damit er endlich mal ’nen Finger rührt.«

Yolanda fängt schallend an zu lachen. Ihr ganzer Körper bebt, Halt suchend klammert sie sich am Türrahmen fest. Amadeo grinst. Er ist Angel so dankbar, dass sie es schafft, seine Mutter aufzumuntern.

»Also, das ist nicht wahr«, beschwert er sich, aber sie alle wissen, dass Angel recht hat. Und jetzt kräht auch Connor vergnügt los, wie ein begriffsstutziger Dinnergast, der unbedingt mitlachen will.

»Was für’n Irrenhaus«, sagt Angel kopfschüttelnd.

Angel hat ein Heft angelegt, in dem sie jeden Tag gewissenhaft Yolandas Medikamenteneinnahme, ihre Mahlzeiten und ihren Stuhlgang notiert.

»Oh, nein, kommt nicht infrage. Untersteh dich, solche Sachen aufzuschreiben. Das ist doch peinlich«, protestiert Yolanda.

»Wieso denn?«, fragt Angel und hält zwei weitere Hefte in die Höhe. »Das hier ist für mich. Und das für Connor. Ich versteh nicht, was daran peinlich sein soll, wenn man sich mit den natürlichen Vorgängen in seinem Körper beschäftigt.«

»Könntest du bitte auch aufschreiben, wann *ich* einen Schiss mache?«, fragt Amadeo.

»Igitt.« Angel verzieht das Gesicht. Und Yolanda und Connor prusten von Neuem los.

Es ist erst eine Woche her, seit Yolanda aus dem Krankenhaus entlassen wurde, und sie kann schon allein aufstehen und herumlaufen, aber wegen der Gleichgewichtsprobleme braucht sie einen Rollator. Es macht ihr nichts aus, ihn zu benutzen, auch wenn sie es als Zeichen von Schwäche empfindet. Als ihre sechsundneunzigjährige Großmutter eine Gehhilfe bekam und die ganze Familie sie anflehte, sie um Himmels Willen auch zu benutzen, hob sie das Ding einfach hoch und schleppte es mit sich im ganzen Haus herum.

So absurd es vielleicht klingt, aber Yolanda ist froh, dass Amadeo keine Arbeit hat. Er ist so geschockt von der Diagnose, dass er sich tatsächlich im Haus nützlich macht. Er saugt zwar nicht, aber immerhin hat sie gesehen, wie er Staubflocken und größere Krümel eigenhändig vom Teppich auflas. Er kümmert sich um die Spülmaschine. »Wo gehört der denn hin, Mom?«, fragt er aus der Küche und schwenkt einen Messbecher in der Hand – als hätte er nicht sein Leben lang in diesem Haus gewohnt.

Yolanda hebt vorsichtig den Kopf von der Rückenlehne ihres Sessels – er fühlt sich bleischwer an – und konzentriert sich auf die Tasse in ihrer Hand. »Schreck.« Nein, kein Schreck. »Schrott?« Auch kein Schrott. Sie hat das Wort genau vor Augen, seine Form, seinen Klang, seine Bedeutung, aber als sie den Mund öffnet, will es nicht heraus. »Schwank?«

Amadeo starrt sie mit offenem Mund an, seine Unterlippe zittert. Er stellt den Messbecher auf die Arbeitsplatte und klappt die Spülmaschine zu.

Im Wohnzimmer sind die Jalousien heruntergezogen. Hinter den geschlossenen Lamellen lauert die grelle Nachmittagssonne. Haben sie die wegen ihr heruntergelassen?

Es scheint nur Minuten her zu sein, seit Angel ihr beim Anziehen geholfen, ihren Verband gewechselt und sich dann mit einem Kuss auf die Stirn verabschiedet hat, um mit dem

Baby in die Schule zu fahren. Wenn Angel da ist, arbeitet ihr Verstand besser. Vielleicht will sie das Mädchen nicht zu sehr belasten oder beunruhigen. Jedenfalls kann sie es kaum erwarten, bis Angel heimkommt, auch wenn ihr manchmal fast der Kopf platzt bei dem ganzen Lärm.

Die Zeit macht, was sie will: mal rast sie vorbei, dann kriecht sie dahin. Sie staunt, was sie früher alles an einem Tag geschafft hat: die Arbeit im Büro, dann einkaufen, zur Bank fahren, kochen, manchmal noch eine Maniküre. Yolanda betrachtet den abgeplatzten rosa Nagellack auf ihren Fingern. Sie hat diesen Ton aus einer Farbpalette an der Wand eines Studios herausgesucht, kann sich aber nicht mehr erinnern, in welchem oder gar wann. Die Nagelhaut ist gelblich und spröde.

»Dodo? Wann kommt … das Mädchen heim?« Sie schüttelt verärgert den Kopf. »Angel.«

»Bald. Brauchst du irgendwas?«

Draußen hält ein Wagen knirschend auf dem Kies. Yolanda sieht zu dem abgedunkelten Fenster hinüber. Sie fühlt sich wie eine Gefangene in diesem dämmrigen, stickigen Zimmer. »Ziehst du bitte die Jalousien hoch, *hijito*?«

Amadeo tut ihr den Gefallen. »Vielleicht ist Angel ja schon früher zurück«, sagt er. Und dann: »Oh, Mist.« Hinter seinem Pick-up steht der schwarze BMW. Er wirft seiner Mutter einen zerknirschten Blick zu und verzieht sich in sein Zimmer.

Yolanda weiß noch, dass Amadeo Monicas Windschutzscheibe reparieren wollte, aber was dann passierte, hat sie vergessen. Jedes Mal, wenn sie sich daran zu erinnern versucht, tut ihr der Kopf weh. Aber es muss gut gelaufen sein, sonst wäre Monica nicht hier.

Während sie sich mühsam vom Sessel erhebt, fällt ihr ein, dass sie alles andere als präsentabel aussieht in ihrer verwaschenen Jogginghose und Amadeos altem Sweatshirt – und dann noch der hässliche Verband um den Kopf. Aber es lässt sich nun mal nicht ändern. Doch als sie die Tür öffnet und Monicas erschütterte Miene sieht, wird ihr klar, wie schlimm ihr Anblick sein muss.

»Yolanda, meine Liebe.« Monica streckt ihr einen riesigen

Strauß mit cremefarbenen Rosen und Lilien und grünen Ziergräsern entgegen. Aber dann überlegt sie es sich anders, schiebt sich vorsichtig am Rollator vorbei und stellt die Blumen in ihrer Plastikvase auf die Frühstückstheke. »Die sind von uns allen. Du fehlst uns so sehr.« Eigentlich ist Yolanda noch krankgeschrieben, aber allein die Größe des Straußes sagt ihr, dass die Kolleginnen im Büro längst wissen, dass sie nicht zurückkehren wird.

Monica beugt sich über den Rollator und umarmt Yolanda behutsam. Yolanda klammert sich an den Handgriffen fest, damit sie nicht umkippt. Über die Schulter ihrer Chefin hinweg sieht sie sich im Spiegel neben der Tür: strähnige Haarbüschel, die unter dem Verband hervorschauen, ein zerknittertes ungeschminktes Gesicht.

Monica trägt ein elegantes schwarzes Kostüm, gepflegt und parfümiert wie immer. Yolanda fragt sich, ob sie nur aus Pflichtgefühl gekommen ist. Nachdem Yolanda drei Jahre lang täglich mit ihr zusammengearbeitet hat, müsste sie das eigentlich wissen, aber Monica ist eine Meisterin der sozialen Etikette. »Setz dich doch«, sagt Monica, als sei sie die Gastgeberin. »Möchtest du ein Glas Wasser? Oder soll ich dir einen Tee kochen?«

Yolanda schiebt den Rollator zu ihrem Sessel zurück, dessen weinroter Bezug von den vielen Stunden, die sie auf ihm verbracht hat, ganz wellig ist. »Da ist eine Blase«, sagt sie und setzt sich. »Für die Blumen.« Frustriert deutet sie auf den Hängeschrank über der Frühstückstheke.

Monica, die gerade ihr schwarzes Seidenhalstuch ablegt, hält inne und sieht sie fragend an. »Ach, so. Nicht nötig. Schau mal«, sagt sie betont heiter. Sie tippt an die Vase.

Dann überreicht sie Yolanda feierlich einen Umschlag. Als Yolanda ihn neben sich aufs Polster legt, nimmt Monica ihn wieder, zieht eine Karte heraus und drückt sie Yolanda in die Hand, damit sie die zahlreichen überschwänglichen Genesungswünsche lesen kann. »Alle haben unterschrieben.«

»Das ist aber nett«, sagt Yolanda und legt ihn beiseite, ohne einen Blick darauf zu werfen.

Yolanda versucht das Wohnzimmer mit den Augen ihrer Chefin zu sehen: die goldgerahmten Fotos ihrer Kinder und Enkelinnen, die auf dem Esstisch gestapelten Windeln und Feuchttücher, die auf dem Boden verstreuten Spielsachen, die halb aufgegessene Tiefkühlpizza auf dem Couchtisch, die ihr Sohn ihr zum Lunch serviert hat. Früher hätte sich Yolanda riesig gefreut, wenn Monica vorbeigekommen wäre. Und natürlich hätte sie vorher geputzt, eingekauft und etwas Leckeres gekocht.

Monica sitzt auf der Sofakante und strahlt sie an, aber ihre Augen verraten, wie unwohl sie sich fühlt.

»Wie geht's dir, Yo? Alle im Büro vermissen dich.«

Vor dem Fenster umflattert ein blau-grün schillernder Kolibri den Futterspender. Die drückende Hitze rüttelt an den Jalousien der Glastüren. Der süßliche Duft der Blumen breitet sich im Wohnzimmer aus, aufdringlich und künstlich. Yolanda muss an die Beerdigung ihrer Mutter denken, wie sie vor ihrem aufgebahrten Leichnam stand, der kleine, steife Körper in dem geblümten Kleid wie eine Mumie einbalsamiert.

»Tja, du hast nicht viel verpasst. Bunny hatte am Donnerstag einen ihrer Schwindelanfälle. Janice Sena hat erzählt, dass sie von ihrem Schreibtisch aufstand, sich an den Kopf griff und auf ihren Stuhl zurücksackte.« Sie wirft Yolanda einen Seitenblick zu. Als ihr klar wird, was sie da gerade gesagt hat, fügt sie hastig hinzu: »Dann schlug sie sich ein paar Mal gegen den Kopf, erst links, dann rechts, als wollte sie sich Wasser aus den Ohren schütteln, und tippte dann seelenruhig weiter.«

»Ach, diese Blondie«, sagt Yolanda und verzieht entnervt das Gesicht. Heute wollen ihr die störrischen Wörter einfach nicht gehorchen. »Bonnie.« Das Wort vibriert, vervielfältigt sich, verwandelt sich in immer neue Varianten. Yolanda bekommt eine zu fassen, dreht und wendet sie in ihrem Kopf, aber ihr will absolut nicht einfallen, was sie bedeutet.

Sie weiß, dass sie Monica eine Heidenangst einjagt und dass sie sich zusammenreißen sollte, aber sie ist zu erschöpft.

»Bist du ganz allein hier, Yo? Oder kümmert sich jemand um dich?«

»Mein Sohn«, sagt Yolanda, nachdem sie sämtliche Varianten von Blondie verworfen hat und zu ihrer Erleichterung die passenden Wörter gefunden hat. »Mein Amadeo.«

Als hätte man ihn gerufen, erscheint Amadeo barfuß im Türrahmen. Er macht ein betretenes Gesicht.

»Ah, gut«, sagt Monica.

»Hey.« Amadeo meidet Monicas Blick und sie meidet seinen.

»Mein Sohn kann dein Auto reparieren«, sagt Yolanda. »Kannst du doch, Amadeo, oder?«

Monica schweigt. Amadeo räuspert sich. »Es tut mir leid, dass ...«

»Ja?« Jetzt sieht Monica ihn an. »Was tut Ihnen leid? Reden Sie ruhig weiter.«

Amadeo leckt sich über die Lippen.

»Jedem können mal Fehler passieren, aber einfach so weglaufen, das gehört sich einfach nicht.« Monicas Stimme bebt. »Sie haben sich nicht mal entschuldigt.«

Yolanda beobachtet die beiden interessiert.

»Hören Sie, Lady, es hat nix gekostet und ...« Amadeo bricht ab und sieht Yolanda kläglich an.

»Tut mir leid, Yolanda«, sagt Monica. »Ich hätte nicht davon anfangen dürfen.«

Genau in diesem Moment stürmt Angel zur Tür herein. »Hi, Leute!« Sie hat den schlafenden Connor auf dem Arm. Yolanda freut sich, dass Angel da ist, auch wenn es jetzt mit der Ruhe vorbei ist.

»Sie müssen Angel sein. Ich bin Monica.«

»Ach, die Büroleiterin! Meine Grandma bewundert Sie total.« Sie setzt sich den Kleinen auf die Hüfte und streckt die Hand aus.

»Sie hat so viel Tolles über Sie erzählt.«

Yolanda öffnet die Augen. »Hallo, ich bin auch noch da.«

Ihr Sohn steht immer noch im Türrahmen, als wüsste er nicht, ob er hereinkommen oder sich wieder verdrücken soll. Yolanda klopft auf die Armlehne ihres Sessels, damit er sich zu ihr setzt, aber er bemerkt es nicht.

»Mein Dad hat also Ihre Windschutzscheibe repariert?« Angel späht durchs Fenster. »Sieht cool aus, Dad!«

Yolanda fällt auf, dass Monica Amadeo nicht aus den Augen lässt. Was hat das zu bedeuten? Könnte es sein, dass sich ihre Chefin und ihr Sohn zueinander hingezogen fühlen?

»Tja, also eigentlich …«, sagt Amadeo.

»Ich habe mich dann doch für eine neue Scheibe entschieden.« Monica steht auf. »Du solltest dich jetzt besser ausruhen, Yolanda.« Eilig legt sie ihr Tuch um, küsst Yolanda auf die Wange und rauscht hinaus. Dann stößt ihr BMW rückwärts aus der Einfahrt.

Yolanda hat Monica nicht einmal gefragt, wer sie jetzt im Büro ersetzt, aber noch während sie das denkt, interessiert es sie schon nicht mehr.

Wenn Angel in der Schule ist, kann sie die Sorgen um ihre Großmutter zum Glück eine Weile vergessen. Der Lärm, die Unruhe und die tägliche Routine sind eine willkommene Abwechslung. Wenn sie für die Abschlussprüfung lernt, denkt sie nicht an ihre Großmutter zu Hause, die mit seltsam angewinkeltem Kopf auch tagsüber auf den Fernseher starrt. Sie denkt dann auch nicht an ihren Vater, der zum Lunch eine Dose Rindereintopf warm macht, oder an ihre schleppenden Unterhaltungen, die hilflosen Versuche ihres Vaters, tröstlich und optimistisch zu sein, die aber keinen von beiden überzeugen.

In letzter Zeit hat sie ihr Tagebuch ziemlich vernachlässigt; sie will nicht darüber nachdenken, wie ungerecht das alles ist. Gerade, als sie einigermaßen klarkamen, als sich eine gewisse Routine einstellte und Connor endlich nachts durchschlief, als ihr Vater sie mehr unterstützte, musste so was Furchtbares passieren.

Angel hat in der Schule niemandem davon erzählt. Gewissenhaft notiert sie, wie viele Stunden sie und Connor schlafen, wann und wie lange sie ihn stillt, markiert sogar mit unterschiedlichen Gelschreibern die Lebensmittelgruppen ihrer eigenen Mahlzeiten. Auf diese Weise sind die Schultage in überschaubare Einheiten unterteilt und gehen irgendwie vorbei, bis es Zeit wird, den Reißverschluss ihres Rucksacks zuzuziehen, den Plastikbeutel mit Connors schmutziger Wäsche zu nehmen und Connor in seinen Kindersitz zu heben.

Aber wenn sie im Klassenzimmer aus dem Fenster schaut, ist alles, was sie hört und sieht, von der Gewissheit überschattet, dass sie ihre Großmutter verlieren wird.

Lizette hat seit ihrer Präsentation kaum ein Wort mit ihr gewechselt. Seit drei Wochen – wie können erst drei Wochen vergangen sein, wenn so viel passiert ist? – sitzt sie an ihrem Tisch in der Nähe der Tafel, über ihr Arbeitsheft gebeugt, und malt Kringel an den Rand. Sie hat sich kein einziges Mal über Jen lustig gemacht – nicht mal, als Jen Werbeflyer für die Kita ihrer Kirche verteilt hat –, und wenn Brianna sie aufruft, antwortet sie leise und zurückhaltend.

Angel vermisst ihre Vertrautheit. Sie hasst sich dafür, dass sie sich sogar mitten in dieser schlimmen Zeit nach Lizette sehnt. Sie hat mehrmals versucht, sie nach dem Unterricht abzufangen, aber Lizette ist nur seelenruhig an ihr vorbeigelaufen. Sie hält ihr beim Lunch auch keinen Platz mehr frei und behandelt Angel mit derselben coolen, distanzierten Lockerheit wie alle anderen. Angel begreift nicht, warum alles plötzlich vorbei sein soll. Sie fühlt sich gedemütigt und bereut es, dass sie Lizette so nah an sich herangelassen hat. Und es gibt niemand, mit dem sie drüber reden kann.

Angel wird das Gefühl nicht los, dass sie für das Unglück, das über ihre Familie hereingebrochen ist, irgendwie verantwortlich ist. Nicht, weil Gott Lesben hasst und meint, dass sie keine Großmütter verdienen – so grausam würde Gott, der doch angeblich für Liebe und Barmherzigkeit steht, nicht sein –, sondern weil irgendwas an ihrem Glück falsch war, an der Art, wie die Stunden in Lizettes Gegenwart im Nu vergingen. Tatsache ist, dass Angels Aufmerksamkeit völlig von Lizette in Anspruch genommen war. Sie erlebte diese Nachmittage in ihrem Bett wie im Rausch und das lag vor allem daran, dass Lizette so fantastisch, so einzigartig ist.

Und als sich ihre Mutter nach Yolanda erkundigte, nahm Angel ihre Besorgnis nicht ernst, tat sie als belanglos ab. Was wusste ihre Mutter schon über Yolanda?

Also geschieht es ihr ganz recht, dass Lizette ihr die kalte Schulter zeigt. Sie hat es verdient, zu leiden. Vielleicht verdient sie es auch, ihre Großmutter zu verlieren.

Lizette hat den Kopf auf die Armbeuge gelegt und klopft mit ihrem Stift auf ihr Heft. Ihr glänzendes Haar bedeckt ihre Wange. Angel würde zu gern eine Strähne hinter Lizettes Ohr streichen, um ihr hübsches Kinn zu sehen, wendet sich aber stattdessen ihrem Arbeitsheft zu, kaut auf ihrem Stift herum, bis ihr die Zähne wehtun. Lizette muss doch gespürt haben, dass Angel sie ansieht, so durchdringend, als würde sie sie berühren. Aber Lizette klopft nur ungerührt mit ihrem Stift auf ihr Heft.

Angel steht auf und steckt ihr Handy in ihre Hoodietasche. Ohne einen Blick ins Babyzimmer zu werfen, geht sie zur Toilette. Dort lehnt sie sich an die Wand und checkt ihre Nachrichten.

Kein Wort von zu Hause, weder von ihrer Großmutter noch von ihrem Vater. Und – Überraschung – auch nicht von ihrer Mutter. Wie immer denkt Angel mehr an ihre Familie als die an sie. Sie hat ihrer Mutter nichts von Yolanda erzählt, weil sie nicht will, dass sie plötzlich auftaucht, total besorgt und übereifrig und voller Genugtuung, dass Angel im Gegensatz zu ihr nicht erkannt hat, wie es um ihre Großmutter steht. Dabei war Marissa bisher hauptsächlich mit sich selbst beschäftigt. Sie verdient es nicht, dass man sie informiert. Es sei denn, sie ruft an. Wenn sie anruft, erzählt Angel es ihr. Warum ruft ihre Mutter eigentlich nicht an?

Alles ok?, fragt sie ihren Vater. Ihrer Großmutter schreibt sie nur: *Ich denk an dich. Hab dich lieb.* Wenn ihre Großmutter einen guten Tag hat, kann sie noch ihre Nachrichten lesen, schickt manchmal sogar eine skurrile Antwort. *Lab dich auch.* Da hilft selbst die Autokorrektur nichts.

Aber Ryan hat ihr geschrieben. *Hey, Angle, wie geht's?* Während sie auf ihr Display tippt, ertönt ein weiteres Ping. *Hast du viel zu tun? Wär super, euch mal wieder zu sehen. Ich kann Connor nach der Schule besuchen! Jederzeit!!!* Er macht großzügigen Gebrauch von Ausrufezeichen und grinsenden Emojis. Letzte Woche kam er vorbei und hat sich im Wohnzimmer mit ihrer Großmutter unterhalten. Yolanda mag ihn, lächelte ihm verwirrt über ihre Häkeldecke hinweg zu, bot ihm eine Cola an, die Angel holen und ihm einschenken musste. Ryan fand Yolandas Interesse an ihm ganz natürlich. »Du bist ein guter Junge«, brachte Yolanda mühsam hervor und Ryan bedankte sich artig.

Angel verharrt mit ihren Fingern über dem Display. Die Toilettentür schwingt auf, und weil sie fürchtet, dass es Brianna ist, legt sie schnell ihr Handy hin und dreht den Wasserhahn auf.

»Hey«, sagt Lizette, während die Tür hinter ihr schnaufend zufällt. Lizette fixiert Angel im Spiegel. Angels Herz klopft wie wild. Sie schluckt und dreht den Hahn zu.

Ein weiteres Ping. Angel wirft einen Blick auf ihr Handy. *Melde dich!!!!!*

»Wer ist das?« Lizette steht jetzt direkt hinter ihr.

»Niemand.« Angel stellt ihr Handy auf lautlos und steckt es in die Tasche, froh, dass Lizette mitkriegt, dass es in ihrem Leben auch noch andere Menschen gibt. Sie umklammert den feuchten Rand der Ablage und atmet tief durch.

»Klar doch.« Lizette legt das Kinn auf Angels Schulter. Am liebsten würde Angel die Augen schließen und sich an den weichen Körper hinter sich sinken lassen, aber irgendwas hält sie zurück. Lizettes Kinn bohrt sich in ihre Schulter, ihre Arme halten ihre Brust fest umschlossen. Angel bohrt die Nägel in die Ablage. Sie zwingt sich, in den Spiegel zu schauen, dem Blick dieser grünen Augen zu begegnen. Lizettes Lippen – weich, rosa, auch ohne Lipgloss oder Lippenstift – sind herausfordernd. Ihr Haar fällt über Angels Hals und Sweatshirt. Angel steht reglos da. Wenn sie nicht die Luft anhalten würde, könnte sie den Zitrusduft von Lizettes Shampoo einatmen, den warmen, salzigen Geruch ihrer Haut.

Ihre Liebe fühlt sich nicht gut an. Ihr wird klar, dass sie Liebeskummer hat. Ihr ganzer Körper ist davon infiziert, sie ist zittrig, kann weder essen noch schlafen und sich auch nicht konzentrieren.

»Wer war das?« Lizettes Stimme ist leise, fast drohend, und Angel fragt sich einen Moment lang, ob sie ihr das Handy gleich aus der Tasche reißt und ihr auf die Schliche kommt. Lizettes Frage hat den Bann gebrochen und Angel erwacht aus ihrer Starre.

»Niemand.« Diesmal schleicht sich ein Lächeln in Angels Mundwinkel. Sie dreht sich um. Aber als sie Lizette küssen will, macht die sich los und gibt Angel einen Klaps auf den Hintern.

»Auch recht.« Lizette geht zur Tür, ihre Pumas schlurfen gleichgültig über den Boden.

Als sie die Hand schon auf dem Griff hat, ruft Angel: »Meine Grandma stirbt.« Es ist das erste Mal, dass sie diese Wörter ausgesprochen hat, und sie ist überrascht, wie leicht es ihr gefallen ist.

Lizette zögert. Angel lässt sich auf die Fliesen gleiten und umschlingt ihre Knie. Ihr weicher Bauch drückt gegen ihre Oberschenkel. Sie kann Lizette nicht ansehen, würde es nicht ertragen, wieder zurückgewiesen zu werden.

Lizette lässt sich schwer neben sie fallen. »Scheiße«, sagt sie nüchtern.

»Sie stirbt schon bald.« Angel hört selbst, wie verzweifelt sie klingt. »Also wirklich bald.« Sie hasst ihren weinerlichen Ton. Sie klingt, als wolle sie auf Lizettes Tränendrüsen drücken. Sie benutzt diese Information als eine Art Währung, um sich ihr Mitgefühl zu erkaufen. Damit Lizette sie in den Arm nimmt und sich um sie kümmert und zu ihr steht. Sie will, dass sie und Lizette ein Paar sind.

»Scheiße«, sagt Lizette noch einmal. Sie starrt mit steinerner Miene vor sich hin.

»Japp.« Angel denkt daran, wie viele Menschen Lizette schon verloren hat: ihre Mutter, ihren Vater, das Familiennetzwerk, das wegfiel, nachdem ihr Onkel ihr das angetan hatte. Angesichts dieser ganzen Verluste ist eine sterbende Großmutter überhaupt nichts. Dass eine Großmutter stirbt, ist normal, wird erwartet, liegt in der Natur der Dinge. Es ist unmöglich, Lizette zu erklären, was Yolandas Tod für sie bedeutet, dass ihre ganze Welt zusammenbrechen wird, dass Yolanda wie der Scheitelstein eines Gewölbes ist, ohne den alles einstürzt.

»Wie geht's dir denn? Ich mein, was ist mit deinem Bruder und seiner Freundin? Sind sie …«

»Mein Bruder wohnt jetzt bei seiner neuen Tussi«, sagt Lizette mit fester Stimme. »Sie ist okay. Ich kenn sie nicht besonders gut.«

»Oh, mein Gott, Lizette! Was machst du denn jetzt?«

»Ich überleg mir was. Such mir einen Job. Ich wohn noch

bei Selena, bis der Mietvertrag im Dezember ausläuft. Solang bezahlt er meinen Anteil.«

»Aber wo willst du dann hin? Kannst du bei irgendwem unterkommen?« Sie hat niemand außer ihren Cousins, vermutet Angel. »Wo wohnst du denn dann?«

»Kannst du mal damit aufhören?« Lizette funkelt sie wütend an. »Ich hab dir doch gesagt, ich *weiß* es nicht, Angel.«

»Entschuldige.«

Sie sitzen lange da, lauschen den knackenden Rohren und den fernen Stimmen im Gang. Angel überlegt wieder, ob Lizette nicht bei ihnen einziehen könnte, aber es ist nicht ihr Haus, und deshalb kann sie es auch nicht vorschlagen, und wo würde Lizette schlafen? In Angels Einzelbett? Fast muss sie lachen, wenn sie an die Reaktionen ihres Vaters und ihrer Großmutter denkt. Bald werden sie mehr Platz haben. Rasch schiebt Angel den Gedanken beiseite.

»Hey, tut mir leid wegen deiner Grandma.« Lizette legt den Arm um Angel und lehnt den Kopf an ihre Schulter. Das ist nicht besonders bequem und die Geste ist die einer Freundin, nicht mehr, aber trotzdem schließt Angel die Augen. Ein Hahn tropft und der Gestank nach Desinfektionsmittel steigt ihr in die Nase.

»So«, sagt Lizette und zieht Angel unsanft am Ohr. Angel hält die Luft an. Sie will sie so sehr. Ihre Brust zerspringt fast vor Verlangen, jede Faser ihres Körpers sehnt sich nach ihr. Sie hebt den Kopf, um Lizette zu küssen. Lizette legt einen Finger auf Angels Brust und schiebt sie zurück. »Wenn du willst, gehen wir zu deiner Märchenstunde.«

»Kann ich mit dir nach Hause kommen?«

»Mal sehn.«

Lizette gibt ihr einen Kuss, hievt sich hoch und marschiert aus der Toilette.

Yolandas Krankheit spricht sich schnell herum und sie bekommt Karten und Anrufe und Besuch von alten Freundinnen und Großcousinen, die sie seit Jahren nicht mehr gesehen hat. Sie tun Yolanda leid; niemand weiß, was man zu einer Sterbenden sagen soll. So lange es geht, sitzt sie bei ihnen, aber sie ist so müde und fragt sich, was sie ihnen eigentlich bedeutet. Sie lachen, wärmen alte Geschichten auf – damals, als sie sich auf der Fiesta an den Tisch mit der Bowle gelehnt hat und das ganze Ding umgekippt ist, oder als in Willard Romeros Lebensmittelladen die Geldkassette gestohlen wurde und rauskam, dass der Übeltäter die siebzigjährige Großmutter von irgendwem war – und das tut ihr gut, aber trotzdem keimt ein leiser Verdruss in ihr auf. Warum muss sie sich mit diesen belanglosen Leuten abgeben?

Sie dachte, es wäre nur eine Frage der Zeit, bis auch Cal auftauchen würde. Inzwischen sind mehrere Wochen vergangen und ihr wird klar, dass er gar nicht wissen kann, wie es um sie steht. Sie haben keine gemeinsamen Freunde. Wenn sie überhaupt mit anderen ausgegangen sind, dann mit seinen Freunden und ihren Frauen. Und es war eher unwahrscheinlich, dass die von Yolandas Diagnose erfahren würden. Er würde auch nicht einfach so anrufen, weil sie ihm gesagt hat, dass sie sich bei ihm meldet, und er ihre Wünsche immer respektiert hat.

Trotzdem wartet sie auf ihn und ist ehrlich überrascht, dass es so ist.

Als sie schließlich zum Telefon greift, zittert ihre Hand vor Nervosität. Sie sitzt vor ihrem Schminktisch, mit dem Rücken zum Spiegel, weil sie den Anblick dieser dürren Person mit dem lächerlichen Verband um den Kopf nicht erträgt. Während sie dem Klingeln lauscht, stellt sie sich vor, wie Cal in seiner kargen Küche steht, auf ihren Namen auf dem Display starrt, kurz überlegt, bevor er sie wegdrückt. Das wäre nur fair, nachdem sie ihn mit einer fadenscheinigen Erklärung – *Ich brauche Zeit* – abgefertigt hat. Aber trotzdem ist sie gekränkt; Cal blockiert doch sonst nie ihre Anrufe.

»Yolanda.« Seine Stimme ist heiser vom Rauchen, klingt aber warm. »Bist du's wirklich?«

Plötzlich fühlt sich Yolanda gar nicht mehr krank, einen Moment lang ist sie wieder ganz die alte lebensfrohe Yolanda. Sie malt sich aus, wie sie sich zum Dinner verabreden, anschließend zu ihm gehen, irgendwann in seinem staubigen Schlafzimmer im Bett landen, umgeben von den schönen geölten Regalen, die er mit Thrillern, Elektrowerkzeugen und diversen Vitamindöschen vollgestellt hat. Wie leicht wäre es, in ihr altes Leben zurückzukehren – aber dann wird ihr schlagartig bewusst, dass das eine Illusion ist.

»Yolanda?« Sie stellt sich vor, wie er einen Zahnstocher zwischen den Zähnen hervorzieht, ihn kurz anschaut und dann auf den Tisch legt.

Yolanda holt Luft. Ihre Stimme klingt, als hätte sie eine Kröte verschluckt.

Cal seufzt. Sie sieht ihn vor sich, wie er an seiner dünnen Unterlippe kaut.

»Cal«, bringt sie schließlich heraus, erleichtert, dass ihr Geist klar ist, ihre Stimme ihr wieder gehorcht. Sie will sich bei ihm entschuldigen. Aber stattdessen appelliert sie an sein Mitleid. »Ich muss dich sehen. Ich habe einen Gehirntumor. Ich sterbe.« Das ist der falsche Ton, sie hätte sich kaum unglücklicher ausdrücken können, auch wenn es die Wahrheit ist.

Aber Cal scheint ihr das nicht übel zu nehmen, vielleicht ist ihm auch gar nicht aufgefallen, wie pathetisch sie klang. Wie sie Cal kennt, würde er nie etwas Schlechtes von ihr denken.

»Ich hab mich schon gefragt, ob was passiert ist«, sagt Cal. »Es musste was Schlimmes sein, sonst wärst du nicht einfach gegangen. Das passt nicht zu dir. Ich hab mir das Hirn zermartert, ob ich was falsch gemacht hab.« Er zögert, wird sich vielleicht seiner unglücklichen Formulierung bewusst. »Ich hab mir Sorgen gemacht, Yolanda.«

»Ich weiß.«

Cal kann nicht glauben, dass sie todkrank ist, aber Yolanda klärt ihn nüchtern und sachlich über ihre Situation auf. Tapfer sagt sie, dass ihr nicht mehr viel Zeit bleibt.

»Nein, das kann doch nicht sein. Bist du sicher? Kann ich dich sehen? Jetzt gleich?«

Sie willigt ein und beide legen auf. So einfach ist es, Cal dazu zu bringen, zu ihr zurückzukommen. Sie wirft das Handy in Richtung Bett, aber es landet auf dem Fußboden. Kann sie nicht mal in Würde sterben? Jetzt hat sie einfach ihren Kummer auf Cal abgeladen; vorher konnte er sie zumindest dafür hassen, dass sie ihn verlassen hat, aber jetzt muss er damit leben, dass seine verletzten Gefühle zweitrangig sind.

In weniger als einer Stunde ist er da.

»Oh, hallo«, sagt Amadeo überrascht, als Cal die Küche betritt, und verdrückt sich in sein Zimmer. Yolanda weiß, dass Amadeo Cal mag, aber er war ihren Freunden gegenüber schon immer etwas zugeknöpft. Cal trägt eine Baumwolljacke und dreht verlegen seine Mütze in den Händen.

Er kommt direkt von der Arbeit (sie lag falsch mit ihrer Annahme, dass er in der Küche stand, sie scheint ganz vergessen zu haben, dass normale Menschen an Wochentagen arbeiten müssen) und riecht noch nach Sägemehl; er ist ganz voll davon. Yolanda hat Angst, dass es auf den Boden rieselt. Hör auf damit, rügt sie sich. Das ist schließlich unser Wiedersehen.

»Yo«, sagt er und umarmt sie. Sie entspannt sich etwas, atmet seinen vertrauten Geruch ein. Der Geruch erinnert sie an ihr früheres Leben, an die Zeit vor ihrer Diagnose. Er drückt sie fest an sich und sie spürt, wie ein Prickeln in ihr aufsteigt.

Cals Körper ist ihr so vertraut – braun und sehnig, die weichen Hautfalten am Rücken. Sie hat Fotos von dem rotblonden Jungen von einst gesehen und kann in Cals Gesicht manchmal noch den gleichen störrischen Ausdruck erkennen. Er ist ein Mann, der jahrzehntelang mit bloßem Oberkörper im Freien gearbeitet hat, dessen Nacken von der Sonne ganz rot und von Falten durchfurcht ist. Sie hat ihn immer gern berührt. Aber wenn sie ihn jetzt in ihr Schlafzimmer führen würde, würde er wahrscheinlich zögern. Mit Erschrecken denkt sie an ihren knochigen Körper.

»Oh Gott«, murmelt er in ihre Schulter. »Warum hast du mir denn nichts gesagt?«

»Dir ging's gut. Du hattest deinen Spaß. Du warst …« Sie hält kurz inne. Obwohl sie die Angst in seinen Augen sieht, fährt sie ungerührt fort. »Ich wollte dich nicht runterziehen.« Das ist nur die halbe Wahrheit und das scheint er auch zu wissen. Dass er nicht nachhakt, zeigt wieder einmal, wie großmütig er ist. Er stellt die richtigen Fragen. Obwohl es ihm sichtlich schwerfällt, erkundigt er sich, wie viel Zeit ihr noch bleibt.

»Höchstens ein paar Monate.« Yolanda möchte, dass ihre Stimme fest klingt, aber sie trieft vor Selbstmitleid. Sie drückt ihr feuchtes Gesicht in seine Jacke.

Cal tätschelt ihren Rücken und löst sich dann aus ihrer Umarmung. Seine Augen sind voller Trauer und Mitgefühl. Er zieht seine Jacke aus und hängt sie ordentlich über die Lehne des Küchenstuhls. Er betrachtet seine Hände, und Yolanda hat Angst vor dem, was er sagen wird. »Es ist jetzt fast sechs Monate her, dass wir zuletzt miteinander gesprochen haben, Yo. Nachdem wir über ein Jahr zusammen waren. Warum hast du ausgerechnet jetzt angerufen?«

Yolanda zuckt mit den Schultern. Weil du mir gefehlt hast, könnte sie sagen. Weil ich Angst habe. Weil ich mich ablenken muss von dem, was mit mir geschieht. Weil ich einsam bin.

Cal wartet darauf, dass sie ihm antwortet. Als sie nichts sagt, atmet er tief aus und fährt sich mit seinen schwieligen Händen übers Gesicht. Ein kratziges Geräusch, wie von grobem Schleifpapier. Seine Levi's ist an den Knien ganz abgewetzt. Er studiert das Linoleum zwischen seinen Arbeitsschuhen. Wie ein gescholtenes Kind steht sie vor ihm.

Dann hebt er den Kopf und sieht sie mit seinen braunen, gütigen Dackelaugen an. »Wenn du das allein durchstehen willst, dann tu's, Yo. Aber du musst wissen, dass es auch für mich schwer ist.«

Das tut mir furchtbar leid, hätte sie beinah schnippisch

erwidert. Was kann ich tun, damit mein Krebs im Endstadium leichter für dich wird? Aber eigentlich denkt sie das gar nicht und außerdem würde sie die Sätze sowieso nicht vollständig rausbringen.

»Ich würde dir gern helfen, und es tut weh, dass du das ablehnst.« Er scheint nicht zu wissen, wohin mit seinen Händen, streicht sich über die Oberschenkel, hakt die Daumen in die Hosentaschen, zieht sie wieder raus. »Ich würde gern sagen, dass ich immer für dich da bin, aber ich bin mir nicht sicher, ob mein Angebot nicht irgendwann verfällt.«

Sie weiß, dass er ehrlich zu ihr ist, und das erfordert Mut. Sie denkt an Cals Ehe, seine Ex-Frau, die ihn einfach fallenließ, nachdem sie ihre Zulassung als Immobilienmaklerin bekommen hatte, und über die er, soweit Yolanda sich erinnern kann, nie schlecht geredet hat. Er hat es nicht verdient, dass man ihn verlässt, und trotzdem passiert es ihm immer wieder. Er ist ein guter Mensch.

»Verfällt. Tja.« Yolanda zwingt sich zu einem Lachen. »Es fragt sich nur, wer zuerst verfällt, ich oder das Angebot.« Die Wörter kommen sicher und richtig aus ihrem Mund, als würde ihr Gehirn für diesen Abschied sämtliche Kräfte mobilisieren.

Cal schüttelt den Kopf. »Du brauchst mir nichts vorzuspielen, Yolanda.« Sie ist sich sicher, dass er ihr ins Schlafzimmer folgen würde, wenn sie jetzt seine Hand nähme. Es wäre so einfach, wunderbar einfach, ihn an sich zu ziehen. Seine Hände würden über ihre Brüste streichen. Und danach sehnt sie sich so sehr. Sie will ihn auf sich spüren, will, dass er den Schmerz aus ihr herauspresst.

Er ist nicht ihre große Liebe, und sie begreift, dass er das auch nie sein wird. Aber sie schätzt den Trost, den er ihr gibt. Und es wäre schön, wenn sie nicht allein wäre, wenn es so weit ist. Doch sie streckt die Hand nicht nach ihm aus. Vielleicht will sie ihm – selbst jetzt noch – einfach nur beweisen, dass sie ihn nicht braucht. Aber vielleicht denkt sie ausnahmsweise auch mal an Cal.

»Danke, dass du gekommen bist, Cal«, sagt sie behutsam, konzentriert sich auf jedes Wort. »Das bedeutet mir sehr viel.

Ich bin dir sehr dankbar für unsere gemeinsame Zeit.« Die Wörter klingen wie auswendig gelernt, zuckersüß und bitter zugleich, aber es ist die Wahrheit.

Cals Kiefermuskeln zucken. »Okay«, sagt er schließlich und wendet den Blick von ihr ab. Er steht auf, stützt sich mit den Händen auf den Beinen ab, schlägt sich dann auf die Schenkel, eine Geste, die etwas Endgültiges hat. Er sieht sie nicht an. »Okay«, sagt er noch einmal und dann ist er fort.

Amadeo findet es bewundernswert, wie ungezwungen seine Tochter mit Tío Tíve umgeht. Er bringt ihnen jetzt ein- oder zweimal die Woche Lebensmittel vorbei, wehrt Amadeos Dank ab, stellt die Sachen vor Angel wie Opfergaben. Zuerst sind es Dosen mit Bohnen und Rindereintopf sowie abgepackte Tortillas, Dinge, die er auch für sich kauft, bis Angel behutsam eingreift.

»Das ist wirklich lieb von dir, Tío. Ich hab dir fürs nächste Mal schon 'ne Liste gemacht mit Sachen, die wir brauchen. Gemüse und so was.«

Angel küsst ihn auf die Wange und fängt an, die Lebensmittel wegzuräumen. Draußen vor der Tür wartet Tíves Hündin Honey geduldig, den Kopf auf die Pfoten gelegt.

»Willst du ein Glas Saft, Tío?«, fragt Amadeo. Tío scheint froh zu sein, noch ein bisschen bleiben zu können. Er leistet Angel beim Kochen Gesellschaft, die das Baby auf ihrer Hüfte schaukelt. Amadeo gesellt sich zu ihnen und sie unterhalten sich, während seine Mutter in ihrer eigenen Welt versunken ist. Tío Tíve sieht sie verstohlen an. Sie, die früher immer herumgewuselt ist, sitzt jetzt still und in sich gekehrt da. Ihr Gesicht wird immer schmaler, die Haut unter ihren umschatteten Augen knittriger. Sie starrt auf einen Punkt auf ihrem Schoß und bewegt lautlos den Mund.

Einmal, als Tíve die Lebensmittel vorbeibringt, sitzt Amadeos Mutter am Küchentisch und ist völlig klar im Kopf.

»Moment, Tío«, sagt sie und nimmt ihr Portemonnaie. »Ich muss noch was bezahlen. Ich werd … vergeblich.«

Amadeo wendet den Blick ab. Er erträgt es nicht, wenn sie nach Wörtern sucht.

»Vergesslich, Gramma?«, sagt Angel und sieht Tío verstohlen an. Sie steht vor der Arbeitsplatte, hat das Baby auf dem Arm und formt mit einer Hand Hamburger auf dem Schneidebrett.

»Vergrässlich?« Yolanda runzelt die Stirn. Tío Tíve beobachtet beunruhigt, wie diese dürre, fahrige Frau in ihrem Portemonnaie herumkramt.

»Hier, nimm«, sagt Yolanda und zieht ein paar Scheine heraus. Ihre Haare, die unter der Mütze hervorlugen, sind struppig und bis auf die gefärbten Spitzen ganz grau.

»Nein, Yo. Ich will das nicht.«

Yolanda wedelt ärgerlich mit den Händen. Die Scheine fallen auf den Tisch. Einer flattert zu Boden. Amadeo hebt ihn auf und legt ihn vor sie.

»Kannst du meine Mom anrufen, damit sie mich abholt?«, fragt sie.

Tíve öffnet den Mund.

»Gramma«, sagt Angel. »Deine Mom kann jetzt nicht kommen. Aber wir sind doch bei dir.« Connor beugt sich vor, will nach dem Hamburger greifen, aber Angel hält seinen Arm fest und der Hamburger landet mit einem Platsch auf dem Boden.

»Gib ihn mir«, sagt Tíve und nimmt ihr Connor ab, der protestiert, sich aber fügt. »Kann ich ihn mit rausnehmen, damit er Honey begrüßt? Sie ist ganz brav.«

Angel zögert. »Okay. Pass nur auf, dass sie ihm nicht zu nah kommt. Und zieh ihm eine Jacke an.« Sie bedeutet Amadeo mit einem Blick, dass er mitgehen soll.

»Yolanda wird immer vergesslicher«, sagt Amadeo leise zu seinem Großonkel.

Tíve nimmt die Betonstufen einzeln, schwankt bedenklich, und Amadeo muss an sich halten, damit er ihm nicht Connor entreißt. »Dieser Idiot Anthony hat hier nie ein Geländer angebracht. Jahrelang hat er versprochen, sich drum zu kümmern. Und ihr Kinder seid immer auf allen vieren hoch- und runtergekrabbelt. Deine arme Mom. Was sie alles mitmachen musste.« Tíve seufzt. »Dein Dad war ein guter Freund von meinem Elwin.« Mühsam lässt er sich nieder und Amadeo setzt sich neben ihn.

Amadeo denkt an das Foto von den beiden jungen Männern. Er kann das lächelnde junge Gesicht nicht in Einklang bringen mit den dunklen Erinnerungen an seinen Vater. Er weiß noch, dass er in dessen Gegenwart immer auf der Hut war, aus Angst, ihn zu verärgern.

Honey erhebt sich, grinst mit ihren gekräuselten, schwarzen Lefzen und wedelt mit ihrem Stummelschwanz. Ihr Fell glänzt rötlich. Connor mustert die Hündin ernst, sieht dann seinen Großvater und seinen Großgroßgroßonkel an und lacht. »Sitz!«, befiehlt Amadeo Honey und sie wedelt noch enthusiastischer mit dem Schwanz.

»Ich hab von meinem Jungen nicht viel mitgekriegt, als er in seinem Alter war«, sagt Tíve. »Damals haben die Männer für ihre Familien gearbeitet. Meistens hat der Kleine schon geschlafen, wenn ich abends heimkam.«

»Ich bemüh mich.«

»Du musst es besser machen als dein Dad.«

Amadeos spürt, dass er rot wird. Die Kiefern leuchten in der tief stehenden Herbstsonne.

Honey schnüffelt an den pummeligen Beinchen des Babys und hinterlässt feuchte Flecken auf seinem gestreiften Strampler. Connor guckt Tíve mit großen, ängstlichen Augen an. Er wimmert, weint aber nicht. »Hey, alles okay«, sagt der alte Mann und winkt mit Connors kleiner Hand. »Sie ist ein lieber Hund. Hast du schon mal so ein liebes Hündchen gesehen?«

Bevor es seine Mutter an jenem Abend erwähnte, hatte Amadeo keine Ahnung, dass sein Vater ihm einen Hund schenken wollte, damit er Gesellschaft hatte und sich nicht so allein fühlte. Also hat er seinem Vater doch was bedeutet. Vielleicht wusste er, dass er nicht mehr lange da sein würde.

»Ich hätt mich mehr um deinen Dad kümmern müssen. Aber nachdem Elwin …« Sein Großonkel bricht ab. »Ich hab nicht gewusst, wie ich irgendjemand helfen sollte.«

»Ich kann mir nichts Schlimmeres vorstellen, als sein Kind zu verlieren.« Der Gedanke, dass Angel was passieren könnte, ist unvorstellbar.

Sein Großonkel schweigt lange.

»Damals, 1942, als ich zur Grundausbildung musste, hat mich mein Dad am Abend vorher zur alten Morada mitgenommen.« Tíve weist mit dem Kinn in Richtung Dorf. »Er hat gehinkt. Im Krieg hat er Senfgas abbekommen und sein Bein ist nie wieder richtig verheilt. Damals war die Morada nichts als eine Bruchbude. Er hat zu mir gesagt: ›Mein Dad hat im Lauf seines Lebens alle wichtigen Ämter gehabt: Hermano-Ältester, Vorbeter, Bluter.‹ Er hätte die Tradition gern aufrechterhalten.«

Amadeo geht durch den Kopf, dass sein Großonkel damals noch ganz schön jung war, als er mit seinem Vater in den Adobe-Ruinen stand. Vielleicht dachte er an das Essen, das seine Mutter und Schwestern zu Hause für ihn kochten, oder an die lange Reise übers Meer, die ihm bevorstand. Vielleicht rollte Tíves Vater eine Zigarette und gab sie ihm, rollte dann eine zweite für sich, ließ das Streichholz auf den Boden fallen und trat die rote Glut aus.

Tíve rückt Connor auf seinem Schoß zurecht. »Mein Dad hat mir erzählt, dass die Morada das Herz unsres Dorfs war. Er hat gesagt: ›Sieh zu, dass du wieder nach Hause kommst, mein Sohn. Las Penas ist noch lange nicht am Ende.‹ Na ja, vielleicht ist es das ja jetzt.«

Amadeo stellt sich vor, wie das Dorf damals war. Voller Leben. Mit vielen Fiestas und Schlachtfesten, Hochzeiten und Tanzveranstaltungen. Fast kann er die Freudenschreie, die Akkordeonklänge und die stampfenden Füße hören.

Hund und Baby fühlen sich offenbar zueinander hingezogen. Connor runzelt die Stirn, streckt den Arm aus, und Honey grinst und schnauft aufgeregt. Connor schließt die Finger um die feuchte Schnauze und schüttelt sie kräftig. Honey lässt es geduldig über sich ergehen, aber ihre hellen Augenbrauen zucken und sie sieht Tíve besorgt an. Als Connor jauchzt, lacht der alte Mann.

Amadeo lächelt, aber die Worte seines Großonkels geben ihm zu denken. »Wir sind doch noch hier, Tío. Wir leben noch in diesem Ort. Connor wächst hier auf.«

»Es ist nicht richtig. Ich sollte vor deiner Mom gehen. Ich hätte als Erster gehen sollen.«

Ehe Amadeo etwas dazu sagen kann, hört er hinter sich

unsichere Schritte und kurz darauf wird die Fliegentür aufgestoßen. »Dodo.«

Sie drehen sich um. Seine Mutter steht schwankend in der Türöffnung und sieht sie stumm an. Wahrscheinlich wird sie sie gleich zurechtweisen, weil sie das Baby mit der Hündin spielen lassen.

»Ja, Mom?«

Tíve erhebt sich schwerfällig. Alarmiert steht Amadeo ebenfalls auf, hält vorsichtshalber die Hand unter den Ellbogen seines Großonkels. Er kann förmlich sehen, wie die Schwerkraft an dem alten Mann zerrt, sieht ihn schon mit Connor die Betonstufen hinunterstürzen, aber Tío fängt sich. Connor zappelt in seinen Armen, beugt sich vor, um Honey zu streicheln.

»Kann ich ihn nehmen, Tío? Komm, ich nehm ihn dir ab.«

Aber sein Großonkel ignoriert ihn. Von der obersten Stufe aus beobachtet er Yolanda, die sich an der Fliegentür festhält.

Amadeo fasst seinen Großonkel am Ellbogen und greift selbst nach dem Türgriff, weil er nicht will, dass die beiden das Gleichgewicht verlieren. »Lass uns reinkommen, Mom. Lass uns alle zusammen reingehen.«

»Nein«, sagt sie und schüttelt den Kopf so vehement wie ein Kleinkind. Ihre Mütze ist verrutscht, unter dem dünnen Haar schimmert ihre Kopfhaut durch. Sie rührt sich nicht von der Stelle. Ihre Finger umkrampfen den Pfosten. Sie zieht die Tür zu sich und versperrt ihnen damit den Weg.

»Dodo.«

Amadeo will, dass ihm sein Großonkel den zappelnden Connor gibt, dass sie ins Haus gehen und diese groteske Situation ein Ende hat.

Sie scheint nach Worten zu ringen. »Ich hab deinen Dad geliebt, Dodo.« Ihre Lippen zittern. »Obwohl er schwul war.«

»Schwul?« Offenbar hat seine Mutter jetzt völlig den Verstand verloren. Behutsam sagt er: »Ach, Mom. Dad war nicht schwul. Er hatte nur ’ne Menge Probleme.«

Als Amadeo seinem Großonkel den Kleinen abnimmt, greift Tíve Halt suchend nach dem Hemdchen des Babys. Amadeo öffnet vorsichtig die Tür, nimmt seine Mutter am Arm und führt sie rückwärts ins Haus.

—

Jetzt am Vormittag ist es im Haus ganz still, die Fenster sind geschlossen. Nicht mal das Gezwitscher der Vögel dringt herein. Bis auf das gelegentliche leise Ticken im Heizungsschacht, das sich anhört, als würde irgendwo im Haus jemand mit dem Fingernagel abwesend über ein Rohr kratzen, ist es totenstill. Es ist eine leere Stille, obwohl das Haus gar nicht leer ist.

Amadeo liegt mit entblößtem Oberkörper auf seinem zerwühlten Bett, während seine Mutter in ihrem Schlafzimmer döst. Connor war die ganze Nacht wach und hat geschrien, weil er zahnte. Gegen eins, nachdem Angel ihn wieder gestillt und sein Zahnfleisch mit Salbe eingerieben hatte – ihr Gesicht bleich, ihr Tonfall genervt –, unterbrach Amadeo sein Videospiel, nahm ihr das Baby ab und schickte sie ins Bett. Bis vier Uhr morgens ging er mit seinem Enkel im heißen Wohnzimmer auf und ab und redete mit ihm, wie es ihm Angel beigebracht hatte: »Da ist die Lampe. Siehst du das Licht? Siehst du das Licht im Fenster?« Connors Augen wurden glasiger und glasiger, sein Wimmern leiser, bis er schließlich einschlief. Amadeo legte ihn in sein Bettchen in Angels Zimmer, wo sich seine Tochter unter die Decke verkrochen hatte und tief und fest schlief.

Er starrt auf den groben Putz an der Decke und versucht sich damit abzufinden, dass seine Mutter nicht mehr lange leben wird. Aber seine Gedanken wandern unablässig zur anderen Seite des Flurs, wo seine Mutter trotz der Hitze in mehrere Decken eingemummelt ist und um ihr Überleben kämpft. Amadeo kann förmlich hören, wie ihr Herz schlägt.

Seine Mutter stirbt. Warum ist es so schwer, diese simple, unabänderliche Tatsache zu akzeptieren? Die Frau loszulassen, die sie einmal war: zupackend und zielstrebig und immer lächelnd, mit den warmen braunen Augen und dem üppigen, langen und gleichmäßig gefärbten Haar.

Jetzt ist seine Mutter sie selbst und doch nicht sie selbst – steifgliedrig, grauhäutig, mit stumpfen Augen und einer Stimme, die zugleich hoch und kratzig ist –, eine Version ihrer selbst, die ihm fremd ist, an die er sich aber trotzdem klammert. Wenn sie in einen leichten Schlaf sinkt, hat er das Bedürfnis, ständig nach ihr zu sehen, sehnt sich danach, dass sie die Augen aufschlägt und ihn tröstet.

Seine Mutter, die ihn und seine Schwester vor ihrem Vater beschützt, sie ernährt und ihnen immer Mut gemacht hat, die – warum versteht er das eigentlich erst jetzt? – ein Fels in der Brandung war, zieht sich in sich selbst zurück, schrumpft in sich zusammen und wird immer gereizter und verwirrter. Ihm wird bewusst, dass diese neue, mangelhafte Ausgabe seiner Mutter allmählich die alte verdrängt.

Er drückt das Gesicht ins verschwitzte Kissen. Jetzt schläft er bestimmt nicht mehr ein. Dazu ist er viel zu kribbelig vor Sorge.

Als sein Handy pingt, schreckt er hoch und guckt blinzelnd aufs Display. Brianna. *Wie geht's dir?* Dann: *Wollen wir uns mal wieder treffen?*

Die Bierdosen auf der Kommode stinken nach Hefe. Er muss sie entsorgen, bevor Angel heimkommt und ihm wieder Vorwürfe macht. Seine Klamotten sind über den Fußboden verstreut. Die Laken muffeln – seine Mutter hat sie in letzter Zeit natürlich nicht gewaschen.

Amadeos Daumen schweben über dem Handy. Er hat Brianna seit Wochen nicht mehr gesehen, nicht seit dem Krampfanfall seiner Mutter. Aber jetzt erwischt sie ihn irgendwie auf dem falschen Fuß.

Offenbar hat Angel ihrer Lehrerin nichts von Yolandas Diagnose erzählt, sonst hätte Brianna bestimmt irgendwas Mitfühlendes geschrieben. Er fragt sich, mit wem seine Tochter eigentlich über ihre Probleme redet. Wahrscheinlich ist sie gerade in ihr Sozialkundebuch vertieft, während ihre Lehrerin keine fünf Meter entfernt ihrem Vater eine Nachricht schickt, um sich mit ihm zu verabreden.

Seit er Brianna kennengelernt hat, lief es für ihn richtig gut.

Er sah alles, was er tat – wie er mit Angel umging, wie er sich um Connor kümmerte, Creative Windshield Solutions in Angriff nahm – mit ihren Augen. Sie brachte das Beste in ihm zum Vorschein: Er war geduldig, selbstlos, ein guter Vater und Großvater. Und kam damit dem Idealbild eines Mannes, das andere Männer offenbar mühelos verkörpern, schon ziemlich nah.

Aber dann vermasselte er die Reparatur von Monicas Windschutzscheibe und seine Mutter hatte einen Zusammenbruch. Ein Schlag nach dem anderen. Sein ganzer Optimismus war wieder dahin. Er konnte Brianna nicht anrufen.

Sein Handy pingt. *Es wär schön, dich zu sehen.* Er spürt, dass sie verunsichert ist, vielleicht auch enttäuscht, und fühlt sich sofort schuldig. Gleichzeitig ärgert es ihn, dass sie ihm ein schlechtes Gewissen macht. Schließlich hat er sich um seine Mutter gekümmert!

Hier war die Hölle los!, tippt Amadeo, aber statt die Nachricht abzuschicken, ruft er sie an, ohne groß drüber nachzudenken. Auf seiner Stirn pocht eine Ader.

»Hey«, sagt sie, ihre Stimme ist leise und vorsichtig. »Wie geht's dir?«

»Ganz okay. Hatte viel zu tun. Hier war die Hölle los.« Er überlegt, wie er ihr von seiner Mutter erzählen könnte, aber sie unterbricht seinen Gedankengang.

»Es ist nur seltsam, dass du dich nicht gemeldet hast. Damit will ich nicht sagen, dass wir eine Beziehung oder so was haben, es ist einfach nur seltsam. Wir haben uns schließlich einmal die Woche getroffen. Die ganze Zeit geschrieben. Wir ...« – und hier senkt sie die Stimme noch mehr – »haben zusammen *geschlafen*.«

»Denkst du, das weiß ich nicht?«

»Und dann verschwindest du einfach. Was soll ich davon halten?«

Er sollte sie beruhigen oder ihr sein Verhalten erklären, aber stattdessen wird er stinksauer. Ihm Vorwürfe zu machen! Für wen hält sie sich eigentlich? Er hat sie schließlich angerufen und wollte ihr von seiner Mutter erzählen.

»Ich weiß nicht, was das soll«, beginnt er.

»Hör zu. Ich hab beruflich ziemlich viel riskiert, um mit dir zusammen zu sein.« Ihre Stimme klingt rau und er hat das ungute Gefühl, dass sie gleich anfängt zu weinen. Aber dann holt sie tief Luft. »Tut mir leid«, sagt sie und räuspert sich. »Okay, um ehrlich zu sein, hatte ich wohl erwartet, dass du anrufen würdest, und war dann einfach enttäuscht.«

Ihre Offenheit bringt ihn in Bedrängnis. »Na ja, manchmal bist du eben nicht das Wichtigste auf der Welt.«

Schweigen. »Okay. Was ist dann der Grund? Können wir wenigstens drüber reden? Was mit uns passiert? Meinst du nicht, wir sollten darüber reden?«

Amadeo fühlt sich in die Enge getrieben. »Hör zu, du bist 'ne tolle Frau, aber in meinem Leben ist gerade die Kacke am Dampfen.« Er merkt selbst, dass das nach einem Trennungsskript klingt.

»Heißt das, du ghostest mich?«

»Nein, sonst hätt ich dich doch nicht angerufen. Meine Scheißmutter stirbt, okay? Also krieg dich wieder ein!«

Er drückt sie weg. Das war ein Volltreffer; er ist über sich selbst hinausgewachsen. Trotzdem will sich kein Triumphgefühl einstellen. *Meine Scheißmutter stirbt.* Idiotisch. Er hätte sagen sollen: *Meine Mutter stirbt, so 'ne Scheiße.* Er schlägt auf die Matratze ein. Es ist so verdammt heiß hier drin. »Verdammte Scheiße!«, brüllt er, reißt sich aber gleich wieder zusammen. Er lauscht auf die krächzende, jammernde Stimme seiner Mutter, auf einen Atemzug. Aber alles ist still.

Angels Leben ist zweigeteilt. Die eine Hälfte spielt sich zu Hause ab, wo sie kocht, Connor und Yolanda versorgt und in aller Eile ihre Hausaufgaben erledigt. Während sich ihr kleiner Sohn und ihre Großmutter von Tag zu Tag etwas mehr verändern.

Connor kann jetzt schon fast krabbeln, schaukelt auf den Händen und Knien vor und zurück, als wolle er gleich über einen Abgrund springen, um sich dann flach auf den Bauch zu legen und wie ein kleiner Dschungelkämpfer über den Boden zu robben. Während er mit der nackten Brust über das Linoleum rutscht und es laut quietscht, kräht Connor vor Vergnügen.

Was Yolanda betrifft, so werden ihre Aussprache und Bewegungen immer schwerfälliger. Außerdem hat sich ihr Körper merkwürdig verändert: Einerseits sind ihre Brüste erschlafft und ihr Bauch eingefallen, andererseits sind wegen der Steroide ihre Wangen aufgedunsen und ihre früher so schmalen Handgelenke angeschwollen, sodass der silberne Armreif, den sie trägt, solange sich Angel erinnern kann, ihr in die Haut einschneidet.

Eines Nachmittags findet Angel ihre Großmutter im Badezimmer, wo sie vor dem Spiegel steht und sich die Haare an den Schläfen glatt streicht, immer und immer wieder. Aber jedes Mal richten sie sich wieder auf, strohig und widerspenstig.

»Alles okay?« Sei vorsichtig, möchte sie ihre Großmutter warnen. Die Wunde am Hinterkopf ist zwar geklammert, aber das Loch in der Schädeldecke wurde nicht verschlossen.

Ihre Großmutter sieht finster in den Spiegel. »Ich fühl mich nicht so.«

»Wie meinst du das, Gramma?«

Sie deutet mit zittriger Hand auf ihr Spiegelbild. »In mir drin bin ich nicht so. Da bin ich noch hübsch.«

»Du *bist* hübsch«, sagt Angel. »Du bist immer noch hübsch.«

Als Yolanda Angels besorgte Miene sieht, lächelt sie, die Haut um ihren Mund legt sich in knittrige Falten. »Kannst du meine Mutter anrufen?«

Die andere Hälfte ihres Lebens verbringt Angel in der Schule. Der tägliche Unterricht ist eine willkommene Ablenkung. Und ein Lächeln oder eine flüchtige Berührung von Lizette genügen, um sie wenigstens eine Weile aus ihrer gedrückten Stimmung zu reißen.

Eines Mittwochvormittags Anfang Oktober jedoch kommt es zu einem folgenschweren Konflikt, als Jen zwanzig Minuten nach Beginn der Einzelarbeit verkündet, dass sie Lose für eine Tombola verkaufen will. Mit dem Erlös will ihre Kirchengemeinde gemeinnützige Projekte in Honduras finanzieren. »Heute ist der letzte Tag. Hab ganz vergessen, es euch zu sagen.«

Brianna sieht von ihrem Laptop auf. »Nicht jetzt, Jen.«

»Eins kostet nur fünf Dollar.« Jen wedelt mit den Lotterielosen. »Ihr könnt einen Wellness-Tag in Ojo Caliente gewinnen.«

»Ich nehm eins«, sagt Tabitha und kramt ihr Portemonnaie aus der Tasche. »Wellness klingt gut. Was gibt's denn da so? Massage? Maniküre?«

»Wie willst du denn nach Ojo Caliente kommen, Tabitha?«, fragt Ysenia. »Auf 'nem fliegenden Teppich vielleicht? Du willst doch wohl nicht deine paar Kröten für 'ne Lotterie rausschmeißen.«

»Von wegen rausschmeißen«, schnaubt Jen. »Mit den Einnahmen sollen bedürftige Menschen unterstützt werden.«

»Hier gibt's auch bedürftige Menschen«, erwidert Ysenia. »Hier in diesem Raum. Außerdem haben wir in Española, wo alle zugedröhnt sind und es nur irgendwelche Scheißjobs gibt, auch Leute aus Honduras. Vielleicht solltet ihr lieber denen helfen.«

Jen seufzt. »Ich versteh nicht, worüber du dich so aufregst. Du kriegst doch Lebensmittelgutscheine. Und jeden Tag ein kostenloses Mittagessen und …«

»Nur jeden Wochentag«, fällt Ysenia ihr ins Wort.

»Ich mein ja nur, dass du froh sein kannst, dass es in Española Kirchengemeinden gibt, die dich jederzeit unterstützen würden.« Jen sieht aus, als würde sie gleich in Tränen ausbrechen.

»Ich bin ziemlich sicher, dass es in Honduras auch Kirchengemeinden gibt«, sagt Christy.

»Du könntest dir bei Dollarland auch gleich 'ne ganze Rolle Lose besorgen. Dann würdest du in jedem Fall gewinnen«, spottet Trinity.

Jen schlägt die Hände vors Gesicht. Erst jetzt bemerkt Angel, dass sie ihren Freundschaftsring nicht mehr trägt.

»Hey, alles okay zwischen dir und Jared?«, flüstert sie.

Jen sieht Angel bekümmert an. In ihren Augen schimmern die Tränen.

Lizette klappt ihr Arbeitsheft zu und steht auf. »Ich würde gern 'ne Gruppensitzung einberufen«, verkündet sie.

Brianna hebt überrascht den Kopf. »Ah, okay«, sagt sie, sieht aber nicht sehr begeistert aus.

Die Mädchen stellen ihre Stühle in einen Kreis, als wäre es völlig normal, dass eine Schülerin eine Gruppensitzung einberuft. Angel zögert, schließt sich dann den anderen an.

Lizette geht nach vorn, marschiert auf und ab, während die Mädchen sich nach und nach setzen. Brianna hat sich neben die Tür gestellt, die Arme vor der Brust verschränkt, das Gewicht auf ein Bein verlagert. Ihre Haltung hat etwas Unentschlossenes, Abwartendes, als spiele sie mit dem Gedanken, die Flucht zu ergreifen. Lizette bleibt stehen und sieht ihre Lehrerin an. »Ich find's nicht gut, dass Sie einige hier bevorzugen.«

Brianna öffnet den Mund, schließt ihn dann wieder.

»Angel zum Beispiel, die … na ja, egal. Und dann natürlich Jen, die ständig die Regeln bricht und uns mitten im Unterricht mit ihrem Kirchenkram nervt. Ich hab grad an 'ner Mathe-Übung gesessen und da fängt sie einfach an, uns vollzulabern. Also das hat ja wohl nix mit Respekt oder gegenseitiger Unterstützung zu tun.« Sie tippt auf die Klassenregeln 1 und 5 auf der Liste an der Wand.

Jen hält die Losrolle fest umklammert, ihre Nasenflügel beben. Tränen laufen ihr übers Gesicht.

»Lizette«, sagt Angel ruhig. »Hör auf.« Ich glaub, Jen geht's grad nicht so gut, wollte sie eigentlich hinzufügen, aber sie möchte Jen nicht in Verlegenheit bringen.

»Halt die Klappe«, blafft Lizette und wendet sich wieder Brianna zu. »Einige von uns wollen für die Prüfungen lernen und ihren Abschluss kriegen. Deshalb wollt ich Sie bitten, niemand zu bevorzugen und dafür zu sorgen, dass sich alle an die Regeln halten.« Sie räuspert sich. »Das war's.« Dann setzt sich auf ihren Platz und starrt vor sich auf den Boden.

Alle Blicke richten sich auf Brianna. Sie atmet hastig ein und aus, dann scheint sie sich zu fassen. »Das ging entschieden zu weit, Lizette«, sagt sie in scharfem Ton. Sie stellt sich vor die Klasse, die Beine gespreizt, die Arme in die Hüften gestemmt, die Schultern nach hinten gezogen: ihre Power-Pose. »Ich bevorzuge überhaupt niemanden. Ganz und gar nicht. Wenn du darüber diskutieren möchtest, wie ich diese Klasse unterrichte, können wir gern einen Termin vereinbaren. Ich stehe jederzeit zur Verfügung.«

»Klar. Weil Sie ja auch sonst immer für mich da waren.«

»Bitte, Lizette, lass es gut sein«, sagt Jen.

»Du hast der Klasse deine sogenannte Gruppensitzung aufgenötigt. Und wolltest mich vor allen bloßstellen.«

»Stimmt doch gar nicht! Sie wollen doch unbedingt, dass wir hier so was wie 'ne Demokratie haben. Dabei führen Sie sich wie ein Diktator auf!«

»Jetzt lassen wir mal die Kirche im Dorf, ja? Ich habe nie behauptet, dass wir hier eine *Demokratie* hätten. Ich habe lediglich gesagt, dass ihr euch mehr einbringen und den Unterricht mitgestalten sollt. Aber ich bin immer noch eure Lehrerin. Das ist mein Job, ein Job, für den ich übrigens sehr schlecht bezahlt werde. Es ist meine Aufgabe, dafür zu sorgen, dass dieses Projekt nicht den Bach runtergeht.« Brianna hat ihre Power-Pose aufgegeben. Sie kommt jetzt richtig in Fahrt, fuchtelt wild mit den Händen. Als ihre Stimme schriller wird, zieht Angel den Kopf ein, als wolle sie vor Briannas Tirade in

Deckung gehen. Irgendwie schämt sie sich für die beiden: für Brianna, weil sie sich von Lizette so provozieren lässt, für Lizette, weil sie sich so unmöglich aufführt. Es ist einfach nur peinlich. »Ich bin diejenige mit dem Uni-Abschluss und einer Zusatzausbildung in Jugendarbeit.«

»Aber es ist *unsre* Schule!«, sagt Lizette.

»Wenn es das Programm nicht gäbe, säßt ihr längst auf der Straße.«

Schockiert starren die Mädchen ihre Lehrerin an. »Also ich nicht«, sagt Ysenia. Ich auch nicht, denkt Angel, aber sie ist sich nicht sicher, ob das stimmt. Immerhin hat sie die Highschool geschmissen.

Lizettes Augen haben sich zu grün funkelnden Schlitzen verengt. »Sie haben nicht mal 'n Kind. Woher wollen Sie wissen, was wir durchmachen?«

»Genau, Miss«, sagt Christy und stichelt: »Haben Sie nicht wenigstens 'nen Stiefkind? Oder 'nen kleinen Bruder?«

»Kindererziehung ist kein Hexenwerk«, sagt Brianna spitz.

»Für uns anscheinend schon«, bemerkt Angel trocken.

Brianna sieht Angel entgeistert an. Sie lässt die Arme sinken und schaut sich ratlos im Klassenzimmer um. »Entschuldigt mich«, sagt sie und geht zur Tür.

»Hey!«, ruft Lizette. Brianna bleibt stehen und dreht sich um. »Sie können doch nicht einfach mitten in einer Gruppensitzung abhaun.«

Angel wundert sich, wie dünnhäutig Lizette klingt. Sie scheint wirklich geschockt zu sein, dass Brianna diese wichtige, von allen respektierte Schultradition missachtet.

»Ja, genau, wir müssen das jetzt ausdiskutieren«, sagt Jen.

Brianna schüttelt den Kopf und geht hinaus. Leise fällt die Tür hinter ihr zu.

»Ist das Ihr Ernst?«, ruft Jen ihr nach.

»Miststück«, knurrt Lizette. Sie krümmt sich, als hätte man sie in den Magen geboxt.

»Jetzt hör schon auf, Lizette«, sagt Angel.

»Bist du verknallt in die oder was? Stehst wohl auf weiße Frauen mit kleinen Titten.«

»Jetzt reicht's aber«, ruft Ysenia. »Das war echt gemein von dir, Lizette.«

Angel wird rot. »Du bist total unfair.«

»Was, ich? *Sie* ist unfair. Zieht dich ständig vor, nur weil sie dich so toll findet. Wieso hältst du dich eigentlich für was Besonderes?«

»Tu ich doch gar nicht«, sagt Angel getroffen. Sie versteht nicht, was in Lizette gefahren ist. Sie geht zu ihr, aber Lizette weigert sich, sie anzusehen, starrt verbissen auf ihren Schoß. Angel würde sie gern berühren, ist sich aber nicht sicher, ob Lizette das will, außerdem sind die andern da und sie hat Angst, sie könne sich durch eine zu vertrauliche oder gar zärtliche Geste verraten. »Wir brauchen doch das Programm.«

Angel will gerade vorsichtig den Arm um sie legen, als Ysenia sich vor Lizette auf den Boden kniet und sie mit beiden Armen umschlingt. »Ist ja gut, Liz.« Lizette lässt den Kopf auf Ysenias Schulter sinken und schließt die Augen. Ihr Gesichtsausdruck ist völlig entspannt. Angel hat sie noch nie so gesehen, jedenfalls nicht, wenn sie mit ihr allein war.

»Brianna ist doch ganz okay. Wenn wir das hier durchziehen und unseren Abschluss haben, können wir alles machen, was wir wollen. Wir können aufs College gehen. Wir können wegziehen«, sagt Angel besänftigend.

Lizette hebt den Kopf von Ysenias Schulter, die dunklen Haarsträhnen fallen ihr ins Gesicht. Sie sieht Angel mit einem Blick an, in dem so viel Verletzlichkeit, ja fast Zärtlichkeit liegt, dass es Angel das Herz zerreißt – es ist, als wären sie ganz allein im Raum. Ihr Blick ist ein einziger Hilferuf.

Wenn es doch nur sie beide gäbe. Wenn sie doch nur alles, was sie belastet – Schule, Brianna, Grandmas Krankheit, die Babys –, hinter sich lassen könnten und nur noch füreinander da wären. Wenn sie wenigstens miteinander reden könnten.

Sie beugt sich zu Lizette vor. »Gib dir einen Ruck.«

Sofort verhärten sich Lizettes Züge und ihre Augen verengen sich zu Schlitzen. Angel erschrickt. Lizettes Mund – dieser schöne Mund – verzieht sich zu einem verächtlichen Grinsen. »Einen Ruck geben. Na, klar.« Sie scheint einen Entschluss zu fassen. »Scheiß drauf.« Sie klingt nicht einmal mehr wütend, sondern einfach nur resigniert. Sie löst sich aus Ysenias Umarmung, steht auf und packt ihre Sachen zusammen: Notizzettel, Lipgloss, Tagebuch, Handreiniger, Schnuller, Stifte. Sie stopft alles in ihre Tasche, hängt sie sich um und stapft zur Tür hinaus.

»Wart doch mal«, sagt Jen. »Bleib hier!«, rufen ihr einige der Mädchen hinterher. Aber nur Angel läuft ihr nach.

»Lizette!«

Lizette, die gerade aus dem Babyzimmer kommt, fährt herum. »Fick dich, Angel.«

Angel zuckt zurück. Ihr schießt das Blut ins Gesicht.

Bestimmt wird Lizette irgendwo im Flur Brianna in die Arme laufen, denkt sie. Brianna wird sich bei ihr entschuldigen und sie werden sich wieder vertragen. Und dann kommen beide wieder ins Klassenzimmer zurück, stellen ihre Stühle an ihren Platz zurück und arbeiten weiter. Später werden sie und Lizette sich in eine ruhige Ecke verziehen und Lizette wird sie in den Arm nehmen. Und dieser Moment wird alles wieder wettmachen.

Irrtum. Ein paar Minuten später, als die Mädchen schweigend im Klassenzimmer sitzen – den Blick auf die Tür geheftet oder aufs Fenster, von dem man den Eingang von Family Foundations überblicken kann –, verlässt Lizette mit Mercedes im Arm das Gebäude. Die Mädchen hasten ans Fenster, aber da ist sie schon um die Ecke verschwunden.

Trinity findet als Erste die Sprache wieder. »Leute, was war das denn eben?«

Seit Monaten ist Amadeo nicht mehr in der Morada gewesen, genau genommen seit Karfreitag nicht mehr. Zu seiner Überraschung lag der Schlüssel immer noch auf seiner Kommode, hinter der Kleenex-Schachtel, zwischen Vitaminpillen, zerkratzten CDs und der Teilnahmebescheinigung für das Fahreignungsseminar. Er hätte nicht gedacht, dass er noch mal herkommen würde, nicht, nachdem er sich ans Kreuz hat nageln lassen.

Er schaltet nicht das Licht ein. Vor dem nächsten Aschermittwoch wird sich wahrscheinlich kein Mensch in der Morada blicken lassen. Die zitronengelbe Sonne scheint durch das beige gestrichene Fenster, beleuchtet die groben Pinselstriche auf der Scheibe. Die eingeschlossene Luft riecht staubig und abgestanden. Amadeo kniet sich vor den leidenden Christus und senkt den Kopf. Er hat seinen Rosenkranz nicht dabei, aber das macht nichts, denn er weiß ohnehin nicht, wie man ihn betet. Er kennt auch nicht die ganzen Rosenkranzgeheimnisse, weiß nicht mal, ob jetzt die schmerzhaften, die glorreichen oder die lichtreichen Geheimnisse dran wären. Er schließt die Augen und konzentriert sich auf die tanzenden roten und schwarzen Flecken auf seinen Lidern. *Vater unser, der du bist im Himmel*, beginnt er, dann schweift er ab: *Bitte, lieber Gott, mach, dass es meiner Mutter bald wieder besser geht*. Was für ein blödsinniges Gebet. Seiner Mutter wird es nie wieder besser gehen. Dann muss er an Brianna denken. Er kann nicht fassen, dass es aus ist zwischen ihnen. Mit klopfendem Herzen geht er noch einmal ihr Telefonat durch. Er fleht Brianna oder Gott oder wen auch immer an, versucht sein Verhalten zu rechtfertigen. Und schließlich betet er nicht mehr, sondern schreit stumm seinen Schmerz hinaus.

Er blickt zu Christus hinauf.

»Meine Mutter liegt im Sterben«, sagt er zu ihm.

Der Mann am Kreuz schweigt, starrt auf seine blutenden Füße.

Auch Jesus musste von seiner Mutter Abschied nehmen. Amadeo versucht sich an die Bibelstelle zu erinnern; plötzlich kommt ihm die Geschichte irgendwie fremd und nichtssagend vor.

Für Maria muss das Ganze eigentlich noch schlimmer gewesen sein als für Jesus, denn im Gegensatz zu ihm, der nie daran gezweifelt hat, dass er der Sohn Gottes war, hatte Maria garantiert ihre Zweifel. Bestimmt hat sie ihren Sohn geliebt und war stolz auf ihn und fand die Sachen, die er über Liebe und Demut und so weiter gesagt hat, richtig cool. Aber trotzdem muss sie sich doch manchmal gefragt haben, ob ihr Sohn nicht einfach nur ein Typ mit Starallüren war, der in Wirklichkeit gar nicht über prophetische oder göttliche Gaben verfügte, sondern bloß eine magische Ausstrahlung hatte. Wann fing sie an, an ihn zu glauben, diesen Mann, dem sie als Kind die Windeln gewechselt und die Spucke abgewischt hat? Hat sie sich jemals gefragt, ob das mit dem Wein und den Fischen nur ein billiger Trick war? Hat sie bis zu dem Moment, als sie den Stein wegrollten, nie einen Zweifel gehabt?

Würde auch er irgendwann glauben, dass er von dem brabbelnden, sabbernden, an seinem Bilderbuch knabbernden Connor etwas lernen kann?

Er hat immer gedacht, dass er noch Zeit hat – Zeit, um erwachsen zu werden, Zeit, um mit dem Trinken aufzuhören, Zeit, um der großartige Mensch zu werden, der er zweifellos eines Tages sein wird. Aber wozu eigentlich? Und für wen?

Die Morada hat sich verändert. Wie konnte er jemals glauben, dass dieser Ort etwas Magisches hat? Es ist nur eine alte leere Tankstelle, in der ein paar Bänke stehen. Wie konnte er so naiv sein, zu glauben, er könne hier so was wie Trost und inneren Frieden finden?

Das alles – die Bruderschaft, das Ritual – haben sich doch nur Menschen ausgedacht, schwache, unvollkommene Menschen. Er denkt daran, wie er das Kreuz den Calvario hinaufgeschleppt hat. Diese Angeberei, dieses melodramatische Getue, die lächerliche Hoffnung, sein Auftritt würde irgendwas bedeuten. Während seine Mutter langsam den Verstand verlor.

»Warum?«, fragt er den Mann am Kreuz. »Warum musst du's mir so schwer machen?« Aber er bekommt keine Antwort.

Er betrachtet seine Handfläche, betastet die wulstige rosa Narbe. Er weiß noch, dass es wehgetan hat, aber an den Schmerz selbst kann er sich nicht mehr erinnern. Genau das hat seine Mutter auch über die Wehen bei Valeries Geburt gesagt. »Nur deshalb war ich so dumm, mir das noch mal anzutun. Aber du warst es wert, *hijito*.« Wenn er sich nicht mehr an den Schmerz erinnert, wie kann er dann überhaupt etwas bedeutet haben? Wie können die Qualen Christi jahrhundertelang irgendwem irgendwas bedeutet haben?

Er presst die Daumenknöchel in die Augenhöhlen, bis rote und grüne Blitze vor ihm aufflackern. Da hört er, wie sich ein Schlüssel im Türschloss dreht. Er lehnt sich auf den Fersen zurück und dreht sich um. Die Tür kratzt über den Betonboden, Tageslicht strömt herein.

»Oh, Amadeo«, sagt Al Martinez und fährt sich durch sein noch immer dichtes Haar. »Ich wusste nicht, dass jemand hier ist. Der Parkplatz war leer.« Neben ihm steht ein Mann, jünger und kleiner als er.

»Hey«, sagt Amadeo und springt auf.

Die beiden Männer bleiben an der Tür stehen. »Wir wollen dich nicht stören«, sagt Al.

»Nein, nein! Ihr stört mich gar nicht.«

»Das ist Isaiah, mein Sohn. Isaiah, das ist Amadeo.« Al wirft seinem Sohn einen entschuldigenden Blick zu.

Das ist also der Junkie. »Hallo, freut mich.« Amadeo schüttelt ihm die Hand.

Isaiah Martinez ist schmaler als sein Vater, hat aber das gleiche fein geschnittene, sympathische Gesicht und einen getrimmten Bart. Als er lächelt, legt sich die Haut in seinen Augenwinkeln in kleine Falten.

»Ich wollte ihm mal unsre Morada zeigen«, sagt Al.

Amadeo würde sich gern mit dem alten Mann unterhalten, aber er hat mit ihm noch nie über etwas anderes als die Morada oder die Bruderschaft geredet. Vielleicht könnten sie ja später zusammen irgendwo einen Hamburger essen. »Wie geht's euch denn so?«

Aber die beiden Männer haben sich bereits von ihm abgewandt. Isaiah steht mit hängenden Armen da und starrt auf die Jesusfigur.

Amadeo betrachtet Als Gesicht – sieht die väterliche Liebe und Sorge darin, registriert die erschlafften Züge des alten Mannes. Und da überkommt ihn ein Gefühl, das er nicht genau einordnen kann, kein Neid, auch keine Bewunderung, aber etwas in der Art. Es ist ein schmerzhaftes und zugleich berauschendes Gefühl, so intensiv, dass er es kaum ertragen kann. Er kichert verlegen. »Tja, der Typ, der diesen Jesus gemacht hat, der hat sich schwer ins Zeug gelegt, was?«

Isaiah dreht sich um und sieht Amadeo mit einem gequälten Lächeln an. »Meine Freundin ist gestern Nacht an 'ner Überdosis gestorben. Sie war grade mal dreißig, hat nur noch fünfundvierzig Kilo gewogen. Und jetzt ist sie tot.« Als ihm sein Vater die Hand auf den Arm legt, schwankt er leicht. »Ich wünschte, ich wär bei ihr gewesen.«

Amadeo hakt die Daumen in die Hosentaschen, zieht sie wieder heraus, streckt sich.

»Hör mal, mein Junge«, sagt Al jetzt zu ihm. »Willst du mit uns beten?«

Und wie ein verängstigtes Kind, dem man Mut zuspricht, nickt Amadeo und alle drei knien sich hin. Während seine Beine fest auf dem Boden ruhen, ihn im Hier und Jetzt verankern, mit dem ganzen Universum verbinden, denkt Amadeo nicht mehr an sich, sondern betet inbrünstig, für die tote junge Frau, den süchtigen Mann und seinen Vater, der ihn liebt.

Erst als sie am Freitagnachmittag nach Hause kommt und das ganze trostlose Wochenende vor ihr liegt, begreift Angel, dass der schreckliche Streit am Mittwoch nicht mehr rückgängig zu machen ist. Lizette hat ihre Entscheidung getroffen, und zwar endgültig. Angel lässt sich aufs Bett fallen, zieht die Knie an die Brust und beobachtet Connor, der auf dem Boden mit einer Tube Wundsalbe spielt.

Angel hat die Nase voll von Dingen, die nicht mehr rückgängig zu machen sind: Streit, Krankheit, Tod.

Wie geht's dir?, schreibt sie Lizette und bereut es sofort wieder. Für einen Versöhnungsversuch ist das ziemlich dünn. Sie sollte den Streit ansprechen und die Tatsache, dass Lizette nicht mehr in die Schule kommt. Sie sollte schreiben, dass Smart Starts! ohne Lizette nicht mehr dasselbe ist, dass es ihr auch keinen Spaß mehr macht. Alle sind stocksauer auf Brianna, sogar Jen. Nachdem Lizette weg war, kam Brianna unvermittelt wieder in den Klassenraum und forderte sie kühl auf, mit der Einzelarbeit fortzufahren.

Bei der Gruppensitzung heute Nachmittag war die Stimmung gedrückt; der Eklat am Mittwoch wurde mit keinem Wort erwähnt. »Okay«, sagte Brianna zu den Mädchen, die schweigend ihre Fingernägel betrachteten. »Wie wär's, wenn jede von euch von einem positiven und einem negativen Erlebnis in dieser Woche berichtet?« Als Ysenia, die als Erste drankam, nur von einem positiven Erlebnis erzählte (»Wir haben den Geburtstag von meinem Grandpa gefeiert, das war cool«), ließ Brianna es dabei bewenden. Und auch niemand sonst steuerte ein negatives Erlebnis bei.

Als Angel an die Reihe kam und ihr wirklich kein positives Erlebnis einfiel, sagte sie mit einer Vehemenz, die sie selbst überraschte: »Ich hab absolut nichts Positives erlebt.« Dabei verschränkte sie trotzig die Arme, genau wie Lizette immer, wie ihr plötzlich auffiel.

Brianna stutzte, fühlte sich offenbar auch an Lizette erinnert. »Gut. Christy, machst du weiter?«

Lizette hatte recht. Als Brianna am Mittwoch die Gruppensitzung torpediert hat, indem sie einfach rausgegangen ist, hat sie die Klasse schmählich im Stich gelassen. Und dass sie Lizette nicht davon abgehalten hat, einfach abzuhauen, war wirklich der Gipfel. Nach dem Unterricht sah Angel in Lizettes Schublade nach, ob sie vielleicht irgendwas vergessen hatte, das sie behalten könnte, oder was Wichtiges, das sie ihr zurückgeben müsste. Aber Lizette hatte alles mitgenommen.

Lizette hat nicht geantwortet. Vielleicht sollte sie ihr gestehen, dass sie am Durchdrehen ist, weil sie nichts von ihr hört, dass sie tausendmal am Tag ihr Handy checkt, dass sie sich fühlt, als würde ihr Lizette das Herz aus der Brust reißen. Vielleicht sollte sie endlich zugeben, dass sie in Lizette verliebt ist. Also schreibt sie: *Geht's dir gut?* Ziemlich dürftig. Und auch kränkend, weil sie damit quasi unterstellt, dass es Lizette nicht gut gehen könnte, dass die ganze Sache wirklich schlimm für Lizette ist. Und würde es Lizette nicht noch schlechter gehen, wenn sie sie daran erinnert? *Wie geht's dir?*, versucht sie es noch einmal – eine nette, neutrale, offene Frage, eine, die zeigt, dass sie an sie denkt. Aber auch ziemlich banal. Lizette muss denken, dass sie ganz schön verzweifelt ist: sechs Nachrichten, gestern drei und heute drei. Sie sollte es einfach gut sein lassen und abwarten, ob Lizette antwortet; und wenn nicht, tja, dann ist es eben so. Aber warum sollte sie sich ihrer Gefühle schämen? *Sei dir selbst treu*, mahnt der Magnet am Kühlschrank ihrer Großmutter. *Ich vermisse dich*, schreibt sie, korrigiert sich dann aber: *Vermiss dich.*

Dann fällt ihr plötzlich ein, dass der Mietvertrag in weniger als zwei Monaten ausläuft und Lizette dann praktisch auf der Straße sitzt. Sie war so sehr mit ihrer kranken Großmutter beschäftigt, dass sie überhaupt nicht an Lizettes ungeklärte Wohnsituation gedacht hat. *Geht's dir gut?*

Schluss jetzt, ruft sich Angel zur Ordnung und steckt ihr Handy in die Sockenschublade.

Kurz vor dem Schlafengehen gestattet sie sich einen letzten

Blick auf ihr Handy. Lizette hat nicht geschrieben, aber sie hat vor genau dreiundfünfzig Minuten versucht anzurufen.

Angel setzt sich auf die Bettkante und ruft zurück, wie betäubt vor Aufregung.

»Hey.« Klingt das deprimiert? Oder wütend? Sie kann Lizettes Stimmung nicht einschätzen.

»Alles okay bei dir?« Angel pult nervös an ihrem Fingernagel. »Wo bist du gerade?«

»Zu Hause.«

»Okay. Wann ziehst du eigentlich aus?«

»Kurz vor Weihnachten.«

Angels Herz pocht. »Weißt du schon … wohin?«

»Japp, die Freundin von meinem Cousin hat gesagt, dass ich 'ne Weile bei ihr wohnen kann.«

Angel ist neidisch auf diese unbekannte Freundin, weil sie Lizette aus der Klemme helfen kann. »Okay. Dann geht's dir also gut?«

»Ja, Angel«, brummt Lizette. »Hör auf mich zu bemuttern.«

»Okay. Ich bin echt erleichtert. Hast du meine Nachrichten gekriegt?«

»Japp.«

»Tja, also, du fehlst uns allen.«

Stille. Connor erwacht in seinem Bettchen, richtet sich mühsam auf und schaut sich um, seine Wange ist vom Bettlaken ganz zerknittert. Er verzieht das Gesicht, als wolle er gleich losweinen, aber als er seine Mutter sieht, lächelt er und wackelt mit dem Kopf.

Angel lächelt zerstreut zurück. Dann holt sie tief Luft. »Ohne dich ist's total langweilig in der Schule. Du warst doch der Star von Smart Starts!. Und wer soll denn jetzt Jen in Schach halten?«

Stille. Connor hat in seinem Bettchen ein Pappbilderbuch gefunden, das er zwischen den Händen hin- und herdreht und eingehend inspiziert.

»Ich glaub, Brianna hat's wirklich leidgetan«, wagt Angel sich vor.

»Ist mir doch egal«, blafft Lizette.

»Es stimmt aber. Sie hat gesagt: ›Ich wünschte, Lizette würde zurückkommen.‹«

»Hat sie das echt gesagt?« Verblüfft registriert Angel den hoffnungsvollen Unterton in Lizettes Stimme. »Hat sie das echt gesagt?«, fragt sie noch einmal, fast beschwörend.

»Na klar.« Aber es klingt nicht sehr überzeugend. Verdammt, wieso ist sie bloß eine so schlechte Lügnerin? Sie muss sich mehr Mühe geben, jetzt, wo so viel auf dem Spiel steht.

»Ich muss Schluss machen. Aber netter Versuch, Angel.«

»Wart doch mal. Wollen wir uns nicht mal treffen?«

Wieder Stille. Angel fragt sich, ob Lizette aufgelegt hat.

»Lizette?«

»Weiß nicht. Ich muss Schluss machen«, sagt sie und seufzt.

Lange Zeit sitzt Angel auf dem Bett, das Handy im Schoß. Obwohl sie in den letzten Monaten so viel mit Lizette zusammen war, sie genau beobachtet hat, ist ihr doch eine entscheidende Tatsache entgangen: dass es Lizette trotz ihres ganzen Gemotzes und ihrer Kaltschnäuzigkeit nicht egal ist, was Brianna von ihr hält. Im Grunde sehnt sie sich verzweifelt nach Briannas Anerkennung.

Und warum denn auch nicht? Brianna ist schließlich ihre Lehrerin und müsste sie viel mehr unterstützen und fördern. Aber wahrscheinlich erwartet Lizette von Brianna gar nichts, denn sie ist schon viel zu oft in ihrem Leben von Erwachsenen enttäuscht, verletzt und im Stich gelassen worden.

Sie muss unbedingt mit Brianna reden, muss ihr klarmachen, wie sehr Lizette und Mercedes das Programm brauchen. Und sie braucht Lizette. Sie ist sicher, dass Brianna Lizette dazu bringen kann, zu Smart Starts! zurückzukommen. Aber nur, wenn sie Brianna dazu bringen kann, mit Lizette zu reden.

Seit Mittwoch hat Amadeo immer wieder nach seinem Handy gegriffen, um Brianna anzurufen. Er muss sich bei ihr entschuldigen. Jedes Mal, wenn er an sie denkt, schlägt eine gallige Übelkeit wie eine Flutwelle über ihm zusammen. Und er denkt oft an sie – an ihren wachen Blick, an die Art, wie sie die Beine unterschlägt, wenn sie zusammen fernsehen, ihr Kopf an seiner Brust.

Eines Sonntags, nachdem er seiner Mutter das Frühstück gemacht hat, geht er noch einmal zur Morada, um zu beten. Denn das Gespräch mit Gott sollte ihm wichtiger sein als irgendwelcher Stress mit einer Frau. Aber als er dort ist, wird ihm klar, dass er eigentlich auf Al und Isaiah wartet. Er sehnt sich nach männlichem Zuspruch, nach Trost und Ermutigung. Er will an diesem besonderen Ort niederknien und sein Gewissen erleichtern. Er braucht die Gewissheit, dass alles gut wird. Außerdem möchte er wieder mit Al und Isaiah beten.

»Wo arbeitest du denn jetzt, mein Junge?«, hatte Al ihn letztes Mal gefragt, als sie zusammen die Morada verließen.

Und Amadeo gestand, dass er keinen Job hat, jedenfalls keinen richtigen, dass es mit seiner neuen Firma nicht so gut läuft, dass außerdem seine Mom krank ist und er sich um sie kümmern muss. Dass er sich wegen des Geldes langsam Sorgen macht. »Ich mein, jetzt, wo sie krank ist und so. Aber … keine Ahnung, warum ich noch keinen Job hab.«

Und dann sagte Isaiah: »Hör mal. Bei Lowe's suchen sie noch Leute. Du musst nur Bescheid sagen.«

Amadeo konnte es kaum glauben. Dieser fremde Typ bot ihm tatsächlich seine Hilfe an.

»Okay«, sagte er eifrig. »Mach ich.«

Jetzt sitzt er seit fast einer Stunde hier und starrt auf seine Hände, aber es taucht niemand auf. Er fragt sich, wie Isaiah wohl zurechtkommt.

Was würde Jesus an meiner Stelle machen?, überlegt er. Die

Antwort ist klar: Jesus würde sich bei Isaiah melden und sich um den Job bewerben. Jesus würde sich um seine Mutter und seine Tochter kümmern. Jesus würde Brianna anrufen und sich entschuldigen. Jesus würde die Sache wieder ins Reine bringen und sich mit ihr versöhnen.

Also ruft er auf dem Heimweg Brianna an. Die Mailbox schaltet sich ein und einen Augenblick später ruft sie zurück.

»Ich wollte eigentlich nicht rangehen, aber dann hab ich's mir anders überlegt.«

»Danke, das ist lieb von dir.«

»Du hast dich wirklich wie ein Arschloch benommen. Woher sollte ich denn wissen, dass deine Mom krank ist?«

»Ich weiß. Tut mir echt leid«, sagt Amadeo. »Hey, wollen wir uns nachher treffen?«

»Rufst du nur an, weil du mit mir ins Bett willst?«, fragt sie misstrauisch.

»Natürlich nicht«, sagt Amadeo und fragt sich insgeheim, ob sie vielleicht recht hat. Er glaubt eigentlich nicht, aber womöglich kennt sie ihn besser als er sich selbst. »Ich hätt natürlich nix dagegen, aber ich wollte wirklich nur mit dir reden.«

»Schön. Dann lass uns das machen.«

Am Montag nach dem Unterricht, als die anderen Mädchen ihre Sachen zusammenpacken, bleibt Angel vor Briannas Pult stehen, tritt nervös von einem Bein aufs andere. »Miss?«, fragt sie schließlich. Brianna ist ihr zu vertraulich, seit die Atmosphäre in der Klasse so aufgeladen ist.

Brianna blickt von ihrem Laptop auf. »Ja, Angel? Was kann ich für dich tun?« Sie klingt nicht wirklich kühl, eher wachsam.

Es ist nicht so, dass Brianna seit letzter Woche gealtert wäre – sie hat nicht plötzlich Falten oder einen Buckel bekommen; die Veränderung springt einem nicht sofort ins Auge. Doch seit Lizette nicht mehr in die Schule kommt, wirkt Brianna irgendwie gehetzt, überreizt und gleichzeitig resigniert. Angel muss unwillkürlich an ihre Mutter denken.

»Was ist denn, Angel?« Brianna wendet sich wieder ihrem Laptop zu.

Aber weil sie an ihre Mutter denken muss, die von Autoritäten immer so eingeschüchtert war, und weil sie daran denken muss, wie sie sich standhaft geweigert hat, wieder zu ihr zu ziehen, verlässt sie der Mut.

»Ach, nichts. Bis morgen dann.«

»Sicher?«, fragt Brianna. Ihr sanfter Ton bringt Angels Entschluss ins Wanken, aber nur kurz.

»Bis morgen«, sagt sie noch einmal und flüchtet in den Flur. Aber im selben Moment bereut sie es schon wieder – schließlich will sie doch Lizette helfen. Warum hat sie solche Angst vor Brianna? Frustriert ballt sie die Hände. Im Babyzimmer überlegt sie es sich anders. Sie wird mit Brianna reden. Aber als sie mit Connor ins Klassenzimmer zurückgehen will, sieht sie, dass Brianna sich mit Raquel im Sekretariat unterhält.

Angel wartet vor der Tür, aber die beiden reden ununterbrochen über irgendwelche Quartalsberichte, also gibt sie es auf. »Komm, mein Schatz«, murmelt sie. »Wir gehn heim.«

Auf dem Parkplatz aber zögert sie wieder. Sie kann doch nicht einfach heimfahren und den restlichen Tag zu Hause sitzen, ohne es wenigstens versucht zu haben. Statt zum Auto ihrer Großmutter zu gehen, überquert sie den Parkplatz und geht ins Jack in the Box. Sie wird sich einen Milkshake bestellen und warten, bis Brianna mit ihrer Besprechung fertig ist. Vielleicht hat Brianna dann ja die zähe Gruppensitzung verdaut und ist etwas besser drauf. Angel wird einfach einen neuen Anlauf machen. »Bitte rufen Sie Lizette an«, wird sie zu ihr sagen. »Ich mach mir echt Sorgen um sie.«

Nachdem sie ihren Becher im Abfalleimer entsorgt und Connor auf dem schmuddeligen Wickeltisch im Klo die Windel gewechselt hat, geht sie durch die Glastür hinaus auf den Parkplatz. Und da sieht sie Brianna und ihren Vater. Sie lehnen an Briannas grünem Auto, die Köpfe einander zugewandt. Ihr Vater hat eine Hand auf ihre Schulter gelegt. Ganz offensichtlich haben sie etwas Vertrauliches miteinander zu besprechen, vertraulicher, als man es von einer Lehrerin und dem Vater ihrer Schülerin erwarten würde.

Später wird sich Amadeo den Kopf darüber zerbrechen, was er und Brianna genau gemacht haben, als Angel auf sie zukam, und ob seine Tochter gesehen hat, dass sie sich berührten. Er glaubt nicht.

Er weiß noch, dass er Brianna zur Begrüßung umarmt und geküsst hat und sie den Kuss erwiderte, sich aber dann von ihm löste und ihm ihre Hand entzog. Das kann höchstens ein paar Sekunden gedauert haben – also ein Klacks, gemessen an einem ganzen Leben oder auch nur einem einzigen Tag. Sie lehnten am Auto, ohne sich zu berühren, während mehrere Minuten vergingen – sieben oder acht oder vielleicht sogar neun. Er entschuldigte sich noch einmal und Brianna erwiderte, dass er sie nicht hätte beschimpfen dürfen und dass das alles keine gute Idee sei. Er bat sie, ihm ehrlich zu sagen, ganz ehrlich, ob er ihr wirklich nichts mehr bedeute. Er überlegte, sie an sich zu ziehen und zu küssen, entschied sich aber dagegen, weil es ihm Angst machte, wie sie vor ihm stand, so kühl und unnahbar. Brianna wiederholte, dass das alles keine gute Idee sei und dass sie nie mit dem Vater einer Schülerin hätte schlafen dürfen, woraufhin er ihr erzählte, dass es seiner Mom schlecht ging, wirklich schlecht, und dass Brianna verstehen müsse, dass er zurzeit einiges durchmache, dass dies die schlimmste Zeit seines Lebens sei. Verzweifelt führte Amadeo ein Argument nach dem anderen für ihre Beziehung an – Mochten sie sich denn nicht? Waren sie es sich denn nicht schuldig, es noch einmal zu versuchen? Sie hörte ihm mit gesenktem Kopf und gerötetem Gesicht zu. Und er berührte ihre Schulter, damit sie ihn ansah.

All das geschah nach ihrem Begrüßungskuss. Dann hob Brianna den Kopf und murmelte: »Scheiße«.

Und da wurde ihm klar, dass Angel ihnen auf die Schliche gekommen war. Dabei sollte sie doch gar nicht hier sein – er und Brianna haben sich extra an der Schule verabredet, weil Angel eigentlich schon zu Hause sein sollte – und warum ist sie dann hier? Sie sollte doch auf seine Mutter aufpassen.

Als Angel näherkommt, macht Brianna einen Schritt zurück. Jetzt ist der gebührende Abstand gewahrt.

Angel sieht sie fragend an. Ihr Blick wandert misstrauisch zwischen ihnen hin und her.

Amadeo ist überrascht, wie ausgelaugt seine Tochter aussieht, bepackt mit Connor, ihrem Rucksack und diversen Taschen. Mehrere Haarsträhnen sind aus ihrem Pferdeschwanz gerutscht. Connor wirkt unleidlich; er mustert seinen Großvater, grabscht nach den Haaren seiner Mutter und klatscht sie ihr ins Gesicht. Unglücklich lässt er den Kopf auf ihre Schulter fallen.

Amadeo fühlt sich schäbig. Wie kann er nur so egoistisch sein und an sein eigenes Vergnügen denken, wenn seine Mutter im Sterben liegt und Angel offenbar fix und fertig ist? Als Sohn, Vater und Großvater muss er schließlich Verantwortung übernehmen.

Brianna geht völlig souverän mit der Situation um. Amadeo ist beeindruckt, wie schnell sie sich gefangen hat. »Hi, Angel! Du bist ja noch hier. Dein Dad hat mir gerade erzählt, wie viel du in letzter Zeit liest. Das freut mich.«

»Aha«, sagt Angel.

Amadeo zwingt sich zu einem Lachen. »'Ne richtige Leseratte«, sagt er, obwohl es nicht stimmt. Wann hat sie schon Zeit zum Lesen?

Angel zieht die Autoschlüssel aus der Tasche. »Ich fahr jetzt heim.« Ohne sie beide noch einmal anzuschauen, überquert sie den Parkplatz und geht auf Yolandas Wagen zu, den Amadeo gar nicht bemerkt hat.

»Bis morgen!«, ruft Brianna fröhlich. Sie verzieht keine Miene. Amadeo bewundert ihre Coolness. Er fragt sich, ob sie wirklich kein schlechtes Gewissen hat oder sich einfach nichts anmerken lässt. Aber weshalb sollte sie auch ein schlechtes Gewissen haben? Sie sind beide erwachsen, und sie können ja nichts dafür, dass sie sich zufällig begegnet sind. Es ist ja nicht so, dass ihr Verhältnis ein Skandal wäre. Schließlich ist er nicht ihr Schüler.

»Ich wollt nur sehn, ob du noch hier bist«, ruft Amadeo seiner Tochter nach. In seiner Brust ballt sich die Angst zu einem pechschwarzen Knäuel zusammen.

Angel schließt den Wagen auf, schnallt Connor auf dem Rücksitz fest, knallt erst die eine Tür zu, dann die andere und startet den Motor.

»Geh zu ihr. Na los!«, zischt Brianna. »Kümmer dich drum.«

»Warte!« Er sieht Brianna an. »Ich ruf dich an.« Aber sie presst nur die Lippen zusammen und wendet sich kopfschüttelnd ab.

Im Auto starrt Amadeo durch die Windschutzscheibe, seine Hände liegen sittsam gefaltet auf seinen Knien. Irgendwie hat er vergessen, wie er normalerweise dasitzt. »Alles okay?«, fragt er betont heiter, aber es ist eine rhetorische Frage. »Ich kann doch mit dir heimfahren, oder?«

Sie parkt aus und fädelt sich in den fließenden Verkehr ein.

Amadeo scrollt durch alte Nachrichten, gibt sich unbekümmert, damit Angel nicht denkt, er hätte ein schlechtes Gewissen. Auf dem Rücksitz wimmert Connor. Angel fährt sicher und konzentriert. Amadeo ist stolz auf sie.

»Du bist echt ’ne gute Fahrerin«, sagt er, aber Angel hat nicht mal ein Schnauben für ihn übrig.

Es war ja klar, dass sie ihn irgendwann erwischen würde. Er kommt nie mit irgendwas durch. Andererseits: Ist es wirklich ein Verbrechen, mit Brianna zu schlafen? Wem schadet er damit? Höchstens Angel, weil sie ihre Lehrerin für sich haben will. Sie hat überhaupt kein Recht, eingeschnappt zu sein.

Er wirft ihr einen verstohlenen Blick zu. Wie selbstgerecht sie aussieht. Er hat nicht die leiseste Ahnung, was in ihr vorgeht. Vielleicht sollte er sie fragen, aber er traut sich nicht.

»Also«, sagt Angel, »was läuft zwischen euch? Schlaft ihr zusammen?«

Amadeo ist beinah erleichtert. »Es geht noch nicht lang, Angel.«

»Oh Gott! Ihr schlaft zusammen?« Ihr schockierter Gesichtsausdruck zeigt ihm, dass sie tatsächlich keine Ahnung hatte.

»Es ist nicht wichtig. Sonst hätt ich's dir erzählt. Ehrlich. Und außerdem ist es sowieso vorbei.«

»Wag es nicht, noch ein Wort zu sagen. Ich will nichts mehr hören.«

Amadeo hätte nie gedacht, dass Angel so giftig sein könnte. Er ballt die Fäuste und spürt, wie sich die Nägel ins Fleisch bohren. Wenn er nur wüsste, was genau sie so wütend macht: dass er und Brianna Sex haben oder dass sie es ihr verheimlicht haben? »Wir konnten es dir nicht sagen, weil Brianna nicht wollte, dass alle denken, sie würde dich wegen mir bevorzugen. Also, dass du ihre Lieblingsschülerin wärst, weil sie was mit mir hat.«

Angel sieht ihn mit starrem Blick an. »Hast du gehört, was ich gesagt hab? Ich will kein einziges Wort mehr von dir hören.«

»Du bist das Beste, was uns je passiert ist. Ehrlich.«

Angel kurbelt das Fenster runter, als hätte er gefurzt. Im Wagen ist es jetzt so windig und laut, dass man sein eigenes Wort nicht mehr versteht. Angel hat ihn mundtot gemacht.

Ergeben hebt er die Hände – *Okay, ich halt die Klappe.* Die Fahrt ist ihm noch nie so lang vorgekommen. Sie haben jetzt das trockene, staubige Tal hinter sich gelassen und sind in den schützenden Wald eingetaucht. Es ist ein herrlicher Nachmittag, der kühle Wind trägt den Duft der Pinyon-Kiefern zu ihnen herüber, das Sonnenlicht kommt ihm barmherzig vor.

»Komm schon, Angel. Sei nicht so.«

Sie biegen in die Einfahrt ein, Angel stellt den Motor ab, steigt aber nicht aus. Ohne ihn anzusehen, sagt sie: »Gramma stirbt bald. Wenn du andere weiter so mies behandelst, wer bleibt dir dann noch?« Sie schnallt sich los, hebt Connor vom Rücksitz. Amadeo rührt sich nicht, starrt benommen, mit leerem Blick aufs Haus.

Der Unterricht hat vor knapp einer Stunde begonnen. Die Schülerinnen sind über ihre Arbeitshefte gebeugt. Es ist so still, dass Brianna das Ticken des Minutenzeigers hören kann. Jedes Mal, wenn sie Angel ansieht, wird ihr ganz flau, aber die hält den Kopf gesenkt.

Brianna hat letzte Nacht kaum geschlafen; alle halbe Stunde wachte sie auf und drehte sich mit hämmerndem Herzen hin und her. Das Einzige, was sie in ihrem Leben hat, ist ihr Job, und in dem ist sie gut! Und jetzt setzt sie ihn aufs Spiel.

Heute Morgen hat sie ihr rotes Wollkostüm und eine gestärkte weiße Bluse angezogen, dazu Pumps und lange Ohrringe. Sie wollte selbstbewusst und für den Kampf gewappnet das Klassenzimmer betreten. Aber jetzt zupft sie ständig an ihrem Rock, knöpft ihre Jacke auf und zu. Sie entschuldigt sich, geht auf die Toilette, aber erträgt ihr eigenes Spiegelbild nicht. Ihr dünnes Haar, das zu einem mickrigen Knoten hochgesteckt ist, lässt ihren Kopf seltsam klein erscheinen, ihre Schläfen und Stirn nackt und schutzlos.

»Haben Sie nachher noch was vor, Miss?«, fragt Ysenia, als Brianna zurückkommt. »Ein Businessmeeting?« Ihr Ton ist höflich, frei von Spott.

»Ein Jobinterview?«, fragt Jen.

Brianna verdreht die Augen, wird aber trotzdem rot. »Ich kommentiere eure Kleidung nicht. Und ich erwarte, dass ihr mir dieselbe Höflichkeit erweist. Das sollte eigentlich selbstverständlich sein.«

»Okay«, sagt Ysenia gutmütig. »Viel Erfolg.«

Brianna zieht ihre Jacke aus und setzt sich hinters Pult. Kurz darauf hört man wieder Bleistiftkratzen und das Umblättern von Seiten. Brianna presst die Hand auf die Brust, versucht den Druck zu mindern. Die ganze Nacht über spürte sie außer dem Pochen ihres Herzens einen dumpfen Schmerz. Warum? Aus Liebeskummer? Ist sie etwa in Amadeo *verliebt*?

Plötzlich steht Ysenia auf und läuft zu Lizettes leerem Tisch. Sie schiebt ihn an die Wand; die Beine hinterlassen Spuren im kurzen Flor des Teppichbodens. »Das sah so traurig aus«, erklärt sie.

»Sie ist nicht tot oder so was, Senia«, sagt Christy, fügt dann hinzu: »Aber es ist trotzdem traurig.«

»Verdammt traurig«, stimmt Trinity zu.

Angel blinzelt heftig. Sie ist eigentlich noch ein Kind, ein verletzliches Kind, denkt Brianna. Trotzdem ist sie wütend auf sie. Warum macht Angel sie für Lizettes Probleme verantwortlich? Sie hat einen bitteren Geschmack im Mund.

»Angel«, sagt sie. »Kaust du etwa Kaugummi?«

Die Mädchen sehen erst Brianna, dann Angel an.

Angel erwidert Briannas Blick. Trotz ihrer imposanten Schulterpolster macht Brianna einen kläglichen Eindruck.

»Spuck ihn aus«, sagt Brianna.

Dort, wo Lizette einmal saß, sind vier runde Abdrücke im Teppichboden zu sehen.

Angel hält Briannas Blick stand und fängt an, langsam, entschlossen, mit offenem Mund zu kauen.

»Ich mein's ernst. Spuck ihn aus.« An Briannas Schläfen bilden sich Schweißperlen.

»Nein.« Das Wort kommt staubtrocken aus ihrem Mund. Angel leckt sich über die Lippen. »Nein.«

Brianna stemmt die Arme aufs Pult und richtet sich halb auf, ihr Rock ist hochgerutscht und krumplig. »Ich warne dich, Angel. Wir haben hier Regeln und wenn du Teil dieser Gemeinschaft sein willst, musst du sie befolgen.«

»Sie haben Lizette wegen nichts rausgeworfen.«

»Lizette ist von alleine gegangen. Es war ihre Entscheidung.«

»Weil Sie sie dazu gezwungen haben! Sie brauchte Hilfe, mehr Hilfe als jede von uns, und stattdessen haben Sie sie rausgeworfen! Sie hat wahrscheinlich nicht mal was zu essen im Haus, außer vielleicht Cornflakes. Sie hat nur ihren Bruder und der ist ausgezogen, und wo soll sie jetzt hin? Zu irgendjemand, den sie kaum kennt? Mit einem Highschool-Abschluss hätte sie so viel machen können, einen Job finden zum Beispiel. Und was ist mit Mercedes? Mercedes hat überhaupt nichts gemacht und muss jetzt alles ausbaden.«

Brianna ist elend zumute. Aber sie kann ihr das nicht durchgehen lassen. »Angel, ich warne dich. Reiß dich zusammen. Du überschreitest deine Grenzen und das dulden wir hier nicht.«

»Grenzen?«, ruft Angel aus. »Ach, bitte klären Sie mich auf. Mit meinem Vater zu schlafen, überschreitet also keine Grenze?«

Brianna zieht scharf die Luft ein.

»Wart mal, was?«, fragt Trinity. »Ist das dein Ernst?«

Angel fängt hemmungslos an zu schluchzen. Die Mädchen verfolgen das Ganze mit offenem Mund; ihre Augen wandern zwischen Brianna und Angel hin und her.

»Angelica Padilla, spuck jetzt sofort deinen Kaugummi aus. Sonst wird das unangenehme Konsequenzen für dich haben.« Sie hätte nie gedacht, dass Angel sie so herausfordern könnte, vor der ganzen Klasse bloßstellen. Sie ging davon aus, dass Angel ihren Verdacht für sich behalten, dass ihr vielleicht Zweifel kommen würden. Und falls Angel sie tatsächlich darauf ansprechen würde – unter vier Augen, nach der Schule vielleicht –, würde sie Brianna bestimmt glauben, würde sich sogar dafür entschuldigen, dass sie angenommen hatte, ihre Lehrerin könnte sich derart unprofessionell verhalten. Brianna vertraute darauf, dass sie Angel überzeugen könnte. Wie dumm von ihr! Irgendwie fühlt sie sich von Angel verraten, als hätte sie einen Pakt gebrochen – welcher Art? Gegenseitige Zuneigung? Nach allem, was Brianna für sie getan hat.

Angel kaut weiter, bewegt den Mund krampfhaft. Ihr Gesicht ist verzerrt. Sie sieht aus, als würde sie sich jeden Moment übergeben.

»Okay, Angel. Du hast dich entschieden. Raus!«

Angel hört abrupt auf zu kauen. Ungläubig reißt sie die Augen auf.

Brianna hält einen Moment lang ihrem Blick stand und wendet dann ihre Aufmerksamkeit dem Papierstapel auf ihrem Pult zu. Es tut ihr in der Seele weh, dass sie Angel so behandelt. Aber sie kann nicht anders. Ohne aufzublicken, sagt sie: »Du hast mich gehört. Ich möchte dich hier nicht mehr sehen.«

Nur wenige Stunden, nachdem seine Tochter zur Schule gefahren war, ist sie schon wieder zurück, den brabbelnden Connor auf dem Arm. Wortlos wirft sie die Schlüssel auf den Tisch und verbringt den Rest des Vormittags mit dem Baby im Zimmer seiner Mutter.

Amadeo steht mehrmals auf, nimmt sein Bier, tut so, als wolle er ins Bad gehen, aber stattdessen lauscht er an der Tür. Ab und zu hört er Gemurmel, aber meistens ist alles still. Vielleicht machen sie da drin ein Nickerchen. Oder vielleicht hat Angel seiner Mutter erzählt, dass er mit ihrer Lehrerin geschlafen hat, und sie sind so schockiert, dass ihnen die Worte fehlen.

Jedes Mal, wenn Angel ihrer Großmutter ins Bad hilft oder Connors Windel wechselt, versucht Amadeo, ihren Blick aufzufangen, aber sie beachtet ihn nicht, schließt energisch die Tür hinter sich. Amadeo bringt ihnen Lunch – zwei Teller mit Hühnersuppe aus der Dose –, kriegt aber keine Antwort auf sein Klopfen. Er stellt das Tablett vor die Tür und als er zurückkommt, fehlt ein Teller, der andere ist unberührt.

Am frühen Abend taucht Angel wieder auf, hat Connor auf dem Arm und flüstert ihm was zu. Sie durchquert den Flur und schließt hinter sich die Badezimmertür. Amadeo hört Wasser rauschen. Sie ist so lang da drin, dass er vermutet, dass sie das Baby badet. Connor quietscht, aber die Antworten seiner Tochter sind gedämpft.

Amadeo sitzt steif auf der Couch, den Blick starr auf den Flur gerichtet, seine Finger kneten die warme Bierdose. Das Bier nützt überhaupt nichts gegen seine Anspannung.

Das Wohnzimmer liegt jetzt im Dunkeln. Er wartet ungeduldig darauf, dass seine Tochter aus dem Bad kommt, auch wenn er nicht so genau weiß, was er eigentlich von ihr will. Aber sie soll ihn nicht länger wie Luft behandeln, sondern ihm verzeihen. Er will, dass sie sich zu ihm ins Wohnzimmer setzt. Alles Dinge, auf die er kein Anrecht hat.

Als sie schließlich die Tür öffnet, reibt sich Connor die Augen und fährt sich über den Kopf, verstrubbelt seine feuchten Locken. Der Geruch nach Babyshampoo erfüllt Amadeo mit einer nostalgischen Sehnsucht nach einem unkomplizierten, behüteten Leben, das es für ihn allerdings nie gegeben hat.

»Hey!«, ruft er und sie erstarrt, ohne sich umzudrehen. »Willst du nichts essen? Hast du heut überhaupt schon was gegessen?«

»Nein. Danke. Ich geh ins Bett.«

»Wir müssen reden.« Seine Stimme klingt kläglich. »Du kannst mich nicht einfach ignorieren. Ich bin schließlich dein Dad.« Er merkt selbst, dass es nicht die beste Taktik ist, den gekränkten Vater rauszukehren. Vor allem nicht nach der Sache mit Brianna. Außerdem hat Angel schon genug um die Ohren.

»Worüber willst du reden?« Sie zieht das Baby auf ihrer Hüfte ein bisschen höher.

Amadeo zögert. »Nichts. Schon gut. Bring den Kleinen ruhig ins Bett.«

Sie dreht sich zu ihm um und sieht ihn entschlossen an. Als Connor seinen Großvater entdeckt, grinst er und grabscht in die Luft. Amadeo winkt nicht zurück. »Wir könnten darüber reden, dass du die ganze Zeit trinkst. Oder wir könnten darüber reden, wie's in der Schule so läuft. Vielleicht interessiert's dich ja, dass ich rausgeflogen bin. Weil ich Kaugummi gekaut hab. Deine reizende Freundin hat mich rausgeworfen.«

»Was? Aber du bist doch eine der Besten in der Klasse. Das hat Brianna mir erzählt.«

Angel winkt müde ab.

»Das kann sie dir nicht antun. Ich werd mit ihr reden. Ich geh jetzt gleich zu ihr.«

»Und du meinst, das nützt was, Mr. Oberschlau? Und wie willst du überhaupt hinkommen? Mit 'nem Taxi?«

»Ich kümmer mich drum, Angel.«

»Mach, was du willst. Mir egal.«

Lange betrachtet Amadeo das Telefon in seiner Hand, dann wählt er. Während er zuhört, wie es klingelt, schlägt ihm das Herz bis zum Hals. Er ist wütend auf diese Frau, die seine Tochter schikaniert, aber auch nervös, und er hasst es, nervös zu sein. Er hat auch keine Ahnung, welche Rechte er und Angel überhaupt haben. Während er in seinem Kopf schon eine Voicemail formuliert (*Ich bin's, Amadeo, wir müssen reden*), hebt sie ab.

»Bevor du irgendwas sagst, will ich klarstellen, dass ich mit dir in offizieller Funktion rede, als Angels Lehrerin.«

»Du zerstörst ihr Leben wegen einem Kaugummi?«

Brianna lacht verächtlich. »Das ist ein bisschen übertrieben, findest du nicht?«

»Du wirfst sie aus der Schule wegen einem verdammten Kaugummi. Du weißt ganz genau, dass es um was ganz anderes geht.«

Amadeo sieht sie genau vor sich, ihren rot gefleckten Hals, das ängstliche Blinzeln. Aber ihre Stimme ist aalglatt und gefasst, spröde. Es ist die Stimme von Valerie, von Monica Gutierrez-Larsen, die Stimme dieser superschlauen Tussen, die meinen, sie wären was Besseres.

»Ich weiß nicht, wovon Sie reden, Mr. Padilla. Die Null-Toleranz-Regel ist entscheidend, damit das Programm funktioniert.«

»*Mr. Padilla*? Willst du mich verarschen?«

Brianna fährt unbeirrt fort. »Sie gewährleistet, dass das Klassenzimmer eine sichere Umgebung ist. Ich würde meiner Verantwortung nicht gerecht werden, wenn ich den Schülerinnen erlaubte, gegen die Regeln zu verstoßen, ohne dass es Konsequenzen hat. Konsequenzen dienen dazu –«

»Meine Tochter weiß, was Konsequenzen sind. Aber du kannst 'ne Schülerin nicht einfach rauswerfen, weil sie Kaugummi kaut.«

»Doch, das kann ich. Angelica hat gegen die Klassenregeln verstoßen. Beim Kaugummikauen besteht Erstickungsgefahr. Außerdem wird die Einrichtung des Klassenzimmers beschädigt.«

»Angel spuckt ihren Kaugummi immer in den Müll. Und so doll ist eure Einrichtung auch wieder nicht. Mach dich nicht lächerlich.«

»Bei Smart Starts! aufgenommen zu werden, ist ein Privileg und keine Selbstverständlichkeit. Smart Starts! wird von einer privaten Stiftung unterstützt. Wir haben eine Warteliste mit Mädchen, die liebend gern Angels Platz einnehmen würden und mehr als bereit sind, die Regeln zu befolgen.«

Sie muss diese Rede eingeübt haben. Diese Brianna klingt überhaupt nicht wie das verlegene junge Ding, das sich so geschämt hat, weil es noch Jungfrau war. Er zittert, als wäre ihm kalt. Vielleicht ist ihm ja auch kalt.

»Ich hoffe, du bist jetzt zufrieden«, sagt Amadeo. »Deinen Frust über uns an einem Kind auszulassen. Oder besser gesagt, an zwei Kindern. Du hast echt 'nen Knall.«

»Das hat nichts mit irgendwelchem *Frust* zu tun, Mr. Padilla. Hier geht es um Prinzipien.«

»Jetzt hör aber mal auf mit dem scheiß Mr. Padilla! Wir waren zusammen im Bett. Du wolltest ja sogar Angels Stiefmutter werden. Es tut mir leid, dass es mit uns nicht funktioniert hat.« Wieder taucht vor seinem inneren Auge die erträumte Zukunft auf: der grüne Rasen, das große Haus mit den Säulen und sonnigen Zimmern, Amadeo und Brianna, Angel und Connor, und in Briannas Armen ein Baby. Er hat sich das so deutlich vorgestellt, dass es ihm wie eine Erinnerung vorkommt. Plötzlich wird ihm bewusst, dass seine Mutter in diesem Bild fehlt.

»Warum hast du's ihr überhaupt erzählt? Redest du immer mit deiner Tochter über dein Sexleben?«

»Ich hab ihr nichts erzählt. Sie hat uns gesehn, wie du dich vielleicht erinnerst. Sie hat mich *gefragt*.«

»Na und? Dann lüg halt.«

»Ich lüg mein Kind nicht an. Ich versuch, ein ehrlicher Mensch zu sein, der Verantwortung übernimmt.«

»Wie schön für dich. Du hast ja auch nichts zu verlieren. Ich hab meinen Job für dich aufs Spiel gesetzt.«

»Ich hab meine Tochter zu verlieren! Ist das etwa nichts?«

»Vielen Dank für Ihren Anruf, Mr. Padilla. Ich weiß Ihre Besorgnis zu schätzen. Es ehrt Sie, dass Sie sich so für ihre Tochter einsetzen. Sie wird auch in Zukunft ihre Unterstützung brauchen.«

»Bitte«, sagt Amadeo. »Angel liebt die Schule. Sie bewundert dich. Ihre Großmutter, meine Mutter, hat nicht mehr lang zu leben.«

Nach einer Weile sagt Brianna langsam: »Hör zu. Es liegt nicht mehr in meiner Hand. Aber Angel könnte mit dem Geschäftsführer der Stiftung reden.«

»Fick dich«, sagt Amadeo. Er schleudert das Telefon quer durchs Wohnzimmer. Es landet auf dem Linoleumboden in der Küche und schlittert gegen die Sockelleiste. »Verdammtes Miststück«, sagt er und fragt sich dann, ob Brianna ihn gehört hat. Er hebt das Handy auf und hält es ans Ohr. Aber es funktioniert nicht mehr. Es wird nie mehr funktionieren. Hoffentlich hat er seine Mutter nicht geweckt oder seine Tochter oder das Baby. Er geht leise in den Flur, lauscht, aber aus ihren Zimmern dringt kein Laut.

Er würde zu gern Angel wecken, um ihr zu sagen, dass er mit Brianna geredet hat und dass sie wirklich unmöglich ist. Als ob Eric Maxwell einem sechzehnjährigen Mädchen zuhören würde. Er will, dass Angel weiß, dass er sogar sein Handy für sie geopfert hat. Aber er hält sich zurück. Weil ein guter Vater seiner Tochter nichts von alldem erzählen würde. Ein guter Vater würde sie beschützen.

Er steht unschlüssig in der Küche herum. Dann geht er zum Kühlschrank und nimmt sich noch ein Bier.

Der erste Schnee kommt früh, bleibt aber nicht liegen. Es ist ein trockenes Gestöber, durchweht vom würzigen Geruch nach Kiefernrauch, der aus den Schornsteinen der Nachbarn aufsteigt. Gegen Mittag ist es schon wieder vorbei. Jetzt, Ende November, ist ganz Española für Weihnachten geschmückt, aber Angel kommt nur noch selten in die Stadt.

Es war die Rede davon, Yolanda zu Valerie nach Albuquerque zu bringen, wo es nicht weit zum nächsten Krankenhaus wäre, aber Yolanda protestierte weinend: »Mein Haus.«

Also haben sie Yolandas Himmelbett an die Wand geschoben und die Kommode und den Schminktisch aus dem Zimmer geräumt, um Platz für ein hässliches, höhenverstellbares Krankenbett zu schaffen. Sowie für einen Toilettenstuhl mit einer grauen Bettpfanne aus Plastik. Mit Yolanda geht es jetzt zusehends bergab. Inzwischen ist sie so schwach, dass sie es nicht mal mehr ins Bad schafft.

Sie döst viel, murmelt unverständliche Wörter, zählt mit gerunzelter Stirn laut vor sich hin. Sie nimmt jetzt fast ihre ganze Nahrung durch einen Strohhalm zu sich: Apfelsaft, Vitaminshakes, Kakao mit flüssiger Sahne, wegen der Kalorien.

Es ist Angel schleierhaft, wie irgendwas im Gehirn ihrer Großmutter dazu führen kann, dass sie innerhalb von ein paar Wochen so viel abnimmt. Trotzdem ist es anstrengend, Yolanda in den Rollstuhl oder auf den Toilettenstuhl zu helfen. Wenn ihre Großmutter steht – schwankend, unsicher –, rutscht ihre Unterhose einfach runter. So mager ist sie inzwischen.

Als klar ist, dass Yolanda sich nicht mehr allein säubern kann, fügt sie sich beschämt in ihr Schicksal und lässt sich von Angel den Po abwischen. Sie kaufen Unmengen von Plastikdosen mit Feuchttüchern. Angel wärmt jedes einzelne mit der Hand an, egal ob für Connor oder ihre Großmutter.

»Na ja«, sagt Yolanda resigniert. »Ich hab dir früher auch den Pa abgewischt. Den Pu.«

Einmal beschwerte sich Angel. »Warum kann Dad das nicht mal machen?« Hinterher tat es ihr furchtbar leid.

»Nein!«, protestierte Yolanda und Angel war schockiert über das entsetzte Gesicht ihrer Großmutter.

»Es tut mir leid. Wirklich. Ich hab's nicht so gemeint.«

Die Pflege ist ein 24-Stunden-Job. Angel weiß nicht, was sie getan hätten, wenn sie nicht von der Schule geflogen wäre. Trotzdem trauert sie ihrer Zeit bei Smart Starts! nach. Und geht die Ereignisse an jenem Morgen immer wieder durch. Sie wollte den Kaugummi ausspucken, wirklich. Er schmeckte sowieso schon nach nichts mehr. Und als sie auf dem Klumpen herumkaute, tat ihr der Kiefer weh, ihr wurde übel und ihr Mund füllte sich mit Spucke. Aber ihre Lehrerin sah sie nur ungerührt an, hatte nicht das geringste Verständnis für sie. Und Angel bemerkte trotz ihrer Tränen die Abscheu in Briannas Gesicht.

Als Angel an jenem Morgen zur Schule fuhr, dachte sie darüber nach, wie es wäre, wenn sie und Brianna endlich über alles reden würden – über ihren Vater, aber auch über Lizette. Sie fürchtete sich vor dem Gespräch, aber sie freute sich auch darauf. Angel würde Brianna sagen, dass die Heimlichtuerei sie verletzt hätte, und Brianna würde sich entschuldigen. Oder wenn sie sich nicht entschuldigte, würde sie zumindest Angel erklären, dass es in Ordnung wäre, vollkommen normal, dass sie mit Amadeo schlief, dass sie erwachsen wären und Angel keinen Grund hätte, sich hintergangen zu fühlen. Angel hat nie daran gezweifelt, dass sie ihrer Lehrerin verzeihen würde. Sie ging schließlich davon aus, dass man sie schlecht behandelte – dass Menschen im Allgemeinen ihre Mitmenschen schlecht behandeln –, und obwohl es ihr was ausmachte, ihr wirklich was ausmachte, freute sie sich schon auf die Zeit danach, wenn sie einander näher wären. Selbst wenn Brianna und ihr Vater sie angelogen und ihr gesagt hätten, dass nie etwas zwischen ihnen gewesen sei, hätte sie ihnen geglaubt. Trotz der eindeutigen Beweise hätte sie ihnen geglaubt, weil sie sie braucht.

Ihr ganzes Leben ist Angel auf Zehenspitzen um Erwachsene herumgeschlichen, wollte immer lieb und brav sein. Und dann brach plötzlich diese ganze Wut aus ihr heraus, die sich auf die

Frau richtete, die Angel liebt – *liebte*, wie sie jetzt begreift. Das Verrückte ist, dass Angel mal davon geträumt hat, dass Brianna ihre Stiefmutter wäre. Jetzt empfindet sie nur noch Hass für Brianna, die überhaupt nicht der Mensch ist, den sie ihnen vorgespielt hat, der Mensch, den Angel gebraucht hätte.

Ihre Großmutter ist alles, was Angel noch bleibt, ihre Großmutter und Connor.

—

Thanksgiving verläuft friedlich. Die Stimmung ist gedämpft und es ziehen auch keine Essensdüfte durchs Haus. Valerie hat die meisten Gerichte schon vorgekocht und bringt sie in Plastikboxen mit. Sie wärmen sie auf, ohne sich die Mühe zu machen, sie in Schüsseln oder auf Servierplatten zu geben. Yolanda sitzt still in ihrem Rollstuhl, isst nichts, führt lebhaft gestikulierend eine stumme Konversation mit einem unsichtbaren Gast. Tíve wirft seiner Nichte ab und zu verstohlene Blicke zu, während sein Adamsapfel auf und ab hüpft. Lily hat Tränen in den Augen, aber sie wischt sie entschlossen weg.

Sogar Sarah, die sonst mit ihrem Geplapper jedes Familientreffen auflockert, ist bedrückt. »Das Hähnchen ist lecker, Mom«, sagt sie ernst.

»Danke. Ich dachte, es ist mal was anderes. Truthahn haben wir ja jedes Jahr.«

Mühsam nimmt Yolanda das Brötchen aus der Soßenlache auf ihrem unberührten Teller und inspiziert es. Sie sitzt zusammengesunken, mit schief gelegtem Kopf auf ihrem Stuhl. Fast eine Minute lang starrt sie das Brötchen an, Soße tropft auf ihr Kleid. Alle sehen ihr schweigend zu. Schließlich lässt sie das Brötchen fallen. Es kullert auf ihren Schoß, hüpft dann auf den Boden, beendet das peinliche Schweigen.

Alle am Tisch atmen hörbar aus. Yolanda bewegt die Lippen. Als Tíve sich ein Stück Hähnchen abschneidet, kratzt das Messer über seinen Teller.

Valerie räuspert sich. »Angel hat erzählt, dass du deinen Führerschein wieder hast, Bruderherz.«

»Japp.«

Normalerweise würde Angel jetzt einwenden, dass er ihn nur auf Probe hat, aber heute nicht.

»Gut.« Valerie sieht ihn ernst an. »Mom kann dir das nicht mehr sagen, also muss ich es tun. Sie braucht dich, Angel braucht dich, das Baby braucht dich.«

Angel wirft ihrem Vater einen besorgten Blick zu, aber er stößt nur die Gabel in seine nicht angerührten Kartoffeln. »Meinst du, das wüsst ich nicht?«

»Mom«, sagt Lily. »Lass ihn. Du bist doch nur traurig.«

»Stimmt.« Valeries Augen röten sich. »Ich hab zwar recht, aber trotzdem.«

Alle sind erleichtert, als Yolanda einnickt. Angel und Valerie helfen ihr ins Bett, schließen die Jalousien, um die Sonne auszusperren. Kurz darauf verabschieden sich Valerie und die Mädchen und alle umarmen sich lange und wortlos.

—

Abends taucht Ryan in einer Steppjacke und Converses auf. »Hey«, ruft er fröhlich, aber dann entdeckt er Yolanda, die trotz der Kissen, die ihr Angel in die Seite geschoben hat, ganz schief dasitzt. »Hey«, wiederholt er mit gedämpfter Stimme. Er hat Geschenke mitgebracht: je einen Schokoladenadventskalender für Connor und Angel, auf denen noch Preisschilder kleben ($1,99), und eine Schachtel Get Well-Tee. »Für deine Grandma.« Er wird rot.

Angel verkneift es sich, eine spitze Bemerkung zu machen. »Gramma, erinnerst du dich noch an Ryan, Connors Dad?«

Yolandas Gesicht erhellt sich. Seit Wochen hat sie nicht mehr so viel Interesse gezeigt.

»Nett, Sie wiederzusehen, Mrs. Padilla«, sagt Ryan und streckt die Hand aus. »Schönes Thanksgiving.« Als klar ist, dass Yolanda ihm nicht die Hand geben wird, legt er den Tee auf ihren Schoß. »Nur eine Kleinigkeit.«

Das Reden fällt ihr heute schwer, aber sie lächelt, dreht die Teeschachtel in den Händen, das Cellophan knistert.

»Ich hoffe, es geht Ihnen besser.«

Peinlich berührt bemerkt Angel, dass die Jogginghose ihrer Großmutter wegen der Windel ganz ausgebeult ist und dass an ihrem Kinn noch ein Rest Joghurt klebt, den sie vergessen hat, abzuwischen. Es ist ihr unerträglich, dass Ryan sie so sieht. Und sich auch noch was auf seine mickrigen, unnützen Geschenke eingebildet.

»Danke, dass du gekommen bist«, sagt Angel. »Aber wir sind ziemlich beschäftigt.«

Yolanda starrt noch lange auf die Tür, nachdem Angel sie hinter ihm geschlossen hat. »Netter Junge«, sagt sie.

—

Am nächsten Tag legt sich Angel während Connors Mittagsschlaf vorsichtig zu ihrer Großmutter auf das schmale Krankenbett, hofft, dass es sie beide aushält. Das Bett quietscht.

Der Fernseher läuft, irgendeine dämliche Quizshow, mit dramatischer Musik, blinkenden Lichtern und ekstatischen Gesichtern. Manchmal rät Angel zum Spaß mit, lacht und blödelt herum, um ihre Großmutter aufzumuntern. Aber heute ist sie in sich gekehrt, hat den Kopf neben ihre Großmutter aufs Kissen gelegt.

Yolanda riecht irgendwie anders – als würde sich ihr Körper langsam auflösen. Ein Hauch ihres früheren pudrigen Geruchs ist noch da, wird aber überdeckt von irgendwas Wachsartigem und Süßlichem.

Neben ihr blinkt Connors Babyfon. Es liegt jetzt auf Yolandas Nachttisch und überträgt ihr Wimmern und Seufzen, ihre leisen Rufe. Sie schläft inzwischen fast genauso viel wie Connor kurz nach der Geburt. »Mama«, hören sie manchmal. Oder: »Warte bitte.« Aber meistens sind es unverständliche Wortfetzen. »Acht vierzig ich gehen.« Einmal rief sie aufgeregt: »Hör auf! Du tust mir weh!« Durchs Mikrofon hört sich ihre Stimme grell und harsch an, ganz anders als ihre frühere, gesunde Stimme. Manchmal stöhnt sie auch nur.

Jetzt würgt sie und versucht sich aufzurichten. Angel steht

schnell auf und hilft ihr, sich über die Rührschüssel zu beugen – dieselbe eingedellte Schüssel, in der Yolanda immer den Tortilla-Teig gemacht hat, während Angel ihr über die Schulter sah. Sie hält den Hinterkopf ihrer Großmutter so behutsam, als wäre sie ein Säugling. Auf keinen Fall will sie die empfindliche Stelle unter ihrer Strickmütze berühren. Yolanda übergibt sich, eine wässrige, übel riechende grüne Flüssigkeit. Unglaublich, dass ein so zerbrechlicher Körper von so heftigen Krämpfen geschüttelt werden kann. Yolanda fällt zurück aufs Kissen. Unter ihren durchscheinenden Lidern irren ihre Augen hin und her.

»Lass mich dich sauber machen.« Angel wischt mit einem von Connors Frotteewaschlappen über das zitternde Kinn ihrer Großmutter.

Yolandas Lider flattern, aber sie öffnet nicht die Augen. »Ich bin ein Wrack.«

Jedes Mal, wenn ihre Großmutter etwas sagen will, hält Angel die Luft an und hofft, dass sie nicht verwirrt ist. Heute ist ihr Geist ausnahmsweise klar. Angel nimmt ihre knöcherne Hand. Sie ist warm und weich. »Deine Hände sind so weich. Warum sind sie immer so weich?«

Ihre Großmutter öffnet einen Spalt breit die Augen und lacht, leise, schnarrend. »Ich spül kein Geschirr mehr.«

Eine Zeit lang liegen sie gemeinsam da und beobachten, wie die Sonnenstrahlen über die Decke wandern.

Ihre Großmutter tätschelt Angels Hand. »Ich bin froh, dass du hier bist, *hijita*. Hier bei mir.«

»Und ich bin froh, dass *du* hier bist. Dass wir zusammen sind.«

»Du bist ein liebes Mädchen.«

Plötzlich kommen Angel die Tränen. »Nein, bin ich nicht.«

»Doch.« Ihre Großmutter bewegt kaum die Lippen. »Versprich mir, *hijita*, dass du dir einen netten Freund suchst.«

Traurigkeit schnürt ihr die Kehle zusammen. »Ja klar«, sagt sie. »Okay.«

Ihre Großmutter holt so tief Luft, dass es Angel im ganzen Körper spürt.

Im Zimmer ist es ganz still; in einer Ecke glimmt ein Nachtlicht. Yolanda ist voller Panik aufgewacht. Sie hat etwas vergessen. Sie kann sich nicht aufsetzen, durchsucht mit den Augen das dämmrige Zimmer, keuchend, beklommen, verängstigt. Sie kann sich nicht an die Gesichter erinnern, die sich über sie beugten und ihr versicherten, dass sie sie lieben, hat keine Erinnerung an Aussöhnung und inneren Frieden. Sie ist desorientiert, völlig verloren. Neben ihr in der Dunkelheit erkennt sie eine Gestalt. Anthony? fragt sie, aber der Name sagt ihr nichts und sie ist sich auch nicht sicher, ob sie ihn überhaupt ausgesprochen hat.

»Mom? Ich bin hier.« Amadeo berührt ihre Hand und sofort legt sich die Panik. Yolanda sinkt ins Kissen zurück. Sie ist erfüllt von der Liebe, die die Welt ihr entgegenbringt und die sie trägt. Sie liegt in einem Boot, das sanft auf den Wellen schaukelt, und sieht zu den Sternen hinauf, ist durch die Hand ihres Sohns sicher am Kai verankert. Von irgendwoher hört sie Wasser gegen Holzpfosten klatschen.

Und dann tanzt sie in den Armen eines sehr hässlichen Mannes. Der Raum ist hell erleuchtet und Gram Parsons und Emmylou Harris singen irgendwas von einem Highway. *And when he dies …* Ein unglaublicher Song – warum fällt ihr das erst jetzt auf? Ihr Körper ist erfüllt von der Musik, sie fühlt sich geborgen in den Armen des Mannes, der sie sicher übers Parkett führt. Der Geruch nach Barbecue und Bier, der federnde Holzboden, sein Duft nach Rasiercreme und Seife. Sie fühlt sich wohl, ruht ganz in sich. Der Mann sagt irgendwas zu ihr und obwohl sie es nicht versteht, lacht sie und nickt. *Out with the truckers and the kickers and the cowboy angels.*

Er zieht sie an sich und führt sie graziös durch eine Drehung. Dann gleiten sie gemeinsam über die Tanzfläche. Sie lehnt sich an ihn, fühlt sich schwerelos, von seiner Wärme getragen.

Der letzte Refrain des Songs erklingt. Yolanda wünschte, das Lied würde nie zu Ende gehen. *Twenty thousand roads I went down, down, down.* Der Mann beugt sich zu ihr hinunter und Yolanda ist bereit für seinen Kuss. Sie erwartet ihn. Sie spürt, wie sich die Härchen auf ihren Armen aufstellen, während sie auf das köstliche leichte Kratzen seiner Stoppeln wartet, den Druck seiner Lippen auf ihrem Hals, das elektrisierende Gefühl, das ihr die ersehnte Erlösung bringt.

Yolanda wartet noch immer, als die Zeit plötzlich – wie eine Kerze – zu flackern beginnt und kurz darauf erlischt.

Das ist also der Tod. Ein Funke, der verglüht, Energie, die verpufft. Ein Kuss, ein Song, die wärmende Umarmung eines Fremden, die vielen Erinnerungen, die Hoffnung und das Leid, das ständige Rumoren des Geistes, alles, was einen Menschen ausmacht – vorbei.

Connor ist jetzt sieben Monate alt. Es muss immer noch gewickelt werden, braucht immer noch Milch und Liebe und jede Menge Zärtlichkeit. Angel ist sich nicht sicher, ob er überhaupt weiß, dass Yolanda nicht mehr da ist. Mittlerweile zeigt er ein erstaunlich ausdauerndes Interesse an allem, was er in die Finger bekommt. Besonders faszinieren ihn Reklamesendungen. Er dreht Werbekarten von Kaufhäusern zwischen den Händen, studiert sie mit ehrfürchtigem Staunen, als wären es Botschaften vom Jupiter.

Jedes Mal, wenn er sich über eine Karte beugt und Angel den zarten Flaum und die kahle, empfindliche Stelle an seinem Hinterkopf sieht, krampft sich ihr Herz zusammen. Irgendwann lässt Connor dann die Karte sinken, blickt sich suchend nach seiner Mutter um und wenn er sie entdeckt, brabbelt er munter drauflos.

Wird sich Connor je an Yolanda erinnern? Vielleicht ist sie für ihn nichts weiter als eine schemenhafte Erscheinung oder eine vage Empfindung, ein nebelhaftes Gefühl aus einer fernen Vergangenheit. Der Gedanke, dass er sie vergessen könnte, ist unerträglich. Connor wedelt aufgeregt mit den Armen, haut sich dabei die Karte ins Gesicht, erschrickt und kichert dann los, als hätte er einen Witz gemacht.

Irgendwie hat Angel gedacht, dass mit dem Tod eines geliebten, unersetzlichen Menschen alles vorbei wäre. Aber das Leben geht einfach weiter: Sie zerdrückt mit der Gabel eine Banane für den Kleinen, räumt die Spülmaschine ein, setzt Connor in sein Laufställchen, geht ins Bad, um so etwas Banales, aber Notwendiges zu tun, wie sich die Haare zu waschen.

Der Schmerz ist intensiver als alles, was sie bisher empfunden hat. Er ist so schlimm, dass sie keine Minute stillsitzen kann, aber er hat auch etwas Elektrisierendes. Sie hat nicht gewusst, wie sehr man um einen Menschen trauern kann, genauso wenig wie sie wusste, wie sehr man sein eigenes Kind lieben kann.

Aber sie kann nicht weinen. Direkt nach Connors Geburt hat sie so oft geweint, dass sie es manchmal gar nicht mitkriegte. Sie lief durchs Haus, mit tröpfelnden Brüsten, den quengeligen Connor auf dem Arm, und merkte erst, dass sie heulte, wenn ihr der Rotz aus der Nase lief. Aber seit dem Tod ihrer Großmutter hat sie, bis auf ein paar trockene würgende Schluchzer nachts im Bett, keine einzige Träne vergossen. Wenn sie nur weinen könnte, dann würde ihr das Erleichterung bringen.

Seit Yolandas Tod gibt es eine Menge Dinge zu regeln. Statt ihrer Großmutter wässrigen Haferbrei einzuflößen, bestellt sie die Männer, die das Krankenbett, den Rollstuhl und die anderen geliehenen Sachen abholen. Sie muss Kopien der Sterbeurkunde anfordern, den ganzen wildfremden Freunden von Yolanda, die Blumen und Trauerkarten geschickt haben, Dankesbriefe schreiben, Berge von Rechnungen – Telefon, Strom, Kabelanschluss – sortieren und ihrem Vater hinlegen.

Sie ist froh, dass sie so viel zu tun hat. Und trotzdem kommen ihr die Tage jetzt trist und leer vor. Sie, die sich früher von Connors Bedürfnissen erdrückt fühlte und es kaum erwarten konnte, bis er endlich einschlief, damit sie mal ein bisschen Luft holen konnte, steht jetzt an seinem Bettchen, lauscht seinem fast lautlosen Atem und wartet darauf, dass er endlich aufwacht und ihr Gesellschaft leistet.

Es bedrückt sie, dass sie über den Tod ihrer Großmutter – so schrecklich er ist – auch irgendwie erleichtert ist. Die Palliativpflegerin und die Ärztin haben ihr vorhergesagt, dass sie so empfinden würde, aber sie fühlt sich deswegen nicht weniger mies.

Sie fühlt sich auch deshalb mies, weil sie es nicht über sich bringt, ihren Vater zu trösten, der anscheinend kein Problem damit hat, seinen Tränen freien Lauf zu lassen. Er hat die letzten zwei Wochen nichts weiter gemacht als schluchzend durchs Haus zu schleichen und ihr leidende Blicke zuzuwerfen.

»Mir geht's so dreckig«, jammert er mit rot geweinten Augen.

»Ja, Dad, ich weiß«, erwidert sie, während sie Erbsenbrei von Connors Kinn wischt. Er hat schuppige, spröde Haut und Angels Fingerknöchel sind ganz rissig. Die Luft im Haus ist heiß und trocken, draußen ist sie kalt und trocken. Wenn man zum Auto geht, quietscht der schmutzige Schnee wie Styropor unter den Füßen.

Yolandas Tod hätte sie einander näherbringen sollen, aber das ist nicht passiert. Statt Mitgefühl für ihren Vater zu empfinden, ist sie voller Groll, weil er ihr diese ganzen stressigen Aufgaben überlässt, Dinge, die man seinem Kind nicht zumuten sollte. Wie kann er da Trost von ihr erwarten? Und dann sitzt er auch noch jeden Tag bis spät nachts schniefend im Wohnzimmer und betrinkt sich – als ob er der Einzige wäre, der jemanden verloren hat. Morgens sammelt sie seine Wodka-Fläschchen ein – inzwischen trinkt er nicht mehr nur Bier – und wirft sie in die Recyclingtonne. Nachdem sie zwei Tage nach der Beerdigung sein ganzes Bier in die Spüle gekippt hat, bewahrt er die Dosen nicht mehr im Kühlschrank auf, sondern versteckt sie irgendwo, wahrscheinlich draußen oder in seinem Zimmer (soll sie etwa danach suchen?), und trinkt das Zeug warm, was noch erbärmlicher ist. Wenn sie sieht, wie er zusammengesunken am Tisch sitzt, mit verquollenen Augen und zitternden Lippen, kriegt sie eine solche Wut, dass sie schreien, einen Teller an die Wand schmeißen oder ein Fenster einschlagen könnte.

Gefühlloses kleines Biest.

Immerhin kommt Marissa alle paar Tage vorbei und bringt ihnen Essen mit: Linsensuppe, die leckeren hausgemachten Tortillas von der Frau mit der Kühlbox auf dem Superette-Parkplatz oder eine Riesenportion Chili-Käse-Makkaroni.

»Danke«, sagt Angel und löst sich hastig aus der zu festen Umarmung ihrer Mutter.

»Ach je.« Marissa sieht sich im Wohnzimmer um, während Angel in die Küche geht und das Backblech sauber schrubbt, auf dem sie sich mittags eine Tiefkühlpizza aufgebacken hat. Seit dem Tod ihrer Großmutter hat sie ständig Hunger – als wäre ihr Magen ein gähnendes, schwarzes Loch. Gierig schaufelt sie das Essen, das die Nachbarn vorbeibringen, in sich hinein; erst gestern Abend hat sie einen ganzen Nacho-Auflauf verdrückt, stand trübsinnig mit der Gabel in der Hand an der Frühstückstheke und konnte nicht eher aufhören, bis sie die ganze Schüssel geleert hatte. Und nachts wälzte sie sich mit aufgeblähtem Bauch schlaflos im Bett, weil ihr hundeelend war.

»Ich kann nicht glauben, dass Yolanda nicht mehr da ist.«

»Ich weiß«, sagt Amadeo, der auf der Couch sitzt, einen Teller mit Marissas Nudeln auf dem Schoß.

»Es ist aber so.« Angels Stimme ist genauso trocken wie ihre Augen.

»Ich meine, sie war ja quasi meine Schwiegermutter«, sagt Marissa und sieht Angel mit feuchten Augen an.

»Nein, war sie nicht.«

»Na ja, aber so gut wie«, erwidert sie mit einem trotzigen Unterton.

»Sie mochte dich«, schaltet Amadeo sich ein. Angel und Marissa sehen ihn überrascht an.

»Wirklich?« Marissa setzt sich neben ihn auf die Couch.

»Klar doch. Sie fand es total bescheuert, dass ich mit dir Schluss gemacht hab.«

Marissa lacht. »Du hast nicht mit mir Schluss gemacht. Dann hättest du ja Verantwortung übernommen. Du warst einfach ein Arschloch. Hast dich nicht mehr gemeldet, bis ich's kapiert hab.«

Angel legt den Topfreiniger weg und hört den beiden staunend zu. Sie hat ihre Eltern noch nie so miteinander reden gehört, so unverblümt und doch locker; aber sie hat sie auch selten zusammen in einem Raum erlebt.

»Na ja, stimmt schon. Das fand meine Mom auch.«

Als Angel sieben oder acht war, wünschte sie sich nichts sehnlicher, als dass ihre Eltern wieder zusammenkämen. Einmal wagte sie es, ihre Mutter danach zu fragen. »Das kannst du vergessen«, erklärte sie barsch. »Ich mach denselben Fehler nicht zweimal.«

»Weißt du noch, Amadeo, wie wir auf der Highschool waren und Yolanda immer diese Tiefkühl-Röstis für uns gekauft hat?«, fragt Marissa schmunzelnd. »Und wir nach der Schule Chilis und Bacon draufgelegt und sie wie Sandwiches gegessen haben? Jedes Mal, wenn ich Röstis esse, muss ich dran denken, wie ich schwanger war und wir immer bei dir abgehangen haben. Und weißt du noch, wie Val sich über das dreckige Geschirr in der Spüle aufgeregt hat? Aber sie hat's trotzdem immer abgewaschen, bevor deine Mom nach Hause kam.«

»Oh, Mann, ja. Arme Val.«

»Wie bescheuert wir damals waren. Wie geht's denn Val? Das Ganze hat sie wahrscheinlich ganz schön mitgenommen.«

»Japp«, sagt Amadeo mit Tränen in den Augen, steht auf und verzieht sich in sein Zimmer.

Bevor Marissa geht, bleibt sie an der Tür stehen. »Du kannst jederzeit zurückkommen, Ange, das weißt du ja. Wir könnten das Bettchen in die Kammer stellen und ein Kinderzimmer draus machen. Als Baby fandst du's immer toll, wenn die Waschmaschine gelaufen ist. Du bist dann sofort eingeschlafen.«

»Danke«, sagt Angel müde. »Wir kommen schon klar.«

—

Seit Wochen schon schickt Angel Lizette jeden Tag eine Nachricht: *Hey, wie läuft's denn so?* oder: *Ich bin auch rausgeflogen* und einmal sogar: *Du fehlst mir.* Aber Lizette antwortet nie.

Als Ryan sie fragt, ob er nach der Schule vorbeikommen kann, ist sie deshalb sofort einverstanden. *Er* schreibt ihr wenigstens immer. Sie hat ihm in den letzten Wochen einiges von sich erzählt: dass sie von der Schule verwiesen wurde, dass ihre Großmutter gestorben ist. Seine Empörung über ihren Rausschmiss bei Smart Starts! tat ihr gut. »Das ist ja so was von ungerecht!« Und es tröstete sie, dass er so mitfühlend auf den Tod ihrer Großmutter reagierte. Einmal chatteten sie so lange, dass Angel ihm irgendwann schrieb, sie müsse jetzt ins Bett. Jeden Abend schickt er ihr vor dem Schlafengehen noch eine letzte Nachricht und morgens nach dem Aufwachen gleich die nächste. Obwohl Angel ihm gegenüber oft schroff, spöttisch oder reserviert ist, genießt sie zu ihrer eigenen Überraschung ihren regelmäßigen Austausch, genießt seine Anhänglichkeit und sein Interesse. Sie findet, dass ihr das irgendwie zusteht, bei allem, was sie gerade durchmacht.

Angel beobachtet vom Fenster aus, wie er auf die Haustür zuläuft, während der Rucksack auf seinem Rücken auf- und abhüpft. Dann verschwindet er aus ihrem Blickfeld und es dauert einen Moment, bis er anklopft. Wahrscheinlich muss er sich erst die Eier zurechtrücken, wie es Jungs dauernd tun, denkt sie angewidert.

Connor ist heute quengelig, reibt sich unbeholfen das Gesicht. Er ist mitten in der Nacht aufgewacht, hat gejammert und geschrien, weil er einen neuen Zahn bekommt.

Ihr Vater ist mit dem Pick-up wer weiß wohin gefahren, wahrscheinlich um Yolandas letzte Ersparnisse in Alkohol umzusetzen. Energisch schiebt Angel den Gedanken beiseite.

»Hey«, sagt Ryan, als sie die Tür öffnet. Er beugt sich vor, um sie zu umarmen, aber sie hält Connor wie einen Schutzschild vor sich. Also tätschelt er ihr nur den Arm. »Das mit deiner Grandma tut mir echt leid.«

»Danke.«

Sie kann seinen mitfühlenden Blick kaum ertragen.

»Ich hab sie nicht besonders gut gekannt, aber sie war immer nett zu mir.«

»Ich weiß.«

»Hallo, Kleiner«, sagt Ryan zärtlich und Connors Mund verzieht sich zu einem schiefen, sabbernden Grinsen. Ryan hält sein Gesicht dicht vor Connors, sodass Angel den Eiterpickel auf seiner Wange sehen kann. Sie weicht ein Stück zurück.

Aber Ryan streckt den Kopf vor und säuselt irgendwas in einer lächerlichen Babysprache. »Dudi dudi … du kleiner Dudi.« Connor kräht vor Vergnügen.

»Vorsicht. Er spuckt sonst alles wieder aus. Er hat grade Süßkartoffeln gegessen.« Sie deutet auf den mit orangen Spritzern übersäten Hochstuhl.

Connors Lachen geht in ein Wimmern über. Er wedelt mit den Armen, als wolle er eine lästige Fliege vertreiben, verheddert sich mit der Hand in seinem Strampler und heult jetzt erst richtig los. Angel wiegt ihn im Arm. »Alles gut, mein Schatz.«

»Was hat er denn?«, fragt Ryan besorgt.

»Er kriegt einen neuen Zahn. Das ist ganz normal.« Sie drückt das zappelnde Baby an sich, als wolle sie es nie mehr loslassen. »Ich leg ihn mal besser ins Bett. Tut mir leid, ich hab gehofft, dass er wach bleibt, solang du da bist.«

»Oh, Mann, ich vermiss den Kleinen jetzt schon.«

Angel lächelt Connor aufmunternd zu. »Sag Ryan Gute Nacht.« Aber der fängt stattdessen zu brüllen an.

»Schade«, sagt Ryan enttäuscht. »Nacht, mein Kleiner.«

Als Angel mit Connor in ihr Zimmer geht, hört sie, wie Ryan seinen schweren Rucksack auf den Boden fallen lässt. Beim Gedanken an die Mathe- und Biobücher wird ihr ganz elend zumute, denn sie hat keine Ahnung, wie sie den verpassten Stoff je nachholen soll.

Nachdem sie Connor gestillt und ins Bett gebracht hat, hakt sie ihren BH unter ihrem Shirt zu, während sie ins Wohnzimmer zurückgeht. Eigentlich hat sie gedacht, dass Ryan längst weg wäre, aber stattdessen hat er den bekleckerten Hochstuhl sauber gemacht, das schmutzige Geschirr abgewaschen, den Mülleimer ausgeleert und ist gerade dabei, die Arbeitsplatte abzuwischen. Angel setzt sich auf die Couch, schlägt die Beine unter und schaut ihm zu.

»Wieso machst du das alles eigentlich?«

Er wringt den Schwamm aus, legt ihn neben das Spülbecken und setzt sich zu ihr. »Also, jetzt sag mal, wie's dir geht. Ganz ehrlich.« Sein Adamsapfel hüpft nervös auf und ab.

Angel schüttelt den Kopf. Die Kehle ist ihr wie zugeschnürt. Tränen schießen ihr in die Augen. Ausgerechnet jetzt. Und weil sie es nicht erträgt, vor Ryan zu weinen, zieht sie ihn an sich und küsst ihn.

Sein Mund ist feucht und schmeckt schwach nach Kirschdrops. Als sie sich von ihm löst, hält er noch einen Moment lang die Augen geschlossen, das Kinn vorgestreckt.

Dann sieht er sie an und lächelt. »Ich hab dich echt gern.«

»Sorry, keine Ahnung, was das eben war.« Bedrückt denkt Angel an Lizette, an das verführerische Zucken um ihren Mund, bevor sie Angel küsste. Das ist einfach nicht fair – dass *er* hier ist, dass *er* sie will und nicht Lizette, die sie doch so liebt. Schon wieder steigen ihr Tränen in die Augen. Sie schluckt und beugt sich zu ihm vor, aber weil sie ihn nicht küssen will, schiebt sie ihre Hand unter sein T-Shirt. Ohne zu zögern, zieht Ryan es sich über den Kopf und lässt es auf den Boden fallen.

Er hat die Ellbogen an seinen mageren Oberkörper gepresst. »Dein Dad ist weg?«

»Jaja. Wir hören schon, wenn er zurückkommt.«

Sie fährt mit dem Finger über seine Brust, und tatsächlich, da ist die schmale pochende Furche, daneben eine blasse Narbe. Er ist fast völlig unbehaart – noch etwas, was sie ganz vergessen hat – und seine Haut fühlt sich etwas feucht an. Sein Brustkorb hebt und senkt sich hastig; er hat die Lippen leicht geöffnet, sein Blick ist voller Vertrauen. Sie versteht nicht, warum er ihr noch vertraut, nachdem sie so gemein zu ihm war. Sie verachtet ihn deswegen, aber irgendwie rührt es sie auch. Warum kann sie nicht in ihn verliebt sein? Dann wäre alles so viel einfacher. Sie stellt sich vor, wie sie den Finger in seine Brust bohrt wie in eine überreife Tomate, was sie an die traurigen Tomatenpflanzen in Lizettes Vorgarten erinnert. Und dann muss sie an Lizette denken. Was wäre wohl, wenn Lizette sie jetzt so mit Ryan sehen würde? Bestimmt würde sie ausrasten vor Eifersucht. Entschlossen presst sie sich an Ryan, streicht mit den Händen über seinen glatten Rücken, fährt mit dem Finger in seinen Hosenbund. Na, wie findest du das, Lizette?

Ryan stöhnt. Er hebt ihr Shirt hoch, zieht es ihr über den Kopf. Sie lässt es zu, lässt es auch zu, dass er ihren BH aufhakt, denn sie stellt sich immer noch vor, dass Lizette ihnen zuschaut. Sie dreht ihm den Rücken zu und streift den Still-BH ab, der nach Schweiß und saurer Milch riecht. Sie stopft ihn unter ihr Shirt auf der Couch und wendet sich wieder um, stützt dabei ihre schweren Brüste mit dem Unterarm ab. Als sie ihre Nippel sieht – hart und runzlig –, bedeckt sie sie verlegen mit den Händen.

Aber als sich seine Hand in ihren Slip stiehlt und sich sein Finger linkisch vortastet, versteift sich ihr ganzer Körper. Sie lehnt sich zurück und starrt an die Zimmerdecke. Sie fragt sich, ob sie dem Gefummel irgendwas abgewinnen kann. Nein, denkt sie, nimmt sein knochiges Handgelenk und schiebt seine Hand weg.

»Du willst nicht?«, fragt er enttäuscht.

»Nein.« Sie zieht den Bauch ein und macht den Reißverschluss ihrer Jeans zu. Dann richtet sie sich auf und rückt von ihm ab. »Tut mir leid.« Sie streift sich ihr Shirt über, knäult ihren BH zusammen und verschränkt die Arme vor der Brust.

»Ich will dich so sehr«, sagt er. Es ist keine weinerliche Bitte, sondern eine schlichte Feststellung.

»Oh.« Angel überlegt, was sie Nettes zu ihm sagen könnte, aber ihr fällt nichts sein.

Ryan setzt sich ebenfalls auf und streicht sich das Haar glatt. Die Ader an seinem Hals pocht. Er blickt starr geradeaus, auf den Eckschrank mit Yolandas Porzellanpuppen. Auch Angel sieht zur Vitrine: die Blondinen mit ihren bunten Dirndln, Prinzessin Di im seidenen Brautkleid und mit den grässlichen grellweißen Zähnen, die viktorianische Lady mit dem verzierten Samthut und den toten Augen. Angel hat keine Ahnung, was diese Puppen ihrer Großmutter bedeutet haben. Sie weiß nicht, welche Yolanda als Kind geschenkt bekommen und welche sie später selbst gekauft hat und welche Valerie gehörten. Und jetzt ist es natürlich zu spät, um sie danach zu fragen.

»Hoffentlich wird das jetzt kein Krampf«, sagt Ryan düster.

»Krampfiger kann's ja wohl nicht mehr werden.«

Ryan zieht die blassen Schultern hoch, greift nach seinem zerknüllten T-Shirt und streift es sich über. Dann sitzen beide schweigend nebeneinander auf der Couch.

»Wollen wir mal nach Connor sehn?«, fragt Ryan.

»Lieber nicht. Ich will ihn nicht wecken.« Aber genau in diesem Moment – als hätte Connor gespürt, dass er dringend gebraucht wird – ist aus Angels Zimmer sein munteres Gebrabbel zu hören.

Als Angel das Zimmer betritt, sitzt Connor im Halbdunkel

in seinem Bettchen und reckt ihr die Ärmchen entgegen. Kaum ist sie mit ihm zurück im Wohnzimmer, windet er sich und streckt die Arme nach Ryan aus.

»Guck mal, er will zu mir!« Ryan nimmt ihn auf den Schoß. Der kleine Connor und der große Ryan strahlen sich an. Und obwohl Angel weiß, dass Connor sie mehr liebt als irgendeinen andern Menschen auf der Welt, fühlt sie sich trotzdem von ihm verraten. Lizette gegenüber hat er sich nie so verhalten, aber Lizette hat sich auch nie für ihn interessiert.

Sie muss Lizette unbedingt sehen. »Hast du Lust, in die Stadt zu fahren?«, fragt sie Ryan mit einem koketten Lächeln. In ihrem Kopf entsteht ein Plan. Sie werden zu Lizette fahren – sie zieht ja erst in ein paar Tagen aus – und wie alte Freunde einfach mal vorbeischauen, um Hallo zu sagen. Es war ein Fehler, sich Lizette so an den Hals zu werfen. Jetzt muss sie ihr beweisen, dass sie nicht auf sie angewiesen ist. Lizette wird schon von allein draufkommen, dass zwischen ihr und Ryan was läuft. Und wenn nicht, wird Angel es ihr erzählen. Dann kapiert Lizette hoffentlich, was sie an ihr hat, und kommt zu ihr zurück.

»Ja, klar!«, sagt Ryan erfreut. Seine Befangenheit ist verflogen. »Ich lad euch zum Essen ein.« Er läuft rot an. »Keine Angst, das wird kein Date. Es sei denn …« Er bricht ab. »Bist du überhaupt schon mal weg gewesen? Ich mein, seit deine Grandma … Du weißt schon.«

»Nein«, sagt sie, und obwohl es stimmt, ist ihr bewusst, dass sie Ryan gerade schamlos ausnutzt. »Okay. Können wir ins Lotaburger gehen?« Bei Lotaburger geht's immer schnell mit dem Essen, außerdem wohnt Lizette gleich um die Ecke. Angel fühlt sich wie befreit; endlich nimmt sie ihr Leben wieder selbst in die Hand. Und sie fühlt sich auch stark, weil Ryan glaubt, das Ganze wäre irgendwie seine Idee.

»Okay, cool!«

»Und danach könnten wir noch bei meiner Freundin vorbeigehn. Damit du sie mal kennenlernst.«

»Echt?« Ryans Augen leuchten.

Leise Schuldgefühle regen sich in ihr, aber Angel schiebt sie rasch beiseite. »Ihr werdet euch bestimmt mögen.«

Sie zieht Connor seine Steppjacke an und wirft einen prüfenden Blick in die Wickeltasche. Eilfertig nimmt Ryan sie ihr ab. Draußen schaut er aufmerksam zu, wie Angel den Kindersitz auf der Rückbank seines Minivans festschnallt. »Ah, verstehe, der Gurt muss durch das Ding da gesteckt werden.«

Während Ryan fährt, schreibt Angel Lizette eine Nachricht. *Bist du zu Haus? Können wir nachher vorbeikommen?* Aber wie immer antwortet Lizette nicht.

Im Lotaburger feuchtet Ryan ein paar Servietten unter dem Wasserspender des Getränkeautomaten an und wischt damit den mit Ketchup-Flecken übersäten Tisch sauber – wie eine pingelige Hausfrau. Als seine Nummer aufgerufen wird, holt er die Bestellung am Tresen ab und verteilt Burger-Päckchen, Pappschälchen mit Pommes und schwitzende Cola-Becher auf ihrem Tisch.

Lizette hat immer noch nicht geantwortet. Das Restaurant ist hell und freundlich und mit Weihnachtsgirlanden geschmückt. Die Burger und die Pommes riechen lecker, aber Angel hat nicht den geringsten Appetit. »Ich hab eigentlich gar keinen Hunger.« Sie ist nervös, fürchtet, dass ihr Plan nicht funktioniert. Und sie hat auch Angst davor, Lizette wiederzusehen.

»Okay.« Er schiebt ihr einen Burger hin. »Falls du's dir anders überlegst.« Er deutet auf einen Cheeseburger. »Der ist für Connor. Die grünen Chilis sind nur Beilage.«

Connor, der auf ihrem Schoß sitzt, streckt die Hand danach aus, aber Angel hält sie fest. »Du hast ihm einen Burger bestellt? Er ist sieben Monate alt. Da isst er höchstens mal ein Stückchen Brot. Oder einen Kinderkeks. Ich hab seinen Birnenbrei mitgebracht.«

»Ach so.« Ryan beißt sich auf die Lippe.

Angel wickelt ihren Burger aus, nimmt einen Bissen und legt ihn wieder hin. Sie wirft einen Blick aus dem Fenster auf die verwaisten Betontische. Noch ist der Himmel klar und blau; sie fragt sich, ob es wohl noch mal schneien wird.

Sie glaubt, Lizettes Gegenwart zu spüren, sie wohnt ganz in der Nähe, irgendwo hinter dem großen Schild von Selmo's Muffler Services. Aber sie könnte genauso gut tausend Meilen entfernt sein. Die Häuser von Española ducken sich unter dem dunkler werdenden Abendhimmel, alles wirkt trostlos und niedergedrückt. Ein beklemmendes Gefühl beschleicht sie.

Was, wenn Lizette Ryan für einen Schlappschwanz hält und gar nicht eifersüchtig ist? Was, wenn sie Lizette einfach nur egal ist? Was, wenn Ryan die einzige Option ist, die ihr bleibt?

Sie gibt Connor einen Pommes, auf dem er hingebungsvoll herumkaut, bis er ihn auf den Tisch pfeffert. Ryan hält ihm noch einen hin.

»Einer reicht. Ich will nicht, dass er auf den Geschmack kommt. Er soll nicht so viel Salz und Fett essen.«

Angel beißt von ihrem Hamburger ab. Als Connor danach patscht, dreht sie sich schnell von ihm weg. Sein Grübchenkinn glänzt vor Spucke.

»Komm, gib ihn mir mal. Damit du in Ruhe essen kannst.« Ryan legt seinen Burger auf das Einwickelpapier und nimmt Angel den Kleinen ab.

Er setzt sich Connor auf den Schoß und wippt mit dem Bein. Connor quiekt begeistert und greift nach Ryans spärlichem Bart. Lachend zieht Ryan seine Hand weg. »Hey, schmier mir nicht deine Pommespampe ins Gesicht, Kleiner.«

Während Angel ihren Burger fertig isst, fragt sie sich, was die anderen Leute wohl über sie denken: eine kleine Familie beim gemeinsamen Burger-Essen, ein süßes Baby mit seinen jungen Eltern. Zu jungen Eltern. Plötzlich überkommt sie eine tiefe Verzweiflung. Um ihren flatternden Magen zu beruhigen, isst sie ihre Pommes auf, dann die von Connor und nimmt sich auch seinen Burger vor.

»Also, was willst du denn jetzt machen?«, fragt Ryan. »Gehst du wieder an deine Schule zurück?«

Angel antwortet nicht. Mühsam schluckt sie ihren Bissen hinunter. Ihr wird langsam schlecht.

»Ernsthaft«, sagt Ryan aufgeräumt. »Hast du geklärt, ob sie dich wieder aufnehmen? Hast du schon mit dem Rektor gesprochen?«

»Wir haben keinen Rektor. Das ist keine normale Schule. Bei uns gibt's nur einen Geschäftsführer. Eric Maxwell.«

»Na, dann red doch mal mit dem. Unbedingt. Oder schick deine Eltern hin. Ich konnte nur deshalb 'ne Klasse überspringen, weil meine Mutter dem Rektor auf den Geist gegangen ist. Die machen alles, damit die Eltern zufrieden sind.«

»Du hast 'ne Klasse übersprungen? Moment mal, wie alt bist du denn?«

Ryan wird rot. »Bin gerade fünfzehn geworden.«

»Oh Gott.«

»Keine Angst, ich darf euch mit meinem Lernführerschein mitnehmen, weil ich mit Connor direkt verwandt bin.« Connor kneift Ryan in die Nase und stößt einen entzückten Schrei aus. »Hey, du kleiner Frechdachs!«, ruft Ryan. Und zu Angel: »Der ist ja ein richtiger Frechdachs!«

Angel macht nicht mal den Versuch eines Lächelns. Sie kann nicht fassen, dass weder sie – noch ihre Eltern – auf die Idee gekommen sind, sich gegen ihren Rauswurf zu wehren.

»Warum sagst du nicht einfach, dass dir das mit dem Kaugummi leid tut?«, fragt Ryan. »Hauptsache, sie nehmen dich wieder ins Programm auf. Du musst es ja nicht wirklich meinen. Jeder erzählt doch mal irgendwelchen Mist, den er nicht so meint. Ich zum Beispiel hab in meine Bewerbung für das Mediencamp geschrieben, dass ich Führungsqualitäten hätte. Na ja, ich und Führungsqualitäten.«

Angel faltet das Burger-Papier sorgfältig zusammen, legt die Ecken exakt aufeinander, streicht die Falten glatt. »Aber dann denkt Brianna, dass es okay ist, uns zu schikanieren. Oder mit meinem Dad oder irgendwelchen anderen Vätern zu schlafen. Oder eine Schülerin mies zu behandeln, die es sowieso schon schwer hat. Das ist doch total ungerecht.« Ryan sieht sie aufmerksam an. Er hört ihr wirklich zu. Seine Anteilnahme bringt sie dazu, mehr zu erzählen, als sie eigentlich vorhatte. »Ich will nicht, dass sie gewinnt.«

Er sieht sie immer noch an, mit sanften Augen, den Augen eines einfühlsamen, klugen Tiers. »Wieso denn gewinnen? Das ist doch kein Krieg. Oder irgendein Wettkampf. Hier geht's um deine Zukunft.«

Angel spürt, wie sich eine Träne aus ihrem linken Auge

stiehlt und ihr über die Wange läuft. Sie wischt sie hastig weg. Ja. Es ist *ihr* Leben, das einzige, das sie hat, und deshalb muss sie darum kämpfen. Wieso hat sie das nie so gesehen? Wieso braucht es Ryan, diesen blassen, pickeligen Teenager, um ihr das klarzumachen?

Und dann sagt Ryan: »Du musst dir einfach holen, was dir zusteht.«

Angel sieht ihn ungläubig an. *Holen, was dir zusteht?* Klar, *er* kann sich holen, was ihm zusteht. Er ist schließlich ein Junge, noch dazu ein weißer Junge, ein verhätscheltes Einzelkind, für das seine Mutter jedes Opfer bringen würde. Er hat einen Minivan und einen College-Fonds. Die Tatsache, dass er Connors Vater ist, hat ihm *sein* Leben jedenfalls nicht versaut. Er geht immer noch zur Schule, kriegt in Englisch nur Einsen und schleimt sich bei den Lehrern ein. Er hat sich für ein bescheuertes *Mediencamp* beworben. Was ist das überhaupt? Lernt er da, wie man Nachrichtensprecher wird? Vielleicht würde sie das auch gern machen. Warum denn nicht? Sie erinnert sich daran, wie er sich in Geometrie immer gemeldet hat, egal, ob er die richtige Antwort wusste oder nicht. Dass er in Kauf nahm, sich vor der ganzen Klasse zu blamieren, hat sie sich mit seinem kindlichen Übereifer erklärt, und das hat sie irgendwie gerührt, aber jetzt erkennt sie, was wirklich dahintersteckte: dreiste Anmaßung. Sie muss an ihre Großmutter denken, die ihn immer so herzlich begrüßt hat, als er Connor besuchte. Ach, was für ein lieber Junge! Als ob er allein dafür, dass er ab und zu bei seinem Sohn aufkreuzt, einen Orden verdient hätte.

»Ernsthaft, Angel«, sagt er jetzt mit wichtigtuerischer Miene, während er Connor auf seinem Bein reiten lässt. »Die Zukunft gehört dir.« Er ist richtig stolz auf sich, denkt sie. Weil er ihr, die ja so arm dran ist, von seinem Taschengeld einen Hamburger spendiert und sie mit seinen Lebensweisheiten beglückt. Er glaubt wohl, sie aufbauen zu müssen. Wahrscheinlich schreibt er in seine College-Bewerbung: *Mentoring einer Teenagermutter.*

Er sieht sie verwirrt an. Er hat nicht die geringste Ahnung, was in ihr vorgeht.

Angel könnte ihm vor Wut ins Gesicht springen. Stattdessen sagt sie kalt: »Übrigens, er ist nicht von dir.«

Ryans Knie steht still, sein Lächeln gefriert. Krähend hopst Connor auf seinem Schoß herum, will unbedingt weiter reiten.

Ryan steht tatsächlich der Mund offen. »Wie meinst du das?« Er bringt die Worte nur mühsam heraus.

Angel genießt ihren Triumph. Eigentlich hat sie erwartet, dass er erleichtert sein würde. Als sie sieht, wie verletzt er ist, wird ihr klar, dass sie genau das erreichen wollte. »Ich hab dich angelogen«, sagt sie lässig und erkennt sich selbst nicht wieder. »Guck ihn doch an. Er sieht dir überhaupt nicht ähnlich. Du warst einfach zu blöd, um's zu merken.« Sie verachtet ihn, weil er ihr vertraut hat, weil er so nett zu ihr und Connor war. Weiß er denn nicht, dass sie eine Schlampe ist? Hat er sich nie gefragt, ob das Kind von ihm ist? Sie hasst seinen lächerlichen dünnen Bart, seine blasse Haut, seine komischen Locken, seine peinliche Verwundbarkeit.

»Du bist nicht der Einzige, den ich gefickt hab«, sagt sie sanft und erbarmungslos, registriert zufrieden, dass er bei dem Wort zusammenzuckt. »Du bist nix Besonderes.«

»Ich hab nie behauptet, dass ich's wär.« Connor, der immer noch auf Ryans Schoß sitzt, beugt sich vor und patscht mit der Hand auf eine Papierserviette. Ryan hält seine andere Hand fest. »Kann ich ihn trotzdem ab und zu sehen?«

Angel schaut ihn entgeistert an. »Nein«, sagt sie und erschrickt über sich selbst. »Ich trau dir nicht.« Sie ist Connors Mutter. Sie allein entscheidet, wer ihn besucht und wer nicht. Ganz einfach. Sie hätte nie gedacht, dass so viel Entschlossenheit in ihr steckt.

»Ich vergess immer wieder, dass du mich nicht magst. Keine Ahnung, warum ich das immer wieder vergesse.«

Angel ist betroffen. Aber warum eigentlich? Sie mag ihn ja wirklich nicht. Und gleich wieder steigt die Wut in ihr hoch, weil es ihm anscheinend nur um Connor geht und nicht um sie.

Sie steht auf, will ihm Connor aus den Armen reißen, hält dann aber inne.

»Du willst sein Vater sein? Na, bitte. Dann sei sein Vater. Du kannst dich ausnahmsweise mal um ihn kümmern.« Sie wirft sich ihre Tasche über die Schulter und marschiert zum Ausgang.

Als sie die Glastür aufstößt, dreht sie sich noch einmal nach Connor um. Aber er beachtet sie gar nicht, sondern betrachtet fasziniert Ryans bestürztes Gesicht. Er steht mit wackeligen Beinchen auf Ryans Oberschenkeln und krallt sich mit seiner fettigen Hand an Ryans Shirt fest.

Während der Schmerz in ihr wühlt, überquert sie den Parkplatz, dann die Straße. Der Winterhimmel ist jetzt schwarzblau.

—

Angel hat das Handy in ihre Hosentasche geschoben, hält es aber die ganze Zeit fest, und zieht es erst heraus, als sie in Lizettes Straße einbiegt. Ryan hat nicht geschrieben. Leck mich, denkt sie, wiederholt das Wort bei jedem Schritt: Leck mich, leck mich. Aber in ihre aufflackernde Wut mischt sich auch Sorge um Connor. Schuldgefühle kriechen in ihr hoch, nisten sich in ihrer Brust ein – kalt und dumpf und bleischwer.

Erst ihre Mutter, dann Priscilla, dann Brianna und jetzt Ryan. Es ist so leicht, einen Menschen von sich zu stoßen, tiefe Gräben aufzureißen. Das hat sie nicht gewusst. Sie hat immer geglaubt, dass man Streit und Verletzungen aushalten muss, dass sich alles irgendwann wieder einrenkt, wenn man nur genügend Zeit hat, um offen und ehrlich miteinander zu reden. Sie hat keinen von ihnen verlieren wollen, hat immer gehofft, dass sie irgendwann den ersten Schritt machen würden; sie hat nur herausfinden wollen, wie weit sie gehen kann. Aber niemand hat die Hand nach ihr ausgestreckt. Der einzige Mensch, der sie nicht fallen gelassen hat, war ihre Großmutter, aber die ist tot.

Noch zehn Minuten, dann ist er zu Hause. Amadeo hat den ganzen Tag mit irgendwelchen Erledigungen in Española verbracht, um dem leeren Haus zu entkommen: Tanken, im Walmart Windeln besorgen, im Dollarland wiederverschließbare Sandwichbeutel kaufen; die Zippverschlüsse halten zwar nicht so gut, aber für Cracker reicht's. In den Geschäften blitzte und blinkte der Weihnachtsschmuck, Lametta und Pappengel baumelten von der Decke. Gott sei Dank darf er jetzt wieder fahren. Als er sich auf den Heimweg machte, dämmerte es schon. Er durchquerte das Tal und tauchte in den schützenden Wald ein, die flirrenden Lichter der Stadt im Rücken.

Er ist jetzt auf der schmalen Landstraße, die direkt zum Haus führt. Je näher er kommt, desto nervöser wird er. Er kann das Zittern kaum noch kontrollieren.

Daran ist nur Angel schuld. Ständig schnauzt sie ihn an, mäkelt an ihm herum oder geht ihm aus dem Weg. Seit seine Mutter gestorben ist, ist sie total schlecht drauf, nein, eigentlich ist sie schon immer so. Er erträgt es einfach nicht, mit ihr im selben Raum zu sein und nur darauf zu warten, dass sie wieder über ihn herfällt, ihm mit ihrer selbstgefälligen Kritik auf die Nerven geht.

Amadeo hält am Straßenrand und fischt ein Wodka-Fläschchen aus der Plastiktüte, die er auf der Fußmatte vor dem Beifahrersitz deponiert hat. Der Schraubverschluss löst sich mit einem verheißungsvollen Knacken. Schon das Geräusch beruhigt ihn; dann rinnt ihm die klare, scharfe Flüssigkeit die Kehle hinunter. Er muss dieses Zittern in den Griff kriegen.

Er weiß genau, was er tut. Er ist ja kein Idiot. Er verstößt nicht gegen das Gesetz, nicht richtig jedenfalls, denn er bringt ja niemanden in Gefahr. Hier oben auf der kurvigen Bergstraße gibt es keine Verkehrskontrollen, schon gar nicht an einem frühen Dienstagabend. Außerdem sind kaum Autos und erst recht keine Fußgänger unterwegs. Es ist völlig in

Ordnung, nach einem kleinen Schluck noch zu fahren. Schließlich dauert es eine Weile, bis der Alkohol in die Blutbahn gelangt. Und bis dahin ist er längst zu Hause. Das weiß er von dem PowerPoint-Vortrag über Blutalkoholkonzentration und Reaktionszeiten, den er im Fahreignungsseminar gehört hat.

Er ist erleichtert, als er das Auto seiner Mutter – jetzt Angels Auto – in der Einfahrt stehen sieht, und das Licht im Wohnzimmer. Er wird Angel den Kleinen abnehmen, ihr eine Pause gönnen, und selbst wenn sie es nicht zeigt, wird sie ihm dankbar sein. Und wenn er das warme zappelnde Energiebündel im Arm hält, wird auch er dankbar sein. Sie können auf dem Teppichboden spielen und einen Turm aus Bauklötzen bauen, den Connor dann jauchzend umwerfen wird. Oder er kann ihm vorlesen, während sich das schläfrige, vertrauensvolle kleine Wesen an seine Brust schmiegt.

Er schnappt die Plastiktüte mit den Wodka-Fläschchen und stopft sie in seine Jackentasche. Nicht, dass er etwas zu verbergen hätte, aber er hat einfach keine Lust auf Angels Vorwürfe. Der Alkohol beginnt schon zu wirken. Er atmet tief ein, behält die frische, kalte Luft in der Lunge. Dann drückt er auf seinen Autoschlüssel und der Pick-up verriegelt sich mit einem tröstlichen Piepen. Er geht die Stufen hoch, öffnet die Fliegengittertür und schließt die Haustür auf.

Das Licht brennt, aber das Wohnzimmer ist leer: der Tisch ist abgeräumt, Connors Spielsachen liegen im Korb, die Uhr mit dem Blumenziffernblatt tickt.

»Hallo?«, ruft er, und im selben Moment überfällt ihn panische Angst, übermächtig und unentrinnbar. Das, was er immer befürchtet hat, ist passiert: Angel und Connor haben ihn verlassen.

Er lässt den Plastikbeutel klirrend auf den Boden fallen und stürmt in den Flur, stößt Türen auf, schaltet Lampen ein. Schaut in Angels Zimmer, sein eigenes, das Bad und – mit beklommenem Herzen – in das Zimmer seiner Mutter. Er sieht die nackte Matratze auf dem Himmelbett, das immer noch an die Wand gerückt ist, die leere Fläche, wo das Krankenbett stand.

Der Geruch nach Krankheit und Tod ist verschwunden; ihr eigener Geruch ist geblieben, ein zarter Parfümduft, in einem Halstuch eingefangen – als ob das Zimmer, das sie fast vierzig Jahre lang bewohnt hat, sie noch nicht loslassen will.

Als seine Mutter noch lebte, hat er es so gut wie nie betreten. Er hat sich immer unwohl gefühlt in diesem Zimmer, das etwas Intimes, Feminines ausstrahlte. Hier hat sich seine Mutter an- und ausgezogen, hier hat sie nachts im Dunkeln gelegen, schlafend, schutzlos. Und doch ist er hier gewesen, an ihrer Seite, als sich ihre Seele von ihrem Körper löste. Und hat ihre knochige Hand gehalten, als sie ihre letzten Atemzüge tat: stockend und keuchend, von langen Pausen unterbrochen. Und dann war da nur noch eine einzige endlose Pause.

Der Raum wirkt nackt und kahl im kalten Licht der Glühbirne. Leise zieht er die Tür hinter sich zu.

Er geht in Angels Zimmer, betrachtet das Kinderbett, den Wickeltisch, die Kommode. Es ist zwar ziemlich eng, aber gemütlich. Angel hat nicht viele eigene Sachen mitgebracht. Sie hat Valeries alte Bücher und Garfield-Figuren weggeräumt. Ihre Schulbücher stehen ordentlich im Regal, als hätte Angel sie seit ihrem Rausschmiss aus Smart Starts! nicht mehr angerührt. Seit dem Tod seiner Mutter ist das Zimmer sogar noch aufgeräumter: Der Pyjama liegt sorgfältig zusammengelegt am Fußende des Betts, Connors Windeln sind auf dem Wickeltisch gestapelt.

Auf Angels cremefarbener Kommode steht der Flakon mit dem Lieblingsparfüm seiner Mutter. Er nimmt die blaue Verschlusskappe ab und schnuppert daran. Tränen steigen ihm in die Augen.

Angel hat ihn verlassen. Hat das Baby genommen und ist wieder bei Marissa eingezogen – ausgerechnet jetzt, wo er sie am meisten braucht. Das hat er schon die ganze Zeit befürchtet. Und mit der Verzweiflung kommt auch die alte Wut wieder in ihm hoch, ein vertrautes, irgendwie wohltuendes Gefühl. Dieses Miststück! Genau wie Brianna, Valerie und Marissa. Und seine Mutter natürlich erst recht. *Miststück*. Ein befreiendes, ein schreckliches Wort. Es verschwimmt ihm vor den Augen, seine Kehle schnürt sich zu.

Die Wut reißt ihn mit sich wie eine Sturzflut, wie eine Wand aus Wasser, die sich, hart und geschmeidig wie ein Muskel, durch ein Flussbett wälzt. Erleichtert überlässt er sich dem wilden Strom, ergibt sich der tosenden, dunklen Kraft, bis sie jede Faser seines Körpers durchdringt. Bis sie allmählich verebbt und ihn erschöpft am Ufer zurücklässt.

Er setzt sich auf die Couch, der Plastikbeutel in seiner Jacke knistert. Dann nimmt er ein Fläschchen heraus und schraubt den Metallverschluss auf. Knack. Noch ein Fläschchen. Knack. Noch eins. Sein ganzer Körper entspannt sich. So wird er die nächsten Stunden, die nächsten Jahre überstehen. Er wird sich in dieser wirbelnden, erlösenden Flut treiben lassen, während die wütenden Stimmen in seinem Kopf langsam verstummen.

Der Fernseher läuft. Wie durch einen Nebel nimmt er Werbeslogans, Stimmengewirr, dramatische Musik wahr. Er kann kaum noch die Augen offenhalten. Höchste Zeit, ins Bett zu gehen. Aber der Rausch trägt ihn davon und jedes Mal, wenn er die Augen schließt, fängt sich alles zu drehen an.

Doch weder die Wut noch die Betäubung sind stark genug, um die Welt ringsum auszulöschen. Amadeo kann seine aufflackernden Gedanken nicht abschütteln, schafft es nicht, sich selbst zu entkommen. Immer wieder schreckt er hoch, glaubt, er müsse nach seiner Mutter sehen, aber dann fällt ihm ein, dass sie tot ist, tief in der kalten, trockenen Friedhofserde begraben.

Irgendetwas nagt an ihm, aber er weiß nicht mehr, was.

Lizettes Haus ist dunkel und wirkt verlassen. Im Nachbarhaus sind die Fenster hell erleuchtet, die Jalousien hochgezogen. Weihnachtsdekoration beleuchtet das Gerümpel im Vorgarten. Drinnen läuft ein Mann am Fenster vorbei, den Kopf über eine Schüssel gebeugt. Die Tomatenpflanzen auf Lizettes Seite sind nur noch vertrocknete Stängel. Angel geht lautlos aufs Haus zu und klopft zwischen den Metallstäben an die Tür, ein zaghaftes Klopfen, das von ihrem laut pochenden Herzen übertönt wird. Sie klopft noch einmal, diesmal kühner.

Was ist, wenn Lizette nicht mehr da ist, wenn sie schon bei der Freundin ihres Cousins wohnt? Was, wenn Selena die Tür öffnet? Oder jemand ganz anderes? Vielleicht sind sie beide ausgezogen und in dem Haus hausen jetzt irgendwelche Männer, die nur darauf warten, dass ein junges Mädchen auftaucht?

Angel checkt noch mal ihr Handy. Ryan, der Blödmann, hat immer noch nicht geschrieben und Lizette auch nicht. Bestimmt will er ihr nur eine Lektion erteilen. Trotzdem malt sie sich die schlimmsten Albtraumszenarien aus: Ryan lässt Connor bei Blake's Lotaburger zurück, Ryan gibt Connor bei der Polizei ab oder legt ihn auf die kalten Stufen der Kirche.

Schließlich nähern sich Schritte, aber dann passiert lange nichts. Angel spürt, dass sie von den dunklen Fenstern aus beobachtet wird. Sie schluckt.

Lizette öffnet in Jogginghose und Schlabbershirt die Tür, sieht Angel durchs Sicherheitsgitter an, schließt dann auch das auf. »Hey«, sagt sie gleichgültig. Sie wirkt kein bisschen überrascht, als wären sie verabredet; dann dreht sie sich wortlos um und überlässt es Angel, die Tür zu schließen. In ihrem Zimmer am Ende des Flurs brennt Licht. Angel folgt ihr durch das dunkle Haus, weicht Bergen von Papier und Klamotten, Umzugskartons und einer Steppdecke aus. Im Wohnzimmer sind die Couch und der Tisch verschwunden, dafür steht jetzt

Mercedes' Bettchen hier. Sie meint, die Umrisse ihres kleinen Körpers zu erkennen.

In Lizettes Zimmer hängt noch das rosa Patchwork-L an der Wand, aber ansonsten ist der Raum leer. Nur ein paar volle schwarze Müllsäcke stehen herum. Einer hat Löcher, aus denen Kleiderbügel ragen.

»Wow«, sagt Angel. »Du hast ja schon gepackt.«

»Japp.« Lizette sieht sich um. Bei Licht wirkt ihre Haut fast grau, ihre schönen Augen schläfrig. Aus ihrem Pferdeschwanz haben sich ein paar fettige Strähnen gelöst.

»Oh, Lizette.« Angel macht einen Schritt auf sie zu.

Wortlos reißt Lizette sie an sich. So hat sich Angel ihr Wiedersehen nicht vorgestellt. Lizette ist grob und ungestüm, ihre Küsse so fordernd, dass Angel nach Luft schnappt. Und so springt Angel auch nicht gerade zimperlich mit ihr um. Das Ganze findet unter der grellen Deckenlampe statt.

Anschließend dösen sie, bis Angels Handy plötzlich losdudelt. *We are fam-i-ly!* Sie löst sich aus Lizettes Armen und greift nach ihrer Jeans, aber da hat ihr Dad schon aufgelegt.

»Warte kurz.« Sie zieht ihr Shirt an und geht ins Bad. Sie will gerade zurückrufen, als ein Schwung Nachrichten eintrudelt, eine, zwei, drei, vier. *Wo bist du? Dein Freund Ryan hat Connor hier abgeliefert. Wo bist du? Wo bist du verdammt noch mal?*

Danke, lieber Gott, danke! Angel lehnt sich an den kalten Spiegel an der Innenseite der Tür. *Pass heut Nacht auf ihn auf, ok? Bin morgen früh zurück.*

Offenbar war Lizettes Bruder fürs Putzen zuständig, denn das Bad ist der reinste Saustall. Es gibt kein Klopapier, das Waschbecken ist mit Zahnpasta und Kosmetika verschmiert, der Mülleimer quillt über und stinkt. An einer Kachel klebt eine getrocknete, bräunliche Maxi-Binde. Mit spitzen Fingern löst Angel sie ab und legt sie auf den Mülleimer. Sie versucht, das Waschbecken sauber zu machen, aber da es kein heißes Wasser gibt, lässt sie es sein.

Sie geht wieder in den dunklen Flur, bewegt sich leise, damit sie Mercedes nicht weckt, oder Selena, falls sie zu Hause ist.

Lizette setzt sich auf. »Da bist du ja wieder«, sagt sie und blinzelt ins grelle Licht. Sie rutscht ein Stück rüber, um Angel Platz zu machen, und hebt fürsorglich die Decke hoch.

Angel fröstelt und kuschelt sich an sie. »Mir ist kalt.« Sie drückt ihr Gesicht an Lizettes weiche Schulter.

Lizette zieht sie an sich. »Mmm.« Dieser Laut klingt so zärtlich, dass sich Angel getröstet fühlt.

Vorsichtig berührt sie den neuen roten Schnitt auf Lizettes Arm, eine gezackte, hässliche Linie. »Wann hast du das gemacht?«, fragt sie behutsam. »Warum?«

Lizette stößt Angel weg. »Geht dich nichts an.«

Wieder stellt sich Angel vor, dass Lizette und Mercedes bei ihnen wohnen. Bestimmt könnte sie ihren Dad überreden. Sie haben ja jetzt ein zusätzliches Zimmer. Bei diesem Gedanken krampft sich ihr Magen zusammen, rasch schiebt sie ihn beiseite. Bei ihr zu Hause wäre Lizette sicher und geborgen. Sie könnten sich mit der Kinderbetreuung abwechseln, zusammen für ihre Prüfung lernen. Sie brauchen Smart Starts! nicht. Gemeinsam werden sie ihr Leben in den Griff kriegen.

»Aber warum tust du dir so was an?« Lizettes Gesicht verschließt sich. Angel ist plötzlich wütend. »Warum hast du mich nicht zurückgerufen? Warum hast du mich einfach ignoriert?«

Lizette lässt sich auf den Rücken fallen und zieht die Decke über ihre Brüste. »Vergiss es, Angel.«

Angel starrt ins Licht, bis sie schwarze Flecken sieht. Sie zwingt sich, weiterzureden. »Meine Großmutter ist gestorben und ich weiß, dass du's weißt, weil ich es dir geschrieben hab. Du hast überhaupt nicht reagiert.«

In der darauffolgenden Stille hört sie nur ihren eigenen Herzschlag. Sie dreht den Kopf, studiert Lizettes Profil. Aus ihrem Augenwinkel sickern Tränen.

»Fühlst du dich denn nicht irgendwie schlecht? Ich mein, wegen uns?«

»*Uns*.« Lizette lacht abschätzig, freudlos. »Es dreht sich nicht alles nur um uns, Angel. Du bist so verdammt egoistisch.«

»Du weißt nicht, wo du hinsollst. Ist es das?« Warum fällt ihr das erst jetzt ein? Deshalb ist Lizette so ruppig.

»Das geht dich einen Scheißdreck an.«

»Hör zu, Lizette. Warum ziehst du mit Mercedes nicht zu meinem Dad und mir? Das ist wirklich kein Problem.« Angel wird ihren Vater überreden. Sie wird alles tun, damit es klappt. Wenn Lizette bei ihnen einzieht, wird sie sie nie wieder küssen, sie auch nicht verführen oder so, das schwört sie sich. Sie wird vollkommen zufrieden sein, keinerlei sexuelle Gedanken haben. Hauptsache, Lizette ist in ihrer Nähe und hat ein Dach über dem Kopf. Während sie das denkt, weiß sie schon, dass sie sich selbst belügt.

Lizette setzt sich auf, atmet geräuschvoll aus. »Schlag dir das aus dem Kopf mit uns. Wir werden kein Paar.«

Angel ignoriert den Schmerz in ihrer Brust. »Das ist okay. Du kannst trotzdem bei uns wohnen.«

»Ich werd Mercedes nicht diesem Lesbenscheiß aussetzen. So was kann Kids total versauen.«

»Das stimmt doch gar nicht«, sagt Angel. Sie versucht sich an die Argumente zu erinnern, die sie im Unterricht gehört hat. »Wichtig ist eine liebevolle Beziehung. Also, dass sich zwei Menschen gegenseitig respektieren.«

»Denkst du echt, wir hätten 'ne *liebevolle Beziehung*? Denkst du, ich *respektier* dich? Wir haben Sex, Angel. Mehr nicht.« Lizette hält ihrem Blick stand, aber ihre Mundwinkel zucken.

»Das glaub ich dir nicht.«

Lizette sieht sie spöttisch an.

»Ich liebe dich«, sagt Angel leise und fragt sich gleichzeitig, ob sie das wirklich gesagt oder nur gedacht hat.

Lizettes schnaubt. »Du hast ja keine Ahnung.«

»Doch. Ich lieb dich wirklich«, sagt Angel entschieden und hievt sich hoch. Am liebsten würde sie Lizette in den Arm nehmen, ihr immer wieder versichern, dass sie geliebt wird, bis sie es endlich glaubt und ihre Liebe zulässt. Aber Lizette schnickt nur ihre Haare aus dem Gesicht und dreht Angel den Rücken zu.

»Du bist echt erbärmlich«, sagt sie ausdruckslos. »Dumm und erbärmlich. Hau ab.«

»Aber es ist mitten in der Nacht.«

»Das ist mir scheißegal. Kapierst du's nicht? Du sollst abhauen.« Ihre Lippen zittern. Angel streckt die Hand nach ihr aus, aber Lizette stößt sie weg. In ihren Augen stehen Tränen.

»Was ist los mit dir? Warum sagst du so was?«

Tränen laufen ihr übers Gesicht. Langsam und betont wiederholt sie: »Hau endlich ab.«

»Okay.« Angel steht auf und zieht sich an. Sie zittert vor Wut und Scham, spürt, wie sich hinter ihren Augen etwas zusammenballt, heiß und trocken. Sie schnappt sich ihre Jacke und ihre Tasche, drückt beides fest an sich, durchquert das dunkle Wohnzimmer, geht vorbei an Mercedes' Bettchen und tastet nach dem Türriegel.

Draußen scheint der Halbmond auf die lehmverputzten Mauern und den grauen Asphalt. Das Haus nebenan ist jetzt dunkel, aber das Gerümpel und die Motorteile glänzen wie Quecksilber. Im Rinnstein liegen schmutzige Schneereste.

Sie kann ihr Handy nicht finden. Panik steigt in ihr auf, als sie daran denkt, dass sie noch mal zurück ins Haus, noch mal Lizette gegenübertreten muss. Sie hockt sich hin und wühlt in ihrer Tasche. Feuchttücher, Heft, Schlüssel und Kleenex, ein Quetschbeutel mit Apfel-Spinat-Babynahrung, Lippenstift: Alles ergießt sich auf den Gehweg. Und da ist auch ihr Handy. Es hat sich in einen Strampler verheddert.

Erstaunt stellt sie fest, dass es schon nach Mitternacht ist. Mit zitternden Fingern wählt sie die Nummer ihres Vaters. Nach dem vierten Klingeln springt die Mailbox an. Sie wählt noch mal. Versucht es übers Festnetz, aber die Leitung ist tot, weil ihr Vater offenbar beschlossen hat, die Rechnung nicht zu bezahlen. »Fick dich«, murmelt sie. »Geh endlich ans Telefon, verdammt noch mal!« Sie hat eine Stinkwut, aber ihre Angst ist größer. Er ist zu Hause und lässt sich volllaufen, das weiß sie genau. Connor erstickt bestimmt gerade an einem Stoffhasen, den ihr idiotischer Vater in seinem Bettchen vergessen hat. Was allerdings letztendlich ihre Schuld ist, weil sie ihr Baby in einem Fast-Food-Restaurant zurückgelassen hat.

Angel will nicht an Lizette denken, aber sie taucht unweigerlich vor ihrem geistigen Auge auf: ihr tränennasses Gesicht, die verschlossene, teilnahmslose Miene. *Hau endlich ab.*

Vom Ende der Straße schallt laute Musik herüber. Ein Lowrider hält an einem Stoppschild, das Heck vibriert. Ein jäher Schreck durchfährt sie. Aber das Auto überquert die Kreuzung und entfernt sich, der Lärm verebbt.

Es ist bescheuert, allein auf einer verlassenen Straße herumzustehen. Sie muss in eine belebtere Gegend gehen. Sie gelangt bis zum nächsten Block, als ein Pick-up neben ihr hält.

»Hey, Kleine!« Der Mann am Steuer ist groß und massig, sein sandfarbenes Haar ist kurz geschnitten. Aus dem offenen Fenster schlägt ihr Wärme entgegen; klassische Musik ertönt aus der Stereoanlage. »Alles in Ordnung?«

Angel rennt los. Wieder zurück in Lizettes dunkle Straße; ihre Schritte hallen auf dem Asphalt, ihre Tasche schlägt gegen ihre Hüfte. Sie drückt sich an die Mauer des chaotischen Nachbarhauses und sieht sich mit klopfendem Herzen um. Der Pick-up steht noch eine Weile da, seine Bremslichter leuchten, dann verlöschen sie und er fährt davon.

Zitternd wählt sie noch einmal. Bitte, Daddy, geh dran.

Natürlich kommt er und holt sie. Das ist doch klar. Es ist nach Mitternacht und seine Tochter steht mutterseelenallein in Española, wo überall irgendwelche fiesen Typen, Junkies und Vergewaltiger rumlungern. Er hat vor lauter Weinen fast nichts verstanden, aber zumindest hat er die Adresse aus ihr rausgekriegt.

Amadeo spritzt sich Wasser ins Gesicht, steckt dann den Kopf unter den Wasserhahn. Er wirft einen flüchtigen Blick auf sein Spiegelbild: trübe, gerötete Augen, aufgedunsenes Gesicht. Seine Achselhöhlen sind feucht vom Alkohol, den er ausschwitzt. Wenn er doch nur die letzte Dose nicht getrunken hätte. Oder die davor.

Vor zehn Minuten saß er noch auf der Couch, der Fernseher lief und er spürte, wie er langsam in eine wohltuende, barmherzige Bewusstlosigkeit wegdriftete.

Connor schläft friedlich in Angels Zimmer. Als Ryan gegen acht mit dem Kleinen auftauchte, hat Amadeo versucht, sich seine Überraschung nicht anmerken zu lassen, weil ein guter Vater über die Pläne seiner Tochter Bescheid weiß. Der Junge stand auf der Treppe, den Kindersitz mit dem schlafenden Baby im Arm. Als Amadeo erklärte, dass Angel nicht da sei, sah Ryan ihn misstrauisch an und versuchte, über Amadeos Schulter zu spähen, als suche er jemanden, der vertrauenswürdiger war.

»Ich hab gedacht, dass vielleicht jemand Angel mitgenommen hat.« Er gab ihm immer noch nicht das Baby. »Sind Sie sicher, dass ich ihn hierlassen kann, bei Ihnen?«

Zu diesem Zeitpunkt war Amadeo schon zu benebelt, um wütend zu werden. »Ich bin sein Grandpa. Eine seiner wichtigsten Bezugspersonen. Ich pass die ganze Zeit auf ihn auf.« Er lallte nur ein bisschen.

Ryan trat unentschlossen von einem Fuß auf den anderen. »Ich könnte ihn auch mit nach Hause nehmen. Zu meiner Mom.«

Amadeo unterdrückte seinen Unmut. Honigsüß sagte er: »Soll das ein Witz sein?«

Ryan schien einen Entschluss zu fassen. »Okay.« Er übergab ihm den Kindersitz. »Er schläft sowieso.« Dann ging er mit zögerlichen Schritten zu seinem Auto.

Amadeo beugt sich über die Kloschüssel und steckt sich den Finger in den Hals. Er will möglichst viel Alkohol loswerden, bevor er ins Blut gelangt. Er versucht, sich an Details aus seinem Kurs zu erinnern. *Ein durchschnittlich schwerer Mann verarbeitet einen Drink pro Stunde.* Er würgt einen gelben, galligen Brei aus Rührei und pampigen Tortillas heraus. »Bitte beeil dich«, bat ihn Angel mit tränenerstickter Stimme.

»Ich komme«, versprach er.

Durch die Jalousien fällt etwas Licht in Angels Zimmer. Amadeo verharrt einen Moment über dem Gitterbett. Connor liegt auf dem Rücken, die Arme ausgebreitet, und atmet lautlos. Er schläft jetzt nachts durch, und Amadeo erwägt kurz, ihn hierzulassen, entscheidet sich aber dagegen.

Behutsam hebt er ihn hoch, nimmt auch die Decke mit und greift sich den Kindersitz, den Ryan an der Tür abgestellt hat. Draußen ist es eisig kalt, sein Atem hinterlässt kleine weiße Wolken. Er öffnet die Tür des Pick-ups, stellt den Kindersitz auf die Rückbank und setzt Connor, der sich mit seinen kleinen Fäusten die Augen reibt, hinein. Die Windel fühlt sich warm und prall an. Woraus er schließt, dass er sie schon vor einer Stunde hätte wechseln müssen. Er sollte unbedingt die Wickeltasche mitnehmen.

Na also, geht doch. Er kann klar und logisch denken. Er hat alles im Griff. Rasch läuft er wieder ins Haus und sucht hektisch nach der Wickeltasche. Beeil dich! Er stellt sich vor, wie Angel auf der Straße steht und von fremden Männern angesprochen wird. Da entdeckt er die Tasche an der Tür, wo Ryan sie hingestellt hat. Er durchwühlt sie, um nachzusehen, ob frische Windeln drin sind, wirft sie sich über die Schulter und schnappt sich im letzten Moment noch den Schnuller vom Tisch, klopft sich selber auf die Schulter.

Auf dem Weg zum Pick-up fällt ihm der Schnuller aus

der Hand, er hebt ihn auf und lutscht ihn ab, spuckt den Kies aus.

Connor ist jetzt wach und starrt aufs Innenlicht. Als er seinen Großvater sieht, fängt er an zu brabbeln, zappelt herum. Amadeo schiebt ihm den Schnuller in den Mund, tastet nach dem Sicherheitsgurt, lässt ihn einrasten. Connor nuckelt und wendet seine Aufmerksamkeit wieder dem Licht zu.

Tür zu, Deckenbeleuchtung aus. Amadeo reibt sich mit beiden Händen übers Gesicht. Es fühlt sich taub an. Angel. Mit zitternden Händen startet er den Motor, stößt rückwärts aus der Einfahrt, legt dann den ersten Gang ein.

Er späht übers Lenkrad in die Dunkelheit. Alles im grünen Bereich; er fährt schnell, aber nicht zu schnell. Er kennt diese Straßen in- und auswendig, schon sein ganzes Leben lang. Aber irgendwas stimmt nicht. Er sieht nichts.

Er blinzelt. Verdammt, warum kann er die Straße nicht sehen? Er schlägt mit der Faust aufs Lenkrad, der dumpfe Schmerz steigert seine Wut noch. Warum zum Teufel ist er mitten in der Nacht hier draußen? Warum hat Angel ihn in diese Lage gebracht?

Seine Tochter ist ganz allein. Er stellt sich vor, wie ein Wagen neben ihr hält, ein schattenhafter Mann sie anspricht. Wie er sie packt, ins Auto zerrt und mit quietschenden Reifen davonfährt.

Und dann denkt er an Mike. Irgendwas ist passiert, da ist er sich sicher. Und wo war *er*? Amadeo gibt Gas, die dunklen Kiefern fliegen vorbei, ein fahler Mond erhellt die Straße.

Plötzlich begreift er, dass er ohne Licht fährt. Als er die Scheinwerfer einschaltet, sieht er mitten auf der Fahrbahn die glühenden Augen eines Kojoten.

—

Als Amadeo wieder zu sich kommt, ist er völlig klar im Kopf, kein *Wo bin ich? Was ist passiert?*, wie es Unfallopfer in den Nachrichten schildern, kein gnädiges Verwirrtsein. Amadeo liegt mit der Wange auf dem kalten Asphalt und hat die Augen fest geschlossen.

Seine ganze Wut ist verflogen. Geblieben ist abgrundtiefes, dumpfes Grauen. Und die Gewissheit, dass sein Leben auf dieser Straße endet und dass es auf dieser Welt nichts mehr für ihn gibt, ob er nun lebt oder stirbt.

Er wagt es nicht, die Augen zu öffnen, schiebt den Moment hinaus, in dem sein altes Leben endet, das erfüllt war – *erfüllt*, begreift er jetzt – von Licht und Liebe und Geborgenheit, und sein neues Leben beginnt, der Moment, in dem er den reglosen, blutüberströmten Körper seines Enkels sieht. Weil er ganz genau weiß, dass er Connor zwar in seinem Sitz festgeschnallt und jede einzelne Schnalle mit ungelenken Fingern geschlossen hat, aber vergessen hat, den Sitz im Pick-up zu befestigen.

Dass dieses Kind sterben muss – dieses Kind, das ungeplant und ungewollt war, das bedauert wurde und jetzt so sehr von ihnen allen geliebt wird –, ist grausam. Connor mit seinen konzentrierten Grunzlauten, Connor mit seinem spontanen, herzerfrischenden Lachen, Connor, der vorsichtig einen Werbeflyer in seinen kleinen Händen hin und her dreht. Kein Kind wurde jemals so sehr gebraucht wie dieses. Tränen laufen ihm übers Gesicht.

Amadeo betet, dass er sterben möge. Noch nie in seinem Leben hat er so inbrünstig gebetet. *Nimm mich zu dir, lieber Gott, ich flehe dich an, nimm mich zu dir!* Dabei tut ihm nicht mal was weh. Schließlich kann er den Moment der Wahrheit nicht länger hinauszögern. Er öffnet die Augen und sieht eine friedliche Szenerie vor sich; die Nacht ist still und hell wie bei jenem ersten Weihnachten.

Der Mond ist nicht mal voll, sieht aber über den Kiefern riesig aus. Der Schotter am Straßenrand schimmert silbrig. Kein Kojote weit und breit. Zwischen den Kaninchensträuchern und den Scheuergrasbüscheln leuchten Pfützen aus blauem Licht, so kalt und klar wie Wasser. Wenn er den Finger in dieses blaue Licht tauchen würde, wäre es bestimmt eiskalt und unendlich tief.

Connor. Amadeo rappelt sich auf. Seine Jeans ist am linken Bein zerrissen, sein Knie und das Schienbein sind zerschrammt und blutig. Das Heck des Pick-ups steckt im Graben, in der Windschutzscheibe klafft ein dunkles Loch und der Motor tickt leise. Der abgerissene Kotflügel hat sich in einen Baumstumpf verkeilt, glänzt im Mondlicht.

Connors Sitz wurde durch die Windschutzscheibe geschleudert und landete mitten auf der Straße, aufrecht und in Fahrtrichtung.

Amadeo kriecht auf seinen Enkel zu, seine Sicht ist verschwommen. Eine Sekunde lang, den Bruchteil einer Sekunde, stellt sich Amadeo seine Zukunft vor, allein mit seinen Flaschen, nachdem er sich alles Gute in seinem Leben verscherzt hat.

Er hat Angst, den Sitz umzudrehen. Zögernd kriecht er um ihn herum. Connor rührt sich nicht, sein rundes Gesicht sieht im Mondschein ganz weiß aus. Sein regloser Körper ist voller Scherben – wie Sterne, die vom schwarzen Himmel gefallen sind.

Connors Augen sind offen, sein Kopf ist seltsam geneigt, als starre er gebannt auf den Mond. Ausdruckslose Augen. Amadeo denkt an seine Mutter und die Totenstille, die sie umgab, als er ihre Hand umklammerte.

Amadeo gibt einen lang gezogenen, animalischen Laut von sich. Connor wendet den Blick vom Mond ab und schaut seinen Großvater an, verzieht dann das Gesicht und stößt ein wütendes Geheul aus, kraftvoll, durchdringend und wunderschön.

Es ist jetzt richtig kalt und Angels Jeansjacke, die sie vor Stunden für den kurzen Ausflug in die Stadt ausgesucht hat, ist völlig unzureichend. Obwohl der Himmel klar ist, liegt ein trockener, metallischer Geruch nach Schnee in der Luft. Sie hat die Augen starr auf die Straße gerichtet, wünscht sich sehnlich den Pick-up ihres Vaters herbei. In der Ferne heult ein Kojote. Ein anderer antwortet, verstörend menschlich.

Bei dem Geheul muss Angel an Connor denken und dann an La Llorona, die arme getriebene Frau, die aus egoistischer Liebe zu einem Mann ihre Kinder ertränkte. Sie denkt daran, dass auch sie ihr Kind aus selbstsüchtiger Liebe zurückgelassen hat.

Ihre Wangen brennen vor Kälte. Sie fragt sich, ob man sie am nächsten Morgen wohl mit eisverkrustetem Gesicht finden wird.

Wo bleibt er nur?

Die Nacht ist gewaltig, die Sterne eisige Punkte am schwarzen Himmel. Es gibt in Lizettes Block keine Straßenlaternen. In einiger Entfernung steht eine, ihr schmutziges oranges Licht schneidet einen winzigen Kreis in die Dunkelheit.

»Mach dir keine Sorgen, ich komme.« An der Stimme ihres Vaters hörte sie, dass er betrunken war.

»Bitte beeil dich«, sagte sie.

Angel fühlt sich wie ein Funke, ein einsamer Funke in der weiten Wüste, der bald erlischt.

Endlich kommen Scheinwerfer auf sie zu, hüpfen auf der unebenen Straße auf und nieder. Erleichtert tritt Angel auf die Fahrbahn und winkt, als würde ihr Leben davon abhängen. Aber dann bemerkt sie erschrocken, dass es nicht der Pick-up ihres Vaters ist, sondern ein dunkler PKW. Rasch macht sie einen Schritt zurück und überlegt kurz, ob sie wegrennen soll. Könnte sie es bis zum Riverside Drive schaffen?

Der Wagen bremst. Angst drückt ihr die Kehle zu, aber

dann begreift sie, dass es ihre Mutter ist. Ihre Mutter in ihrem alten Aladdin-Sweatshirt, das Haar zu einem nachlässigen Pferdeschwanz gebunden. Angel rührt sich nicht vom Fleck, ist starr vor Erleichterung, aber dann bricht sie in Tränen aus.

»Mein Liebling!«

Ihre Mutter steigt aus und schließt sie in die Arme. Dankbar überlässt sich Angel der mütterlichen Wärme. Zitternd und schluchzend klammert sie sich an sie wie an eine Boje auf hoher, tosender See. Sie versucht zu sprechen, aber ihre Stimme gehorcht ihr nicht.

Ihre Mutter drückt sie fest an sich, umfasst zärtlich Angels Kopf. »Hör zu, mein Schatz«, sagt sie. »Es hat einen Unfall gegeben. Aber allen geht's gut. Mach dir bitte keine Sorgen.«

TEIL III

FASTENZEIT

Am Aschermittwoch trifft sich Amadeo nach dem 5-Uhr-Gottesdienst mit den anderen Hermanos in der Morada. Während sich die Männer, mit dem Aschekreuz auf der Stirn, gegenseitig auf den Rücken klopfen und Neuigkeiten austauschen, steht Tío Tíve vorn, klein, nervös, die zittrigen Hände verschränkt. »Okay«, sagt er brüsk. »Setzt euch.«

Frankie Zocal und John Trujillo tauschen nachsichtige, amüsierte Blicke. Al Martinez drückt kurz Amadeos Schulter, lässt sich dann auf die Bank nieder. Shelby Morales bindet seinen grauen Pferdeschwanz neu, zieht ihn durch das lila Gummiband, streicht sich übers Haar und sieht Tíve erwartungsvoll wie ein Schüler an.

Der alte Mann trägt seinen Sonntagsstaat: gebügelte Jeans, Western-Hemd, die Gürtelschnalle mit dem Silberdollar und eine türkisfarbene Cowboy-Krawatte. Amadeo ist gerührt. Er versteht gar nicht, warum sein Großonkel immer so einschüchternd auf ihn gewirkt hat. Neulich abends brachte er ihnen Lebensmittel vorbei und blieb zum Abendessen, ein lächelnder alter Mann mit dem zappelnden Connor auf dem knochigen Schoß.

Tíve steht vor den Männern, die Hände wie ein Priester erhoben. »Ich trete zurück. Al Martinez übernimmt das Amt des Hermano-Ältesten.« Tío Tíve sieht fast ekstatisch aus, seine sonst so stumpfen Augen leuchten. »Dieses Jahr ist sein Sohn Isaiah unser Jesus. Du erklärst ihm alles, Al, und sorgst dafür, dass er regelmäßig betet.«

Die Überraschung auf Als Gesicht zeigt deutlich, dass Tío Tíve ihn nicht eingeweiht hat. Mit einem Nicken räuspert er sich. »Bruder«, sagt er. »Ich danke dir.« Er steht auf und will Tíve umarmen, aber der läuft mit ernstem Gesicht an ihm vorbei und nimmt seinen Platz in der Bank ein.

»Okay«, sagt Al und dreht sich langsam um, als sähe er die Morada zum ersten Mal. »Okay, lasst uns beten.«

Während Amadeo zusammen mit den anderen Männern die vertrauten Worte spricht, bedauert er sein altes Ich, das glaubte, dass durch eine einzige große Tat seine ganzen Unzulänglichkeiten und Verfehlungen vergeben und vergessen wären. Er hat damals nichts begriffen. Bei der Prozession geht es nicht um Strafe oder Scham und schon gar nicht um Selbstmitleid. Es geht darum, das Leid geliebter Menschen auf sich zu nehmen. Und zu erkennen, was man ihnen angetan hat.

In jener Dezembernacht, als Marissa sie alle ins Tal hinunterfuhr, um Connor in der Notaufnahme untersuchen zu lassen, entschuldigte sich Amadeo nicht und versuchte auch nicht, sich zu rechtfertigen. Er erzählte Angel die Wahrheit: dass er getrunken hatte, dass der Kojote plötzlich vor ihm stand, dass Connor losheulte. Es war das umfassendste Geständnis, das er je abgelegt hatte. Amadeo und Angel saßen auf der Rückbank, über den Kindersitz gebeugt, während Connor vor sich hin brabbelte. Amadeo hatte erwartet, dass seine Tochter auf ihn losgehen würde, aber sie schwieg, starrte nur angstvoll vor sich hin. »Das, wovor mich alle gewarnt haben, ist passiert«, flüsterte er.

Nachdem Connor geröntgt worden war, geschah das zweite Wunder: Ihm fehlte nichts. Er hatte nicht mal eine Schnittwunde. Er war geradewegs durch die geborstene Windschutzscheibe geschleudert worden und irgendwie aufrecht sitzend aufgekommen.

»Waren bei dem Unfall Alkohol oder Drogen im Spiel?«, fragte die Schwester bei der Aufnahme, während sie mit einer Stiftlampe in Connors Augen leuchtete.

»Nein«, sagte Angel. Als die Krankenschwester argwöhnisch die Augen zusammenkniff, sah Marissa ihre Tochter fragend an. »Nein, weder noch. Ich bin gefahren«, sagte sie dann mit ihrer Respekt einflößenden Stimme, die Amadeo immer so beeindruckt hat. Und weil in dieser Nacht viel los war in der Notaufnahme, schien die Schwester ihnen zu glauben. Sie bot Amadeo an, sich sein Bein anzusehen, aber er schüttelte den Kopf, und sie bestand nicht darauf.

Was er getan hat, ist ungeheuerlich und unfassbar. Sie werden nie vergessen, was in jener Nacht geschah – und was hätte geschehen können. Das Wissen, dass Connor tot sein könnte, wird immer in ihrem Bewusstsein lauern.

Zu Hause saßen sie alle um Connors Bettchen, während er friedlich schlummerte, und konnten es kaum fassen, dass sich seine Brust hob und senkte. Amadeo griff durch die Gitterstäbe, hielt die Hand an den Mund des Kleinen, um seinen Atem zu fühlen. »Ich kann nicht glauben, dass ihr beide für mich gelogen habt.«

Die Stille war ohrenbetäubend.

Dann sagte Angel mit leiser, eisiger Stimme: »Connor ist nichts passiert. Außerdem brauchen wir dich zu Hause. Aber du wirst nie wieder was trinken.« Und daran hat er sich gehalten. Jedes Mal, wenn er Lust auf Alkohol hat, denkt er an jene Nacht, und wenn er dann der Versuchung widersteht, ist es, als würde er Stein um Stein eine Brücke zu ihr bauen.

Im Großen und Ganzen läuft es gut zwischen ihnen, aber ab und zu schnauzt sie ihn an und er spürt die Pfeilspitze ihrer Wut. Es wird dauern, bis sie ihm verzeihen kann, denn sie hält trotz ihrer umgänglichen Art etwas zurück. Er ist stolz auf seine Tochter. Es ist ein Zeichen von Reife, dass sie wütend auf ihn ist, erkannt hat, dass sie wütend auf ihn sein *darf*. Er schwört sich, alles zu tun, damit sie ihm verzeiht.

Während der ganzen Fastenzeit nimmt Amadeo an AA-Treffen teil und betet in der Morada, allein oder mit den anderen. Die Stille, die hier herrscht, tut ihm gut. Allerdings glaubt er nicht mehr an den Sinn von Prozessionen. Er weiß jetzt, dass für jemand mit seinen Schwächen ein solcher Auftritt reine Ablenkung ist. Während er mit geschlossenen Augen zwischen den murmelnden Männern sitzt, seine Stimme sich mit ihren verbindet, spürt er ihre Wärme. Das gemeinsame Gebet hüllt ihn ein; er überlässt sich den tröstlichen Worten.

Inzwischen krabbelt Connor schon neugierig durchs Haus, zieht sich an den Möbeln hoch und ist ganz begeistert von seinem neuen Ausblick. Er kann jetzt fünf Wörter sagen: *Da. Mama, Ball, Dada, Lulli.* Seine Tochter sitzt über ihren Arbeitsheften. Manchmal vergeht ein ganzer Tag, ohne dass sie Yolanda erwähnen.

Seit Connor durchschläft, schläft auch Angel besser. In letzter Zeit hat sie öfter darüber nachgedacht, ob sie im Herbst nicht wieder an ihre alte Highschool zurückgehen soll. Die Vorstellung macht ihr Angst: Sie würde so viel nachholen müssen, würde sich ihren Platz in der Hackordnung neu erkämpfen müssen. Würde Priscilla überhaupt noch mit ihr reden? Oder irgendjemand sonst?

Das größte Problem ist die Kinderbetreuung. Da ihr Vater jetzt einen Vollzeitjob bei Lowe's hat, kann er nicht mehr auf Connor aufpassen, und eine Kinderkrippe können sie sich nicht leisten. Ihre Mutter hat ihr angeboten, sich an den Kosten zu beteiligen. Und auch Tío Tíve will von seiner mageren Sozialhilfe etwas beisteuern, aber es wird trotzdem nicht reichen. Kindertagesstätten sind einfach teuer. Und nachdem sie die tolle Kinderbetreuung bei Smart Starts! erlebt hat, kann sie sich nicht vorstellen, Connor in den schmuddligen KidKorral zu geben, selbst wenn sie das Geld dafür hätte.

Trotzdem muss Angel immer wieder an ihre alte Highschool denken: die Flure mit den Betonwänden, der Lärm in den Pausen, die helle, luftige Bibliothek im oberen Stock. Sie sehnt sich nach dem durchstrukturierten Schulalltag, morgens Unterricht und nachmittags Hausaufgaben, jeder Tag in überschaubare Abschnitte unterteilt. Und sie will endlich wieder etwas lernen.

Sie denkt auch an Brianna – eher traurig als wütend. Aber noch häufiger denkt sie an die Dinge, die sie von Brianna gelernt hat: wie wichtig es ist, Connors Sprachentwicklung zu fördern, ihm liebevoll, aber entschieden Grenzen zu setzen und – am allerwichtigsten – sich selbst zu achten. Trotz allem, was später passiert ist, hat Brianna ihnen eine Menge beigebracht und dafür ist Angel ihr dankbar.

Eines Samstags im März verabredet sich Angel mit Trinity und Christy auf dem Spielplatz neben der Stadtbücherei. Es ist das erste Mal, dass sie jemanden von Smart Starts! trifft, und sie ist ziemlich aufgeregt. Aber ihre alten Freundinnen scheinen sich wirklich zu freuen, sie wiederzusehen, und sie setzt sich erleichtert zu ihnen. Sie genießt die milde Frühlingssonne, das muntere Treiben der Buschhäher in den Pappeln.

Angel setzt Connor in den Sandkasten neben die zweijährige Kristiana, die ihn gleichmütig mustert und durch ihren Schnuller nuschelt: »Baby.«

Connor stopft sich eine Handvoll Sand in den Mund.

Angel versucht das Zeug mit dem Finger wieder herauszuholen. »Nein, *hijito*. Bäh.«

Sandige Spucke tropft ihm vom Kinn. Connor fuchtelt mit den Armen. »Bäh bäh.« Er will sich noch eine Handvoll in den Mund schieben, aber das meiste rieselt durch seine gespreizten Finger.

»Na gut«, sagt Angel und lehnt sich zurück. »Wenn du ihn unbedingt essen willst, dann mach ruhig.«

»Du kannst's eh nicht verhindern«, sagt Trinity trocken.

»Also, wie läuft's denn so bei Smart Starts!?«, wagt Angel sich vor.

Trinity zuckt die Achseln. »Ziemlich beschissen, seit du weg bist.«

Angel weiß, dass das nicht ganz stimmt, dass Trinity nur ihre Gefühle nicht verletzen will.

»Na ja, die Neuen sind schon okay«, meint Trinity. »Aber bei Brianna ist irgendwie die Luft raus. Die geht im Juni wieder an die Uni, um ihren Master zu machen. Ysenia und Tabitha haben die Prüfungen geschafft. Also, ich bin froh, wenn ich's endlich hinter mir hab.«

»Ich hab meine ganzen Übungstests bestanden, aber ich wart noch auf Trinity, damit wir zusammen den Abschluss machen können«, sagt Christy.

»Sie hat 180 Punkte in Naturwissenschaften!«

»Super«, sagt Angel leise.

»Bei McDonald's zahlen sie Einstellungsprämien. Wir haben uns überlegt, dass immer eine von uns arbeiten geht und die andere auf die Kids aufpasst, was natürlich schade ist, weil wir uns dann kaum noch sehen. Egal, ich bin jedenfalls in allen Fächern gut, außer in Englisch.«

»Du musst dich halt mehr anstrengen«, sagt Christy. »Dann schaffst du's schon.«

»Habt ihr noch Kontakt zu den andern?«, fragt Angel vorsichtig.

»Ysenia will Arzthelferin werden, aber sie will erst mal arbeiten, bis April in die Schule kommt. Tabitha ist mit den Kids zu ihrer Schwester nach Albuquerque gezogen.«

Christys Sohn Ricky fängt in seinem Buggy an zu quengeln. Sie bindet sich die Haare zusammen und steht auf, um ihn aus dem Wagen zu heben. »Jen macht nächsten Monat die Abschlussprüfung. Sie hat einen Job in der Kindertagesstätte von ihrer Kirchengemeinde bekommen, was voll cool ist, weil sie dann den ganzen Tag bei Nathan sein kann.«

»Unsre kleine Betschwester! Ich glaub's nicht.«

Christy lacht. »Sie kann ziemlich tough sein. Jared wollte sich wieder mit ihr versöhnen, aber sie hat ihn zum Glück abblitzen lassen.«

»Habt ihr noch mal was von Lizette gehört?« Obwohl die Frage ganz beiläufig klingt, fürchtet Angel trotzdem, sie könne sich verraten. Aber, wer weiß, vielleicht hat Lizette ihnen ja alles erzählt und sie haben sich hinter ihrem Rücken über sie lustig gemacht.

»Echt jetzt? Du weißt nix davon?«, ruft Christy. »Ich hab gedacht, ihr beiden wärt die dicksten Freundinnen.»Sie macht ein betretenes Gesicht, wirft Trinity einen vielsagenden Blick zu.

»Was?«, fragt Angel. Christy öffnet den Mund, schließt ihn aber sofort wieder. »Na, red schon!«

»Du hast wirklich nix mitgekriegt?«, sagt Trinity behutsam. »Sie haben ihr Mercedes weggenommen. Wahrscheinlich ist sie auf irgendwelchen Drogen.«

»Nein!«

Christy sieht Angel traurig an. »Leider doch.«

»Wir haben sie im FoodMart getroffen«, erklärt Trinity. »Sie ist jetzt total dünn.«

»Ich hätt sie fast nicht wiedererkannt, aber plötzlich steht sie vor uns und sagt: ›Hi, Leute‹. Hat gelächelt und alles, aber sie war gar nicht richtig bei sich. Und dann hat sie uns von Mercedes erzählt. ›Shit happens, aber jetzt bin ich wenigstens frei‹, hat sie gesagt. Ich konnt's nicht fassen. ›Hast du denn keine Gefühle? Ich würd mich umbringen, wenn sie mir Kristiana wegnehmen würden‹, hab ich geantwortet.« Sie streicht ihrer Tochter über den Rücken.

»Sie hat's nicht ernst gemeint, Trinity. Es war doch offensichtlich, dass sie uns was vorgemacht hat.«

»Aber ich hab sie doch erst im Dezember gesehn«, stammelt Angel. Sie muss wieder an jene kalte, klare Nacht denken – wie sie es jeden Tag tut. Aber diesmal denkt sie nicht an den Unfall und daran, dass sie Connor beinah verloren hätte, oder an Lizettes fieses Verhalten, sondern an das Kinderbett in Lizettes Wohnzimmer, die schemenhaften Umrisse, die sie für Mercedes gehalten hat. Sie wünschte so sehr, sie hätte nach ihr gesehen, hätte den kleinen Körper berührt. Jetzt fragt sie sich, ob Mercedes überhaupt in dem Bettchen gelegen hat oder ob sie da vielleicht schon weg war.

»Ich hab sie doch so gemocht. Wieso hat sie mich nicht an sich rangelassen?«, fragt Angel mit heiserer Stimme.

»Wir haben sie alle gemocht«, sagt Christy. »Aber die Drogen haben sie anscheinend voll im Griff.«

Trinity schüttelt den Kopf. »Es musste ja so kommen, bei dem ganzen Scheiß, den sie erlebt hat.«

»Nein«, widerspricht Angel. »Find ich nicht. Man hat immer eine Wahl.« Sie ist sicher, dass es zig Momente in Lizettes Leben gegeben hat, in denen sie sich auch anders hätte entscheiden können: Ein Wort, eine Geste oder das Lächeln eines verständnisvollen Erwachsenen hätten gereicht und sie hätte das Steuer rumreißen können. Und wahrscheinlich könnte sie das immer noch.

»Sie hat recht, Trin«, sagt Christy. »Man sollte die Hoffnung nie aufgeben.«

—

Ryan kommt nach wie vor ein paarmal die Woche vorbei. Eines Abends, als sie zu dritt auf dem Teppichboden sitzen und Türme aus Bauklötzen bauen, damit Connor sie umwerfen kann, zupft er am Saum seines Pullovers herum und fragt leise: »Das war doch gelogen, oder? Dass ich nicht sein Dad bin?«

Angel nickt. »Tut mir echt leid.«

»Ich wusste es.« Ein Lächeln umspielt seine schmalen Lippen.

Zu Angels Überraschung ist Ryan ein guter Freund geworden. Sie erzählt ihm nicht alles von sich und sie haben immer noch wenig gemeinsam, aber er ist der einzige Mensch, der sich genauso lebhaft für Connors Fortschritte interessiert wie sie. Und er scheint sich ausgiebig über die wichtigsten Phasen frühkindlicher Entwicklung zu informieren.

»Komm her, Dudi Dudi!« Als Connor auf ihn zukrabbelt, dabei mit den Händen eifrig auf den Boden patscht, breitet Ryan die Arme aus. »Hey, komm zu Dada.« Er wirft Angel einen ängstlichen Blick zu, um zu sehen, wie sie darauf reagiert.

Einen Moment lang ist sie alarmiert, aber dann entspannt sie sich wieder – freut sich einfach nur über die beiden. Ryan nimmt Connor hoch und hält ihn über seinen Kopf. Connor reißt die Augen auf und gluckst vor Entzücken.

Deshalb ist Angel nicht sonderlich überrascht, als eines Nachmittags ihr Handy pingt und innerhalb weniger Minuten vier Nachrichten von Ryan eintreffen.

Sorry, aber ich hab's meiner Mom erzählt.

Sie ist am Ausflippen.

Sie will heut Abend vorbeikommen. Um euch kennenzulernen.

Ist das okay?

»Dad?«, ruft Angel nach draußen.

Er steckt den Kopf zum Küchenfenster herein, eine Cola in der Hand. »Was ist?«

Ihr Vater riecht nach Schweiß und Sägemehl. Seit Kurzem werkelt er hinter dem Haus an einem kleinen Tisch und einem Bücherregal für Connor herum. Das Holz hat er bei Lowe's billiger bekommen, das Werkzeug stammt noch von seinem Vater.

Sie zeigt ihm Ryans Nachrichten. »Was ist, wenn sie versucht, ihn mir wegzunehmen? Darf sie das?«

Ihr Vater nagt an seiner Unterlippe. »Ich glaub nicht.« Aber sehr sicher scheint er sich nicht zu sein; er reibt sich nervös den Kopf. »Was weißt du über die Frau? Hat dir Ryan was von ihr erzählt?«

Angel zuckt mit den Schultern. »Nicht viel. Sie ist Krankenschwester und arbeitet in Los Alamos. Und sie ist vielleicht 'ne Feministin. Sie hasst das Wort *Schlampe*.«

»Mist. Meinst du, ich soll Valerie anrufen?«

Connor sitzt auf dem Teppich und versucht, ein Schaf in den Holzrahmen seines Bauernhofpuzzles zu zwängen.

Angel zögert. »Nein. Ich ruf Mom an. Ich will meine Mom dabeihaben.«

»Okay. Wir kriegen das schon hin.« Er tätschelt Angels Hand. »Hey. Alles wird gut. Keiner nimmt uns den Kleinen weg.«

An diesem Abend warten Angel, Amadeo und Marissa auf die Ankunft von Ryan und seiner Mutter. Sie sitzen im Wohnzimmer, frisch geduscht und in ihrem besten Outfit. Am Nachmittag haben Angel und ihr Vater eine irrwitzig lange Liste von Hausarbeiten zusammengestellt – *Fugen in der Dusche weißen, Schranktüren sauber wischen, Spinnweben von der Flurdecke fegen* –, dann alles aufgeteilt und losgelegt. Die Kissen sind aufgeschüttelt, die Fußleisten abgestaubt, die Häkeldecke ordentlich über die Armlehne der Couch gelegt. Ihre Mutter hat Osterhasen-Plätzchen mitgebracht und auf einer Platte hübsch arrangiert.

»Ich wünschte, meine Mom könnte das noch erleben.« Ihr Dad wischt eine Staubflocke von der Puppenvitrine. »Sie hat mir mal erzählt, dass sie sich immer gewünscht hat, die Küche wäre wenigstens einmal sauber und aufgeräumt, aber immer hätte irgendwer ein dreckiges Glas rumstehen lassen. Meistens ich.«

»Tja, so superordentlich bleibt's hier nicht lang. Dafür wird der kleine Kasper schon sorgen.« Angel deutet mit dem Daumen auf Connor.

Sie hatte Connor sein schönstes Poloshirt und seine beste Hose angezogen, aber dann hat er einen Riesenschiss gemacht und Angel musste auf seine Jeans-Latzhose zurückgreifen.

»Warum geb ich mir eigentlich so 'ne Mühe, damit du möglichst hübsch aussiehst?«, sagt Angel, als sie seine Hose zuknöpft. »Du solltest lieber nicht so süß aussehen, dann verziehn sie sich wenigstens bald wieder. Ich hätt dir deine stinkige Windel anlassen sollen, dann wären wir sie gleich wieder los. ›Haltet uns das Baby vom Leib! Nix wie weg!‹« Angel grinst. Connor sieht sie mit seinen großen, dunklen Augen an. »Ich werd nicht zulassen, dass dich mir irgendjemand wegnimmt. Wenn die hinter dir her sind, dann haun wir einfach ab, mein Schatz. Wir können dann ja von deiner Model-Karriere leben.« Sie streicht ihm seine schwarzen Locken glatt und er zeigt ihr lächelnd seine Zähnchen.

Ihr Dad beugt sich über ihre Schulter und betrachtet Connor stirnrunzelnd. Dann berührt er sanft den kleinen Kratzer auf Connors Wange. Er hatte sich beim Spielen mit einem Stöckchen verletzt. »Ich hoffe, die glauben nicht, dass wir ihn misshandelt haben.«

Angel fährt herum. »Ist das dein Ernst?«

»Nee, nee«, rudert er zurück.

»Sie hat doch selbst ein Kind großgezogen, Amadeo«, sagt Marissa. »Und außerdem ist sie Krankenschwester. Sie weiß, dass sich Babys ständig kratzen.«

Aber ihr Dad macht trotzdem ein besorgtes Gesicht. Sie alle denken an den Unfall, an das Schreckliche, das Unvorstellbare.

Kaum hat Amadeo die Tür aufgemacht, geht Ryans Mutter auf Angel zu und drückt sie an sich. »Du musst Angel sein. Oh, mein Gott, da ist er ja! So ein süßes Kerlchen! Ich kann nicht glauben, dass du die ganze Zeit allein mit allem klarkommen musstest. Ich war noch nie in meinem Leben so böse auf Ryan.«

Ryan, der hinter ihr steht, zupft an seinem dünnen Bart

herum, seine Stirn ist rot gefleckt. »Stimmt. Sie war so sauer, dass sie geweint hat.«

Ryans Mutter lacht und streckt Angel die Hand entgegen. »Ich bin Ryans Mom. Mary Ann.« Dann wendet sie sich Marissa zu. »Ihre Tochter ist ganz bezaubernd«, sagt sie und errötet.

Marissa legt unbeholfen den Arm um Angel. »Ja, sie ist wirklich ein Schatz.«

Mary Ann trägt Jeans und einen unförmigen schwarzen Pullover. Sie hat ihr graublondes Haar zu einem Knoten hochgesteckt und mit einem bemalten Holzstab aufgespießt. Sie ist mindestens einen Kopf kleiner als Ryan.

Sie hat eine Geschenktüte voller Spielzeug und Babykleidung mitgebracht. »Oh Gott«, sagt sie bestürzt, als Angel einen blauen Mini-Pulli aus der Tüte zieht. »Ich kann das alles umtauschen.« Sie scheint völlig vergessen zu haben, dass ihr Enkelsohn schon elf Monate alt ist.

Angel hält den Pulli vor Connors kleinen Kugelbauch. »Kaum zu glauben, dass er mal in so winzige Sachen gepasst hat. Hast du aber, mein Schatz. Bevor du so ein strammes Kerlchen geworden bist.«

»So ein hübsches Baby! Er sieht genauso aus wie Ryan.« Sie gibt ihrem Sohn einen Klaps auf den Hinterkopf. »Wie konntest du nur so ein Idiot sein? Was für ein süßer kleiner Schatz!«

Skeptisch mustert Angel Connors Gesicht. Schon merkwürdig, dass sie das Gesicht, das sie am besten kennt, nicht wirklich *sieht*. Sie kann Ryan jedenfalls nicht darin erkennen, sich selbst aber auch nicht. Für sie hat Connor von Anfang an nur wie er selbst ausgesehen.

»Es tut mir wirklich sehr leid«, sagt Mary Ann zu Marissa. »Ich meine, er weiß über Verhütung Bescheid. Er ist ein kluger Junge. Wie konnte er nur so ein Idiot sein? Oh bitte, darf ich ihn mal halten?«

Ryan reibt sich verlegen seine roten Knöchel, aber irgendwie scheint er das Ganze auch zu genießen.

Angel reicht Mary Ann das Baby. Connor schnappt sich eine Strähne, die sich aus Mary Anns Knoten gelöst hat, und steckt sie sich in den Mund.

»Er mag dich, Mom«, sagt Ryan.

Mary Ann betastet Connors Brust, die Brauen sorgenvoll zusammengezogen. »Warst du mit ihm bei den Vorsorgeuntersuchungen? Haben sie gesagt, ob er Ryans Sternum-Problem geerbt hat?«

»Klar war ich da. Alles okay mit ihm.«

»Da bin ich aber froh. Das wünsch ich keiner Mutter. Stell dir mal vor, dein Baby hätte keinen Knochen, der sein Herz schützt! Bist du mit deiner Kinderärztin zufrieden? Ich könnte dir jemanden empfehlen.«

Ryan legt eine Hand auf ihren Arm. »Angel hat einen guten Arzt gefunden, Mom.«

Mary Ann sieht ihren Sohn voller Bewunderung an. »Toll, dass du dich kümmerst.«

Fasziniert betrachtet Angel Ryan und seine Mutter: Mary Ann mit ihrer erdrückenden Liebe, Ryan, der es gelassen hinnimmt. Auch ihre Mutter betrachtet die beiden. Als sich ihre Blicke treffen, lächelt Angel ihr tapfer zu. Marissa lächelt zurück, ihre Augen stehen voller Tränen. »Natürlich komm ich«, hat sie vorhin am Telefon zu Angel gesagt. »Bin schon unterwegs.«

»Und, wie läuft's denn so mit dem Basketballteam, Ryan?«, fragt ihr Dad. Er scheint sich nicht wohl in seiner Haut zu fühlen, versucht aber, ein Gespräch in Gang zu bringen, wofür Angel ihm dankbar ist.

»Wir hatten eine ziemlich gute Saison.« Und dann legt Ryan los, erzählt von seinem Trainer, dem Mannschaftskapitän, sensationellen Korblegern. Drei Mütter und zwei Väter sind einträchtig um Connor versammelt, der sich die Geschenktüte an den Kopf haut. Angel steht immer noch unter Strom – ihre Brust schmerzt vor Anspannung. Sie atmet tief ein und aus, so wie es Brianna ihnen beigebracht hat. Ihr flatterndes Herz fühlt sich so verwundbar an, so ungeschützt.

Kurz bevor sie aufbrechen, stupst Mary Ann ihren Sohn an. »Komm schon. Gib's ihr.«

Ryan zieht einen Umschlag aus der Tasche und reicht ihn Angel. »Geld. Du weißt schon, Alimente und so.«

»Danke, aber wir kommen klar«, sagt Amadeo scharf. »Wir brauchen euer Geld nicht.«

Mary Ann lacht. »Natürlich braucht ihr es. Kinder kosten eine Menge Geld. Ich habe Ryan gesagt, dass ich ihn unterstütze, bis er das College abgeschlossen hat, aber dass er sich schleunigst einen Job suchen muss.«

»Gut so.« Ihr Vater nickt langsam, wachsam. »Bei Lowe's werden noch Aushilfen gesucht. Ich hab grad dort angefangen.«

Ryan grinst. »Echt? Cool.«

Angel dreht den Umschlag in der Hand. »Also, dann vielen Dank«, sagt sie und wird rot.

»Du brauchst uns weiß Gott nicht zu danken. Das ist das Mindeste, was wir tun können. Und das ist auch nur für den Anfang. Wir werden dann sehen, was ihr sonst noch braucht. Wir sind jetzt eine Familie.« Mary Ann reicht Angel das Baby zurück. »Tschüs, kleiner Schatz. Und jetzt wollen wir euch nicht länger stören.« Als sie zum Auto gehen, verwuschelt Mary Ann ihrem Sohn liebevoll die Haare.

»Mary Ann?«, ruft Angel durch die Fliegentür.

Sie dreht sich um. »Ja, Liebes?«

»War schön, dich kennenzulernen.«

»Oh, Liebes, ich freu mich auch, dass wir uns endlich kennengelernt haben.«

Bevor Angel die Tür schließt, läuft Ryan noch einmal zum Haus zurück. Sie betrachten sich einen Moment lang durchs Fliegengitter.

»Danke, dass du heute so nett zu mir warst«, sagt er.

»Schon okay.«

»Also, tschüs, Angle. Stumpfer Winkel.«

Kaum hat sie die Haustür geschlossen, fängt Connor an zu jammern, als spüre er, dass der Stress vorbei ist. Angel nimmt ihn hoch und schaukelt ihn, bis er sich beruhigt.

»Na, das war doch halb so wild, oder?«, fragt Amadeo.

»Ich mag die beiden«, sagt Marissa. »Die scheinen wirklich in Ordnung zu sein.«

»Tja, vielleicht werden ja du und Ryan, du weißt schon …« Ihr Dad wiegt vielsagend den Kopf.

»Vergiss es, Dad. Das wird nie passieren.«

»Abwarten.«

Angel küsst Connor aufs Haar, setzt ihn dann auf den Boden. Sie hebt die Platte mit den Plätzchen hoch. »Sie haben ja gar nix probiert. Und wir haben ganz vergessen, ihnen was zu trinken anzubieten.«

»Stimmt. Aber Mary Ann hat ja ohne Ende gequasselt. Da wär sie eh nicht zum Trinken gekommen. Jedenfalls haben wir's hinter uns. Du warst toll, Angel.«

»Ganz toll«, bekräftigt ihre Mom. Sie macht einen Schritt auf sie zu und sagt leise: »Hör mal, Angel, wegen Mike. Ich hätte auf dich hören sollen. Es tut mir total leid.«

Angel kommen die Tränen.

Connor klammert sich an der Sofakante fest und strahlt seine Familie an. Er schwankt auf seinen wackligen Beinchen wie ein Betrunkener, schwingt vor und zurück. Durch die aufmunternden Blicke ermutigt, lässt er die Couch los und macht einen Schritt, und noch einen. Dann stößt er einen Freudenschrei aus, kippt vor lauter Schreck um und landet auf dem Po. Einen Moment lang ist sein Gesicht völlig ausdruckslos, dann verzieht es sich zu einem schiefen Lächeln.

»Wow!«, ruft Angel. »Weiter so, mein Schatz! Du schaffst das!«

Die Hermanos in ihren weißen Hosen ziehen schon den Calvario hinauf. Amadeo, seine Tochter und sein Enkel sind spät dran. Sie stehen am Fuß des Bergs und beobachten, wie Isaiah sich mit dem Kreuz den Weg hinaufquält. Die Hermanos folgen ihm in einer geordneten Reihe, schlagen sich mit ihren Peitschen auf den nackten Rücken. Hinter ihnen gehen die Frauen, tief über ihre gefalteten Hände gebeugt. Alles in allem sind es höchstens ein Dutzend Leute. Der Wind trägt verwehte Flötenklänge und Gesangsfetzen zu ihnen herüber.

Die kühle Luft ringsum verflüchtigt sich, die Sonne legt sich wie ein leichtes Tuch auf ihre Schultern. Weiter unten an der Straße lässt jemand sein Auto an. Ganz in der Nähe taucht eine Wachtelfamilie zwischen den Kaninchensträuchern auf. Als die Eltern Amadeo und seine Tochter erspähen, bleiben sie abrupt stehen, und auch die Küken – vier flauschige braune Wollknäuel – rühren sich nicht von der Stelle, drängen sich ängstlich zusammen. Ihre Köpfe rucken hin und her, ihre Federn zucken, und eh man's sich versieht, huschen sie zurück ins Unterholz. Alles wuselt herum, wächst und gedeiht, unberührt von dem Drama, das sich auf der staubigen Bergkuppe abspielt.

»Fühlst du dich ausgeschlossen?«, fragt Angel. Sie hat Connor auf dem Arm, der die Faust schüttelt und in herrischem Ton irgendwas brabbelt.

Amadeo überlegt einen Moment. Nein, tut er nicht. Seine Kreuzigung vor einem Jahr, das Hochgefühl, das ihn damals erfüllte, das alles scheint weit weg zu sein.

Als er sieht, wie Isaiah sich unter der Last des Kreuzes krümmt, muss er an das Leiden jenes Mannes vor zweitausend Jahren denken, das einzigartig und wundersam war, der jedoch genauso litt wie die Männer, die neben ihm gekreuzigt wurden, genauso wie alle Menschen vor und nach ihm. Isaiah, der nur noch eine winzige Gestalt ist, bleibt stehen, geht dann weiter den Berg hinauf.

Direkt vor ihnen krabbelt ein glänzender Käfer über den Sand. Connor fängt an zu zappeln, deutet quäkend auf den Boden. »Komm, ich nehm ihn mal«, sagt Amadeo.

»Gerne doch.« Angel reicht ihm den Kleinen und streckt sich. Connor legt sein pummeliges Ärmchen um Amadeos Hals und patscht ihm auf den Hinterkopf.

»Glaubst du, dass er sich ans Kreuz nageln lässt?«

»Nee. Isaiah würde sich das nicht antun.«

Du bekommst die Chance, ein klein bisschen von dem zu fühlen, was Jesus gefühlt hat, hat Tío Tíve vor einem Jahr zu ihm gesagt. Und was Christus gefühlt hat, war Liebe. Amadeo fragt sich, wie er das nur vergessen konnte. Liebe – ein Geschenk, aber auch eine echte Herausforderung.

Die Frühlingsluft ist mild und trocken, der Himmel von reinstem, gleißendem Blau. Amadeo sieht Angel schweigend an, möchte es ihr so gern erklären. Sie kämmt ihre Haare mit den Fingern nach hinten, fasst sie zu einem Zopf zusammen, zwirbelt ihn zu einem unordentlichen Knoten und steckt ihn am Hinterkopf fest. Nur ein paar geschickte, anmutige Handbewegungen. Er drückt Connor an sich.

»Gibt's eigentlich was, das du Gramma gern noch gesagt hättest?«, fragt Angel.

Amadeo schweigt einen Moment. »Japp. Ich wünschte, ich hätte mich bei ihr bedankt. Hey. Alles okay, Angel?«

»Jetzt sind sie oben.« Sie wackelt mit Connors Fuß und nickt in Richtung Calvario. »Siehst du die Leute da, Schatz? Siehst du den Mann ganz oben? Er ist für unsere Sünden gestorben. Für deine auch. Deine vollgeschissene Windel heut Morgen zum Beispiel. Das war die übelste Sünde, die ich je erlebt hab.«

Aus der Entfernung wirken die Hermanos winzig, wie Spielzeugfiguren oder Menschen in einem Landschaftsgemälde. Das Kreuz wird aufgerichtet, kippt erst in die eine, dann in die andere Richtung, bis es aufrecht steht. Dann versammeln sich die kleinen Gestalten um den Gekreuzigten.

»Guck mal, Schatz.« Aber Connors Blick folgt nicht dem Finger seiner Mutter. Gebannt und staunend betrachtet er ihr Gesicht.

DANKSAGUNG

Mein ganz besonderer Dank gilt meiner großartigen Agentin Denise Shannon und meiner klugen, einfühlsamen Lektorin Jill Bialosky, die mich vor einigen Jahren fragte, ob ich mir vorstellen könnte, meine Kurzgeschichte zu einem Roman auszuarbeiten. Auch danke ich Erin Sinesky Lovett, Steve Colca, Drew Weitman, Don Rifkin, Lauren Abbate und allen anderen Mitarbeitern von W. W. Norton & Company, die an der Entstehung dieses Buches mitgewirkt haben. Herzlichen Dank an meine Korrektorin Amy Robbins.

Ich bedanke mich bei Willing Davidson, der die Kurzgeschichte, auf der dieser Roman beruht, für die Veröffentlichung im *The New Yorker* redigiert hat.

Besten Dank an all jene, die mir wertvolle Einblicke in ihren Berufsalltag gegeben haben: Marie Leyba von der Española Valley High School, Eric Gallant vom City of Española Police Department, Judy Goldbogen, Assistentin der Büroleiterin des New Mexico House of Representatives. Herzlichen Dank an Eric Schindler, Lydia Medina und Joy Leveen von Child and Family Resources, die mir einen Unterrichtsbesuch im Maricopa Center for Adolescent Parents ermöglichten. Ich danke meinen ehemaligen Kolleginnen bei United Way of Tucson and Southern Arizona, die sich so tatkräftig für eine erstklassige frühkindliche Erziehung einsetzen, insbesondere LaVonne Douville, deren reicher Erfahrungsschatz mich immer noch beflügelt.

Für ihr medizinisches Fachwissen und ihre Freundschaft danke ich Megan Mickley und Margaret Allen.

Tíves Hermandad ist eine fiktive Bruderschaft in einem frei erfundenen Ort. Meines Wissens gibt es keine Morada, die früher eine Tankstelle war. Meine Schilderungen basieren auf der Arbeit mehrerer Wissenschaftler, die sich mit der Geschichte der Penitentes im nördlichen New Mexico und im südlichen Colorado beschäftigt haben. Besonders viel verdanke ich den folgenden Quellen: *Brothers of Light, Brothers of Blood: The Penitentes of the Southwest* von Marta Weigle; *The Alabados of New Mexico*, herausgegeben von Thomas J. Steele, S.J.; *Hermanos de la Luz, Brothers of the Light* von Ray John de Aragón sowie *Brothers of Light: The Penitentes of the Southwest* von Alice Corbin Henderson. Die englische Übersetzung der Zeilen, die Amadeos bei seiner *entrada* spricht, stammt von Bill Tate und ist dem Band *Penitente Self-Government: Brotherhoods and Councils, 1797–1947* von Thomas J. Steele, S.J. und Rowena A. Rivera entnommen.

Angela Garcias *The Pastoral Clinic: Addiction and Dispossession along the Rio Grande* ist eine kenntnisreiche Studie über die durch Gewalt und kulturelle Enteignung geprägte Geschichte der Region und ihre fatalen Folgen für die Bevölkerung.

Ich bedanke mich für die fruchtbaren Arbeitsaufenthalte bei den folgenden Einrichtungen und ihren Mitarbeitern, die mich so herzlich aufgenommen haben: die Künstlerkolonie Yaddo, das Künstlerhaus Willapa Bay AiR, das Virginia Center for the Creative Arts, das Schriftstellerhaus Hedgebrook, die Künstlergemeinschaft Civitella Ranieri, die American Academy in Rom, das James Merrill House und das Sitka Center for Art and Ecology. Besonders dankbar bin ich der MacDowell-Künstlerkolonie, wo ich diesen Roman begonnen habe, und dem Hermitage Artist Retreat, wo ich ihn beendet habe. Ich danke Diana Lett und Susan Rosenberg (und der Schildkröte George) für ihre Gastfreundschaft. Mein Dank gilt auch der Bread Loaf Writers' Conference und dem Grace Paley Palooza-Sommercamp, das mich so inspiriert hat.

Ich danke der Rona Jaffe Foundation und der Elizabeth George Foundation für die großzügige Unterstützung und das Vertrauen in meine Arbeit.

Meinen Studentinnen und Studenten sowie meinen Kollegen und Kolleginnen an der Princeton University, der University of

Michigan, der Stanford University und am Warren Wilson College möchte ich sagen: Ich schätze mich glücklich, mit euch und Ihnen zusammenzuarbeiten.

Für ihren professionellen Rat bedanke ich mich bei Deb Allbery, Michael Byers, Peter Ho Davies, Jane Hamilton, A. M. Homes, Jhumpa Lahiri, Yiyun Li, Maureen N. McLane, Jim Richardson, Tracy K. Smith, Elizabeth Tallent, Susan Wheeler und Tobias Wolff. Großen Dank schulde ich auch meinen drei wunderbaren Mentoren, die leider schon verstorben sind: Eavan Boland, Ehud Havazelet und John L'Heureux.

Ich danke all jenen, die das Manuskript gelesen und zu einem so viel besseren Text gemacht haben. Jennifer duBois, Lara Vapynar und Sarah Frisch haben mir mit ihren kritischen Anmerkungen einen unschätzbaren Dienst erwiesen. Meine Mutter, Barbra Quade, die mich auf einer Recherchereise begleitete, gab mir ebenfalls wertvolle Anregungen. Mary South hat es sogar *zweimal* gelesen und mich in den ersten düsteren Wochen der Pandemie aufgemuntert. Brittany Perham bin ich für ihre moralische Unterstützung unendlich dankbar. Und ganz besonders danke ich Lydia Conklin, die mich während des gesamten Schreibprozesses begleitete, die jedes Wort liest, das ich schreibe, und deren Texte ich wiederum mit Gewinn lese.

Mein herzlicher Dank gilt den Lehrerinnen, Sozialarbeitern, Aktivistinnen und ehrenamtlichen Mitarbeitern, die sich so engagiert für die Förderung sozial benachteiligter Kinder, Jugendlicher und Familien einsetzen. Und nicht zuletzt danke ich den Kindern und Jugendlichen selbst, die so hart für ihre und unsere Zukunft kämpfen: Ihr macht mir Hoffnung.

Über die Autorin

Kirstin Valdez Quade hat bisher mit *Night at the Fiestas* hochgelobte Erzählungen veröffentlicht, für die sie vielfach ausgezeichnet wurde. Ihre Texte, die sich häufig um das Leben von Latino-Familien im Südwesten der USA drehen, sind u. a. im *New Yorker* und der *New York Times* erschienen. Sie unterrichtet Creative Writing an der Stanford University.

Über die Übersetzerinnen

Petra Post und Andrea von Struve übersetzen seit mehr als 30 Jahren gemeinsam Belletristik und Sachbücher aus dem Englischen, mit Schwerpunkt Biografie, Zeitgeschichte und Frauenliteratur, darunter Werke von Morris Berman, Margaret Drabble und Ruth L. Ozeki.